고전소설과 스토리텔링

권 순 긍 (權純肯)

1955년 경기도 성남에서 태어났으며 어려서부터 이야기를 하거나 듣는 것과 소설을 읽고 쓰는 일을 좋아했다. 대학원에서 고전문학을 공부했으며 지금은 우리 고전소설을 대중화하여 많은 사람들에게 읽히고, 이를 콘텐츠로 만드는 일에 관심을 두고 연구하고 있다. 한국고소설학회와 우리말교육현장학회 회장을 지냈으며 현재 한국고전문학회 회장으로 있다.

1990년 성균관대학교에서 활자본 고소설을 연구해 박사학위를 받았으며, 경신고등학교 교사와 성균관대학교 강사를 거쳐 1993년부터 현재까지 세명대학교 미디어문화학부 한국어문학과 교수로 학생들을 가르치며 연구하고 있다. 2008년 헝가리 부다페스트(Budapest) 엘테(Elte)대학교에 한국학과를 창설하고 객원교수로 헝가리 학생들에게 한국문학과 한국문화를 가르친 바 있다.

지은 책은『활자본 고소설의 편폭과 지향』(2000),『고전소설의 풍자와 미학』(2005),『고전소설의 교육과 매체』(2007),『고전, 그 새로운 이야기』(2007),『살아있는 고전문학 교과서』(2011/공저),『한국문학과 로컬리티』(2014) 등과 문학평론집『역사와 문학적 진실』(1997)이 있으며, 고전소설『홍길동전』,『장화홍련전』,『배비장전』,『채봉감별곡』등의 작품을 쉽게 풀어 펴냈다.

고전소설과 스토리텔링

초판 1쇄 발행 2018년 5월 10일
초판 2쇄 발행 2019년 3월 25일

지은이 권순긍 ▎**펴낸이** 박찬익 ▎**편집장** 황인옥 ▎**책임편집** 조은혜
펴낸곳 ㈜박이정 ▎**주소** 서울시 동대문구 천호대로 16가길 4
전화 02) 922-1192~3 ▎**팩스** 02) 928-4683 ▎**홈페이지** www.pjbook.com
이메일 pijbook@naver.com ▎**등록** 2014년 8월 22일 제305-2014-000028호

ISBN 979-11-5848-387-6 (93810)

* 책값은 뒤표지에 있습니다.

* 본 교재는 교육부 대학특성화사업(CK-1)의 일환으로 세명대학교 대학특성화사업단의
　지원을 받아 개발되었음.

고전소설과 스토리텔링

古典小說

◆ 권순긍

우리의 고전소설은 현재까지 밝혀진 것이 800여 종에 이를 정도로 초선 초기부터 지금까지 500여 년의 상상 엄청난 이야기를 축적해왔다. 자기 여는 정말 무궁무진한 이야기 끝기막힌 스토리텔링의 ... 이 담겨 있어 고전소설은 그야말로 이야기의 , 보활창고 인 셈이다. 옛날 동화이나 고전소설을 찾아 연구하면서 "이렇게 재미있는 이야기를 사람들이 왜 읽지 않을까?" 의문이 들었다.

(주)박이정

고전소설 속에 담겨진 재미있는 이야기

우리의 고전소설은 현재까지 밝혀진 것이 850여 종에 이를 정도로 조선 초기부터 지금까지 5백년 이상 엄청난 이야기를 축적해왔다. 거기에는 정말 무궁무진한 이야기, 곧 기막힌 스토리텔링(story-telling)이 담겨 있어 고전소설은 그야말로 이야기의 '보물창고'인 셈이다. 필자는 35년 동안이나 고전소설을 찾아 연구하면서 "이렇게 재미있는 이야기들을 사람들이 왜 읽지 않을까?" 의문이 들었다.

물론 필자는 오랫동안 고전소설을 접해왔으니 그럴 거라고 생각할 수 있지만 원인을 따져 보면 고전소설이 사람들에게 친근하게 다가가지 않은 데 그 이유가 있었다. 근대문학이 시작되던 1920~30년대에도 이른바 '활자본 고소설'이 당시 독자들에게 인기가 있었다. 오죽했으면 1920년대 말에 KAPF의 논객 김기진(金基鎭)이 당시 신경향파 소설을 '춘향전식'으로 쓰자는 「대중소설론」까지 제기했을까? 무엇보다도 고전소설의 이야기가 재미있기 때문이다. 지금까지 한국출판계에서 가장 많이 팔린 베스트셀러는 원말명초(元末明初) 나관중(羅貫中)에 의해 정리된 『삼국지연의(三國志演義)』라고 한다. 무려 2천만 부가 팔렸으니 대단한 인기를 짐작케 한다. 무엇이 그 케케묵은 옛날이야기로 사람들을 그렇게 끌어들이는 것일까? 그것은 누구나 좋아하는 '대중서사'의 기반 위에서 이야기가 만들어졌기 때문일 것이다.

우리의 고전소설이 사람들에게 외면 받은 가장 큰 이유는 아마도 고전을 '교과서'라는 감옥 속에 유폐시켜 교육용이나 시험용으로만 취급했던 데 있지 않을까 싶다. 시험을 위해 난수표 같은 고어(古語)나 구절 혹은 전거(典據)를 암기(!)했을 독자들에게 고전이라고 하면, 지혜의 샘인 '고전(古典)'이 아니라 어려운 구절과 '고전(苦戰)'을 치러야 하는 고통스런 텍스트였을 것이다. 그러기에 청소년 시절에 이런 통과의례를 거친 사람들에게 고전소설은 끔찍한 기억을 환기시켜 주니, 누가 고전소설을 찾아서 읽겠는가?

　이야기의 재미에 푹 빠져 고전소설을 연구하면서 설정한 목표 중의 하나는 우선 고전소설을 사람들에게 널리 읽히자는 것이었다. 학교현장은 물론이고 쉽게 풀어 써서 청소년이나 일반인에게도 널리 읽히는 것이 고전의 세계를 쉽게 접하게 하는 첫걸음이라고 생각했다. 해서 '전국 국어교사모임'과 같이 30권 정도의 고전소설 출판을 기획하고, 〈홍길동전〉, 〈장화홍련전〉, 〈배비장전〉, 〈채봉감별곡〉 등의 고전소설은 필자가 쉽게 풀어 펴내기도 했다. 덕분에 중고등학교 현장에서 우리 고전을 널리 읽을 수 있는 계기를 만들기도 했다.

　대학교에서 고전소설을 가르치는 것도 이와 다르지 않았다. 대학은 다행히 관련 과목이 있어 이런 작업이 어렵지는 않다. 기존 「고전소설론」을 「고전소설과 스토리텔링」로 개편하면서 우선 고전소설을 제대로 읽히고, 고전소설이 얼마나 재미있는가의 비밀을 풀어가는 것을 강의의 목표로 세웠다. 그래야만 이 무궁무진한 스토리텔링을 바탕으로 새로운 콘텐츠(contents)를 만들 수 있지 않겠는가. 그리고 중요 작품을 선별하여 학생들과 함께 작품에 대한 논의를 펼쳐나갔다. 여기 실린 글들은 그렇게 하여 만들어진 글이다. 일차적으로는 여러 논의들을 참고하여 필자가 작품을 새롭게 보고자 하여 쓴 글이지만 이차적으로는 수업을 하면서 학생들과 같이 작품에 대해 논의한 내용을 보태기도 했다. 그러기에 학교현장은 가르치며 배운다는 점에서 필자에게는 '닫힌 교실'이 아니라 '열려있는 텍스트'인 셈이다.

「고전소설과 스토리텔링」 수업의 교재로 『고전소설과 스토리텔링』이란 책을 만들기 위해 선별한 작품은 김시습(金時習, 1435~1493)의 〈금오신화(金鰲新話)〉부터 〈배비장전(裵裨將傳)〉에 이르기까지 모두 12편이다. 모두 문학사에 중요한 작품으로, 고전소설의 각 유형을 대표하는 작품이기도 하다. 〈금오신화〉는 전기(傳奇)소설, 〈홍길동전〉은 영웅소설, 〈구운몽〉은 몽자류 소설과 애정소설, 〈박씨전〉은 역사소설, 〈장화홍련전〉은 가정소설, 연암(燕巖)의 〈양반전〉과 〈허생전〉은 한문단편 혹은 전계 한문소설, 〈춘향전〉은 애정소설 혹은 판소리계 소설, 〈심청전〉과 〈흥부전〉은 판소리계 소설, 〈토끼전〉은 우화소설과 판소리계 소설, 〈배비장전〉은 세태소설의 대표작으로 각자 문학사에서 평가되고 있다.

작품에 대한 이해를 위해 작품론을 앞에 실었으며, 각각의 작품도 선본(善本)을 선별하여 일부 혹은 전체를 현대어로 풀이하여 뒤에 붙였다. 필자가 현대어로 옮긴 것도 있고, 동학(同學)들이 수고한 것을 빌려온 것도 있다. 긴 작품은 중요한 부분을, 짧은 작품은 전체를 온전히 실어 학생들에게 읽히고자 했다. 무엇보다도 원전을 읽는 것이 중요하기 때문이다. 작품론 뒤에 [참고문헌]을 붙여 필자가 활용한 논의를 밝혔으며 더 깊이 들어가 보고자 하는 학생들의 안내가 되도록 했다.

아무쪼록 필자의 글과 작품이 우리의 고전소설을 '재미있게' 만나는 길라잡이가 됐으면 하는 바람이다. 부디 우리 고전소설이 많이 읽히고 흥미로운 이야기 거리가 되어 많은 사람들의 입에 오르내렸으면 좋겠다. 그래야만 이를 바탕으로 영화, 애니메이션, 연극, 공연 등 다양한 문화 콘텐츠들이 만들어지지 않겠는가.

책을 만드는데 도움을 준 동학들과 나의 학생들에게 고마움을 전한다. 동학들은 많은 연구로 나의 수고를 덜어 주었다. 그런 점에서 기존 연구 성과에 빚지고 있다. 여기서 필자가 참고한 그 많은 논저를 일일이 밝힐 수 없음을 이해하기 바란다. 나의 학생들은 수업을 통해 신선하게 나에게 충격을 준다. 항상 열려있는 교실은 나에게 힘이 되었고, 작품을 읽으면서 새로운 이해를 위한 길을 열어주었다. 오래된 이야기인 고전소설을 통해서 예전 사람들과 교섭했고, 콘텐츠에 익숙한 지금의 학생들과 소통하고자 한다. 이제 책을 펼치면 고전소설로의 여행이 시작된다.

2018년 5월 제천의 낙민재(樂民齋)에서
권순긍 삼가 쓰다

차례

제1장

고전소설의 유형과
스토리텔링(story-telling)

고전소설을 간단히 정의하면 설화에 비해 보다 복잡하고 길어진 이야기다. 흔히 "자아와 세계가 상호 우위에 입각한 팽팽한 대결"을 펼친다고 한다. 그러면 어떻게 이야기가 만들어질까? 그 이야기가 만들어지는 방식, 곧 스토리텔링(story-telling)에 따라 동일한 유형으로 구분할 수 있다. '영웅소설'은 영웅들의 투쟁과 승패를 다룬 이야기며, '애정소설'은 청춘 남녀의 사랑과 수난에 따르는 이야기다. 이런 이야기의 방식을 기존의 논의를 참고해 나누면 10개 정도의 유형으로 분류할 수 있다. 각각의 유형은 인물의 특징과 이야기가 구성되는 방식에 따른 것이다. 유형별로 대표작을 3~5편씩 들어 이야기의 구성 방식을 살펴본다.

1. 영웅들의 투쟁과 승패, 영웅소설

영웅소설은 군담소설이라고도 부르며 고귀한 혈통과 비범한 능력을 지닌 주인공이 온갖 어려움을 극복하고 승리자가 된다는 이른바 '영웅의 일대기'구조에 바탕을 두고 이야기가 만들어진 소설이다. 군담소설은 작품의 주소재인 '전쟁'을 염두에 두었기에 그렇게 부르는 것이나 군담소설 보다는 영웅소설이 한층 포괄적인 개념이며 전쟁을 주소재로 한다는 점에서는 서로 공통된다.

영웅소설은 귀족적 주인공이 등장하는 '귀족적 영웅소설'과 미천한 주인공이 고난을 겪다가 성공하는 '민중적 영웅소설'로 나뉘며, 군담소설은 국내를 무대로 한 역사군담소설과 중국을 무대로 하여 가공적 인물이 등장하는 창작 군담소설로 나누기도 한다. 상업통속소설로서 대부분 한글본이면서 문장이 난삽하지 않은 데다 영웅의 승패와 아녀자의 눈물로 엮어진 굴곡이 심한 사건들이 등장하기에 소설의 낭독과 방각본 출판에서 성공을 거둘 수 있었다. 국내를 배경으로 한 〈홍길동전〉, 〈전우치전〉 등의 민중적 영웅소설과 〈유충렬전〉, 〈조웅전〉, 〈소대성전〉 등의 귀족적 영웅소설이 있고, 여성 독자들을 겨냥해 여자가 주인공으로 등장하는 〈정수정전〉, 〈홍계월전〉 등 '여장군전 계열'의 작품도 나타났다.

민중적 영웅소설 혹은 역사군담소설의 대표적인 작품은 허균(許筠, 1569~1618)이 지은 〈홍길동전〉이다. 서자로 태어난 홍길동이 온갖 어려움을 극복하고 활빈당 행수로 병조판서로 활약하고 나중에는 율도왕으로 자기를 성장시키고 실현시켜나가는 과정이 잘 그려져 있다. 비슷한 작품이 〈전우치전〉이다. 도술을 통해서 백성들의 어려움을 해결하고자 하여, 정치적인 문제를 제기했지만 사회의 모순이 되는 봉건체제의 근본적인 문제해결은 하지 못한 한계가 있다.

창작군담소설인 〈유충렬전〉, 〈조웅전〉, 〈소대성전〉은 귀족적 영웅소설의 전형적인 작품으로 일찍부터 많이 읽혀왔다. 대부분이 충신의 후예로 태어난 천상계 인물이 간신의 모함을 받아 어려움을 겪지만 이를 극복하고 가정과 국가를 위기에서 구해낸다는 이야기다. 요즘의 성공하는 주인공을 다룬 TV

드라마와 유사하며 당시 통속상업소설의 구조를 온전히 갖추고 있는 작품으로 남성 독자층을 중심으로 상당히 인기가 있었을 것으로 여겨진다.

그 인기에 힘입어 여성 독자들을 대상으로 한 새로운 형태의 영웅소설들이 나타났는데, 주인공을 여자로 바꾼 작품이 〈정수정전〉, 〈홍계월전〉이다. 여자가 장수가 되어 동정서벌하고 공을 세우다 보니 능력이 뒤떨어지는 남편과 여러 가지 충돌을 벌이게 되고 이를 흥미롭게 그렸다. 여기서 더 나아가 아예 여성끼리 사랑하고 결혼하는 동성애적인 내용을 담은 파격적인 〈방한림전〉이 등장하기도 했다.

한편 국내를 배경으로 하여 위기에 빠진 중국을 도와주는 해외원정 군담소설이 등장하기도 했다. 대표적인 작품이 〈신유복전〉으로 위기에 빠진 중국을 구원한다는 데서 나름대로 민족의식을 드러내 보여준다.

2. 역사 속 사건과 인물의 이야기, 역사소설

역사소설은 역사적 사건이나 인물을 다룬 소설이다. 예전에는 역사를 다루고 논하는 것을 국가의 공식적 기구인 사관(史官)만이 할 수 있어 소설이 널리 창작되지 못했다. 중국에서는 '연의(演義)'라 하여 특히 명나라 때 발달했는데 그 대표작인 『삼국지연의(三國志演義)』가 우리나라에 17세기에 들어와 널리 읽혀 역사소설이 나타나는 데 영향을 주었다.

인물중심의 소설과 사건중심의 소설로 나눌 수 있으며 사실과 허구의 정도에 따라 분류하기도 한다. 처음에는 역사적 사실보다는 인물에 얽힌 일화가 중심이 되어 〈최고운전〉 같은 작품이 나타났지만, 임병양란 이후에 중국의 연의류가 들어오고 경험적 서사의 세계가 확장되면서 〈임진록〉, 〈박씨전〉, 〈임경업전〉과 같은 전쟁이나 인물을 소재로 한 본격적인 역사소설이 등장하였다.

신라시대의 문인인 최치원을 다룬 〈최고운전〉은 인물의 실재 사적보다는 주인공에 얽힌 이야기를 주로 다루고 있다. 그래서 역사적 사실 보다는 중국에 들어가 천자를 비롯한 많은 사람들을 제압하는 등 비현실적인 허구의 세계가 두드러진다. 이를 통해 민족의식을 높이고자 했다.

본격적으로 역사적 사건을 다룬 것은 임병양란이 지나고 나서다. 엄청난 민족적 시련인 임진왜란과 병자호란을 겪고 나서 이를 배경으로 다룬 역사소설은 〈임진록〉, 〈박씨전〉, 〈임경업전〉이 있는데 그 중에 역사적 사실과 문학적 허구가 잘 어우러진 작품은 〈박씨전〉이다. 역사적 사실과 허구를 적절히 섞어서 병자호란의 치욕을 설욕했으며, 여성영웅을 형상화하여 남성지배 사회에 대한 불만의 목소리를 높였다. 당시 하찮게 여기는 아낙네가 나서서 온 나라를 유린했던 청나라 대군을 꼼짝 못하게 했으니 잠재된 여성의 저력을 느끼게 하는 작품이다.

〈임진록〉은 당시의 설화를 집대성한 작품으로 두드러진 활약을 보였던 여러 명의 실존인물을 등장시켜 역사적 사실을 바탕으로 허구의 세계를 확장하여 임진왜란의 패배를 설욕하고자 했다. 허구의 세계를 확장하다보니 사명당이 일본에 건너가 도술을 부려 일본 왕에게 항복을 받는 등, 실재 역사와는 다른 부분이 상당수 등장한다.

반면 〈임경업전〉은 비교적 역사적 사실에 충실한 작품으로 청나라에 저항한 임경업을 민족영웅으로 그리고 있다. 당시 정치적 지향도 "명나라를 높이고 청나라를 배척한다"는 '숭명배청(崇明排淸)' 이어서 임경업의 행위는 상하 모두에게 영웅으로 받아들여졌다. 전기수(傳奇曳, 강독사)에게 낭독될 정도로 국내의 영웅을 다룬 소설로는 인기가 높았다.

3. 집안에서 일어나는 크고 작은 이야기, 가정소설

가정소설은 규방소설이라고도 하며 가정 내에서 일어나는 사건을 다룬 소설로 주로 사대부 부녀자 층에서 애독했던 작품들이다. 국문소설이 출현한 17세기에 이미 하나의 굳건한 장르로 자리 잡았으며 가부장제를 확고하게 유지하려는 가문의식이 잘 드러나 있다

이야기가 어떻게 만들어 졌는가를 보면 〈사씨남정기〉나 〈창선감의록〉처럼 가문 내에서 처첩간의 갈등을 다룬 '쟁총형 가정소설(혹은 처첩형 가정소설)'과 〈장화홍련전〉이나 〈콩쥐팥쥐전〉처럼 계모가 전처 자식을 핍박하는 '계모(박해)형 가정소설'로 나뉜다. 처음에는 금지됐지만 사대부가의 부녀들을 위한 교양서의 역할을 하여 사대부가에서 널리 읽혔다.

쟁총형 가정소설은 상층사대부 곧 벌열(閥閱)들의 가문의식을 잘 보여주는 작품이다. 〈사씨남정기〉와 〈창선감의록〉이 대표적인 작품이다. 한 가문에서 일어나는 처첩간의 갈등과 후계문제를 통해서 가문의 질서를 어떻게 세우냐가 소설의 중심 이야기가 된다. 임병양란이 끝나고 봉건체제가 위기를 맞이했던 시대, 흔들리는 가문의식의 회복을 염두에 두고 지어진 작품들이다. 특히 간악한 첩들을 통해 당대의 유교적 명분으로 쉽게 제어되지 않는 인간 욕망의 극대치를 보여준다.

〈장화홍련전〉, 〈콩쥐팥쥐전〉, 〈김인향전〉은 상층사대부 집안을 다룬 것이 아니라 향촌에 거주하는 향반 집안의 문제를 다루는 이른바 '계모(박해)형 가정소설'이다. 시골의 양반집(대개 좌수의 지위)을 무대로 여주인공이 계모와 그의 자식에 의해 박해 당하다 결국 죽게 되는데, 다시 환생하여 복수를 하는 내용이다. 〈장화홍련전〉은 아버지와의 관계가, 〈김인향전〉은 정혼자와의 관계가 중시된다. 〈콩쥐팥쥐전〉은 콩쥐 스스로 변신하여 진상을 밝히고 팥쥐를 제거한다. 이들 작품들은 계모박해라는 민담적 요소와 복수담 때문에 근대 이

후 전래동화로도 널리 수용되었고, 공포영화의 소재로 많이 활용되었다.

4. 여러 세대와 가문의 얽힌 이야기, 가문소설(장편소설)

　가문소설은 성대한 가문을 중심으로 각 인물들의 만남과 헤어짐이 반복되는 엄청난 분량의 작품이며 장편소설 혹은 대하소설로 불리기도 한다. 17세기 후반 이후 지배질서의 위기를 극복하고 가문의 번영을 이루기 위하여 가문의식을 두드러지게 드러낸 소설로 시간적 여유를 가진 사대부 부녀자 층의 수신서 역할을 하기도 했다.

　이야기가 만들어지는 스토리텔링의 방식은 가정에서 일어나는 다양한 사건들이 확대되어 〈임하정연〉처럼 여러 가문의 얘기가 얽히거나, 〈유씨삼대록〉처럼 한 집안의 3대에 걸친 이야기가 전개되는 형태다. 17세기 옥소 권섭(玉所 權燮, 1671~1759)의 어머니인 용인 이씨가 〈소현성록〉을 필사했다는 기록이 있어 이미 17세기 후반기부터 가정소설과 같이 존재했으리라 보여 진다.

　가문소설의 특징을 보면 우선 작품의 분량이 세계적으로 유례가 드물 정도로 이야기가 상당히 길어 180책의 〈완월회맹연〉이나 139책이나 되는 〈임하정연〉, 105책으로 이루어진 〈윤하정삼문취록〉, 100책의 〈명주보월빙〉같은 작품도 있다. 그러다 보니 〈유효공선행록〉과 〈유씨삼대록〉이나 〈명주보월빙〉과 〈윤하정삼문취록〉처럼 연작 형태로 존재하는 작품도 있고, 〈소현성록〉에서 〈영이록〉, 〈옥환기봉〉이 생겨난 것처럼 원작으로부터 속편 혹은 파생작이 생겨나기도 했다.

　다음은 대체로 가문에 얽힌 문제가 중심적으로 전개되지만 내용이 길다보니 〈화산기봉〉처럼 영웅의 일대기를 그린 작품도 있고, 〈옥환기봉〉처럼 국가의 재건과 함께 남녀의 애정문제가 진지하게 드러나기도 한다. 말하자면 TV

의 대하드라마처럼 사람들이 살아가는 사소한 인간사의 온갖 모습이 작품에 반영되어 나타난 것이다.

한편 작품의 말미에 상층인물을 작가로 설정하는 후기가 붙어있어 작품의 작가층을 상층인물로 추정하는 단서를 제공하기도 했다.

5. 남녀의 사랑과 수난 그리고 극복의 이야기, 애정소설

애정소설은 남녀의 애정문제를 중심에 놓고 이야기를 다룬 작품을 말한다. 남녀의 애정은 누구나 경험할 수 있는 흥미로운 소재이기에 이미 소설사의 초기부터 애정전기 형태로 빈번하게 등장하여 이야기를 만들었다.

애정소설에서 서사의 진행과정은 ①결연과정 ②수난과정 ③극복과정으로 나눌 수 있다. 예전에는 남녀가 만나 서로 사랑을 확인하고 감정을 발전시켜 나갈 시공간이 존재하지 않기에 남녀의 만남은 육체적 관계 곧 결연(結緣)으로 연결되었으며 이후에는 만남과 결연과정 보다는 애정수난이 중심이 되어 이를 어떻게 극복하고 결혼에 이르게 되는가가 중요하게 다루어진다. 여기서 신분과 집안 배경 같은 애정의 장애요소나 방해자가 등장하여 애정의 성취를 저해하게 되며 이것이 소설을 흥미롭게 만드는 요인이 된다. 대표작으로는 〈구운몽〉, 〈숙향전〉, 〈숙영낭자전〉, 〈옥단춘전〉, 〈윤지경전〉, 〈채봉감별곡〉 등이 있다.

〈구운몽〉은 어느 한 갈래로 작품을 규정할 수 없지만 작품의 중심서사는 양소유와 팔선녀의 애정성취에 두고 있다. 위로는 공주로부터 최하층인 기생과 몸종에 이르기까지 다양한 여자들을 등장시켜 다양한 남녀애정의 모습을 보여주고 있다.

최고의 애정소설은 판소리계 소설이기도 한 〈춘향전〉이다. 신분이 다른 두 남녀가 당시 도저히 넘을 수 없는 신분격차를 극복하고 사랑을 이뤄냈다는 데서 그 의미를 찾을 수 있다. 더욱이 춘향은 기생의 신분으로 변학도의 수청을 거부하고 이몽룡과의 사랑을 지켜냈다는 데서 양반의 노리개가 아닌 주체적 여성으로서 신분해방의 의지를 보여준다고 할 수 있다. 이 때문에 〈춘향전〉은 최고의 고전으로서 수많은 작품을 파생시켰고 근대 이후에도 소설뿐만 아니라 시, 영화, 애니메이션, 음악, 미술 등으로 끊임없이 재창작되기도 했다.

〈숙향전〉은 이선과 숙향이 서로 만나기 위해 기막힌 일들을 겪고 나서 결국 결혼하게 되는 이야기로 봉건적 인습을 거부하고 서로가 사랑을 이루어나가는 험난한 과정을 담고 있다. 〈숙영낭자전〉은 공안(公案)적 요소가 강한 작품으로 사랑을 성취해나가는 과정보다 죽은 아내 숙영낭자의 살해 진상을 알아내고 환생시키는데 역점을 두고 있다. 국내를 배경으로 사건을 해결해 나가는 공안소설적 요소가 흥미를 끈다.

기생 옥단춘과 선비인 이혈룡과의 사랑을 다룬 〈옥단춘전〉은 〈춘향전〉의 모방작이다. 내용은 비슷하게 설정하였으나, 무대를 평양으로, 방해자인 평양감사를 남주인공의 친구로 설정한 것이 다르다. 〈윤지경전〉은 온갖 박해, 심지어는 임금의 명도 거스르며 사랑을 지켜나가는 윤지경과 연화의 사랑을 다루고 있다.

1910년대에 등장한 신작 고소설 〈채봉감별곡〉은 세도가의 첩으로 딸을 주려는 아버지의 그릇된 욕심에 맞서 자신의 사랑을 지켜나가는 당찬 채봉이의 이야기를 그리고 있는 작품으로 여주인공의 적극성이 돋보인다. 스스로 기생이 되어 사랑하는 장필성을 만나 사랑의 약속을 지키는 등 채봉의 근대적 성격이 두드러지는 작품이다. 당시의 애정가사인 〈추풍감별곡〉을 소설의 모티브로 삼은 점이 특이하다. 애정가사의 제목과 같은 〈추풍감별곡〉으로 출판되기도 했다. 남원을 배경으로 한 〈춘향전〉과 비교해 '남북상대(南北相對)'한 작품으로 여겨졌다.

6. 조선후기의 시정세태와 풍속의 이야기, 세태소설

세태소설은 조선후기의 시정세태와 풍속 속에서 일어나는 자질구레한 사건을 다룬 작품을 일컫는다. 국내를 배경으로 잘난 척해도 별 수 없는 인물을 등장시켜 기존관념을 파괴하는 사건을 벌이는 작품들로 19세기에 와서 뚜렷하게 그 모습을 드러냈다.

조선후기 상품화폐경제의 발전으로 도시에서는 유흥풍조가 만연했고, 향촌에서는 요호부민이 등장하여 향촌의 질서가 새롭게 재편되었으며, 공고하던 신분체제가 무너져 새로운 현상이 나타났다. 이 때문에 전에 볼 수 없었던 기생과 관련된 유흥세태나 향촌사회의 재편된 모습, 추노에 얽힌 새로운 내용들이 나타났다. 이를 통해 당시의 세태를 날카롭게 풍자했다.

애정소설이 낭만적인 성향을 지녔다면 세태소설은 거칠고 서툴기는 하지만 현실을 사실적으로 묘사하는 방향으로 나아가 대작 장편으로 늘어난 가문소설과는 상반되는 양상을 보였다. 이런 점에서 판소리계 소설과 서로 통하는 면이 있으며 시정세태의 한 단면을 전형적으로 묘사하기에 야담(野談)과 유사한 점이 많다.

이른바 '남성훼절담'에 속하는 〈오유란전〉, 〈종옥전〉, 〈배비장전〉 등의 소설은 여자를 가까이 하지 않는다고 하는 인물의 위선과 호색적 성격을 폭로하는 작품이다. 특히 〈배비장전〉은 단순히 호색적 성격의 폭로뿐만 아니라 양반들의 위선과 권위를 신랄하게 풍자하고 있어 주목되며 판소리의 12마당에도 포함되어 있다.

〈이춘풍전〉은 그의 아내를 통해 알량한 가부장권을 풍자하고 있는 작품이다. 허랑방탕한 인물 이 춘풍은 아내의 말을 무시하고 가장의 지위를 내세워 온갖 못된 짓을 일삼는다. 여기에 가해지는 아내의 공격과 풍자는 고전소설 수준에서는 지나칠 정도로 그 강도가 높다.

〈옹고집전〉은 지방토호들의 탐욕을 풍자한 작품으로 인색한 부자가 벌을 받아 자기의 잘못을 깨닫는다는 민담적 구조를 발전시켜 사회소설로 나아갔다. 이런 점에서 〈홍부전〉의 놀부를 비판한 것과 상통한다.

〈김학공전〉은 조선후기에 많이 일어났던 추노(推奴)에 얽힌 이야기를 소설화한 작품으로 당시 신분동향을 잘 그렸다. 야담에도 이와 유사한 내용이 많아 당시 추노에 얽힌 얘기가 다수 떠돌았을 것으로 보여 진다.

7. 동물들을 통해 풍자되는 인간의 세계, 우화소설

동물의 형태를 통해 인간세계의 적나라한 모습을 보여주는 우화소설은 조선후기에 다양하게 나타난 갈래다. 원래 민간에서 전승되던 우화가 소설로 발전한 것인데 그것을 가능케 했던 조선후기 사회의 모습을 뚜렷이 반영하고 있다. 인간들의 보편적 심성과 성격적 결함을 일깨우기 위한 풍자나 교훈의 내용을 담은 설화가 조선후기 사화현실과 맞물리면서 우화소설로 발전된 것이다.

〈두껍전〉처럼 서로 상좌를 차지하려고 나이자랑을 함으로써 향촌사회의 모습을 풍자한 '쟁년형 우화소설'과 〈서대주전〉처럼 재물을 약탈당하여 관가에 송사를 하는 '송사형 우화소설'이 있다. 한편 판소리로 불려지기도 했으며, 하층민의 고난을 형상화한 〈장끼전〉과 봉건체제를 전면적으로 문제 삼은 〈토끼전〉도 있다.

'쟁년형 우화소설'인 〈두껍전〉은 온갖 동물들이 서로 상좌를 차지하려고 언쟁하는 내용으로 요호부민의 성장에 따라 점차 영향력이 약화되는 재지사족의 현실적 처지를 상좌다툼이라는 사건을 통해 우의적으로 표출하고 있다. 그래서 상좌에 앉은 두꺼비를 신랄한 희화와 풍자의 대상으로 만들어 버렸다.

'송사형 우화소설'인 〈서대주전〉은 상당한 재물을 소유한 요호부민 서대주가 다람쥐의 식량을 강탈하고도 무죄로 방면되는 조선후기 향촌사회의 부패를 풍자하고 있는 작품이다.

한편 판소리계 우화소설인 〈장끼전〉은 까투리의 개가를 통해 비극적인 삶에 직면해서도 강인한 생명력을 잃지 않고 꿋꿋하게 살아가려는 하층 유랑민들의 건강한 삶을 보여주고 있는 작품으로 주목된다.

8. 판소리에 실어 펼쳐낸 삶의 굴곡진 이야기, 판소리계 소설

판소리의 인기에 힘입어 나타난 소설들이 판소리계 소설이다. 그러기에 내용상으로는 판소리 사설과 판소리계 소설이 명확하게 구분되지는 않는다. 판소리 12마당의 작품 중 현재 판소리 창으로는 5마당만 전하지만 소설로는 〈춘향전〉, 〈심청전〉, 〈흥부전〉, 〈토끼전〉, 〈적벽가〉 등 전승 5가를 비롯하여 〈변강쇠가〉, 〈배비장전〉, 〈옹고집전〉, 〈장끼전〉, 〈게우사〉, 〈매화타령〉, 〈숙영낭자전〉 등이 소설로 전한다. 5마당 중에 〈춘향전〉, 〈흥부전〉, 〈토끼전〉 등은 판소리가 먼저 유행했고 소설이 뒤에 나타났으며, 〈심청전〉과 〈적벽가〉는 소설이 먼저 인기를 얻어 뒤에 판소리가 나타난 것으로 보고 있다.

민중층이 적극적으로 참여한 판소리계 소설은 봉건체제가 해체되어가던 조선 후기의 역동적 사회현실을 작품에 구체적으로 반영하고 있다. 판소리계 소설은 인물과 사건의 일상성을 드러내고 현실적 정황을 생동감 있게 묘사하여 어떤 소설 갈래보다도 민중들의 현실적 삶을 잘 그려냈다. 이 때문에 소설사의 주도적인 자리를 차지하고 현실주의의 전통을 수립하여 근대문학에 영향력을 끼쳤다

〈춘향전〉은 양반의 노리개를 거부하고 주체적 여성으로 살고자 하는 기생

춘향의 형상을 통해 신분해방을 그렸으며, 〈심청전〉은 자신을 키워준 아버지를 위해 인당수에 몸을 던지는 심청을 통해 육친에 대한 사랑과 구원을 형상화했다. 〈흥부전〉은 착한 동생 흥부와 탐욕스런 형 놀부의 대립을 통해 조선 후기의 빈부갈등을 그렸으며, 〈토끼전〉은 토끼와 자라 혹은 용왕을 비롯한 용궁의 중신들과의 대립을 통해 봉건체제와 이념에 대한 풍자를 수위 높여 많은 사람들에게 인기가 있었다. 작품의 질로나 문학사적인 평가로나 독자(혹은 청자)수용의 측면에서나 가장 높은 문학적 성취를 이뤄낸 작품들이다.

판소리계 소설은 미의식에서 골계미를 주조로 한다. 골계미 혹은 희극미는 이상적인 것의 입장에서 실재적인 것이 부정되거나 폭로되는 데에 있다. 그러기에 판소리계 소설에서는 이상적인 입장에서 봉건사회의 여러 모순들이 부정되거나 비웃음 받거나 비판되는 것이다.

9. 한문으로 기록된 낭만적이고 기이한 이야기, 전기(傳奇)소설

전기소설은 비현실적이고 낭만적인 내용을 주로 하고 있는 장르다. 이미 나말여초에 〈최치원〉 같은 작품을 통하여 전기소설이 발생했다고 할 수 있다. 『수이전(殊異傳)』에 실려 있는 〈최치원〉, 〈호원〉 등의 작품이 그것이다. 전기소설은 '애정류'과 '의론류'로 나눌 수 있는데 애정전기가 많은 부분을 차지한다.

애정은 누구나 겪는 보편적인 경험이기에 이미 나말여초부터 전기의 소재로 많이 등장했으며 15세기 『금오신화(金鰲新話)』의 〈이생규장전(李生窺牆傳)〉과 〈만복사저포기(萬福寺樗蒲記)〉에 이르러 애정전기의 완성을 보게 되었다. 김시습(金時習, 1435~1493)은 죽은 여자의 귀신과 산 남자의 사랑을 통해 부당한 세계의 횡포에 의한 생의 단절을 거부하는 강한 의지를 보여주고 있다. 이는 죽음을 뛰어넘는 사랑의 약속이라고 할 수 있는데 이를 통하여 '절의(節義)'를 드러내고 있는 것이다.

궁녀인 운영과 김진사의 이루어질 수 없는 사랑을 다룬 〈운영전(雲英傳)〉은 봉건적 인습에 저항하는 궁녀들의 처절한 목소리를 담고 있다. 운영의 사랑을 지지하는 궁녀들의 목소리에서 이를 확인할 수 있다.

권필(權韠, 1569~1612)의 〈주생전〉은 임진왜란에 명군으로 참여했던 주생이 배도와 선화 사이에서 겪었던 사랑의 이야기가 중심을 이루고 있다. 특히 두 여자와 주생이 아슬아슬한 줄다리기를 하는 삼각관계가 드러나 있어 주목된다.

조위한(趙緯韓, 1567~1649)의 〈최척전〉은 남원출신의 최척과 그 가족이 전쟁의 와중에서 헤어지고 다시 만나는 파란만장한 이야기를 다루고 있는 작품으로 이산의 아픔이 잘 드러나 있다. 특히 영웅이 아닌 보통사람들이 겪어야 했던 전란의 고통을 사실적으로 그리고 있어 주목된다.

임제(林悌, 1549~1587)의 〈원생몽유록〉은 주인공인 원자허가 꿈속에서 단종과 사육신을 만나 세조의 왕위찬탈에 울분을 토하는 내용의 작품이며, 신광한(申光漢, 1484~1555)이 1553년(명종 8)에 펴낸 『기재기이(企齋記異)』에 실려 있는 〈안빙몽유록〉은 주인공 안빙이 꽃나라에 가서 시를 주고받으며 놀고 왔다는 내용으로 구성되어 있다. 바른 정치에 대한 바람이 비현실적인 꿈이라는 장치를 통해 드러난다고 할 수 있는데 꿈속에서의 사건전개가 단순하고 현실과 깊은 연관이 없어 서사적 전개에 한계가 있다고 지적된다.

10. 한문으로 기록된 인간과 세상살이의 이야기, 한문 장편 및 단편소설

한문 장편소설은 17세기 후반 가문을 배경으로 창작되기 시작하여 18세기에 전성기를 이루고 19세기에도 계속되었으며 20세기 초에도 국권수호를 내용으로 하는 작품이 창작되기도 했다. 한문 장편소설의 대표적인 작품은 김소행(金紹行, 1765~1859)의 〈삼한습유(三韓拾遺)〉와 남영로(南永魯, 1810~1857)의 〈옥루몽(玉樓夢)〉, 서유영(徐有英,1801~1874)의 〈육미당기(六美堂記)〉 등으로 가문소설과 영웅소설의 전통을 아우른 것이다.

김소행의 〈삼한습유〉는 숙종 때 경상도 선산에서 실제로 있었던 향랑의 자살사건을 삼국시대로 옮겨 그 원한을 풀도록 했으며, 〈옥루몽〉은 〈구운몽〉을 확대시키고 흥미롭게 통속화 시켰다. 남주인공 양창곡과 5명의 처첩들이 얽히는 이야기다. 분량이 64회이니 16회짜리 〈구운몽〉의 4배가 된다. 특히 기녀인 강남홍과 벽성선의 적극적이고 개성적인 모습이 두드러져 〈강남홍전〉과 〈벽성선전〉이 따로 출판되어 읽힐 정도였다.

서유영의 〈육미당기〉는 신라의 태자 김소선이 중국에 가서 부마가 되고 다시 우리나라에 돌아와 왜적을 물리쳐 왜왕의 항복을 받는다는 이야기로 반일의식이 강렬하게 드러난 작품이다.

한문단편으로는 연암 박지원(燕巖 朴趾源, 1737~1805)과 문무자 이옥(文無子 李鈺, 1760~1813)의 작품이 주목된다. 세상에 대한 불평불만이 많았던 박지원이 젊은 시절에 쓴 9편의 전(2편은 뒤에 없어졌다.)이 들어있는 『방경각외전(放璚閣外傳)』에서는 사대부 계층에 대한 풍자가 두드러지는데, 특히 〈양반전〉, 〈예덕선생전〉, 〈광문자전〉 등이 이야기를 엮어가는 방식과 주제를 형상화하는 수법이 뛰어나다. 양반계층이 아닌 천부, 천인역부나 거지 등을 주인공으로 내세워 양반의 허위의식과 실상을 신랄하게 풍자하고 있다.

『열하일기(熱河日記)』에 실려 있는 〈허생전〉과 〈호질〉도 이런 연장선상에 있다. 〈허생전〉은 옥갑에서 비장들과 나눈 이야기를 소설화 한 것으로 〈옥갑야화〉라 부르기도 한다. 북벌론(北伐論)으로 대변되는 사대부들의 정치적 허위성이나 가식적 태도를 허생의 입을 통해 비판했다. 〈호질〉은 산해관(山海關)을 지나 북경으로 가는 길목에 위치한 옥전현(玉田縣)의 어느 가게의 벽에서 베껴 고친 글이라 하지만 풍자에서 오는 부담감을 피하기 위해 그렇게 사설을 달아 연암이 지었을 가능성이 높다. 만주족의 압제에 곡학아세(曲學阿世)로 적응해가는 한족 선비층을 범을 통해 비판 풍자했다.

박지원과 달리 이옥은 시정세태의 움직임을 잘 포착하여 소설로 형상화했던 바, 특히 적극적인 중인계층 여성주인공의 형상이 탁월한 〈심생전〉과 사기꾼의 모습이 잘 그려진 〈이홍전〉이 주목된다. 연암처럼 사회적 담론을 내세운 것은 아니지만 당시 시정의 자질구레한 일상들을 세밀하게 그려냈다. 그 과정에서 돈, 곧 이익추구에 의해 움직여지는 시정의 인간군상과 세태를 풍자하고 있어 오늘의 세태와도 유사함을 느낀다. 연암이나 이옥의 작품들은 조선후기 시정세태의 한 단면들을 치밀하게 그려내고 풍자하고 있어 현대단편과 견주어도 손색이 없다. 그만큼 묘사가 탁월하고 다루는 주제 또한 깊이가 있다.

제2장

역사의 횡포에 맞선 아름답고 슬픈 판타지, 〈금오신화(金鰲新話)〉

1. 고독한 낭만주의자의 자화상

우리 문학사에서 최초의 소설인 『금오신화(金鰲新話)』를 비롯하여 2,180여 수의 시를 남긴 매월당(梅月堂) 김시습(金時習, 1435~1493). 그는 뛰어난 문학 작품 뿐만 아니라 상식을 뛰어넘는 기행(奇行)으로 말미암아 더욱 사람들의 주의를 끈다. 그의 기행이란 세조의 왕위찬탈에 반발하여 머리를 깎고 중이 되어 평생을 떠돌아다니면서 벌인 행각을 말한다. 자신의 친구인 정창손, 서거정, 신숙주, 김수온 등이 세조 쿠데타의 공신으로 높은 벼슬에 앉아 있을 때 김시습은 거지 행색을 하고 백주대로에서 이들을 꾸짖었으며, 사육신이 노량진에서 처형당했을 때 아무도 무서워 나서지 못하는 데 홀로 나서서 그들의 시체를 묻어주었다. 이 때문에 세상에선 그를 '생육신(生六臣)'이라 부른다.

그런가 하면 설악산 속에 들어가 홀로 거처하면서 나무를 희게 깎아 시를 쓰고 읊조리다가 갑자기 통곡하며 그것을 없애버리기도 했고, 달 밝은 밤이면 흐르는 시냇가에 앉아 수천 장의 종이에 시를 쓰고 그것을 물에 띄어 보내며 목 놓아 울기도 했다. 혹은 나무를 다듬어 농부가 밭 갈고 김매는 형상을 조각하여 책상 곁에 죽 늘어놓고 물끄러미 바라보다가 또 다시 통곡하며 불살라 버리고, 어떤 때는 자신이 농사지은 조가 무성하여 이삭이 팬 것을 술을 먹고 들어와 낫을 휘둘러 모조리 땅에 베어 넘기고 통곡했다 한다.

세상과 타협하지 않는 강직한 선비의 기품과, 달밤이면 눈물을 흘리는 따스한 시인의 감성을 동시에 지녔던 사람. 달과 매화를 지극히 좋아해 휘영청 달 밝은 밤이면 소상강에 몸을 던진 초나라 충신 굴원(屈原, BC 343~BC 278)의 〈이소(離騷)〉를 외우며 눈물을 흘렸던 시인, 그가 바로 김시습이다.

그의 호 매월당도 달과 매화를 좋아해, 경주 금오산(지금의 남산)에 거처할 당시 머물렀던 집(사실은 거의 움막 수준)의 이름이다. 〈금오신화를 지으면서(題金鰲新話)〉라는 시를 보면

작은 집 푸른 담요에 따뜻함이 넘치는데,　　　矮屋靑氈暖有餘
창에 가득 매화 그림자 달이 밝아오는 때라　　漫窓梅影月明初

라고 하여 매월(梅月) 두 글자를 집의 이름으로 지었고, 또 호로 취했다.

달이 떠올 무렵, 달빛을 받아 창문에 어른거리는 매화 그림자. 절개와 동시에 슬프리만치 고독한 그 모습을 자신의 호로 삼은 것을 참으로 절묘하다. 김시습 자신이 불의한 세상과 타협을 거부하고 방랑으로 일생을 보냈던 고독한 낭만주의자의 초상을 그대로 지니고 있기 때문일 것이다. 김시습은 생전에 늙고, 젊은 두 폭의 자화상을 그렸다. 그리고 그 여백에다 화상찬(畵像讚)을 써 다음과 같이 자신의 모습을 설명했다.

그대의 모습은 지극히 작고, 그대의 말은 매우 어리석으니, 마땅히 그대를 언덕과 구렁 속에 버려두리라. (爾形至眇 爾言大侗 宜便置之 丘壑之中)

26

역사의 횡포 앞에 너무도 초라한 자신을 발견한 것일까? 자신을 저주하고
자학하면서 인생을 살았기 때문일까? 그 화상에는 두타형(중의 머리모양)의
머리를 하고 매섭게 세상을 응시하는 김시습의 모습이 그려져 있다.

2. 불행한 시대, 화려한 출발

김시습이 활동한 시기는 15세기 후반이다. 이때는 안정되었던 조선 봉건사
회가 그 모순을 드러내기 시작한 무렵이었다. 조정이 혼란을 거듭하는 과정에
서 여러 정변을 겪으면서 지배계층에게 공신전을 남발했고, 지배계층인 양반
들은 이를 토대로 토지겸병을 확대 시켜나갔다. 관가와 지주들의 세금에 시달
려야 했던 농민들의 생활은 이로 인하여 점차 어려워 졌다. 양반 지주들과 농
민들의 모순이 첨예하게 드러난 시기이다.
김시습의 시 〈농부의 말을 적노라(記農夫語)〉를 보면 이런 사정을 잘 알 수
있다.

굶주려 우는 아낙과 아이들 길바닥에 쓰러지고
길 가던 나그네는 한숨만 짓고 가네
사채, 관가 조세 밤낮으로 성화건만
얽매인 종살이 도망도 못할 신세
이 한 몸에 온갖 부담 지웠으니
이리 떼고 저리 찢어 참혹도 할사
·················(중략)·················
해마다 흉년드니 살 길이 전혀 없어
기름진 땅에 권세 있는 양반들이 다 앗아가 버리고
힘 센 장정 농사를 지을 일손도 있었으나

군역에 쪼들려 포보(布保) 살러 뽑혀갔네
발가숭이 어린 자식 옆에서 울부짖어
밥 달라 날 조르나 듣고도 못 들은 척

　그런가 하면 왕실 내부의 권력 쟁탈전으로 지배계층 자체의 모순도 심화됐다. 이것이 폭발된 것이 바로 '계유정란(癸酉靖亂)'이라는 세조 쿠데타이다. 수양대군이 어린 조카 단종의 몰아내고 왕위를 빼앗은 사건이다. 이로 말미암아 임금과 신하의 구분이 엄격했던 봉건적 명분은 땅에 떨어지고 사회적 혼란과 부패는 날로 심해갔다. 김시습이 살았던 시대는 바로 이런 지배계층과 민중들의, 지배계층 내부의 모순이 표출되던 시기였다. 혼란의 시대, 폭력의 시대였다. TV 사극의 단골 메뉴로 등장하는, 피비린내 나는 왕권 쟁탈전의 시대가 바로 이때이다.

　그 무렵 1435년(세종 17년) 김시습은 반촌(泮村)이라는 서울 성균관 북쪽에서 태어났다. 그의 집안은 강릉 김씨로 당시 볼품없는 무관의 집안이었다. 하지만 김시습은 나면서 8개월부터 글을 알았을 정도로 뛰어난 재주를 지녔다. "때가 되면 스스로 글을 익혔다"는 시습(時習)이란 이름도 이런 까닭으로 지어졌다.

　그가 5세 때에 운명을 결정짓는 중대한 사건이 일어났다. 김시습이 신동이라는 소문이 세종의 귀에까지 들어가 임금이 친히 보자고 한 것이다. 세종은 도승지 박이창을 시켜 김시습의 글재주를 시험했다. 박이창이 먼저 "동자의 학문이 흰 학이 푸른 소나무 끝에서 춤추는 것과 같도다"하자, 김시습이 서슴지 않고 "임금님의 덕은 누런 용이 푸른 바다 가운데서 꿈틀거리는 것 같습니다."고 댓구를 말했다.

　감탄한 세종은 김시습에게 나이가 들어 학문이 이루어지면 불러다 크게 쓰겠노라고 약속하고, 세자(문종), 세손(단종)을 가리키면서 "저 두 사람이 너의 임금이 될 것이다. 잘 기억해 두어라." 했다. 이 때문에 김시습은 '오세(五歲)'라는 이름으로 불려지게 됐다.(설악산 오세암이 바로 김시습이 기거했던 암자로 자신의 이름을 따서 지은 것이다.)

김시습을 기특히 여긴 세종은 상으로 비단 여러 필을 내렸는데, 어린 신동은 한 쪽 끝을 허리에 감더니 둘둘 풀면서 가져가는 기지를 발휘하기도 했다. 한미한 집안에서 태어난 김시습으로는 대단히 영광이 아닐 수 없었다. 하지만 누가 예측이라도 했을까? 이런 화려한 출발과 부푼 기대가 그의 인생을 방랑과 좌절로 몰고 가리라는 것을.

영광은 짧고 고통은 길었다. 13세에 어머니가 세상을 떠나고 아버지마저 병이 들어 집안을 돌볼 수 없었다. 남효례(南孝禮)의 딸을 맞아 결혼도 했지만 집안을 일으키기에는 혼자 힘으로 역부족이었다. 입신출세의 꿈은 세종, 문종이 잇달아 죽자 점점 희미해졌다. 김시습은 후일을 기약하며 책을 싸서 삼각산 중흥사(重興寺)로 들어간다. 훗날, 당시의 심정을 "높은 벼슬에 오를 마음은 적어만 가고 / 구름과 숲 속을 노닐 생각만 가득했으니 / 오로지 세상을 잊어버릴 생각 뿐"이라 했다. 끝없는 방랑의 전주곡인 셈이다.

3. 선비는 자신과 세상에 어긋나면

1455년 김시습의 나이 21세 되던 해 봄. 서울로부터 오는 사람이 있어 세조 쿠데타의 슬픈 소식을 전했다. 김시습에게는 모든 미래가 사라지는 순간이었다. 문을 닫고 나오지 않더니 사흘 만에 크게 통곡하며 공부하던 책을 모조리 불사르고, 미쳐 날뛰다 더러운 뒷간에 빠졌다. 그리곤 머리를 깎고 중이 되었다. 중의 이름은 설잠(雪岑)이라 지었다. 그리고 지금까지 연연해 있던 세상과의 인연을 끊었다. 그러면서도 수염은 깎지 않았다. 누가 물으면 "머리를 깍은 것은 세상을 피하고자 함이요, 수염을 남긴 것은 장부임을 나타내고자 함이라"고 대답했다.

이때부터 기약 없는 그의 긴 방랑이 시작된다. 좋아서 하는 방랑이 아니라 세상에 머무를 수 없어서 하는 방랑이었다. 어쩌면 생이 다하는 날까지 멈추지 않는 방랑이었다. 나라 안의 산천을 두루 돌아다니다가 좋은 곳을 만나면 거기서 몇 해씩 머물곤 했다. 김시습이 유자한(柳自漢) 양양부사에게 보낸 편지를 보면 "선비는 자신과 세상이 어긋나면 물러나 거하면서 스스로 즐거워하는 것이 그 본분이거늘 어찌 남의 비웃음과 비방을 받아가면서 억지로 세상에 머물러 있을 수 있겠습니까?"고 그 때의 심정을 술회하고 있다.

처음 그가 간 곳은 관서지방이었다. 송도에서 평양을 거쳐 만주 벌판까지 이르렀다. "푸른 벼랑 일만 길에 단풍잎은 붉은데 / 나그네 바람처럼 지팡이 짚고 길 떠나네"라고 노래했지만 당시의 현실은 비참하기 짝이 없었다. 그가 대동강 하류에 이르렀을 때 어부들의 비참한 삶을 목격한다. 여기서 김시습은 어부들이 자신과 다름없음을 깨닫고 〈어부〉라는 시를 짓는다.

> 한 평생 사는데 낚시 하나와 배 한 척
> 쌍쌍이 날아드는 갈매기 벗을 삼아
> 어지러운 저 세상 근심은 내 몰랐는데
> 지난 해엔 관가에 어세로 다 뺏기고
> 집 식구들 데리고 먼 섬나라 왔더니
> 금년엔 아전 놈들 벌금 내라 성화네
> 집 팔아 배를 사서 사공 신세 되었노라
> 물결 위에 몸을 싣고 달 빛 따라 떠돌으니
> 도롱 삿갓, 띠 우장에 속절없이 늙어가네

3~4년 동안 관서지방을 여행하면서 지은 시를 『유관서록(遊關西錄)』으로 묶은 다음, 24세 되던 해 관동지방으로 발길을 돌렸다. 관동지방은 명산이 많아 금강산, 오대산, 설악산 등을 돌며 시를 지었다. 26세 되던 해 『유관동록(遊關東錄)』으로 시를 묶은 다음, 이번엔 호남으로 향했다. 호남의 풍부한 물산과 인정을 보고 겪으면서, 이때 지은 시를 『유호남록(遊湖南錄)』으로 묶었다. 관서, 관동, 호남 지방을 떠돌고 나니 10년의 세월이 훌쩍 흘러가 버렸다.

김시습의 나이 31세, 20대의 젊음은 슬픈 방랑의 세월 속에 묻혀버렸다. 어딘가 안주하고 싶었다. 그래서 그가 정착한 곳이 경주의 금오산이다. 금오산은 지금의 남산으로 산 전체가 불교박물관이라 할 정도로 도처에 불상들이 흩어져 있는 불교의 성지이기에 아마도 김시습이 안식의 거처로 삼았으리라. 용장사(茸長寺)라는 절 옆에 집을 짓고 그 집을 매월당(梅月堂)이라 부르고 거기서 기거했다. 10년의 방랑 끝에 정착 생활을 시작한 것이다. 이때부터 7년 동안이 그에게 가장 안정된 시기였다. 여기서 우리 문학사 최초의 소설인 『금오신화』가 탄생한 것이다. 그 중 한 편인, 애절한 사랑의 이야기 〈이생규장전(李生窺牆傳)〉은 다음과 같이 아름다운 시로 시작된다.

> 사창에 기대 앉아 수 놓기도 느리구나
> 활짝 핀 꽃떨기에 꾀꼴새는 지저귀는데
> 살랑이는 봄바람을 부질없이 원망하며
> 가만히 바늘 멈추고 생각에 잠기네
> 저기 가는 저 총각 어느 집 도련님인고
> 푸른 옷깃 넓은 띠가 버들 새로 비쳐오네
> 이 몸이 바뀌어서 대청 위의 제비되면
> 주렴을 사뿐 걷어 담장 위를 넘어가리

시작부터 젊은 남녀가 눈길을 주고받으며, 사랑을 느낀 젊은 처녀가 자신의 심정을 낭만적인 어조로 노래하고 있다. 〈이생규장전〉의 내용은 이렇다.

태학에 다니는 이생과 젊고 아리따운 최씨 처녀가 서로 눈이 마주쳐 사랑하게 되고, 밤마다 이생은 담장을 넘어와 밀회를 즐긴다. 이들의 애정행각은 나중에 부모에게 알려져 서로 떨어져 있게 된다. 최씨 처녀가 몸져눕게 되자 사실을 안 부모는 어렵사리 이들을 혼인시키고 드디어 행복한 가정을 이룬다. 하지만 그 행복도 잠시, 홍건적이 침입하여 최씨는 목숨을 잃는다. 하지만 여인은 혼귀가 되어 이생 앞에 다시 나타나 몇 년 동안을 같이 산다. 그 뒤 여자는 하늘로 올라가고 이생은 아내를 그리워하다 병으로 죽는다.

15세기에 이미 봉건적 속박에서 벗어나 개성을 강조하고 자유로운 애정방식을 얘기했다니 놀랄 만한 일이다. 이 작품은 산 남자와 죽은 여자 귀신과 슬픈 사랑의 이야기인 '전기(傳奇)'로 구성되어 있다.

이생이 단절된 세계의 저 편에서 이미 죽어 혼령이 된 사랑하는 아내를 맞이하는 것처럼, 김시습도 세계의 횡포를 저주하면서 슬픈 삶을 이어가야 했다. 자유로운 개성을 긍정했지만 봉건적 세계는 너무나 완강했다. 가능한 것은 비현실의 세계 속이나마 그들의 이상을 실현하는 것이다. 이생과 최씨 처녀는 몇 년 동안이나 이루기 어려운 사랑을 나누었다. 김시습 역시도 잘못된 세상을 저주하면서 '방외인(方外人)'으로서의 길을 걸어야 했다.

4. "천년 뒤에나 나를 알아주길 바랄 뿐"

『금오신화』는 모두 5편으로 구성된 이른바 단편소설집이다. 현재 전하는 것

은 뒤에 '갑집(甲集)'이라 적혀있어, '을집(乙集)', '병집(丙集)', '정집(丁集)' 등
이 있을 것으로 보인다. 그 모델이 됐던 『전등신화』처럼 각 5편씩 모두 20편
정도의 규모라고 추정한다.

책을 다 지은 뒤에는 석실에 감추어두고 말하길 "후세에 반드시 나를 알 자
가 있을 것이다."고 했다 한다. 그래서 그런지 김시습이 죽은 뒤, 『금오신화』
는 행방을 알 수 없게 되었고, 460여년 뒤인 1927년 육당 최남선이 일본에서
일본판본 『금오신화』를 발견해 『계명』 19호에 소개함으로써 다시 나타나게 되
었으니 그 운명 또한 기구하다. 그 뒤 1999년 김용철 교수가 중국 다롄[大連]
도서관에서 윤춘년(尹春年)이 편집하고 중종~명종대(1506~1567) 조선에서
목판으로 찍은 조선판본 『금오신화』를 발견했는데, 거기에 갑집으로 표기되어
있다.

『금오신화』는 잘 알려져 있듯이 〈만복사저포기〉, 〈이생규장전〉, 〈취유부벽
정기〉, 〈남염부주지〉, 〈용궁부연록〉의 5편으로 이루어져 있다. 그 내용을 간
단히 정리하면 이렇다.

만복사저포기(萬福寺樗蒲記: 만복사의 저포놀이)
 − 남원에 사는 양생이 왜구에게 죽음을 당한 처녀의 귀신과 짧은 사랑
   을 나누고, 지리산에 들어가 약초를 캐며 일생을 마쳤다.

이생규장전(李生窺墻傳: 이생이 담 안의 아가씨를 엿보다.)
 − 개성에서 태학에 다니던 이생이 담안의 아가씨와 눈이 맞아 집안의
   반대를 무릅쓰고 어렵사리 결혼했다. 홍건적의 침입으로 아내는 죽
   었으나 그 귀신과 몇 년을 같이 산 뒤 끝내 헤어졌고, 이생도 뒤를
   따랐다.

취유부벽정기(醉遊浮碧亭記: 취해서 부벽정에서 노닐다.)
- 평양의 부벽정에서 개성출신의 홍생이 기자조선의 기씨녀를 만나 시를 주고 받으며 하룻밤을 노닐고 난 뒤 숨을 거두었다.

남염부주지(南炎浮洲志: 남쪽 지옥의 이야기)
- 경주의 박생이 꿈에 남쪽 지옥에 가 염라대왕을 만나 잘못된 세상에 대해 토론한 뒤 집에 돌아왔으나 몇 달 후 죽어 염라대왕이 됐다.

용궁부연록(龍宮赴宴錄: 용궁 잔치에 초대받다.)
- 개성에서 글 잘 쓰는 한생이 꿈에 용왕의 초청으로 용궁에 가 상량문을 지어주어 극진한 대접을 받고 돌아온 뒤 세상을 등지고 산 속으로 들어갔다.

이 작품들은 개성, 평양, 남원, 경주 등 국내의 유서 깊은 장소를 배경으로 하고 있으며, 시간배경도 〈이생규장전〉은 고려 말이지만 대부분 작가가 살았던 조선 초로 설정되어있다. 10년을 떠돌면서 그의 발길이 많이 머물렀던 곳임이 분명하다. 또한 작가가 살았던 시대로 설정해 무언가 하고 싶은 얘기를 하고자 했다. 과연 김시습은 이런 독특한 단편들을 통해 무슨 얘기를 하고자 했을까?

5. 〈금오신화〉, 그 아름답고도 슬픈 판타지

『금오신화』의 주인공들은 김시습이 그렇듯이 하나 같이 뛰어난 재주를 지니고 있음에도 현실에서 인정받거나 쓰이지 못했던 불우한 인물들이다. 게다가 하나같이 비극적으로 삶을 마감한다. 그러기에 김시습 자신의 분신처럼 보인다.

7년 동안 금오산에 틀어박혀 김시습이 했던 작업은 바로 이것이다. 곧 세조정변이라는 세계의 횡포에 저항하며 소설을 쓰는 일이다. 왜구나 홍건적의 칼날 앞에 여주인공이 처참하게 살해됐듯이 김시습에게 세조정변도 그랬으리라. 어떻게 할 것인가? 홀로 거대한 세상을 상대하기에는 역부족이다. 가능한 방법은 현실적인 방법으로 여기에 맞서는 것이 아니라 환상의 세계로 들어가 죽은 여주인공을 다시 살려내어 저항하는 길이다. 그래서 남은 생을 끈질기게 이어가게 하는 것이다. 세조 쿠데타로 인해 현실에서는 패배했지만 소설 속에서는 이를 다시 살려내 여기에 맞서게 한 것이다. 너희는 우리를 죽였지만 결코 죽지 않으리라고. 비록 그것이 비현실의 공간이라 할지라도 김시습에게는 소설을 쓴다고 하는 일은 세계의 부당한 횡포에 저항하는 유일한 대안일 것이다.

김시습이 판타지(Fantasy)인 전기(傳奇)소설에 주목한 것도 이 때문이다. 전기소설의 전범이 되는 명나라 구우(瞿佑)의 『전등신화(傳燈新話)』를 보고 자신이 하고 싶은 세조 쿠데타의 이야기를 담을 수 있겠다고 여겨 전기소설의 양식을 가져온 것이다. 그래서 『전등신화』를 읽고 쓴 시 〈전등신화 뒤에 쓰다(題剪燈新話後)〉에서 "말이 세상교화에 관계되면 괴이해도 무방하고(語關世敎怪不妨) / 일이 사람을 감동시키면 허탄해도 기쁘니라(事涉感人誕可喜)"고 했다. 세상을 깨우치고 또한 감동을 줄 수 있다면 그것이 비현실적이고 황당한 판타지라도 좋다는 것이다. 즉 환상의 세계 속으로 들어가 자신이 하고자 하는 일을 하겠다는 것이다. 전기소설의 특징은 바로 이런 비현실성과 낭만성인 바, 부당한 현실의 횡포에 저항하는 방식으로 김시습은 전기의 양식을 선택했던 것이다. 그래서 그 시에서 "나의 평생 뭉친 가슴을 쓸어 없애주리라(蕩我平生磊塊臆)"고 했다.

그런가 하면 〈『금오신화』를 지으면서(題金鰲新話)〉를 지으면서」라는 시에서는 "한가하게 인간들이 못 보던 글 지어내네(閑著人間不見書)"라고 하기도 했다. 시와 같은 장르로는 그런 사연을 도저히 담을 수 없기에 새로운 장르인 소설이 필요했던 것이다. 바로 우리 문학사에서 최초의 소설인 『금오신화』는 그렇게 해서 탄생된 것이다.

작품 속에서 우선 왜구나 홍건적과 같은 세계의 횡포에 희생된 여인을 살리는 것이지만 그 다음이 문제였다. 여귀가 되어 돌아온 처녀나 아내를 어찌할 것인가? 하지만 남자 주인공은 그것을 신경 쓰지 않는다. 〈이생규장전〉을 보자.

> 이경(二更)이 되었을 무렵, 희미한 달빛이 지붕과 들보를 비쳐 주는데, 멀리 복도에서 발자국 소리가 들려왔다. 그 소리는 멀리서부터 점점 가까이 다가왔다. 다 이르러 바라보니 바로 사랑하는 아내가 거기 있었다. 이생은 그녀가 이미 이 세상에 없는 사람임을 알고 있었으나 너무나 사랑하는 마음에 반가움이 앞서 의심도 하지 않고 말했다.

귀신인걸 알고 있음에도 오히려 반가워하는 것이다. 죽은 여주인공이 "제 환신도 이승에 되돌아와서 남은 인연을 거듭 맺으려"한다며 "그대께서는 허락하시겠습니까?"하자 이생은 "그것이 애당초 내 소원이오."하고 흔쾌히 받아들인다. 죽음도 뛰어넘는 사랑이라고 할까. 그리고 서로의 사랑을 몇 년(〈이생규장전〉)동안 이어간다. 더 놀라운 건 "몸은 비록 이승과 저승으로 나뉘었지만, 잠자리의 즐거움은 예전과 전혀 다르지 않았"으며, "집 밖의 일은 일체 참견하지 않았고, 집안의 대소사에도 전혀 찾아가지 않고, 늘 아내와 함께 시를 지어 주고받으며 즐겁게 세월을 보냈다."한다. 이생에게는 아내가 세상의 전부였던 것이다.

하지만 그 사랑은 현실의 공간에서 오랫동안 지속될 수가 없었다. 이승과 저승의 길이 다르기에 짧은 만남 뒤 남주인공은 단절된 세계의 저편에서 저승으로 향하는 여주인공을 지켜볼 수밖에 없는 것이다. 그리곤 자신도 뒤를 따른다. 이승에서의 삶은 의미가 없기에. 이생과 아내가 사별하는 그 정황을 〈이생규장전〉에서는 이렇게 말한다.

"아닙니다. 당신의 목숨은 아직 많이 남아 있습니다. 저는 이미 저승의 명부에 이름이 적혀 있어 이승에 오래 머물 수는 없습니다. 인간 세상에 미련을 두어 계속 머문다면 저승의 법도를 위반하는 것이 됩니다. 그러면 저만이 아니라 당신에게도 재앙이 미치게 될 것입니다. 제가 떠난 후, 그저 여기저기 흩어진 제 해골들을 수습해 비바람이나 피하게 해 주십시오."
이생과 아내는 서로 마주보고 하염없이 눈물을 흘렸다. 잠시 후 아내가 흐느끼며 입을 열었다.
"서방님, 부디 안녕히 계십시오. 당신과 만나 산 세월, 결코 잊을 수 없을 겁니다."
말을 마친 아내는 점점 사라져 마침내 흔적조차 남지 않았다.
이생은 아내의 해골을 수습하여 부모님 곁에 잘 묻어 주었다. 그 뒤 이생은 아내를 그리워하는 마음이 더욱 깊어져 결국 병을 얻어 몇 달 만에 세상을 뜨게 되었다. 이 이야기를 들은 사람들은 모두 애처로워하고 탄식하며 그들의 절의(節義)를 사모하지 않는 이가 없었다.

여귀가 되어 돌아온 아내를 받아들여 같이 산 것도 대단하지만 아내가 이승을 떠나자 그리워하는 마음이 깊어져 병을 얻어 같이 세상을 뜬 것이 더 감동적이다. 정말로 죽음조차도 뛰어넘는 대단한 사랑이다. 그런데 〈이생규장전〉에서는 그것을 '사랑'이라고 하지 않고 '절의'라는 표현을 썼다. 절의라는 말은 남녀 사이가 아닌 정치적 언술이다. 그렇다면 이 사연은 남녀의 이야기가 아닌 정치적 담론으로 확대한 것이다. 평생 방랑하며 중으로 살았던 김시습은 죽음도 뛰어넘는 남녀의 사랑이야기를 통해 세조정변의 횡포 속에서 자신의 입장을 말한 것이다.

　그래서 16세기 어숙권이 『패관잡기(稗官雜記)』에서 지적했듯이 "전등신화를 답습했지만 생각하는 것과 언어표현이 보다 뛰어나니 어찌 청출어람에 그칠 것인가."라 할 정도로 독창적이다. 『전등신화』의 대부분 작품은 행복한 결말로 끝나고 비현실적인 설정은 하나의 흥미소로 작용한다. 하지만 『금오신화』는 거의가 비극적이며, 그것은 부당한 세계의 횡포로 인한 생의 단절을 거부하려는 강한 의지에서 비롯된다. 그러기에 김시습은 그 아름답고 비극적인 이야기에서 정치적 담론인 '절의'를 드러낸다. 여주인공이 목숨을 버리고 정절을 지킨 것이나 또 이들을 받아들여 남은 생을 이어가다가 뒤를 따르는 남주인공의 행위에서 그것을 확인할 수 있다. "이 이야기를 들은 사람들은 모두 애처로워하고 탄식하여 그들의 절의를 사모하지 않는 이가 없었다."고 한다.

　김시습이 말하고자 하는 것이 바로 이것이다. 죽음도 갈라놓을 수 없는 그 사랑의 약속! 그것이 사랑하는 사람이 아닌 군주이거나 자신이 믿고자 했던 이념이어도 관계없을 것이다. 같은 불자의 길을 걸었던 만해(卍海) 한용운(韓龍雲, 1879~1944)의 시 〈님의 침묵〉에서 말한 '님'과 같은 존재가 아니겠는가. 그 님은 어쩌면 죽음으로써 완성되는 그런 것이리라. 그러기에 더 아름답고 처절한 것이다. 여주인공의 독백처럼 "절의는 중하고 목숨은 가볍다(義重命輕)" 했으니, 아, 선생이여! 천년의 선생이여!

[매월당 김시습 연보]

본관 강릉 김씨, 자 열경(悅卿), 호는 청한자(淸寒子), 동봉(東峰), 벽산청은 (碧山淸隱), 췌세옹(贅世翁) 등이 있는데 매월당(梅月堂)으로 두루 일컬어짐. 스님으로 쓴 이름은 설잠(雪岑).

1435년 (1세, 세종 17년) 서울의 성균관 북쪽 마을(지금의 종로구 명륜동)에서 태어났다. 부친은 김일성(金日省), 모친은 장씨.

1439년 (5세, 세종 21년) 『중용』과 『대학』을 이계전(李季甸)에게 배웠으며, 능히 시를 지어 신동의 이름을 얻다. 정승 허조(許稠)가 찾아와 보고 "나는 노인이니 '늙을 노(老)'자로 글을 만들어 보라"하니 즉석에서 "늙은 나무에서 꽃이 피니 마음은 늙지 않았네(老木開花 心不老)"라고 받았다는 일화가 전한다. 세종 임금이 승정원에 불러 그의 재주를 불러 그의 재주를 시험해 보도록 하고 "장차 크게 쓰겠다"고 하였다. 그 사건으로 '오세(五歲)'라는 별명을 얻음.

1449년 (15세, 세종 31년) 모친을 여읨.

1454년 (20세, 단종 2년) 훈련원 도정(都正)을 지낸 남효례(南孝禮)의 딸과 결혼.

1455년 (21세, 세조 즉위년) 삼각산 중흥사(重興寺)에서 글공부를 하던 중 수양대군이 단종을 축출하고 왕위에 오른 사건이 일어나자 3일 동안 통곡하다가 마침내 머리를 깎고 중의 행색을 하게 된다. 그리하여 하던 공부를 치우고 모든 것을 버리고 10년 동안 여행을 하는데 먼저 개성을 거쳐 평안도로 들어감.

1458년 (24세, 세조 4년) 이때까지 평안도 지방을 순회. (가을에 「유관서록(遊關西錄)」을 지음)

1463년 (29세, 세조 9년) 관동을 거쳐서 호남지방으로 내려와 두루 순회 (가을에 「유호남록(遊湖南錄)」을 지음)

1465년 (31세, 세조 11년) 경주 금오산(현재 남산)의 용장사(茸長寺) 터에 집을 짓고 일생을 마칠 계획을 세움. 집의 이름인 매월당(梅月堂)이란 호를 쓰기 시작함. 『금오신화』를 창작하기 시작함. 이 해 효령대군의 부름을 받고 상경하여 원각사 낙성회에 참여했음.

1471년 (37세, 성종 2년) 친구의 권유로 상경. 이듬해 서울 동북쪽에 있는 수락산 기숲에 거처를 정하고 폭천정사(瀑泉精舍)를 세움. 10년 동안 수락산에서 머물다.

1481년 (47세, 성종 12년) 환속을 하고 조부와 부친께 제문을 지어 이 사실을 고하였
으며 다시 결혼함. (부인은 안씨인데 이내 사별)

1483년 (49세, 성종 14년) 환속한 이후로 주변에서 벼슬하기를 권했으나 응하지 않고
시운이 쇠퇴해감에 비탄한 나머지 더욱 기행과 광태를 일삼다가 이 해에 다시
출가하여 관동으로 떠나 춘천의 청평사와 양양의 설악산에 머물다.

1493년 (59세, 성종 24년) 충청도 홍산현(지금 충남 부여군 외산면) 무량사(無量寺)에
서 이 해 2월에 생애를 마침.

[참고 문헌]

김수연, 『유(遊)의 미학, 〈금오신화〉』, 소명출판, 2015.

박희병, 『한국 전기소설의 미학』, 돌베개, 1997.

심경호, 『김시습 평전』, 돌베개, 2003.

임형택, 「이조 전기의 사대부 문학」, 『한국문학사의 시각』, 창작과 비평사, 1984.

정학성, 「조선전기의 비판적 문학」, 『민족문학사강좌(상)』, 창작과 비평사, 1995.

〈이생이 담 안의 아가씨를 몰래 엿보다(李生窺墻傳)〉

경기도 송도에 이씨 성을 가진 선비가 살고 있었다. 그의 집은 낙타교(駱駝橋)[1] 근처였는데, 준수한 용모에 다방면에 뛰어난 재주를 가진 열여덟 살의 장부였다.

그는 어릴 때부터 국학(國學)[2]에 다녔다. 걸어 다니면서도 책을 읽을 정도로 독서에도 뛰어난 열정을 보이는 청년이었다.

같은 때, 송도의 선죽리(善竹里)에 최씨 성을 가진 아가씨가 하나 살았다. 나이 열 대 엿쯤 된 최 처녀 또한 재주가 뛰어났다. 예쁘게 수를 잘 놓았으며, 시를 짓는데도 남다른 솜씨를 보였다. 사람들은 두 처녀 총각의 재주를 칭찬하여 노래를 지어 부르기까지 했다.

> **풍류 한량 이 선비**
> **아리따운 최 처녀**
> **두 사람 재주와 얼굴**
> **한 번만 봐도 배부르네.**

최 처녀의 집은 이 선비가 국학으로 가는 길가에 자리 잡고 있었다. 그 집 북쪽 담에는 수십 그루의 아름드리 수양버들이 자라고 있어 마치 병풍을 둘러 친 것 같았다.

어느 날, 이 선비가 국학으로 가다 잠시 쉬느라 수양버들 그늘에 앉아 있을 때였다. 그는 문득 수양버들이 자라고 있는 집 안쪽 풍경이 궁금해 졌다.

그는 고개를 길게 빼고 담을 넘겨다보았다. 담 안쪽으로는 온갖 꽃들이 활짝 피어 있었고, 벌과 나비들이 꽃 사이를 신이 나서 날아다니고 있었다. 꽃과 나무들 사이로 아담한 누각이 한 채 자리 잡고 있었고, 누각에는 구슬로 만든 발과 비단 휘장이 드리워 있었다.

---

1) 낙타교(駱駝橋): 개성에 있던 다리 이름.
2) 국학(國學): 고려 시대의 국립 대학.

'하, 참 곱기도 하다.'

그는 자신도 모르게 나직하게 중얼거렸다. 그가 본 것은 드리워진 발 너머로 다소곳이 앉아 수를 놓고 있는 처녀의 모습이었다.

이 선비가 훔쳐보고 있는 줄 알고 있는 듯, 최 처녀는 수 놓던 손을 잠시 멈추고 턱을 괴더니, 고운 목소리로 시를 한 편 낭송하기 시작했다.

창가에 앉아 쉬엄쉬엄 수 놓는 날
꽃밭에서 우짖는 슬픈 꾀꼬리.
살랑살랑 봄바람은 덧없기도 해.
가만히 바늘 멈추고 시름에 젖네.

길 가던 저 도련님 누구이신지.
푸른 옷 큰 허리띠 버들에 어려.
이 내 몸이 처마 끝의 봄 제비라면
주렴 걷고 담장 너머 달려가련만.

이 선비는 바람결에 하늘하늘 날아드는 최 처녀의 시를 듣고 어떻게든 집 안으로 들어가고 싶어 조바심을 쳤다. 그러나 담이 너무 높고 가팔라 어쩌지 못하고 그냥 국학으로 갈 수밖에 없었다.

국학에서 공부를 마치고 집으로 돌아가는 길이었다. 처녀의 집 앞에 다다른 이 선비는 자신이 미리 써 온 시 세 편이 적힌 종이를 기와 조각에 매달아 집 안으로 던졌다.

"툭."

무언가 누각 앞에 떨어지는 소리를 듣고 최 처녀는 밖을 내다보았다. 마당에는 커다란 기왓장 조각에 종이가 묶여 있는 게 아닌가. 최 처녀는 얼른 달려가 종이를 펴 보았다. 종이에는 세 편의 시가 단아한 글씨체로 적혀 있었다.

무산(巫山)³⁾ 열 두 봉에 첩첩이 안개 끼니
반만 드러난 봉우리 붉은 듯 푸른 듯
내 외로운 꿈, 그대여 버리지 마오.
우리 둘 비 구름 되어 양대(陽臺)⁴⁾에서 살고 싶네.

사마상여(司馬相如)거문고로 탁문군(卓文君)을 꾀어내듯⁵⁾
내 마음 속 생긴 사랑 아득하게 깊어지네.
담 머리에 피어난 복숭아꽃 자두꽃은
바람 따라 휘날리며 내 마음처럼 지고 마네.

좋은 인연 되려는가, 나쁜 인연 되려는가.
안타까운 내 마음엔 하루도 너무 길어,
스물 여덟 자 시 한 수를 중매 삼아 보내오니
어느 날에 그대와 나 신선처럼 만나 볼까?

최 처녀는 시를 읽고 나서야 비로소 그 사람이 이 선비인 것을 알 수 있었다. 시의 재주나 품격으로 보아 송도에서 이만한 작품을 써 낼 사람은 이 선비 밖에 없었기 때문이다.

최 처녀는 이 선비의 시를 몇 번에 걸쳐 꼼꼼히 읽고 난 뒤, 기쁜 마음으로 짤막한 답장을 적어 담 밖으로 던졌다.

"도련님, 저를 믿으신다면 오늘 저녁에 만나기로 하지요."

답장을 받은 이 선비도 마음이 흡족해 저녁때를 기약하고 집으로 돌아갔다.

해가 저물고 사방이 어두워지자 그는 남 몰래 최 처녀의 집으로 찾아갔다. 담 밖에서 잠시 망설이고 있자 갑자기 복숭아 나뭇가지 하나가 툭 담 밖으로

---

3) 무산(巫山): 중국에 있는 산 이름. 선녀가 살고 있는 신비한 산이라고 알려져 있음.
4) 양대(陽臺): 초나라 양왕이 선녀와 만난 누각.
5) 사마상여 거문고로 탁문군을 꾀어 내듯: 한(漢)나라 문장가인 사마상여가 잔치마당에서 거문고
    를 연주하여 과부인 탁문군을 꾀어 내 도망친 일을 말함.

넘어오더니 흔들리기 시작했다.

'대체 이 것이 뭐지?'

그는 궁금해 하며 나뭇가지에 다가가 살펴보았다. 복숭아 나뭇가지 끝에는 긴 끈에 대바구니가 매달려 있었다.

'아하, 이 끈을 잡고 담을 넘어 오라는 말인가 보다.'

그는 끈을 당겨 보았다. 끈의 저쪽 끝이 무엇엔가 단단히 묶여 있는 것 같았다. 당겨도 끈이 팽팽해 질 뿐 끊어지지는 않았다.

그는 담 너머에서 온 그 끈을 잡고 가뿐하게 담을 넘어 들어갔다.

마침 달이 떠올라 이 선비의 그림자가 낮게 뜰 바닥에 깔렸다. 어디선가 향긋하고 맑은 향기가 풍겨왔다. 코를 큼큼거리며 향내를 맡던 이 선비는 문득 자신이 신선이 사는 곳에 들어온 것은 아닌가 하는 의심이 들기도 했다. 그리던 최 처녀의 집에 들어왔다는 생각에 마음 한편이 기쁘기도 했지만, 다른 한편으로는 허락도 없이 처녀의 집에 들어온 것이 켕겨 머리카락이 쭈뼛쭈뼛 일어서기도 했다.

"어서 오십시오."

갑자기 들리는 소리에 화들짝 놀라 사방을 둘러보니, 누각 근처 정원의 꽃 그늘 아래 자리를 펴고 앉은 최 처녀가 몸종과 함께 웃으며 이 선비를 기다리고 있었다. 최 처녀의 머리에는 고운 꽃이 한 송이 꽂혀 있었다.

"자, 이리 앉으시지요. 이렇게 뵙게 돼서 반갑기 한량이 없습니다."

그에게 자리를 권한 뒤, 최 처녀는 부끄러운 기색도 없이 웃으며 한 구절의 시를 지어 낭송했다.

복숭아꽃 자두꽃 곱기도 해라.
원앙 수놓은 베갯머리에 달빛 비치는 밤.

시의 뒷부분을 이 선비에게 지어보라는 의미 같았다. 그는 얼른 최 처녀의 시에 덧붙여 뒷부분을 완성했다.

이 다음 어느 날 봄소식 남이 알면
무정한 우리 사랑 가여워 어찌하리.

그가 지은 뒷부분을 들은 최 처녀가 정색을 하며 말했다.

"제가 무례하게 당신을 모신 것은, 당신을 내 남편으로 삼아 영원히 사랑하며 살고 싶어서였습니다. 그런데 당신은 왜 그렇게 슬픈 시를 지으십니까? 저와의 만남이 기쁘지 않으신가요? 저는 비록 여자의 몸이지만, 앞날에 대해 조금도 걱정하지 않는데, 당신은 사내대장부이면서 왜 그리 나약한 마음을 먹고 계십니까? 나중에 우리 일이 들통이 나 부모님께 꾸지람을 듣더라도 제가 혼자 책임을 지겠습니다. 향아야, 너는 어서 가서 술상을 차려 오너라."

정색을 한 최 처녀는 몸종 향아에게 이르고 나서 입을 다물었다. 몸종이 사라지고 나자 사방이 쥐죽은 듯 조용했다.

잠시 망설이던 그가 최 처녀에게 물었다.

"여기는 대체 어디입니까?"

"여기는 우리 집 뒷동산의 작은 누각입니다. 부모님께서 무남독녀 외동딸인 저를 위해 특별히 연못가에 이 누각을 지어 주셨지요. 몸종인 향아와 함께 이곳에서 거처하며 봄날을 마음껏 즐기라는 부모님의 속 깊은 배려로 여기 있게 된 것이랍니다. 부모님이 계신 곳은 이곳에서 멀리 떨어져 있으니 아무리 큰 소리로 웃고 떠들어도 들리지 않을 것입니다."

최 처녀는 그의 근심을 지우려는 듯 야무진 말투로 대답했다.

얼마 뒤, 향아가 술상을 들고 와 두 사람 앞에 놓고 조용히 사라졌다.

최 처녀는 술을 따라 그에게 권하며 시를 한 수 지어 낭송했다.

난간에 기대 연꽃 바라보는데
어디선가 연인들 속삭이는 소리 들리네.
안개 자욱하고 봄빛 깊은 날
우리 입 맞춰 부르는 사랑 노래
달빛 그윽한 꽃그늘에 앉아

나뭇가지 툭 치니 꽃비 내리네.
때마침 바람 불어 그 향기 옷깃을 스치고
내 마음도 봄처럼 흥겹게 춤을 추네.
비단 적삼 자락 해당화꽃 건드리자
숨어있던 앵무새 잠 깨 날아가네.

듣고 난 이 선비도 얼른 한 편의 시를 지어 최 처녀의 시에 화답을 했다.

길 잘못 든 신선 땅에 복숭아꽃 한창이네.
하 많은 이 내 마음 말로 어찌 다하리오.
구름처럼 쪽진 머리, 낮게 꽂은 금비녀
모시 적삼 곱게 입은 사랑스런 내 사랑.
봄바람 살살 불어 온갖 꽃 피웠으니,
비바람 불지 마라, 피어난 꽃 떨어질라.
옷자락 흩날리며 고운 춤 추는 그대,
계수나무 숲 속에서 항아를 본 듯 하네.
좋은 일엔 언제나 근심이 따르는 법
내 어찌 새 노래를 앵무새에게 가르치랴.

그의 시를 듣고 최 처녀가 촉촉한 눈빛으로 말했다.

"우리가 이렇게 만나게 된 것이 결코 사소한 인연은 아닐 것입니다. 이렇게 서로 사랑을 약속했으니, 오늘 밤 우리 두 사람 깊은 정을 맺는 것이 어떨까요?"

최 처녀의 말투는 당당하고 활기찼다. 그는 최 처녀의 거침없는 태도에 절로 마음이 기우는 듯 했다.

그가 고개를 끄덕이자, 최 처녀는 그의 손을 잡고 누각으로 올라갔다.

누각의 계단을 딛고 올라서자 다락이 나왔다. 그곳에는 붓과 벼루, 책상이 깨끗하게 정리되어 있었다. 왼쪽 벽에는 두 점의 그림이 장식되어 있었다. 안개 자욱한 강과 첩첩 산봉우리들을 그린 그림과, 대나무와 고목이 어울려 솟아난 그림이었다.

두 그림에는 각각 시가 한 편씩 적혀 있었는데, 누구의 시인지는 알 수가 없었다.

이 선비는 먼저 첫 번째 그림에 적힌 시를 찬찬히 읽었다.

붓 자락에 힘 넘치는 그 어떤 이,
강물 위에 첩첩 산을 그렸네.
웅장해라, 삼만 길 저 방호산(方壺山)6)
구름 속 아득하게 아른거리네.
이어진 산줄기 백 리나 되고
눈앞에 솟은 봉은 기묘하구나.
푸른 물결 저 멀리 하늘에 닿고
바라보는 노을에는 고향 그리워.
상강(湘江)7)에 배 띄우고 노니는 모습
바라보는 내 마음 쓸쓸도 해라.

그는 눈길을 돌려 두 번째 그림에 적힌 시를 또 읽어 내려갔다.

대숲에는 쓸쓸한 바람이 일고
고목에는 옛 정취 그윽도 해라.
대나무 밑 등에는 가득한 이끼
늙은 나무 가지에는 세월의 바람
마음 속 가득한 온갖 생각을
누구에게 털어놓고 풀어보리오.
위언(韋偃)8), 여가(與可)9) 그 솜씨 여기 없는데
천기를 알아낼 자 얼마나 되랴.
맑은 창 그윽이 마주 대하니

---

6) 방호산(方壺山): 신선이 산다는 동해의 산 이름.
7) 상강(湘江): 굴원(屈原)이 빠져 죽은 강물의 이름.
8) 위언(韋偃): 중국 당나라 때의 이름 난 화가.
9) 여가(與可): 중국 송나라 때의 이름난 화가.

놀랍고 신기해라, 삼매경이네.

맞은 편 벽에는 봄, 여름, 가을, 겨울 사계절의 경치를 읊은 네 편의 시가 큰 글씨로 적혀 있었다. 누구의 작품인지 알 수는 없지만, 글씨체는 원나라 조맹부체여서 아름답고 품격이 있었다.

그는 천천히 봄을 읊은 시부터 감상을 하기 시작했다.

부용꽃 향기 은은하게 퍼지더니
창 밖으로 비처럼 살구꽃 날리네.
새벽 종 소리에 잠에서 깨니
개똥지빠귀 울음소리 백목련 그늘에서 들리네.

긴 하루 짧다며 처마 끝에 제비 바삐 날고
세상일 귀찮아라, 바느질 멈추고 바라보니,
쌍쌍이 춤추며 날아다니는 저 것들은
지는 꽃잎인가, 흩날리는 나비인가.

살랑살랑 봄바람 치마폭을 스치니
덧없어라 봄 하루, 애 끊는 이 내 간장.
말 없는 내 마음을 그 누가 알아주랴.
점점이 핀 꽃송이 속 원앙새만 춤을 추네.

봄빛 한가득 세상에 피어나고
붉은 듯, 푸른 숲 그림자 창가에 어른대네.
뜰 가득 꽃향기 봄을 겨워 피었는데
주렴을 살짝 걷고 지는 꽃만 바라보네.

그는 두 번째 시로 시선을 옮겼다. 두 번째 시는 여름을 읊은 것이었다.

밀 이삭 패는 시절, 제비 빗겨 날고

정원의 석류꽃 여기저기 피어나네.
창가에 앉아 길쌈하는 저 아가씨
비단을 잘라내 치마를 짓고 있네.

매화 열매 익어가고 가랑비 내리는데
꾀꼬리 슬피 울고 제비 총총 날아든다.
올 봄 경치도 여름으로 넘어간다,
나리 꽃 진 자리에 죽순 다시 돋아나니.

푸른 살구 주워다가 꾀꼬리나 때려볼까.
난간에 바람불고 해 그림자 늘이는 날
연꽃 향기 하마 지고 연못물만 그득한데,
푸른 물결 깊은 곳에 가마우지만 들락날락.

대나무 평상 위에 일렁이는 물결 무늬
소상강 그린 병풍도 한 조각 구름 같네.
고달픈 이 내 심사, 선 잠을 깨어 보니
창 너머 지는 해는 서산에 뉘엿뉘엿

세 번째 시는 가을을 노래한 작품이었다.

가을 바람 불고 이슬 맺히는데
달빛 아래 푸른 물결만 이네.
기러기 슬피 울며 어디로 가나?
가을 뜨락엔 덧없이 오동잎만 지네.

평상 아래 풀벌레 울고
평상 위에는 눈물짓는 여인.
멀고 먼 전쟁터에 계실 님이여.
오늘 밤 그곳에도 저 달빛 지리.

새 옷 만들려니 가위가 차네.
아이 불러 다리미 가져왔지만,
다리미엔 불기운 하나도 없어
가야금 튕기며 머리만 긁네.

연꽃 다 지고 파초 잎도 누런데
원앙 무늬 기와는 서리에 젖네.
묵은 근심 새 원한 막을 수 없어
골방에서 귀뚜라미만 밤 새워 우네.

쓸쓸한 가을 풍경을 노래한 시를 읽으니 마음까지 처연해 지는 느낌이 들었다. 이 선비는 마지막으로 겨울을 노래한 네 번째 시로 눈길을 주었다.

매화나무 한 가지 창문에 피고
바람 부는 회랑엔 달빛이 곱네.
불 꺼진 화로를 뒤적이다가
아이 불러 차 주전자를 다시 얹는 날.

서리에 놀란 잎들 우수수 울고
마루엔 회오리바람에 쌓인 눈발들.
님 그리운 꿈결은 밤새 뒤척여
내 마음 얼음 더미 속만 헤매 다닐 뿐.

창가의 햇살 봄빛 같은데
시름에 잠긴 몸 졸음만 오네.
꽃병 속 매화는 반만 피었고
말도 없이 원앙새만 수놓은 이 맘.

서릿바람 북쪽 숲을 마구 헤집고
찬 까마귀 울고 가는 허전한 달밤

가물대는 등잔불에 실을 꿰다가
님 그리워 흐르는 눈물 바늘귀에 지네.

다락 곁에는 조그만 방이 붙어 있었다. 최 처녀는 이 선비를 그 방으로 안내했다. 방 안에는 휘장이며 요, 이불, 베개가 갖춰져 있었는데, 역시 깔끔하기 그지없었다. 은은한 향내도 방안 가득 배어 있었으며, 대낮같이 환하게 촛불이 켜져 있었다.

이 선비와 최 처녀는 그 방에서 사랑을 나누며 즐거운 하룻밤을 보냈다.

낮에는 시와 노래를 주고받으며, 밤에는 서로의 사랑을 확인하는 나날들이 이어졌다. 두 사람은 아주 오랫동안 사귀어 온 것처럼 서로에게 친근해졌다.

며칠 뒤, 이 선비가 최 처녀에게 말했다.

"일찍이 공자님께서는 '부모님과 함께 사는 자식은 집 밖으로 나갈 때 반드시 가는 곳을 알려드려야 한다.'고 말씀하셨습니다. 제가 집을 나온 지 벌써 사흘이 되었군요. 우리 부모님께서는 지금쯤 나를 찾느라 큰 걱정을 하고 계실 겁니다. 아마 마을 어귀에 나와 이제나 저제나 하며 나를 기다리고 계실 지도 모릅니다. 제가 자식으로서 씻을 수 없는 불효를 저지르고 있는 것이나 아닌지 모르겠네요."

최 처녀는 그의 말에 한편으로는 섭섭한 마음이 들었다. 하지만 곰곰 생각해 보니 그의 말 또한 틀린 것이 아니라는 판단이 섰다.

"그렇군요. 부모님의 걱정이 이만저만 아니겠네요. 그럼 도련님은 이제 집으로 돌아가시지요. 그렇지만 자주 저를 찾아 주실 수는 있겠지요?"

최 처녀의 말에 그는 고개를 끄덕여 약조를 하고, 담을 넘어 집으로 돌아갔다.

그 뒤부터 이 선비는 이틀이 멀다 하고 최 처녀의 집을 찾아가 즐거운 시간을 보내곤 했다.

어느 날 저녁, 아들의 이상한 행동을 비로소 눈치 챈 아버지가 그를 불러다 꾸짖었다. "네가 국학에 나가 공부를 하는 것은 옛 성현의 말씀을 배우기 위해서가 아니냐? 그런데 요사이 너는 저녁에 나가 새벽에 돌아온다고 하니, 어찌된 일이냐? 분명 좋지 않은 일에 빠져 남의 처녀 집 담이나 넘어 다니는 것이리라. 만약 이런 일이 세상에 알려진다면 사람들은 내게 자식 교육을 잘못 시켰다고 손가락질을 할 것이다. 또 그 처녀 집안도 너로 인해 가문에 먹칠을 하게 될 것이다. 아무래도 너를 그냥 두었다가는 큰 일이 닥치겠다. 내일 당장 영남으로 가서 농사 감독 노릇이나 하거라. 다시는 송도에 발걸음도 얼씬거리지 말아라."

아버지는 불같이 화를 내며 이 선비를 울주[10]로 내려 보냈다.

그는 사랑하는 최 처녀에게 작별의 말도 못한 채 송도를 떠날 수밖에 없었다.

그런 사정을 모르는 최 처녀는 저녁마다 뜰에 나와 이 선비를 기다렸다.

그렇게 두 달을 기다렸지만, 여전히 그는 찾아오지 않았다. 기다리다 지친 최 처녀는 몸종 향아에게 어찌 된 영문인지 알아보도록 했다.

향아가 이 선비의 이웃에게 묻자, 사람들은 어이없어 하며 말했다.

"이 도령은 아버지에게 혼이 나서 영남으로 내려간 지 벌써 두어 달이 지났다오."

그의 소식을 전해들은 최 처녀는 깜짝 놀라고 실망하여 풀썩 땅에 주저앉고 말았다.

'아, 당신은 나를 영영 잊어 버렸나요?'

마음이 상할 대로 상한 최 처녀는 결국 속병이 나 앓아 눕고 말았다. 사랑하는 사람을 볼 수 없다는 생각에 점점 병이 깊어진 최 처녀는 음식도 제대로 먹지 못하고 말까지 더듬거리며, 얼굴빛은 백지장처럼 하얗게 되었다.

최 처녀의 부모는 딸의 병에 놀라 의원을 불러오고, 병의 원인을 찾아 온갖 노력을 해 봤지만, 마음이 병이니 좀체 치료할 수가 없었다. 원인을 몰라 조바심 하던 부모는 어느 날, 딸의 방을 정리하다가 딸이 아끼던 상자 속에서 딸과 이 선비가 주고받은 편지투의 시를 발견했다.

시를 읽고 난 뒤 비로소 딸이 병난 까닭을 알게 된 부모는 무릎을 치며 탄식했다.

---

10) 울주: 지금의 울산 근처.

"하마터면 다 키운 딸을 잃을 뻔 했구나."

딸의 방으로 찾아간 부모는 다정한 목소리로 딸을 위로하며 물었다.

"이 도령이란 사람이 누구냐?"

최 처녀도 마침내 더 이상 숨기고만 있을 수는 없다는 생각이 들어 기운을 차리고 자초지종을 설명했다.

"저를 낳고 길러주신 부모님께 제가 어떻게 거짓말을 할 수 있겠어요. 저는 평소 남녀가 서로 만나 사랑하는 것이야말로 세상에서 무엇보다도 소중한 일이라고 생각했습니다. 그래서 시경에도 혼기를 놓쳐서는 안 된다는 말이 있은 것일 테고요. 또 여자가 정조를 지키지 못하는 것은 나쁜 일이라는 말이 역경에 있지요. 제가 천성이 여려서 이런 짓을 저질렀으니 부모님 뵐 면목이 없습니다. 허락도 없이 외간 남자와 부부의 인연을 맺었으니 부모님께 죄를 짓고 가문에 수치가 되고 말았습니다. 제가 도련님과 사랑을 나누고 난 뒤 오히려 원망이 많이 늘었습니다. 가녀린 여자의 몸으로 괴로움을 참고 견디다보니 마음의 상처가 점점 깊어 죽어 귀신이 될 것만 같습니다. 저는 도련님과 백년해로를 하고 싶습니다. 제발 저의 부탁을 들어 주십시오. 다른 집안에는 결단코 시집가지 않겠습니다. 아니면 차라리 죽어 저승에서 다시 도련님을 만나 함께 살겠습니다."

딸의 결심이 굳고 단단하다는 것을 안 부모는 더 이상 병의 차도에 대해 근심하지 않았다. 다만 딸의 마음을 달래주며 한편으로는 딸과 이 선비를 맺어주기 위해 온갖 방도를 찾기 시작했다.

우선 중매쟁이에게 부탁을 해 예의를 갖춰 이 선비네 집에 청혼을 했다. 그러나 이 선비의 아버지는 중매쟁이에게 정중하게 거절의 말을 전해왔다.

"우리 아들 녀석이 비록 어린 나이에 정분이 나긴 했지만, 학식도 제법이고 생김새도 쓸 만은 합니다. 공부를 더 한다면 높은 벼슬자리에 오를 수도 있고, 세상에 이름을 떨칠 수도 있을 테니, 지금은 혼인보다는 공부를 더 시키는 것이 낫겠습니다."

중매쟁이를 통해 이 선비 부모의 뜻을 듣고 난 최 처녀의 아버지는 더욱 마음이 급해져 다시 정중히 청혼을 했다.

"다른 사람들도 아드님의 뛰어난 학식과 재주를 칭찬하고 있음을 잘 압니다. 아직 벼슬길에 나서지는 못했지만, 머지 않아 높은 자리에 오르겠지요. 하지만 제 딸도 인물이나 재주가 그리 뒤지지는 않으니 서로 혼인하도록 허락해 주시는 것이 어떨까요?"

중매쟁이를 통해 최 처녀 아버지의 말을 들은 이 선비의 아버지가 다시 말을 전해왔다.

"나는 어려서부터 글도 제법 읽고 공부도 열심히 했지만 아직 성공하지는 못했습니다. 그래서 집안 종들도 다 흩어지고 친척들 도움도 없어 생활이 넉넉한 편이 못됩니다. 이런 처지인데 권세 높은 최씨 가문에서 어찌 우리 아들 녀석을 사위로 삼고자 하십니까? 혹 남들이 우리 집안을 지나치게 부풀려 거기에 속고 계신 것은 아니신지요?"

중매쟁이가 또 최 처녀의 아버지에게 말을 전했다. 이제 반 승낙은 된 것이라 생각한 최 처녀의 아버지는 기뻐하며 다시 자신의 생각을 전했다.

"결혼 예물이나 절차 따위는 저희 집안에서 알아서 다 처리하겠습니다. 그저 좋은 날을 잡아 혼례만 올릴 수 있게 해 주십시오."

몇 차례 중매쟁이를 통해 최씨 집안의 정성을 알게 된 이 선비의 아버지는 생각을 돌려 아들을 불러 물었다.

"너 정말로 최씨 댁 처녀와 혼인을 맺겠느냐?"

"물론입니다, 아버지. 평생 사랑하며 살겠습니다."

아들의 뜻을 안 아버지는 마침내 두 사람의 결혼을 허락했다.

그는 너무 기뻐 어쩔 줄을 몰라 하며 한 편의 시를 지어 최 처녀에게 보냈다.

거울처럼 깨진 우리 다시 합치는 오늘
은하수 까막까치도 우리 사랑 밝혀주네.
월하노인 우리에게 붉은 실로 맺어주니
봄바람 부는 오늘 두견새 울음도 정겨워라.

최 처녀도 소식을 듣고 기뻐 병이 씻은 듯이 나았다. 자리에서 일어난 최 처녀는 먹을 갈고 붓을 들어 답시를 적어 그에게 보냈다.

나쁜 인연 바뀌어 좋은 인연 되었네.
우리 굳은 사랑 이루어지는 오늘
그대요, 우리 함께 수레 끌고 갈 곳 있으니
날 일으켜주오, 꽃 비녀를 꽂고 싶소.

두 집안에서 몇 차례 더 의논이 오간 뒤, 드디어 좋은 날을 받아 두 사람은 혼례를 치렀다. 우여곡절을 겪은 사랑이 마침내 이루어진 것이다.

부부가 된 후, 두 사람은 서로 사랑하고 공경하며 살았다. 그들 부부는 마치 옛날 절조와 의리를 소중히 여겼던 양홍(梁鴻), 맹광(孟光)[11]이나 포선(鮑宣), 환소군(桓少君)[12]과 같았다. 이 선비는 결혼 이듬해 과거에 급제하여 높은 벼슬자리에 올랐다.

그로부터 오랜 세월이 흘렀다. 고려 공민왕 10년 신축년에 홍건적이 송도로 쳐들어왔다. 임금은 복주(福州)[13]로 피난을 가고 나라는 온통 전쟁에 휩싸이게 되었다. 홍건적은 집을 태우고, 가축을 잡아먹고, 사람을 죽이는 등 행패를 일삼았다. 사람들은 홍건적을 피해 뿔뿔이 흩어져 겨우 제 한목숨만 부지하기에도 벅차 했다.

이 선비네 가족들도 깊은 산골로 숨어 들어갔다. 그런데 갑자기 홍건적 한 명이 칼을 뽑아들고 그의 가족들을 죽이려고 쫓아왔다.

천신만고 끝에 이 선비는 무사히 도망쳐 목숨을 건졌지만, 그의 아내는 홍건적에게 사로잡히고 말았다.

홍건적은 그의 아내를 겁탈하기 위해 덤벼들었다. 그러나 그의 아내는 조금도 굴하지 않고 홍건적을 향해 큰 소리를 질렀다.

"네 이놈, 이 호랑이 귀신같은 도둑놈아. 차라리 나를 씹어 먹어라. 내 차라리 승냥이의 먹잇감이 될지언정 개, 돼지만도 못한 너희 놈들에게 몸을 더

---

11) 양홍, 맹광: 후한(後漢) 때의 금슬 좋은 부부.
12) 포선, 환소군: 전한(前漢) 때의 금슬 좋은 부부.
13) 복주: 경북 안동.

럽힐 수 없다."

그 말을 듣고 화가 난 홍건적은 칼을 휘둘러 이 선비의 아내를 죽이고 살을 도려냈다.

아내의 죽음도 알지 못한 채 이 선비는 들판의 풀숲에 숨어 겨우겨우 목숨을 부지하고 있었다.

얼마 후, 홍건적이 물러갔다는 소식을 들은 그는 우선 부모님이 살던 옛집을 찾아갔다. 그러나 집은 홍건적의 약탈로 다 타버리고 검게 그을린 기둥들만 겨우 서 있을 뿐이었다. 그는 발길을 돌려 자기 집으로 찾아갔다. 혹 아내의 소식이 있을까 궁금해 하며 들어선 집에는 마당에 풀이 무성하고, 행랑채는 부서지고, 인적이 없는 집 안에는 온통 쥐들이 들끓고 있었다.

그는 슬픔에 겨워 집 뒤 작은 누각에 올라가 눈물을 흘리며 한숨만 내쉬었다.

'아, 이제 당신은 이승 사람이 아닌가보오. 살아 있다면 어떻게든 이 집으로 돌아왔을텐데. 무슨 운명이 이리도 가혹하단 말인가?'

한탄을 하며 그는 날이 저물도록 누각에 앉아 탄식을 했다. 아내와의 즐거웠던 때를 생각하면 할수록 눈물은 하염없이 흘러내렸다.

사방이 캄캄하게 어두워질 무렵이었다. 대들보에 희미한 달빛이 비치고 있었는데, 갑자기 발자국 소리가 가늘게 들려오기 시작했다. 그 소리는 먼 곳에서부터 점점 그가 있는 곳 쪽으로 다가오고 있었다.

그는 눈을 크게 뜨고 소리 나는 쪽을 바라보았다. 어둠 속에서 어렴풋이 사람의 모습이 나타났다. 자세히 보니, 그 사람은 그토록 찾아 헤매던 자신의 아내가 아닌가.

이 선비는 반가운 마음에 얼른 달려갔다. 그러나 자세히 보니, 그 사람은 아내는 아내이되 이미 이 세상 사람이 아닌 것 같았다. 하지만 너무나 그리워하던 아내를 만나게 된 이 선비는 이승 사람이든 저승 사람이든 그까짓 것이 문제가 아니었다.

그는 반가운 마음을 숨기지 않고 아내에게 물었다.

"당신이오? 얼마나 고생이 많았소? 대체 그동안 어디에 있었던 거요?"

아내는 그를 바라보며 한동안 통곡을 한 뒤 흐느끼며 입을 열었다.

56

"저는 양가집에서 태어나 어려서부터 부모님께 여러 가르침을 받으며 자랐습니다. 수놓기와 바느질도 배우고, 시와 글, 예법도 배웠습니다. 하지만 겨우 집안에서 지켜야 할 도리와 법도만 알았을 뿐이지요. 언젠가 당신이 살구꽃 핀 우리 집 담 안을 엿보신 후, 저는 당신을 사랑하게 되었지요. 그렇게 우리 둘은 평생을 사랑하며 살기로 약속했습니다. 저는 우리 사랑이 백년도 더 이어질 것이라고 믿었습니다. 그런데 갑자기 이런 횡액을 당해 죽게 될 줄은 꿈에도 생각하지 못했습니다. 끝까지 승냥이 같은 홍건적 놈들에게 정절을 잃지는 않았지만, 그만 이렇게 죽은 목숨이 되고 말았습니다. 당신과 헤어진 후 저는 짝 잃은 새와 같은 신세가 되고 말았습니다. 집은 없어지고, 부모님은 돌아가시고, 지친 제 영혼은 기댈 데조차 없게 되었습니다. 의리는 중하고 목숨은 가벼운 처지에서 그저 치욕을 면한 것만도 다행이었지요. 하지만 누가 갈가리 찢긴 제 마음을 불쌍하게 여기겠습니까? 끊어지고 썩은 창자에 맺힌 한탄만 가득할 뿐입니다. 해골은 들판에 나뒹굴고, 간과 쓸개는 땅에 묻히고 말았습니다. 돌아보면 지난 날 당신과의 즐거움이 이런 슬픈 운명을 불러온 것인지도 모릅니다. 한스러운 일이지만, 당신을 못 잊어 이렇게 죽은 몸이나마 다시 이승으로 돌아오고 말았습니다. 당신과 저는 삼생의 인연으로 맺어졌으니, 이렇게라도 만나 다시 정을 나누고 살면 어떻겠습니까? 당신이 지금 우리의 처지를 이해해 주신다면, 할 수 있는 날까지 당신을 사랑하며 살고 싶습니다."

아내의 말에 그는 뛸 듯이 기뻐했다.

"당신의 말이 바로 내가 원하던 그대로요. 이승과 저승으로 나뉜 몸이 무슨 문제요. 이렇게 사랑하는 당신을 다시 만날 수 있는데 말이오."

두 사람은 이런 저런 이야기를 나누며 앞으로 살아갈 일들을 설계했다. 한동안 이야기를 나누던 아내가 그를 바라보며 갑자기 목소리를 낮췄다.

"우리가 가지고 있던 패물과 문서 같은 재산은 제가 산 속에 잘 묻어 두었습니다. 부모님의 시신도 우선 골짜기에 모셔 두었으니 내일 날이 밝는 대로 함께 가 보는 게 좋겠습니다."

그는 아내의 주의 깊은 행동에 다시 한번 감탄을 하며 대답했다.

"정말 고생 많았소. 당신께 면목이 없구려."

서로의 속마음을 털어놓고 이야기를 나누다 두 사람은 잠자리에 들었다.
오랜만에 만난 두 사람은 그날 밤 깊은 사랑을 나누었다. 몸은 비록 이승과
저승으로 나뉘었지만, 잠자리의 즐거움은 예전과 전혀 다르지 않았다.

다음 날, 두 사람은 아내가 감춰놓은 재물들을 찾아내고, 부모님의 시신도
잘 수습하여 장례를 지냈다.

그 뒤 이 선비는 벼슬자리에 나가지 않고 아내와 행복하게 살았다. 난리통
에 흩어졌던 하인들도 돌아오자 집안이 제법 번성해 졌다. 그러나 그의 아내
가 귀신이라는 것은 아무도 몰랐다. 이 선비는 집 밖의 일은 일체 참견하지
않았고, 집안의 대소사에도 전혀 찾아가지 않았다. 늘 아내와 함께 시를 지
어 주고받으며 즐겁게 세월을 보냈다.

그렇게 몇 년이 흘렀다. 어느 날 저녁, 아내가 그에게 말했다.

"우리는 세 번 혼인을 했으니 참 깊은 인연이지요. 하지만 세상 일이 어디
뜻대로 되기만 하겠어요? 이제 우리의 즐거움도 끝낼 때가 되었군요."

아내의 갑작스러운 말에 그는 깜짝 놀랐다.

"그게 무슨 말이오?"

아내는 그의 얼굴을 지긋이 바라보며 입을 열었다.

"이제는 제가 저승으로 갈 때가 되었습니다. 그동안 당신과 나의 인연의
끈이 완전히 끊기지 않았음을 알고, 천제께서 함께 살 수 있게 해 주신 것이
지요. 덕분에 잠시나마 당신을 만나 한을 풀 수 있었습니다. 하지만 저는 죽
은 몸이라 인간 세상에 오래 머물려 산 사람과 정을 나눌 수는 없습니다."

아내의 말에 그는 울음을 터트리고 말았다.

아내는 술을 가득 따라 이 선비에게 권한 뒤 옥루춘곡(玉樓春曲)에 맞춰
노래를 지어 불렀다.

도적 떼 쳐들어온 참혹한 싸움터에서
나 그대와 헤어졌지.
풀섶에 흩어진 해골 누가 물어줄까?
피 물은 넋은 말조차 잊었는데.

무산(巫山)의 선녀가 세상에 내려오니
깨진 거울처럼 마음만 아프구나.
헤어질 우리 마음은 아득하고
저승과 이승 멀어 소식조차 못 전하리.

아내는 노래를 부르며 눈물을 떨구느라 곡이 제대로 이어지지도 못했다. 이 선비도 슬픔을 참을 수가 없어 울먹이며 말했다.

"나도 당신과 함께 죽어 저승으로 가겠소. 당신 없이 어떻게 남은 인생을 살란 말이오. 지난 번 난리통에 집안이 풍비박산 되었을 때, 당신이 아니었다면 내가 어떻게 삶을 지탱할 수가 있었겠소. 당신은 부모님의 시신을 수습하고 극진히 장례까지 지내지 않았소? 당신의 천성이 순수하고 효성스러워 그런 일을 모두 할 수 있었던 거요. 제발 나와 함께 여기서 백년해로 하고 나중에 같이 저승으로 갑시다."

그의 말에 아내가 슬픔에 가득한 표정으로 고개를 가로 저었다.

"아닙니다. 당신의 목숨은 아직 많이 남아 있습니다. 저는 이미 저승의 명부에 이름이 적혀 있어 이승에 오래 머물 수는 없습니다. 인간 세상에 미련을 두어 계속 머문다면 저승의 법도를 위반하는 것이 됩니다. 그러면 저만이 아니라 당신에게도 재앙이 미치게 될 것입니다. 제가 떠난 후, 그저 여기저기 흩어진 제 해골들을 수습해 비바람이나 피하게 해 주십시오."

이 선비와 아내는 서로 마주보고 하염없이 눈물을 흘렸다. 잠시 후 아내가 흐느끼며 입을 열었다.

"서방님, 부디 안녕히 계십시오. 당신과 만나 산 세월, 결코 잊을 수 없을 겁니다."

말을 마친 아내는 점점 사라져 마침내 흔적조차 남지 않았다.

이 선비는 아내의 해골을 수습하여 부모님 곁에 잘 묻어 주었다.

그 뒤 이 선비는 아내를 생각하는 마음이 더욱 깊어져 결국 병을 얻고 말았다. 병이 난 지 몇 달 만에 이 선비도 세상을 뜨게 되었다. 이 이야기를 들은 세상 사람들은 슬퍼 탄식하며 두 사람의 절의(節義)를 사모하지 않는 사람이 없었다.

(최성수 번역)

제3장

사회 정의를 위한 투쟁과 유토피아 건설,
〈홍길동전(洪吉童傳)〉

2017년 10월부터 불거진 이른바 '최순실 국정농단'에서 시작하여 '대통령의 파면'과 '구속'에까지 이르는 대한민국의 현실을 보고 있노라면 정말 이 사회를 유지시키는 '법'과 '정의'가 과연 제대로 존재하는가라는 물음에 직면한다. 대통령부터 거짓말을 밥 먹듯이 해대고 뻔한 증거가 있어도 하지 않았다고 발뺌하는 저 뻔뻔함은 어디서 비롯된 것일까? 정유라 친구의 아버지 회사인 'KD코퍼레이션'에게 일감을 몰아주도록 현대자동차에 청탁을 하고 이것이 문제되니 기술력은 있는데도 인정받지 못하는 중소기업이 안타까워 지원을 했다고 한다. 그것도 외국을 수시로 드나들며 대한민국의 위상을 높이느라 눈코 뜰 새 없이 바쁘신 대통령께서 귀한 시간을 내서 직접 경제수석에게 지시했다고 하니 이게 말이 되는 소린가. 수많은 중소기업을 다 제쳐두고 왜 하필 그 회사인가? 손바닥으로 해를 가리는 경우다. 꿩이 풀숲에 머리를 쳐 박고 자기만 안 보면 다른 사람들이 자기를 보지 못한다고 여긴다. 커다란 몸통을 모두가 보고 있는데도 말이다.

대통령을 비롯해 '국정농단'에 관련된 많은 피의자가 발뺌을 하는 게 이와 다르지 않아 보인다. 아마도 좋은 변호사를 선임해 법망을 이리저리 피해 가다 보면 무죄가 되리라는 믿음에서 비롯된 것이 아닐까? 이럴 때 우리는 사회정의를 실현하는 '영웅'을 기다리게 된다. 누군가 나타나 이 쓰레기 같은 인간들을 좀 어떻게 했으면 하는 바람을 가지는 것이 솔직한 심정이다. 법은 믿을수 없고 민초들은 힘이 없으니 누군가 정의를 실현주길 바라는 것이리라.

오늘날에는 그런 영웅은 영화나 만화에나 존재한다. 배트맨, 슈퍼맨, 아이언맨, 스파이더맨 등 이른바 '마블코믹스(Marvel Comics)'의 주인공들이 있지 않은가. 하지만 중세시대에는 바로 그런 '의적'들이 실제로 존재하고 있었다. 과연 중세의 의적들이 이야기나 소설에 보이듯이 그런 일들을 했는지는알 수 없지만 의적들은 세계 각처에 존재했고 우리에게도 바로 저 유명한 '홍길동'이 있다.

1. 허균이 정말 〈홍길동전〉을 지었을까

우리 문학사에서 최초의 한글소설이자 사회성이 강한 소설인 〈홍길동전(洪吉童傳)〉은 '반역죄'로 처형당한 교산(蛟山) 허균(許筠, 1569~1618)의 작품이라 한다. 〈홍길동전〉의 가치는 국문학사에서는 물론이고 중등 『국어』 교과서에서도 위력을 발휘해 해방 이후 국어 교과서가 만들어진 뒤로 한 번도 빠지지 않고 계속 실렸다. 대부분 '문학과 사회' 같은, 현실반영을 따져보는 단원에들어있어 교과서에서도 그 사회성을 높이 평가하고 있는 실정이다.

그런데 과연 이 대단한 〈홍길동전〉을 허균이 지었을까? 웬 뚱딴지같은 소리냐 하겠지만, 중학교 교과서에도 실려 있는 〈홍길동전〉을 보면 길동이 집을 떠나고자 하여 그 어미에게 "옛날 장충의 아들 길산(吉山)은 천한 출생이지만 열세 살에 그 어미와 이별하고 운봉산에 들어가 도를 닦아 아름다운 이름을 후세에 전하였습니다."고 고하는 대목이 있다. 장길산은 황석영에 의해 소설화된 17세기 숙종 때의 도둑이다. 허균은 광해군 때 사람이니, 죽고 나서 소설 속에 장길산이 등장한 꼴이 된다. 이 사태를 어떻게 이해해야 할까?

허균이 〈홍길동전〉을 지었다는 유일한 기록은 허균보다 15살 아래인 이식 (李植, 1584~1647)의 『택당집(澤堂集)』에서 찾을 수 있다.

> 세상에 전해지는 말에 의하면, 『수호전(水滸傳)』을 지은 사람의 집안이 3대 동안 귀머거리가 되어 그 대가를 받았는데, 그 이유는 도적들이 바로 그 책을 높이 떠받들었기 때문이라고 한다. 그런데 허균(許筠)과 박엽(朴燁) 등은 그 책을 너무도 좋아한 나머지 적장의 별명을 하나씩 차지하고서 서로 그 이름을 부르며 장난을 쳤다고 한다. 그런가 하면 허균은 또 『수호전』에 비겨서 〈홍길동전〉을 짓기까지 하였는데, 그의 무리인 서양갑(徐羊甲)과 심우영(沈友英) 등이 소설 속의 행동을 직접 도모하다가 한 마을이 쑥밭으로 변하였고, 허균 자신도 반란으로 처형되기에 이르렀으니, 이것은 귀머거리보다도 더 심한 응보를 받은 것이라고 하겠다.

앞서 〈삼국지연의〉를 예로 들어 소설의 허구가 역사적 실상을 어떻게 왜곡시키는지를 언급한 다음 〈수호전〉을 예로 들어 도적들이 그 책을 받들었기에 3대에 귀머거리가 되는 벌을 받았다 한다. 도적을 의적으로 그려 이를 미화시킨 것이 문제가 된 것이다. 실상 〈수호전〉에 등장하는 '양산박의 108호걸'들은 부당한 수탈과 억압에 대항해서 정의를 실천하는 의적으로 그려져 있다. 그런데 〈홍길동전〉이 이런 의적의 형상을 부각시킨 〈수호전〉을 본받아 지었으니 핵심적인 문제의식은 홍길동이라는 도적을 의적으로 그린 데에 있다. 말하자면 허균이 지었다는 모본(母本) 〈홍길동전〉의 본류는 다름 아닌 '의적전승'의 소설화인 셈이다.

하지만 허균의 문집은 물론이고 처형당하기 전 문초 받은 기록 어디에도

〈홍길동전〉을 지었다는 단서가 없다. 그렇다면 이식의 기록 한 줄을 가지고 과연 허균이 〈홍길동전〉을 지었다고 단정할 수 있을까? 여기에 〈홍길동전〉 작자에 대한 딜레마가 있다.

일단은 〈홍길동전〉을 짓지 않았다고 하는 확실한 근거가 없기에 문학사 서술에 유리한 방향으로 허균이 〈홍길동전〉을 지었다고 규정할 수밖에는 없다. 하지만 현재 우리가 보는 것과는 다르다고 봐야 한다. 이 사태는 허균이 지었다는 〈홍길동전〉의 모본이 널리 읽히면서 여러 사람의 손에 의해 내용이 첨가되어 18~9세기에 당시 상업출판인 방각본(坊刻本)으로 나타났다고 보는 것이 타당하다.

게다가 허균은 그 기질이 반항적이어서 네 번이나 파직을 당했고, 서울 명문가의 서자들과 같이 '칠서(七庶)의 난'을 일으켰으며, 승군과 무사들을 모아 반역을 꾀했다는 점에서 홍길동과 자못 유사한 면이 있다. 더욱이 〈유재론(遺才論)〉이나 〈호민론(豪民論)〉 등 그의 글이 〈홍길동전〉의 핵심사상과 일치하기도 한다. 인재를 고루 써야 한다는 〈유재론〉을 보면 "동서고금에 첩이 낳은 아들이라고 해서 어진 사람을 버리고 어미가 두 번 시집갔다고 해서 그 아들의 재주를 쓰지 않는다는 말을 듣지 못했다. 우리나라만이 천한 어미를 가진 자손이나 두 번 시집 간 자의 자손을 벼슬길에 끼지 못하게 한다."고 한탄했다. 게다가 "천하에 두려워하는 바는 오직 백성뿐"이라고 하는 〈호민론〉을 보면 홍길동의 형상과 유사한 '호민'을 다음과 같이 그려 주목된다.

자취를 고깃간에 숨기고 남 모르게 딴 마음을 쌓아서, 천지간을 살펴보다가 혹시 그때에 사고라도 있으면 원했던 바를 부리고자 하는 자는 호민(豪民)이다. 대저 호민은 크게 두렵다. 호민은 나라의 어지러운 틈을 엿보다가 탈 만한 기회를 노려 밭두렁 위에서 팔을 떨치고 한 번 소리지르면 저 원민(怨民: 원망만 하는 사람)들이 소리만 듣고도 모이며 의논하지 않아도 외치는 것은 같아진다. 항민(恒民: 순종 하는 사람)들도 또한 살고자 하여 호미와 고무래와 창자루를 가지고 따라가서 무도한 자를 죽이게 된다.

이 글은 광해군 때 지어졌으리라고 믿어지지 않을 정도로 먼저 각성한 혁명가에 의해 혁명이 가능하다고 하는 '민중혁명론'과 닮아있다. 단재(丹齋) 신채호(申采浩, 1880~1936)가 '의열단(義烈團)'을 위하여 1923년 지었다고 하는 〈조선혁명선언〉의 논리와 유사하다. 이렇게 허균의 행적과 사상이 〈홍길동전〉과 유사하기에 허균이 지었다는 모본은 〈홍길동전〉의 기본 골격과 크게 다르지 않으리라 추측된다. 다만 그 작품의 존재가 발견되어야만 〈홍길동전〉을 둘러싼 모든 의문이 해결될 수 있을 것이다.

2. 홍길동은 실존인물인가

홍길동은 실존인물일까? 아니면 허구의 인물일까? 분명 실존 인물이다. 그는 연산군 때의 도둑으로, 인륜을 어기는 죄를 짓고 가출하여 도둑이 되었으며 산채는 문경 새재에 있었고 당상관의 복색으로 관가에 출현하여 지방 관아를 어지럽혔다 한다. 연산군 6년(1500년) 10월 22일 일기를 보면 영의정 한치형, 좌의정 성준, 우의정 이극균이 "듣건대 강도 홍길동을 잡았다하니 기쁨을 견딜 수 없습니다. 백성을 위하여 해독을 제거하는 일이 이보다 큰 것이 없으니, 청컨대 이 시기에 그 무리들을 다 잡도록 하소서."하여 연산군과 같이 도둑 홍길동 잡은 것을 축하했다 한다. 게다가 같은 해 12월 29일 일기에는 "(예전에) 강도 홍길동이 옥정자와 홍대차림으로 첨지라 자칭하며 대낮에 떼를 지어 무기를 가지고 관부에 드나들면서 기탄없는 행동을 자행했"다고 기록되어있다.

이와 같은 사실을 보면 실존 인물 홍길동의 행적이 〈홍길동전〉과 상당히 비슷한 점이 많았음을 알 수 있다. 아마도 허균은 이런 홍길동의 행적에 관심을 갖고 〈홍길동전〉을 지었을 것이다. 실제로 16세기는 조선사회를 지탱하던 봉건제의 모순이 표면화된 시기로 홍길동뿐만 아니라 임꺽정, 순석 등 군도(群盜)들의 출현이 빈번했던 '민란의 시대'였다. 이 군도들은 "모이면 도적이 되고 흩어지면 백성이 된다.[聚則盜 散則民]"고 왕조실록에 기록될 정도로 사실은 피폐한 백성들의 무리였다. 가혹한 세금과 수탈에 시달려 농토로부터 도망한 유민(流民)들의 무리인 것이다. 먹고 살 것이 없어서 할 수 없이 도적이 된 사람들이다. 그러기에 이들의 행위는 단순한 도적질이 아닌 '농민저항'의 성격을 갖는다.

〈홍길동전〉의 역사적 의미도 여기에 있다. 활빈당(活貧黨)활동을 통하여 농민저항을 형상화시킨 것이다. 홍길동이 해인사를 털고 나서 "스스로 무리를 활빈당이라 하면서 조선 팔도로 다니며 각읍 수령이 불의로 모은 재물이 있으면 탈취하고, 혹시 가난하고 의지할 데 없는 사람이 있으면 구제하되, 백성의 재물은 조금도 침범치 않고 나라의 재산에는 추호도 손을 대지 않았다."한다. 이른바 '의적(義賊)'인 셈인데, 이들이 바로 중세봉건시대 탐관오리들을 공포에 떨게 했던 농민저항세력인 것이다.

이런 중세봉건시대 의적들의 이야기는 많은 나라에 퍼져 있는 데, 중국 〈수호전〉에 등장하는 '양산박'의 108명 도둑들이나, 영국 노팅엄 셔우드 숲속의 '로빈후드', 멕시코의 '조로', 볼가강 카자흐족의 '스텐카 라진' 등이 그 예이다. 하나같이 불의한 재물을 탈취하고 가난한 농민들을 도와주었으며, 탐관오리들을 공격대상으로 삼았다. 그러기에 현행법에 의해서는 범법자로 몰려 도망 다니는 처지지만 백성들로부터는 자신들을 구원할 '영웅'으로 대접받는다.

홍길동의 실제 행적이 의적이었던 것은 아니지만 소설 속에서는 의적으로 형상화 됐다. 하지만 중세봉건시대 의적들의 한계도 분명히 존재한다. 봉건정부나 왕에 대해서 적대적인 관계를 갖지 않는다는 점이다. 〈홍길동전〉에서도 나라의 재산에는 추호도 손을 대지 않았다고 강변하고 있으며 나중에는 병조판서의 벼슬도 받는다. 즉 이들의 적은 탐관오리일 뿐이며 어디까지나 왕을 비롯하여 봉건체제를 유지하는 테두리 내에서 투쟁을 전개해 나간다. 말하자면 어진 왕도정치의 실현을 이상으로 삼고 있는 셈이다.

3. 자아실현, 그 멀고도 험난한 길

그러기에 우리는 홍길동에게서 저 체 게바라(Che Guevara, 1928~1967) 와 같은 '혁명가'의 이미지를 덧씌우면 안 된다. 〈홍길동전〉에서 홍길동은 어디까지나 중세시대의 의적일 뿐이다. 오히려 활빈당 행수로서의 홍길동은 전체의 한 부분에 지나지 않는다.

일반적으로 〈홍길동전〉은 세 부분으로 나눌 수 있는데, 첫째 부분은 가정 내에서의 적서차별을, 둘째 부분은 봉건수탈에 대항하는 활빈당 활동을, 셋째 부분은 이상국 건설을 그 내용으로 하고 있다. 이 세 부분을 아우르는 공통적인 문제의식 혹은 주제가 무엇일까? 그것은 바로 '자아실현'이다. 즉 서자로 태어나 벼슬을 할 수 없는 한(恨)이 활빈당 행수로, 병조판서로 나아가게 했으며, 결국 율도왕으로 까지 이어진다.

〈홍길동전〉을 관통하고 있는 문제의식은 바로 이 서자로서의 한이다. 이미 어린 시절부터 "대장부가 세상에 나서 공자·맹자를 본받지 못할 바에야, 차라리 병법이라도 익혀 대장인(大將印)을 허리에 비스듬히 차고 동정서벌(東征西伐)하여 나라에 큰 공을 세우고 이름을 오래도록 빛내는 것이 장부의 통쾌한 일이 아니겠는가! 나는 어찌하여 이 한 몸 적막하여, 부형이 있는데도 아버지를 '아버지'라 부르지 못하고, 형을 '형'이라 부르지 못하니 심장이 터질지라. 이 어찌 통탄할 일이 아니겠는가!"라고 서자이기에 벼슬길이 막힌 것을 통탄해 하고 있었다. 예전에는 이름을 날리고 출세하는 길이 과거 밖에 없었다. 그런데 과거길이 막히니 자신의 존재를 드러낼 아무런 방법이 없었다. 집안에서 홍판서가 호부호형(呼父呼兄)을 허락했지만 사회적 공인을 받은 것은 아니다.

홍길동이 가출을 결행한 것은 자객인 특재와 관상녀를 죽였기 때문이다. 즉 집안에서 불의한 사람들을 살인했기에 범법자가 되어 망명도생(亡命圖生)을 결행한 것이다. 이제 남은 길은 〈수호전〉의 영웅들이 그렇듯이 도적이 되는 것이다. 의로운 일을 행하고 범법자가 되어 모여드는 도적굴은 범법자들에게는 일종의 해방구였다. 거기에는 세상의 법률이 미치지 않는 그들만의 규약이 있었다. 백성들을 수탈하는 탐관오리나 불의한 사람들을 징치(懲治)하고 가난한 사람들을 도와주는 의적으로서의 명분이 그것이다. 그래서 대부분의 의적들은 어느 정도 세력이 갖춰지면 이런 의적으로서의 명명식을 거행한다. 〈홍길동전〉에서 그들 집단을 '가난한 사람들을 살리는 당'인 '활빈당(活貧黨)'으로 이름 붙이고 무엇을 해야 할 것인가 행동규약을 정하는 장면이 등장하는 것도 이 때문이다.

그런데 홍길동은 활빈당 행수로서의 역할을 계속 수행해나가지 않고 '병조판서'가 되고자 했다. 활빈당 대장으로서 도둑들을 이끌고 봉건정부에 대항했던 위치에서 봉건정부의 병권을 휘두르는 자리인 병조판서가 되길 원한 것이다. 봉건정부가 신출귀몰한 자신을 잡을 수 없자 "길동은 아무리 하여도 잡지 못할 것이오니, 병조판서 벼슬을 내리시면 잡히리이다."라는 방을 써 붙여 이런 엄청난 제안을 한 것이다.

실상 홍길동은 어린 시절부터 문관이나 무관으로 나가 벼슬 하고자 했고, 서자기에 그 길이 막힌 것이다. 어쩔 수 없이 활빈당 행수의 역할을 했지만 본래 의도한 바는 아니었음이 분명하다. 이런 이야기는 〈홍길동전〉 뿐만 아니라 조선후기 의협심이 강한 선비들이 군도의 우두머리가 되었다가 다시 자신의 위치로 돌아오는 숱한 '군도담(群盜談)'에서 많이 확인할 수 있다. 홍길동의 바람은 오직 서자의 한을 풀고 벼슬길로 나가 자신의 이름을 빛내는 것이다. 이런 홍길동의 생각은 조선을 떠나며 임금에게 자신의 처지를 설명하는 대목에서 분명히 드러난다.

> 신이 전하를 받들어 만세를 모실까 했으나, 제가 천한 종의 몸에서 태어났기 때문에 문(文)으로는 홍문관이나 예문관 벼슬길이 막혀 있고, 무(武)로는 선전관 벼슬길이 막혔습니다. 이런 까닭으로 사방을 멋대로 떠돌아다니면서 관청에 폐를 끼치고 조정에 죄를 지었던 것이온데, 이는 전하로 하여금 아시게 하려 함이었습니다.

이처럼 서자로서의 한이 결국 활빈당 행수로 활약하게 했고, 벼슬하고자 하는 소원이 억지로 병조판서까지 제수 받게 한 것이다. 여기서 우리는 홍길동이 너무 개인적인 출세에만 집착한 것이 아니냐 할지 모른다. 하지만 생각해 보라. 요즘처럼 다양하게 자아실현을 할 수 있는 길이 펼쳐져있는 것도 아니고 오직 과거를 통해서만 자신의 존재를 증명할 수 있는데, 그 길이 원천적으로 막혀 있으니 오죽 하겠는가. 원하는 대학에 가려는데 아예 입학자격이 주어지지 않는 경우와 마찬가지일 것이다. 게다가 수많은 서자들의 한을 대변하고 있으니 홍길동 개인의 문제만은 아닌 것이다.

이제 홍길동이 병조판서가 되면 모든 문제가 해결될까? 절대 아니다. 애초 병조판서를 제수한 것도 홍길동을 잡아 죽이기 위해서였다. 그래서 "소신의 죄악이 지중하온데, 도리어 은혜를 입사와 평생의 한을 품고 돌아가 전하와 영원히 작별하오니, 부디 만수무강하소서."라고 직책을 수행할 뜻이 없음을 밝혔다. 병조판서 제수는 일종의 한풀이고, 상징적인 의미만 있는 것이지, 그 직책을 지속적으로 수행하고자 했던 것은 아니다. 누가 서자이자 도둑대장의 명령을 따르겠는가.

그래서 진정한 자아실현을 위해서 이제 조선이라는 테두리를 벗어날 수밖에 없는 것이다. 거기서는 서자라는 신분도 도둑의 대장이었다는 전력도 필요없는 것이다. 홍길동에게는 '율도국(聿島國)'이 신대륙이나 다름없다. 거기서 자신들만의 유토피아를 건설한 것이다. 하지만 이상향으로 설정된 율도국은 새로운 정치형태를 보여주지는 못하고 그저 조선과 다름없는 이상적인 왕도정치를 실현하는 공간으로 위치한다. "왕이 나라를 다스린 지 삼년에 산에는 도적이 없고 길에는 떨어진 물건을 주워가지 않으니 태평세계"라 할 뿐이다. 엄밀히 따져보면 봉건적 테두리를 벗어나지 못한 한계를 지니고 있음이 분명하다. 하지만 그 자체만으로도 소중하다. 서자인 홍길동이 왕으로 활약하고 '길에 물건이 떨어져 있어도 줍지 않는' 풍족한 세상을 만들었기 때문이다.

4. '율도국(聿島國)'은 어디인가

〈홍길동전〉에 등장하는 '율도국(聿島國)'은 과연 어디인가? 작품을 보면 "즉시 몸을 솟구쳐 남경으로 향해 가다가 한 곳에 다다르니, 거기는 율도국이었다. 사면을 살펴보니 산천이 깨끗하고 인물이 번성하여 편안하게 살 수 있는 곳이었다. 남경에 들어가 구경한 뒤에 제도라 하는 섬에 들어가 두루 다니며 산천도 구경하고 인심도 살피면서 다녔는데, 오봉산에 이르러 보니 정말 천하제일 강산이었다. 둘레가 칠백 리오. 기름진 논이 가득하여 살기에 정말 알맞았다. 마음속으로 생각하기를 '내 이미 조선을 하직하였으니, 이곳에 와 은거하였다가 대사를 도모하리라.'하고" 마음에 두었다 하며, 다른 곳에서는 "남쪽에 율도국이라는 나라가 있으니, 기름진 땅이 수천 리나 되어 실로 물산이 풍족한 나라였다."고 한다.

중국 남경(南京)에서 남쪽으로 가다 보면 만나는 섬이 있는데, 대만과 일본

열도 사이에 위치한 오키나와[沖繩]다. 오키나와가 바로 율도국이라 한다. 오키나와의 옛 이름이 류큐[琉球]로 율도국의 발음과 흡사하며, 〈홍길동전〉에 묘사된 것처럼 지리적으로 남경으로부터 남쪽에 위치한 섬이다.

〈홍길동전〉을 보면 홍길동은 활빈당 부하들인 마숙, 최철과 함께 율도국을 공격하여 율도국 왕을 항복시키고 새로운 나라를 세운다. 그리고 기존의 율도국 왕과 신하들을 죽이지 않고 제후로 봉했다. 율도국을 30년간 다스리고 나서 태자에게 자리를 물려주고 붕어한다.

한편 『조선왕조실록』의 〈연산군일기〉의 기록과는 달리 역사서에서 홍길동이라는 강도는 조선에서 추방당하는데, 그가 간 율도국은 지금의 류큐국이라고 주장한다. 이에 대한 증거로 오키나와 지방에서는 매년마다 '홍가와라(洪家王)'라는 의적을 기리는 행사를 치르고 있는데, 그 홍가와라가 홍길동과 동일인물이라는 것이다. 홍길동은 류큐국의 도래인(渡來人)으로 기존 세력을 제압하고 새로운 지도자로 부각된 인물인데, 〈홍길동전〉의 내용과 일치한다. 홍길동이 살았다고 추정되는 15세기에서 16세기까지만 해도 오키나와에서는 홍씨 성을 쓰는 사람은 없었다고 전해지는 것으로 보아, 상당히 신빙성이 있어 보인다. 실제로 류큐국은 일본이 조선을 침략할 때 일본의 요구를 거절했을 뿐만 아니라, 조선과의 친선관계를 맺고 있었다. 게다가 오키나와에는 그 홍가와라를 모신 사당이 있으며 추모비까지 세워져 있다고 한다.

5. 홍길동, 그 빛나는 이름

홍길동은 이처럼 자아실현의 험난한 과정을 겪으면서 서자에서 활빈당 행수로, 또 병조판서로, 그리고 마지막으로 율도왕까지 자신을 최고의 지위까지 올려놓았다.

그런데 활빈당 대장이나 병조판서거나 율도왕으로서 홍길동이 아니라, 우리 주변엔 홍길동이 너무 많아 익숙하다. 관공서나 학교에 가보라. 대부분의 공문양식이나 입학서식에 명시된 이름은 모두가 '홍길동'이다. 우리사회에서 홍길동은 어느덧 고유명사가 아니라 보통명사가 되어 버렸다. 이게 대체 무슨 조화인가? 게다가 실제로 구한말 일제의 침탈에 항거하며 무력투쟁을 했던 무장집단의 이름이 '활빈당'이다. 역사의 고비마다 혹은 우리에게 친숙한 이름으로, 그 빛나는 이름으로 홍길동은 살아있다. 실제는 화적패의 두령에 불과했을 텐데, 어찌해서 중세를 뛰어넘어 이 현대의 한 복판에서 계속 살아있는 것일까?

그건 아마도 우리에게 자유와 정의에 대한 꿈이 존재하기 때문일 것이다. 어떤 사회라고 하더라도 완벽하게 자유롭고 정의로운 사회는 존재하지 않는다. 그러기에 자유와 정의를 실현하는 인물이 필요했던 것이다. 『의적의 사회사』를 썼던 홉스보움(E.J. Hobsbawm)은 의적에 대해서 이렇게 말한다.

의적들을 싸고 있는 지방적 · 사회적 틀을 벗기면 거기에는 무엇인가가 여전히 남아있다. 거기에는 자유, 영웅적 행위, 그리고 정의의 꿈이 존재하는 것이다.

[교산 허균 연보]

1569년 (1세, 선조 2) 초당(草堂) 허엽(許曄)의 삼남. 허성(許筬) · 허봉(許篈) · 난설헌
(蘭雪軒)

1580 (12세, 선조 13년) 부친 허엽 별세.

1585 (17세, 선조 18년) 김대섭(金大涉)의 2녀와 결혼.

1588 (20세, 선조 21년) 둘째형 허봉 별세.

1590 (22세, 선조 23년) 누이 난설헌 별세.

1592 (24세, 선조 25년) 임진왜란이 일어나 모부인을 모시고 강원도 외가인 교산(蛟
山) 애일당(愛日堂)으로 피난. 그의 호 교산도 이곳을 가르킨다.

1594 (26세, 선조 27년) 정시문과에 을과로 급제. 검열 세자시강원 설서를 지냄.

1597 (29세, 선조 30년) 문과 중시에 장원. 변무사의 수행원으로 명나라에 다녀옴.
김효원의 딸을 얻어 재취.

1599 (31세, 선조 32년) 황해도 도사가 됨. 서울의 기생을 끌어들여 별실에 숨기고
즐겼다고 파직됨.

1601 (33세, 선조 34년) 형조정랑을 지냄.

1602 (34세, 선조 35년) 사예, 사복시정을 역임. 이어 전적, 수안군수를 지냄.

1606 (38세, 선조 39년) 원접사 유근의 종사관이 되어 명나라 사신을 영접. 탁월한
문장으로 이름을 떨침.

1607 (39세, 선조 40년) 삼척부사로 있을 때 불교를 숭상했다는 죄로 파직됨.

1608 (40세, 선조 41년) 다시 기용되어 공주목사가 됨. 파직되어 함산으로 귀향.

1609 (41세, 광해군 1년) 형조참의 첨지중추부사. 원접사 이상의 종사관으로 중국 다
녀옴.

1610 (42세, 광해군 2년) 진주부사로 명나라에 가서 천주교의 기도문을 얻어옴. 이
에 시관이 되었으나 친척을 부정으로 급제시켰다는 탄핵을 받고 파직.

1611 (43세, 광해군 3년) 전라도 함열로 유배. 『성서부부고(惺所覆瓿藁)』 완성.

1612 (44세, 광해군 4년) 사명당에 비문을 초함. 맏형 허성 별세. 태인(泰仁)으로 유
배됨.

1613 (45세, 광해군 5년) 당시 권신이던 이이첨(李爾瞻)에게 아부하여 예조참의를

지냄. 칠서지옥(七庶之獄) 사건 일어남.

1614	(46세, 광해군 6년) 호조참의, 형조정랑이 됨. 천추사로 중국에 다녀옴.
1615	(47세, 광해군 7년) 동지부사가 되어 명나라에 다녀옴.
1616	(48세, 광해군 8년) 명나라에서 귀국, 형조판서가 됨.
1617	(49세, 광해군 9년) 패모론을 주장하는 등 대북파(大北派)의 일원으로 왕의 신임을 얻음. 반란 계획을 진행함. 이에 좌참찬으로 승진. 경운궁 투시사건.
1618	(50세, 광해군 10년) 하인준 등과 반란을 계획하다가 탄로나 반역죄로 능지처참됨.

[참고 문헌]

김경미, 「타자의 서사, 타자화의 서사, 〈홍길동전〉」, 『고소설연구』30, 한국고소설학회, 2010.

김현양, 「조선중기 '욕망하는 주체의 등장과 소설의 기원」, 『민족문학사연구』 52집, 민족문학사연구소, 2013.

조동일, 「영웅의 일생과 〈홍길동전〉」, 『허균의 문학과 혁신사상』, 새문사, 1983.

임형택, 「〈홍길동전〉의 신고찰」, 『한국문학사의 시각』, 창작과 비평사, 1984.

박일용, 『영웅소설의 소설사적 변주』, 월인, 2003.

〈홍길동전(洪吉童傳)〉

아버지를 아버지라 부르지 못하니

조선 세종 때에 한 재상(宰相)이 있었으니, 성은 홍(洪)이요, 이름은 아무였다. 대대 명문가의 자손으로 태어나 어린 나이에 과거에 급제해 벼슬이 이조판서(吏曹判書)에 이르렀다. 뭇 사람들이 우러러보아 이름이 조야(朝野)[1]에 으뜸이고, 충효까지 갖추어 온 나라에 진동하였다. 일찍이 두 아들을 두었는데, 한 자식은 이름이 인형으로 본처 유 씨가 낳은 아들이고, 다른 자식은 이름이 길동이니 여종 춘섬이 낳은 아들이었다.

어느 날 공이 길동을 낳기 전에 한 꿈을 꾸었다. 갑자기 천둥과 벼락이 진동하며 청룡이 수염을 세우고 공을 향하여 달려들기에 놀라 깨니 한바탕 꿈이었다. 마음속으로 크게 기뻐하며 생각하기를 '내 이제 용꿈을 꾸었으니 반드시 귀한 자식을 얻으리라.'하고, 즉시 내당(內堂)[2]으로 들어가니 부인 유 씨가 일어나 맞이하였다. 공은 기쁜 마음으로 고운 손을 잡고 이끌어 바로 관계하고자 하였으나 부인이 얼굴을 바로 하고 거절하는 것이었다.

"상공께서는 체통과 위신을 존중하시거늘 어리고 경박한 사람의 더러운 짓거리를 행하고자 하시니 첩은 따르지 않겠습니다."

하고 말을 마치고는 손을 떨치고 나가버렸다. 공은 몹시 겸연쩍고 부끄러워 화를 참지 못하고 사랑방으로 나와 부인의 지혜 없음을 한탄하였다.

마침 여종 춘섬이 차를 올리거늘 그 고운 태도에 끌려 춘섬을 이끌고 곁방에 들어가 바로 관계하니 이때 춘섬의 나이 열여덟이었다. 한번 몸을 허락한 후에 문밖에 나가지 아니하고 다른 사람을 만날 뜻이 전혀 없기에 공이 기특히 여겨 잉첩(媵妾)[3]으로 삼았다.

과연 그 달부터 태기가 있어 열 달 만에 옥동자를 낳았는데, 생김새가 비

---

1) 조야(朝野): 조정과 민간.
2) 내당(內堂): 집의 안주인이 거처하는 방. 안방.
3) 잉첩(媵妾): 시녀로 있다가 주인 남자를 모시게 된 첩.

범하여 진실로 영웅호걸(英雄豪傑)의 기상이었다. 공이 한편으로 기뻐하였지만 부인의 몸에서 태어나지 못한 것을 한탄하였다.

길동이 점점 자라 여덟 살이 되자 총명하기가 남보다 뛰어나 하나를 들으면 백 가지를 아니 공이 더욱 사랑하나 근본이 천한 출생이라. 길동이 늘 호부호형(呼父呼兄)4) 하면즉시 꾸짖어 못하게 하였다. 길동이 열 살이 넘도록 감히 아버지와 형을 부르지 못하고, 종들로부터도 천대받아 그 한이 뼈에 사무쳐 마음을 가누질 못했다.

어느 가을 보름 무렵에 달빛은 처량하게 비치고 청풍은 쓸쓸하게 불어와 사람의 마음을 울적하게 하였다. 길동이 서당에서 글을 읽다가 문득 책상을 밀치고 탄식하였다.

"대장부가 세상에 나서 공자(孔子), 맹자(孟子)를 본받지 못하면 차라리 병법을 익혀 대장인(大將印)5)을 허리춤에 빗겨 차고 동서를 정벌하여 나라에 큰 공을 세우고 이름을 만대에 빛내는 것이 대장부의 통쾌한 일이다. 나는 어찌하여 한 몸이 쓸쓸하고, 부형이 있지만 아버지를 아버지라 부르지 못하고, 형을 형이라 부르지 못하니 심장이 터질 지경이라. 어찌 원통하지 않겠는가?"

말을 마치며 뜰에 내려와 검술을 공부하는데, 마침 공이 또한 달빛을 구경하다가 길동이 서성이는 것을 보고 즉시 불러 물었다.

"너는 무슨 흥이 있어 밤이 깊도록 잠을 자지 아니하느냐?"

길동이 공손하게 대답했다.

"소인6)이 마침 달빛을 좋아합니다만 대개 하늘이 만물을 낼 때에 오직 사람이 귀하지만 소인에게는 귀함이 없사오니 어찌 사람이라 하겠습니까?"

공이 그 말의 뜻을 짐작하나 일부러 꾸짖어 말했다.

"네 무슨 말인가?"

길동이 절하고 말하기를,

---

4) 호부호형(呼父呼兄): (아버지를) 아버지라 부르고, (형을) 형이라 부름.

5) 대장인(大將印): 대장임을 나타내기 위해 차고 다니던 인장.

6) 소인(小人): 신분이 낮은 사람이 자기보다 신분이 높은 사람을 상대하여 자기를 낮추어 이르던 일인칭 대명사. 여기서 길동의 신분이 낮기 때문에 친아버지에게도 하인처럼 소인이라 부름.

76

"소인이 평생 설워하는 바는, 대감 정기로 당당한 남자가 되어 낳아 길러 주신 깊은 은혜를 입었지만, 아버지를 아버지라 못하옵고 형을 형이라 못하오니 어찌 사람이라 하겠습니까?"

하고 눈물을 흘려 옷을 적셨다. 공이 말을 다 들으니 비록 측은한 생각이 들었지만 만일 그 마음을 위로하면 마음이 방자해질까 걱정되어 크게 꾸짖었다.

"재상가의 천한 출생이 비단 너 뿐이 아닌데 네가 어찌 이다지 방자하냐? 이후로 다시 이런 말을 하면 내 눈 앞에서 용서치 않겠다!"

길동은 감히 한마디도 더 하지 못하고 다만 땅에 엎드려 눈물을 흘릴 뿐이었다. 공이 물러가라고 하자 길동은 방으로 돌아와 슬퍼해 마지않았다.

길동이 본래 재주가 남보다 뛰어나고 성품이 활달하지만, 서글픈 마음을 가라앉히지 못해 밤이면 잠을 이루지 못했다. 하루는 길동이 어미 침소에 가 울면서 아뢰는 것이었다.

"소자가 어머니와 더불어 전생의 인연이 중하여 지금 세상에 어미와 자식으로 되었으니 그 은혜가 끝이 없습니다. 그러나 소자의 팔자가 기박하여 천한 몸이 되어 품은 한이 깊습니다. 장부가 세상에 살면서 남의 천대를 받음이 마땅치 않은지라. 소자 자연 설움을 억제치 못하여 어머니 슬하를 떠나려 하오니 엎드려 바라건대 어머니께서는 소자를 염려치 말으시고 귀한 몸을 보호하소서."

그 어미가 듣고 크게 놀라 말하기를

" 재상가의 천한 출생이 너 뿐이 아닌데 어찌 좁은 마음을 먹어 어미의 간장을 태우느냐?"

하니, 길동이 간절히 말하는 것이었다.

" 옛날 장충의 아들 길산(吉山)[7]은 천한 태생이지만 열세 살에 그 어미와 이별하고 운봉산에 들어가 도를 닦아 아름다운 이름을 후세에 전하였습니다. 소자도 그를 본받아 세상을 벗어나려 하오니 어머니는 안심하고 후일을 기다리십시오. 근래에 곡산모(谷山母)의 행색을 보니 상공의 사랑을 잃을까

---

7) 장길산(張吉山): 17세기 말 숙종 때의 광대출신 도적. 황해도를 중심으로 활약했으며 황석영에 의해 1970~80년대에 소설화되기도 했다.

하여 우리 모자를 원수같이 여깁디다. 큰 화를 입을까 하오니 어머니께서는 소자가 나감을 염려치 마소서."

그 어미 또한 슬퍼하였다.

곡산모의 흉계(凶計)

원래 곡산모는 곡산(谷山)[8] 지방의 기생으로 상공의 첩이 되었던 자인데, 이름은 초란이라. 아주 교만하고 방자하여 자기 마음에 맞지 않으면 상공에게 고자질하기에 집안에 시끄러운 일이 자주 있었다. 자기는 아들이 없는데 춘섬은 길동을 낳아 늘 귀여움을 받자 속으로 언짢아서 없애버릴 마음만 먹고 있었다.

하루는 초란이 흉계를 꾸며 무녀(巫女)를 불러 말하기를

"내가 몸을 편하게 하려면 길동을 없애는 길밖에 없다. 만일 나의 소원을 이뤄주면 그 은혜를 후하게 갚겠다."

하니 무녀가 듣고 기뻐하며 대답하였다.

"지금 동대문 밖에 관상을 잘 보는 여자가 있는데, 사람의 관상을 한번 보면 앞뒤의 일을 척척 알아냅니다. 이 사람을 불러 소원을 자세히 말하고 상공께 천거하여 길동의 앞뒤 일을 보게 하십시오. 그러면 상공이 크게 속아 길동을 없애고자 할 것이니, 그때를 틈타 이리이리 하면 어찌 묘한 계책이 아니겠습니까?"

이 말을 듣고 초란이 크게 기뻐하여 먼저 은돈 오십 냥을 주며 관상 보는 여자를 부르도록 하니, 무녀는 하직하고 돌아갔다.

이튿날 공이 내당에 들어와 부인과 같이 길동의 비범함을 이야기하며 다만 신분이 미천함을 안타까워하고 있었다. 문득 한 여자가 들어와 마당에서 인사하기에 공이 이상히 여겨 물었다.

"그대는 어떠한 여자인데, 무슨 일로 왔소?"

"소인은 관상을 보고 다니는데, 마침 상공 댁에 이르렀나이다."

---

8) 곡산(谷山): 지금 황해도 동북지방에 있는 곡산군.

공이 이 말을 듣고 길동의 장래를 알고 싶어 즉시 길동을 불러서 보이니, 관상보는 여자가 한참을 보더니 놀라 말하는 것이었다.

"이 공자(公子)⁹⁾의 얼굴을 보니 천고의 영웅이오, 일대 호걸이지만 신분이 미천하니 다른 염려는 없을 것입니다."

이렇게 말을 하더니 무언가 주저하는 것이 아닌가. 공과 부인이 더욱 이상하게 여겨 다시 물었다.

"무슨 말인지 바른대로 아뢰지 못할까!"

관상 보는 여자가 마지 못하는 체하며 주위 사람들을 물리치고 말하는 것이었다.

"공자의 상을 보니 가슴 속에 조화가 끝이 없고, 이마에 산천정기가 영롱하니 진실로 왕이나 제후가 될 기상입니다. 장성하면 장차 온 집안이 망하여 없어지는 화를 당할 것이오니, 상공께서는 마음에 두고 계십시오."

공이 다 듣고나서 놀랍고도 의심스러워 한참이나 말이 없이 있다가 마음을 진정시키고 관상보는 여자에게 당부했다.

"사람의 팔자는 도망하기 어려운 것이니, 너는 이런 말을 절대 밖으로 얘기하지 마라!"

그리곤 약간의 은돈을 주어 보냈다.

그 후로 공이 길동을 산 속에 있는 정자에 머물게 하고 행동 하나하나를 엄중하게 살피게 했다. 길동이 이런 일을 당하자 서러움을 더욱 이기지 못하나 어쩔 길이 없어 〈육도삼략(六韜三略)⁾¹⁰⁾〉과 천문지리(天文地理)¹¹⁾를 공부하고 있었다. 공이 이 일을 알고 크게 근심하여

"이 놈이 본래 재주가 있으니, 만일 분에 넘치는 마음을 품게 되면 관상녀의 말과 같이 될 것이라. 장차 이를 어찌 하랴?" 하고 한숨을 쉬었다.

이때 초란이 무녀, 관상녀와 내통하여 공을 놀라게 하고는 길동을 없애고

---

9) 공자(公子): 귀한 집안의 자제.

10) 육도삼략(六韜三略): 중국의 병서. 육도는 주(周)나라 태공망이 지었다는 병서로 여섯 부분으로 구성되어 있고, 삼략은 한나라 장량이 황석공에게서 받았다고 하는 병서로 상, 중, 하의 세 부분으로 되어있다.

11) 천문지리(天文地理): 하늘과 땅의 이치.

자 하여 많은 돈을 들여 자객을 구했는데, 이름이 특재였다. 초란은 특재에게 그간에 있었던 일을 자세히 일러주고는 공에게 가서 고하였다.

"며칠 전에 관상녀가 앞일을 아는 것이 귀신같은데, 길동의 앞일을 어찌 처치하시렵니까? 저도 놀랍고 두려워 일찍 길동을 없애버리는 것이 나을 듯하옵니다."

상공이 이 말을 듣고 눈썹을 찡그리며,

"이 일은 내가 알아서 할 것이니, 너는 번거롭게 굴지 말라."

하고 물리치기는 했으나, 마음이 자연 산란하여 밤이면 잠을 이루지 못해 그로 인하여 병이 나고 말았다. 부인과 좌랑(佐郞)12) 벼슬을 하는 형 인형이 크게 근심하여 어쩔 줄을 몰랐는데 마침 초란이 상공을 곁에서 모시고 있다가 부인에게 아뢰었다.

"상공의 병환이 위중하게 된 것은 길동을 두신 것입니다. 저의 천한 소견으로는 길동을 죽여 없애면 상공의 병환도 쾌차13)하실 뿐 아니라 가문도 보존될 것이온데, 어찌 이를 생각지 않으시는지요?"

"아무리 그렇다고 하지만 천륜(天倫)14)이 중하니 차마 어찌 그런 짓을 할 수 있겠는가?"

부인이 주저하자, 초란이 다시 다그쳤다.

"듣자오니 특재라 하는 자객이 있어 사람 죽이기를 주머니 속의 물건 꺼내듯이 한답니다. 그에게 거금을 주어 밤에 몰래 들어가 길동을 해치게 하면, 나중에 상공이 아시더라도 어쩔 수 없을 것이니, 부인께서는 다시 생각하십시오?"

부인과 인형이 일이 이렇게 된 이상 어쩔 수 없다고 여겨 눈물을 흘렸다.

"이는 차마 못할 짓이지만, 첫째는 나라를 위함이요, 둘째는 상공을 위함이요, 셋째는 우리 가문을 보존하기 위함이라. 이제는 너의 계교대로 하려무나."

---

12) 좌랑(佐郞): 조선시대 육조의 정6품 벼슬.

13) 쾌차(快差): 병이 다 나음.

14) 천륜(天倫): 부모와 자식, 형제간에 변치 않는 도리.

그러자 초란이 기뻐하며 다시 특재를 불러 이 말을 자세히 이르고 오늘 밤에 급히 처치하라 하니, 특재는 그렇게 하겠다 응낙하고 밤 되기를 기다렸다.

집 떠나는 홍길동

한편, 길동은 자신이 당한 원통한 일을 생각하니 잠시도 집에 머물고 싶지 않지만, 상공의 엄한 꾸짖음이 있는 마당에 어찌할 수 없어 밤마다 잠을 이루지 못하고 있었다. 그런데 그날 밤, 촛불을 밝히고 〈주역(周易)〉15)을 깊이 읽고 있는데, 까마귀가 까욱 까욱 하면서 세 번을 울고 가는 것이 아닌가. 길동이 이상한 예감이 들어,

"이 짐승은 본래 밤을 꺼리거늘, 이제 울고 가니 심히 불길하구나."

하고 잠깐 팔괘(八卦)16)를 벌여 점을 쳐보고는, 크게 놀라 서안(書案)17)을 밀치고 둔갑법을 행하여 몸을 숨기고 동정을 살폈다. 사경(四更)18)쯤 되었는데, 한 사람이 비수를 들고 조용히 방문을 열고 들어오고 있었다. 길동이 급히 몸을 감추고 주문을 외니, 갑자기 한 줄기 음산한 바람이 일어나면서 집은 간 데 없고 첩첩한 산중에 아름다운 풍경이 펼쳐져 있는 것이 아닌가. 특재가 크게 놀라 길동의 조화가 신기함을 깨닫고 비수를 감추어 피하고자 했다. 그런데 갑자기 길이 끊어지고 층암절벽이 앞을 가로 막아, 나갈 수도 물러설 수도 없었다. 길을 찾아 사방으로 방황하는데 어디선가 피리소리가 들려 정신을 차리고 살펴보니, 한 소년이 나귀를 타고 오더니 피리 불기를 그치고 꾸짖었다.

---

15) 〈주역(周易)〉: 중국 사서삼경(四書三經) 중 삼경의 하나. 주(周)나라 초에 지어진 역법에 관한 책으로 주로 운명을 점치는 데 사용한다.

16) 팔괘(八卦): 〈주역〉에서 말하는 여덟 가지 괘. 곧 건(乾), 태(兌), 이(離), 진(震), 손(巽), 감(坎), 간(艮), 곤(坤)으로 이를 통해 길흉화복을 점침.

17) 서안(書案): 예전 선비들이 책을 읽던 책상.

18) 사경(四更): 저녁 7시부터 새벽 5시까지 5경으로 나눈 시간에서 중에서 4경은 새벽 1시부터 3시까지를 말함.

"너는 무슨 일로 나를 죽이려 하느냐? 무죄한 사람을 해치면 어찌 천벌이 없으랴?"

길동이 주문을 외니 홀연 검은 구름이 일어나며 비가 물을 퍼붓듯이 쏟아지며 모래와 돌멩이가 날리었다. 특재가 정신을 차려 살펴보니 바로 길동이었다. 비록 그 재주가 신기하나 '어찌 나를 대적하리오.'라고 여겨 길동에게 달려들며 소리쳤다.

"너는 죽어도 나를 원망하지 마라. 초란이 무녀와 관상녀와 짜고 상공과 의논하게 하여 너를 죽이려 한 것이니, 어찌 나를 원망하랴."

특재가 칼을 들고 달려들자, 길동은 분기를 참지 못하고 요술로 특재의 칼을 빼앗아 들고 큰 소리로 꾸짖었다.

"네가 재물을 탐하여 사람 죽이기를 좋게 여기니, 너 같이 무도한 놈은 죽여 후환을 없애리라!"

길동이 소리치며 한번 칼을 휘두르니, 특재의 머리가 방 안에 떨어졌다. 길동이 분기를 이기지 못해 바로 관상녀를 잡아와 특재가 죽은 방에 들이쳐 놓고 꾸짖었다.

"네가 나와 더불어 무슨 원수가 있어서 초란과 같이 나를 죽이려 하느냐?"

말을 마치기가 무섭게 바로 칼로 베니, 관상녀의 머리도 방에 떨어져 가련하고 참혹하기 짝이 없었다.

이때 길동이 두 사람을 죽이고 하늘을 살펴보니, 은하수는 서쪽으로 기울고 달빛은 희미하여 서글픈 마음이 일어났다. 분기를 참지 못하고 초란마저 죽이고자 하다가, 아버지가 사랑하는 여자라는 것을 깨닫고 칼을 던지고 달아나 목숨을 보전하기로 마음을 먹었다. 곧바로 상공의 침소에 찾아가 집을 떠나는 하직인사를 올리고자 하였다. 이때 공도 마침 창밖의 사람의 기척이 있음을 이상히 여겨 창문을 열고 살폈다. 바로 길동이 거기에 있는 것이 아닌가. 무슨 일인가 하여 길동을 불러 말했다.

"밤이 깊었거늘 네 어찌 자지 않고 이리 방황하느냐?"

길동이 땅에 엎드려 대답하였다.

"소인이 일찍이 부모님이 낳으시고 길러주신 은혜를 만분의 일이나 갚을까 하여 자중하고 있었습니다. 하지만 집안에 불의한 사람이 있어 상공께 나쁘게 고자질하고 소인을 죽이려 하였습니다. 겨우 목숨은 보전하였으나 앞으로 상공을 모실 길이 없기에 오늘 상공께 하직인사를 드립니다."

길동의 말을 듣고 공이 크게 놀라 물었다.

"너는 무슨 변고(變故)[19]가 있기에 어린 아이가 집을 버리고 어디로 간다는 말이냐?"

"날이 밝으면 자연 아시게 될 것입니다. 소인의 신세는 뜬 구름과 같사오니, 상공께서 버린 자식이 어찌 갈 데가 있겠습니까?"

길동의 두 눈에서 눈물이 흘러 얼굴을 뒤덮어 말을 잇지 못하였다. 공이 그 형상을 보고 불쌍한 마음이 들어 타이르며 말했다.

"내 너의 품은 한을 짐작하겠다. 오늘부터 아버지를 아버지라 부르고, 형을 형이라 부르거라."

길동이 일어나 다시 절하며 아뢰었다.

"소자[20]의 한 가닥 깊은 한을 아버지께서 풀어주시니, 이제는 죽어도 한이 없습니다. 엎드려 바라옵건대, 아버지께서는 만수무강하십시오."

길동은 눈물을 흘리며 하직했다. 공이 붙들지 못하고 다만 무사하기를 당부할 뿐이었다. 길동이 또한 어미인 춘섬의 침소에 가 이별을 고하였다.

"소자는 지금 어머니 슬하를 떠나려 하오나 다시 모실 날이 있을 것입니다. 어머니는 그 사이 몸을 귀히 보존하소서."

춘섬이 이 말을 듣고, 무슨 변고가 있음을 짐작했지만 집을 떠나려는 아들을 대하니 슬픔이 북받쳐 손을 잡고 통곡할 뿐이었다.

"네 어디로 가고자 하느냐? 한 집에 살아도 있는 곳이 멀리 떨어져 있어 늘 보고 싶어 했는데, 이제는 너를 정처 없이 보내고 나면 어찌 잊겠느냐? 빨리 돌아와 다시 만나기를 바란다."

길동이 어미에게 다시 하직인사로 절을 하고 문을 나서니, 첩첩한 산중에 구름만 자욱할 뿐이었다. 정처 없이 길을 가니 어찌 가련치 않겠는가.

---

19) 변고(變故): 갑작스러운 재앙이나 사고.

20) 소자(小子): 서자의 신분이라 아버지를 아버지라 부르지 못해 하인처럼 '소인'이라고 하다가 호부호형을 허락하자 '소자'로 바꿔 부른 것임.

한편 초란은 특재의 소식이 없자 이상하게 여겨 사정을 알아보았더니, 길동은 간 데 없고 특재의 주검과 관상녀의 시신만 방안에 있다는 것이었다. 초란이 혼비백산(魂飛魄散)[21]하여 급히 부인에게 알리니, 부인도 또한 크게 놀라 인형을 불러 이 일을 이르고 상공에게도 알렸다. 상공 역시 얼굴빛이 변하여 간신히 말을 이었다.

"길동이 한밤중에 와서 슬피 울며 하직하기에 이상하게 여겼더니, 결국 이런 일이 벌어졌구나."

인형이 사정을 보니 감히 숨기지 못할 처지여서 그동안 있었던 초란과의 일을 고했다. 공은 더욱 분노하여 한편으로는 초란을 내쫓고, 은밀히 두 시체를 없앤 다음 종들을 불러 이 일을 절대 입 밖에 내지 말라고 당부하였다.

활빈당(活貧黨)의 깃발 아래로

그 무렵, 길동은 부모와 이별하고 문을 나서 정처 없이 떠돌아다니다가 경치가 뛰어난 어떤 곳에 이르렀다. 사람들이 사는 곳을 찾아 점점 안으로 들어가니 큰 바위 밑에 돌문이 닫혀 있었다. 조용히 그 문을 열고 들어가니 너른 광야에 수백 호나 되는 집들이 즐비하고, 여러 사람들이 모여 잔치를 즐기고 있는데, 자세히 살펴보니 도적의 소굴이었다. 도적들이 길동의 인물이 비범함을 보고 반겨 물었다.

"그대는 어떤 사람이기에 이 험한 곳에 찾아왔소? 이곳에는 여러 영웅들이 모였으나, 아직 우리들의 우두머리를 정하지 못하였으니, 그대 만일 뛰어난 힘이 있어 참여할 마음이 있으면 먼저 저 돌을 들어보시오!"

길동이 이 말을 듣고 다행으로 여겨 예를 갖추어 대답했다.

"나는 경성 홍 판서의 천첩 몸에서 난 길동이오. 집에서 천대를 받지 않으려고 여기저기 정처 없이 다니다가 우연히 이곳에 들어오게 되었소. 마침 모든 호걸들이 동료되기를 말씀하시니 감사함을 이루 말로 다 할 수 없습니다. 대장부가 어찌 저만한 돌 들기를 걱정하겠습니까."

---

21) 혼비백산(魂飛魄散): 혼백이 어지러이 흩어진다는 뜻으로 몹시 놀라 넋을 잃음.

말을 마치고 길동은 그 돌을 들어 수십 보를 가다가 던졌는데, 그 돌 무게가 천근이었다. 여러 도적들이 놀라 일시에 칭찬하는 소리가 시끄러웠다.

"과연 장사로다. 우리 수천 명 중에 이 돌을 드는 자가 없었는데, 오늘 하늘이 도와 장군을 주셨도다."

도적들은 기뻐하여 길동을 제일 윗자리에 앉히고, 술을 차례로 권하며, 백마를 잡아 그 피로써 맹세하여[22] 언약을 굳게 맺으니, 모든 사람들이 일시에 응낙하고 온 종일 즐겨 놀았다. 이후에는 길동이 여러 사람과 더불어 무예를 연습시키고 제도를 바로잡아 수개월 만에 군법이 엄정해졌다.

하루는 여러 도적들이 길동을 찾아와 여쭈었다.

"우리들이 벌써 합천 해인사(海印寺)를 쳐 그 재물을 탈취코자 하였으나 지략이 부족하여 행동에 옮기지 못했습니다. 이제 장군님의 의향은 어떠하신지요?"

길동이 웃으며,

"내 장차 군사들을 동원할 터이니, 그대들은 내 지휘대로만 행하라."
하고는, 푸른 도포에 검은 띠를 맨 뒤 나귀를 타고 부하 몇 명을 데리고 나갔다.

"내가 그 절에 가서 우선 동정을 살펴보고 오겠다."

홍길동의 차린 모습은 완연한 재상가 자제였다.

우선 해인사를 들어가 먼저 주지를 불러 부탁했다.

"나는 경성 홍 판서댁 자제라. 이 절에 글공부를 하러 왔는데, 내일 백미 이십 석을 보낼 것이니 음식을 깨끗이 차려라. 당신들과 함께 먹겠다."

길동은 절 안을 두루 살펴보고 후일 만날 것을 기약하고 절 어귀를 나서니, 모든 중들이 기뻐하였다.

길동이 산채에 돌아와 백미 수십 석을 보내고 부하들을 불러 단단히 일렀다.

"내가 아무 날 그 절에 가서 이리이리 할 것이니, 그대들은 뒤를 쫓아와

---

22) 백마를 잡아 그 피로써 맹세하여: 옛날에 중대한 맹세를 할 때, 백마를 잡아 그 피를 입술에 바르는 의식을 거행했음.

이리이리 하라."

그 날이 다가와 하인으로 위장한 부하 수십 인을 데리고 해인사에 이르니, 여러 중들이 반갑게 맞이했다. 길동이 노승을 불러 물었다.

"내가 보낸 쌀로 음식이 부족하지 않던가?"

"어찌 부족하겠습니까? 너무 황송하고 감격스럽습니다."

길동이 맨 윗자리에 앉고 여러 중들을 모두 청해 각기 상을 받게 하였다. 먼저 술을 마시고 차례로 권하니, 모든 중들이 몸 둘 바를 모르고 감사해했다. 길동이 상을 받고 밥을 먹다가, 모래를 슬그머니 입에 넣고 깨무니, '우 직'하는 소리가 크게 났다. 모든 중들이 그 소리를 듣고 놀라 사죄를 청했지만, 길동은 일부러 불같이 화를 내며 꾸짖었다.

"너희들이 어찌 음식을 이다지 깨끗하지 못하게 하느냐? 이는 반드시 나를 업신여기고 깔보는 것이라!"

이렇게 소리 지르고 부하들에게 분부하여 모든 중들을 한 줄로 묶어 앉히니, 모두가 겁이 나서 어쩔 줄을 몰랐다. 이윽고 도적 수백 명이 일시에 달려들어 모든 재물을 다 제 것 가져가듯 하니, 모든 중들이 눈으로는 보지만 달리 방도가 없어 입으로만 소리 지를 따름이었다. 마침 외출했던 불목하니[23]가 절로 돌아오다가 이런 일을 보고 즉시 관가에 알리니, 합천 수령이 관군을 뽑아 그 도적을 잡게 했다. 수백 명의 장교가 도적의 뒤를 쫓아가는데 문득 보니 어떤 중이 송낙[24]을 쓰고 장삼을 입고 산에 올라 군사들에게 외쳤다.

"도적이 저 북쪽의 작은 길로 가니 빨리 가 잡으시오!"

관군들은 그 절 중이 가르치는 줄 알고, 풍우같이 북쪽의 작은 길로 쫓아갔다. 하지만 도적들은 흔적도 없이 사라져 잡지 못하고 날이 저물어 빈손으로 돌아왔다.

길동이 부하들을 남쪽 큰 길로 보내고 자기 혼자 중의 차림으로 관군을 속여 다른 길로 유인한 뒤 무사히 소굴로 돌아오니, 모든 부하들이 벌써 재물을 훔쳐다 놓고 있었다. 모두가 함께 나와 사례하는 것이었다. 길동이 대

---

23) 불목하니: 절에서 밥을 짓고 물을 긷는 일을 맡아서 하는 사람.
24) 송낙: 옛날 여승들이 주로 쓰던 소나무 겨우살이로 만든 중의 모자.

수롭지 않게 웃으며 말했다.

"대장부가 이만한 재주 없으면 어찌 여러 사람의 우두머리가 되리오."

이후로 길동은 스스로 자기 무리를 '활빈당(活貧黨)'25)이라 부르고 조선 팔도를 다니며 각읍 수령이 불의하게 모은 재물이 있으면 탈취하고, 혹시 매우 가난하고 의지할 데 없는 사람이 있으면 구제했다. 백성들의 재물은 조금도 침범하지 않고, 나라의 재산은 추호도 손을 대지 않아 모든 부하들이 그 뜻을 기꺼이 따랐다.

하루는 길동이 부하들을 모아놓고 의논했다.

"이제 함경감사가 탐관오리로 기름을 짜듯 백성들을 착취하여 백성들이 견딜 수 없게 되었다. 우리가 그대로 두고 지켜볼 수 없으니, 너희들은 나의 지휘대로 하라."

길동은 부하들에게 계책을 일러주고 하나씩 따로 흘러들어가 아무 날 밤에 어디서 만나기로 기약을 정했다. 남문 밖에 불을 지르니, 감사가 크게 놀라 그 불을 끄라 지시하여 백성들이 모두 나와 불끄기에 정신이 없었다. 그때 길동의 무리 수백 명이 순식간에 성안에 달려들어 창고를 열고 돈과 곡식, 무기를 훔쳐 북문으로 달아나니, 성안이 물 끓듯이 요란하였다. 함경감사가 뜻밖의 변을 당하여 어쩔 줄 모르다가 날이 밝은 후 살펴보니, 창고의 무기와 돈, 곡식이 없어진 것이었다. 감사가 크게 놀라 그 도적의 자취를 찾기에 힘썼는데, 홀연 북문의 방이 붙어있어 거기에 '아무 날 돈과 곡식을 훔쳐간 자는 활빈당 행수26)홍길동이라.' 적혀있는 것이 아닌가. 감사가 홍길동이 감영을 털었음을 알고 군사를 뽑아 잡으려 하였다.

포도대장의 봉변

한편, 길동이 부하들과 같이 함경감영의 돈과 곡식을 많이 훔쳤으니, 행여 길에서 잡힐까 염려하여 둔갑법(遁甲法)27)과 축지법(縮地法)28)을 써서 날이

---

25) 활빈당(活貧黨): '가난한 사람을 살리는 무리'라는 뜻임.
26) 행수(行首): 기관이나 단체 등 한 무리의 우두머리.

샐 즈음에 소굴로 돌아왔다.

하루는 길동이 여러 부하들을 모아 의논했다.

"이제 우리가 합천 해인사에서 재물을 탈취하고, 함경감영에서 돈과 곡식을 훔쳐내서 소문이 널리 퍼졌다. 게다가 내 이름을 써서 감영에 붙였으니 오래지 않아 잡히기 쉬울 것이다. 내 대비를 했으니, 너희들은 나의 재주를 보라."

즉시 풀로 허수아비 일곱을 만들어 주문을 외우고 혼백을 붙이니, 일곱 길동이 만들어져 한꺼번에 팔을 뽐내며 크게 소리치고 한곳에 모여 야단스럽게 지껄이는 것이 아닌가. 부하들이 보니, 어느 것이 진짜 길동인지 알 수가 없었다. 조선 팔도에 하나씩 흩어지되 각각 부하 수백 명씩을 거느리고 다니니, 그 중에서 어느 곳에 진짜 길동이 있는지 알지 못할 지경이었다. 여덟 길동이 팔도로 다니며 바람과 비를 마음대로 불러오는 술법을 부려, 각읍 창고의 곡식을 하룻밤에 종적 없이 가져가며, 서울로 올려 보내는 봉물(封物)29)을 하나도 남김없이 탈취하였다. 팔도 각읍이 술렁거리고 소란스러워 밤에는 밤을 편히 자지 못하고, 낮에는 길에 사람이 다니지 않아 팔도가 요란해졌다. 이 일로 감사가 임금에게 장계(狀啓)30)를 올렸다.

"난데없는 홍길동이란 대적이 능히 비와 바람을 부르는 재주를 부려 각읍의 재물을 탈취하고, 서울로 올려 보내는 물품이 올라가지 못하게 막아 폐단이 극심합니다. 그 도적을 잡지 못하면 나라가 장차 어느 지경에 이를지 알지 못하오니, 엎드려 바라건대 성상께서는 좌우 포도청(捕盜廳)으로 잡게 하소서."

임금이 보고 크게 놀라 포도대장을 급히 부르는데, 팔도에서 계속 장계가 올라왔다. 떼어 보니 도적의 이름이 모두 홍길동이라 하였고, 돈과 곡식을 잃은 날짜를 보니 한 날 한 시였다. 임금이 크게 놀라 어명을 내렸다.

---

27) 둔갑법(遁甲法): 마음대로 자기 몸을 감추거나 다른 것으로 변하게 하는 술법.
28) 축지법(縮地法): 도술로 땅을 주름잡아 축소하여 먼 거리를 가깝게 하는 술법.
29) 봉물(封物): 예전에, 시골에서 서울 벼슬아치에게 선사하던 물건.
30) 장계(狀啓): 왕명을 받고 지방에 나가 있는 신하가 자기 관하(管下)의 중요한 일을 왕에게 보고하던 일. 또는 그런 문서.

"이 도적의 용맹함과 술법은 옛날 중국의 도적 치우(蚩尤)[31]라도 당하지 못하겠구나. 아무리 신기한 놈인들 어찌 한 몸이 팔도에 나누어 있어 한 날 한 시에 도적질을 하겠는가? 이는 보통 도적이 아니라 잡기가 심히 어렵겠구나. 좌우 포도청이 군사를 내어 같이 잡도록 하라."

우포도대장 이흡이 나아가 아뢰었다.

"신이 비록 재주는 없으나 그 도적을 잡아오겠사오니, 전하께서는 근심하지 마옵소서. 도적 하나 잡는데 좌우 포도청이 어찌 한꺼번에 나아가겠습니까?"

임금이 옳게 여겨 급히 출전하기를 재촉하니, 이흡이 임금에게 하직하고 수많은 포졸들을 거느리고 출발하였다. 군사들이 모두 흩어져 아무 날 문경에 모이기로 약속하고, 이흡은 포졸 수 삼인을 데리고 옷을 바꾸어 입고 다니고 있었다.

하루는 날이 저물어 주점을 찾아 쉬고 있는데, 문득 어떤 한 소년이 나귀를 타고 들어와 뵙기를 청하고 인사를 하는 것이 아닌가. 포도대장 이흡이 답례를 하니, 그 소년이 갑자기 한숨을 지으며 말하는 것이었다.

"온 천하가 임금의 땅 아닌 곳이 없고, 모든 백성이 임금의 신하 아닌 사람이 없으니, 소생이 비록 시골에 있으나 나라를 생각하면 근심이 앞섭니다."

포도대장이 일부러 놀라는 체하며 말을 물었다.

"그게 무슨 말이냐?"

"이제 홍길동이라는 도적이 조선 팔도로 다니며 소란을 피워 인심이 흉흉하고 시끄러운데, 그 놈을 잡아 없애지 못하니 어찌 분하지 않겠습니까?"

포도대장이 그 말을 듣고 마음이 흡족하여 말했다.

"그대 기골이 장대하고 말이 충직하니, 나와 함께 그 도적을 잡는 것이 어떻겠는가?"

"내 벌써 잡고자했지만 힘이 뛰어난 사람을 만나지 못하여 그냥 있었는데,

---

31) 치우(蚩尤): 중국에 전하는 전설상의 인물. 신농씨 때에 난리를 일으켜 황제(黃帝)와 탁록(涿鹿)의 들에서 싸우면서 짙은 안개를 일으켜 괴롭혔는데 지남차를 만들어 방위를 알게 된 황제에게 패하여 잡혀 죽었다고 한다. 후세에는 제나라의 군신(軍神)으로서 숭배되었다. 동이족(東夷族)이기에 우리의 축구 응원단 깃발[치우천왕기]로 사용한다.

이제 그대를 만났으니 참으로 다행이오. 하지만 그대 재주를 알지 못하니 어디 조용한 곳에 가서 알아봅시다."

소년이 포도대장을 이끌고 한참을 가더니, 한 곳에 이르러 높은 벼랑 위에 올라앉으며 말을 하는 것이었다.

"그대 온 힘을 다하여 두 발로 나를 차 내려치시오."

이렇게 말하고는 소년이 벼랑 끝에 나가 앉았다. 포도대장이 생각하기를 '제 아무리 뛰어난 힘이 있어도 한번 차면 어찌 벼랑으로 떨어지지 않겠는가.'하고, 평생 힘을 다하여 두발로 힘껏 차니 소년은 꿈적도 않다가 갑자기 몸을 틀어 돌아앉는 것이었다.

"그대는 정말 장사로다. 내가 여러 사람을 시험했지만, 나를 움직이게 한 자가 없었는데, 그대에게 차여 오장(五臟)이 울린 듯하구려. 그대 힘이면 충분하니, 나를 따라 오면 길동을 잡을 것이오."

이윽고 길동이 포도대장을 인도하여 첩첩한 산중으로 들어가는지라. 포도대장이 생각하되 '나도 힘이라면 자랑할 만한데, 오늘 저 소년의 힘을 보니 어찌 놀라지 않을 수 있겠는가! 이곳까지 왔는데 설마 저 소년 혼자라도 길동 잡기에 충분하지 않을까? 근심할 필요 없겠다.'하며 따라갔다. 어딘지 도무지 모르겠는데 소년이 갑자기 돌아서는 것이었다.

"이곳이 길동의 소굴이오. 내가 먼저 들어가 탐지할 것이니, 그대는 여기서 기다리시오."

포도대장이 마음속으로는 의심이 들었으나, 어찌할 도리가 없었다. 빨리 잡아오라고 당부하고는 우두커니 앉아 있었다. 한참이 지났는데 홀연 산골짜기를 따라 수십 명의 군졸이 요란하게 소리를 지르며 내달려오고 있는 것이 아닌가. 포도대장이 크게 놀라 피하고자 했지만, 점점 가까이 오더니 포도대장을 결박하면서 꾸짖었다.

"네가 포도대장 이흡이냐? 우리들이 염라대왕의 명을 받아 너를 잡으러 왔다."

수십 명이 달려들더니 쇠사슬로 목을 옭아매어 바람처럼 몰고 가니, 포도대장이 혼이 나가 어찌할 바를 몰랐다. 이윽고 한 곳에 이르러 고함을 지르며 꿇어앉혔다. 포도대장이 정신을 가다듬어 쳐다보니, 궁궐이 넓고 화려한

데, 무수한 황건역사(黃巾力士)[32]들이 주변에 벌여 서있고, 궁전의 위에 한 임금이 옥좌에 앉아 성난 목소리로 꾸짖었다.

"너같이 하찮은 놈이 어찌 홍 장군을 잡으려 하는가? 이제 너를 잡아 지옥에 가두리라!"

꾸짖는 소리에 포도대장이 겨우 정신이 들었다.

"소인은 인간 세상의 보잘 것 없는 사람입니다. 죄도 없이 잡혀왔으니, 제발 목숨을 살려주십시오."

손이 발이 되도록 애걸하니, 궁전 위에서 웃으며 꾸짖는 목소리가 들려왔다.

"이 사람아, 나를 자세히 보라. 나는 활빈당 장군 홍길동이다. 그대가 나를 잡으려 한다기에 얼마나 뛰어난 힘과 의지를 가지고 있는가를 알고자, 어제 푸른 도포 입은 소년으로 변장하여 그대를 인도해 이곳으로 데려왔다. 나의 위엄을 보이게 함이니라."

길동이 말을 마치자, 주위에 명하여 묶은 것을 풀게 한 다음 마루에 앉히고 술을 내어와 권했다.

"그대는 부질없이 돌아다니지 말고 빨리 돌아가라. 나를 보았다 하면 반드시 벌을 받을 것이니, 부디 그런 말은 입 밖에 내지 마라."

다시 술을 부어 권하면서 부하들에게 내어보내라 하였다.

정신이 아득하여 생각하되 '이것이 꿈인가 생신가? 어찌해서 여기에 왔는가?'하며 길동의 조화를 신기하게 여겨 일어나서 가려고 하는데 팔 다리를 움직일 수가 없었다. 괴이하다고 여겨 정신을 차려 살펴보니, 몸이 가죽부대 속에 들어있는 것이 아닌가. 간신히 나와 보니 가죽부대 셋이 나무에 걸려 있었다. 차례로 끌러 내려보니, 처음 떠날 때에 데리고 왔던 부하들이었다.

"이게 어찌된 일인가? 우리가 떠날 때에는 문경으로 모이자 하였더니, 어찌 해서 이곳에 왔는가?"

모두가 놀라 두루 살펴보니 다른 곳이 아니라 서울의 북악산(北岳山)이었다. 네 사람이 어이없어 성안을 굽어보다가, 이윽고 포도대장이 하인들에게

---

32) 황건역사(黃巾力士): 누런 두건을 쓴 힘센 신장(神將).

물었다.

"너희들은 어째서 이곳에 왔느냐?"

세 사람이 동시에 아뢰었다.

"소인들이 주점에서 잠을 자고 있었는데, 갑자기 바람과 구름에 쌓여 이리 왔습니다. 도대체 무슨 까닭인지 알지 못하겠습니다."

포도대장이 하인들의 말을 들으니 더 기가 막혔다.

"이 일은 너무 허무맹랑하니 남에게 말하지 말거라. 하지만 홍길동의 재주는 헤아릴 수가 없으니 어찌 사람의 힘으로 잡겠느냐. 우리들이 이제 빈손으로 들어가면 반드시 죄를 면하지 못할 것이니, 몇 달을 기다렸다가 들어가도록 하자."

잡혀가는 홍길동

이 무렵, 임금이 팔도에 공문을 내려 길동을 잡으라 독촉하였다. 하지만 길동의 재주가 무궁무진하여 서울의 대로에 수레를 타고 왕래하기도 하고, 혹은 각 고을에 도착 날짜를 미리 알리는 공문을 보내고는 가마를 타고 들어가기도 했다. 혹은 암행어사의 모양을 하고 각읍 수령 중에서 탐관오리가 있으면 먼저 목을 베고 임금에게 보고하되 가어사(假御使) 홍길동의 보고공문이라 하였다. 이에 임금이 더욱 진노하여 말했다.

"이 놈이 각 도에 다니며 이런 난리를 치는데, 아무도 잡지 못하니 이를 장차 어찌 하겠는가."

할 수 없어 삼정승과 육판서를 모아 놓고 의논을 하였다. 의논 중에도 계속해서 임금에게 보고하는 공문이 올라오는데, 모두 팔도에서 홍길동이 난리를 일으켜 어지럽힌다는 내용이었다. 임금이 차례대로 보고는 크게 근심하여 주위를 돌아보며 물었다.

"이 놈이 아마도 사람은 아니오. 귀신이 폐단을 일으키는 것 같소. 당신들 중에서 누가 그 근본을 짐작하는 사람이 있소?"

한 신하가 나아가 말하였다.

"홍길동은 전임 이조판서 홍 아무개의 서자(庶子)요, 병조좌랑 홍 인형의 서제(庶弟)33)입니다. 이제 그 부자를 잡아 와서 친히 문초하시면 자연히 아르실까 하옵니다."

이 말을 듣자 임금이 더욱 화를 냈다.

"이런 말을 어찌 이제야 하는가?"

즉시 홍 아무개는 의금부(義禁府)34)에 가두고, 먼저 인형을 잡아들여 임금이 직접 문초를 하였다. 임금이 진노하여 서안을 치며 인형을 꾸짖었다.

"홍길동이라는 도적이 너의 서제라 하는데, 어찌 이를 막지 못하고 그냥 두어 국가의 큰 환란이 되게 하느냐? 네가 만일 동생을 잡아들이지 아니 하면 너희 부자가 나라에 기여한 바도 돌아보지 아니 할 것이다. 빨리 잡아 들여 나라에 큰 변고가 없게 하라!"

인형이 황공하여 관을 벗고 머리를 조아려 아뢰었다.

"신의 천한 아우가 하나 있습니다. 일찍이 사람을 죽이고 목숨을 보존하려고 도망간 지 몇 년이 지났지만, 그 생사를 아직 알지 못합니다. 신의 늙은 아비 이 일로 인하여 신병이 위중하게 되어 목숨이 위태로운 지경에 이르렀습니다. 그런 중에 길동이 흉악한 일을 저질러 성상께 근심을 끼쳤으니, 신의 죄는 만 번 죽어도 아깝지 않습니다. 엎드려 바라옵건대 전하께서는 자비로운 은택을 내리시어 신의 아비 죄를 용서하시고 집에 돌아가 병을 다스리게 해주시면, 신이 죽기를 각오하고 길동을 잡아 저희 부자의 죄를 씻을까 하옵니다."

임금이 인형의 말을 듣고 마음이 감동하여 즉시 홍 아무개를 사면하고, 인형에게는 길동을 잡으라고 경상감사를 제수하였다.

"경(卿)이 만일 경상감사의 지위가 없으면 길동을 잡기 어려울 것이다. 1년 기한을 정하여 주니 쉬 잡아들이라."

인형이 여러 번 절하여 임금의 은혜에 감사하고 바로 그날 서울에서 출발하여 경상감영에 도임하였다. 각 읍에 방(榜)을 붙였는데 이는 길동을 달래는 내용이었다.

---

33) 서제(庶弟): 아버지의 첩에게서 태어난 아우.

34) 의금부(義禁府): 조선 시대에, 임금의 명령을 받들어 중죄인을 신문하는 일을 맡아 하던 관아.

"사람이 세상에 남에 오륜(五倫)이 으뜸이오, 오륜이 있음으로써 인의예지(仁義禮智)가 분명하거늘, 이를 깨닫지 못하고 임금과 부모의 명을 거역해 불충불효가 되면 어찌 세상에 떳떳하게 살아가리오. 우리 아우 길동은 이런 일을 알 것이니, 스스로 형을 찾아와 사로잡히라. 아버지께서 너로 말미암아 병이 뼛속까지 깊이 들었고, 성상께서 크게 근심하시니, 네 죄악이 세상에 가득함이라. 이 때문에 나를 특별히 경상감사에 제수하여 너를 잡아들이라 하신다. 만일 너를 잡지 못하면 우리 가문의 여러 대에 걸친 청덕(淸德)이 하루아침에 없어질 것이니, 어찌 슬프지 않겠느냐. 바라나니 아우 길동은 이를 생각하여 일찍 자수하면 너의 죄도 덜릴 것이오, 우리 가문도 보존될 것인데, 네가 어찌 할 것인지는 알지 못하겠다. 너는 만 번 생각하여 빨리 자수하라."

감사가 이 방을 각 읍에 붙이고, 공무를 전폐한 채 길동이 스스로 자수하기만을 기다리고 있었다.

하루는 나귀를 탄 어떤 소년이 하인 수십 인을 거느리고 감영의 문 밖의 와서 감사 뵙기를 청한다 하기에, 감사가 들어오게 했다. 그 소년이 마루 위에 올라 인사를 하는데, 감사가 눈을 들어 자세히 보니 애타게 기다리던 바로 길동이 아닌가. 놀랍기도 하고 기쁘기도 하여 주위 사람들을 물리치고 길동의 손을 잡고 흐느껴 울면서 말했다.

"길동아, 네가 한번 집 문을 나선 뒤 생사를 알지 못하여 아버지께서는 병이 깊어져 고칠 수 없게 됐다. 그런데도 너는 갈수록 불효를 끼칠 뿐만 아니라 나라에 큰 근심이 되게 하니, 네 무슨 마음으로 불충불효를 행하며 게다가 도적이 되어 세상에 비할 데 없는 죄를 짓느냐? 이 때문에 성상께서 진노하시어 나로 하여금 너를 잡아들이라 하시니, 이는 피치 못할 일이라. 너는 일찍 서울로 올라가 임금의 명을 순순히 받아들여라."

목이 메어 말을 간신히 마치고 눈물을 비 오듯 흘렸다. 형의 말에 느끼는 바가 있는지 길동이 머리를 숙이고 말을 받았다.

"천한 동생이 여기에 찾아온 것은 아버지와 형을 위태로운 지경에서 구하기 위함입니다. 어찌 다른 말이 있겠습니까? 대감께서 당초에 천한 길동을 위하여 아버지를 아버지라 부르고 형을 형이라 부르게 하셨던들 어찌 여기까지 이르렀겠습니까? 지나간 일은 말해야 무슨 소용이 있겠습니까? 이제 천한 동생을 묶어 서울로 올려 보내십시오."

그렇게 말하고는 다시 말이 없었다. 감사가 이 말을 듣고 한편으로는 슬퍼하면서도 한편으로는 자수한 내막을 공문으로 썼다. 그리곤 길동의 목에 칼을 채우고 발에는 차고를 채워 죄인 호송용 수레에 태웠다. 건장한 장교 십여 인을 뽑아 죄인을 호송하게 하고 밤낮으로 갑절의 길을 가도록 하여 서울로 올려 보냈다. 각 읍 백성들이 길동의 재주를 들었는지, 잡혀온다는 소문을 듣고 길이 메어지도록 모여 구경을 하였다.

이때, 팔도에서 다 길동을 잡아 올리니, 조정과 서울 사람들이 어찌된 영문인지 알 수가 없었다. 임금이 놀라서 조정의 신하들을 다 모으고 친히 국문하는데, 여덟 길동을 모두 잡아 올리니 저희끼리

"네가 진짜 길동이지, 나는 아니다."

하며 서로 싸우니, 어느 것이 정말 길동인지 분간할 수가 없었다. 임금이 괴이하게 여겨 아버지인 홍 아무개를 불렀다.

"자식을 알아보는 데는 아버지만한 사람이 없으니, 저 여덟 중에 경의 아들을 찾아내라."

홍공이 황공하여 머리를 조아려 죄를 청하며 아뢰었다.

"신의 천한 자식 길동은 왼 편 다리에 붉은 혈점이 있사오니, 이것으로써 알 수 있습니다."

그리곤 여덟 길동을 돌아보며 꾸짖었다.

"네 지척에 임금님이 계시고, 아래로 네 아비가 있거늘, 이렇듯 천고에 없는 죄를 지었으니 죽기를 아까워하지 말라."

말을 마치자 피를 토하고 엎어져 기절하였다. 임금이 크게 놀라 대궐의 의원에게 지시하여 치료하게 했으나 차도가 없었다. 여덟 길동이 이를 보고 일시에 눈물을 흘리면서 주머니 속에서 환약 하나씩 꺼내어 홍공의 입에 넣으니 반나절 후에 정신을 차렸다. 홍공이 깨어나자 여덟 길동이 임금에게 아뢰었다.

"신의 아비가 나라의 은혜를 많이 입었사오니 신이 어찌 감히 나쁜 짓을 하오리까마는 신은 원래 천한 종의 몸에서 태어났습니다. 그 아비를 아비라

못하옵고 그 형을 형이라 못하오니, 평생 한이 맺혔기로 집을 버리고 도적의 무리에 참여하였사옵니다. 하지만 백성은 추호도 범하지 않고 각 읍 수령이 불의하게 백성을 착취한 재물만 탈취하였을 뿐입니다. 이제 십 년이 지나면 조선을 떠나 갈 곳이 있사오니, 엎드려 빌건대 성상께서는 근심하지 마시고 신을 잡으라는 명령을 거두옵소서!"

말을 마치자 여덟 길동이 한꺼번에 넘어지니, 다 풀로 만든 허수아비였다. 임금이 더욱 놀라 진짜 길동을 잡으라는 공문을 팔도에 내려 보냈다.

활빈당 행수에서 병조판서로

한편 길동은 허수아비를 없애고 두루 다니다가 사대문에 방을 붙였는데 내용은 이러했다.

"소신 홍길동은 아무리 애써도 잡히지 않으나, 병조판서 벼슬을 내리시면 잡히겠습니다."

임금이 그 글을 보고 신하들을 모아 의논하니, 모두가 있을 수 없는 일이라고 아뢰었다.

"이제 그 도적을 잡으려 하다가 잡지 못하고 도리어 병조판서를 제수하심은 이웃 나라에도 창피하고 부끄러운 일입니다."

임금이 옳다고 여기고 다만 경상감사에게 길동 잡기를 재촉할 뿐이었다. 이때 경상감사가 왕의 엄한 교지를 받고는 송구스러워 어찌할 바를 몰랐다.

하루는 길동이 공중으로부터 내려와 절하고 말을 꺼냈다.

"제가 지금은 진짜 길동이니, 형님은 아무 염려 마시고 이 동생을 결박하여 서울로 올려 보내십시오."

감사가 이 말을 듣고는 손을 부여잡고 눈물을 흘리면서 말했다.

"이 철없는 아이야, 너도 나와 동기이거늘 아버지와 형의 가르침을 듣지 않고 온 나라를 떠들썩하게 하니, 어찌 애달프지 않겠는가. 네 이제 정작 몸이 와 나를 보고 잡혀가기를 자원하니 도리어 기특한 일이로다."

인형이 급히 길동의 왼쪽 다리를 보니 과연 혈점이 있었다. 즉시 팔다리를 단단히 묶어 죄인 호송 수레에 태우고 건장한 장교 수십 명을 뽑아 철통같이

에워싸고 풍우같이 몰아갔다. 그래도 길동의 안색은 조금도 변하지 않았다. 여러 날 만에 서울에 다다랐으나, 대궐문에 이르러 길동이 한번 몸을 움직이자, 쇠사슬이 끊어지고 수레가 깨어져 마치 매미가 허물을 벗듯 공중으로 올라가 가볍게 날듯이 구름에 묻혀 사라져 버렸다. 장교와 여러 군사들이 어이없어 다만 공중만 바라보며 넋을 잃을 따름이었다. 할 수 없어 이 사실을 임금께 올리니, 임금이 보고를 듣고

"천고에 이런 일이 어디 있으랴?"

하며 크게 근심을 했다. 이 모습을 보고 신하 중에서 한 사람이 아뢰었다.

"길동의 소원이 병조판서고, 한번 지내면 조선을 떠나겠다고 합니다. 한번 제 소원을 풀어주면 제 스스로 성상의 은혜에 감사하러 올 것이니, 그때를 타 잡는 것이 좋을까 하나이다."

임금이 옳게 여겨 즉시 홍길동으로 병조판서를 제수하시려고 사대문에 방을 붙였다. 길동이 이 말을 듣고 병조판서의 복색인 사모관대에 서(犀)띠35)를 띠고 높은 수레에 의젓하게 앉아 큰 길로 버젓이 들어오며 외쳤다.

"이제 홍판서 사은(謝恩)36)하러 온다!"

병조의 관리들이 길동을 맞이해 대궐로 들어가니, 신하들의 의논이 분분하였다.

"길동이 오늘 사은하고 나올 것이니, 큰 칼과 도끼를 쓰는 군사들을 매복시켰다가 나오거든 일시에 쳐 죽여라."

이렇게 약속을 정하였다. 길동이 대궐에 들어가 병조판서를 제수받고 임금에게 절하고 아뢰었다.

"소신의 죄악이 지중한데, 도리어 전하의 은혜를 입사와 평생 한을 푸옵고 돌아갑니다. 이제 전하와 영원히 작별하오니, 엎드려 바라건대 부디 만수무강하소서."

말을 마치며 몸을 공중에 솟구쳐 구름에 싸여 가니, 그 가는 곳을 알 수가 없었다. 임금이 보고 도리어 감탄하였다.

---

35) 서(犀)띠: 1품의 관리가 띠던 물소 뿔로 만든 띠.
36) 사은(謝恩): (임금에게) 받은 은혜에 대하여 감사히 여겨 사례함.

"길동의 신기한 재주는 고금에 드문 일이라. 제가 지금 조선을 떠난다고 하였으니 다시는 폐를 끼칠 일이 없을 것이다. 비록 수상하기는 하나 일단 대장부의 통쾌한 마음이 있으니 염려하지 않아도 될 것이다."

그 뒤 팔도에 홍길동의 죄를 용서한다는 내용의 공문을 보내 길동 잡는 일을 거두었다.

한편, 길동이 활빈당 소굴로 돌아와 여러 부하들에게 분부하였다.

"내가 잠깐 다녀올 곳이 있으니, 너희들은 아무데도 돌아다니지 말고 내가 돌아오기를 기다려라."

즉시 몸을 솟구쳐 남경으로 향해 가다가 한 곳에 다다르니, 거기는 율도국(聿島國)이었다. 사면을 살펴보니 산천이 깨끗하고 인물이 번성하여 편안하게 살 수 있는 곳이었다. 남경에 들어가 구경한 뒤에 제도라 하는 섬에 들어가 두루 다니며 산천도 구경하고 인심도 살피면서 다녔는데, 오봉산에 이르러 보니 정말 천하제일 강산이었다. 둘레가 칠백 리오, 기름진 논이 가득하여 살기에 정말 알맞았다. 마음속으로 생각하기를 '내 이미 조선을 하직하였으니, 이곳에 와 은거하였다가 대사를 도모하리라.'하고 가벼이 소굴로 돌아와 여러 부하들에게 일렀다.

"너희들은 아무 날 양천강변에 가서 배를 많이 만들어 아무 날에 서울 한강에서 기다려라. 내 임금께 청하여 벼 일천 석을 얻어올 것이니, 약속을 어기지 말라."

그 뒤로 홍공은 길동이 소란을 일으키는 일이 없으므로 신병이 쾌차하고, 임금 또한 근심 없이 지내게 되었다.

어느 구월 보름 무렵에 임금이 달빛을 받으면서 후원을 배회하고 있었다. 갑자기 한줄기 맑은 바람이 일어나며 공중에서 청아한 피리소리가 들리는 가운데, 한 소년이 공중에서 내려와 임금 앞에 엎드렸다. 임금이 놀라서 물었다.

"선동(仙童)이 어찌 인간 세상에 내려와 절을 하며, 무슨 일을 이르고자 하느냐?"

소년이 땅에 엎드려 아뢰었다.

"신은 전임 병조판서 홍길동이옵니다."

임금이 깜짝 놀라서 물었다.

"네 어찌 깊은 밤에 왔느냐?"

"신이 전하를 받들어 만세를 모실까 했으나, 제가 천한 종의 몸에서 태어났기에 문과로는 홍문관이나 예문관 벼슬길이 막히옵고, 무과로는 선전관 벼슬길이 막혀 있습니다. 이러므로 사방을 제멋대로 다니면서 관가에 폐를 끼치고 조정에 죄를 지었던 것이온데, 이는 전하가 그 연유를 아시게 하려 함이었습니다. 이제 병조판서를 제수하여 신의 소원을 풀어 주옵시니 전하를 하직하고 조선을 떠나가옵니다. 엎드려 바라건대 전하께서는 만수무강하옵소서."

말을 마치자 공중에 올라 가벼이 떠나가거늘, 임금이 그 재주를 못내 칭찬하였다. 이후로는 길동의 폐단이 없어 사방이 태평하였다.

두 아내를 맞이한 홍길동

길동이 조선을 하직하고 남경 땅 제도[37] 섬으로 들어가 수천 호의 집을 짓고, 농업에 힘쓰고, 무기고를 지으며 군법을 익히니, 병사는 훈련이 잘 되고 양식은 풍족하였다.

하루는 길동이 살촉에 바를 약을 구하러 망탕산[38]으로 향하다가 낙천[39] 땅에 이르렀다. 그곳의 부자 백룡이라는 사람이 딸 하나를 두고 있었는데, 재질이 뛰어나 부모가 애지중지하였다. 어느 날 바람이 크게 불면서 딸이 온데 간데 없이 사라져 버렸다. 백룡 부부가 슬퍼하여 많은 돈을 뿌려 사방으로 딸을 찾았지만 종적이 없었다. 부부가 매우 슬퍼하며 말을 퍼뜨려 딸을 찾고자 했다.

"누구라도 내 딸을 찾아주면, 재산의 반을 나누어주고 사위를 삼으리라."

길동이 이 말을 듣고 마음에는 측은하나 하릴없어 망탕산에 가서 약초를

---

37) 제도: 가상적인 지명인 듯하나 저도(猪島)로도 표기 됨.

38) 망탕산(芒碭山): 중국 강소성 당산현에 있는 망탕산을 일컫는 듯함.

39) 낙천: 망탕산과 가까이 있는 중국 절강성의 낙청(樂淸)인 듯함.

캐며 점점 깊이 들어갔다. 날이 저물어 주저하고 있는데, 갑자기 사람의 소리가 나며 등불이 밝게 비추었다. 그곳을 찾아 가니 사람이 아니라 미물이 앉아 지껄이고 있었다. 원래 이 짐승은 울동이란 짐승이라. 여러 해를 묵어 변화가 무궁하였다. 길동이 몸을 감추고 활을 쏘니, 그 중 괴수가 맞았다. 모두 소리를 지르고 달아나기에 길동이 나무를 의지하여 밤을 지내고 두루 돌아다녔다. 갑자기 괴물 서너 명이 길동을 보더니 말을 물었다.

"그대는 무슨 일로 이 깊은 곳에 이르렀소."

"내 의술을 알아 이 산에 들어와 약초를 캐는 중인데, 그대들을 만나 다행이오."

그러자 괴물들이 기뻐하며 대답했다.

"나는 이곳에 산 지 오래되었소. 우리 왕이 부인을 새로 맞아 어젯밤에 잔치를 하다가 하늘에서 내린 화살을 맞아 아주 위중하게 되었다. 그대가 명의(名醫)라 하니 좋은 약으로 왕의 병을 고치면 큰 상을 받으리라."

길동이 가만히 생각해보니 '이 놈이 어젯밤에 다친 놈이로다.'하고 허락하였다. 그 놈이 길동을 인도하여 문밖에서 기다리게 하고 안으로 들어가더니 이윽고 청하였다. 길동이 안으로 들어가 보니 화려하게 장식한 집이 넓고도 아름다운데, 그 가운데 흉악한 것이 누워 신음하다가 길동을 보자 몸을 거동하며 말했다.

"내가 우연히 하늘로부터 날아오는 화살을 맞아 위독했는데, 시종의 말을 듣고 그대를 청하였으니, 이는 하늘이 나를 살리려는 것이다. 그대는 재주를 아끼지 말라."

길동이 감사하다고 하며 말을 이었다.

"먼저 속을 치료할 약을 쓰고, 다음으로 겉을 치료할 약을 쓰는 것이 좋을까 하노라."

그것이 응낙하자, 길동이 약주머니에서 독약을 꺼내어 급히 온수에 타서 먹이니, 한참 만에 외마디 소리를 지르고 죽었다. 괴수가 죽는 것을 보고 모든 요괴가 한꺼번에 달려들었지만, 길동이 신통력을 발휘해 모든 요괴를 물리쳤다. 문득 두 젊은 여자가 살려달라고 애걸하는 것이 아닌가.

"첩들은 요괴가 아니라 세상 사람인데 이리로 잡혀왔습니다. 부디 목숨을 구하여 세상으로 나가게 해주소서."

길동이 백룡의 일이 생각나서 살았던 곳을 물으니, 한 여자는 백룡의 딸이고, 다른 여자는 조철의 딸이었다. 길동이 남은 요괴들을 깨끗이 없애 버리고, 두 여자를 각각 제 부모를 찾아 돌려주었다. 그 부모들은 크게 기뻐하여 길동을 맞아 사위를 삼으니, 첫째 부인은 백 소저(小姐)40)요, 둘째 부인은 조 소저였다. 길동이 하루아침에 두 아내를 얻고, 두 집 가족을 거느려 제도 섬으로 들어가니, 모든 사람들이 반기며 축하하였다.

하루는 하늘을 보다가 놀라 눈물을 흘리니, 여러 사람이 물었다.

"무슨 연고로 슬퍼하십니까?"

"내가 하늘의 별자리로 부모의 안부를 짐작했는데, 지금 하늘을 보니 부친의 병세가 위증해 보인다. 하지만 내 몸이 멀리 떨어져 있어 돌아가시기 전에 그곳에 이르지 못할까 마음이 슬프구나."

길동이 길게 한숨을 내쉬며 탄식하니, 주위 사람들도 같이 슬퍼하였다.

이튿날 길동이 월봉산에 들어가 훌륭한 장지(葬地)를 구하여 묘를 만드는데 석물(石物)을 왕의 능처럼 하였다. 그리곤 한 척의 큰 배를 준비하여 부하들에게는 조선국 서강 강변에서 기다리게 하고, 자신은 머리를 깎고 중의 모습으로 작은 배를 타고 조선을 향했다.

아버지의 장례

한편 홍 판서는 홀연히 병을 얻어 증세가 심해지자, 부인과 인형을 불러 유언을 남겼다.

"내가 죽더라도 다른 한은 없으나, 길동의 생사를 알지 못하는 것이 한스럽구나. 제가 생존했으면 찾아올 것이니, 적서(嫡庶)41)를 구분하지 말고 제어미를 대접하라."

곧 숨이 끊어지니, 온 집안이 슬픔에 잠겨 비통한 가운데 장지를 구하지

---

40) 소저(小姐): '아가씨'를 한문 투로 이르는 말.

41) 적서(嫡庶): 적자와 서자.

못해 난처하였다.

하루는 문지기가 와서 어떤 중이 와서 조문하려 한다고 알렸다. 이상하게 여겨 들어오라 하니, 그 중이 들어와 목을 놓아 크게 우는 것이 아닌가. 모든 사람들이 곡절을 몰라 서로 얼굴만 쳐다보고 있었다. 그 중이 상주(喪主)에게 한번 통곡한 뒤 말을 꺼냈다.

"형님께서는 어찌 아우를 몰라보십니까?"

상주가 자세히 보니, 곧 길동이 아닌가. 형제가 서로 붙들고 통곡하였다.

"아우야, 그 사이 어디 갔더냐? 아버지께서 살아계실 때 유언이 간절하셨는데, 이제야 오니 어찌 자식의 도리이겠느냐?"

상주는 길동의 손을 이끌고 내당(內堂)에 들어가 모부인을 뵙게 하고 생모인 춘섬과도 얼굴을 보게 하였다. 춘섬이 길동을 보고 한바탕 통곡한 뒤 의아해서 물었다.

"네 어찌 중이 되어 다니느냐?"

길동이 대답했다.

"소자 조선을 떠나 머리 깎고 중이 되어 지술(地術)42)을 배웠기에 이제 아버지를 위하여 좋은 터를 얻었으니, 어머니는 염려 마십시오."

그 말을 듣고 인형이 크게 기뻐하면서 말했다.

"네 재주는 참으로 대단하구나. 좋은 터를 얻었으니 무슨 염려가 있겠느냐."

다음날 길동이 시신을 운구하여 제 어미를 데리고 서강 강변에 이르니, 길동이 지시해 놓은 배가 기다리고 있었다. 배에 올라 화살같이 저어 한 곳에 다다르니, 여러 사람이 수십 척의 배를 대기하고 있었다. 서로 반기며 길동의 배를 호위하여 가니, 그 광경이 장관이었다. 어느덧 산 위에 도착하였는데, 인형이 자세히 보니 산세가 웅장하였다. 산일을 마치고 함께 길동의 처소로 돌아오니, 두 부인인 백씨와 조씨가 시어머니와 시아주버니를 맞아 뵈었다. 길동의 하는 일과 사는 모습을 보고 인형과 춘섬은 길동의 지식에 못내 탄복하고, 또한 춘섬은 자식이 장성한 것을 대견해하며 칭찬하였다.

---

42) 지술(地術): 풍수지리설에 바탕을 두고 지리를 보아 묏자리나 집터 따위의 좋고 나쁨을 알아내는 술법.

여러 날이 되자 인형이 길동과 그 어미인 춘섬을 이별하고 산소를 잘 모셔달라고 당부한 뒤, 산소에 하직하고 조선으로 출발했다. 본국에 이르러 모부인을 뵈온 후 전후 사실을 말하니, 부인이 신기하게 여겼다.

율도국 정벌

한편 길동이 제사를 극진히 받들어 삼년상을 마쳤다. 모든 영웅을 모아 무예를 익히며 농업에 힘쓰니, 병사는 잘 훈련되고 양식도 풍족하였다. 남쪽에 율도국이라는 나라가 있으니, 기름진 땅이 수천 리나 되어 실로 물산이 풍족한 나라였다. 길동이 매양 마음에 두고 있었던 곳이었다. 모든 사람들을 불러 말했다.

"내가 이제 율도국을 치고자 하니, 그대들은 마음을 다하라!"

이렇게 말하고는 군사를 일으켜 율도국으로 진군하였다. 길동이 스스로 선봉이 되고, 마숙으로 후군장을 삼아 정예병사 오만을 거느리고 율도국 철봉산에 다다라 싸움을 걸었다. 태수 김현충이 난데없는 군마가 이르렀음을 보고 크게 놀라 한편으로 왕에게 보고하고 한편으로는 한 떼의 군사를 거느려 달려 나와 싸웠다. 길동이 맞아 싸워 한 번에 김현충을 베고 철봉지역을 얻어 백성들을 달래고 위로하였다. 부하인 정철로 철봉을 지키게 하고, 대군을 지휘하여 바로 도성을 치고자 격서(檄書)43)를 율도국에 보냈다.

"의병장 홍길동은 글월을 율도왕에게 부치나니, 대저 임금은 한 사람의 임금이 아니오, 천하 사람의 임금이라. 내 천명을 받아 군사를 일으켜 먼저 철봉을 격파하고 물밀 듯이 들어오니, 왕은 싸우고자 하거든 싸우고, 그렇지 않으면 일찍 항복하여 살기를 도모하라."

율도왕이 격문을 다 보고 크게 놀라 소리쳐 말했다.

"우리나라가 철봉을 굳게 믿었는데, 이제 잃었으니 어찌 대항하랴."

그리곤 모든 신하를 거느리고 항복했다.

길동이 성중에 들어가 백성들을 달래어 안심시키고 왕에 즉위한 뒤, 이전

---

43) 격서(檄書): 군병을 모집하거나, 적군을 달래거나 꾸짖기 위한 글.

율도왕으로 의령군을 봉하고, 마숙과 최철로 각각 좌의정과 우의정을 삼고, 나머지 여러 장수들에게도 벼슬을 내리니, 조정의 모든 신하들이 천세(千歲)를 불러 하례하였다.

왕이 나라를 다스린 지 삼년 만에 산에는 도적이 없고, 길에서는 떨어진 물건을 주워 가지지 않으니, 이른바 태평세계라 할 만하였다.

하루는 왕이 백룡을 불러 당부를 했다.

"내가 조선 성상께 표문(表文)44)을 올리려 하니, 경은 수고를 아끼지 말라."

또한 편지를 따로 써서 홍씨 집안으로도 부쳤다. 백룡이 조선에 도착하여 먼저 표문을 조선 임금께 올리니, 임금이 표문을 보시고 백룡을 불러 크게 칭찬해 말했다.

"홍길동은 진실로 특이한 인재로다."

임금이 홍길동의 표문에 고맙다는 말을 전하기 위해 홍인형으로 하여금 위유사(慰諭使)45)를 삼아 유서(諭書)46)를 내렸다. 인형이 임금의 은혜에 감사하고 집에 돌아와 모부인에게 임금과 나누었던 이야기를 고하니 부인이 또한 율도국에 같이 가려 하였다. 인형이 마지못하여 부인을 모시고 길을 떠나 여러 날 만에 율도국에 이르렀다.

왕이 몸소 맞이하여 향을 피운 정갈한 상을 놓고 조선 임금이 보내는 유서를 받은 뒤, 모부인과 인형을 반기며 부친의 산소에 모두 가서 제사를 올리고 나서 큰 잔치를 열어 즐겼다. 여러 날이 지나 홀연 모부인 유씨가 병을 얻어 죽으니, 부친의 능에 합장하였다. 인형이 율도왕을 하직하고 본국에 돌아와 임금께 보고하니, 임금이 모친상 당한 것을 위로하였다.

율도왕이 모부인을 위해 삼년상을 마치니, 대비인 생모가 이어 세상을 떠나 선능에 편히 모시고 삼년상을 마쳤다.

율도왕이 세 아들과 두 딸을 낳았는데, 첫째 아들과 둘째 아들은 백씨 소생이고, 셋째 아들과 둘째 딸은 조씨 소생이었다. 첫째 아들인 현으로 세자

---

44) 표문(表文): 예전에 사용하던, 외교 문서의 하나.
45) 위유사(慰諭使): 지방에 천재지변이 있을 때, 백성을 위로하기 위하여 어명으로 파견하던 임시 벼슬.
46) 유서(諭書): 관찰사, 절도사, 방어사 들이 부임할 때 임금이 내리던 명령서.

를 봉하고, 그 나머지는 다 군(君)으로 봉하였다. 왕이 나라를 다스린 지 삼십 년에 홀연 병이 들어 세상을 떠나니, 나이가 72세였다. 왕비 이어 세상을 떠나 선능에 안장한 후, 세자 즉위하여 대대로 이어오면서 율도국은 태평성대를 누리었다.

(경판 24장본/권순긍 현대역)

제4장
—

제어할 수 없는 세속적 욕망, 그 질주와 머뭇거림, 〈구운몽(九雲夢)〉

1. 인생은 뜬구름처럼 헛된 것인가

오늘날 우리들에게 '욕망'의 문제는 자연스러운 것이다. 자신이 하고 싶은 것을 하겠다는 데 누가 뭐라 하겠는가? 민주주의 사회에서 법에 저촉되지 않고 타인에게 피해를 주지 않는다면 그 모든 행동은 문제가 없어 보인다.(물론 공동체의 가치와 종종 충돌을 빚기도 하지만) 지하철에서 젊은 남녀의 애정행각을 목도하곤 하지만 그렇게 눈에 거슬리지는 않는다. 저들이 저렇게 좋다고 하는데 어떻게 뭐라고 하겠는가.

이제는 먹고 사는 형편이 나아지면서 욕망의 문제가 중요한 화두로 자리하고 있다. 사회를 개혁해야 한다는 거대담론이 해체된 그 자리에 개개인의 욕망이 대체되고 있는 실정이다. 그리고 이 시대는 우리에게 얘기한다. "지난 날 우리는 너무 도덕적이고 경직되게 살아온 것이 아니냐?"고. 과연 우리는 혼란스러운 이 시대를 어떻게 살아야 할 것인가?

서포(西浦) 김만중(金萬重, 1637-1692)의 〈구운몽(九雲夢)〉은 17세기에

이미 이런 세속적 욕망과 도덕에 대한 깊이 있는 철학적 질문을 던지고 대답한 작품이다. 우선 줄거리를 간략하게 살펴보자.

(가) 육관대사의 수제자 성진이 불도에 정진하다가 8선녀를 만나면서 번뇌에 사로잡혀 세속적인 부귀영화를 부러워하였다.

(나) 꿈속에서 양소유로 태어나 8선녀가 화한 2처 6첩을 거느리고 최고의 지위에 올라 부귀영화를 마음껏 누리다가, 인생의 무상함을 느껴 불문에 귀의하고자 했다.

(다) 꿈에서 깨어난 성진은 인생의 부귀영화가 허무한 것임을 깨닫고 다시 불도에 정진했다.

이상의 줄거리를 통해 드러나는 것은 우선 "세속적 욕망은 애초 일장춘몽(一場春夢)처럼 허망한 것에 지나지 않는다."는 사실이다. 그래서 이런 인생의 무상함을 극복하기 위해서는 불교에 귀의해야 한다는 것이다. 〈구운몽〉이란 제목도 "화려한 인생이 결국 뜬 구름에 지나지 않는다."는 사실을 암시하며(성진과 8선녀가 결국 9개의 구름인 셈이다.), 주인공인 성진(性眞)이나 소유(少遊)라는 이름 역시 '참된 성품'과 '잠깐 노닐다'간다는 의미를 지니고 있다. 그래서 〈구운몽〉은 당시 독자들에게 한평생의 온갖 부귀영화도 잠깐 놀다가는 것에 지나지 않으니 인생의 바른 길은 결국은 참된 성품을 추구하는 것이라고 일깨워주는 것 같다.

하지만 인간 세상의 온갖 부귀영화를 마음껏 누리는 양소유의 삶이 참된 깨달음에 이르기 위한 보조장치에 불과한 것인가는 여러모로 의문이다. 우리가 인생을 산다는 것이 과연 도사나 승려처럼 도를 닦아 어떤 깨달음을 얻고자 하는 것인가? 어쩌면 요즘 '욜로(YOLO)'가 말하듯 한번뿐인 인생을 즐기며 잘 살기 위함인가?

우선 작품의 대부분(총 16회 중 14회)을 차지하는 것이 남악 형산(衡山) 연화봉의 세계가 아니라 꿈속에서 이루어지는 세속적 욕망의 실현에 할애되고 있으며 작품에 나타난 현실의 세계가 오히려 꿈과 같고 꿈의 세계가 현실처럼 드러난다. 그도 그럴 것이 영화 〈매트릭스(Matrix)〉처럼 꿈의 세계가 곧 인간이 사는 세속적 세상의 모습이고 현실의 세계가 오히려 인간 세상이 아닌 연화봉의 초월적 세계이기 때문에 그렇다. 그러기에 현실 세계에서 마음껏 세속적 욕망을 추구하는 것이야말로 〈구운몽〉이 내세우는 진정한 주제가 아닌가 하는 생각도 든다. "세속에서의 욕망이 허망하다는 것은 작품의 결말에서나 강조되어있을 따름이고, 부귀를 획득하고 애정을 성취하는데 더욱 절실한 관심을 보였다."고 주장하는 사람이 많다. 이렇게 본다면 실상 〈구운몽〉의 초점은 깨달음보다는 세속적 욕망의 추구에 맞춰져 있어 보인다.

〈구운몽〉의 세계로 들어 가보면 우선 시작부터가 예사롭지 않다. 스승을 대신하여 동정용왕에게 답례를 하고 돌아오던 성진이 봄날 석교(石橋) 위에서 8선녀를 보고 정신이 산란하여 번뇌에 들게 되는 과정은 그 세속적 욕망추구의 고민을 잘 설명하고 있다.

> 남아 세상에 나 어려서 공맹(孔孟)의 글을 읽고 자라 요순(堯舜) 같은 임금을 만나, 나가면 장수되고 들어오면 정승이 되어, 비단 옷을 입고 옥대를 띠고 옥궐에 조회하고 눈에 고운 빛을 보고 귀에 좋은 소리를 듣고 은택이 백성에게 미치고 공명이 후세에 드리움이 또한 대장부의 일이라. 우리 부처의 법문은 한 바리 밥과 한 병 물과 두어 권 경문과 일백 여덟 날 염주뿐이라. 도덕이 비록 높고 아름다우나 적막하기 심하도다.(서울대본, 현대역 필자, 이하 같음)

불도에 정진하는 성진이 고민하는 것은 공맹의 글을 읽어 출세하고자 하는 '유가적 출세' 욕구다. 불제자인 성진이 세속적 출세를 꿈꾸고 있으니 도저히 있을 수 없는 일이다. 그렇기 때문에 현실에서는 도저히 이룰 수 없는, 제어할 수 없는 세속적 욕망의 세계를 마음껏 추구하기 위해 꿈이라는 장치('환몽 구조')를 이용한 것으로 보인다.

2. 질주하는 세속적 욕망의 세계

그러면 〈구운몽〉은 세속적 욕망의 세계를 어떻게 질주해 갔던가? 그 흥미진진한 이야기 속으로 들어가 보자.

한 축은 "나면 장수 되고 들면 정승 되어 비단 옷을 입고 옥대를 띠고 옥궐에 조회하는"출장입상(出將入相)의 유가적 출세의 길이다. 15세에 집을 떠나 과거에 장원 급제하고 한림학사를 시작으로 벼슬이 계속 올라 병부상서를 거쳐 승상에 이르며, 오랑캐가 침입했을 때는 대원수가 되어 이를 토벌해 결국 황제의 매부로 위국공(魏國公)에 봉해짐으로써 '일인지하 만인지상(一人之上 萬人之下)'의 최고 지위를 누리게 됐던 것이다.

다른 한 축은 석교에서 만났던 8선녀의 현신인 여덟 여자와 차례로 인연을 맺어 2처 6첩을 거느리고 "눈에 고운 빛을 보고 귀에 좋은 소리를 듣는" 애정 추구의 길이다. 이 두 가지의 욕망이 하나로 모아지는 지점에서 바로 상층 사대부들이 염원하는 '가문창달'의 꿈을 발견할 수 있다. 곧 2처 6첩을 거느려 성대한 가문을 이르고 최고의 지위를 누리며 복락을 추구하는 삶으로, 그야말로 꿈에서나 가능한, 완벽하게 이상적인 모습이다.

하지만 소설이 무엇인가? 〈아리비안나이트〉의 세라자데(sherazade)가 끊임없이 이야기를 엮어가듯이 결말이 중요한 것이 아니라 재미있게 이야기를 엮어가는 디테일이 재미를 주는 것이다. 〈구운몽〉 역사 여덟 명의 신분이 다른 여자들에게 각기 개성을 부여하고 양소유와의 결연 방식 또한 다양하게 이야기를 구성함으로써 스토리텔링(story-telling)의 묘미를 보여주는데, 우선 여덟 여자들과의 만남을 정리해 보자.

① 과거 보러 가는 길에 화주 회음현에 이르러 진어사의 딸 진채봉과 눈이 마주치고 사랑의 시를 주고받는다. (秦彩鳳)
② 낙양 공자들의 잔치 자리에서 기생 계섬월을 만나 그녀의 집에 묵는다. (桂蟾月)
③ 과거에 장원 급제하여 정사도의 딸 정경패와 정혼하다. (鄭瓊貝)
④ 정경패의 몸종인 가춘운을 취하다. (賈春雲)
⑤ 연(燕)나라 사신 다녀오는 길에 계섬월의 친구인 기생 적경홍을 만나다. (狄驚鴻)
⑥ 황제의 여동생 이소화가 양소유에게 마음을 두어 낭군으로 삼고자 하다. (李簫和)
⑦ 토번(吐藩)을 토벌하러 갔다가 자객으로 왔던 심요연을 만나다. (沈裊烟)
⑧ 꿈속에서 음병을 물리치고 동정용왕의 딸 백능파와 인연을 맺다. (白凌波)

　가장 먼저 과거보러 가는 길에 눈이 마주쳐 사랑의 약속을 나눈 여자는 진채봉이지만 난리가 나는 바람에 만나지도 못하고 헤어지고 만다. 사랑의 마음을 전하는 〈양류사(楊柳詞)〉라는 시를 주고받은 것이 전부였다. (아쉬운 첫사랑은 그 뒤에 묘하게 이어진다.)
　다음에 만난 여자는 낙양의 명기인 계섬월이다. 낙양의 공자들이 계섬월과 더불어 시를 짓고 우열을 가리는 자리를 마련했는데 흥이 오른 양소유도 그 자리에 참석하여 시를 짓고 마침 그 시가 계섬월에게 선택되는 행운을 얻는다. 낙양 공자들의 눈치가 수상해 자리를 피하려는 양소유에게 오히려 계섬월이 다가오더니 "다리 남쪽 분장한 누각 밖에 앵두꽃이 만발한 집이 첩의 집이오니, 낭군께서는 먼저 가셔서 첩이 돌아갈 때까지 기다려" 달라고 부탁하는 것이 아닌가. 드디어 저녁에 촛불을 밝히고 기다리던 계섬월과 운우지정(雲雨

之情)을 나누고 진채봉의 일을 비롯하여 천하의 명기들에 관한 얘기도 주고받으며 규방의 여자 중에 정사도의 딸인 정경패를 찾아보라는 조언까지 듣는다. 풍류남아 양소유에게 드디어 여복이 터져 운우지정을 나누었던 여자가 오히려 다른 여자까지 소개하는 행운을 얻는다.

그런데 노류장화(路柳墻花) 신세인 기생들은 쉽게 만날 수 있지만 명문가의 규수를 만나는 건 쉬운 일이 아니었다. 과거를 보러 가는 길에 모친이 특별히 자청관(紫淸官)의 도사로 있는 사촌에게 배필감을 알아봐 달라고 부탁했는데 그 대상이 바로 정경패며, 기생 계섬월이 천거한 여자이기도 했다. 하지만 풍류남아 양소유는 결혼할 여자를 직접 보겠다고 여도사로 변장하고 찾아가 거문고를 연주하며 음률에 능통한 정경패와 대면하게 된다. 그런데 진도가 너무 나가 버렸다. 양소유가 한나라 때 사마상여(司馬相如)가 탁문군(卓文君)을 유혹했던 〈봉구황곡(鳳求凰曲)〉을 타자 정경패가 깜짝 놀라 거문고를 타는 여도사의 얼굴을 자세히 보니 남자의 모습이 아닌가? 정경패는 모욕을 당했다고 여겨 얼굴을 붉히며 자리를 피했고, 자연 첫 대면은 그렇게 끝났다. 뒤에 장원급제한 양소유는 정사도의 구혼을 받아들여 정경패와 정혼하고 사위로 그 집에 머물게 되는데, 정경패는 '거문고 사건'으로 양소유를 꺼림칙하게 여기지만 오히려 장인은 양소유의 일을 듣더니 풍류가 있다며 좋아한다.

양소유의 이런 기질은 정경패의 몸종인 가춘운을 취하는데도 적극 작용된다. 혈기왕성한 풍류남아가 처갓집의 별당에 홀로 기거하고 있는데 이를 딱하게 여긴 정혼녀가 자신은 혼인 전이라 할 수 없으니 미리 몸종인 가춘운을 첩으로 보내 남편 될 사람을 보살피게 하자고 하여 이 말도 안 되는 일이 성사된 것이다. 정경패는 거문고 사건을 설욕하고자 우선 가춘운을 선녀로 변장시켜 양소유를 유혹하게 하여 풍류남아 양소유가 선녀에 홀려 정신을 못 차리게 하였다. 그리고 사촌 십삼랑이 어느 무덤에서 양소유가 선녀에게 써준 사랑의 시를 찾아 양소유가 귀신과 잠자리를 하고 있음을 알게 한 다음 부적을 사용하여 귀신이 오지 못하게 하여 오매불망 여귀를 그리워하게 만들었다. 그리고 가족들이 모인 자리에서 양소유로 하여금 그 간의 일을 실토하게 한 다음 장인이 귀신을 불러오게 하겠다고 병풍 뒤에서 가춘운이 나타나게 한 것이다. "사람이냐, 귀신이냐?"고 놀라는 양소유에게 장인이 "내 이제 진실을 말하겠네. 이 여인은 신선도 아니요, 귀신도 아니라네. 우리 집에서 경패와 함께 사는 춘운이라네. 요사이 자네가 화원에서 매우 외로울 것 같기에 춘운에게 먼저 모시도록 한 것이라네."고 그간의 사정을 알려주었다. 정혼녀가 기획하고 장인이 주도하여 처가살이하는 풍류객 양소유에게 가춘운으로 하여금 먼저 첩이 되도록 배려(?)한 것이다. "춘운은 새신부로 말석에 앉아 있다가 날이 저물자 초롱을 들고 양소유를 모시고 화원으로 들어갔다."고 한다.

하북(河北)의 명기 적경홍을 얻게 되는 과정 또한 흥미롭다. 양소유가 사신으로 연(燕)나라에 갔다가 돌아오는 길에 미소년이 양소유를 쫓아와 거두어달라고 부탁해 같이 낙양을 지나게 됐다. 마침 과거 전에 만나 인연을 맺었던 계섬월을 찾아 그 집에 묵는 중에 미소년과 계섬월이 얘기를 주고받으며 손을 맞잡고 회롱하고 있는 것이 아닌가. 의심해서 물어보니 그 누이와 친한 관계로 얘기를 나누었다고 둘러댔다. 밤이 되어 계섬월과 회포를 풀고 잠자리에 들었는데 전혀 예상치 못한 일이 벌어지게 된다.

이날 밤에 계섬월과 더불어 촛불 아래에서 옛말을 이르며 연하여 여러 잔을 마시고 촛불을 끄고 잠자리에 나아가니 사랑하는 마음이 더욱 깊더니 아침 해가 동창에 비친 후 양소유가 바야흐로 머리를 들어보니 계섬월이 먼저 일어나 거울을 대하여 연지와 분을 바르고 있었다. 놀라 일어나 자세히 보니 푸른 눈썹과 맑은 눈과 구름 같은 귀밑과 꽃 같은 보조개며 가는 허리와 약한 태도 종종 계섬월과 비슷해 보였지만 다만 계섬월이 아니었다. 양소유가 크게 놀라 누군지 측량치 못하였다. …… 홀연 계섬월이 밖에서 들어와 양소유에게 이르되 "상공께서 새 신부 얻으심을 하례하나이다. 첩이 전일 하북 적경홍을 천거하였더니 첩의 말이 어떠하나이까?"

계섬월이 자신의 친구였던 하북 명기 적경홍을 양소유에게 소개하는데, 그 것이 마침 잠자리에서 이루어졌으니 기생다운 발상이랄까? 인연치고는 기묘한 인연이다. 어쨌든 두 명의 명기들은 모두 양소유를 따르기로 마음을 먹는다.

양소유와 인연을 맺는 여자 중에서 가장 어렵게 이루어진 인물이 황제의 여동생인 난양공주 이소화다. 공주가 어떻게 해서 양소유와 인연이 맺어지게 됐는가? 발단은 이렇게 시작됐다. 양소유가 통소를 불면 청학이 내려와 춤을 추곤 하는데, 마침 난양공주도 그러하여 두 사람이 서로 인연이 있다고 여겨 황제가 친히 불러 그 재주를 떠보고 태후도 잘생긴 양소유를 보고 좋다고 하여 황실과의 혼사가 성립된 것이다.

그런데 문제는 정경패였다. 양소유가 이미 정혼한 몸이어서 할 수 없다고 황실과의 혼사를 물리치자 태후는 진노하여 옥에 가두라 명했다. 정경패의 집에서는 황제의 명이라 어쩔 수 없다고 낙담해 있고, 양소유의 첩으로 있던 가춘운마저 정경패와 죽고 살기를 같이 한다며 양소유를 떠났다. 그야말로 진퇴양난이라. 이소화와 혼인할 수도, 정경패를 취할 수도 없는 처지가 되었다. 이런 것을 삼각관계라 했던가? 통속 드라마에서는 이 경우 둘 중 하나가 죽거나 어디로 사라져야 자연스럽게 남은 인물과 맺어지게 된다. 둘을 다 살릴 수 있는 원원의 방법은 없을까?

〈구운몽〉에서는 기막힌 방법을 제시하고 있다. 토번(지금의 티베트)이 장안을 침범하여 들이치자 황실에서는 어쩔 수 없이 옥에 갇힌 양소유를 풀어주고 '병부상서 정서대원수'로 삼아 토번을 치게 했다. 그런데 그 과정에서도 풍류남아 양소유는 자객 심요연과 인연을 맺는다. 토번의 자객으로 양소유를 죽이려고 왔던 여자가 오히려 양소유와 인연이 있어 칼을 던지고 양소유의 품에 안기는 기막힌 일이 벌어진 것이다. 심요연은 원래 양주(楊州)의 여자로 자신과 인연이 있는 대당국의 귀인을 만나고자 자객을 자처해 온 것이다. 병영에서 자신을 죽이러 온 자객과 신혼의 잠자리를 가졌으니 그 기분이 어떻겠는가. 〈구운몽〉에서는 "이 밤에 양소유가 심요연과 더불어 장중에서 잠자리를 같이 하니 창검 빛으로 신혼 촛불을 대신하고 병영의 북소리로 음악을 삼아 진영 가운데 달빛이 뚜렷하고 옥문관(玉門關) 밖에 봄빛이 가득하였으니 한 조각 각별한 사랑이 깊은 밤과 비단 장막에서 지날 듯하였다."고 그 정황을 묘사했다.

그런데 전쟁 통에 심요연만 만나게 아니다. 토번을 물리칠 계책을 생각하다가 잠깐 잠이 들었는데 꿈속에서(양소유의 삶이 꿈속에서 이루어지는 것이니 꿈속에서 또 꿈을 꾼 셈이다.) 동정용왕의 딸인 백능파를 만나 그를 겁박하는 남해 태자를 혼내주고 동정용녀를 취하기도 한다. 백능파는 말하자면 인어공주인 셈인데 남해 태자에게 핍박을 당해 그녀가 피신한 반사곡의 물이 얼음지옥처럼 되어 다른 곳의 물고기들이 들어올 수 없게 되었다. 스스로 방어막을 친 것인데 마침 자신의 인연인 양소유를 만나자 그 맺힌 한이 풀어져 물이 순해져서 양소유의 군사들도 먹을 수 있게 되었다.

한편 토번과의 전쟁 중에 난양공주 이소화와 정경패에게는 무슨 일이 있었는가? 양소유가 황실의 청혼을 물리친 것에 자존심이 상한 난양공주는 도대체 정경패가 어떤 여자인가 알아보고 싶어 궁궐을 빠져나와 저자거리에 방을 얻고 수를 놓아 그것이 정경패의 손에 들어가게 했다. 그리고 수놓은 족자를 매개로 서로 왕래하며 상대방의 용모와 재주에 감탄해 의형제를 맺으려고까지 하였다. 이소화는 양소유와 같이 살고 있는 가춘운까지 보고 '춘운을 직접 보니 이름보다 더 아름답구나. 양상서가 총애함이 당연하다. 주인과 종이 저렇게 아름다우니 양상서가 어찌 버리려고 하겠는가.'는 생각에 이른다.

마침 이소화가 급히 떠날 일이 있어 수놓은 관음보살상에 정경패의 글씨를 받자고 초대했는데 정경패가 도착하자 궁궐의 내관과 군사들이 들이닥쳐 그들을 호위해 궁궐로 데려갔다. 태후가 정경패를 직접 보고자 함인데 그 재주와 미모에 감탄한 태후는 정경패를 양녀로 삼아 영양공주에 봉했다. 그리고 두 사람 모두 양소유의 부인으로 보내고자 했다. 말하자면 정경패를 공주에 봉함으로써 두 사람 모두 양소유와 결혼할 수 있는 윈윈의 길을 마련한 것이다. 양소유는 변방에서 심요연과 백능파를 취해 전생의 인연을 맺고 있을 때 장안에서는 이런 기막힌 일이 벌어지고 있었다.

양소유와 정혼한 여자인 정경패가 영양공주가 됐으니 전의 정경패는 없어진 셈이다. 이 부분에서 태후의 요청으로 정경패가 죽었다고 거짓 유언을 전하여 한바탕 소동을 일으킨 뒤에 양소유는 황실의 청혼을 거절할 수가 없어 받아들이게 된다. 그런데 공주가 둘이라 영양공주 정경패를 제 1부인으로(물론 양소유는 영양공주가 자신과 정혼한 여자라고 아직은 알지 못한다), 난양공주 이소화를 제 2부인으로 삼아 성대한 결혼식을 올리기에 이른다. 여기서 첫사랑인 진채봉은 난양공주의 궁녀로 있다가 양소유의 첩으로 봉해진다. 세 명의 여자와 동시에 결혼한 셈이다.

처가살이를 할 때 양소유의 첩으로 관계를 맺었던 가춘운은 어찌 되었는가? 정경패가 죽었으니 당연히 의리를 지켜 양소유를 떠났던 것이다. 그런데 어느 날 양소유가 영양공주가 정경패가 아닌가 여겨 닮았다고 한 것이 사단이 되어 공주들이 양소유를 거부하고 진채봉도 거기에 가세했다. 무료해진 양소유는 궁궐을 배회하다가 우연히 영양공주 방에서 가춘운과 같이 네 여자가 모여 주사위 놀이를 하면서 예전 일을 얘기하는 것을 보고 영양공주가 정경패임을 알아차렸다. 이제는 양소유가 속일 차례다. 정경패의 혼령이 왔다고 헛소리를 하여 영양공주가 자신이 정경패라는 실토를 받아내고 가춘운도 다시 첩으로 맞이하게 된다.

그러면 다른 네 여자들은 어느 계기에 합류하는가? 양소유는 벼슬이 승상에 이르자 이제는 어머니를 모셔와 같이 살고자 하여 어머니를 위한 헌수연(獻壽筵)을 열게 되었는데 그때 기생인 계섬월과 적경홍이 나타나 자리를 빛내주었다. 그런가 하면 황제의 동생이자 양소유의 처남인 월왕과 낙유원에 모여 미색과 풍악을 겨뤄보자는 낙유원 잔치는 두 집안의 미색과 풍악이 총동원되어 화려하게 펼쳐졌는데, 때마침 심요연과 백능파가 도착하여 양소유 집안이 월궁을 제압하게 된다. 이제 드디어 8선녀가 화한 여덟 여자가 다 모여 양소유를 중심으로 한 가정을 꾸린 것이다.

그런데 8명의 여자들이 서로 질투하거나 다투지도 않고 친자매처럼 친하게 지내는 것이 이상하지 않은가? 어찌 보면 양소유를 중심으로 8명의 여자가 결합하여 거대한 가문을 형성하는 것이 너무 남성중심적인 설정이 아니냐 비난할 수도 있다. 그런데 오히려 여덟 명의 여자들은 인연을 맺을 때는 양소유를 중심으로 모였지만 8명이 다 모이고 난 뒤에는 양소유와 별도로 그들만의 '패밀리'를 형성한다.(이 놀라운 반전!) 자신들의 패밀리를 결성하면서 그들은 관음상 앞에 이렇게 맹세까지 한다.

유 모년 모월일, 제자 정경패, 이소화, 진채봉, 가춘운, 계섬월, 적경홍, 심요연, 백능파는 삼가 관세음보살님께 아룁니다. 저희 여덟 사람은 비록 다른 집안에서 태어났지만 자라서는 한 사람을 섬기게 되었으며 마음은 서로 하나입니다. 마치 한 나무에 달린 꽃이 바람에 날리어 어떤 것은 구중궁궐에 떨어지고(이소화: 필자 주), 어떤 것은 규중에 떨어지고(정경패), 어떤 것은 시골에 떨어지고(진채봉/가춘운), 어떤 것은 길거리에 떨어지고(계섬월/적경홍), 어떤 것은 변방에 떨어지고(심요연), 어떤 것은 강남에 떨어졌으나(백능파) 그 근본을 따지자면 어찌 다를 것이 있겠습니까? 오늘부터 맹세컨대 형제가 되어 죽고 살고 괴롭고 즐거운 모든 것을 함께 하고자 합니다. 혹시 다른 마음을 품은 자는 천지가 용서치 않을 것입니다. 엎드려 바라건대 관음보살님께서는 복을 내려주시고 재앙을 제거해

주셔서 백년 뒤에 함께 극락세계로 돌아가게 해 주십시오.

　무슨 조폭들이 패밀리를 결성하듯이 다른 마음을 품은 자는 천지가 용서치 않을 것이라고 으름장까지 놓는다. 위로는 공주로부터 아래로는 천한 기생에 이르기까지 8명의 여성들이 그들만의 결사를 만든 것이다. 『삼국지연의』에서 '도원결의(桃園結義)'처럼 그런 거창한 결의식을 거행한 것이다. 그래서 〈구운몽〉은 여성비하가 아니라 페미니즘(feminism)의 세계를 펼쳐 보이고 있기도 하다. 중세 봉건시대 여성들만으로 이런 세계를 만드는 것이 어찌 가능했겠는가? 여성들만의 세계를 그린 네덜란드 영화 〈안토니아스 라인(Antonia's Line)〉을 연상시킨다. 〈구운몽〉은 중세 사대부 남성들의 이상이기도 하지만 동전의 양면처럼 한국판 중세 페미니즘의 이상을 그린 것이 아니겠는가.

3. 성진과 양소유, 어느 것이 거짓이고 어느 것이 진짜인가

　양소유는 이제 중세시대 사대부 남성들이 소망하는 모든 이상을 성취하였다. 최고의 벼슬에 최고의 가문을 형성한 것이다. 김만중이 모든 영화를 잃고 죄인의 신세로 전락한 선천(宣川) 유배시에 〈구운몽〉을 지었다는 사실은 꿈을 통해서 자신이 바라는 가문창달의 소망을 내장하고 있는 것으로 보인다. 모든 것을 잃은 자만이 진정 꿈을 꿀 수 있다고 하지 않았던가? 정말 꿈으로나 가능한 세계를 〈구운몽〉은 제시하고 있다.

　그런데 더 이상 도달할 수 없는 욕망추구의 최대치에서 양소유는 돌연 인생의 무상함을 느낀다. 달도 차면 기우는 것처럼 욕망의 극한까지 가 봤기 때문에 느끼는 것일까? 아무래도 애초 성진의 회의와 비교해 보면 절실함이나 필연성이 약화되어 있다. 수많은 영웅들의 무덤을 보면서 어느 날 갑자기 삶의 허무를 느낀 것이다. 오랜 회의와 번민의 과정을 거친 것도 아니고 삶의 무상감을 느낄 만한 필연적 동기도 제기되지 않았다. 그렇다면 세속적 욕망을 다 충족한 자만이 표현할 수 있는 위장된 제스처처럼 보인다. 온갖 영광을 다 누린 솔로몬 왕이 모든 것이 헛되다고 했던 것처럼 말이다. 그 고민의 정황을 〈구운몽〉에서는 이렇게 말한다.

나 양소유는 본디 회남 땅 베옷 입은 선비라 성스러운 천자의 은혜를 입어 벼슬이 대장군과 재상에 이르고, 여러 낭자 서로 따르는 은정은 백년이 하루 같아 전생의 오랜 인연으로 이루어진 것이니 모두 인연이 다하면 각각 제 갈 곳으로 돌아감은 천지에 떳떳한 일이라. 우리 백년 후 높은 대 무너지고 굽은 못이 이미 메이고 노래하고 춤추던 땅이 이미 변하여 거친 언덕과 쇠한 풀이 되어 나무꾼과 목동이 오르내리며 탄식하여 가로되, '이것이 양승상이 여러 낭자와 더불어 놀던 곳이라. 승상의 부귀풍류와 여러 낭자의 옥 같은 모습, 꽃 같은 태도 이제 어디 갔나뇨.' 하리니 어찌 인생이 덧없지 아니리요.

그리고 집을 나서서 나지도 않고 죽지도 않는 도를 닦아 세상의 괴로움과 즐거움을 뛰어넘겠노라고 여러 부인 첩들과 이별을 고하며 이별주를 나누었다. 그때 어디선가 노승이 나타나 양소유가 그를 알아보고 토번 정벌시에 꿈속에서 만난 일을 얘기하자 봄꿈을 아직 깨지 않았다며 지팡이로 난간을 치자 아홉 개의 구름이 일어나며 부귀영화를 누리던 양소유는 연화봉의 성진으로 다시 돌아오는 것이 아닌가.

육관대사가 성진에게 "인간세상 부귀를 지내니 과연 어떠하더뇨?"라고 묻자 성진은 '하룻밤의 꿈'이었다고 대답한다. 인생의 온갖 부귀영화를 누리고 깨달은 것이 기껏해야 우리의 기나긴 인생살이가 '일장춘몽'이라는 것이다. 대개 일장춘몽이란 말은 지난하고 신산스러운 인생살이에 많이 비유된다. 이

광수의 소설 〈꿈〉으로도 형상화됐던 『삼국유사』의 〈조신몽생(調信夢生)〉이
그렇고, 고사로 많이 소개되는 〈남가일몽(南柯一夢)〉이 그렇다. 이미 꿈속에
서 온갖 역경과 고통이 주어지고 꿈을 깨어남은 그 고통으로부터의 해탈을
의미한다. 꿈속이 너무 고통스럽기 때문에 오히려 깨어나면서 안도하게 되는
것이다. 말하자면 꿈속에서 이미 꿈을 깨기 위한 계기가 주어지는 것이다.

하지만 양소유의 꿈은 깰만한 계기가 마련되지 않았다. 그토록 온갖 부귀를
다 누리고 즐거운데 무엇 때문에 꿈을 깨려고 하겠는가. 그렇다면 적어도 꿈
을 깨고 도달한 세계가 정답이 아니라는 것이다. 자 다시 정리해보자. 꿈속에
서 온갖 세속적 욕망을 추구하며 사는 것도 그렇다고 꿈을 깨고 불도에 정진
하는 것도 정답이 아니라는 말이다. 그렇다면 〈구운몽〉은 무엇을 말하려고
하는가? 깨달음을 얻었다는 성진의 말에 육관대사는 다음과 같이 설법한다.

> 네 흥을 타고 갔다가 흥이 다하여 돌아왔으니 내 무슨 간여함이 있으리
> 오. 네 또 이르되 인간 세상에 윤회할 것을 꿈을 꾸다 하니 이는 인간 세상
> 의 꿈을 다르다 함이냐. 네 오히려 꿈을 채 깨지 못하였도다. '장주가 꿈에
> 나비 되었다가 나비가 장주되니' 어느 것이 거짓이오, 어느 것이 진짜인
> 줄 분별치 못하나니 어제 성진과 소유가 어느 것이 꿈이고 어느 것이 꿈이
> 아니냐?

육관대사의 이 말은 세속적 욕망추구를 부정한 말에 대한 재부정인 셈이다.
성진은 애초 연화봉의 세계를 부정하고 세속적 욕망을 추구했다. 그리고 꿈을
깨고 나서 이를 다시 부정했다. 하지만 육관대사는 그 모두를 문제 삼았다.
세속적 욕망을 추구하는 것이나 도를 닦는 것이나 어느 한쪽만이 진실은 아니
라는 말이다. 사실 우리의 삶은 흑백처럼 분명하게 한쪽의 긍정이 다른 쪽의
부정으로 연결되지 않는다. 어느 것이 옳고 어느 것이 그르다고 어떻게 쉽게
단정할 수 있겠는가. 육관대사의 설법은 바로 그거다. 어느 것이 꿈이고 어느

것이 꿈이 아니라고, 또는 어느 것이 진짜고 어느 것이 거짓이라고 어떻게 단정할 수 있느냐는 말이다. 세속적 욕망을 긍정하는 것도 이를 부정하는 것도 정답이 아니라는 것이다. 세속적 욕망의 적극적 추구와 이를 거부하고 도에 귀의하는 그 두 극단의 사이에 무수한 스펙트럼이 존재하고 우리네 삶은 그 지향과 고민의 심도에 따라 각각 규정되게 된다.

김만중은 그의 『서포만필(西浦漫筆)』에서 이를 다음과 같이 설명한다.

> 인심(人心)과 도심(道心)이 어찌 별개의 것이겠는가? 이를 임금에 비유한다면, 도심은 임금이 조정회의를 보거나 강론을 하고 있을 때와 같고, 인심은 잔치를 벌이거나 한가롭게 놀 때와 같다. 그것은 사실 한사람의 몸인 것이다. …… 대저 한 사람의 한 몸 안에 마치 두 마음이 있는 것과 같은 것이다.

〈구운몽〉이 얘기하고자 하는 게 바로 이것이다. 인간의 삶, 곧 세속적 욕망과 도의 추구에 대한 문제제기이고 나름대로의 해답인 셈이다. 그래서 〈구운몽〉은 우리에게 이렇게 얘기한다. "마음껏 즐겨라. 하지만 그것이 인생의 전부는 아니다. 또 다른 세계가 있지 않은가." 마치 『파우스트(Faust)』에서 메피스토펠레스가 "모든 이론은 회색이고, 영원한 것은 저 푸른 생명의 황금 소나무일세."라고 속삭였던 것처럼 말이다.

이제 17세기 김만중이 살았던 시대로 다시 돌아가자. 대표적 양반가문의 일원이었던 김만중이 이렇게 세속적 욕망의 세계를 제시한 것은 무슨 의미가 있을까? 〈서포연보〉에 나타난 〈구운몽〉의 창작동기를 살펴보자.

> 부군이 이미 귀양지에 이르러 윤부인(김만중의 어머니)의 생신을 맞이했다. 시를 지어 이렇게 말했다. "멀리 어머님께서 아들을 그리며 눈물 흘리실 것을 생각하니, 하나는 죽어 이별이요, 하나는 생이별이로다." 또 글

을 지어 부쳐서 [윤부인의] 소일거리를 삼게 하였는데 그 글의 요지는 '일
체의 부귀영화가 모두 몽환(夢幻)'이라는 것이었으니, 또한 뜻을 넓히고
슬픔을 달래기 위한 것이었다.

이는 정묘년(1687)의 기록이니, 〈구운몽〉은 1687년(숙종13) 9월~1688년
(숙종14)11월 사이에 선천 유배지에서 지어진 것이다. 그런데 그 글에 〈구운
몽〉이 어머니의 근심을 위로하기 위해서 지었다 한다. 삼한의 명문거족인 광
산 김씨의 일원으로 국정 전반에 막강한 영향력을 발휘하던 시절과 비교해보
면 선천 유배시는 그 화려했던 영화가 풍비박산 나던 시기였다. 김만중은 소
문을 전한 일로 선천에 유배되었고, 그해 숙종의 장인인 광산부원군 김만기마
저 죽게 되니 그 집안으로서는 돌이킬 수 없는 몰락을 겪게 된 셈이다. 그래
서 어머니에게 인간부귀영화는 한낱 뜬구름에 불과하다는 얘기가 위로가 될
수 있었으리라. 하지만 〈구운몽〉은 그것만은 말하고자 한 것이 아니다. 그렇
다면 김만중을 포함한 광산 김씨의 운명과 〈구운몽〉이 어떤 관계 속에 놓이
게 되는가.

4. 서포 김만중 그는 누구인가?

김만중은 서인(西人) 문벌가문의 대표격인 광산 김씨(光山 金氏)의 집안에
서 유복자로 출생한다. 증조부는 조선조 예학의 대가인 사계(沙溪) 김장생(金
長生), 종조(從祖)는 신독재(愼獨齋) 김집(金集)이며, 그의 아버지는 청나라가
침입했을 때 23세의 나이로 자결한 충렬공 김익겸(金益謙)이다. 또한 그의 형
김만기는 숙종의 첫 번째 비인 인경왕후의 아버지로 광산부원군에 봉해졌다.
어머니 쪽 역시 당대 명문가인 파평 윤씨로 외조부는 한성판윤을 지냈고 거슬

러 올라가면 선조와도 인연이 닿는다. 이처럼 김만중이 살던 시대에 광산 김씨는 중세 권력의 핵심을 이루는 벌열(閥閱)로 숙종 연간에는 청풍 김씨, 여흥 민씨와 더불어 삼척(三戚)의 하나였다. 비록 유복자로 태어나 곤궁한 삶을 살았다고는 하나 최상층 문벌 가문의 일원으로서 정통 사대부로서의 삶을 이어나갔다.

29세 되던 1665년에 정시 문과에 장원급제하여 정언, 35세 되던 1671년에는 암행어사 임무를 수행한 뒤 부교리가 되었으며, 38세 되던 1674년까지 헌납, 부수찬 등을 지냈다. 39세 되던 1675년에 동부승지, 43세 되던 1679년에 예조참의, 47세 되던 1683년에 공조판서, 대사헌, 50세 되던 1686년에는 대제학에까지 이르렀다. 봉건시대 사대부들에게 가장 명예로운 직이었던 대제학, 곧 문형(文衡)을 맡게 되면서 봉건관료로서 김만중의 삶도 최고의 지점에 이르렀다. 하지만 이 해를 기점으로 50세 이후의 삶은 고난의 연속이었다. 51세 되던 1687년에는 숙종이 조사석(趙師錫)을 재상으로 임명하려 하자 "후궁 장씨의 어미가 조사석과 친하기 때문에 이런 벼슬을 받는다."는 소문을 전한 죄로 선천으로 유배됐으며, 53세 되던 1689년에 장씨 소생을 원자로 정하는 문제에 반대하다 이른바 기사환국(己巳換局)에 연루되어 남해로 다시 유배됐다. 게다가 광성부원군 김만기가 죽고, 숙부인 김익훈이 옥중에서 운명했으며, 아들과 조카가 진도와 제주, 거제에 유배되고, 54세 되던 1690년에는 어머니 윤씨가 별세하는 등 집안이 몰락의 나락으로 곤두박질치기에 이른다. 이런 돌이킬 수 없는 절망 때문이었을까? 김만중은 56세 되던 1692년 지병인 폐병으로 남해의 노도에서 숨을 거둔다.

중세 지배질서 속에서 벌열로서 핵심적인 정치권력을 행사하다가 돌연 풍비박산에 이르게 되는 삶의 굴곡은 〈구운몽〉의 그것과 너무도 닮아 있다. 2처 6첩을 거느린 대승상으로 세속적 욕망의 최대치를 실현하던 양소유가 돌연 적막한 성진으로 돌아온 것처럼 말이다. 그래서 양소유가 출장입상을 하고 여덟 여자를 차례로 취해서 성대한 가문을 일으킨 것을 바로 상층 사대부 계급의 일원이었던 김만중이 지닌 염원으로 보기도 한다. 즉 선천의 고달픈 유배지에서 다시 가문을 재건하고 정치권력의 핵심으로서의 복권은 김만중에게는 절실한 것이었고 이에 대한 바람을 〈구운몽〉으로 소설화했다는 것이다. 분명 그런 '가문창달'의 바람이 〈구운몽〉의 꿈속에 투영되어 있다.

하지만 '유교적 출세주의'가 여덟 여자를 차례로 취하는 애정에 초점이 맞춰져 있다는 것은 여러모로 납득하기 어렵다. 특히 김만중이 속해 있었던 서인은 송시열의 주장에서도 보듯이 주자(朱子)를 신봉하고 원칙 내지는 예(禮)에 집착하였던 바, 그 후 숱한 예송논쟁이 여기서 발단된다. 그렇다면 적어도 〈구운몽〉의 모습은 인간이 지니는 세속적 욕망추구와 도의 회복이라는 갈등 구조로 봐야 한다.

주지하다시피 17세기 사회는 임·병양란을 겪은 뒤 봉건체제가 심각하게 동요되기 시작했다. 민중의식의 성장이 두드러지는 한편 지배계층에서는 이를 제어하기 위해 보다 강화된 봉건적 덕목을 내세우게 되었다. 가문들의 결속이나 예송논쟁, 복상시비들은 이런 봉건명분의 강화를 의미한다. 곧 민중들의 세속적 욕구와 이를 제어하기 위한 봉건적 명분의 갈등이 심각하게 드러난 시기라 할 수 있다.

그러기에 〈구운몽〉에 드러난 갈등양상은 이런 점과 연관이 된다. 송시열로 대표되는 서인의 입장은 봉건적 명분 곧 도의 회복을 강력히 주장하였던 바, 김만중의 경우 이와는 일정한 거리가 있었다. 저 유명한 〈서포만필〉의 국문 선언, 나무꾼이나 물 긷는 아낙네의 민요가 사대부의 시가보다 뛰어나다는 평가는 바로 그런 입장의 표명이다.

소설가는 한시대의 바로메타고 나침반이라 한다. 그 시대의 실상이 어떤 지를 정확히 진단하고 전망을 제시해야 한다는 말이다. 김만중은 어느 누구보다도 당대의 실상을 정확히 지적했다. 그리하여 분출하는 세속적 욕구를 긍정했지만 자신의 정치적 입장이나 지위를 완전히 떠날 수는 없었다. 민중의 세속적 욕구를 따를 수도, 그렇다고 보수적인 서인의 정치적, 철학적 입장만을 대변할 수도 없었다. 이 흔들리는 벌열층의 계급적 갈등이 바로 〈구운몽〉을 통해서 나타난 것이다. 세속적 욕망을 향해서 질주하지만 또한 머뭇거리기도 한 것이다.

이런 사정은 남해 유배지에서 창작된 〈사씨남정기(謝氏南征記)〉에도 그대로 나타난다. 본부인 사정옥과 첩인 교채란의 갈등은 바로 명분과 욕망의 대결인 것이다. 놀라운 것은 교채란 욕망추구가 도덕적 명분을 압도할 정도로 강하다는 것이다. 교씨는 이른바 악인의 전형일 터인데, 쉽게 패배하지 않고 본부인 사씨를 쫓아내고, 유한림까지 귀양 보내기에 이른다. 이 강포한 악행의 반복은 무엇인가? 봉건적 혹은 도덕적 명분으로 제어할 수 없는 현실의 힘이다. 결국 작품은 유한림이 귀양에서 풀려나고 교씨의 악행이 드러나 처벌되는 것으로 마무리 되지만 〈구운몽〉의 '깨달음'처럼 현실적 필연성이 미약하다. 악인인 교씨는 욕망을 추구하는 현실적 인물이지만 선인인 사씨는 그저 명분만을 따르기 때문이다. 이런 점에서 보면 교씨가 훨씬 생동감이 있고 매력적(?)이다. 이야기 속에서 교씨는 살아있는 인물인데 비해 사씨는 죽어있다. 〈구운몽〉에서 양소유의 욕망추구나 〈사씨남정기〉에서 교씨의 욕망은 바로 당대 봉건적 동요를 뚫고 분출하는 민중들의 세속적 욕망추구에 대한 요구이다. 이것이 임병양란 후 현실의 모습이었다. 이런 점에서 김만중은 현실을 중시한 사실주의적인 창작태도를 견지했던 작가인 셈이다.

[서포 김만중 연보]

1637년 (1세, 인조 15년) 2월 10일 오시(午時). 강화에서 서울로 가던 나룻배 안에서 태어나다.

1639년 (3세, 인조 17년) 모부인 윤씨에게서 글을 배우기 시작하다.

1644년 (8세, 인조 22년) 경서(經書)와 사기(史記)를 배우다. 형 김만기(1633~1687)와 함께 시짓기를 익히다.

1650년 (14세, 효종 2년) 진사(進士) 초시에 합격하다.

1652년 (16세, 효종 4년) 연안 이씨와 결혼하다.

1656년 (20세, 효종 8년) 별시 초시에 부(賦)로 합격하다.

1662년 (26세, 현종 4년) 증광(增廣) 초시에 표(表)로 합격하다.

1665년 (29세, 현종 7년) 정시(庭試)에 장원급제하다. 성균관 전적 · 예조좌랑에 차례로 임명되다. 〈단천절부시(端川節婦詩)〉를 짓다.

1668년 (32세, 현종 10년) 교리 · 헌납에 차례로 임명되다.

1674년 (38세, 숙종 원년) 1월에 강원도 금성현(현 고성)으로 3개월 간 유배되었다가 풀려나다.
헌납 · 이조정랑에 차례로 임명되다.

1675년 (39세, 숙종 2년) 호조참의 · 병조참지 · 승정원 동부승지에 차례로 임명되다.

1686년 (50세, 숙종 13년) 우참찬 · 좌참찬 · 홍문관 및 예문관 대제학에 차례로 임명되다.

1687년 (51세, 숙종 14년) 조사석에 관한 소문을 전한 죄로 9월 14일 평안도 선천(宣川)으로 유배되다. 이듬해 11월까지 유배생활을 하다. 모부인의 외로움을 위로하기 위해 〈구운몽(九雲夢)〉을 짓다.

1689년 (53세, 숙종 16년) 2월 8일 기사환국(己巳換局)에 연루되어 투옥되다. 3월 7일 남해로 유배되다. 유배지 노도에서 〈사씨남정기(謝氏南征記)〉를 짓다.

1690년 (54세, 숙종 17년) 모부인이 지난 해 12월에 별세했다는 말을 듣고 기절하다. 8월에 〈비정경부인행장(妣貞敬夫人行狀)〉을 짓다.

1692년 (56세, 숙종 19년) 4월 30일 지병인 폐병으로 별세하다.

[참고 문헌]

김병국, 『서포 김만중의 생애와 문학』, 서울대학교 출판부, 2007.

박일용, 「인물 형상을 통해 본 구운몽의 사회적 성격과 소설사적 위상」, 『정신문화연구』 44호, 한국정신문화 연구원, 1991.

정규복 외, 『김만중 문학 연구』, 국학자료원, 1993.

정길수, 『구운몽 다시 읽기』, 돌베개, 2010.

정출헌, 「구운몽의 작품세계와 그 이념적 기반」, 『고전소설사의 구도와 시각』, 소명출판사, 1999.

〈구운몽(九雲夢)〉

1회, 성진, 석교에서 팔선녀를 만나다

천하에 이름난 산 다섯이 있다. 동쪽의 태산(泰山), 서쪽의 화산(華山), 남쪽의 형산(衡山), 북쪽의 항산(恒山), 가운데 숭산(崇山)이 바로 이 다섯 산이다. 그중 형산이 가장 먼 곳에 있는데, 형산의 다섯 봉우리 중에서 연화봉은 산세가 높아 구름이 그 참모습을 가리고 있고 안개가 그 허리를 감싸고 있어서 날씨가 깨끗하고 햇빛이 맑지 않으면 그 본래의 모습을 볼 수 없었다. 당나라 때 어느 고승이 옛날의 인도인 천축국에서 중국에 들어왔다. 고승은 형산의 빼어난 경치를 사랑하여 연화봉 위에 띠로 엮은 암자를 짓고 살았다. 그러고는 대승 불법으로 중생을 가르치고 귀신을 다스리니, 불교가 크게 일어나 사람들이 공경하여 믿고 따라 '부처가 세상에 다시 나셨다.'고 했다. 부자는 재물을 바치고, 가난한 사람은 힘을 내어서 첩첩이 쌓인 산봉우리를 깎고 끊어진 골짜기에 다리를 세우며, 집 지을 나무를 모으고 일꾼을 써서 절을 세우니 그윽하고 고요한 경치가 대단히 아름다웠다.

그 절에는 육관 대사라는 스님이 있었는데, 『금강경』을 열심히 공부했다. 제자 육백 명 가운데 계율을 잘 지켜 신통력을 얻은 중이 삼십여 명 있었는데, 그 가운데 성진이라는 어린 중은 용모가 얼음과 눈처럼 밝고 정신은 가을 물처럼 맑아서 나이 스물에 벌써 읽지 않은 경전이 없었다. 성진의 총명하고 지혜롭기가 여러 중 가운데서 단연 뛰어나 대사가 지극히 사랑하고 소중히 여겨서 장차 자기의 도를 잇게 하리라 생각했다.

육관 대사가 제자들에게 큰 법을 가르칠 때, 동정호의 용왕이 흰 옷을 입은 노인의 모습을 하고서 그 자리에 참석하여 듣곤 했다. 육관 대사는 이에 대한 답례로 감사한 마음을 전하려 성진을 동정호에 보냈다.

성진이 떠난 얼마 뒤에 남악의 위 부인이 보낸 팔선녀가 육관 대사를 방문했다. 팔선녀가 차례로 들어와 대사의 자리를 세 번 돌며 신선의 꽃을 뿌리고 나서 무릎을 꿇고 위 부인의 말씀을 전했다.

"스님께서는 산 서쪽에 계시고 저는 산 동쪽에 있어 사는 곳이 가깝고 먹고 마시는 것도 비슷한데 아직 한 번도 가르침을 들은 적이 없으니, 지혜가 부족해 이웃을 사귀는 도리를 어겼습니다. 이에 계집종들을 보내 안부를 여쭙고 신선의 과일과 칠보와 비단을 드려 보잘것없는 정성을 표하고자 합니다."

이에 육관 대사는 팔선녀에게 음식을 대접한 뒤 고마운 뜻을 전해 돌려보냈다. 팔선녀가 돌아가는 길에 연화봉을 구경하기로 했다. 천천히 걸어 올라 폭포의 근원을 굽어보고 언덕을 따라 물줄기를 좇아 내려가다가 돌다리 위에서 잠시 쉬니, 때는 춘삼월이었다. 수풀 꽃은 일제히 피고 안개는 자욱하여 마치 비단을 펴 놓은 듯했고, 골짜기의 새들이 다투어 지저귀니 그 아름다운 소리가 관현악을 연주하는 듯했다. 봄바람은 사람을 들뜨게 하고 봄 경치는 사람의 마음을 끌어 오래도록 머물게 했다.

팔선녀가 돌다리에 걸터앉아 계곡물을 굽어보니 물줄기가 모여 맑은 연못을 이룬 것이 하도 깨끗하고 맑아서 마치 새로 산 거울 같았다. 푸른 눈썹과 붉게 화장한 얼굴이 물에 비쳐 마치 한 폭의 미인도가 걸린 듯했다. 스스로 그 그림자를 사랑하여 차마 자리에서 일어나지 못하고, 저녁노을이 산 고개를 넘고 땅거미가 수풀에서 일어나는 줄 미처 깨닫지 못했다.

한편 성진은 동정호에 이르러 유리같이 고운 파도를 헤치고 용궁으로 들어갔다. 용왕이 크게 기뻐해 궁문 밖에까지 나아가 성진을 맞이했다. 성진이 엎드려 육관 대사의 감사하는 말씀을 전했다. 용왕이 공손히 듣고 큰 잔치를 베풀어 대접하니 진귀한 과일과 신선의 나물 들은 풍요롭고 깨끗하여 맛이 대단히 좋았다. 용왕이 몸소 잔을 잡아 성진에게 권하니, 성진이 굳이 사양하면서 말했다.

"술은 성품을 망가뜨리는 약이나 마찬가지여서 불교에서 크게 경계하는 바입니다. 감히 마시지 않겠습니다."

"그걸 내가 어찌 모르겠나. 다만 이 술은 인간의 술과는 달라서 사람의 기를 고르게 할 뿐 마음을 방탕케 하지 않으니, 스님은 어찌 내 성의를 생각지 않는가?"

성진이 성의를 거절할 수 없어서 연거푸 석 잔을 마셨다. 성진이 용왕을 하직하고 용궁을 나와 바람을 타고 연화봉을 향해 오다가, 산 밑에 이르자

자못 술기운이 얼굴에 나타나고 어지러워 스스로를 탓하면서 말했다.

"스승님께서 만약 내 얼굴에 가득 찬 술기운을 보신다면 어찌 놀라 꾸짖지 않으시겠는가?"

성진은 즉시 냇가로 가서 옷을 벗어 모래 위에 놓고 손으로 맑은 물을 움켜쥐어 취한 얼굴을 씻었다. 그때 이상한 향내가 코를 스쳐 지나가는데, 난초나 사향의 냄새도 아니고 풀과 대나무의 냄새도 아니었다. 기분이 좋아지고 모든 나쁜 생각이 사라져서 말로 표현할 수 없을 지경이었다.

'이 계곡 위에 어떤 기이한 꽃이 있기에 이처럼 강렬한 향내가 물을 따라 내려올까? 올라가서 찾아봐야겠다.'

이때 팔선녀가 돌다리에 앉아 놀고 있다가 성진과 마주쳤다. 성진이 지팡이를 내려놓고 합장하면서 말했다.

"저는 육관 대사의 제자인데, 스승님의 명을 받아 산을 내려갔다가 이제 절로 돌아가는 길입니다. 돌다리가 매우 좁은데다가 낭자들이 앉아 계셔 건너지 못하겠으니 잠시 걸음을 옮겨 길을 좀 내어 주시기 바랍니다."

"저희는 위 부인의 계집종인데, 위 부인의 명을 받아 육관 대사께 안부를 묻고 돌아가다가 여기에서 잠시 머물게 되었습니다. 『예기』에, '길을 갈 때 남자는 왼쪽으로 가고, 여자는 오른쪽으로 간다.' 하니, 이 다리가 원래 좁은데다가 저희가 먼저 앉았는데 스님께서 다리를 지나시겠다는 건 예에 맞지 않습니다. 다른 길을 찾아보십시오."

"계곡물이 깊고 다른 길이 없는데, 어찌 저로 하여금 다른 곳으로 가라 하십니까?"

"옛날 달마 대사는 갈댓잎을 타고 큰 바다를 건넜는데, 스님께서 육관 대사께 도를 배웠으면 반드시 신통력이 있을 것입니다. 이 작은 냇물을 건너는 게 뭐 그리 어렵다고 아녀자들과 길을 다투십니까?"

"낭자들의 뜻을 보니 아마 행인에게서 길 값을 받으려고 하시는 것 같습니다. 저는 본래 돈은 없고 마침 구슬 여덟 개가 있으니 이것으로 길 값을 드리겠소이다."

성진이 복숭아꽃 한 가지를 꺾어 선녀들 앞에 던지니 네 쌍의 붉은 꽃봉오리가 즉시 구슬이 되어 상서로운 빛이 땅과 하늘을 가득 채우고 비추어 마치

조개 속에서 갓 나온 진주 같았다. 팔선녀가 각각 한 개씩을 주워 성진을 돌아보며 빙그레 웃고는 몸을 솟구쳐 바람을 타고 날아가 버렸다. 성진이 돌다리에 우두커니 서서 머리를 들어 멀리 바라보니, 한참 있다가 구름은 흩어지고 향기로운 바람은 모두 사라져 마치 무엇을 잃은 듯 멍했다.

급히 돌아와 용왕의 말씀을 육관 대사께 보고하자 대사가 늦게 돌아왔다고 꾸짖으니 성진이 대답했다.

"용왕이 후하게 대접하고 하도 간절하게 만류하여 인정상 감히 옷을 떨치고 나올 수가 없었습니다."

육관 대사가 대답하지 않고 물러가 쉬게 했다.

성진이 선방으로 돌아오니, 날은 이미 어두워졌는데 팔선녀를 본 뒤부터는 그 고운 음성이 아직도 귓가에 쟁쟁하고, 아름다운 모습이 눈앞에 아른아른하여 잊으려 해도 도저히 잊을 수가 없으며, 생각지 않으려 해도 저절로 생각이 났다. 성진은 정신이 황홀하여 어쩔 수 없어서 단정히 앉아 눈을 감고 마음속으로 생각했다.

'남자가 세상에 태어나 어려서는 공자와 맹자의 글을 읽고 자라서는 요순 같은 임금을 만나 싸움터에 나가면 대장군이 되고 조정에 들어서면 관리의 우두머리가 되어 비단 도포를 입고 임금에게 충성하고 백성을 이롭게 하며, 눈으로는 고운 빛을 보고 귀로는 오묘한 소리를 들어 당대에 영화를 누릴 뿐 아니라, 죽은 뒤에도 이름을 남기는 것이 대장부의 일인데, 슬프다!

우리 불교에서는 단지 한 그릇 밥과 한 병의 물과 몇 권의 불경과 백팔 염주뿐이로구나. 그 도가 비록 높고 깊지만 적막하기가 너무 심하다. 도를 깨닫고 대사의 법통을 이어받아 연화봉 위에 꼿꼿이 앉았다 한들, 결국 한 줌의 재와 한 줄기 연기로 사라지고 말면 어느 누가 내가 세상에 났던 줄 알겠는가?'

성진이 이리저리 생각하면서 잠을 이루지 못하고 밤이 깊었다. 눈을 감으면 팔선녀가 갑자기 앞에 늘어서 있고, 놀라 깨어 눈을 뜨면 보이지 않았다. 성진은 드디어 크게 깨달아 생각했다.

'불교의 공부는 마음과 뜻을 바로잡는 것이 으뜸이다. 내가 출가한 지 십 년이 되었지만 일찍부터 반점도 구차한 마음이 없었는데, 갑자기 부정한 마

음이 생겨 이제 이 지경까지 이르렀으니, 어찌 앞길에 방해가 되지 않겠는가?'

성진은 드디어 꿇어앉아 정신을 바로잡고 목에 건 염주를 굴리면서 고요히 일천 부처님을 불렀다.

이때 갑자기 동자가 창밖에서 불렀다.

"사형은 주무십니까? 스승님께서 부르십니다."

성진이 크게 깨달아 생각했다.

'스승님께서 깊은 밤에 재촉하여 부르시니 반드시 까닭이 있겠구나.'

이에 동자와 함께 바삐 대사가 계신 곳으로 가니, 대사가 모든 제자를 모아 놓고 엄숙하게 앉았다가 큰 소리로 꾸짖었다.

"성진아! 너는 네 죄를 알겠느냐?"

성진이 층계 아래로 엎어지며 대답했다.

"제가 스승님을 섬긴 지 십 년이 되었지만 아직껏 불순하고 공손치 못한 일을 한 적이 없으니, 저의 죄가 무엇인지 모르겠습니다."

"행실을 닦는 방법에 세 가지가 있으니, 몸과 말과 뜻이다. 네가 용궁에 가서 술 마시고 취하여 돌다리에 이르러 여자들과 만나 말을 주고받았고, 꽃가지를 꺾어 주며 희롱을 하였으며, 돌아와서까지도 잊지 못했다. 처음에는 미색을 탐하다가 드디어는 세속의 부귀영화에 마음을 빼앗겨 불교의 적막함을 싫어하니, 이는 세 가지 행실이 한꺼번에 무너진 것이다. 죄가 크다 하지 않을 수 없으니 더 이상 여기에 머무를 수 없다."

성진이 머리를 조아려 울며 말했다.

"스승님! 스승님! 제 죄가 큽니다. 그렇지만 술 마시지 말라는 계율을 어긴 것은 용왕이 억지로 권해서 마지못해 한 일이고, 팔선녀와 말을 나눈 것은 단지 길을 빌리기 위함이지 다른 뜻은 없었는데 무슨 부정한 일이 있었겠습니까? 그리고 선방에 돌아와서도 비록 나쁜 생각이 싹텄지만 곧바로 그릇되었음을 깨달았고, 착한 마음이 일어나 후회하여 마음을 바로잡았습니다. 제자에게 죄가 있다고 해도 스승님께서 종아리 쳐 경계하시지 어찌하여 물리쳐 쫓아내려 하십니까? 제가 열두 살에 부모를 버리고 친척을 떠나 스승님께 귀의하고자 머리를 깎았으니, 의리로 말한다면 저를 낳으시고 키워주신 것이나 다름없고, 정으로 말한다면 자식이나 마찬가지입니다. 이곳 연

132

화도량이 제 집인데 여기를 버리고 어디로 가라고 하십니까?"

"네가 스스로 가고자 하기에 내가 가게 하는 것이지, 네가 정말로 여기에 머물고자 한다면 누가 너를 가게 하겠느냐? 네가 어디로 가냐고 묻는데, 네가 가고자 하는 그곳이 바로 네가 갈 곳이다."

대사는 이어 큰 소리로 말했다.

"황건역사야, 어디 있느냐?"

별안간에 공중에서 장수가 내려왔다.

"너는 이 죄인을 데리고 지옥에 가서 염라대왕에게 내어 주고 오너라."

성진이 눈물을 비 오듯 흘리면서 말했다.

"옛날 부처님의 제자 아난존자는 창녀와 몸을 섞었지만, 부처님은 벌을 주지 않고 설법으로 가르치셨습니다. 제가 비록 죄를 지었지만 아난존자와 비교하면 죄가 무겁지 않은데, 어찌하여 지옥으로 가라 하십니까?"

"아난존자는 요술에 빠져 창녀를 가까이했지만 마음만은 어지럽히지 않았다. 그런데 너는 속세의 부귀영화를 흠모하는 생각까지 가졌으니 죄가 크다. 어찌 윤회하는 벌을 피할 수 있겠느냐?"

성진이 울부짖기만 할 뿐 저승으로 갈 뜻이 없자, 육관 대사가 위로했다.

"마음이 깨끗하지 않으면 비록 산중에 있을지라도 도를 이루기가 어렵다. 근본을 잊지 않는 한 비록 속세에 있어도 돌아올 길이 있을 것이다. 네가 만약 돌아오고자 하면 내 몸소 데려올 것이니 의심치 말고 떠나거라."

성진이 할 수 없이 불상과 스승에게 절하고 여러 동문들과 이별한 뒤 황건역사를 따라 저승으로 향했다.

성문을 지키던 병사가 어찌 왔는가를 물었다. 황건역사가 육관 대사의 뜻을 받들어 죄인을 데려왔노라고 하자, 즉시 길을 열어 주었다. 곧바로 염라대왕의 궁전에 이르니 염라대왕이 물었다.

"성진아, 너는 머지않아 큰 도를 이루어 중생들이 모두 은덕을 입을 것이라 생각했는데, 무슨 일로 잡혀 왔느냐?"

성진이 크게 부끄러워하며 대답했다.

"제가 길에서 우연히 남악의 팔선녀를 만나 한때 마음을 억제하지 못하고 세상의 부귀영화를 그리워한 죄로 이렇게 끌려왔습니다."

염라대왕이 곧바로 성진의 죄를 결단하려 할 때, 병사들이 아뢰었다.

"황건역사가 육관 대사의 명령을 받아 여덟 죄인을 잡아 왔습니다."

성진이 이 말을 듣고 매우 놀랐다. 염라대왕이 죄인들을 불러들이자, 남악의 팔선녀가 들어와 마루 아래에 무릎을 꿇으니 염라대왕이 물었다.

"남악 선녀들아, 선가에는 무궁한 경치와 쾌락이 있는데 어찌하여 여기로 끌려왔느냐?"

팔선녀가 부끄러워하며 대답했다.

"저희는 위 부인의 명령을 받아 육관 대사께 문안드리고 돌아가다가 성진 스님을 만나 말을 주고받은 일이 있습니다. 대사께서는 저희가 부처님의 맑은 땅을 더럽혔다 하여 저희를 이리로 보냈습니다. 저희의 생사고락이 오직 대왕님 손에 달렸으니, 자비를 베푸시어 부디 좋은 땅에서 태어나게 해 주십시오."

염라대왕이 저승사자를 불러 아홉 명 모두를 인간 세상으로 보내니, 갑자기 거센 바람이 일어나 모든 사람들을 공중으로 날아 올려 사면팔방으로 흩어지게 했다.

16회. 양소유, 인생무상을 느껴 본디 온 곳으로 돌아가다

양소유의 두 부인과 여섯 낭자가 서로 수족같이 친했고, 양소유의 사랑도 한결같았다. 이것은 그들의 덕성이 좋아서 그렇기도 했지만, 사실은 당초에 남악에서 아홉 사람이 바라던 바기도 했다.

하루는 두 부인이 상의한 뒤에 말했다.

"옛적에는 자매들이 한 낭군에게 시집을 갔는데, 그중에는 처도 있고 첩도 있었소. 지금 우리들은 비록 성씨는 다르지만, 서로 자매로 지냅시다."

두 부인이 여섯 낭자를 데리고 관세음보살상 앞에 나아가 향을 태우고 아뢰었다.

"제자 정경패, 이소화, 진채봉, 가춘운, 계섬월, 적경홍, 심요연, 백능파는 삼가 관세음보살님께 아룁니다. 저희 여덟 사람은 비록 다른 집안에서 태어났지만, 자라서는 한 사람을 섬기게 되었으며 마음은 서로 하나입니다. 마치

한 나무에 달린 꽃이 바람에 날리어 어떤 것은 구 중궁궐에 떨어지고, 어떤 것은 규중에 떨어지고, 어떤 것은 시골에 떨어지고, 어떤 것은 길거리에 떨어지고, 어떤 것은 변방에 떨어지고, 어떤 것은 강남에 떨어졌으나, 그 근본을 따진다면 어찌 다를 것이 있겠습니까.

오늘부터 자매가 되어 죽고 살고 괴롭고 즐거운 모든 것을 함께하고자 합니다. 혹시 다른 마음을 품은 자는 천지가 용서치 않을 것입니다. 엎드려 바랍니다. 관세음보살님께서는 복을 내려 주시고 재앙을 제거하여 주셔서 백 년 뒤에 함께 극락세계로 돌아가게 해 주십시오."

이 뒤로도 여섯 사람은 비록 명분을 지켜 감히 자매라고 부르지는 못했지만, 두 부인은 항상 서로를 누이라고 부르니 은혜로운 마음 씀이 매우 지극했다. 여덟 사람이 각각 자녀를 두었는데, 두 부인과 가 춘운, 심요연, 적경홍, 계섬월은 아들을 두었고, 진 숙인과 백능파는 딸을 두었다. 모두 한번 낳아 기른 뒤에는 다시 잉태하지 않았으니, 이것도 또한 보통 사람과 다른 점이었다.

이때 천하가 태평하고 조정에 큰일이 없었다. 양소유가 나가면 천자를 모시고 상림원에서 사냥하고, 들어오면 대부인을 모시고 북당에서 잔치하면서 보냈다. 양소유가 재상의 자리에 오른 지 이미 수십 년이 흘렀다. 유 부인과 정 사도 부부는 장수를 한 뒤 별세했고, 양소유의 여러 아들은 조정에 나아가 벼슬을 했으며, 딸들은 고위 관리들과 혼인을 했다.

양소유가 한 서생으로서 자신을 알아주는 임금을 만나 국가의 위기와 난리를 극복하고 태평한 세상을 이루었다. 곽분양과 부귀공명이 똑같았지만, 곽분양은 나이 육십에 비로소 재상이 되었으나 양소유는 이십에 재상이 되었으며, 재상의 직위를 누린 햇수는 곽분양보다 길었다. 양소유가 스스로, '재상의 직위에 있은 지 오래되고 가문도 아주 번성하다.' 하고 생각해 상소하여 관직을 떠나 늘그막을 한가하게 보내기를 청하자 천자가 답을 내렸다.

"경의 공훈이 세상을 덮었고 은택이 백성에게 가득히 미치니, 국가가 의지하고 과인이 우러른 바다. 예전에 강태공과 소공은 나이 백 살에도 오히려 성왕과 강왕을 보좌하였다. 지금 경의 풍채는 예전 옥당에서 조서를 지을 때와 같고, 정신은 위교에서 도적을 칠 때와 같으니, 마음을 되돌려 요순시절과 같은 태평스러운 세상을 만들도록 하라. 상소한 청은 허락하지 않는다."

양소유는 본래 부처님의 뛰어난 제자였고, 여러 낭자도 남악의 여자 신선들이어서 받은 기운이 신령스러웠다. 더구나 양소유는 남전산 도인의 신선 비방을 받아서, 나이가 비록 들었지만 이 아홉 사람의 용모는 젊을 적보다 더 아름다우니 사람들이 신선인가 의심하기도 했다. 양소유가 다시 여러 차례 상소하니 천자가 불렀다.

"경의 뜻이 이와 같으니 짐이 어찌 높은 절개를 이루어 주지 못하겠는가. 다만 경이 너무 멀리 떠나 있으면 국가에 큰일이 있을 때 의논하기 어렵고, 황태후께서 세상을 떠나신 뒤에 난양과 떨어져 있기 더욱 어렵다. 도성의 남쪽 사십 리 되는 곳에 취미궁이 있으니, 늘그막에 노닐기에는 제일 좋다. 이제 경에게 주어 거처로 삼게 하노라."

양소유가 성은에 감격하여 머리를 조아려 사은하고 취미궁으로 이사했다. 이 궁전은 종남산 가운데 있었는데, 누각이 아름답고 경치 또한 뛰어나 봉래산의 경치 그대로였다.

양소유가 정전을 비워 조서와 천자가 지은 시와 문장 들을 모셔 두고 나머지 누각과 망루에 여러 낭자가 나누어 살게 했다. 낭자들은 날마다 양소유를 모시고 물가를 거닐거나 매화를 따르면서 시를 지어 구름 두른 절벽에 새기고 거문고를 타면서 소나무에 바람 스치는 소리에 화답하니, 맑고 한가로운 복은 다른 사람이 더욱 부러워하는 바였다.

양소유가 한가롭게 지낸 지도 어언 몇 해가 지났다. 팔월 스무날은 양소유의 생일이었다. 여러 자녀가 모두 모여 십 일 동안 계속해서 잔치를 여니, 그 화려한 모습과 아름다움은 옛날에도 듣지 못한 것이었다.

잔치가 끝나고 여러 자녀가 모두 흩어져 돌아간 뒤에 국화 피는 계절이 돌아왔다. 국화 무늬는 누렇게 되고 산수유 열매는 검붉게 열리니, 바로 등고하는 때였다. 취미궁의 서쪽에 높다란 누각이 있었는데, 그 위에 올라가면 팔백 리 땅이 마치 손바닥 들여다보듯 훤하게 보이니, 양소유가 가장 사랑하는 곳이었다. 그날도 두 부인과 여섯 낭자가 대에 올라 국화를 머리에 꽂고 가을 경치를 즐겼다. 입은 팔진미도 물렸고 귀는 관현악 소리에 싫증이 난 터라, 가춘운에게 과일을 들게 하고 계섬월에게는 옥호리병을 가져오게 하여 조용하게 국화주를 마시고, 처첩도 차례로 마셨다.

이윽고 지는 해는 곤명지에 떨어지고 구름 그림자가 땅에 드리웠다. 눈을 들어 한번 바라보니 가을빛이 아득히 펼쳐졌다. 양소유가 옥퉁소를 쥐고 두어 곡조를 불자 흐느끼는 듯 애원하고 호소하는 듯 사념에 잠기니, 마치 한숨을 쉬는 듯했다. 여러 미인이 쓸쓸하여 슬픈 기색을 띠었다.

두 부인이 옷깃을 여미고 물었다.

"승상은 공훈과 명성을 이미 이루었고 부귀도 지극하니, 만민이 부러워하고 천고에 듣지 못한 일입니다. 좋은 시절을 만나 풍경을 감상하면서 향기로운 술을 가득 붓고 미인도 옆에 있어 즐거운데, 퉁소 소리가 어찌 이처럼 구슬픈지요?"

양소유가 퉁소를 내려놓고 부인과 낭자 들을 불러 난간에 의지하여 손을 들어 가리키면서 말했다.

"북쪽을 바라보면 평평한 들판에 무너진 언덕이 있는데 석양이 마른 풀을 비추었으니, 이곳이 바로 진시황의 아방궁 터라오. 서쪽을 바라보면 바람이 구슬피 찬 숲에 불고 저녁 구름이 빈산을 덮었으니, 이곳이 바로 한 무제의 무릉이오. 동쪽을 바라보면 분칠한 성벽이 청산을 둘렀고 붉은 용마루가 반공중에 은은한데 밝은 달은 제 홀로 왔다 갔다 하되 옥난간에 의지해 보는 사람이 없으니, 이곳이 현종 황제가 양 귀비와 놀던 화청궁이라오. 이 세 임금은 천고의 영웅으로 온 세상을 자기 집으로 삼고 모든 백성을 신하로 삼았는데, 지금 다들 어디에 있소?

나는 회남 땅 초라한 선비로서 성스러운 천자의 은혜를 입어 벼슬이 장수요 재상에 이르렀고, 또 여러 낭자와 서로 따르는 은정은 백 년이 하루같이 똑같았으니, 만약 전생의 인연이 아니면 어찌 이렇게까지 될 수 있었겠소? 사람살이는 인연으로 만났다가 인연이 다하면 각각 제 갈 데로 돌아가는 것이 영원한 이치라오.

우리들 백 년 뒤에 높은 대는 이미 무너지고, 굽은 연못은 이미 메워지며, 노래하고 춤추던 곳은 마른 풀에다 황폐한 안개 서린 곳으로 변해 나무꾼이며 소 치는 아이들이 오르내리면서, '이곳이 양 승상이 여러 낭자와 노닐던 곳이다. 승상의 부귀와 풍류며 여러 낭자의 옥 같은 모습과 꽃 같은 태깔은 지금 어디에 있는가.' 하고 한탄한다면 인생이 어찌 덧없지 않겠소.

천하에는 유교와 도교와 불교의 삼교가 있으니, 유교는 살았을 때 좋은 길잡이가 되지만 죽은 뒤에는 이름만 남길 뿐이요, 도교는 허황하여 예부터 도를 얻은 자가 드물지요. 내 나이 들어 벼슬에서 물러난 뒤에 밤에 잠이 들면 늘 부들방석 위에서 참선하는 내 모습을 보니, 분명 불교와 인연이 있는 듯하오.

내 이제 집을 버리고 스승을 구하러 남해를 건너 관세음보살을 찾고 오대산에 올라 문수보살을 만나서, 태어나지도 않고 죽지도 않는 도를 얻어 티끌 세상의 괴로움과 즐거움을 뛰어넘으려고 하오. 여러 낭자와 반평생을 함께했는데 하루아침에 이별하려 하니, 슬픈 마음이 저절로 곡조에 나타났는가 보오."

여러 낭자들이 이 말을 듣고 감동해 말했다.

"상공께서 부귀하고 번화한 가운데서도 이렇게 깨끗하고 맑은 마음을 얻으셨으니 훌륭하십니다. 첩들 자매 여덟 사람은 규중 깊은 곳에서 향을 피우고 예불을 드리면서 상공께서 돌아오시길 기다리겠습니다. 상공께서는 이번 길에 밝은 스승과 은혜로운 벗을 만나 큰 도를 얻으시고, 도를 얻은 뒤에는 첩들을 먼저 인도해 주십시오."

"아홉 사람의 뜻이 참 좋소이다. 내일 길을 떠날 것이니, 오늘은 여러 낭자와 함께 만취해 봅시다."

"첩들이 각각 한 잔씩을 받들어 상공을 보내 드리겠습니다."

잔을 씻어 술을 따르려고 하는데, 갑자기 돌길에서 지팡이를 두드리는 소리가 났다.

눈썹이 멋지고 눈은 맑아 모습이 대단히 뛰어나 보이는 한 노승이 위엄스레 다가와 양소유에게 예를 올리며 말했다.

"산과 들에 사는 사람이 승상께 인사를 올립니다."

양소유가 보통 사람이 아님을 알아보고 황급히 답례하면서 말했다.

"스님께서는 어디에서 오셨습니까?"

노승이 웃으며 말했다.

"평생 본 사람을 승상이 알아보지 못하니, 귀한 사람은 뭔가 잘 잊어버린다는 말이 옳습니다그려."

양소유가 자세히 보니 과연 낯이 익었다. 문득 알아보고는 백능파를 돌아보며 말했다.

"전에 토번을 정벌할 때 동정 용궁에 갔다가 잔치를 파하고 돌아오는 길에 남악 형산에 놀러 간 적이 있습니다. 한 화상이 법좌에 앉아 불경을 강론하고 있었는데, 스님이 바로 그분이 아니십니까?"

노승이 손뼉을 치고 큰 소리로 웃으면서 말했다.

"옳습니다, 옳아요. 그러나 꿈속에서 잠깐 만나 본 일은 생각하면서도 십 년을 함께 살던 일은 기억하지 못하니, 누가 승상을 총명하다 하겠습니까?"

양소유가 어리둥절하여 말했다.

"제가 십오륙 세 전에는 부모의 슬하를 떠나 본 적이 없고, 십육 세에 급제하여 계속 벼슬살이를 했습니다. 동쪽으로는 연나라에 사신을 갔고, 서쪽으로는 토번을 정벌한 이외에 오랫동안 장안을 떠나 본 적이 없습니다. 그러니 언제 스님과 십 년을 함께 살았단 말입니까?"

노승이 웃으며 말했다.

"상공이 아직도 봄꿈에서 깨어나지 못했나 봅니다."

"그렇다면 스님께서는 저를 봄꿈에서 깨어나게 하실 수 있겠습니까?"

"어렵지 않습니다."

노승이 손에 든 지팡이를 들어 난간을 두드리니 갑자기 사방 산골짜기에서 구름이 일어나 누각을 둘러 감자, 어두컴컴해서 지척도 분간이 안 되었다.

양소유는 취한 듯 꿈속을 헤매는 것 같았다. 한참 만에 양소유가 큰 소리로 말했다.

"스승께서는 바른 방법으로 제자를 가르치지 않으시고 어찌 환술로 놀리십니까?"

말이 다 끝나기도 전에 구름이 모두 걷혔다. 주위를 살펴보니 호승과 두 부인, 그리고 여섯 낭자는 자취도 없이 사라지고 없었다. 아주 놀라고 당황해서 자세히 살펴보니 양소유 홀로 작은 암자의 부들방석 위에 앉았는데, 향로에는 불도 꺼졌고 해는 서산에 걸려 있었다. 양소유가 자기 머리를 만져 보니 머리칼은 새로 깎아서 남은 뿌리가 삐쭉삐쭉하고, 백팔 염주가 목에 늘어져 영락없는 젊은 중의 모습이지 승상의 위엄 있는 모습은 아니었다. 양소유는 정신이 아득하고 가슴이 뛰었다. 한참 만에 깨달아 보니, 자기는 연화도량의 성진이었다.

성진이 기억을 더듬어 보니 처음에 스승의 꾸지람을 듣고 풍도로 잡혀갔다가 인간 세상에 환생해 양씨 집 아들로 태어나고, 일찍이 장원 급제하여 한림학사의 관직에 올랐으며, 나가면 삼군의 장수요 들어오면 백관을 총괄했다. 그리고는 상소하여 물러나기를 청하여 모든 일을 떠나 한가롭게 지내면서 두 부인, 여섯 낭자와 함께 노래하고 춤추는 것을 보고 거문고 타는 것을 들으면서 단란하게 술을 즐겼다. 하지만 새벽부터 저물 때까지 놀던 것이 모두 한바탕 봄꿈 속의 일일 뿐이었다.

'이것은 분명 스승님께서 내가 헛된 생각을 가진 것을 아시고 인간 세상의 꿈을 빌어 부귀영화와 남녀의 정욕이 모두 허망한 것임을 알게 하려 하심이었구나.'

성진이 이렇게 생각하면서 급히 돌샘으로 가서 얼굴을 깨끗이 씻고 중의 옷을 단정히 입고 스승의 방으로 가니, 여러 제자가 이미 모두 모여 있었다.

대사가 큰 소리로 물었다.

"성진아! 인간 세상의 재미가 과연 어떻더냐?"

성진이 머리를 조아리고 눈물을 흘리면서 말했다.

"크게 깨달았습니다. 제자가 어리석어 마음을 바르지 먹지 못했으니, 스스로 지은 죄라 누구를 원망하며 누구를 탓하겠습니까. 응당 흠 많은 세상을 탓하면서 영원히 윤회하는 재앙을 받았을 텐데, 스승님께서 하룻밤의 꿈을 통해 제 마음을 깨닫게 하셨으니, 스승님의 큰 은덕은 비록 천만 겁이 지나더라도 갚을 길이 없습니다."

"네가 흥을 타고 갔다가 네 흥이 다해서 돌아왔는데, 내가 무슨 관여를 했다는 말이냐? 또 네가, '제자가 인간 세상의 윤회하는 일을 꿈으로 꾸었다.'라고 하는데, 이것은 네가 아직도 꿈과 인간 세상을 나누어서 둘로 보는 것이다. 그러니 너는 아직 꿈을 깨지 못했다. 장자가 꿈에 나비가 되었다가 나비가 또 변하여 장자가 되었다고 하니, 나비가 꿈에 장자가 된 것인가, 장자가 꿈에 나비가 된 것인가는 결국 구별할 수가 없었다.

어떤 일이 꿈이고 어떤 일이 진짜인 줄 알겠느냐. 지금 네가 성진을 네 몸으로 생각하고 꿈을 네 몸이 꾼 꿈으로 생각하니, 너도 몸과 꿈을 하나로 생각지 않는구나. 성진과 소유, 누가 꿈이며 누가 꿈이 아니냐?"

"제자가 어리석어 무엇이 꿈이고 무엇이 현실인지 분간하지 못하겠습니다. 스승님 설법으로 제자가 깨닫게 해 주십시오."

"내 『금강경』의 큰 법을 설법하여 네 마음을 깨닫게 해 주겠다만, 새로 오는 제자들이 있을 테니 조금만 기다려라."

말이 채 끝나기도 전에 대문을 지키는 도인이 들어와 고했다.

"어제 왔던 위 부인의 여덟 선녀가 와서 대사께 인사를 드리려고 합니다."

대사가 팔선녀를 불러오게 했다.

팔선녀가 대사 앞에 나와 합장하고 머리를 조아리며 말했다.

"제자들이 위 부인을 좌우에서 모셨지만 배운 것이 없습니다. 그래서 아직 그릇된 마음을 버리지 못하고 정욕이 잠깐 움직여 엄한 꾸지람을 받았습니다. 속세의 꿈을 깨우쳐 주는 이가 없었는데, 다행히 스승님의 자비를 입어 친히 오셔서 저희를 이끌어 주셨습니다. 어제 위 부인의 궁중에 가서 전날의 죄를 깊이 사죄하였습니다. 위 부인과 이별하고 불문에 돌아오려 하오니, 스승님께서는 옛 잘못을 흔쾌히 용서하시고 특별히 밝은 가르침을 내려 주십시오."

"여선들의 뜻은 비록 좋으나, 불법은 깊고도 멀어서 별안간에 배울 수 없는 것이다. 너그럽고 어진 도량으로도 큰 발원이 없으면 도를 이룰 수 없다. 선녀들은 잘 생각해서 처신하라."

팔선녀가 물러나서 얼굴의 연지분을 씻은 뒤 몸에 두른 비단옷을 벗어 버리고, 푸른 구름 같은 머리채를 잘라 버리고 다시 들어가 아뢰었다.

"제자들은 이미 모습을 변화시켰습니다. 스승님의 가르침 따르기를 게을리하지 않겠습니다."

"좋다! 지극한 정성이 이와 같으니 어찌 감동하지 않겠느냐."

육관 대사는 드디어 법좌에 올라 불경의 내용을 해설하며 설명했다. 그 경에, '백호의 광채가 세계에 퍼져 나가고, 하늘 꽃이 마치 소낙비처럼 내리더라.' 하는 등의 말이 있었다. 대사는 설법을 끝낼 즈음 네 구절의 게를 외웠다.

분별하는 마음에서 생겨난 모든 것은
꿈같고 환상 같고 거품 같고 그림자 같으며
이슬 같고 번개와도 같으니
마땅히 그렇게 보아야 한다.

성진과 팔선녀가 모두 본성을 단박에 깨닫고 적멸의 도를 크게 얻었다. 대사가 성진의 계행이 순수하고 원숙해진 것을 보고는 여러 제자를 모아 놓고 말했다.

"나는 본래 불교를 전도하려고 멀리서 중국에 들어왔다. 지금 이미 법을 전할 만한 제자를 얻었으니, 나는 이제 떠나야겠다."

대사는 가사와 바리때 하나와 정병과 지팡이, 그리고 『금강경』 한 권을 성진에게 주고, 드디어 서쪽으로 떠났다.

이 뒤로 성진이 연화도량의 대중을 이끌고 크게 교화를 펴니, 신선과 귀신이며 인간과 귀물이 성진 높이기를 마치 육관 대사에게 하듯 하였다.

여덟 비구니도 모두 성진을 스승으로 섬기고, 보살의 큰 도를 깊이 체득하여 마침내 모두 극락세계로 돌아갔다.

아아! 신기하구나!

(노존본/진경환 현대역)

제5장

병자호란의 치욕을 설욕하는 '여성'의 힘, 〈박씨전(朴氏傳)〉

1. 병자호란의 치욕, 그 과정과 결과

1936년(인조14)에 일어났던 병자호란(丙子胡亂)을 배경으로 다루고 있는 작품은 〈박씨전〉과 〈임경업전〉이 있다. 이 두 작품은 역사적 사건과 인물을 소설로 다루고 있어 '역사소설'이라 부를 수 있다. 전쟁은 기존의 모든 가치 기준을 무너뜨리기에 이런 엄청난 역사적 사건을 통해 거기에 대처하는 인간들의 모습을 그리고자 한 것이다. 〈박씨전〉은 허구적 인물 박씨를 주인공으로 하여 역사적 사실과 허구를 뒤섞어 놓았으며, 〈임경업전〉은 실존인물 임경업(林慶業, 1594~1646) 장군을 주인공으로 하여 비교적 역사 사실에 충실하게 기술되어 있다. 그런데 왜 병자호란을 문제로 삼았을까?

잘 알다시피 병자호란은 후금(後金)이 국호를 청(淸)으로 고치고 조선에 대해 '군신의 예'를 강요하며, 막대한 예물을 요구하자 인조가 이를 거부함으로 시작됐다. 청 태종은 1636년 13만 명의 병력을 거느리고 12월 2일 선양[瀋陽]을 출발하여 의주의 임경업이 이끄는 백마산성 수비군과의 결전을 피하고 한

성으로 직행했다. 청나라 군사들이 개성을 통과했다는 급보(急報)를 듣고, 종묘의 위패와 왕자, 비빈들을 강화도로 보낸 뒤 14일 오후 인조도 뒤따라가려 했으나 이미 청군이 양화진 일대에 진출해서 부득이 남한산성으로 피신했다.

　남한산성을 최후의 보루로 삼아 인조와 조선군은 1월 30일까지 45일간 항전했으나 식량난과 식수난이 심각한데다 청군의 대공세에 밀려 척화파(斥和派)들의 강력한 수성의지에도 불구하고 국왕의 출성항복이라는 청나라의 요구를 수락하기에 이른다. 1월 30일 인조는 마부대(馬夫大)와 용골대(龍骨大)가 전달한 청태종 국서의 열 가지가 넘는 조항을 수락하고 삼전도(三田度: 현재 잠실 석촌호수 부근)에 나아가 청나라 군사의 호령에 따라 세 번 절하고 아홉 번 머리를 조아리는 '삼배구고두(三拜九叩頭)'의 치욕적인 항복의식을 치른다. 명분을 중시하던 조선의 선비들이 이를 갈며 분개했던 이른바 '삼전도의 치욕'이다. 항복의 조항은 청나라에 대해 군신의 예를 지킨다는 것과 세자, 왕자 및 대신 자제를 청에 인질로 보낸다는 것, 청의 요청에 따라 필요시에 병력과 군량을 원조한다는 것 등이다. 이에 따라 소현세자와 봉림대군이 인질로 잡혀가고 김상헌 등의 척화파 주모자들이 끌려갔으며 수많은 사람들이 포로로 잡혀가게 되었다.

　참으로 처참한 패배고 씻을 수 없는 치욕이었다. 병자호란은 7년간이나 계속된 임진왜란과는 달리 불과 2개월 사이에 끝이 나 조선으로서는 제대로 손도 써보지 못한, 그야말로 순식간에 마무리 된 전쟁이었다. 더욱이 평소 오랑캐라 업신여기던 만주족에게 당한 패배이니 그 치욕은 한층 더 했다. 서인(西人)이 주축이 되어 일으킨 인조반정 이후 조선은 임진왜란 때에 우리를 도와준 명(明)나라에 대한 의리를 지킨다는 '존명배청(尊明排淸: 명나라를 높이고 청나라를 배척)'을 확고한 정치노선으로 삼고 있었으니, 국제정세를 제대로 파악하지 못한 탓도 있지만 만주족 오랑캐와는 결코 교류하지 않겠다는 유교적 대의명분에 입각한 자존심도 한 몫을 했다. 이 때문에 병자호란의 패배는 더 치욕적이고 씻을 수 없는 상처를 안겨주었다. 오죽했으면 호두를 오랑캐의 머리라는 뜻의 '호두(胡頭)'라 불러 이를 깨트렸겠는가.

2. 박씨의 변신과 활약

이런 배경 속에서 탄생한 작품이 바로 〈박씨전〉이다. 현실에서는 치욕적인 패배를 당했으나 허구를 통해서라도 이를 설욕하고자 했다. 그러기위해 역사적 사실에 저촉되는 실재 인물이 아닌 허구적 인물로 비교적 자유롭게 이야기 속을 누빌 수 있는 박씨를 내세워 그 역할을 맡겼다.

작품은 전반부와 후반부로 나눠지는데, 전반부에서 박씨는 역사와 조우하지 않고 설화 속 인물로 하늘의 액(厄)을 당해 형편없는 추녀(醜女)로 등장한다. 그 아버지인 박처사의 신통력을 알아본 시아버지 이득춘이 아들과의 혼사를 일방적으로(!) 정했기에 박씨가 이시백과 혼인하게 된 것이다. 그런데 그 모습이 추하기 짝이 없어 정상적인 부부관계가 이루어지는 것이 도저히 어려울 지경이었다. 작품에서는 박씨의 모습을 이렇게 전한다.

> 붉은 얼굴은 비바람에 오래 시달린 돌처럼 얽었고, 얽은 구멍에는 더러운 때가 가득차 있었다. 입과 코는 한데 닿아 있는데, 입은 두 주먹을 넣어도 남을 만큼 크고, 코는 깊은 산 속의 험한 바위 같았다. 눈은 달팽이 눈 같이 툭 불거져 이마는 메뚜기 이마 같았으며, 짧은 머리틸은 어지럽게 엉켜 있었다. 게다가 키는 팔 척 장신인데 한 팔은 뒤틀리고 한 다리는 저는 듯하니, 이런 인물은 두 번 다시 볼 수 없을 정도였다.

얼굴이 이러하니 시아버지와 남편도 "한 번 보고나서는 다시 볼 마음이 없어져 정신이 아찔해지며 두 눈이 저절로 감겼다." 한다. 이로 본다면 여성을 대하는 기준이 '아름다움'인 것은 동서고금을 막론하고 불변의 원칙인 것을 부인하기는 어렵다.

그런데 〈박씨전〉에서는 왜 박씨를 과도하게 흉측한 괴물로 만들어 버렸을까? 거가에는 분명 어떤 의도가 내재해 있을 것이다. 시아버지가 겨우 정신을 차려 이렇게 추한데도 구태여 나에게 출가시킨 이유가 있을 것이라며 분명 집안에 복이 될 거라고 믿는다. 박씨는 하늘의 액을 당해 허물을 쓰고 있어 겉은 흉측하지만 그 속은 진실한 아름다움을 지니고 있는데 시아버지는 미루어 짐작하지만 남편은 눈앞에 있는 것만을 보니 알 수가 없는 것이다.

1976~77년 TBC에서 방영된 〈별당아씨〉라는 드라마에서 박씨 부인이 허물을 벗는 장면이 엄청난 시청률을 기록했던 적이 있었다. 당시 유명배우 홍세미가 그 역할을 맡았는데 얼굴을 검은 보자기를 써서 가리고 있던 박씨가 돌연 미녀로 거듭나는 장면은 당시 시청자들의 시선을 온통 TV 앞으로 모이게 했다. 결과는 뻔한 데 사람들은 추녀가 미녀로 변하는 그 반전의 묘미를 보고 싶은 거였다.

후반부로 오면서 추녀인 박씨가 드디어 허물을 벗고 절세미녀로 거듭난다. "계화가 보니 추하고 더러운 아씨가 허물을 벗고 옥 같은 얼굴이며 달 같은 태도로 사람을 놀래며 향기가 방안에 가득한지라. 도리어 정신을 진정하여 보고 또 다시 보니 그 아름답고 고운 태도는 옛날 서시(西施)와 양귀비(楊貴妃)라도 미치지 못하겠더라."고 작품은 전한다. 그러자 박대하던 시어머니와 추하다고 잠자리를 같이 하지 않았던 남편은 물론 집안의 모든 사람들이 박씨를 따른다. 허물을 벗고 미녀가 됨으로써 많은 능력을 얻은 셈이다. 영화 〈미녀는 괴로워〉에서 미녀로 변한 여주인공에게 모두가 굴복하는 장면들을 연상시킨다. 본질은 그대로인데 단지 얼굴이 아름답다는 것만으로도 점수를 따고 들어가는 것이 오늘날에도 그렇지만 예전에도 피할 수 없는 현실이었는가 보다.

하지만 〈박씨전〉에서는 외모가 아닌 본질을 보라고 경고한다. 그것은 추녀인 박씨의 신통력을 통해서 이미 드러낸 바 있다. 하루 밤 만에 시아버지의 조복(朝服)을 만든다거나, 명마(名馬)를 알아보고 3백 냥에 사서 이를 키워 3만 냥의 재물을 얻는다거나, 꿈에 본 백옥연적으로 남편 이시백을 과거에 장원급제하게 한다거나, 피화당(避禍堂)을 짓고 나무를 심어 앞날의 변란을 대비하는 등의 일이 그것이다. 이런 일들을 수행했는데도 "여자로 태어난 것이 참으로 아깝"다고 하는 시아버지를 제외하고는 아무도 박씨의 진면목을 알아보지 못했다. 남편인 이시백도 부친의 명으로 할 수 없이 방에는 들어갔지만 박씨의 얼굴을 보는 순간 저절로 눈이 감겨 밤을 새우고 그대로 나오기가 일쑤였다고 한다. 결국 박씨가 거처하는 방 근처에도 가기 싫은 마음이 깊어졌다.

그런데 이런 박씨가 미녀로 바뀌자 가장 난처해진 것이 남편 이시백이었다. 평소 얼굴이 못나 가까이 하지 않다가 이제 미녀가 되니 마음은 동하지만 전날 자신이 했던 행동도 있고 해서 아주 곤란한 처지가 되었다. 겨우 박씨의 방에 들어갔지만 말도 제대로 꺼내지 못하고 가슴이 답답하여 숨도 제대로 쉬지 못할 지경이었다. 이런 남편에게 박씨는 이렇게 말한다.

조선은 예의의 나라라 했는데 사람이 오륜을 모르면서 어찌 예의를 알겠습니까? 당신은 아내의 얼굴이 못났다 하여 삼사 년을 거들떠보지도 않았습니다. 그러고도 감히 '부부유별(夫婦有別)'을 이야기할 수 있겠습니까? 옛사람이 이르기를 '조강지처는 불하당[糟糠之妻不下堂]'이라 했습니다. 당신이 이렇게 하고서 어찌 덕이 있다 하겠으며, 아내의 심정을 모르고서 어찌 출세하여 이름을 날리겠습니까? 나라를 위해 일한다는 것이 도리어 부질없습니다. 사람 보는 눈이 저러한데 어찌 효와 충을 알 것이며, 백성 다스리는 도리를 알겠습니까? 앞으로 효도와 충성을 다하지 못할 듯하니, 저 같은 아녀자의 마음으로 낭군 같은 남자들은 조금도 부럽지 않습니다.

인륜과 도덕을 중시하면서 본질을 보지 못하고 외모만 따지는 남성들의 속좁은 태도와 아내에게 배려가 전혀 없는 남성 위주의 조선 사회에 대하여 날카로운 비판을 해대고 심지어는 "낭군 같은 남자들은 조금도 부럽지 않"다고 일침을 가한다. 〈박씨전〉에서 추녀 박씨를 통해 말하고자 하는 바가 바로 사람의 본질을 제대로 보라는 것이다.

미녀로 변신한 박씨의 첫 번째 활약은 청나라 자객 기홍대(혹은 기룡대)를 처치하는 일이다. 청나라에서 병자호란을 일으키기 전에 이미 신인(神人)의 존재를 일찍부터 주목하고 이를 제거할 자객을 보낸 것이다. "요사이 천기(天機)를 보니, 조선 장안에 신인이 있어 비쳤으니, 임경업이 없더라도 도모키 어려운지라. 청컨대 이 신인을 없애면 경업은 두렵지 아니하여" 없애고자 했다. 하지만 박씨는 청나라 자객이 올 것을 미리 알고 준비하여 기홍대를 제압한다. 역사의 전면에 부각하여 이제 본격적으로 활약을 보이려 한 것이다. 그러니 청나라에서도 가장 부담스러운 존재로 여겼던 것이다.

그런데 어찌해서 이런 박씨의 능력으로 병자호란을 막지 못했을까? 하나는 청나라의 우회공격이다. 역사적 사실로도 청나라 군대는 백마산성에 주둔한 임경업군과의 대결을 피해 바로 한양으로 진격했다. 작품에서도 황해를 건너 바로 한양으로 들어온 것으로 그렸다.

또 다른 하나는 간신 김자점(金自點, 1588~1651)의 등장이다. 박씨가 병조판서인 남편 이시사백을 통해 병자호란을 막을 방도를 일러주었음에도 불구하고 김자점이 나서서 "지금 나라가 태평하고 백성들이 편안히 살고 있는데, 이런 태평성대에 무슨 병란이 있으리까? 박씨는 요망한 계집이어늘 임금께서 어찌 요망한 말에 혹하여 국가대사를 아이들 장난같이 하십니까?"하여 임경업을 불러 청나라를 막아야 된다는 박씨의 의견을 묵살한 것이다. 병자호란 당시 김자점은 도원수였기에 그런 주장을 할 위치에 있었지만 역사적 사실과는 다르다.

당시 의주부윤이던 임경업이 마음대로 장사꾼을 보낸 죄로 탄핵을 받자, 김자점은 왕에게 상소를 올려 임경업을 두둔, 용서하여 도로 임소에 부임시켜 군민을 돌보고 도망한 자들을 불러 모으기를 청하여 왕이 들어주었다 한다. 하지만 1646년 청나라에 포로로 끌려가 있던 임경업이 돌아올 기미가 보이자, 청나라 관리를 시켜 고문으로 죽게 했다. 이는 김자점이 병자호란 당시 청군에 쫓기던 임경업을 명나라로 도피하는 것을 도왔는데, 임경업이 친국 도중에 이를 발설할까봐 자신의 안전을 위해 사전에 임경업을 죽게 한 것이다.

김자점은 전형적인 기회주의자로 효종 때 '북벌론(北伐論)'을 청나라에 밀고하여 청나라 군대가 파견되어 조사하는 일까지 벌어지게 되었으며 결국 1651년(효종 2년) 아들 익을 통해 역모를 꾀한 죄로 처형되기에 이른다. 박씨가 신통한 능력이 있음에도 이를 제대로 발휘하지 못하도록 한 간신의 존재가 필요했던 것이고, 그 간신으로 임경업을 죽게 했고 역모를 꾀한 김자점이 선택된 것이다.

3. 소설속의 허구를 통한 설욕

이렇게 해서 병자호란은 일어났다. 병자호란의 경과를 보면 현실적으로 중과부족이어서 청나라의 기세를 당하지 못하고 항복하기에 이른 것이다. 〈박씨전〉에서 그 정황을 다음과 같이 그렸다.

> 국운이 불행하여 호적이 강성하여 왕대비와 세자대군을 사로잡고 국가 위태함이 다 김자점이 도적을 인도함이니 어찌 절통치 아니하리요. 슬프다. 여러 날 도적에게 포위된 바 되어 세가 다하고 힘이 다 되어[勢窮力盡] 도적에게 강화(講和)하니라.

분명한 건 우리가 청나라에게 패했다는 사실이다. 작품에서도 이런 역사적 사실을 뒤집지는 못한다. 그러기에 다른 방식으로 설욕을 한다. 그것은 소설 속의 허구를 활용하는 방법이다. 강화의 주도적 인물인 청나라 장수 용골대의 동생 용율대(혹은 용휼대)를 등장시켜 피화당을 침범하다 죽게 하는 것이다. 용골대는 역사적 실존 인물이어서 죽이지 못한다. 왜냐하면 역사적 사실과 허구가 모순이 되기 때문이다. 대신 허구적 인물로 동생을 등장시켜 패배하게 만든 것이다. 그 장면을 보자.

　　　율대가 그 말을 듣고 크게 노하여 칼을 들고 계화를 치려하되, 순식간에 칼 든 팔이 힘이 없어 놀릴 길이 없는 지라. 하는 수 없이 하늘을 우러러 탄식하기를,
　　　"대장부가 세상에 나서 만리타국에 큰 공을 바라고 왔다가, 오늘 조그마한 계집 손에 죽을 줄 어찌 알았으리오."
　　　계화가 웃으며,
　　　"불쌍코 가련하다. 세상에 장부라 이름하고 나 같은 여자를 당치 못하느냐. 네 왕놈이 하늘의 뜻을 모르고 예의지국을 침범코자하여 너 같은 어린애를 보냈거니와, 오늘은 네 목숨이 내손에 달렸으니, 바삐 목을 늘이어 내 칼을 받으라."
　　　하니 율대 하늘을 우러러 탄식하며,
　　　"하늘의 뜻이로다."
　　　하고 자결하더라. 계화가 율대의 머리를 베어 문밖에 다니, 이윽고 풍운이 그치며 천지가 맑아지더라.

　남한산성에서는 청나라의 대공세에 밀려 왕이 삼전도에 나아가 머리를 조아리는 치욕적인 항복을 했지만 여기 피화당에서는 박씨의 시녀인 계화가 청나라 장수를 꼼짝 못하게 하여 죽게 만들고 그 목을 베어 문 밖에 걸어둔다.

참으로 통쾌한 승리의 장면이다. 물론 허구의 공간이니까 가능했다.

다음은 조선의 항복을 받은 청의 장수 용골대가 등장한다. 동생의 복수를 위해 수차례 피화당을 공격하지만 피해만 입고 물러난다. 결국에는 피화당 앞에 꿇어 앉아 동생의 머리를 돌려 달라는 부탁을 하기에 이른다. 하지만 박씨는 이마저도 매몰차게 거절한다.

> 박씨가 웃으며 일변 꾸짖기를,
> "그리는 못하리로다. 옛날 조양자(趙襄子)는 지백(知伯)의 머리를 칠하여 술잔을 만들어 진양성(晉陽城)의 분함을 씻어 천추만세에 유전하였으니, 이제 우리는 너의 아우 머리를 칠하여 남한산성에 패한 분을 씻으리라.

이 장면은 삼전도에서 청나라에게 당한 치욕의 역전된 모습이어서 참으로 흥미롭다. 허구의 공간을 확장시켜 이런 방식으로 설욕한 것이다.

게다가 소현세자, 봉림대군, 조정 중신을 끌고가는 역사적 사실에 왕비를 추가하여 이를 저지하는 것으로 허구를 만들어 박씨의 신통력을 보이기도 했다. 청나라 장수들이 "이미 화친을 받았으나, 왕비는 아니 모셔갈 것이니, 박부인 덕택에 살려주옵소서."라고 무릎을 꿇고 애걸했다고 한다.

그런데 이처럼 청나라 대군을 꼼짝 못하게 한 박씨가 왜 병자호란의 정세를 우리가 승리하도록 바꾸지 못했을까? 작품을 보면 충분히 능력이 있음에도 불구하고 '하늘의 뜻[天意]' 혹은 '하늘의 이치[天時]'를 생각하여 그러지 못했다 한다. "너희 등을 씨 없이 죽일 것이로되, 천시(天時)를 생각하고 십분 용서하거니와"나 "너희 등을 씨 없이 함몰하자 하였더니, 내 인명을 살해함을 좋아 아니하기로 십분 용서하나니, 그도 또한 천의(天意)를 좇아 거역치 못한"다고 한다. 문학적 허구의 한계인 셈이다. 즉 이야기 속에서 기존의 역사적 사실을 바꾸지는 못하기에 병자호란의 패배를 하늘의 뜻이나 이치로 설명한 것이다. 임진왜란을 다룬 〈임진록(壬辰錄)〉에서는 왜왕의 항복을 받는 등

역사와 다른 일이 일어나는데 여기서는 그러지 않다. 어디까지나 역사적 사실의 흐름 속에서 사건이 일어나고 해결된다. 〈박씨전〉은 역사적 사실의 큰 줄기 속에 허구적 인물, 허구적 공간을 설정하여 치욕을 설욕했던 것이다.

4. 여성의 잠재된 힘

그런데 그 치욕을 설욕하는 영웅이 여성인 점이 흥미롭다. 왜 하필 규방에 갇혀 무시당하던 여성이었을까? 여기에는 분명 전쟁의 가장 큰 피해자인 여성들의 원망이 깔려 있다.

전쟁에 패한 후 수많은 백성들이 청나라로 끌려가 노예로 팔리게 됐는데, 『연려실기술(燃藜室記述)』에 의하면 60만 명 정도가 청나라로 끌려갔다고 한다. 당시 한양의 인구가 3~40만 명 정도인 점을 감안하면 서울의 인구보다도 많은 사람들이 청나라에 노예로 끌려간 셈이다. 이들 중에는 남성보다 여성들이 훨씬 많은 수를 차지하였다. 〈박씨전〉에서도 "오랑캐 장수들이 장안의 재물과 부인들을 잡아갈 새, 잡혀가는 부인네들이 박씨를 향하여 울며, '슬프다. 우리는 이제 가면 생사를 모를지라. 언제 고국산천을 다시 볼까?'하며 대성통곡"했다고 한다.

이들 조선의 여성들은 노예로 여기저기를 전전하다가 목숨을 끊은 경우도 있었지만 다행히 몸값을 지불하고 겨우 목숨을 보존해 살아 돌아온 경우도 있었다. 하지만 문제는 그 다음부터였다. 천신만고 끝에 살아 돌아왔는데 환영은 못해줄 망정 몸을 더럽혔다는 죄목으로 질타를 받아야 했다. 이들이 바로 '환향녀(還鄕女)' 곧 '고향에 돌아온 여자'인 것인데, 오늘날 행실이 나쁜 여자를 비속하게 부르는 '화냥년'이라는 치욕스런 이름으로 남게 되었으니, 당시 그들이 당했던 고통은 이루 말할 수 없었다. '환향녀'는 곧 조선판 '주홍 글씨'인 셈이다.

특히 정절을 목숨보다 중요시 했던 양반 집안에서는 이들을 식구로 따뜻하게 맞이하지 않고 내치기 위해 국가에 이혼을 요구하는 사례가 빈번해졌다. 왕인 인조는 국가가 무능했던 탓이 있기에 이혼을 허락하지 않고 대신 첩을 얻도록 하는 절충안을 제시해 양반들이 다투어 첩을 얻는 해프닝이 벌어지기도 했다. 그런가 하면 병자호란 당시 청나라와의 화친을 주장하여 실리외교 노선을 취한 최명길(崔鳴吉, 1587~1647)의 상소를 받아들여 대동강, 낙동강, 영상강 등을 절개를 회복하는 '회절강(回節江)'으로 삼아 환향녀들이 절개를 다시 갖추도록 몸을 씻는 대대적인 행사를 벌이기도 했다. 거의 코미디 수준의 이런 일들이 벌어지는 것은 남성들의 무능함을 인정하려 하지 않고 여성들이 절개를 더럽힌 것을 문제 삼았기 때문이다. 남자들이 힘이 없어 여자들이 잡혀가 온갖 고통을 당했는데 천신만고 끝에 살아서 돌아오니 오히려 이들이 정절을 더럽혔다고 욕함으로써 자신들의 무능함을 덮으려 했다. 이야말로 적반하장(賊反荷杖)이 아니겠는가?

바로 이런 병자호란 후 여성들의 원망과 분노가 〈박씨전〉에는 녹아 있다. 주인공인 박씨가 여성 영웅인 점은 물론 피화당에서 화를 피하고 청나라와 대적했던 사람들은 모두 여성이었다. 박씨 부인과 그의 시비인 계화를 비롯하여 일가친척 부인들이 모두 피화당에 모여 청나라와 싸워 임금이 항복했던 청나라 대군을 꼼짝 못하게 했던 것이다. 이런 점에서 보면 〈박씨전〉은 조선의 여성들과 청나라와의 전쟁을 그리고 있는 셈이다. 이 전쟁에서 유일하게 활약하는 남성은 임경업 밖에 없을 정도다. 그래서 박씨도 당시 병조판서이던 남편 이시백에게 "낭군 같은 남자들은 조금도 부럽지 않습니다."고 당당하게 말할 정도였다.

결국 임금조차도 박씨를 인정할 수밖에 없어 충렬부인에서 '절개와 지조를 지켰다'고 내리는 정렬부인으로 품계를 높이고 조서를 내려 다음과 같이 말했다.

짐이 밝지 못하여 충렬(忠烈)의 선견지명과 나라를 위한 충언을 쓰지 아니한 탓으로 국가가 망극하여 이 지경이 되었으니 정렬(貞烈)에게 조서함이 오히려 무료하도다.

정렬의 덕행충효는 이미 아는 바이라. 규중에 있어 나라의 위엄을 빛내고 왕비의 위태함을 구하였으니 다시 정렬의 충성을 일컫는 바가 없거니와 오직 나라도 더불어 영화고락을 같이 함을 그윽히 바라노라.

이 조서는 왕으로서는 "내가 당신의 말을 듣지 않아 나라가 이 지경이 됐다."는 것을 수치스럽지만 인정한 것이다. 그만큼 여성인 박씨의 능력이 뛰어났기 때문이리라. 이로 본다면 당시 조선시대에 박씨는 한편으로는 청나라 대군과 싸웠지만 또 다른 한편으로는 남성의 권위와도 싸운 셈이 된다. 그래서인지 〈박씨전〉은 여성들에게 선풍적인 인기를 끌었지만 양반 집안에서는 '금서'로 취급되어 읽지 못하게 했다. 양반 남성들의 부끄러운 민낯을 그대로 보여주기 때문이다.

〈박씨전〉은 일종의 판타지다. 그 판타지는 단순한 비현실적 요소가 아니라 역사적 사실을 토대로 하여 허구적 요소를 교묘하게 결합시킨 것이다. 그러기에 황당무계한 이야기가 아니라 현실에 대한 저항이자 전복으로서 의미를 갖게 된다. 〈박씨전〉은 이 판타지를 통해 한 축으로는 병자호란의 패배를 설욕해 민족정기를 세우고, 다른 한 축으로는 규방에 갇혀 소외되고 무시당하던 여성들의 분노를 대변하고 있는 것이다.

[참고 문헌]

김나영, 「신화적 관점에서 본 〈박씨전〉 소고」, 『고소설연구』 16집, 한국고소설학회, 2003.

김미란, 「〈박씨전〉 재고」, 『고소설연구』 25집, 한국고소설학회, 2008.

장효현, 「〈박씨전〉의 제 특성과 형성 배경」, 『한국고전소설사연구』, 고려대학교 출판부, 2002.

조혜란, 「여성, 전쟁, 기억 그리고 〈박씨전〉」, 『한국고전여성문학연구』 8집, 한국고전여성문학회, 2004.

〈박씨전(朴氏傳)〉

기홍대, 조선에 잠입하다

한편, 시백과 경업의 도움으로 위기를 모면했던 청나라는 날이 갈수록 그 세력이 점점 커져 갔다. 본디 오랑캐 나라였던 청은, 지난날 조선 장수들의 도움으로 위기를 모면한 사실은 잊은 채 자주 조선을 침범하곤 했다. 임금이 이를 크게 걱정하여 임경업에게 의주 부윤을 맡겨 침범하는 오랑캐들을 물리치게 했다. 임경업이 남다른 용맹으로 북방을 지키니, 제아무리 꾀 많은 오랑캐들이어도 쉽게 조선 땅을 범할 수가 없었다.

이에 오랑캐 왕은 조선을 치기 위해 여러 신하를 모아 의논했다.

"우리나라는 땅이 넓지만 조선 장수 임경업을 누를 사람이 없어 안타깝구나. 어떻게 하면 조선을 꺾을 수 있겠는가?"

여러 신하가 대답을 하지 못하고 그저 묵묵히 앉아 있을 뿐이었다.

오랑캐 왕의 부인은 여자이지만 견줄 데 없는 영웅이었다. 위로는 하늘의 이치에 통달하고 아래로는 땅의 이치를 꿰뚫어, 앉아서 천 리 밖의 일을 헤아리고 서서 만 리 밖의 일을 아는 재주를 가지고 있었다. 왕비가 왕에게 말했다.

"조선에 신기한 사람이 있습니다. 경업을 누른다 해도 조선을 치기 어려울 듯합니다."

오랑캐 왕은 크게 놀랐다.

"내가 평생 경업 꺼리기를 초패왕이나 관운장, 조자룡과 같이 했는데, 그보다 더한 사람이 있다 하니 어찌 조선을 엿볼 마음을 가지겠는가?"

오랑캐 왕이 탄식만 하고 있으니 왕비가 다시 말했다.

"방금 하늘의 징조를 보니 조선의 운세가 다하기는 했습니다만, 백만 대군을 보내도 그 신인을 잡기 전에는 조선을 넘보기 어렵습니다."

"좋은 계책이 없겠소?"

"먼저 자객을 보내어 그 신인을 없애야 할 것입니다."

"어떤 사람을 보내는 것이 좋겠소?"

"조선 사람은 재물을 탐내고 여자를 좋아한다고 합니다. 그러니 인물이 빼어나고 문장은 이태백과 왕희지 같으며 말솜씨는 옛날 육국을 달래던 소진과 장의 같은 여자를 고르십시오. 그 사람이 관우와 조자룡의 칼 솜씨를 넘어서고 제갈공명 같은 계책까지 가졌다면 반드시 성공할 수 있을 것입니다."

오랑캐 왕이 왕비의 말을 듣고 그런 재주를 가진 여자를 두루 구했다. 궁궐의 시녀 중에는 기홍대라는 계집이 있었다. 인물은 양귀비 같고 말솜씨는 소진과 장의를 비웃으며 검술 역시 당할 사람이 없었다. 거기에 용과 호랑이 같은 용맹까지 갖추고 있었다. 왕비가 기홍대를 오랑캐 왕에게 추천했다.

"기홍대는 검술과 용모가 빼어나고 지혜와 용기를 아울러 갖추었습니다. 그를 조선에 보내는 것이 좋을 듯합니다."

오랑캐 왕이 크게 기뻐하며 기홍대를 불렀다.

"너의 빼어난 인물과 지혜, 그리고 용기는 내 이미 알고 있었다. 조선에 가서 성공을 할 수 있겠느냐?"

"소녀가 비록 재주는 없지만, 나라의 은혜가 끝이 없으니 물불인들 어찌 피하겠습니까?"

"조선에 나가 신인의 머리를 베어 온다면 천금의 상을 내릴 것이며, 아울러 너의 이름을 역사에 남겨 길이 전하도록 하겠노라."

"제 평생의 소원은 폐하의 근심을 덜어 드리는 것이옵니다. 대왕의 분부가 이와 같으시니 어찌 한 치의 실수라도 있겠습니까? 조선에 나가 신인의 목을 한칼에 베어 폐하의 근심을 풀어 드리겠습니다."

왕이 기특하게 여기고 백 번을 다시 당부하여 보냈다. 기홍대가 왕에게 하직 인사를 드리고 나오니, 왕비가 기홍대를 불러 조선의 언어와 풍속을 가르친 뒤 당부를 했다.

"조선의 장안에 들어가 우의정 집을 찾아가면 자연 신인이 있는 곳을 알 것이다. 문답을 여차여차한 뒤 재주를 헛되이 쓰지 말고 신인을 유인하여 머리를 베도록 해라. 돌아오는 길에는 의주에 들어가 임경업의 머리를 마저 베어 가지고 오너라. 부디 조심해서 나랏일을 그르치지 말라."

기홍대는 왕비의 당부를 명심하며 행장을 차려 조선 국경을 넘었다.

이때 박씨는 홀로 피화당에 나와 있다가 문득 하늘을 보고 놀라 급히 시백을 불렀다.

"아무 달 아무 날에 어떤 계집 하나가 집으로 들어올 것입니다. 그런데 대감께서 그 여자의 아름다운 모습에 빠져 잠자리에 같이 든다면 큰 화를 당할 것입니다. 부디 가까이하지 마시고 피화당으로 인도하여 보내십시오. 제가 할 말이 있습니다."

시백이 가볍게 웃었다.

"부인의 말씀이 우습소. 장부가 어찌 조그만 계집의 손에 몸을 바친단 말이오?"

박씨가 눈썹을 찡그렸다.

"대감께서 제 말을 못 믿으시겠거든 그 계집을 후원으로 보낸 뒤 그 뒤를 따라 들어와 보십시오. 와서 그 계집이 말하는 것을 자세히 들으면 자연 아실 것입니다."

시백이 돌아간 뒤 박씨는 계화를 불렀다.

"삼씨 두 되와 쌀 서 말로 각각 술을 빚고 안주를 많이 준비해 두어라. 아무 때라도 내가 어떤 여자를 데리고 와 술을 가져오라 하거든, 그 여자에게는 독한 술을 권하고 내게는 순한 술을 권해라."

부인이 말한 그날이 되었다. 아니나 다를까, 한 여인이 화려한 차림새로 집에 들어와 시백에게 문안을 드렸다. 시백이 그 모습을 자세히 보니 절세가인이요 요조숙녀였다.

"너는 어떤 여자이기에 남자들만 거처하는 곳으로 당돌하게 들어왔느냐?"

"소녀는 시골에 사는 천한 기생이옵니다. 상공의 이름이 시골에까지 자자하기에 한번 뵙고자 험한 길을 찾아왔습니다."

"사는 곳이 어디며 이름은 무엇이라고 하느냐?"

"소녀는 강원도 회양 땅에 사는데, 어려서 부모님을 여의고 떠돌아다니다가 우연히 고을 관리에게 잡혀 기생이 되었습니다. 성은 모르고 이름은 설중매라 하옵니다."

시백이 그 여인의 거동을 찬찬히 살펴본 뒤 사랑으로 오르게 했다. 여인은 황송해 하며 몇 번 사양하다가 올라와 자리를 잡고 앉았다. 시백이 여인과 함께 이야기를 나누는데, 그 말솜씨는 흐르는 물과 같고 생각은 바다와 같이 넓었다. 시백 역시 글솜씨와 말재주가 남에게 뒤지지 않았지만, 이 여인은 능히 당하지 못할 듯했다.

"장안에도 뛰어난 문장가들이 많지만 너 같은 계집은 찾지 못하겠구나. 시골의 천한 기생이 되기는 참으로 아깝도다."

못내 탄복하며 여인의 인물과 말솜씨를 칭찬하다가, 문득 박씨가 하던 말을 떠올리며 정신을 가다듬었다.

"해가 서산으로 넘어가고 달이 떠올라 밤이 깊었구나. 후원 피화당에 들어가 편히 쉬도록 하라."

시백의 말에 여인은 당황하며 급히 절을 했다.

"천한 기생의 몸으로 이미 이렇게 상공 앞에 이르렀으니, 오늘 밤은 사랑에 거처하며 상공을 모실 수 있도록 해 주십시오."

"나도 너와 같이 하룻밤을 함께 지내고 싶은 마음이 간절하다. 하지만 오늘은 급히 처리해야 할 나랏일이 있고 또 관원들이 올 것이기 때문에 함께 있을 수가 없구나. 뒷날 다시 너와 동침할 약속을 할 것이니, 섭섭하게 생각하지 말고 내당에 들어가 편히 쉬도록 하라."

"소녀같이 미천한 몸이 어찌 하룻밤이라도 존귀한 부인과 함께 지낼 수 있겠습니까? 천만부당하신 분부이옵니다."

"네 말도 일리가 있다만, 너도 여잔데 부인과 함께 거무르는 것이 무슨 허물이겠느냐?"

시백은 즉시 계화를 불러 분부를 내렸다.

"이 여인을 데리고 가 피화당에서 편히 쉴 수 있게 하거라."

계화가 여인을 데리고 피화당으로 들어갔다. 박씨는 그 여인을 자리에 앉히고 물었다.

"그대는 어떤 사람이기에 내 집에 찾아왔는가?"

"소녀는 시골의 천한 기생인데 상공의 높은 이름을 듣고 이 댁까지 오게 되었습니다. 황송할 따름입니다."

"그대의 모습을 보니 평범한 사람은 아니로구나. 하지만 헛되이 힘만 허비하고 내 집에 부질없이 찾아왔도다."

말을 마친 박씨가 계화를 불렀다.

"손님이 왔으니 술과 안주를 들이거라."

계화가 맛난 술과 안주를 갖추어 들이고, 독한 술과 순한 술을 구분하여 놓았다. 독한 술은 그 여인에게 권하고 순한 술은 부인에게 드렸다. 여인은 먼 길을 오느라 피곤하고 또 갈증이 심하던 차라 술을 보고 조금도 사양하지 않았다. 한 말 술을 두어 번에 다 마시고 한 그릇의 안주를 한입에 다 먹었다. 박씨 역시 그 여인과 같이 먹고 마셨다. 문틈으로 동정을 엿보던 시백과 집안사람들은 이를 보고 크게 놀랐다. 독한 술을 맘껏 마신 여인은 이윽고 크게 취했다.

"소녀가 먼 길을 오느라 노곤한 중에 주시는 술을 마시고 크게 취했습니다. 베개를 내려 잠시 쉴 수 있도록 해 주십시오."

여인의 말에 박씨가 베개를 내려 주어 쉬게 했다. 여인은 베개를 받아 들고 생각했다.

'우의정 집을 찾아가면 자연히 알 것이라고 왕비께서 말씀하셨지. 하지만 아까 상공의 상을 보니 그저 어질 뿐이고 별다른 재주는 없는 듯했다. 다만 부인이 평범한 인물로 보이지 않는구나. 비록 여자이지만 술과 안주를 먹는 모습을 보니 예사롭지 않고, 문장 역시 내가 따를 수 없을 것 같구나. 그래, 이 사람이 곧 신인이다. 이 사람을 살려 두고서야 우리 임금이 어찌 조선을 칠 수 있겠는가. 계책을 만들어 이 사람을 먼저 죽여야겠구나. 그러면 임금의 급한 근심도 풀리고 내 이름도 길이 전할 수 있겠지.'

이같이 속으로 기뻐하며 박씨에게 청했다.

"밤이 깊었으니 이제 잠을 자고 싶습니다."

박씨가 허락하자 여인은 침상에 누워 잠이 들었다. 박씨도 자리에 눕는 체하며 그 잠든 모습을 몰래 훔쳐보았다. 그런데 그 여인은 기이하게도 한쪽 눈을 뜨고 잠들어 있더니, 뒤이어 다른 눈마저 번쩍 떴다. 그 눈 속에서 불덩이가 쏟아져 나와 방 안을 떠돌아다녔다. 잠들어 있는 여인의 숨결은 점점 거칠어져 방문이 열릴 듯 닫힐 듯, 사람의 정신을 어지럽게 했다. 실로 천하 명장의 모습이었다.

'내 비록 나이가 젊지만 이 같은 여장사(女壯士)는 처음 보는구나. 놀라운 일이로다.'

박씨가 일어나 그 여인의 행장을 가만히 열어 보았다. 다른 것은 없고 조그마한 칼 하나가 있는데, 자세히 살펴보니 주홍 글씨로 '비연도'란 이름을 새겨 놓은 것이 보였다. 박씨가 그 칼을 만지려 하자 칼이 홀연 나는 제비로 변하더니, 천장으로 솟구쳐 오르며 박씨를 해치려 달려들었다. 박씨가 급히 주문을 외자 칼이 더 이상 변화하지 못하고 슬그머니 바닥에 떨어져 버렸다. 박씨가 칼을 집어 들고 벼락같은 고함을 질렀다.

"천하에 간사한 오랑캐 나라의 요물 기홍대야! 너는 잠을 깨어 나를 보라."

천지가 무너질 듯한 호통 소리에 기홍대는 잠에서 깨어났지만, 혼이 달아난 듯하고 간담이 서늘하여 어쩔 줄을 몰랐다. 겨우 정신을 차리고 고개를 드니 부인이 칼을 들고 앉아 있었다. 그 모습은 마치 홍문연 잔치에 뛰어든 번쾌가 머리카락을 곤두세우고 눈초리가 찢어지도록 노려보는 것 같았다. 감히 말을 하지 못하고 한동안 앉아 있다가 겨우 입을 열었다.

"부인께서 어찌 소녀를 아십니까?"

박씨가 눈을 부릅뜨고 다시 꾸짖었다.

"예의 바르고 당당한 우리나라를 해하려고 찾아온 네가 어찌 살기를 바라겠느냐? 나는 비록 여자이지만 너희의 간사한 꾀에 속지 않을 것이다."

다시 비연도로 기홍대를 겨누며 말했다.

"이 짐승 같은 오랑캐야! 내 말을 명심해서 들어라. 우리 대감께서는 왕명을 받들어 임경업과 함께 남경에 사신으로 들어간 일이 있었다. 그때 너희 나라가 가달의 난을 만나 망할 지경에 빠져 대국에까지 군사를 청하지 않았느냐? 천자께서 이를 불쌍히 여겨 우리 대감과 임경업을 청병장으로 삼아 너희 나라를 구하게 한 일은 너도 잘 알 것이다. 그 은혜를 갚자면 태산이 가볍고 바다가 얕을 터인데, 은혜 갚기는 고사하고 오히려 너 같은 요물을 보내어 나를 해치고자 하는구나. 너희들의 괘씸한 소행을 생각하니 분이 풀리지 않는다. 한시 바삐 너를 죽여야겠다."

말을 마친 박씨가 비연도를 들고 달려들자 기홍대가 황급히 피하면서 생각했다.

'이런 영웅을 만났으니 성공은 고사하고 목숨을 보전하기도 힘들겠구나.'

기홍대가 슬픈 목소리로 애걸했다.

"박씨 부인은 무슨 재주로 화를 면하고 고국에 안전하게 있으며, 우리는 무슨 죄로 만리타국에 잡혀가는가? 이제 가면 삶과 죽음을 기약할 수 없을 것인데, 어느 때 고국산천을 다시 볼 수 있으리오?"

박씨는 땅바닥을 치며 통곡하는 부인들을 달랬다.

"여러 부인은 슬픔을 진정하고 내 말을 들으십시오. 세상사는 곧 고진감래요 홍진비래라 합니다. 너무 서러워하지 마시고 평안히 가 계시면, 삼 년 후에 우리 세자와 대군, 그리고 그대들을 데려올 사람들이 있을 것입니다. 아무쪼록 너무 슬퍼하지 말고 몸성히 지내다가 삼 년 뒤 무사히 돌아오도록 하십시오."

이 말을 들은 모든 부인이 울며불며 오랑캐 뒤를 따라갔다. 부인들의 슬프고 애틋한 모습은 차마 눈 뜨고 못 볼 지경이었다. 용골대는 포로와 군사를 거느리고 의기양양하게 의주를 향해 나아갔다. 북소리와 함성 소리에 천지가 흔들리고 드날리는 깃발과 창칼에 해가 그 빛을 잃을 지경이었다.

한편 임경업은 그동안 한양과 의주 사이에 연락이 끊겼다가, 오랑캐들이 침범했다는 소식을 뒤늦게 들었다. 끓어오르는 분노를 참지 못한 경업은 한양으로 가기 위해 군사를 이끌고 의주를 출발하려 했다. 바로 그때, 박씨의 말을 곧이듣고 의주로 들어오고 있는 골대 일행과 맞닥뜨렸다.

이들이 오랑캐임을 한눈에 알아본 경업이 비호와 같이 달려들어 선봉 장수의 머리를 한칼에 베어 들고 거침없이 적군을 무찔렀다. 방심하고 있던 적군이 허둥거리며 흩어지니, 적군의 머리가 가을바람에 낙엽 지듯 떨어졌다. 한유와 용골대는 그제야 박씨의 계책에 빠져든 것을 알고 급히 군사를 뒤로 물렸다.

"부인이 의주로 가 임경업을 보라 한 것은 우리를 다시 치고자 함이었구나. 그 꾀를 어찌 당할 수 있겠는가?"

골대가 하늘을 우러러 탄식을 했다.

경업이 한칼에 적진의 장졸들을 무수히 죽이고 바로 골대를 치려하는데, 골대가 황급히 조선 왕의 항서를 경업에게 건넸다.

항서를 뜯어 읽어 본 경업은 칼을 땅에 던지고 대성통곡을 했다.

"슬프다. 조정에 소인이 있어 나라를 망하게 했구나. 하늘은 어찌 이리도 무심한가?"

통곡을 하다가 분함을 이기지 못하여 다시 칼을 들고 적진으로 달려 들어갔다.

"네 나라가 지금까지 지탱한 것이 모두 나의 힘인 줄 어찌 모르느냐? 이 오랑캐들아! 너희가 하늘의 뜻을 어기고 우리나라에 들어와 이같이 악행을 저지르니, 마땅히 씨도 남기지 말고 없애 버려야 할 것이다. 하지만 우리나라의 운수가 불행하여 그렇게 된 일이고, 또 왕의 명령을 거역할 수 없으니 부득이 살려 보낼 수밖에 없구나. 부디 세자와 대군을 평안히 모시고 돌아가도록 하라."

한바탕 꾸짖은 후 돌려보내니, 그제야 오랑캐 장수들은 막힌 길을 뚫고 본국으로 돌아갔다.

박씨, 정렬부인이 되어 태평성대를 누리다

조정으로 돌아온 임금은 박씨의 말을 듣지 않은 것을 크게 후회하며 뉘우쳤다. 모든 신하도 함께 탄식했다.

"충렬부인의 말대로 했다면 어찌 이런 변이 있었겠습니까?"

임금이 다시 탄식하며 말했다.

"충렬이 만일 대장부로 태어났더라면 어찌 오랑캐를 두려워했겠는가? 하물며 규중 여자의 몸으로 무수한 적들을 꺾어 조선의 목숨을 보전케 했으니, 이는 고금에 없는 일이로다."

임금이 박씨의 공을 거듭 칭찬하며 충렬부인에 더하여 다시 정렬부인(貞烈夫人)의 칭호를 내렸다. 아울러 일품의 벼슬아치에게 내리는 봉록에다 만금을 더해 상으로 내리고, 조서를 보내 박씨의 공을 기렸다. 정렬부인이 임금 있는 곳을 향하여 절을 하고 그 조서를 떼어 보았다.

짐이 밝지 못하여 정렬의 선견지명과 나라 구할 계책을 쓰지 못했다. 그러한 탓으로 국가가 망극한 일을 당했으니, 정렬에게 이렇게 조서를 내리는 것이 오히려 부끄럽도다. 정렬의 덕행과 충효는 이미 알고 있는 바라. 더구나 규

중에 있으면서 나라의 위엄을 빛내고 왕비의 위태함을 구했으니, 새삼 정렬의 충성에 대해 논할 바가 없을 것이다. 오직 나라와 함께 영광과 즐거움을 누리기 바라노라.

이때부터 박씨는 충성을 다하여 나랏일을 극진히 하고 하인들을 의롭게 다스렸으며 친척과도 화목하게 지냈다. 그 덕행은 온 나라에 울려 퍼지고 그 이름은 후세에 길이 전하게 되었다. 이후로 박씨의 집안은 더욱 활짝 피어나 뜰에 자손이 가득했으며, 자손들 모두 벼슬길에 나아가 재상이 되어 그 이름을 널리 떨쳤다. 박씨의 집안에 부귀영화가 가득하니, 모든 신하와 백성이 이들 부부를 떠받들었다.

세월은 흘러 박씨와 시백의 나이도 팔십을 넘어서니, 부부가 함께 우연히 병을 얻어 온갖 약이 소용이 없게 되었다. 박씨 부부가 자손을 불러 뒷일을 당부하며 말했다.

"지금까지 우리 부부의 복은 가히 끝이 없었다. 이제 우리는 본래의 자리로 돌아갈 것이니, 부디 우리가 죽더라도 너무 슬퍼하지 말라."

이 말을 마지막으로 박씨 부부가 잇달아 숨졌다. 집안 사람들은 예를 극진히 차려 선산에 안장했다. 이 소식을 들은 임금이 크게 슬퍼하시며 베와 금은을 내려 장사를 치르는 데 보탬이 되게 했다.

이후 계화도 박씨 부부의 삼년상을 극진히 받들고 우연히 병들어죽었다. 나라에서 사연을 듣고 장하게 여겨 계화에게 충렬비(忠烈婢)의 칭호를 내렸다.

대개 사람이 세상에 태어날 때 남녀를 막론하고 재주와 덕을 함께 갖추기는 어렵다. 하지만 박씨는 여자의 몸으로 재주와 덕을 모두 갖추었다. 더구나 신기하고 오묘한 책략은 한나라 때 제갈공명을 본받았으니, 이는 오래도록 드문 일이었다. 박씨의 충절과 덕행, 재주와 책략은 드물고 귀한 일이었기에, 세상에서 사라지는 것이 아까워 대강 기록하는 것이다.

(장재화 현대역)

는 부임하자마자 원귀가 나타나기를 기다려 조금도 두려워하지 않고 원귀의 원통한 사연을 다 듣는다.

다음날 배좌수 부부를 잡아들여 문초했으나 계모 허씨의 말에 속아 낙태의 증거물로 제시된 쥐의 시체를 알아차리지 못한다. 그러자 그날 밤 다시 원귀가 나타나 배를 갈라보라는 조언을 남기고, 그렇게 하여 계모의 흉계임을 밝혀낸 다. 정동호는 허씨와 장쇠를 처형하고 배좌수는 장화와 홍련의 간청대로 무죄 방면한다. 뒤에 철산부사는 장화홍련의 음덕에 의해 황해 감사로 승진하였다.

한편 배좌수는 윤씨를 세 번째 부인으로 얻었는데 장화와 홍련이 윤씨의 몸을 빌어 쌍둥이 자매로 다시 태어나게 된다. 환생한 장화와 홍련은 평양의 쌍둥이 형제인 이윤필, 이윤석과 혼인하여 전생에서 못 다한 부귀영화를 다 누린다.

3. 계모는 왜 악녀(惡女)일까

이상의 내용을 통해 두드러진 것은 전처 자식에 대한 계모의 악행과 살인을 같이 공모했던 아버지 배좌수에게 부여된 면죄부다. 우선 계모의 인물형상을 보자.

> 얼굴은 한 자가 넘는 데다 두 눈은 통방울 같고, 코는 질병 같고, 입은 메기 같고, 머리털은 돼지털 같고, 키는 장승처럼 크고, 목소리는 이리나 승냥이 소리 같았다. 허리는 두어 아름은 족히 되는 데다 곰배팔이에 통통 부은 다리에 쌍언청이에 입은 칼로 썰면 열 사발은 될 만큼 하고 얽기는 콩멍석 같으니 그 형용은 차마 견디어 보기 어려운데 마음씨는 더욱 망측 했다. 이웃집 험담하기, 한 집안 사람들 이간질하기, 불붙는 데 키질하기 등 남 못할 짓을 찾아다니면서 하니 잠시라도 집안에 두기 힘들었다. (경

성서적조합본, 1915. 현대역 필자, 이하 같음.)

이게 어디 사람인가 싶을 정도로 망측한 괴물의 현상이다. 왜 이렇게 계모는 모두 못생기고 마음씨도 고약할까? 배좌수는 물론 아들을 낳아 후사를 잇기 위해 후처를 들였다지만 어찌해서 이런 여자와 재혼을 하게 됐을까 의문이 들 정도로 흉측한 형상을 하고 있다. 그러기 때문에 계모 허씨의 형상은 분명 과장되거나 어떤 의도를 지니고 있다는 의혹을 떨칠 수 없다. 그것은 계모 허씨가 분명 배좌수, 장화, 홍련으로 이루어진 정상적인 가정의 침입자임을 보여주는 증거가 되며, 그럼으로써 희생물이 될 가능성이 큰 것이다. 계모 허씨의 형상을 이렇게 괴이하게 그린 것은 뒤에 그를 희생물로 삼고자 하는 어떤 이데올로기가 내장되어 있는 것으로 보인다.

〈에일리언〉같은 외계인의 침입을 다룬 영화나 좀비 영화를 보면 모두 그 형상이 흉측하고 괴이하다. 이들은 처음에는 인간을 위협하고 공포로 몰아넣지만 결국에는 인간에 의해 제거된다. 그 속에는 괴물로 대변되는 당시의 정치적 불안 혹은 공포가 내장되어 있는 것이다. 동서냉전시대에 이런 공포영화가 많이 등장한 건 결코 우연이 아니다.

〈장화홍련전〉도 마찬가지다. 흉악한 계모 허씨가 들어와 집안을 죽음의 수렁으로 몰고 가지만 결국에는 자신과 그 자식마저 처참한 죽음을 맞이하게 된다. 계모 허씨는 죄상이 밝혀지자 서울까지 압송되어 "서소문 밖에서 능지처참된 뒤 찢어진 사지육신을 팔도에 각각 보내 백성들의 경계로 삼도록 했다."고 한다. 완벽하게 희생물로서의 역할을 수행한 셈이다.

하지만 유사한 내용의 '계모박해형 가정소설'인 〈콩쥐팥쥐전〉의 계모는 "인물도 과히 추하지 않고 집안일도 깔끔하게 한다."고 하여 희생물로서의 역할을 맡고 있지 않다. 다만 콩쥐에게 수행하기 힘든 과제를 무수히 제시하여 괴롭히는 정도다. 말하자면 '과제제시형' 계모인 셈이다. 그러기에 살해의 역할은 계모가 아니라 시기심과 질투의 화신이 된 팥쥐가 담당한다.

과연 무엇을 지키기 위해 흉측한 계모, 희생물이 필요했을까? 우리는 우선 배좌수가 아들을 얻어 후사를 잇게 하기 위해 죽은 전처의 유언도 저버리고 재취를 얻었다는 사실에 주목해야 한다. 자신의 후사를 위해서 딸이 아닌 아들이 필요했기에 재혼을 한 것이다. 계모 허씨가 "연달아 아들 삼형제를 낳자 좌수는 수백 가지 흉을 모른 체하고 내버려 두었"을 정도였다. 그래서 집안의 모든 것을 물려주면 문제가 없었을 것이다.

그런데 배좌수의 재산이 "전처가 친정에서 재물을 많이 가져와 지금처럼 넉넉하게"된 것이라. 장화가 시집가면 이 재산을 나누게 될까봐 흉계를 꾸민 것이다. 이는 철산부사 앞에 나타나 자신들의 억울함을 하소연 하는 장화, 홍련의 원귀의 주장과도 일치한다.

> 계모의 시기로 저희는 스물이 다 되도록 혼인을 정하지 못하였습니다. 이 이유는 다른 데 있었던 것이 아니라 본디 소녀의 어머니가 재산이 많아 논밭이 이천여 석, 돈이 수만금, 노비가 수십 명이 있사온데 만일 소녀 자매가 출가하면 재물을 많이 가져갈까 하여 그랬던 것입니다. 뒤늦게 아버지께서 언니의 혼처를 정하자 계모는 소녀 자매를 아예 죽여 없애 재산을 자기 자식들이 모두 차지하게 하려고 밤낮없이 흉계를 꾸몄습니다.

즉 계모 허씨는 자신의 자식들에게 재산이 돌아오지 않을까봐 전처자식들을 죽이려고 생각했던 것이다. 〈콩쥐팥쥐전〉에서는 콩쥐가 전라감사의 재취로 들어가 재산을 나눌 일이 없어졌기에 악녀의 역할을 오히려 팥쥐가 맡아 질투의 화신으로 콩쥐를 살해하기에 이르지만, 여기서는 재산 상속에 따르는 분배 때문에 장화를 제거하기에 이른 것이다. 그런데 문제는 장화를 죽이는 데 따르는 배좌수의 어정쩡한 태도다. 비록 딸이 낙태를 하여 양반가문의 명예를 땅에 떨어뜨렸다고 하더라도 죽이는 데까지 이를 수 있을까?

흔히 계모박해형 고전소설에는 시골의 좌수 집안이 공간적 배경으로 등장한다. '좌수(座首)'가 어떤 지위인가? 조선 시대 때 지방의 수령을 보좌하는 향소(鄕所) 혹은 유향소(留鄕所)의 우두머리가 바로 좌수라는 직함이다. 요즘으로 말하면 지방에서 행세하는 시장, 군수나 국회의원의 집안인 것이다. 그러니 가문의 명예를 가장 중시할 수밖에 없는 처지이고, 이 약한 고리를 계모가 파고 든 것이다.

쥐를 죽여 낙태한 것처럼 위장하여 배좌수가 알게 한 다음 계모 허씨는 배좌수에게 이 일이 얼마나 중대한 일인가를 강력하게 주장한다. 그리고 장화를 죽이는 것이 상책이라 하고 그 일을 시행하면 이웃들이 전처자식을 모해하여 죽였다고 할 것이니 차라리 자기가 죽겠다고 칼을 꺼내들고 자결하는 시늉을 하는 등 '생쇼'를 하여 배좌수의 동의를 받아 내기에 이른다. 이들의 대화를 자세히 보자.

"부인의 참된 마음을 내가 이미 알고 있소. 무슨 말을 하든지 탓하지 않고 그대로 시행한다고 하였거늘 어찌 이러시오?"

"그렇다면 장화를 빨리 처치하여 뒷날의 근심을 없애주십시오. 애정이 비록 중하지만 본디 남녀를 비교하면 계집자식이라는 것은 쓸 데 없는 것인데 이런 계집아이 때문에 후사를 이을 아들 자식의 앞길을 막는 것은 옳은 일이라고 할 수 없습니다. 부정한 저 아이를 빨리 처치하여 가문을 깨끗하게 해주세요."

"알겠소. 그 계교대로 시행합시다. 그런데 누가 그 일을 해야 되겠소?"

허씨는 이렇게 저렇게 하면 귀신도 모르게 처리할 수 있으니 아무 염려 말라고 좌수에게 귓속말을 했다. 배좌수는 좋다고 무릎을 치고는 아들 장쇠를 불러 이리이리 하라고 시켰다.

자신의 딸을 죽이는 데 별 고민도 없이 후처의 계교가 "좋다고 무릎을 치고" 그대로 시행할 수 있는 아비가 과연 어디에 있을까? 여기에는 분명 무언가 의도가 있을 것이다. 즉 후사를 잇는 아들자식에 대한 배려와 집안의 명예를 더럽힌 것에 대한 응분의 처벌이 깔려있는 것이다. 어찌 보면 배좌수는 가문의 명예를 지킨다는 명분으로 장화의 죽음을 묵인한 것이 아니라 적극적으로 주도했다고 봐야한다. 아들 장쇠를 시켜 장화를 살해하도록 지시했으니 말하자면 '살인교사죄'에 해당한다.

하지만 배좌수는 살인사건이 처결된 뒤에 멀쩡하게 '무죄방면'된다. 가장 심한 경우가 한문본에 보이는 것처럼 귀양을 가는 경우다. 이 경우에도 원귀가 된 딸들은 "아버지의 형배는 도리어 절통하다."고 한다. 능지처참 당하여 그 시체가 조선 팔도로 보내진 계모 허씨에 비하면 배좌수의 처분은 하늘과 땅 차이다. 어떻게 이런 차이가 존재할까? 거기에는 배좌수의 무죄방면에서 드러나듯이 '가부장권의 수호'라는 절대적인 도그마(dogma)가 내장되어 있기 때문일 것이다.

4. 가부장권 수호를 위한 '악녀 만들기'

애초 전처의 유언에도 불구하고 후처를 들인 것은 순전히 아들을 낳아 후사를 잇기 위함이었다. 조선시대에 남성에서 남성으로 이어지는 가부장권이야말로 신성불가침의 그 무엇이다. 곧 '남성지배'를 공고히 하고자 하는 부동의 프로그램인 것이다. 그런데 큰 딸 장화가 낙태하는 중대한 사건이 발생했다. 지역 양반들의 우두머리인 좌수의 집에서 낙태사건이 일어났으니 보통 수치스러운 일이 아니다. 이 '가문의 수치'를 면하기 위해 모종의 조치가 필요했던 것이다. 더욱이 후사를 잇는 아들 삼형제도 가문의 명예가 실추되어 벼슬을 못할 것이기 때문에 낙태사건을 제대로 처리하는 것이 절실했다.

이 때문에 결국 장화를 제거하기에 이르지만 제 손으로 친딸에게 죽음을 강제할 수는 없는 일이고 보면 약간의 주저함이 보이고 이 틈새를 계모 허씨가 파고들어와 닦달한다. 그래서 실상 살해의 명령을 내린 사람은 아비이지만 장화를 죽인 죄로부터는 면죄부를 받는다.

오죽하면 못에 빠져 죽으라는 장쇠의 말에 "결코 내 목숨을 보전하려고 하는 게 아니다. 내가 죽지 않으면 계모가 계속 시기할 것이고 내가 살면 부친의 명을 거역하게 되는 것이니 내가 어쩌겠느냐?"고 장화가 하소연할 정도로 아버지의 죽으라는 명령은 절대적이었다. 그런데 나중에 원귀가 되어 철산부사 앞에서는 자신을 죽게 명령한 아비에 대해 오히려 무죄와 용서를 구한다.

> 만일 진상이 탈로되면 소녀들의 아비도 함께 연루되어 처벌을 면치 못할 것이니 제발 살려주시기를 바라나이다. 소녀들의 아비는 터럭만치도 악한 마음이 없는 어진 분인데 간특한 계모의 꾀에 빠져 이 지경에 이르렀으니 특별히 죄를 사하여 주옵소서.

말도 안 되는 이런 상황이 어떻게 가능할까? 여기에는 가부장권은 어떤 일이 있더라도 온전히 보존돼야 한다는 절대적인 도그마가 놓여있기 때문이다. 후처를 들여 두 딸들이 모질게 박해를 받는 것도 후사를 잇기 위해선 어쩔수 없는 일이었으며, 낙태라는 가문의 수치를 만회하기 위해서도 딸의 희생이 필요했던 것이다. 정확하게는 자살을 가장한 타살이다. 집안의 명예와 가부장권의 수호를 위해 장화는 희생제물이 된 셈이다. 장화가 죽으면서 계모에게 복수를 한다기보다 오직 누명을 벗기만을 간절히 원했던 것도 이 때문이다.

그런데 장화에게 죽으라고 명령을 내린 아비는 어찌 되었는가? 집안을 더럽힌 죄로 가문의 명예를 보호하기 위해 자결을 명할 수 있는 것은 당연하다고 한다. 하지만 그런 상황을 만든 것은 계모의 흉계이기 때문에 모든 죄는 계모가 뒤집어썼다. 이를테면 가부장권을 수호하기 위하여 악녀를 만들었던 것이다. 계모 허씨의 형상과 심사가 그렇게 흉측하고 못됐는지가 바로 이런 이유에서다. 즉 착한 두 딸을 죽게 만든 그 엄청난 사건에 대해 희생양이 필요했고 흉측한 계모에게 희생제물의 역할이 떠넘겨졌던 것이다. 그럼으로써 배좌수를 중심으로한 가부장권은 온전히 지켜질 수 있었다. 지켜졌다기보다 오히려 공고화 됐다. 후일담으로 배좌수가 다시 세 번째 부인인 윤씨에게서 장화와 홍련이 환생하여 부귀영화를 누리는 것은 이런 가부장권 수호의 대가인 셈이다.

[참고 문헌]

윤정안, 「계모를 위한 변명-〈장화홍련전〉 속 계모의 분노와 좌절」, 『민족문학사연구』 57집, 민족문학사학회, 2015.

정지영, 「장화홍련전-조선후기 재혼 가족 구성원의 지위」, 『역사비평』 61호, 역사비평사, 2002.

조현설, 「남성지배와 〈장화홍련전〉의 여성형상」, 『고전문학과 여성주의 시각』, 소명, 2003.

〈장화홍련전(薔花紅蓮傳)〉

장화 홍련의 탄생과 어머니의 죽음

　하늘가에 한 점 검은 구름이 뭉게뭉게 일어나니 앞으로 가을 달의 밝은 빛이 사라질듯 하구나. 강한 바람을 만나 쓸려 없어질 것 같은 풀이나 깊은 산의 어두운 구렁에 서있는 쇠잔한 나무는 엄동설한의 괴로움을 견디지 못하여 아주 사라질듯 하지만 따뜻한 봄날을 만나면 잎도 나고 꽃도 피어 반드시 아름다운 영화를 보는구나.

　슬프다. 남을 해치고, 자신의 행복을 구하는 자는 그 몸과 그 집안이 망하지 않음이 없고, 내 몸이 죽어 남을 구하는 자는 그 집안이 크게 일어나고 그 자손이 번창함은 하늘의 큰 권능으로 화(禍)와 복(福)을 서로 갚는 것이기 때문이다.

　조선국 정종대왕 즉위 초에 온 나라가 평안하고 해마다 풍년이 들어 백성들의 삶이 부족함이 없었다. 이때 평안도 철산 땅에 한 사람이 있으니, 성은 배(裵)요 이름은 무용(茂用)이라. 본래 그곳을 고향으로 삼아 대대로 살던 명문가의 양반으로 그 고을 좌수(座首)1)를 지낸 까닭에 지방의 풍속으로 사람들이 모두 '배좌수'라 불렀다. 집안의 재산은 넉넉하여 별로 아쉬운 것이 없었으나 오직 슬하에 자식이 없어서 좌수 부부는 늘 근심이 떠나지 않았다.

　하루는 부인 장씨가 피곤하여 베개에 의지하고 잠깐 졸았는데 문득 한 선관(仙官)2)이 하늘로부터 내려와 꽃 한 송이를 주는 것이 아닌가. 부인이 받으려 할 때 갑자기 바람이 일어나며 꽃이 아름다운 선녀로 변하여 부인의 품속으로 들어오거늘 놀라서 깨고 나니 남가일몽(南柯一夢)이라.3) 배좌수를 청하여 꿈속의 일을 말하니, 좌수가 웃으며 말하기를

---

1)　좌수: 조선 시대 지방 양반으로 구성되어 지방 수령을 보좌하던 기관인 유향소의 우두머리. 대개 그 지방의 토착 양반 집안에서 담당한다.
2)　선관: 하늘나라에서 일을 맡아 보는 관리.
3)　남가일몽: 당나라의 이공좌가 지은 전기(傳奇)소설 〈남가태수전〉에서 유래한 고사성어. 한 때의 부귀영화가 덧없는 꿈과 같다는 말.

"우리가 자식 없는 것을 하늘이 불쌍히 여기어 귀한 자식을 점지[4]하는가 보우."

하며 태몽을 꾼 것을 서로 기뻐하였다.

과연 그 달부터 태기가 있어 열 달이 차니 방안에 향취가 진동하면서 한 아이를 낳았다. 비록 남자가 아니라 여자 아이이기에 좌수 부부의 섭섭한 마음은 헤아리기 어려웠지만 그 용모가 아름다워 이름을 '장화(薔花)'라 지어 집안의 보배처럼 곱게 길렀다.

장화의 나이 세 살이 되었을 때 장씨 부인이 또한 태기가 있었다. 좌수 부부가 기뻐하며 이번에는 남자 아이가 나오기를 바라고 기도했으나 열 달 만에 낳고 보니 또한 여자 아이였다. 서운한 마음이야 이루 말할 수 없었지만 딸도 귀한 자식이라 어쩔 도리가 없어 이름을 '홍련(紅蓮)'이라 짓고 지극히 사랑하며 키웠다.

세월이 물같이 빠르게 흘러 장화와 홍련이 점점 자라 얼굴이 예쁘고 몸가짐이 단정하며 예절이 반듯하니 칭찬하지 않는 사람이 없었다. 게다가 모든 행동이 영리하고 부모를 극진히 공경하니 좌수 부부의 사랑함은 비길 데가 없었다.

그러나 운수가 불길하여 부인 장씨가 우연히 병이 들어 그 증세가 나날이 심해지는 것이었다. 배좌수와 장화 형제가 밤낮으로 간호했지만 온갖 약이 듣지를 않았다. 장화 자매는 온 정성을 다하여 오직 어머니가 기운을 차리시기 만을 바랐지만 장씨 부인은 스스로 일어나지 못할 것을 알고 있었다. 드디어 장씨 부인은 딸들의 손을 잡고 배좌수를 불러 놓고 유언을 전하기 위해 입을 열었다.

"내 전생에 지은 죄가 많아 이 세상에서 일찍 죽는 것은 원통치 않으나 너희들이 커서 '원앙이 짝을 찾는 것'[5]도 보지 못하는구나. 황천에 가도 눈을 감지 못할 것이니 이것이 한스럽다. 다만 바라고 원하는 바는 내가 죽은 후

---

4) 점지: 신령스런 존재가 사람에게 자식을 갖게 함.
5) 원앙이 짝을 찾는 것: 좋은 짝을 만나 결혼하는 일. 원앙은 암수가 서로 떨어지지 않고 다정하게 지내기에 흔히 금실 좋은 부부로 비유된다.

에 너희 아버지가 반드시 다른 사람을 얻을 것이니 그 사람이 현명하고 착한 사람이었으면 하는 것이다. 만일 그렇지 아니 하면 남자의 마음은 변하기 쉽고 남의 자식을 미워하지 않는 사람이 드문 것이다. 너희들의 장래를 생각하니 불쌍하고 가엾기 짝이 없구나."

이렇게 딸들에게 유언을 하고 나서는 좌수를 돌아보며 신신당부했다.

"바라건대 이제 이 세상을 떠나는 사람의 유언을 저버리지 마시고 두 아이를 아무쪼록 어여삐 여겨 잘 길러 주십시오. 좋은 집안에 시집보내어 부부가 화목하게 사는 재미를 보게 하시면 비록 죽어 저승에 가더라도 기뻐하며 당신의 은덕을 갚을 것입니다."

장씨 부인은 말을 마치고 한번 길게 탄식하더니 숨을 거두었다. 장화와 홍련이 어머니의 몸을 부둥켜안고 애통해 하는 모습은 비록 바위 같은 마음을 지닌 사람이라도 슬퍼하지 않을 자 없었다. 장례일이 되어 장씨 부인의 유해를 선산에 고이 모셨지만 장화 자매는 밤낮으로 슬픔을 이기지 못했다. 세월이 물 흐르듯 하여 어느덧 삼년상을 마쳤지만 장화 자매의 어머니에 대한 슬픔은 더욱 깊어만 갔다.

흉악한 계모 허씨의 박해

부인을 잃은 배좌수는 비록 죽은 아내의 유언이 있으나 아들이 없기에 후사(後嗣)6)를 생각하여 아내를 얻지 않을 수 없다 여겼다. 그래서 여기저기 마땅한 혼처를 구했지만 적당한 곳이 없었다.

할 일없어 하다가 마침내 어떤 여자를 얻었는데 성은 허(許)가요, 나이는 이십이 지났으며 용모는 이루 말로 다 할 수 없을 정도로 흉측했다. 얼굴은 한 자가 넘고, 두 눈은 퉁방울7) 같고, 코는 질병8) 같고, 입은 메기 같고, 머리털은 돼지털 같고, 키는 장승 같고, 목소리는 이리와 승냥이 소리 같았

---

6) 후사: 대를 이을 아들.
7) 퉁방울: 놋쇠로 만든 품질이 낮은 방울.
8) 질병: 흙으로 만든 액체를 담는 병.

다. 허리는 두어 아름이나 되는 가운데 곰배팔이[9)에, 수종다리[10)에, 쌍언청이[11)를 다 갖추고 주둥이가 길기는 칼로 썰어 놓으면 열 사발이나 될 지경이었다. 얼굴은 쇠로 얽어 만든 멍석 같으니 그 생김새는 흉측하여 차마 쳐다보기 어려운데, 마음 쓰는 법은 더욱 망측하였다. 이웃 집 험담하기. 집안사람들 이간질하기, 불붙는 데 키질하기 등 남이 못할 짓만 찾아다니며 하니 잠시라도 집안에 두기 어려울 지경이었다.

하지만 그것도 계집이라고 들어온 그달부터 태기가 있어 계속해서 아들 삼형제를 낳으니 좌수가 그로 인하여 백가지 흉을 모른 체하고 내버려 두었다.

좌수는 늘 장화, 홍련과 더불어 죽은 장씨 부인을 생각하여 하루라도 딸들을 보지 못하면 그리워하는 마음이 삼년이나 지난 듯하였다. 집에 들어오면 먼저 장화와 홍련의 처소에 가서 딸의 얼굴을 어루만지고 눈물을 뿌리며 이렇게 말하곤 했다.

"너희 자매들이 깊은 방에 틀어 박혀 죽은 어미만 그리워하는 것을 생각하면 간장이 끊어지는 것 같구나."
하며 사랑하고 불쌍히 여기는 마음이 끝이 없었다.

매양 그 모습을 지켜보던 계모 허씨는 미워하고 시기하는 마음이 생겨 장화와 홍련을 없앨 꾀를 짜내기 시작했다. 배좌수는 계모 허씨의 시기하는 마음을 짐작하고 허씨를 불러 크게 꾸짖으며 타일렀다.

"우리가 본래 빈곤하게 지내다가 전처가 친정재물을 많이 가져온 덕분에 지금처럼 넉넉하게 되었소. 지금 우리가 풍족하게 쓰는 것이 다 그 덕이오, 당신이 먹는 것이 다 그 밥이라. 그 은혜를 생각하면 크게 감동해도 부족하거늘 저 딸들을 심히 박대하니 어찌 인간의 도리라 하겠소. 앞으로는 제발 그러지 말고 아무쪼록 당신이 낳은 자식처럼 사랑하여 조금의 차이도 없게 대해 주시오."

하지만 저 짐승 같은 마음이 어찌 회개 하리오? 그런 말을 들은 후부터는

---

9) 곰배팔이: 팔이 꼬부라져 붙거나 팔뚝이 없는 사람.
10) 수종다리: 병으로 퉁퉁 부은 다리.
11) 언청이: 윗입술이 선천적으로 찢어진 사람.

더욱 불측한 행동으로 장화 자매를 빨리 죽일 뜻을 품고서 밤낮으로 계교를 생각하였다.

하루는 배좌수가 밖에서 들어와 딸들을 살펴보니 자매가 서로 손을 잡고 슬픔을 이기지 못하여 눈물을 흘려 옷깃을 적셨다. 좌수가 불쌍히 여겨 탄식하면서 속으로 생각하기를 죽은 어미를 생각하여 슬퍼한 것이라 여기고 눈물을 머금고 딸들을 위로하였다.

"너희가 이렇게 장성하였으니 네 모친이 살았으면 오죽 기뻐했겠느냐? 하나 너희 운명도 기구하여 사나운 사람을 만나 박대를 이렇게 심하게 받으니 내 맘이 또한 견디기 어렵구나. 아무쪼록 마음을 편히 갖고 지내거라. 만일 다시 학대하는 일이 있으면 내 마땅히 계모를 처단하여 너희들 마음을 편케 하리니 걱정들 말거라."

이때 창틈으로 이 말을 엿들은 계모 허씨는 더욱 분노하여 흉계를 생각하다가 한 꾀를 얻었다. 그 꾀는 무슨 꾀인지, 참으로 흉측하고 괴이하도다.

쥐를 잡아 낙태한 것으로

흉악한 계모 허씨는 자기 자식 장쇠를 불러 장화를 물리칠 꾀를 부리려고 큰 쥐 한 마리를 잡아오라고 일렀다. 그 쥐를 가지고 가죽을 벗기고 피를 발라 낙태한 태아의 형상을 만들었다. 그걸 가지고 장화가 자는 방안으로 몰래 들어가 이불 밑에 넣고 와서는 배좌수가 돌아오기만을 기다렸다.

이윽고 배좌수가 들어오자 흉악한 허씨는 좌수를 이상하게 쳐다보며 혀를 끌끌 차는 것이 아닌가. 좌수가 이상하게 여겨 그 연고를 물으니 허씨가 정색을 하고 말하는 것이었다.

"집안에 매양 괴이한 일이 있으나 일일이 말씀으로 고할 지경이면 반드시 음해(陰害)[12]한다는 꾸중을 들을 것이기에 감히 입 밖에 내지 못하고 있었습니다. 자식들은 나가면 생각하고 들어오면 반가워하는 아버지의 정을 생각지 못하고 부정한 행동을 많이 했지만 제가 친어미가 아니기에 짐작만 하

---

12) 음해: 몰래 남을 해침.

고 그저 조용히 지낼 뿐이었습니다. 장화가 오늘은 늦도록 일어나지 않기에 괴이히 여겨 혹시 몸이 불편한가 하여 들어가 보니 과연 수상한 행동이 보였습니다. 무슨 일인가 하여 물어보고 살펴보니 이불과 요에 피가 묻어 있고 주먹만 한 핏덩이가 이불 속에 있는 것이 아닙니까? 분하고 놀라서 어찌할 바를 몰랐습니다. 그것이 제 친딸이 아니기에 감히 알리지 못하고 우리 둘만 알고 있지마는 우리 배씨가 비록 변변치 못하나 이 고을의 이름난 양반으로 이런 망측한 일이 있는 것은 가문의 큰 수치입니다. 만일 이 일이 누설(漏泄)[13]되면 우리 집이 누명을 쓸 뿐만 아니라 배씨 가문이 세상에 머리를 들 수 없기는 물론이고 아들 삼형제는 장가도 못가고 늙을 터이니 이런 원통하고 분한 일이 또 어디 있겠습니까?"

하며 분기충천(憤氣沖天)[14]하여 길길이 뛰는 것이었다.

배좌수란 자는 원래 성품이 인자하나 판단력이 부족하여 남의 말을 잘 듣는 터이다. 흉녀 허씨의 요사스럽고 악한 말을 들으니 몹시 부끄럽고 분하여 앞 뒤 가릴 것 없이 허씨의 손을 이끌고 딸의 방으로 들어갔다. 장화 자매는 이런 것도 모르고 잠이 깊이 들었는지라. 허씨는 때를 만난 듯이 이불을 들쳐 피 묻은 쥐를 꺼내더니 온갖 소리로 비아냥거렸다.

하지만 못나고 어리석은 배좌수는 흉악한 계모의 간계(奸計)[15]를 모르고 매우 놀라 이 일을 장차 어찌하면 좋겠냐고 오히려 허씨에게 물었다.

"너무도 중대한 일이니 아무래도 남이 모르게 처리하는 것이 상책일 듯하지만 속담에 '싸고 싼 사향내도 난다' 하니 어찌 누설되지 않겠습니까?"

허씨의 간사한 말에 배좌수는 놀라 어찌할 바를 몰랐다.

"그러면 어찌 하여야 좋단 말인가? 무슨 계교든지 당신이 생각나는 대로 말하면 내 그대로 시행할 터이오. 아무쪼록 계책을 내어 집안의 수치만 면하게 해주면 정말 다행이겠소."

"한 계교가 있으나 만일 발설하면 저를 의심하여 제 자식이 아니니까 그렇

---

13) 누설: 비밀이 밖으로 새어 나감.
14) 분기충천: 분한 기운이 하늘에 솟구칠 듯 대단함.
15) 간계: 간사한 꾀.

게 한다고 할 것이 아닙니까? 저는 계교가 있더라도 말할 도리가 없습니다."

이 말을 듣자 배좌수는 벌컥 성을 내며 말을 내던졌다.

"비록 무슨 말을 하던지 내가 조금이라도 당신을 어찌 할 리가 있겠소. 그대로 계책을 시행할 것이니 조금도 숨기지 말고 계교를 말해 보시오."

"계교가 있기는 있으나 만일 발설하였다가 시행치 아니 하면 제 평생에 큰 허물이 될 것이니 차마 말하지 못하겠습니다."

배좌수는 마음이 다급해져 더는 참지 못하고 약속의 말을 내뱉고 말았다.

"장부의 일언이 중천금이라.16) 비록 아무리 심한 말이나 어떠한 일이라도 당신이 말하는 대로 시행하겠소. 어찌 이런 말을 하여 내 심사를 어지롭게 하오?"

흉악한 허씨는 배좌수가 이렇게까지 나오는 것을 보고 드디어 자신의 계책이 성공했음을 눈치 채고 짐짓 모른 척 하며 말을 흘렸다.

"그렇다면 장화를 죽여 종적을 없애는 것이 상책이지만 다른 사람들이 이런 사정을 모르고 제가 불측하여 죄도 없는 전실 자식을 모해하여 죽였다 할 것입니다. 차라리 제가 먼저 죽는 것이 낫겠습니다."

하며 갑자기 밖으로 나가 칼을 들고 자결하는 시늉을 했다. 어리석은 배좌수는 그 흉계도 모르고 급히 나가 붙들고 달래며 좋은 말로 타일렀다.

"당신의 진중한 마음을 내 이미 알고 있소. 무슨 말을 하든지 흠으로 여기기는 고사하고 그대로 시행한다 하였거늘 어찌 이러시오?"

"그렇다면 장화를 속히 처치하여 뒷날의 근심을 끊어주소서. 자식에 대한 아비의 애정이 중하다 하지만 본래 남녀를 비교하면 계집자식은 슬 데 없는 것입니다. 계집아이로 인하여 후사를 이을 아들의 앞길을 막는 것은 정당한 일이라고 할 수 없습니다. 부정한 계집을 급히 처치하여 가문을 맑게 해주십시오."

"당신 뜻을 잘 알겠소. 그 계교대로 시행합시다. 그런데 누가 그 일을 하겠소."

---

16) 丈夫一言重千金: 남자의 말 한 마디는 천금처럼 무겁다는 뜻으로 남자가 한 말은 반드시 지켜야 한다는 것.

"이리이리 하면 귀신도 모르게 잘 처치되리니 무슨 염려가 있겠습니까?"

배좌수는 흉악한 계모의 말을 듣더니 그 계교가 가장 좋다고 하여 그 아들 장쇠를 불러 이리이리 하라 당부하고 황급히 장화를 불렀다.

집에서 내쫓기는 장화

한편 장화 자매는 죽은 모친을 생각하고 슬픔을 이기지 못하여 몸을 뒤척이다가 겨우 잠이 들었으니 어찌 흉악한 계모의 계책을 알았으리오. 장화가 문득 잠에서 깨어났는데 심신이 고단하고 울적하여 마음이 안정되지 않았다. 뭔가 이상한 느낌이 들어 다시 잠을 이루지 못하고 일어나 앉아 있었다.

그때 갑자기 아버지가 자신을 부르는 소리가 들렸다. '어찌해서 이 깊은 밤에 부르실까?' 하고 의아한 생각을 하며 부친 앞으로 서둘러 나아갔다. 배좌수는 꼿꼿하게 앉아 정색을 하고 말하는 것이었다.

"네가 어머니를 여읜 후에 늘 슬픔을 견디기 어려워하는 모양을 보기 괴로워하던 차에 마침 네 외가에서도 네 어머니가 생각나 너희들이라도 좀 보내주면 반갑게 보겠다고 기별이 왔다. 너는 잠깐 다녀오너라."

장화 그 말을 들으니 도대체 무슨 사연인지 알 수 없어 겨우 입을 열었다.

"소녀 어머니 뱃속을 떠난 이후로 지게문[17]을 나서지 아니하여 다른 사람의 얼굴도 보지 못했습니다. 어찌 이같이 날이 밝지도 않았는데 알지 못하는 길을 가라고 하십니까?"

"그러기에 너더러 혼자 가라는 것이 아니다. 네 동생 장쇠를 데리고 가거라."

"비록 그러하오나 소녀 어머니를 여읜 후에 다만 아버지의 슬하에 의지하여 하루 한시라도 떠나지 않았습니다. 한시라도 뵈옵지 못하면 뵙고 싶은 생각이 간절하온데 지금 슬하를 떠나라 하시면 어찌 하오리까?"

장화의 애원에 배좌수는 버럭 소리를 질렀다.

"네 어찌하여 애비의 말을 듣지 않고 여러 말을 하여 애비의 심사를 뒤집

---

17) 지게문: 마루에서 방으로 드나드는 곳에 안팎을 두꺼운 종이로 바른 외짝 문.

느냐?"

부친의 호통에 장화는 목 놓아 울면서 말하는 것이었다.

"아버지께서 죽으라 하신들 어찌 거역하겠습니까? 다만 제가 가지 않으려고 하는 것이 아닙니다. 날이 밝은 후에 가도 무방하온데 이 깊은 밤에 가라하시기에 어린 소견으로 가기가 매우 두려워서 사정을 말씀드린 것입니다. 아버지의 분부가 이 같으시니 어쩔 줄 모르겠습니다."

말을 마치자 눈물이 흘러 옷깃을 적셨다.

배좌수는 비록 어리석고 모자란 인물이지만 자식에 대한 정이 깊어 장화의 측은한 모습을 보고는 차마 재촉하기 어려웠다. 하지만 옆에 있던 흉악한 계모가 부녀가 서로 대화하는 모습을 보고는 갑자기 발길로 장화를 걷어차며 꾸짖는 것이었다.

"너는 어버이의 명에 순종하는 것이 도리이거늘 무슨 잔말을 그렇게 하여 부모의 마음을 아프게 하느냐. 빨리 떠나거라!"

장화는 계모의 구박에 더욱 슬프고 원통한 마음이 치밀었지만 어쩔 도리가 없어 눈물을 흘리며 말을 이었다.

"분부가 이와 같사오니 다른 말씀 올리지 않고 명하시는 대로 즉시 떠나겠습니다."

장화는 방으로 다시 들어가 홍련을 깨워 동생의 손을 잡고 울면서 말했다.

"홍련아, 나를 빨리 가라고 다그치는 아버지의 의향을 알지 못하겠구나. 무슨 연고로 이 깊은 밤에 집을 떠나 외가에 다녀오라 하시는지 알 수가 없구나. 마지못해 가기는 가겠지만 가는 길에 분명 흉한 일은 있을지언정 좋은 일은 없겠구나. 하도 급하게 재촉하여 전후사정을 다 말 못하고 간다. 가장 아쉬운 것은 우리 자매가 어머니도 없이 서로 의지하여 잠시라도 서로 떠나지 않았는데 천만 뜻 밖에 이런 일을 당하여 너를 적막한 빈방에 혼자 남겨두고 가는 일이다. 가슴이 터지고 간장이 녹는 것 같구나. 내 마음은 동해물로 먹을 갈아도 다 기록치 못하겠구나. 아무쪼록 잘 있거라. 내가 가는 이 길이 좋지 못할 듯하나 만일 무사하면 곧 돌아올 것이니 걱정 말거라. 그 동안 보고 싶은 마음이 있으면 서로 보게 옷이나 바꾸어 입자."

두 자매는 옷을 바꿔 입고 손을 붙잡고 한참을 울었다. 이윽고 장화가 홍련에게 경계하는 말을 하였다.

"너는 아무쪼록 아버지와 새어머니를 극진히 섬겨 죄를 얻지 말고 내가 돌아올 때를 기다리거라. 내가 가서 오래 있지 않고 수삼일 만에 돌아오겠지만 그 동안 보고 싶어 어떡하겠느냐. 너를 두고 가는 언니의 마음은 어찌 할 줄을 모르겠구나. 너무 슬퍼 말고 부디 잘 있거라."

하고 말을 마치며 대성통곡을 하는데 차마 손을 서로 놓지 못했다. 살아있을 때 딸들을 한없이 사랑하던 그 모친은 이런 때를 당하여 두 자매의 기막힌 처지를 왜 굽어 살피시지 못하는가? 하지만 이승과 저승의 길이 다르고 화(禍)와 복(福)이 정해진 것을 어찌 하리오.

이때 홍련은 정신이 없는 중에 언니에게 한바탕 닥친 일을 들으니 간담이 떨어지는 듯하여 한 마디 말도 못하고 다만 서로 붙들고 통곡할 뿐이었다. 두 자매의 가련한 모습에 산천초목도 어찌 슬퍼하지 않겠는가?

마침 흉악한 계모가 밖에서 자매의 대화를 엿듣고 있다가 와락 들어와 승냥이 같이 소리를 질렀다.

"요망한 계집애들이 어찌 이렇게 요란을 떠느냐?"

하며 장화와 홍련이를 꾸짖고 장쇠를 불러 재촉했다.

"빨리 네 누이를 데리고 외가에 다녀오라 하였거늘 여태까지 그저 있으니 어쩐 일이냐? 어서 빨리 떠나거라!"

슬프구나. 저 짐승 같은 장쇠는 염라대왕의 분부나 받은 듯이 신이 나서 어깨춤까지 으쓱으쓱 추며 소리를 벽력같이 지르며 재촉하는 것이었다.

"누이는 빨리 나오시오! 아버지의 말씀을 거역하여 왜 공연히 나까지 꾸중을 듣게 하시오. 괜히 잘못도 없이 꾸중을 들으면 어찌 원통하지 않겠소."

장쇠가 득달하는 터에 장화는 어쩔 수 없어 홍련의 손을 떨치고 나오려 하니 이제는 홍련이 언니의 치마를 부여잡고 울었다.

"우리 자매 한시도 떨어진 적이 없었더니 갑자기 오늘은 나를 버리고 어디로 가려 하시오?"

하며 언니를 쫓아 나아가니, 장화는 홍련의 가여운 모습을 보고 땅에 거꾸러져 기절해 버렸다. 만일 인정이 조금이라도 있는 사람이라면 두 자매의 형상을 보고 어찌 감동하지 않을 수 있겠는가? 하지만 저 간악한 모자와 못난 배좌수는 조금이라도 측은하고 불쌍한 마음이 없었다. 도리어 장화에게 음흉한 짓을 한다고 나무라는 것이 아닌가?

이윽고 기절했던 장화가 긴 한숨을 한번 쉬고 깨어나니 이번에는 홍련이 또한 정신을 잃고 기절하는 것이었다. 간신히 몸을 주물러 홍련을 깨운 장화는 동생을 달래며 간신히 말을 이었다.

"내 잠깐 다녀올 테니 울지 말고 잘 지내거라."

장화는 동생을 달래느라 울음이 섞여 말을 제대로 잇지 못했다. 두 자매의 애절한 모습은 차마 눈을 뜨고 보지 못할 지경이었다. 홍련은 언니를 못 가게 하려고 여전히 치맛자락을 붙잡고 놓지 않고 있었다. 이 모양을 보고 흉악한 허씨가 달려들어 홍련을 뿌리치며 꾸짖었다.

"네 언니가 지금 외가에 다니러 가거늘 어디 죽으러 나가는 듯이 어찌 이리 요란을 떠느냐?"

계모 허씨의 꾸짖음에 홍련이 어절 수 없어 물러섰다. 흉악한 계모가 가만히 장쇠에게 눈짓을 하니 장쇠가 알아듣고 재촉이 성화같다. 장화는 이제 어찌 할 수가 없는 줄 짐작하고 동생을 보며 '홍련아, 잘 있거라. 홍련아, 잘 있거라.'고 여러 차례 당부만 할 뿐이었다. 드디어 부친에게 하직하고 문 밖에 나서니 장쇠는 이미 말을 대기시켜 놓고 있었다.

하늘이여, 하늘이여

할 수 없이 억지로 말에 오르니 장쇠는 말을 채찍질하여 깊은 산속으로 들어가는 것이었다. 이윽고 한 곳에 다다르니 산은 첩첩한 천봉이오, 물은 잔잔한 벽계수라. 푸른 풀은 무성하고 소나무는 빽빽한데 인적이라곤 찾아볼 수가 없었다. 아득한 달빛만 희미하게 비추고, 구슬피 우는 두견새 소리만 무정하게 들리니 비록 슬픔 없는 사람이라도 이런 곳에 오면 슬픔을 이기지 못 할 텐데 하물며 설움이 첩첩이 쌓여있는 장화야 오죽하겠느냐?

말을 몰아 한 곳에 다다르니 큰 못이 있었다. 주위는 바다 같이 넓어 물가를 찾을 수도 없으며 깊이는 얼마나 깊은지 검은 물결이 소용돌이치는 것이 바라보기도 무서웠다. 그런데 장쇠는 그 못가에서 말을 멈추고 장화에게 내리라고 하는 것이 아닌가? 장화는 크게 놀라 어찌할 바를 몰랐다.

"집에서 떠난 지 오래 되지 않았고 사람과 말도 피곤하지 않은데 왜 이런 인적이 없는 곳에 내리라 하느냐? 외가에 아직 다 오지 않았는데 이 깊은 밤에 흉악한 이곳에 왜 내리라 하느냐?"

장화가 놀라서 말을 하자 장쇠가 퉁명스럽게 말을 내뱉었다.

"내리면 자연 알 것이니 여러 말 하지 말고 바삐 내리시오!"

장화가 어쩔 수 없어 말에서 내리니 장쇠가

"이 못이 누이가 억만년 지낼 곳인데 무엇이 무섭겠소?"

하며 내린 이유를 말하는 것이었다. 장화는 깜짝 놀라 정신을 차릴 수가 없었다.

"어찌해서 나를 이 못에 죽게 하느냐? 죽더라도 죽는 까닭이나 알아야겠다. 그 연유를 자세히 말해라."

"누이가 누이의 죄를 알 텐데 어찌 나에게 물으시오? 누이에게 외가로 가라고 한 것이 정말인줄 아시오? 누이가 잘못한 일이 많았지만 어머니께서 어지신 마음에 그 동안 모른 체 하고 지냈소. 하나 점점 행실이 나빠져 결국에는 낙태까지 하게 되어 일이 이렇게까지 오게 되었소. 우리 배씨 가문의 누(累)[18]가 되지 않게 하려고 남모르게 누이를 없앨 수밖에 없어서 나로 하여금 이 못에 누이를 넣고 오라 하였소. 나도 피를 나눈 동기로서 차마 못할 짓이지만 부모의 명을 거역할 수 없어 여기까지 이르렀으니 누이는 빨리 물속으로 드시오!"

장화 이 말을 들으니 청천 하늘에 날벼락이 머리 위에 떨어지는 듯 혼비백산(魂飛魄散)[19]하여 하늘에 대고 울면서 소리를 질렀다.

"하늘이여, 하늘이여! 이 어쩐 일입니까? 무슨 일로 이 장화를 내시어 천고에 없는 억울한 누명을 쓰고 이 깊은 물에 빠져 죽게 하십니까? 하늘이여, 굽어 살피소서. 이 장화는 세상에 나온 후로 대문 밖을 나서지 않았거늘 오

---

18) 누: 정신적으로나 물질적으로 해를 입고 괴로움을 받음.

19) 혼비백산: 몹시 놀라 혼백이 흩어짐. 너무 놀라서 정신이 없는 모양.

늘 이런 억울한 누명을 쓰고 다시 씻을 기회도 없이 속절없이 원혼이 되게 하십니까? 전생에 지은 죄가 중하여 이 지경에 이르렀습니까? 이생에 악인을 만나 이 지경에 이르렀습니까? 우리 어머니는 어찌하여 이 세상을 먼저 떠나시고 이 모진 인생을 세상에 남겨 간악한 사람의 모해를 입어 등잔불에 뛰어드는 나방같이 속절없이 죽게 하십니까? 이 내 몸이 죽는 것은 조금도 아깝고 원통하지 않으나 더럽고 추한 말로 '금사망을 쓰고'[20] 억울하게 죽는 것이 원통합니다. 또 홀로 남은 어린 동생 홍련은 어찌 합니까?"

이렇게 울부짖으며 통곡하다 기절하니 그 형상은 비록 목석같은 사람이라도 감동하겠지마는 저 흉측한 장쇠 놈은 조금도 측은히 생각하지 아니 한다. 오히려 성을 내며 기절한 장화에게 빨리 죽으라고 재촉을 해댔다.

"이 적막한 산중에 이미 밤이 깊을 뿐 아니라 어차피 죽음을 면치 못할 인생이 발악한들 무엇 하며, 슬퍼한들 무엇 하며, 통곡한들 무엇 하겠소. 어서 바삐 물에 들어가시오!"

장화가 겨우 정신을 수습하여 울며 부탁했다.

"네 아무리 부모의 명령이라고 할지라도 내 말을 좀 들어보아라. 우리가 배는 비록 다르나 천륜(天倫)[21]이 지극히 가까운 동기가 아니냐? 전날 우리가 우애롭던 정을 생각하면 설사 부모의 명령이 지엄하더라도 나를 물에 빠뜨렸다 하고 부모의 마음을 돌이키도록 주선하는 것이 마땅한 일이다. 비록 네가 그렇게 할지라도 살기를 도모할 생각이 없거니와 지금 영영 황천으로 돌아가는 사람에게 이다지 강박(强薄)[22]하게 굴 것이 무엇이냐? 다만 나의 소원은 죽지 않고자 함이 아니라 잠깐 동안 말미를 주면 외삼촌 집에 가서 돌아가신 어머니의 사당에 하직이나 하고 외로운 홍련의 신세를 부탁하여 아무쪼록 나와 같이 억울하게 죽는 것을 막고자 함이다. 결코 내 목숨을 보전하려는 것이 아니다. 죄가 없다고 변명해 봐야 계모의 시기가 있을 것이고, 살고자 해봐야 부친의 명을 거역하는 것이니 내가 어떻게 하겠느냐? 아무쪼

---

20) 금사망을 쓰다: 무엇에 얽혀서 벗어날 수가 없는 모양.
21) 천륜: 부자, 형제 사이에 마땅히 지켜야 할 떳떳한 도리.
22) 강박: 강포하고 야박함.

록 잠깐 말미를 주어 나중에 내가 죽은 뒤에라도 원혼이 되지 않게 하라."

장화의 처절한 애원을 살아있는 사람이라면 듣지 않을 수 없건마는 저 목석같은 장쇠 놈은 조금도 불쌍히 여기는 빛이 없이 듣지 않을뿐더러 도리어 화를 내며 물에 떠미는 것이 아닌가. 장화는 더욱 기가 막혀 하늘을 우러러 다시 통곡하며 소리를 질렀다.

"밝은 하늘이여, 굽어 살피소서! 이 장화의 팔자 기박하여 여섯 살에 모친을 여의고 자매 서로 의지하여 서산에 지는 해와 동녘에 돋는 달을 대하면 서러움에 간장이 끊어지고, 후원의 피는 꽃과 앞뜰의 돋는 풀을 보면 까닭 없는 눈물이 비오듯하여 한없는 설움으로 근근이 지내왔습니다. 삼년이 지난 후에 계모를 얻었는데 그 성품이 흉측하여 우리를 박대함이 날로 심하였습니다. 서러운 생각 슬픈 마음을 어디다 의지하지 못하고 어찌 할 줄 몰랐습니다. 다만 낮이면 부친을 바라보고 밤이면 모친을 생각하며 자매 서로 의지하여 긴 여름날과 긴 가을밤을 한숨과 탄식으로 지내왔습니다. 하지만 이제 흉악하고 악독한 계모의 손아귀를 벗어나지 못하고 오늘 이 물에 빠져 죽사오니 장화의 억울한 사정을 천지신명께서는 살펴 주시옵소서. 다만 홍련의 불쌍한 인생을 어여삐 여기사 나 같은 일을 당하지 않게 하옵소서."

장화는 하늘에 울부짖고 장쇠를 보며 당부했다.

"나는 이미 이 몹쓸 누명을 쓰고 죽지만 저 외로운 홍련을 불쌍히 여겨 네가 잘 인도하여 부모님께 죄를 짓지 않도록 하거라. 아무쪼록 부모님을 잘 모셔서 오래오래 사시기를 바라노라."

말을 마치더니 왼 손으로 치마를 걷어들고 오른 손으로 월자(月子)23)를 벗어들고 신을 벗고 발을 동동 구르는 것이었다. 비 오듯 눈물을 흘리며 자신이 오던 길을 향하여 또 다시 통곡하며 소리를 질렀다.

"어여쁜 우리 홍련아, 불쌍한 우리 홍련아, 빈방에 홀로 앉아 밤인들 누구를 의지하며 잠인들 어찌 자겠느냐? 너를 두고 죽는 이 내 간장 굽이굽이 다 녹는구나."

말을 마치자 깊이를 알 수 없는 시꺼먼 물속으로 나는 듯이 뛰어들었다.

---

23) 월자: 예전 여자들의 머리숱이 많아 보이라고 덧 넣었던 딴머리. '다리'라고도 함.

가련하도다! 장화의 원통한 일을 누가 알아서 그 누명을 벗겨주리오. 하지만 하늘도 무심치 아니 하니 반드시 선(善)과 악(惡)의 주고받는 이치가 있을 것이다.

가엾은 우리 언니야, 불쌍한 우리 언니야

장화가 물에 빠지자 홀연 물결이 일어나 하늘 높이 치솟으며 찬바람이 휘익 하고 불렸다. 순간 난데없는 큰 범이 장쇠를 향하여 달려들며 동시에 허공중에서 소리가 들렸다.

"네 어미가 흉악하여 죄 없는 자식을 모해하여 이렇게 참혹하게 죽이니 어찌 하늘이 무심하리오? 너부터 죽여 없앨 것이로되 아주 죽이는 것보다 병신을 만들어 평생을 고통 받게 하는 것이 나으니 너는 견디어 보라."

호랑이가 달려들어 장쇠의 두 귀와 한 쪽 팔과 한 쪽 다리를 베어 먹고는 간 데 없이 사라졌다. 장쇠는 호랑이가 달려들자 너무 놀란 나머지 그 자리에서 기절하여 땅에 거꾸러져 무슨 일이 벌어졌는지도 몰랐다. 마침 장화가 타고 왔던 말이 크게 놀라 집으로 달려갔다.

이때 흉악한 계모는 장쇠를 보내고 밤이 깊도록 잠을 자지 않고 기다렸는데 오래 되어도 장쇠가 오지 않아 괴이하게 여기고 있었다. 문득 말이 소리를 지르며 달려 들어왔다. 흉녀 허씨는 자신의 계교가 성공한 줄 알고 반가워하며 내다보니 말이 온 몸에 땀을 흘리며 달려왔는데 사람은 흔적도 찾을 수 없었다.

흉녀 허씨는 크게 놀라 종들을 불러 불을 밝히고 말이 오던 자취를 좇아 장쇠를 찾았다. 마침 한 못가에 장쇠가 거꾸러져 있는데 놀라 자세히 보니 한 쪽 팔 다리와 두 귀가 없고 피를 많이 흘려 죽은 사람처럼 엎어져 있었다. 모두 다 놀래서 어찌 할 줄을 몰랐다. 문득 이상한 향내가 진동하며 차가운 바람이 으스스 불어오는 것이 아닌가. 모두 괴이히 여겨 그 향취가 나는 곳을 찾으니 그 못 가운데서 흘러나오는 것이었다.

종들이 장쇠를 떠메고 집으로 돌아오니 흉녀 허씨는 크게 놀라 어쩔 줄을 몰랐다. 경황이 없는 중에도 온갖 방법으로 장쇠를 치료하더니 이튿날 간신히 장쇠가 정신을 좀 차렸다. 흉녀 허씨는 기뻐하며 곡절을 물었다. 장쇠는 그간 일어났던 일을 일일이 고했지만 장화가 물에 빠진 뒤의 일은 아무 것도 알지 못했다. 흉녀 허씨는 무슨 일이 있었는지 알고 싶었지만 어쩔 도리가 없었다. 장쇠가 다친 일로 전처 자식을 원망하는 마음이 더욱 심해져 밤낮으로 홍련이 마저 없앨 궁리를 하는 것이었다.

이때 배좌수는 장쇠가 범에게 물려 집안이 온통 발칵 뒤집어진 광경을 보며 속으로 장화가 억울하게 죽은 줄 깨닫고 크게 후회하여 슬픔으로 날을 보냈다. 그나마 홍련이 남아 있어 다행이었다. 오직 홍련에게만 마음을 붙이고 지극히 사랑하였다.

한편 홍련은 이런 일이 일어난 줄 모르고 있다가 집안에서 숙덕거리는 것을 보고 이상하게 여겨 계모를 찾아가 장화의 소식을 물었다. 홍련의 물음에 흉악한 계모는 갑자기 성을 발칵 내며 얼굴이 붉으락푸르락 하여 말을 내뱉었다.

"장쇠가 요사스런 네 언니를 데리고 길을 가다가 범을 만나 물려 중상을 입었다."

홍련은 장화의 안부가 궁금하여 다시 그 언니의 소식을 물으니 허씨는 눈을 흘기며

"장쇠가 다쳤다는데 네 무슨 잔말을 그리 하느냐."

하고 말을 딱 끊더니 떨치고 일어나 횡 하니 나가버렸다.

계모 허씨에게 이같이 박대함을 당하니 홍련은 가슴이 터지고 몸이 떨려 정신을 차릴 수가 없었다. 겨우 몸을 가누고 방으로 돌아와 장화의 이름을 부르며 통곡하다가 울음 끝에 피곤하여 잠이 들었다. 그런데 꿈인지 생시인지 어렴풋한 중에 장화가 물속에서 큰 황룡을 타고 나와 북해로 향하는 것이었다. 홍련이 너무도 반가워 달려 나가 인사를 하려 하니 장화가 못 본체 하는 것이 아닌가. 홍련이 기가 막혀 울면서 말을 꺼냈다.

"언니는 나를 모르시나요? 어째서 본 체도 아니 하고 혼자 어디로 가시나요?"

그제야 장화가 슬픈 얼굴로 홍련을 돌아보고 눈물을 뿌리며 말을 하는 것이었다.

"지금 내 몸이 너와는 길이 다르단다. 내가 옥황상제의 명을 받고 삼신산(三神山)[24]으로 약을 캐러 가는 길이다. 가는 길이 바빠 서로 정을 나누지 못하니 너는 나를 무정하게 생각지 말아라. 내가 장차 너를 데려다가 우리 자매가 함께 즐길 날도 있으리라."

장화가 이렇게 말을 할 즈음에 갑자기 장화가 탄 황룡이 소리를 질렀다. 홍련이 놀라 깨니 한바탕 꿈이었다. 온몸에 땀이 흐르고 기운이 서늘하며 정신이 아득해졌다. 언니를 만난 꿈이 심상치 않아 홍련은 부친에게로 가서 그 사연을 말했다.

"오늘 소녀의 마음이 무엇을 잃어버린 듯이 허전하고 슬픔을 견디기 어렵던 차에 이런 꿈까지 꾸니 언니가 분명 다른 사람의 해를 입은 게 분명합니다."

하며 통곡하니 좌수가 딸의 말을 듣고 가슴이 막혀 할 말을 잇지 못하고 다만 눈물만 흘릴 뿐이었다. 계모 허씨가 곁에 있다가 얼굴빛을 바꾸고 꾸짖었다.

"어린 계집애가 무슨 잔말을 그리 하여 어른의 마음을 슬프게 하고 심사를 울적하게 하느냐. 썩 나가지 못할까?"

하고 소리지르며 홍련의 등을 떠밀어 내치는 것이었다. 홍련이 할 수 없어 울며 쫓겨 나와 곰곰이 생각하니 참 이상하고 괴이한 일이었다. '내가 꿈 이야기를 여쭈었는데 아버지는 슬퍼하며 아무 말도 못하시고 계모는 얼굴색이 변하여 이렇게 구박하니 이는 분명 무슨 연고가 있도다.' 하며 이상하게 생각했지만 그 자세한 내막을 모르기에 어쩔 도리가 없었다.

하루는 계모 허씨가 어디 나간 사이에 홍련은 장쇠를 불러 장화가 죽은 사실을 부친에게 들어 이미 알고 있는 것처럼 꾸며 말하고 언니에게 무슨 일이 있었는지 타일러 물어보았다. 장쇠는 감히 속이지 못하고 장화를 물에 넣어 죽인 사연을 낱낱이 얘기해 주었다.

그제야 홍련은 장화 언니가 억울하게 죽은 것을 알고 통곡하다가 기절하

---

24) 삼신산: 신선이 산다는 전설 속의 세 산. 봉래산, 방장산, 영주산을 일컬음. 우리나라에서는 금강산, 지리산, 한라산을 말함.

였다. 한 식경(食頃)25) 후에 겨우 정신을 차려 언니를 부르짖으며 말했다.

"어여쁜 우리 언니야, 야속한 계모야! 가엾은 우리 언니야, 불측한 계모야! 불쌍한 우리 언니야, 어찌하여 적막한 빈방에 외로운 나를 남겨두고 깊은 물에 빠져 죽어 슬픈 혼백이 되었나요? 사람마다 제 명에 죽어도 오히려 부족하게 여기고 서러워하거늘 하물며 남에게 음해를 입고 마지못해 죽는 것이야 오죽하겠어요. 참혹한 우리 언니야! 이팔청춘 좋은 시절에 불측한 누명을 쓰고 천만년의 원혼이 되었단 말인가. 천지고금(天地古今)에 이런 원통하고 분통한 일이 또 어디 있는가요. 밝고 밝은 하늘이여, 굽어 살피소서!

소녀 세 살에 모친을 여의고 언니와 더불어 서로 의지하여 세월을 보냈는데 이제 언니가 이같이 죽어 없어졌사오니 이 외로운 몸이 어디를 의지해야 합니까? 전생에 무슨 죄가 중하기에 이 세상에서 운명이 사나워 이 지경을 당하게 하십니까? 차라리 언니와 같이 더러운 욕을 보기 전에 내 몸이 먼저 죽어 남을 원망치 말기로 맹세합니다. 이제 나의 처지를 불쌍히 여기시고 소원을 이루게 하소서. 외로운 혼백이라도 언니와 같이 지내고저 하나이다."

말을 마치니 구슬 같은 눈물이 얼굴에 가득하고 정신이 아득해지는 것이었다.

언니를 따라 못에 뛰어들다

슬픈 일이로다. 홍련이 언니를 따라 죽기로 맹세하고 언니의 죽은 곳을 찾으려 하나 대문 밖에 나가본 일이 없는 규중처자의 몸으로 어찌 찾을 수가 있겠는가. 그저 죽은 언니 생각에 먹지도 자지도 않고 밤낮으로 슬퍼할 뿐이었다.

하루는 파랑새 한 마리가 날아와서 화단 위를 오락가락 하는 것이 아닌가. 홍련이 마음속으로 '언니가 죽은 곳을 영영 몰라 민망했는데 저 파랑새가 비록 미물이나 저렇게 왔다 갔다 하는 것을 보니 혹시 나를 데려가려 하는 것인가?'라고 생각하며 언니에 대한 슬픈 마음을 진정치 못했다. 그런데 파랑

---

25) 한 식경: 한 끼의 밥을 먹을 만한 시간.

새가 홀연 사라져 간 데를 알 수 없었다. 마음에 의아해서 스스로 탄식하며 말했다.

"파랑새는 미물이라 어찌 나의 처지를 알겠는가? 그렇게 믿는 내 소견이 어리석구나."

하지만 미련을 버리지 못하고 혹시 다음 날 파랑새가 다시 와서 언니의 소식이나 전하여 줄까 기다렸지만 오지 않았다. 이튿날도 기다렸지만 오지 않았고, 그 이튿날도 오지 않았다. 이제는 할 수 없어 탄식하며 혼자 말하기를

"파랑새가 아니 와도 내가 우리 언니의 죽은 곳을 찾아가리라. 이 일을 아버지에게 고하면 분명 못하게 말려 일을 이루지 못할 것이니, 내 사연을 기록하여 남기고 가리라."

하며 붓과 먹을 내어 눈물로 유서 한 장을 썼다.

불초(不肖)[26] 한 딸 홍련은 아버님 전에 두어 자 글을 올리옵나이다. 소녀 일찍이 모친을 여의고 형제 서로 의지하여 지내옵더니 별안간 장화 언니가 죄도 없이 더러운 누명을 쓰고 죽어 마침내 이 지경에 이르렀습니다. 어찌 슬프고 원통치 아니 하겠습니까? 지난 날 우리 형제 한시도 아버님 슬하를 떠나 본 일이 없이 십년을 한결같이 지냈습니다. 이제 듣사오니 언니가 터럭만한 허물도 없이 흉악한 사람의 모해를 입어 죽었다 합니다. 이런 일이 있을 줄이야 어찌 꿈속인들 생각했겠습니까? 지금부터 죽은 언니는 아버님의 얼굴을 뵙지 못하고 목소리도 들을 길 없사오니 어찌 원통치 아니 하겠습니까? 불초한 딸 홍련은 그저 있다가는 멀지 아니 하여 언니와 같이 흉악한 사람의 독한 해를 면치 못할 것 같습니다. 차라리 제가 먼저 언니의 자취를 따라가 지하에 가서나마 형제 서로 의지하면 언니와 같이 더러운 누명은 없을까 합니다. 이에 지극히 원통하고 슬픈 글을 써 올립니다. 눈물이 앞을 가리고 가슴이 막혀 대강 사연을 적어 하직을 아뢰오니 엎드려 바라옵건대 아버님께서는 이 불초한 딸을 조금도 생각지 마시고 만수무강하옵소서.

---

26) 불초: 부모를 닮지 않았다는 뜻으로 부모나 웃어른에게 자신을 낮추어 부르는 말.

이미 밤이 깊어 오경(五更)[27]이 되었다. 달빛은 환하고 맑은 바람이 소슬히 불어오는데 홀연 파랑새가 어디선가 날아와 앵두나무에 앉아 홍련을 보고 반가워하는 듯이 지저귀는 것이 아닌가.

"네 비록 짐승이지만 우리 언니 있는 곳을 가르쳐 주러 왔느냐?"

하니 그 파랑새가 알아듣고 그렇다는 듯 고개를 끄덕이는 것이었다.

"과연 그러하냐? 네가 나를 인도하러 왔으면 네가 먼저 앞서서 날아가거라. 내 너를 따라 가리라."

파랑새는 알아듣는 것처럼 계속 고개를 끄덕이며 응했다. 홍련은 이미 써 놓은 유서를 상 위에 놓고 방문을 열고나오니 자연 슬픔이 복받쳐 통곡이 나왔다.

"가련하다, 나의 팔자여. 이제 어디로 가서 다시 이 문을 보리오."

눈물을 삼키며 앞서가는 파랑새를 따라 가는데 얼마 못가서 동쪽 하늘이 밝아오기 시작했다. 점점 나아가니 청산은 첩첩한데 황금 같은 꾀꼬리는 버들가지에 앉아 봄날을 회롱하고 두견새는 불여귀(不如歸)[28] 슬피 울어 사람의 마음을 울적하게 만들었다.

마침내 파랑새가 산속의 못가에 다다르더니 주저하고 더 가지 않는 것이었다. 홍련이 좌우를 살펴보니 물 위에 오색구름이 자욱한 가운데 문득 슬픈 울음소리 나며 홍련을 부르는 것이었다.

"홍련아, 너는 무슨 죄를 지어 천금 같은 목숨을 속절없이 이 험악한 곳에 버리려 하느냐? 사람이 한번 죽으면 다시 살아나지 못하느니라. 가련하구나, 홍련아! 세상일은 헤아리기 어렵다. 억울하고 원통한 일은 다시 생각지 말고 속히 돌아가 부모님을 효성으로 봉양하고, 좋은 사람을 만나 아들 딸 많이 낳고, 돌아가신 어머니의 혼령을 위로하거라."

홍련이 들으니 장화 언니의 목소리였다. 반가운 마음에 급히 소리 질러 언

---

27) 오경: 저녁 7시부터 다음 날 새벽 5시까지 2시간 단위로 밤의 시간을 나누었는데 오경은 새벽 3시에서 5시 사이.

28) 불여귀: 두견새의 다른 이름. 촉나라 황제인 망제가 황제의 자리에서 쫓겨나 서산에 들어가 두견새가 되었다는 전설에서 유래함. '촉나라로 돌아가고 싶다'는 뜻의 '귀촉도(歸蜀道)'로도 불림.

니를 불렀다.

"언니는 전생에 무슨 죄로 나를 두고 이곳에 와 계십니까? 나도 언니가 떠난 뒤로 홀로 견딜 수 없어 이곳에 계신 언니를 따라 같이 가고자 합니다."

홍련이 언니를 부르짖으니 공중에서도 울음소리가 그치지 않아 두 자매의 슬픔이 더 할 수 없었다. 홍련이 슬픔을 이기지 못하여 정신을 차리지 못하다가 겨우 진정하여 하늘을 향해 축원을 하는 것이었다.

"우리 언니의 누명을 벗겨 깨끗한 사람이 되게 하여주심을 천만 바라옵니다. 또한 이 홍련의 지극히 원통한 사정을 밝혀 내 언니를 따라가 함께 지내게 하여 주소서."

하며 무수히 애원하니 그 불쌍하고 가련한 형상은 어찌 다 기록하겠는가.

이때는 마침 팔월대보름 무렵이었다. 달은 밝고 바람은 맑은데 첩첩한 깊은 산중에 온갖 짐승이 슬피 울어 사람의 마음을 더욱 슬프게 했다. 문득 공중에서 홍련을 부르는 소리가 들렸다.

"홍련아, 네 소원이 그러하다면 이 물로 뛰어 들어오거라."

홍련이 그 소리를 들으니 정신이 아득하여 치마를 부여잡고 나는 듯이 물속으로 뛰어들었다. 그 참혹하고 가련한 모습은 차마 눈을 뜨고는 볼 수 없었다.

갑자기 천지가 슬퍼하며 우는 듯하고 물에 안개가 자욱한 가운데 슬픈 울음소리가 그치지 않았다. 게다가 울음소리와 더불어 계모의 모해로 억울하게 죽은 사연이 사설이 되어 흘러나왔다. 그 후부터 그곳을 지나는 사람마다 그 소리를 듣게 되어 사람들이 모두 장화 홍련의 원통하고 억울한 사연과 배좌수 부부의 흉악무도한 행적을 자연히 알게 되었다.

누가 우리의 원한을 풀어주리오

한편 장화 홍련의 억울한 혼백은 구천에 사무쳐 흩어지지 않고 그 원통함과 치욕을 풀고자 철산고을에 나타났다. 하지만 장화 홍련이 그 지극히 원통한 사정을 호소하려 철산부사 앞에 나타나기만 하면 부사가 먼저 기절하여 죽었다. 이렇게 하기를 여러 번 하니 철산에는 고을을 맡으러 내려갈 사람이 없어 자연 폐읍(廢邑)29)이 되고 말았다. 게다가 해마다 흉년이 들어 백성들이 굶주려 죽게 되니 사람들이 사방으로 흩어져서 고을이 텅 비게 되었다. 평안감사가 이 사연을 듣고 조정에 장계(狀啓)30)하니 임금이 크게 근심하여 날마다 조정에서 의논이 그치지 않고 철산부사로 내려갈 사람을 구했다.

마침 선전관(宣傳官)31) 벼슬을 하고 있는 정동호라는 사람이 강직하고 지식이 넉넉하다는 말을 듣고 임금에게 천거했더니 임금이 정동호를 친히 들라하여 하교를 내렸다.

"지금 철산 고을에 백성들이 흩어져 폐읍이 되었다 하니 염려가 많구나. 게다가 가고자 하는 자 없는 가운데 이제 조정에서 경을 천거하였기에 특별히 철산부사를 제수하노니 빨리 도임하여 백성을 편안케 하고 짐이 바라는 바를 져버리지 말라."

신임부사 정동호는 임금의 명을 받아 사은숙배(謝恩肅拜)32)하고 그날로 철산군에 도임하였다. 신임부사는 도착하자마자 즉시 이방을 불러 그 정황을 물었다.

"내 들으니 이 고을에 원님이 부임하면 그날로 즉시 죽는다 하니 그 말이 사실이냐?"

"과연 오륙년 전부터 이 고을에 오시는 분마다 도임하시면 비몽사몽간에 꿈을 깨지 못하고 아주 잠들어 일어나시지 못하니 그 연고를 알지 못하겠습니다."

이방의 대답을 들은 부사는 관아의 모든 사람들에게 분부하였다.

"너희들은 밤에 불을 끄고 나서 잠자지 말고 조용히 있으면서 무슨 일이 일어나는지 동정을 살펴라."

관속들이 명을 듣고 물러간 후 부사는 객사에서 촛불을 밝히고 주역(周易)을 낭독하며 밤을 보냈다. 밤이 깊어오자 문득 찬바람이 일어나 촛불이 꺼지

---

29) 폐읍: 고을의 규모가 줄어들어 관청을 없애는 것 혹은 없어진 고을.

30) 장계: 지방에 파견된 벼슬아치가 조정에 올리던 보고서.

31) 선전관: 조선 시대에 형의 집행이나 시위, 전령, 부신 등을 맡아보던 선전관청에 소속된 무관.

32) 사은숙배: 임금의 은혜에 감사하여 절을 올리는 일. 임금의 명을 받은 벼슬아치가 행하던 절차임.

고 정신이 아득하여 무슨 일이 일어난 줄 알지 못할 지경이었다. 갑자기 난데없는 미인이 푸른 저고리에 붉은 치마를 차려입고 문을 열고 들어와 절하는 것이 아닌가. 부사는 소스라치게 놀랐으나 정신을 가다듬어 물었다.

"너는 어떠한 여자기에 이 깊은 밤에 여기에 들어왔느냐?"

그 미인이 고개를 숙이고 일어나 다시 절하며 말을 하는 것이었다.

"소녀는 이 고을 사는 배무용의 딸 배홍련이온데 지극히 원통한 원한이 있어서 외람되이 이곳에 들어왔사옵니다."

"그러면 무슨 일인지 자세히 말해 보거라."

홍련이 엎드려 그간 있었던 억울하고 원통한 사연을 늘어놓았다.

"소녀의 어미가 배씨 집안에 시집와서 소녀의 언니 장화와 소녀를 낳아 손안의 보물처럼 애지중지 길렀습니다. 언니가 여섯 살이 되고 소녀가 네 살 되던 해에 소녀의 어미는 그만 돌아가시고 우리 형제 서로 의지하여 지냈습니다. 제 아비가 후처 허씨를 얻었는데 여러 행동이 수상하였지만 다행히 아들 삼형제를 연달아 낳자 제 아비가 혹하여 계모의 참소만 듣고 소녀 형제를 심히 박대했습니다. 하지만 저희 형제는 부모님을 더욱 공경하고 더욱 조심하여 아무쪼록 부모님의 뜻에 맞추어 가려 했습니다.

소녀 형제 점점 장성하니 얼굴과 재주가 남에게 과히 뒤떨어지지 않아 소녀의 아비 소녀 형제를 애지중지하며 이 세상에 둘도 없는 것으로 알고 장차 좋은 짝을 구하여 원앙이 다정하게 녹수에 노는 것처럼 즐거움을 보려 하였습니다. 하지만 계모의 시기로 스무 살이 되도록 혼인을 정하지 못했습니다. 이는 다름이 아니라 본래 배씨 집안은 가난했는데 소녀의 어미 재산이 많사와 전답이 천여 석, 돈이 수만금, 노비가 수십 명이온데 만일 소녀 형제 출가하면 재물을 많이 가져갈까 하여 그리했던 것입니다. 소녀 형제를 시기하는 마음을 품어 죽여 없애고 자기 자식들로 하여금 모두 가지게 하려고 밤낮으로 소녀 형제를 없이할 계책을 생각했습니다. 나중에는 결국 무서운 흉계를 내어 큰 쥐를 잡아다가 껍질을 벗기고 피를 많이 바른 뒤에 몰래 언니의 이불 속에 넣어 낙태한 모양 같이 만들어 놓고 아비를 속여 죄명을 드러낸 후에 언니를 없애려고 했습니다. 거짓으로 언니를 외삼촌 집에 보내는 체하고 강제로 말을 태워 그 아들 장쇠로 하여금 데리고 가다가 깊은 못에 빠뜨려 죽였으니 세상에 이런 원통한 일이 어디 있습니까?

소녀 늦게야 이 일을 알고 너무 원통하여 스스로 생각하니 소녀 구차히 살다가는 또 그런 계모의 흉계에 빠져 죽기를 면하지 못할 것 같아 언니가 죽은 곳에 찾아가 빠져 죽었사옵니다. 소녀 죽기는 원통치 않으나 언니가 쓴 흉측한 누명을 벗을 길이 없어서 이렇게 원혼이 되었습니다. 그 지극히 원통한 사정을 아뢰고자 하여 새로 원님이 내려올 때마다 이렇게 들어왔습니다만 모두 놀라 기절하여 다시는 일어나시지 못한 까닭에 자세한 사정을 아뢰지 못했습니다. 오늘 천행으로 사리에 밝으신 원님이 내려오셨단 말을 듣고 당돌하게 들어와 자세한 연유를 아뢰옵니다. 엎드려 바라옵건대 현명하신 원님은 소녀의 처지를 불쌍히 여기사 그 일의 내막을 자세히 조사하시어 소녀 형제의 하늘에 사무친 원한을 풀어주시고 아무런 잘못도 없는 언니의 누명을 벗겨주시면 그 은혜 대대로 갚을 것이며 이 고을도 무사태평하리니 깊이 살펴주소서."

홍련의 원혼은 긴 말을 마치더니 다시 일어나 절하여 하직을 고하고 밖으로 나갔다. 원귀의 하소연을 다 들은 부사는 마음이 산란하여 잠을 이루지 못하고 '이런 일이 있어서 폐읍이 되었던 것이로구나'하며 이런저런 생각으로 밤을 지새웠다.

부사는 이튿날 아침 일찍이 동헌에 자리를 잡고 좌수와 이방을 불러들였다.

"이 고을에 배무용이라는 사람이 있느냐?"

"그런 사람이 과연 있사옵니다."

"배무용의 전후사정을 자세히 아느냐?"

"읍내에서 수 백여 리 되는 곳에 사는 까닭에 자세히는 알지 못하오나 지금 좌수는 그 면에 사오니 분명 자세히 알 것입니다."

이방이 그렇게 말하자 옆에 있던 좌수가 대답했다.

"배무용은 본래 이 고을 향반으로 좌수까지 지내옵고 가세도 넉넉합니다."

"그런 사실을 묻는 것이 아니다. 내외 해로하는지, 자손도 많은지, 집안이 화목하고 인심이 순박하여 남에게 칭찬도 듣는지, 그런 일이 있고 없는 것을 묻는 것이니, 혹시 아는 바가 있느냐?"

"배무용은 본래 가난한 처지였는데 그 전처의 재산이 많아 이 고을 부자라는 이름을 얻었습니다. 또 전처에서는 딸 형제뿐이고 후처에서 아들 삼형제를 두었나이다."

"그 딸은 다 출가하였느냐?"

"그 여식은 다 죽었다 하더이다."

"어찌 죽었느냐?"

"남의 일인고로 자세히는 알지 못하오나 대강 듣자오니 언니 장화는 무슨 죄가 있어 못에 빠뜨려 죽였는데 동생은 언니가 죽으니 밤낮으로 통곡하다가 언니가 죽은 곳에 빠져 죽었습니다. 그 후로부터 사람들이 그 물 근처에 가면 그 형제의 죽은 원혼이 맺히고 풀리지 못하여 날마다 물가에 나와 울며 말하기를 '계모의 모해를 입어 누명을 쓰고 죽었다' 하면서 애원하는 소리가 그치지 않아 듣는 사람이 모두 눈물을 흘리지 않는 자가 없다고 합니다."

부사는 좌수의 말을 듣고 즉시 건장한 차사(差使)[33]를 보내 배좌수 부부를 잡아들이라 하였다. 이 무렵 철산군 관속들은 원님이 부임한 이튿날이면 송장을 치르는 것이 전례행사가 되어 이번에도 원님이 죽었으리라 여기고 매장할 기구를 미리 준비하고 대령했는데 원님은 죽지 않고 이같이 공사를 진행하니 모두 신기하게 여겼다.

배좌수와 계모 허씨의 문죄

이에 차사들이 배좌수 집에 들이 닥쳐 부사의 명을 알리고 잡아가려 하자 배좌수는 머리를 숙이고 아무 말도 없는데 흉악한 허씨는 성을 벌컥 내며 얼굴색이 변하여 소리를 지르는 것이었다.

"우리가 나라의 땅을 차지한 적도 없고, 살인강도의 죄도 지은 바 없고, 나라에 역적죄를 지은 바도 없거늘 어찌하여 나까지 잡아들이려 하느냐? 집안의 가장이나 잡아가고 나는 놓아 달라."

관가의 차사들이 소리를 버럭 지르며 말했다.

"우리 신관사또께서 아시는 일이 귀신같으신데 무슨 죄가 없으면 어찌 잡

---

33) 차사: 고을의 원이 죄인을 잡으러 보내는 관아의 하인.

아오라 했겠소. 죄가 있고 없는 것은 우리에게 물을 것이 아니오. 우리는 관가의 분부를 받고 온 것이니 잔말 말고 가시오!"

관가의 차사들이 호랑이 같이 호통치며 빨리가자고 재촉했다. 이윽고 배좌수 부부를 급히 잡아다 관가의 뜰에 대령하니 부사가 배좌수에게 물었다.

"네 자식이 몇 명이냐?"

"딸 형제와 아들 삼 형제 있었는데 딸은 다 죽고 아들만 있나이다."

"딸은 무슨 까닭으로 죽었느냐?"

"병들어 죽었나이다."

좌수의 뻔뻔한 대답에 별안간 부사가 화를 벌컥 내며 호통을 쳤다.

"내 이미 다 알고 있거니와 네 어찌 나를 속이려드느냐?"

배좌수는 얼굴이 흙빛이 되어 아무 말도 못하고 있었다. 요사스러운 흉녀가 곁에 있다가 원님의 말을 듣고 크게 놀라 배좌수에게 말을 건넸다.

"원님이 다 아르시고 묻는데 터럭만큼이라도 속여서야 되겠습니까? 바른 대로 아뢰시지요."

부사가 이번에는 흉녀 허씨에게 분부하였다.

"네 말이 옳다. 그러면 네가 자세히 아뢰어라."

"소첩이 전실 소생의 딸 형제를 금옥같이 길러 잘 키웠나이다. 장차 출가시키려 하였더니 장녀 장화가 부정한 행실을 저질러 잉태까지 하게 되어 누설될까 두려워 종들도 모르게 약을 먹여 낙태시켰나이다. 사람들은 실로 그런 줄도 모르고 계모의 모해인 줄 알 듯 하옵기로 장화를 불러 '네 죄는 죽어 마땅하나 너를 죽이면 다른 사람은 나의 모해로 알겠기로 죄를 사하는 것이니 차후에는 다시 이러한 행실을 말고 마음을 닦거라. 만일 남이 알면 우리 집을 경멸할 것이니 무슨 면목으로 사람을 대하겠느냐.'하며 경계하고 꾸짖었나이다. 저도 죄를 짓고 부모 보기가 부끄러웠는지 밤에 가만히 나가 못에 빠져 죽었사옵니다. 그 아우 홍련은 제 언니가 죽은 후 또한 밤을 타고 도망하여 나간 지 한 해가 되었사온데 지금도 그 종적을 모를뿐더러 양반의 자식으로 행실이 그릇 되어 나간 것을 어찌 찾사옵니까? 그런 사정이 있어 남에게 말할 수 없어 묻어둔 까닭에 다른 사람은 알지 못하나이다."

부사 듣기를 다하고 다시 물었다.

"네 말이 그러 할진대 그 낙태한 증거가 있느냐?"

"일이 중대하고 한 사람의 평생 신세에 관계되는 일이니 어찌 증거 없이 저를 꾸짖고 경계하겠사옵니까? 그런 고로 그 낙태한 것을 지금까지 보존하여 두었습니다."

"그러면 그것을 들여라."

"소인이 늘 생각하기를 뜻 밖에 무슨 일이 있을지 몰라 그것을 말려 몸에 지니고 다녔사오니 자세히 살펴보옵소서."

흉녀 허씨 품속에서 마른 고깃덩이 한 조각을 올리거늘 부사가 받아보니 그 모습이 다소 이상했지만 거의 사람이 되려는 태아 같았다. 이에 허씨에게 분부하였다.

"네 말이 그러하나 죽은 지 오래 되어 분명한 사실인지 알 수가 없다. 내가 특별히 조사를 더해서 그 근원을 캐가지고 처리할 것이니 지금은 물러가 있거라. 만일 조금이라도 네 말과 같지 않을 때에는 너는 죽기를 면치 못 할 것이다. 지금이라도 공연히 관청에 분란을 일으키지 말고 바른 대로 말하라."

"공명정대하신 원님 앞에서 어찌 터럭만큼도 속이겠습니까? 이 뒤에 만일 소인이 공연히 모해한 일이 조금이라도 드러나면 매를 맞아 죽더라도 어찌 원망하겠사옵니까?"

그날 밤에 장화 자매가 분명한 모습으로 다시 부사 앞에 나타나 두 번 절을 올린 후에 말하는 것이었다.

"소녀들은 천만 뜻밖에 명관을 만나 억울한 누명을 씻을까 바라옵더니 나리께서도 그 흉악한 계모의 간사하고 악독한 계교에 속아 판결을 미룰 줄 어찌 알았겠사옵니까?"

하며 원망하니 부사가 말을 꺼냈다.

"내가 판결을 미룬 것이 아니라 자세한 사실을 염탐한 뒤에 처치하기로 한 것이다. 그 일에 대하여 무슨 명백한 증거가 있겠느냐?"

"옛날부터 지금까지 계모에게 독한 해를 입은 사람을 어찌 다 기록할 수 있겠사옵니까? 순(舜) 임금 같은 성인도 계모에게 죽을 뻔하였고[34] 민자건 (閔子騫) 같은 현인도 그 계모가 겨울옷에 갈대꽃을 넣어주어 얼어 죽을 뻔

하였다35)하옵거든 하물며 소녀 같이 미천한 신세야 일러 무엇 하오리까? 소녀들의 억울한 일은 천지신명이 아시는 바이오니 다시 얘기할 바 없거니와 이제 그 증거를 아시고자 하시거든 멀리 구할 것이 아니라 그 낙태했다는 고깃덩어리를 자세히 조사하시면 명확한 사실을 아시게 될 것이옵니다."

"그러면 그 낙태했다는 것을 어떻게 조사하면 좋겠느냐?"

"이리이리 하시면 자연 알으시리니 무슨 염려 있사오리까? 다만 그 진상이 밝혀지면 소녀는 억울한 누명을 벗을 수 있지만 소녀의 아비는 연루된 바가 없지 않아 죄를 면하기 어려우니 살려주시기를 간절히 바라나이다. 소녀의 아비는 인자하고 순해서 조금이라도 악한 마음이 없건마는 그 간악한 계모의 꼬임에 빠져 이 지경에 이르렀사오니 특별히 죄를 사하여 주시옵소서."

말을 마치더니 일어나서 다시 절하고 청학(靑鶴)을 타고 공중으로 올라가는 것이었다.

능지처참 당하는 계모 허씨

부사는 이튿날 일찍이 동헌에 자리를 잡고 좌수 부부를 다시 득달같이 잡아들여 다른 것은 물을 것도 없이 그 낙태한 것을 들이라 하였다. 자세히 살펴보니 어젯밤에 일러준 대로 과연 사람의 태아가 아닌 것이 분명하였다. 그래서 흉악한 허씨에게 물었다.

"이것이 분명 낙태한 것이냐?"

---

34) 순임금~뻔하였고: 계모와 동기들이 어린 시절의 순임금을 핍박하고 심지어는 우물에 빠뜨려 죽이려고까지 했다고 한다. 또 계모에게서 난 동생을 편애한 아버지 대문에 핍박을 당했다는 고사가 〈맹자〉에도 전한다.

35) 민자건~뻔하였다: 민자건은 공자의 제자로 효성으로 이름난 인물. 민자건은 어려서 친어머니를 잃고 계모 밑에서 자랐다. 계모는 자기 소생의 두 아들만을 사랑하고 전처 자식인 민자건 형제는 박대했다. 하루는 아버지가 민자건에게 마차를 몰게 했는데, 어린 민자건이 유독 심하게 추위에 떨고 있었다. 괴이하게 여긴 아버지가 상황을 살펴보니 , 계모가 친자식의 옷에는 솜을 넣어주고 전처의 두 아들 옷에는 갈대꽃(갈대 이삭에 붙은 털)을 넣어준 것을 알게 되었다. 노발대발한 아버지가 계모를 쫓아내려 하자 민자건이 "어머님이 계시면 저 혼자 춥지만, 어머님이 안 게시면 우리 형제 모두가 추워집니다. 그러니 노여움을 거두어 주십시오."라고 하여 계모를 용서했다. 이후 계모도 회개하여 일가가 화목하게 살았다 한다.

"분명 그러하외다."

부사는 화를 벌컥 내며 호통을 쳤다.

"이 악하고 요사스러운 계집아, 네 어찌 나를 이같이 심하게 속이느냐? 이것이 분명 태아가 아니라는 증거가 들어나면 네 목숨이 당장 끊어지는데 그래도 태아라 우기느냐?"

부사는 주변에 있는 관원들에게 명하여 그것의 반을 가르니 그 속에는 쥐똥이 가득하였다. 그것을 본 관속과 철산 사람들은 모두 놀라고 분하고 흉녀 허씨의 극악한 죄를 꾸짖으며 장화 자매의 억울한 죽음을 불쌍히 여겨 눈물을 흘리는 사람이 많았다. 부사 크게 진노하여 흉녀 허씨를 꾸짖으며 말했다.

"이 극악한 년아, 네가 이런 천고에도 없는 죄를 짓고도 방자하게 공교로운 말로 관장(官長)[36]까지 속이니 이런 무엄한 년이 천지간에 또 어디 있으리오. 네 이제 또 무슨 변명이 있느냐? 네 나라 법을 업신여기고 또 하늘을 속여 사람 죽이기를 우습게 여겼으니 너를 당장에 때려죽일 것이지만 사건이 워낙 중대하여 네 목숨을 며칠 동안 살려둔다. 너는 그 사건의 자초지종을 하나도 빼지 말고 낱낱이 고하라."

배좌수 이 거동을 보고 자기에게 돌아오는 죄는 생각지 않고 자식을 억울하게 죽인 일을 뉘우쳐 눈물을 흘리고 사실을 아뢰었다.

"저의 무식한 죄상은 관장님 처분에 달려있거니와 황공하오나 진상을 자세히 아뢰겠나이다. 저의 전처 장씨는 현숙하기 이를 데 없으나 불행하게도 일찍 죽고 두 딸이 있어 부녀 서로 의지하여 지내왔사옵니다. 하지만 아들이 없었기에 후사를 생각지 않을 수 없어 후처를 얻었는데 비록 어질지는 못하나 연하여 아들 셋을 낳아 매우 기뻐했사옵니다.

하루는 제가 밖에 나갔다 집에 들어가니 이 흉악한 여자가 발끈 성을 내고 얼굴을 붉히며 '당신은 늘 장화를 세상에 둘도 없는 귀한 딸로 여겼지만 행실이 부정하여 외간 남자와 정을 통하는 기미가 있으되 내가 늘 숨겨주고 저더러 조심하라고 했는데 지금 수상한 행동이 있기로 자세히 살펴보니 낙태를 했으니 당신이 들어가 보시오'하며 이불을 들쳐 그것을 저에게 보여주

---

36) 관장: 시골 백성이 지방의 수령을 높여 부르는 말.

218

었습니다. 어두운 눈으로 보니 과연 낙태한 것이 분명한지라 미련한 소견에 흉계인 것을 미처 깨닫지 못했나이다. 게다가 전처의 간절한 유언을 망각하고 그 흉계에 빠져 자식을 분명히 죽였으니 제 죄가 만 번 죽어도 아깝지 않사옵니다."

배좌수는 말을 마치고 큰 소리로 통곡하는 것이었다. 부사가 그 울음을 중지시키고 흉녀 허씨를 형틀에 매고 그간의 일을 자세히 아뢰라고 호통치니 흉녀는 겁을 내며 입을 열었다.

"소첩(小妾)37)은 대대명문거족의 자손이었으나 집안이 점점 쇠잔하여 끼니도 제대로 잇지 못하던 차에 좌수와 정혼하여 후처로 들어갔나이다. 전실 딸 형제가 매우 아름답기로 친자식 같이 길렀나이다. 하지만 점점 자라 나이 스물이 되니 행실이 점점 불측하여 백 말에 한 마디도 듣지 않고 말할 수 없이 불경한 일이 많았고 저에 대한 원망과 비방이 적지 않았사옵니다. 그래서 때때로 저들을 경계하고 타일러서 아무쪼록 사람이 되게 하고자 노력하였나이다.

하루는 딸 자매가 비밀스럽게 말하는 것을 우연히 엿듣게 되었사온데 그 말이 극히 흉측하고 도리에 어긋나 제 마음이 놀랍고 분했사옵니다. 하지만 가장에게 말하게 되면 반드시 계모가 모해하는 줄로 알고 듣지 않을까 하여 가장을 속이고 장화를 죽일 생각으로 쥐를 잡아 피를 묻혀 장화가 자는 이불 속에 넣고 낙태한 것처럼 꾸몄나이다. 그리고 소첩의 자식 장쇠에게 계교를 가르쳐 장화를 외갓집에 데리고 가는 것처럼 속여 가는 중에 못에 빠뜨려 죽였사옵니다. 그런데 그 아우 홍련이 어찌하여 그 일을 알고 화를 당할까 두려워 밤을 타고 도주하였사옵니다. 소첩의 죄는 법대로 처치하시지만 소첩의 아들 장쇠는 이 일로 말미암아 이미 온갖 병신이 되었사오니 죄를 사하여 주옵소서."

게다가 같이 잡혀온 장쇠 삼형제도 무수히 애걸하며 사정을 했다.

"저희들은 달리 여쭈올 말씀은 없사오나 부모 대신에 저희를 죽여주시옵기를 바라옵나이다."

---

37) 소첩: 여자가 윗사람에게 자신을 낮추어 일컫는 말.

부사가 조사를 마치고 좌수 부부와 장쇠를 큰칼 씌워 옥에 가두고 그 사실을 자세히 적어 문안을 꾸며 평안감영에 보고하였다. 평안감사 크게 놀라 법에 의거하여 처결하여 '흉녀 허씨는 능지처참(陵遲處斬)[38]하고, 그 아들 장쇠는 교수형에 처하고, 배무용은 그 딸의 소원을 따라 방면하고, 장화 형제의 시체는 건져내어 정결한 곳에 안장하고 비석을 세워 그 억울한 사실을 밝히라'하고 철산부사에게 공문을 내려 보냈다. 철산부사는 평안감사의 처결을 받고 즉시 시행하여 흉녀 허씨는 능지처참하여 여러 고을에 그 시체를 돌려 징계로 삼고, 장쇠는 목매어 죽이고, 좌수는 동헌의 뜰에 꿇리고 꾸짖었다.

"네 아무리 무식하나 어찌 그 흉녀의 간계를 깨닫지 못하고 그렇게 사랑하던 자식을 죽였느냐? 마땅히 가장으로서 처사를 잘못한 죄를 면치 못할 것이로되 너를 죽이면 네 딸의 혼백이 기뻐하지 않겠기로 특별히 용서하니 너는 회개하여 다음부터는 그런 일을 절대로 행하지 말라!"

좌수는 죽을 목숨이 살아 몸 둘 바를 모르고 황공하여 거듭 절하고 물러갔다.

부사는 즉시 관속들을 거느리고 장화 형제가 죽은 못에 가서 물을 퍼내고 보니 장화 홍련의 시체가 평상에서 잠자듯이 누웠는데 얼굴이 조금도 상하거나 변하지 않고 살아있는 사람 같았다. 부사가 괴이히 여겨 관(棺)을 갖추어 잘 묻어준 뒤에 비석을 세워 그 일을 기록하였다. 그리고 글을 지어 제사를 지내 그 넋을 위로하고 돌아왔다.

하루는 부사가 몸이 곤하여 자리에 누웠는데 문득 장화 형제가 옷을 정결히 갖춰 입고 들어와 절을 하는 것이었다.

"명철하신 원님의 은덕으로 소녀들의 원수를 갚았으며 또한 유골을 거두어 주시고, 애비의 죄를 사하여 주시니 그 여러 가지 은혜는 오히려 태산(泰山)이 가볍고 하해(河海)가 얕습니다. 비록 죽은 혼령이라도 풀을 엮어 은혜를 갚기로 하였사옵니다.[39] 오래지 않아서 벼슬이 높아질 것이오니 이는 소

녀들의 정성인줄 아옵소서."

부사가 깜짝 놀라 잠을 깨니 한바탕 꿈이었다. 꿈이 신기하여 그것을 기록하여 나중에 증험을 삼고자 하였는데 과연 그달부터 벼슬이 차차 올라 나중에는 통제사까지 지냈으니 과연 장화 홍련의 음덕이었다.

다시 태어난 장화와 홍련

배좌수는 나라의 처분으로 흉악한 계모를 죽여 두 딸의 원혼을 위로하였으나 오히려 시원한 기분이 드는 것이 아니라 다만 두 딸이 억울하게 죽은 것만 생각나 늘 슬픔에 젖어있었다. 마치 딸의 모습이 보이는 듯, 딸의 목소리가 들리는 듯 거의 미칠 지경이었다. 그래서 두 딸이 이 세상에 다시 살아나서 부녀간의 정을 잇기를 날마다 하늘에 기원하였다.

그런데 집안에 부인이 없으니 다른 것은 고사하고 아침저녁으로 끼니를 챙기기도 지극히 어려웠다. 게다가 이일 저일이 많아 아내를 맞이하지 않을 수 없었다. 이번에는 조심하여 사방으로 좋은 여자를 구하다가 마침 같은 고을 양반 윤광호의 딸을 얻으니 나이 십팔 세이고 용모와 재질이 뛰어나며 무엇보다도 덕이 있었다. 좌수 크게 만족하여 부부금실이 더할 수 없이 좋았다.

하루는 좌수가 사랑채에서 잠을 이루지 못하고 전전반측(輾轉反側)[40]하는데 어디선가 장화 형제 옷을 잘 갖추어 입고 방에 들어와 절하며 아뢰는 것이었다.

"소녀들이 팔자가 기구하여 어머니를 일찍 여의고 전생의 업으로 흉악한 계모를 만나 마침내 억울한 누명을 쓰고 아버지 슬하를 떠나오니 지극한 원통함을 이기지 못하여 그 한스러운 사연을 옥황상제께 올렸나이다. 옥황상

---

39) 비록~하였사옵니다.: 결초보은(結草報恩)의 고사. 중국 춘추전국시대에 진나라 사람 위과가 아버지가 죽자 아버지의 첩을 개가시켰는데 그 친정아버지가 꿈에 나타나 비록 혼령이지만 은혜를 갚겠다고 하였다. 과연 위과가 전쟁에 나가 위험에 처했는데 풀포기를 묶어서 적이 걸려 넘어지게 함으로써 목숨을 구할 수 있었다

40) 전전반측: 잠을 이루지 못하고 이리 저리 뒤척이는 모양.

제께서 측은히 여기사 '너의 처지가 불쌍하나 그 역시 너의 팔자라. 누구를 원망하겠느냐? 그러나 너의 아비와 인간의 인연이 아직 남았기에 너를 다시 세상에 내보내 부녀의 인연을 다시 맺어 그간 쌓인 억울함을 풀게하노라.' 하시니 그 의향을 모르겠사옵니다."

장화 형제 눈물을 흘려 옷깃을 적시거늘 좌수 반가워 달려들어 붙잡고 반길 즈음에 닭의 울음소리가 들려 잠을 깼다. 무엇을 잃어버린 듯, 취한 것도 같고 미친 것도 같아 몸과 마음을 진정치 못했다. 한참을 혼미한 중에 있다가 안방으로 들어가니 부인 윤씨 또한 잠을 자지 않고 무엇에 홀린 듯이 무슨 꽃송이를 쥐고 있기에 그 사연을 물으니 꿈 애기를 하는 것이 아닌가.

"지금 잠이 들었는데 어떤 선녀가 구름 속에서 내려와 연꽃 두 송이를 주며 말하기를 '이것은 장화와 홍련인데 인간 세상에서 억울하게 죽었기에 옥황상제께서 불쌍히 여기사 부인에게 점지하신 것이니 귀하게 길러 영화를 많이 보소서'하고 간데없이 사라졌습니다. 놀라서 보니 이 꽃이 제 손에 여전히 쥐어있으며 향취가 집에 가득하니 참 이상한 일입니다. 장화와 홍련이 어떤 사람인지 혹시 아십니까?"

배좌수 이 말을 듣고 깜짝 놀라 꽃을 보니 그 꽃이 반갑다고 반기는 듯했다. 딸들을 다시 만난 듯 너무 기뻐 두 눈에서 눈물이 흐르는 것도 깨닫지 못했다. 배좌수는 비로소 윤씨에게 전후사연을 낱낱이 얘기해주고는 당부를 잊지 않았다.

"이는 두 딸들이 반드시 당신에게 다시 태어날 징조요."

서로 기쁨에 겨워 웃으며 그 꽃을 옥병에 꽂아 장속에 넣어두고 때때로 마주 대하니 슬픈 마음이 차차 사그라졌다.

과연 그때부터 윤씨는 태기가 있어 배가 불러오는 것이었다. 열 달이 차니 배부른 것이 여느 사람과 다르더니 해산하고 보니 쌍둥이였다. 좌수 그 아이들을 보니 용모와 기질이 옥을 아로 새긴 듯, 꽃으로 모은 듯, 곱고 뛰어난 것이 세상에 비할 데가 없었다. 좌수 부부 예전 꿈이 생각나 이상하게 여겨 장 속에 감추어둔 꽃을 찾으니 그 꽃이 간 데가 없었다. 더욱 기이하게 여기며 마음속으로 생각하길 '그 연꽃이 화하여 두 딸이 되었구나' 하고 오히려 기뻐하였다.

"너희들이 원혼이 된 것을 하늘이 가련히 여기사 다시 세상에 내려 보내어 부녀의 인연을 맺게 한 것이구나."

하고 기뻐하며 두 쌍둥이의 이름을 다시 장화와 홍련으로 지었다. 그리고 장화와 홍련을 손안의 보물같이 고이고이 길렀는데 사오 세를 지나니 두 딸의 용모가 비상하고 재주가 월등하더니 점점 자라 십오륙 세 되니 재주와 덕을 구비하고 성질이 유순하고 맑아서 가위 군자의 배필 되기가 부끄럽지 않았다.

좌수 부부의 두 딸에 대한 사랑이 비할 데 없기에 또한 그와 같은 배필을 구하려고 매파를 놓아 널리 구했다. 하지만 마땅한 곳이 없어 깊이 근심하다가 다시 생각해보니 철산은 변방이라 땅이 좁아 장화 홍련과 같은 좋은 배필을 구하기 어려웠다. 좌수는 '평양은 큰 도회지라. 분명 인재가 많으리니 차라리 내가 그곳으로 이사하여 좋은 배필을 구하리라'하고 즉시 평양으로 이사를 했다.

장화와 홍련의 결혼

한편 평양의 양반 중에 이연호라는 사람이 있었다. 재산이 넉넉하고 덕망이 높았으나 다만 슬하에 자식이 없어 밤낮으로 근심하더니 늦게야 하늘의 도우심으로 쌍둥이 사내아이를 낳았다. 이름을 윤필 윤식이라고 지었는데 총명하고 용모가 비범하여 평양에서 따를 자가 없었다.

세월이 지나 마침 방년 이십 세라. 문장이 탁월하여 여기저기서 사위를 삼으려고 매파를 보내서 청혼하는 사람이 구름같이 많지만 그 부모 늘 적당한 곳이 없어 근심하였다. 그러던 차에 배좌수의 두 딸이 재주와 덕망이 뛰어나다는 말을 듣고 매파를 놓아 구혼하여 두 집이 합의하였다. 즉시 혼인을 약속하고 구월 보름을 길일로 잡아 혼례를 올리기로 하였다.

이때 나라에서 태평하고 경사스러운 일이 많아 만과(萬科)41)를 열었는데 윤필 형제가 참여하여 동시에 장원급제로 뽑혔다. 임금이 친히 불러 보시고 그 인재를 기특하게 여겨 즉시 한림학사(翰林學士)42)를 제수하셨다. 한림

---

41) 만과: 한 번에 많은 사람을 뽑는 과거.

형제 임금에게 사은숙배하고 말미를 얻어 집으로 돌아오니 길에서 구경하는 사람 중에 칭찬하지 않는 사람이 없었다. 집에 이르러 큰 잔치를 열고 친척과 친구들을 청하여 즐기는데 본관사또와 근처의 수령들이 각각 풍악과 기구를 보내고 평양감사와 서윤(庶尹)43)이 모두 참여하여 신래(新來)44)를 불러 치하하는 자 이루 셀 수가 없으니 향촌의 사람으로 나라의 은혜를 이렇게 성대하게 입은 것이 처음 있는 일이었다.

세월이 이럭저럭 지나 혼례 날이 다가오자 다시 큰 잔치를 열어 신랑 형제 예복을 차려입고 은 안장에 좋은 말을 타고 갖은 풍악을 울리며 신부 집에 이르렀다. 초례를 올린 후 신부를 맞이해 돌아오니 구경 나온 사람들이 쌍둥이 형제가 같이 장원급제하고 같이 쌍둥이 신부를 맞이한 것은 만고에 없던 일이라고 부러워하였다.

두 신부가 시집에 이르러 폐백을 올리고 시부모에게 인사를 드리니 한 쌍의 아름다운 구슬이요 두 개의 보물이었다. 시부모 기뻐함은 이루 다 말할 수 없었다. 이날부터 신부가 시집에 머물며 시부모에게 효도로 봉양하고 부부 화락하며 형제 우애함이 더욱 깊어 집안에 늘 봄바람이 일었다.

그 후 장화는 이남일녀를 낳으니 장남 홍석은 문관으로 재상에 이르고, 차남 홍석은 무관으로 대장이 되었으며, 홍련은 아들 둘을 낳으니 장남 의석은 무관으로 훈련대장을 지내고, 차남 인석은 학행이 뛰어나 한림이 되니, 종형제들의 명망이 온 나라에 진동하여 칭송하지 않는 사람이 없었다.

한편 배좌수의 후처 윤씨 또한 아들 삼형제를 낳아 모두 조정에 나갔는데 명망이 높았다. 좌수가 나이 구십이 되자 나라에서 특별히 세 중신의 아비로 가자(加資)45)를 높여 작위가 이품에 이르러 남은 생애를 마쳤다. 윤씨 또한 이 세상을 떠나니 장화 형제 슬퍼함이 도를 지나칠 정도였다. 한림의 부모 또한 죽어 그 형제와 장화 자매가 극진히 모셔 효성을 다하니 효자 효부라

---

42) 한림학사: 조선시대 예문관의 검열(檢閱)의 다른 이름.
43) 서윤: 조선 시대에 한성부와 평양부에서 판윤과 좌 우윤을 보좌하는 일을 맡아보던 종사품 벼슬.
44) 신래: 과거에 새로 급제한 사람.
45) 가자: 정3품 통정대부 이상의 품계.

칭송이 자자하였다.

장화 형제 칠십삼 세에 같이 세상을 떠나고, 한림 형제는 칠십오 세에 같이 죽어 모두 선산에 안장하였다. 그 자녀들도 모두 아들 딸 많이 낳고 자자손손 번창하여 복을 누렸다.

오호라, 저 흉녀 허씨의 교활하고 악한 행실은 천지간에 용납지 못할 것이다. 그런 까닭에 저의 모자가 다 죽음을 면치 못하니 이는 떳떳한 하늘의 이치라. 악한 일을 행하는 자는 하늘이 악한 일로 갚고, 선한 일을 행하는 자는 하늘이 선한 일로 갚으니 어찌 삼가지 않겠는가.

슬프다. 남의 후처 된 자 그 전처의 자식을 학대함은 하늘 이치를 어기고 부모와 자식의 윤리를 끊는 자다. 학대만 하여도 하늘이 미워하여 복을 받을 수 있는 길이 없거늘 하물며 그 자식을 죽이기까지 하는 자리오. 남의 계모된 자 이 이야기를 거울삼아 삼가고 조심하여 전실 자식일수록 더 사랑하고 더 귀히 여겨 복이 물러가지 않게 함이라.

(경성서적조합본/권순긍 현대역)

제7장

새로운 시대를 향한 이용후생의 메시지,
〈허생전(許生傳)〉

1. '연암그룹' 혹은 북학파(北學派)의 결성과 연행(燕行)

여기 우람한 체구를 가진 한 사내가 있다. 당시 집권층인 노론의 명문가 반
남(潘南) 박씨 집안의 출신으로 재주가 뛰어나 어려서부터 촉망받았으나 무슨
일이 있었는지 과거를 볼 나이가 지났지만 과거를 포기하고 과장(科場)에 나
가지 않았다. 20세를 전후해서 과거를 준비했음에도 선뜻 나서지 못하고 고
민에 고민을 거듭하여 심한 두통과 우울증으로 잠을 이루지 못하고 고생하기
도 했다. 이때 지은 작품들이 바로 『방경각외전(放璚閣外傳)』에 실려 있는 9편
의 한문단편들이다. 그의 문장은 젊은 시절부터 명성이 있어 감시(監試)에서
1등으로 뽑혀 영조에게 칭찬까지 받을 정도였고 매번 과거 시험관이 그를 합
격시키고자 했으나 일부러 피했으며 어떤 때는 '고송노석도(古松老石圖)'를
그려놓고 나온 일까지 있었다 한다. 과거에 합격시키고자 하여도 본인이 거부
하면 어쩔 수 없는 일이 아닌가. 실력과 집안 배경 등을 두루 갖추었음에도
연암이 과거를 거부한 이유가 무엇일까?

표면적인 이유로는 연암과의 산송(山訟: 묘지에 관한 소송)에 패한 선비가 죄를 입어 관직에서 물러나자 이에 대한 자책으로 과거를 폐하게 됐다고 하지만 그보다는 당시의 혼탁한 정국과 자신의 이해관계에 따라 여기 붙었다 저기 붙었다 하는 사대부들의 한심한 작태들을 목격하고 과거에 뜻을 잃게 된 것으로 보인다. 그때가 35세 되던 1771년(영조 47)이었다.

요즘도 정부에서 정책을 결정하거나 대규모 사업을 진행하고자 할 때 상식적인 여론과는 관계없이 소위 전문가라는 학자들이 나와 정권의 나팔수 역할을 하는 경우를 종종 본다. 누가 보아도 아닌 일을 가지고 전문적인 용어를 동원해 가며 당연한 듯이 몰아붙이는 어용학자들의 모습을 보고 있노라면 양반들의 '곡학아세(曲學阿世)'에 분노했던 연암(燕巖)이 떠오른다. 우리는 역사의 어느 한 국면에서 자신의 전문적인 지식을 이용해 권력에 아부했던 지식인의 변절사를 어렵지 않게 목도하게 된다. 민족을 위해 친일을 했다는 이광수(李光洙, 1892~1950)가 그랬고, 지금은 흉물이 된 금강산댐 건설과 4대강, 자원외교가 그러지 않았는가. 요즘 들어서는 한국사 교과서 국정화 문제가 그렇다. 역사학자들 90%가 반대하는데 그들을 '빨갱이'로 몰고 학생들에게 소위 '올바른 역사관'을 심어주겠다며 집필진의 명단도 공개하지 않고 국정화를 밀어 붙인다. 엄정한 역사를 정권의 입맛대로 독점하려는 것이 아니겠는가.

당시 연암은 과거를 통해 관직으로 나아갈 길을 포기하는 대신 마음에 맞는 친구들과 어울려 이른바 '실학자'로서 조선의 개혁과 발전 방향에 대한 본격적인 공부를 한 것이다. 아들 박종채가 쓴 『과정록(過庭錄)』에 의하면 "임진, 계사 년간(1772~1773)에 선친은 식구들을 유안공(遺安公: 연암의 장인)의 석마향(石馬鄕: 지금 성남시에 위치)으로 보내놓고 전의감동(典醫監洞: 지금 조계사 옆 우정국 근처)에 늘 혼자 우거해 계셨"으며 당시 드나들던 사람들이 홍대용(洪大容), 정철조(鄭喆朝), 이서구(李書九), 이덕무(李德懋), 박제가(朴齊家), 유득공(柳得恭) 등이었다고 전한다. 이들이 바로 연암그룹 혹은 북학파

(北學派)로 불린 사람들이다.

이들 그룹은 서울의 도시적 분위기에서 배태됐기 때문에 상공업의 장려와 시장의 발달, 유통의 개선 등 이른바 '이용후생(利用厚生)'을 통한 조선의 발전을 모색하게 된다. 매일 모여서 낙후된 조선의 현실을 타개할 방책을 진지하게 토론한 것이다. 이들을 실학의 제 2기에 해당하는 '이용후생학파(利用厚生學派)'라 부르는 이유가 여기에 있다. 그런데 이들이 발전모델로 생각한 나라가 바로 청나라다. 세계 제국으로 발돋움하는 청의 발전상을 탐구하면서 그것을 조선이 나아가야 할 방향으로 설정한 것이다. 모임 중에서 가장 선배격인 홍대용이 이미 1775~1776년 북경에 다녀오고 그 보고 느낀 바와 교류한 내용을 『연기(燕記)』와 『을병연행록(乙丙燕行錄)』으로 펴냈으며, 이덕무의 『입연기(入燕記)』와 박제가의 『북학의(北學議)』가 1778년 세상에 나왔다. 『북학의』의 서문을 연암이 쓴 것은 널리 알려진 사실이다. 북경은 이들에게는 하나의 텍스트이자 도달해야 될 목표였다.

북학에 대한 열정과 탐구가 계속될 즈음 연암에게도 기회가 찾아왔다. 그토록 꿈에도 그리던 북경을 드디어 갈 수 있게 된 것이다. 연암이 44세가 되던 1780년(정조 4), 6촌 형이자 영조의 부마인 박명원(朴明源, 1725~1790)이 청나라 건륭황제의 70회 생일을 축하하는 사절단의 정사로 임명되어 그 개인 수행원의 자격으로 연행에 참여하게 된 것이다. 그 중국기행의 결과 나온 책이 바로 『열하일기(熱河日記)』다.

2. 『열하일기』는 어떤 책인가

어쩌면 우리의 숱한 고전 중에서 가장 복잡하고 심오한 텍스트는 아마 『열하일기』가 아닌가 싶다. 당시 세계의 중심이었던 중국문명에 대한 보고는 물론 이를 조선에 어떻게 접맥시킬 것인가의 고민과 동아시아의 정치적 판도 및 중국의 정세까지 치밀하게 분석하였다. 더욱이 풍자와 역설이 도처에 도사리고 있는데다가 중국 대륙을 종횡무진 휘젓고 다니는 연암의 자세 또한 지극히 유쾌하고 탐구적이다. 정말 어디가 시작이고 어디가 끝인지 알 수 없을 정도로 넓고, 다루는 소재 또한 산천, 성곽, 배, 수레, 생활도구, 시장과 점포, 마을, 언어, 복장에서부터 역사, 지리, 과학, 철학 등에 이르기까지 넓고도 깊다. 마치 18세기 중국문화의 온갖 현상을 만화경처럼 모두 책 속에 집어넣어 다루고자 한 것 같다.

『열하일기』는 도대체 어떤 책인가? 간단히 얘기하면 중국 기행문이다. 그런데도 일반적 명칭인 '연행록(燕行錄)'을 따르지 않고 '일기'라고 했다. 게다가 중국을 대표하는 연경(燕京)이 아닌 청나라 황제의 여름 궁궐인 '열하(熱河)'를 표제로 내세웠다. 열하는 북경에서 약 230Km 떨어진 하북성(河北省) 동북부에 위치한 청나라 황제의 여름별궁이 위치한 곳이다. 거기에 온천이 많아 겨울에도 강물이 얼지 않는다 하여 '열하(熱河)'라고 불렀다 한다. 여름별궁이란 의미의 '피서산장(避暑山莊)'으로도 불린다. 이곳은 한민족과 이민족의 문화가 충돌하는 장소다. 특히 북경에서 만주로 가는 길목에 위치하고 있어 '중국천하의 두뇌'에 해당되는 곳이다. 여름 한철 청나라 황제들이 이곳에 머물며 티벳, 몽고 사신 등을 접견했으며, 특히 강성한 원(元) 제국을 이루었던 몽고를 경계하여 "두뇌를 누르고 앉아 몽고의 목구멍을 틀어막자는" 고도의 정치적 포석을 깔고 있는 장소가 바로 열하인 것이다.

애초 건륭황제(乾隆皇帝)의 70세 생일을 축하하는 조선 사신단의 목적지는 북경이었다. 그런데 천신만고 끝에 북경에 도착해보니 건륭황제는 그 곳에 없고 이미 열하로 피서를 간 뒤였다. 사신단은 다시 열하로 뒤따라가 건륭제를 보고 북경을 거쳐 조선으로 귀국한 것이다. 약 100일 동안 6천여 리를 다니는 엄청난 '대장정'임에도 불구하고 연암은 이 기회를 뜻밖의 행운으로 여기고 이용후생의 근거지를 종횡무진 누비는 '유쾌한 노마드(Nomad)'로서 지적 모험을 즐겼다. 과연 18세기 실학자 연암이 보고 들은 것은 무엇이었을까?

3. 이용후생(利用厚生)의 길과 천하대세의 전망

18세기 건륭 연간의 중국 청나라는 세계 제국을 이루고 있었다. 『사고전서(四庫全書)』와 같은 제도와 문물의 정비는 물론 서양을 통해 들어온 과학문명도 대단한 수준에 있었다. 이를 일찍부터 간파한 북학파(北學派), 소위 '연암 그룹'은 선진화된 청나라 문화의 수입을 통해 조선 개혁의 프로젝트를 실행하려고 하였다. 현실성 없는 정치구호인 '북벌(北伐)'이 아닌, 청나라의 선진문명을 배우자는 '북학(北學)'이 그것이다.

연암은 국경을 넘어 중국 땅을 밟으면서 "나도 모르게 배와 등이 끓고 타오르더라."고 심경을 토로했다. 당시 조선에서는 청나라를 오랑캐라고 멸시했지만 그렇다고 우리의 문화수준이 앞선 것은 아니었다. 중화가 망했으니 우리가 중화라는 '소중화(小中華)주의'의 망령 속에서 쓸데없는 오기만 부리고 있을 무렵이었다. 그런데 중국은 이미 세계 제국으로 눈부신 문명을 이룩하고 있었으니 그것을 바라보는 연암의 심정은 끓어오를 수밖에 없었으리라. 특히 연암이 중국을 다니며 주의 깊게 본 것은 이런 발전된 선진문명이었고, 그것이 사람들에게 어떻게 생활의 이익을 가져다주는가 하는 이용후생(利用厚生)이었다.

가장 놀랍게 여긴 것 중의 하나가 벽돌의 제조와 활용인데, "요컨대 무릇 집을 짓는 데는 벽돌을 쓰는 것이 얼마나 덕이 되는지 모른다.……집채는 담벽에 의지하여 위는 가볍고 아래는 든든하며 기둥은 담벽 속에 박혀 있어서 비바람을 겪지 않는다. 이로써 화재염려가 없고 도적이 담을 뚫을 걱정이 없을 뿐만 아니라 새, 쥐, 뱀, 고양이의 피해를 근절시킨다.……허다한 흙과 나무를 들이지 않고 못질과 흙손질을 번거롭게 할 필요 없이 벽돌만 한 번 구워내면 집은 이미 완성된 것이나 다름없다."고 말한다. 그런데 연암이 벽돌의 우수한 점을 역설하자 동행했던 정진사가 꾸벅꾸벅 졸고 있는 것이 아닌가. 화가 난 연암이 부채로 옆구리를 찌르자 "벽돌은 돌만 못하고 돌은 잠만 못하다."고 대꾸했다 한다. 선진적 기술문명에 무지몽매한 당시 조선 선비들의 고루한 태도를 보여주는 웃지 못 할 일화다.

게다가 널따란 길에 물건을 잔뜩 싣고 꼬리에 꼬리를 물고 달려가는 수레는 또 어떤가? 물건이 생산되면 마땅히 소비가 돼야 하는데, 이런 '유통'의 관점에서 보면 수레야 말로 경악할 만한 물건이다. 재화의 유통이야말로 경제가 발전되는 지름길이 아니던가. 그런데 당시 조선에서는 바퀴가 완전하게 둥글지 못하고 바퀴자국은 궤도에 들지 못한데다가 길도 제대로 닦지 않아 수레가 사용되지 않았다 한다. 그래서 연암은 중국에서 우레같이 요란한 소리를 내며 달리는 수레를 보며 "사방 수천 리 밖에 되지 않는 조선에서 백성들의 살림살이가 이토록 가난한 까닭은 한마디로 말하자면 국내에 수레가 다니지 못하기 때문이다."고 단정하고 "선비와 벼슬아치들의 죄"에서 그 원인을 찾는다.

연암의 관심은 여기서 그치지 않았다. 다양한 분야와 수많은 사람들을 종횡무진 누비면서 지구가 돈다는 '지동설(地動說)'을 나름대로의 논리를 펴며 주장하는가 하면 「장관론(壯觀論)」이라 이름붙일 만한 글에서는 중국에서 가장 볼만한 것이 무엇이냐는 화두를 던진다. 으뜸 선비[上士]는 오랑캐 천지로 변한 중국은 아무 볼 것이 없다고 단정하며, 중간 선비[中士]는 중원을 깨끗하게 회복한 연후에라야 장관을 얘기할 수 있다고 하지만 아래 선비[下士]에 속하는 자신은 "중국문화의 장관은 기와조각과 똥거름에 있다"는 역설을 펼치기도 했다. 이용후생의 관점에서 보면 깨진 기와조각은 담을 쌓을 때 아름다운 무늬를 만들 수 있고, 똥거름은 밭에 거름으로 쓰일 수 있기 때문이다. 무엇보다도 이용후생의 중요함을 역설한 논리다.

"지금 참으로 이적을 물리치고자 한다면 중화의 좋은 법을 배워서 우리의 미개한 문물을 개선하여" 백성들의 삶을 이롭게 한 연후에 "중국은 볼 것이 없다고 말해도 좋다"고 「일신수필(駅汛隨筆)」에서 말한다. 바로 인간 생활을 윤택하게 하는 이용후생의 연후에 덕을 논해도 된다는 말이다.

4. 〈옥갑야화(玉匣夜話)〉 혹은 〈허생전〉

중국 대륙을 휘젓고 다니는 연암의 유쾌한 지적 모험은 언제나 자신이 몸담고 있는 18세기 조선으로 돌아오곤 하는데 이는 조선의 개혁 프로젝트에 대한 열망 때문이기도 하다. 그럴 때마다 걸리는 것은 늘 국정을 휘두르고 있는 조선의 고루한 사대부들이었다. 조선으로 돌아오는 길에 옥갑(玉匣)에서 비장들과 주고받은 이야기로 구성되어 있는 〈옥갑야화(玉匣夜話)〉 혹은 〈허생전(許生傳)〉은 그런 연암의 생각을 집약적으로 보여주는 작품이다.

흔히 〈허생전〉이라고 부르는 중심이야기의 주변에 상당히 많은 이야기들이 층을 이루며 감싸고 있어 그야말로 '천일야화(千一夜話)'처럼 '옥갑야화'가 되었다. 이 〈옥갑야화〉는 역관들이 무역을 해서 돈을 번 이야기로 시작되었다. 그러다 병부상서의 부인을 창가(娼家)에서 빼낸 역관 홍순언(洪純彦)의 이야기로 이어졌고, 정세태(鄭世泰)가 망한 이야기로 갔다가 조선 제일부자인 변승업(卞承業)의 이야기로 귀결되었다. 거기서 연암이 "나도 윤영(尹映)에게서 들었던 이야기"라며 〈허생전〉의 이야기가 본격적으로 시작된다. 자신이 쓴 것이라 하지 않고 윤영이라는 사람에게서 들었다고 살짝 발을 뺀 것이다. 조선의 현실을 직접 얘기하자니 빠져나갈 구실이 필요했던 것이다.

〈허생전〉은 흔히 허생이 변승업에게 만냥을 빌려 백만 냥의 돈을 번 전반부와 이완대장에게 북벌론의 허구를 통렬하게 꾸짖는 후반부로 나뉘는데 이야기는 이렇다. 허생은 남산 아래의 묵적골에서 가난하게 살고 있는데 10년 기한으로 글공부를 하다가 아내가 돈도 되지 않는 글공부는 무엇 때문에 하냐고 핀잔을 주자 7년 만에 집을 나서서 변승업을 찾아갔다. 거기서 만 냥을 꾸어 안성에 가서 과일을, 제주도에 가서 말총을 모조리 사서 10배의 이윤을 남기고, 그 돈으로 변산의 도둑들을 데리고 무인도에 들어가 농사를 지어 3년 양식을 비축해두고 나머지 곡식은 일본의 장기(長崎)에 팔아 백만 냥을 벌었다. 백만 냥이 나라에 소용될 곳이 없어 50만 냥은 바다에 버리고 40만 냥은 나라를 두루 다니며 빈민들을 구제하고 10만 냥을 가져다 변승업을 주었다. 허생의 재주에 탄복한 변승업은 북벌을 추진하는 이완(李浣) 대장에게 허생을 천거했다. 찾아 온 이완에게 허생은 세 가지 계책을 알려줬으나 모두 할 수 없다고 하자 칼을 뽑아 들고 꾸짖었다. 다음 날 이완이 찾아가보니 허생은 간 곳이 없었다.

우선 전반부의 얘기는 이용후생을 추구하는 경제활동이 얼마나 중요한 가를 말하는 것이라 볼 수 있다. 만 냥을 꾸어 매점매석으로 큰돈을 벌고 이를 토대로 도적들을 무인도에 데려가 이상향을 건설하고 일본과 무역을 해서 큰돈을 번 다음 나라 안을 두루 돌아다니며 빈민을 구제하였다. 모두 돈을 가지고 이루어진 행위다. 사람들이 먹고사는 실생활이 모두 경제활동과 관련되어 이에 대한 상품의 생산과 유통 또는 무역이 개선되고 장려되어야 함을 말하고 있다. 그렇다고 무턱대고 돈이 중요하다고 말하는 것은 아니다. "이용(利用)한 다음에 후생(厚生)할 수 있고 후생한 다음에 덕(德)을 바르게 할 수 있다."는 이용−후생−정덕의 논리구조에 의거해 이야기를 만든 것이다. 최종적인 목표는 덕을 바르게 세우는 일이지만 무엇보다도 이용하여 후생하는 것이 전제조건임을 유념할 필요가 있다. 말하자면 잘 먹고 잘 살 수 있어야만 덕을 바르게 세울 수 있다는 말이다.

허생이 도둑들을 풍족하게 살게 한 뒤 무인도를 떠나면서 "내가 처음에 너희들과 이 섬에 들어올 때엔 먼저 부(富)하게 한 연후에 따로 문자를 만들고 의관(衣冠)을 새로 제정하려 하였더니라. 그런데 땅이 좁고 덕이 엷으니 나는 이제 여기를 떠나련다."고 한다. 이용하여 후생한 뒤에 덕을 바로 세우려 했지만 그것이 여의치 않아 후생의 단계에서 만족한 것이다. 그리고 화근을 없앤다고 글을 아는 자들을 모조리 데리고 나갔다. 덕을 세운다는 구실로 그것이 오히려 화가 될 수 있음을 안 것이다.

게다가 50만 냥이 조선에 흘러들어 가면 물가가 폭등하여 백성들이 어려움을 겪으리라는 생각에서 엄청난 돈을 바다에 버린다. 말하자면 인플레를 우려해서 그리 한 것이다. 허생이 "백만 냥은 우리나라에도 용납될 곳이 없다."고 말할 정도였다. 40만 냥을 가지고 나라 안을 두루 다니며 가난한 사람을 구제한 것도 후생의 차원에서 이해될 수 있다. 무엇보다도 배고프지 않게 먹고 사는 일이 중요했던 것이다.

그래서 「도강록(渡江錄)」에서 "이용이 된 연후에 후생이 가능하며, 후생이 된 연후에 덕을 바로 잡을 수 있다. 이용을 하지 못하고서 능히 후생을 할 수 있는 경우는 드물다. 생존 자체가 어려운 지경에서 정덕이 어떻게 이루어질 수 있겠는가"고 역설한다. 바로 이런 이용—후생—정덕의 논리구조가 잘 구현된 곳이 여기 〈허생전〉 전반부인 것이다.

하지만 연암의 의도는 북벌론을 공격하는데 있다. 허생이 이렇게 대단하게 돈을 벌고 빈민을 구제한 것을 "나의 조그만 시험에 불과하다."고 했으며, 〈허생전〉의 뒤에 복수의 칼날을 갈고 있는 명나라 유민들의 이야기를 덧붙여 이 작품이 북벌과 무관하지 않음을 보여준다.

북벌론의 허구성을 폭로하는 데는 세 가지 계책, 소위 '시사삼난(時事三難)'이 등장한다. 허생의 비범함을 알아본 변승업이 북벌의 총책을 맡고 있었던 이완대장에게 허생을 천거했는데 그가 제시한 북벌의 계책은 이렇다.

① 내가 와룡선생같은 이를 천거하겠으니 네가 임금께 아뢰어서 삼고초려(三顧草廬)를 할 수 있겠느냐?

② 명나라 유민들에게 종실의 딸들을 시집보내고, 훈구척신들의 집을 빼앗아 그들에게 나누어 주도록 할 수 있겠느냐?

③ 청나라를 섬겨 우리 자제들을 유학 보내고 실정을 탐지하여 후일을 도모하겠느냐?

이런 세 가지 계책을 제시했음에도 모두 불가하다고 했다. 집권층이 가지고 있는 예법이나 체면같은 명분 때문에 실제로 북벌이 불가능함을 드러내는 것이다. 국내의 관심을 돌리기 위해 정치구호에 불과했던 북벌론의 허상이 만천하에 드러나는 순간이다. 그래서 연암은 허생의 입을 빌려 다음과 같이 꾸짖는다.

소위 사대부란 것들이 무엇이란 말이냐. 오랑캐의 땅에서 태어나 자칭 사대부라 뽐내다니 이런 어리석을 데가 있느냐. 의복은 흰 옷을 입으니 그것이야말로 상인(喪人)이나 입는 것이고, 머리털을 한 데 묶어 송곳같이 만드는 것은 남쪽 오랑캐의 습속에 지나지 못한데 무엇을 가지고 예법이라 한단 말인가?……이제 대명(大明)을 위하여 원수를 갚겠다 하면서 그까짓 머리털 하나를 아끼고 또 장차 말을 달리고 칼을 쓰고 창을 던지며 활을 당기고 돌을 던져야 할 판국에 넓은 소매의 옷을 고치지 않고 딴에 예법이라고 한단 말이냐?

북벌론의 허상을 통해 집권 사대부들의 헛된 명분을 신랄하게 풍자하는 대목이다. 역사의 실상과는 다르게 명분을 고수하려는 사대부들을 향하여 허생이 이완에게 했듯이 역사발전을 위한 풍자의 칼날을 휘두르는 것이다.

그런데 사실 이런 허황된 북벌론은 효종이 승하한 1659년에 막을 내렸다.

연암이 중국을 다녀오던 1780년과는 무려 120년이나 차이가 난다. 120년 전의 일을 당대의 문제로 부각시켰으니 어찌 보면 대단히 시대착오적인 발상이다. 왜 그랬을까?

아무것도 가진 게 없으면서 '되놈의 나라'라고 청나라를 무시하던 당시 사대부들의 인식을 비판하기 위해서다. 청나라는 저렇게 발전해 세계제국을 이루고 있는데, 이 조선은 북벌론과 존명배청(尊明排淸)의 망령에 사로잡혀 대의명분만을 고수하고 있으니 참으로 기가 막힌 노릇이 아니겠는가.

하지만 정치구호로서의 북벌론의 허상은 맹렬히 공격하면서도 당시 현실로서의 청 황제체제를 어떻게 볼 것인가의 문제는 남겨두고 있다. 청나라와의 교류를 통해서 선진문물을 받아들여야 하지만 그렇다고 연암이 청 황제체제를 긍정한 것은 아니었다. 궁극적인 문제의식은 중국대륙에서의 청 황제체제의 청산이다. 말하자면 말로만 하는 북벌이 아닌 보다 구체적인 북벌의 프로젝트를 위한 길을 열어 두고 있다는 말이다. 그것을 위해서 제시한 것이 세 번째 계책이다. 청나라에 자제들을 유학 보내 그 나라의 실정을 탐지하고 그 땅의 호걸들과 결탁한다면 천하를 뒤집고 국치를 씻을 수 있다는 것이다. 〈허생전〉의 뒤에 허생은 명나라 유민일거라 하면서 두 명의 명나라 유민들이 등장하여 조감사를 꾸짖는 이야기를 붙인 것은 작품이 그런 북벌론의 문제의식을 내포하고 있다는 반증이 된다.

5. 『열하일기』 그 이후, 문체반정(文体反政)

연암은 중국에서 돌아와 방대한 원고를 정리 편찬하여 3년 동안 심혈을 기울인 끝에 1783년경 『열하일기』라는 제목으로 세상에 내놓는다. 그런데 거기에 있는 글들이 참신하고도 기발해 당시 문단에 커다란 충격을 주었다. 무엇보다도 턱이 빠질 정도로 재미있어서 당시 지식인 사회에 하나의 유행을 만들었으니, 이것이 곧 '연암체(燕巖體)'의 성립이다. 흔히 연암체는 순정한 고문에 대비되는 참신하고도 발랄한 문체를 말한다. 『열하일기』가 완성되기도 전에 당시 수많은 선비들이 연암의 글을 베끼고 본받고자 하였을 정도다.

『열하일기』는 엉뚱하게 정치적 사건으로 비화(飛禍)되었다. 중국에 다녀온 연암이 안의현감으로 나가 비교적 여유로운 저술활동을 하고 있던 중 규장각 문신인 남공철(南公轍)의 편지를 받는다. 내용인 즉 정조가 당시 타락한 문풍을 바로잡겠다는 취지로 이른바 '문체반정(文体反政)'을 일으켰는데, 이는 당시 유행하는 소설식 문체인 '패사소품체'를 배격하고 순정한 고문으로 돌아가자는 것이었다. 여기에 『열하일기』가 원인으로 지목된 것이다. 문단에 새로운 소설식 문체를 유행시킨 장본인으로 연암을 지목하여 엄중문책함과 동시에 문체반정에 적극 호응하라는 뜻을 전했다. 하지만 연암은 반성의 뜻을 담은 정중한 답서를 남공철에게 보내고 더 이상의 대응을 하지 않았다. 실상 문체반정은 서학(西學: 천주교)에 빠져있던 남인을 보호하기 위해 노론을 치기위한 정조의 정치적 묘수였고 여기에 『열하일기』가 연루된 것이다.

그런가 하면 연암의 손자 박규수(朴圭壽, 1807~1877)가 〈호질〉과 〈옥갑야화〉에 대한 유생들의 비방 때문에 『연암집』 출간을 포기할 정도였으니, 『열하일기』는 이래저래 문제가 됐던 텍스트였다. 거기에는 당시 조선의 개혁 프로젝트가 구체적으로 제시된 것은 물론 동아시아를 중심으로 한 당시 천하정세가 잘 드러나 있어, 새로운 시대, 곧 근대를 향한 유쾌하고도 힘찬 이정표를 제시하고 있었다. 어쩌면 연암이야말로 최초의 근대 지식인일 것이고, 『열하일기』역시 근대를 향한 최초의 메시지임이 분명하다.

[연암 박지원 연보]

1737년 (1세, 영조 14년) 서울 반송방(盤松坊) 야동(冶洞)에서 출생.

1752년 (16세, 영조 29년) 전주 이씨 보천(輔天)의 딸과 결혼.

1754년 (18세, 영조 31년) 〈광문자전(廣文者傳)〉지음.

1757년 (21세, 영조 34년) 〈민옹전(閔翁傳)〉지음.

1759년 (23세, 영조 36년) 모친 함평(咸平) 이씨 별세.

1760년 (24세, 영조 37년) 조부 박필균(朴弼均) 별세.

1765년 (29세, 영조 42년) 시 〈총석정관일출(叢石亭觀日出)〉지음.

1766년 (30세, 영조 43년) 장남 종의(宗儀) 출생.

1767년 (31세, 영조 44년) 부친 박사유(朴師愈) 별세.

1772년 (36세, 영조 49년) 종루(鍾樓) 전의감동(典醫監洞)에 기거.〈초정집서(楚亭集序)〉를 짓다.

1777년 (41세, 정조 2년) 장인 이보천 별세.

1778년 (42세, 정조 3년) 황해도 금천군(金川郡) 연암동(燕巖洞)으로 이거(移居)하다.

1780년 (44세, 정조 5년) 육촌형 명원의 수행원으로 연행(燕行)에 오름. 차남 종채(宗采) 출생.

1781년 (45세, 정조 6년) 〈북학의서(北學議序)〉지음.

1783년 (47세, 정조 7년) 벗 홍대용(洪大容) 별세. 〈홍덕보 묘지명(洪德保墓誌銘)〉지음. 『열하일기(熱河日記)』 중 〈도강록서(渡江錄序)〉지음.

1786년 (50세, 정조 10년) 음보(蔭補)로 선공감 감역에 임명됨.

1787년 (51세, 정조 11년) 부인 이씨 별세.

1791년 (55세, 정조 15년) 한성부 판관으로 전보됨. 안의(安義) 현감에 임명됨.

1792년 (56세, 정조 16년) 안의에 부임하다.

1793년 (57세, 정조 17년) 〈열녀 함양 박씨전 병서(烈女咸陽朴氏傳幷序)〉지음.

1796년 (60세, 정조 20년) 임기가 만료되어 귀경(歸京). 제용감 주부, 의금부도사, 의릉령(懿陵令)으로 전보.

1797년 (61세, 정조 21년) 면천(沔川) 군수로 임명됨. 〈서이방익사(書李邦翼事)〉지음.

1799년 (63세, 정조 23년) 『과농소초(課農小抄)』지음.

1800년   (64세, 순조 원년) 양양(襄陽) 부사로 승진.
1801년   (65세, 순조 2년) 양양 부사를 사직함.
1805년   (69세, 순조 6년) 노환으로 별세.

[참고 문헌]

고미숙, 『열하일기, 웃음과 역설의 유쾌한 시공간』, 그린비, 2003.
김명호, 『열하일기 연구』, 창작과 비평사, 1990.
김명호, 『박지원 문학 연구』, 성균관대학교 대동문화연구원, 2001.
박희병, 『연암을 읽는다』, 돌베개, 2006.
임형택, 『문명의식과 실학』, 돌베개, 2009.

〈허생전(許生傳)[옥갑야화]〉

　돌아오는 길에 옥갑(玉匣)[1]에 이르러 여러 비장들과 침상을 나란히 하고 밤새 이야기를 나누었다.

　북경의 풍속에 대한 이야기가 나왔다. 풍속이 옛날에는 순후해서 역관들이 만 냥의 돈이라도 빌려 쓸 수 있었는데, 지금은 저들이 우리를 속여 먹는 것으로 능사를 삼고 있다. 실은 그 잘못이 우리 쪽에서 먼저 시작되었던 것이라 한다.

　30년 전의 일이다. 한 역관이 빈손으로 북경에 갔다가 돌아올 무렵 주고(主顧)[2]를 보고서 눈물을 흘렸다. 주고가 이상히 여기고 사연을 묻자,

　"압록강을 건널 적에 남은 은(銀)을 몰래 숨겨 넣었다가 발각이 나서 나의 몫까지 관에 몰수를 당하고 이제 빈손으로 돌아가게 되니 앞으로 생계가 막연합니다. 차라리 안돌아가는 것만도 못하지요."

하고 칼을 뽑아 들고 자결하려는 시늉을 했다. 주고가 놀라서 급히 그를 껴안아서 칼을 빼앗아 버리고 물었다.

　"몰수당한 은이 얼마나 되오?"

　"삼천 냥입니다."

주고가 위로하여 말했다.

　"대장부가 자기 몸이 없어질 것이 걱정이지 어찌 돈이 없는 것을 걱정하겠소. 이제 만약 당신이 죽어 돌아가지 않는다면 당신의 처자식은 어떻게 되겠소? 내가 당신에게 만 냥을 빌려 주리다. 앞으로 5년 동안 돈을 늘려 나가면 다시 만 냥을 얻게 될 것이오. 그 때 본전만 나에게 갚아 주구려."

　그 역관은 만 냥을 얻자 곧 크게 물화를 사가지고 돌아왔다. 당시 그 내용을 아는 사람이 없었으므로 모두들 그의 재간을 신통하게 여겼다. 그는 5년 동안에 드디어 거부가 되었다. 이에 자기의 이름을 사역원(司譯院)의 명부에서 빼버리고는 다시 북경길을 가지 않았다. 오랜 후에 친한 이가 북경 가는

---

1)　옥갑(玉匣): 어딘지 미상.
2)　주고(主顧): 단골집.

편에 말을 부탁했다.

"연시(燕市)에서 만약 아무 주고를 만나면 나의 안부를 물어볼 터인데 나의 온가족이 염병에 걸려 죽었다고 말해 주게."

그 친구가 거짓말을 어떻게 하겠느냐고 난색을 보이자,

"우선 말을 이렇게 하고 돌아오면 자네에게 일백 냥을 드리겠네."

라 했다.

그 친구가 북경에 가서 과연 그 주고를 만났다. 주고가 역관의 안부를 물어서 그는 역관이 부탁한 대로 말을 해 주었다. 주고는 얼굴을 가리고 크게 슬퍼하여 눈물을 비오듯 흘리며,

"아아, 하늘이시여! 무슨 일로 선량한 사람의 집에 이렇듯 참혹한 재앙을 내리셨나요?"

하고는, 백 냥을 주며 말했다.

"그 사람이 처자까지 함께 죽었다니 상주(喪主)도 없겠구려. 당신이 귀국하시거들랑 나를 위하여 50냥으로 제물을 갖추어 전(奠)[3]을 올려 주고, 또 50냥으로 재(齋)[4]를 지내어 명복을 빌어 주기 바라오."

친구는 너무나 아연했지만 이미 거짓말을 해버린 터라 부득이 백 냥을 받아가지고 돌아왔다. 그런데 역관의 집은 염병에 걸려 몰사해서 살아남은 사람이 없었다. 그 친구는 놀라움과 두려운 마음으로 주고를 대신해서 받아온 백 냥을 가지고 전을 올리고 재를 지내 주었다. 그리고 평생토록 북경길을 다시 가지 않았다. 그 주고를 만나볼 면목이 없기 때문이라고 하였다.

이추(李樞)[5] 이지사(知事)[6]의 이야기가 나왔다.

그는 근래 이름난 역관인데 평소 돈 말을 입에 올린 적이 없었고, 북경에 드나든 것이 40여년이었으나 한 번도 손에 은화를 쥐어본 일이 없는, 참으

---

3) 전(奠): 제문 따위를 지어 죽은 사람의 영혼을 위로하는 것.

4) 재(齋): 절에서 죽은 사람을 위해 치성을 드리는 의식.

5) 이추(李樞): 자는 두경(斗卿). 1675년(숙종1)에 태어나 1693년(숙종19)에 역과에 합격하여, 한학교회(漢學敎誨)를 지낸 인물이다.

6) 지사(知事): 동지중추부사(同知中樞府事). 중인의 관직에 많이 주어졌음.

로 단정한 군자의 풍도가 있었다 한다.

이어서 당성군(唐城君) 홍순언(洪純彦)[7]의 이야기가 나왔다. 그는 만력(萬曆) 연간의 이름난 역관이다.

그가 일찍이 북경에 가서 창관(娼館)에 놀러 갔다. 기생들을 용모에 따라서 값을 매겨 놓았는데 천 냥 짜리가 있었다. 그는 천 냥을 내고 수청들게 하기를 청했다. 그 여자는 나이 16세로 과연 절색이었다. 여자가 그를 대하여 눈물을 흘리며 말했다.

"소녀가 높은 값을 요구한 이유는 세상에 남자들이 대개 인색해서 천 냥이나 되는 돈을 없애려 않을 것이매 잠깐이나마 욕됨을 면할 수 있으리라 생각한 것입니다. 하루 이틀 지내며 우선 이집 주인을 미혹하게 만들고 한편 천하에 의기 있는 사람이 나타나서 몸값을 갚고 소실로 삼아주기를 기다린 것입니다. 소녀가 이집에 들어온 지 닷새가 되도록 천 냥을 들고 오는 이가 없더니 오늘 다행히 천하에 의기 있는 분을 만나게 되었습니다. 그러나 손님은 외국 사람이라 국법에 소녀를 데리고 나갈 수 없는 일이고, 또 소녀의 몸은 한번 더럽혀지면 다시 씻을 수 없을 것입니다."

홍순언은 그 여자를 애처롭게 여기고 거기 오게 된 연유를 물어 보았다.

"소녀는 남경(南京) 호부시랑 모(某)의 딸이온데 집이 적몰되기에 이르렀습니다. 저는 이제 창관에 몸을 팔아서 돌아가시게 될 부친을 사면해 드린 것입니다."

그는 깜짝 놀라서 말했다.

"내 실로 그런 줄 몰랐소. 이제 누이가 이곳에서 벗어나려면 몸값을 얼마나 치러야 하지요?"

"2천 냥입니다."

그는 당장 2천 냥의 돈을 갚아 주고 작별을 고했다. 그 여자는 그를 은부(恩父)라 부르면서 절을 여러 번하고 물러갔다.

---

7) 홍순언(洪純彦): 선조 때의 명역관. 여기 이야기는 1586~7년(선조19~20) 사이의 일로, 그 창관(娼館)의 소재지를 북경이 아니고 통주(通州)로 기록된 것도 있다.

그는 이 일을 전혀 염두에 두지도 않았다. 이후 시일이 지나서 그가 다시 중국에 나가게 되었다. 중도에 저쪽 사람들이 홍 순언이 오는가를 자주 물어서 그는 이상하게 생각했다. 북경에 거의 당도했을 때 길 왼편에 성대하게 장막을 쳐놓고 그를 맞으며

"병부상서 석노야(石老爺)[8]께서 초청하십니다."

고 말하는 것이었다.

석씨 집에 이르자 석상서(石尙書)가 직접 나와서 절하고,

"은혜로운 장인(丈人)이시지요. 공의 따님이 기다린 지 오랩니다."

하고 그의 손을 잡고 내실로 안내하는 것이었다. 석상서의 부인이 성장을 하고 당하에서 절을 하니 그는 황공해서 몸 둘 바를 몰랐다. 석상서가 웃으며 말했다.

"장인은 벌써 따님을 잊으셨소?"

그제야 홍역관은 그 부인이 바로 자기가 창관에서 몸을 빼내 주었던 여자인 줄을 알았다. 당시 그 여자는 곧 석성의 재취로 들어갔던 것이다. 석성이 귀하게 된 후에 부인은 손수 비단을 짜서 '보은(報恩)' 두 글자를 수놓았다 한다. 그가 돌아올 때에 석 상서는 부인이 손수 짠 보은단을 선사하고,[9] 그 밖에 비단 금은 등속도 헤아릴 수 없이 많이 선사하는 것이었다.

임진왜란 때에 마침 석 상서가 병부를 맡아 있었다. 조선에 출병할 것을 강력히 주장했던 것은, 석상서가 본래 우리나라 사람을 의롭게 보았기 때문이었다고 한다.

우리나라 상인들의 단골 주고였던 정세태(鄭世泰)의 이야기도 나왔다. 정세태는 북경서도 갑부로 꼽히던 사람이었는데 그가 죽자 가산이 여지없이 치패되고 말았다. 그의 손자 하나가 남자 중의 절색이라, 어려서 희장(戱場)에 몸이 팔렸다. 정세태가 살았을 적에 집의 회계를 맡아 보았던 임가(林哥)

---

8) 석노야(石老爺): 석성(石星)을 가리킴. '노야'는 존칭으로 중국음으로 '라우예'.
9) 서울의 서부에 보은단동(報恩緞洞)이라는 동명이 있었는데 홍순언이 살았던 곳으로, 여기서 유래한 이름이라 하며, 당시 그가 받아온 보은단을 사람들이 다투어 사갔다 한다.

가 이제 거부가 되어 있었다.

임가가 희장에서 한 미소년이 연회를 하는 것을 보고 마음에 두었다가 정씨집의 아이인 줄 알고 서로 붙잡고 울었다. 곧 천 냥으로 몸값을 치르고 빼내어 자기 집으로 데려고 가서 집안 사람들에게 이와 같이 경계했다.

"이 사람을 잘 돌봐 주어라. 우리 집의 옛 주인이니 희자(戲子, 광대)라고 천대하지 말아라."

소년이 장성하자 임가는 자기 재산을 반분해서 살림을 차려 주었다. 정세태의 손자는 살결이 깨끗하고 통통했으며 얼굴이 곱고 아름다웠는데 아무 하는 일 없이 북경 성중에서 연날리기나 하면서 노닐었다.

옛날에는 물화를 사가지고 올 때에 짐을 풀어서 검사해 보지도 않고 북경서 포장해 준 대로 가지고 나왔다. 돌아와서 장부와 대조해 보면 조금도 착오가 없었다 한다. 한번은 저쪽에서 흰 털모자를 포장해 보내왔는데 짐을 풀어보니 흰 털모자가 아니고 전부 백모(白帽)였다. 그래서 미리 살펴보지 않았던 것을 후회했다. 그런데 마침 정축10)년에 두 번이나 국상이 나서 백모가 도리어 배나 되는 값으로 팔렸다. 어쨌건 저들이 옛날과 같지 않은 증거이다.

요즈음은 모든 물화들을 우리나라 상인들이 직접 포장하고 주고에게 포장해서 보내도록 내맡기지 않는다 한다.

다음에 변승업(卞承業)11)의 이야기가 나왔다.

변승업이 병으로 드러눕게 되자 변리로 나간 돈의 총계를 셈해 보려고 회계를 맡은 여러 청지기들의 장부를 모아서 합산해 보니 도합 은이 50만 냥이었다. 그의 아들이,

"이 많은 돈을 출납하는 것이 번거롭고 오래가면 장차 축날 것이니 이만

---

10) 정축(丁丑): 1757년(영조23). 이 해 2월에 왕비 서씨(徐氏)가 죽고 3월에 대왕대비 김씨가 죽었다.

11) 변승업(卞承業): 자는 선행(善行), 본관은 밀양(密陽). 1623년(인조 원년)에 태어나 1645년(인조23)에 역과에 합격. 왜학교회(倭學敎誨)를 지냈다.

거두어들였으면 합니다."

고 아뢰자 승업이 벌컥 화를 냈다.

"이것은 서울 성중 만호의 목숨줄인데 어떻게 하루아침에 끊어버린단 말이냐? 빨리 돌려주어라."

승업이 늙은 뒤에 자손들에게 다음과 같이 훈계하였다.

"내가 섬겼던 조정의 대감들 가운데 국정을 한손에 잡아 자기 살림살이처럼 삼은 분들이 많았지만 삼대(三代)를 내려간 경우가 드물더라. 국내의 돈놀이하는 사람들이 우리 집에서 돈이 나가고 들어오는 것을 보아 이식의 고하가 정해지고 있으니, 이것 또한 우리가 국정을 잡고 있는 셈이다. 흩어 버리지 않으면 장차 화가 미칠 것이다."

그래서 그의 자손들이 번창하면서도 거개 가난한 것은, 승업이 노년에 많이 흩어버렸기 때문이라 한다.

나도 윤영(尹映)에게서 들었던 이야기를 꺼내었다.

윤영이 일찍이 변승업의 부(富)에 관해서 말하기를 승업의 부는 그럴 만한 유래가 있었다. 일국의 갑부로서 승업 때에 이르러는 조금 쇠퇴하였는데, 바야흐로 재산을 처음 일으킨 때에는 모두 운이 있었던 것 같았다는 것이다. 허생의 일을 보아도 매우 이상한 것이다. 그런데 허생이 끝내 자기의 이름을 밝히지 않았던 까닭에 세상에 아는 이가 없다.

윤영의 이야기는 이러했다.

허생은 묵적골(墨積洞)에 살았다. 곧장 올라가서 남산 밑에 닿으면, 우물 위에 오래 된 은행나무가 서 있다. 은행나무를 향하여 사립문이 열려 있는데, 두어간 초가는 비바람을 막지 못할 정도였다. 그러나 허생은 글읽기만 좋아하고 그의 처가 남의 바느질 품을 팔아서 입에 풀칠을 했다.

하루는 그 처가 몹시 배가 고파서 울음 섞인 소리로 호소했다.

"당신은 평생 과거를 보지 않으니 글을 읽어 무엇 합니까?"

허생은 웃으며 대답했다.

"나는 아직 독서를 익숙히 하지 못하였소."

"그럼 장인바치 일이라도 못하시나요?"

"장인바치 일은 본래 배우지 않았은 걸 어떻게 하겠소."

"그럼 장사는 못하시나요?"

"장사는 밑천이 없는 걸 어떻게 하겠소.

처는 왈칵 성을 내서 소리쳤다.

"밤낮으로 글을 읽더니 기껏 '어떻게 하겠소' 소리만 배웠단 말씀이오? 장인바치 일도 못한다, 장사도 못한다면 왜 도둑질이라도 못하시나요?"

허생은 읽던 책을 덮어놓고 일어나면서,

"아깝다. 내가 당초 글읽기로 10년을 기약했는데 이제 7년인 걸……."

하고 휙 문밖으로 나가 버렸다.

허생은 거리에서 서로 알 만한 사람이 없었다. 바로 운종가(雲從街)로 나가서 시중의 사람을 붙들고 물었다.

"누가 서울 성중에서 제일 부자요?"

변씨(卞氏)12)를 말해 주는 이가 있어서 허생이 곧 변씨의 집을 찾아갔다. 허생은 변씨를 대하여 길게 읍하고 말했다.

"내가 집이 가난해서 무얼 좀 해보려고 하니 만 냥을 꾸어 주시기 바랍니다."

변씨는 "그러시오." 하고 당장 만 냥을 내주는 것이었다. 허생은 감사하다는 인사도 없이 가버렸다. 변씨 집의 자제와 손들이 허생을 보니 거지다. 실띠의 술이 빠져 너덜너덜하고, 갖신의 뒷굽이 자빠졌으며, 쭈그러진 갓에 허름한 도포를 걸치고, 코에서 맑은 콧물이 흘렀다. 허생이 나가자 모두들 어리둥절해서 물었다.

"어르신, 저 이를 아시나요?"

"모르지."

"아니, 하루 아침에 평생 누군지도 알지 못하는 사람에게 만 냥을 그냥 내던져 버리고 성명도 묻지 않으시다니, 대체 무슨 영문인가요?"

---

12) 변씨(卞氏): 변승업의 윗대로 생각되는데, 그의 아버지는 응성(應星), 조부는 계영(繼永)으로 모두 한어역관이었다.

변씨의 대답은 이러했다.

"이건 너희들이 알 바 아니다. 대체로 남에게 무엇을 빌리러 오는 사람은 으레 자기 뜻을 대단히 선전하고 신용을 자랑하면서도 얼굴에 비굴한 빛이 나타나고 말을 중언부언하기 마련이다. 그런데 저 객은 행색은 허술하지만 말이 간단하고 눈을 오만하게 뜨며, 얼굴에 부끄러운 기색이 없는 것으로 보아 재물이 없어도 스스로 만족할 수 있는 사람이다. 그 사람이 해보겠다는 일이 적은 일이 아닐 것이매 나 또한 그를 시험해 보려는 것이다. 안 주면 모르되 이왕 만 냥을 주는 바에 성명은 물어 무엇하겠느냐?"

허생은 만 냥을 입수하자 다시 자기 집에 들르지도 않고 바로 안성으로 내려갔다. 안성은 경기도·충청도 사람들이 마주치는 곳이요, 삼남(三南)의 길목이기 때문이다. 거기에서 대추·밤·감·배며, 석류·귤·유자 등속의 과일을 모조리 곱절의 값으로 사들였다. 허생이 과일을 몽땅 쓸었기 때문에 온 나라가 잔치나 제사를 못 지낼 형편에 이르렀다. 얼마 안 가서 허생에게 배 값으로 과일을 팔았던 상인들이 도리어 10배의 값을 주고 사가게 되었다. 허생은 길게 한숨을 내쉬었다.

"만 냥으로 온갖 과일의 값을 좌우했으니 우리나라의 형편을 알만하구나."

그는 다시 칼·호미·포목 따위를 가지고 제주도로 건너가서 말총을 죄다 사들이면서 말했다.

"몇 해 지나면 나라 안의 사람들이 머리를 싸매지 못할 것이다."

허생이 이렇게 말하고 얼마 안가서 과연 망건 값이 10배로 뛰어 올랐다.

허생은 늙은 사공을 만나서 물었다.

"바다 밖에 혹시 사람이 살 만한 빈 섬이 없던가?"

"있습지요. 언젠가 풍파를 만나 서쪽으로 줄곧 사흘 동안을 흘러가서 어떤 빈 섬에 닿았습지요. 아마 사문(沙門)13)과 장기(長崎)14)의 중간 쯤 될 겁니다. 꽃과 나무는 제멋대로 무성하여 과일 열매가 절로 익어 가고 짐승들이

---

13) 사문(沙門): 어디인지 미상인데 복건성(福建省)에 있는 하문(廈門)(샤먼)으로 추정됨.
14) 장기(長崎): 근대 이전에 일본의 규수九州에 있는 무역항. 나가사끼. 에도시대에 서양의 화란(和蘭)이나 중국, 동남아로 교역하는 중심지였음.

떼지어 놀며 물고기들이 사람을 보고도 놀라지 않습디다."

그는 대단히 기뻐,

"자네가 나를 그곳에 데려다 준다면 함께 부귀를 누릴 걸세."

라고 달래니 사공은 그러기로 응낙을 했다.

드디어 바람을 타고 동남쪽으로 가서 그 섬에 당도했다. 허생은 높은 곳에 올라가서 사방을 둘러보고 실망해서 말했다.

"땅이 천리도 못 되니 무엇을 해 보겠는가. 토지가 비옥하고 물이 좋으니 단지 부가옹(富家翁)은 될 수 있겠구나."

"텅 빈 섬에 사람이라곤 하나도 없는데 대체 누구와 더불어 하신단 말씀이요?"

사공의 말이었다.

"덕이 있으면 사람이 절로 모인다네. 덕이 없을까 두렵지 사람이 없는 것이야 근심할 것이 있겠나."

이 때 변산15)에 수천의 군도들이 우글거리고 있었다. 각 지방에서 군사를 징발하여 군도의 수색을 벌였으나 좀처럼 잡히지 않았고 군도들도 감히 나아가 활동을 못해서 배고프고 곤란한 판이었다. 허생이 군도의 산채를 찾아가서 우두머리를 보고 말했다.

"천명이 천 냥을 빼앗아 와서 나누면 하나 앞에 얼마씩 돌아가지요?"

"일인당 한 냥이지요."

"다들 아내가 있소?"

"없소"

"논밭은 있소?"

군도들이 어이없어 웃으며 말했다.

"땅이 있고 처자식이 있는 놈이 무엇 하러 괴롭게 도둑이 된단 말이요?"

"정말 그렇다면 왜 아내를 얻고, 집을 짓고, 소를 사서 논밭을 갈고 하며 지내려 않는가? 그럼 도둑놈 소리 안 듣고 살면서, 집에 부부의 낙이 있을

---

15) 변산(邊山): 전라북도 부안군에 있는 산. 바다를 끼고 있는 곳으로 지형이 험해서 군도(群盜)의 근거지가 되었다.

것이요, 돌아다녀도 잡힐까 걱정을 않고 길이 의식의 요족을 누릴 텐데."

"아니 왜 바라지 않겠소? 다만 돈이 없어 못할 뿐이지요."

허생이 웃으며 말했다.

"도둑질을 하면서 어찌 돈을 걱정할까? 내가 능히 당신들을 위해서 마련할 수 있소. 내일 바다에 나와 보오. 붉은 깃발을 단 것이 모두 돈을 실은 배이니 마음대로 가져가구려."

허생이 군도와 언약하고 내려가자 군도들은 모두 그를 미친놈이라고 비웃었다.

다음날 군도들이 바닷가에 나가 보았더니 과연 허생이 30만 냥의 돈을 싣고 온 것이었다. 모두들 크게 놀라 허생 앞에 줄지어 절했다.

"오직 장군의 명령을 따르겠소이다."

"너희 힘대로 짊어지고 가거라."

이에 군도들이 다투어 돈을 짊어졌으나 한 사람이 백 냥 이상을 지지 못했다.

"너희들 힘이 기껏 백 냥도 못 지면서 무슨 도둑질을 하겠느냐? 지금 너희들은 양민이 되고 싶어도 이름이 도둑의 장부에 올라 있으니 갈 곳이 없다. 내가 여기서 너희들을 기다릴 테니 한 사람이 백 냥씩 가지고 가서 여자 하나 소 한 필을 거느리고 오너라."

허생의 말에 군도들은 모두 좋다고 흩어져 갔다.

허생은 몸소 2천 사람이 1년 먹을 양식을 준비해 놓고 기다렸다. 군도들이 빠짐없이 모두 돌아왔다. 드디어 다들 배에 싣고 그 무인도로 들어갔다. 허생이 도둑을 몽땅 쓸어가서 나라 안에 시끄러운 일이 없었다.

그들은 나무를 베어 집을 짓고, 대(竹)를 엮어 울을 만들었다. 땅 기운이 온전하기 때문에 백곡이 잘 자라서, 한해나 세해만큼 걸러짓지 않아도 한 줄기에 아홉 이삭이 달렸다.[16] 3년 동안의 양식을 비축해 두고 나머지를 모두 배에 싣고 장기도(長崎島)로 가져가서 팔았다. 장기라는 곳은 일본에 속한

---

16) 한 줄기에······달렸다: 왕충王充의 《논형論衡》 길험(吉驗)편에 나오는 말로서 대개 상서로운 현상으로 보고 있음.

곳으로 31만 호나 되었다. 그 지방이 한참 흉년이 들어서 구휼하고 은 백만 낭을 얻게 되었다.

허생이 탄식하면서,

"이제 나의 조그만 시험이 끝났구나."

하고, 이에 남녀 2천명을 모아놓고 말했다.

"내가 처음에 너희들과 이 섬에 들어올 적엔 먼저 부유하게 만든 연후에 따로 문자를 만들고 의관을 새로 제정하려 하였더니라. 그런데 땅이 좁고 덕이 얇으니 나는 이제 여기를 떠나련다. 다만 아이들을 낳거들랑 오른손에 숟가락을 쥐고 하루라도 먼저 난 사람이 먼저 먹도록 양보케 하여라."

다른 배들을 모조리 불사르면서,

"가지 않으면 오는 이도 없으렷다."

하고 돈 50만 냥을 바다 가운데 던져버렸다.

"바다가 마르면 주워갈 사람이 있겠지. 백만 냥은 우리나라에도 용납할 곳이 없거늘 하물며 이런 작은 섬에서야!"

그리고 글을 아는 자들을 골라 모조리 함께 배에 태우면서,

"이 섬에 화근을 없애야 되지."

했다.

허생은 나라 안을 두루 돌아다니며 가난하고 의지 없는 사람들을 구제했다. 그러고도 은이 10만 냥이 남았다.

"이건 변씨에게 갚을 것이다."

허생이 가서 변씨를 만났다.

"나를 알아보시겠소?"

변씨는 놀라 말했다.

"그대는 안색이 조금도 나아지지 않았으니 혹시 만 냥을 실패보지 않았소?"

허생이 웃으며,

"재물로 인해서 얼굴에 기름이 도는 것은 당신들 일이오. 만 냥이 어찌 도 (道)를 살찌게 하겠오?"

하고 10만 냥을 변씨에게 내놓았다.

"내가 하루 아침의 주림을 견디지 못하고 글읽기를 중도에 폐하고 말았으

니 당신에게 만 냥을 빌렸던 일이 부끄럽소."

변씨는 대경해서 일어나 절하여 사양하고 이자를 십분의 일로 쳐서 받겠노라 했다. 허생이 잔뜩 역정을 내어,

"당신은 나를 장사치로 보는가?"

하고는 소매를 뿌리치고 가버렸다.

변씨는 가만히 그의 뒤를 따라갔다. 허생이 남산 밑으로 가서 조그만 초가로 들어가는 것을 멀리서 보았다. 한 늙은 할미가 우물터에서 빨래하는 것을 보고 변씨가 말을 걸었다.

"저 조그만 초가가 누구의 집이요?"

"허생원 댁입지요. 가난한 형편에 글공부만 좋아하더니 어느 날 아침에 집을 나가서 5년이 지나도록 돌아오지 않으시고, 시방 부인이 혼자 사는데 집을 나간 날로 제사를 지냅지요."

변씨는 비로소 그의 성이 허씨라는 것을 알고 탄식하며 돌아갔다.

이튿날 변씨는 받은 돈을 모두 가지고 그 집을 찾아가서 돌려주려고 했으나 허생은 받지 않고 거절하였다.

"내가 부자가 되고 싶었다면 백만 냥을 버리고 십만 냥을 받겠소? 이제부턴 당신의 도움으로 살아가겠소. 당신은 가끔 나를 와서 보고 양식이나 떨어지지 않고 옷이나 입도록 하여 주오. 일생을 그러면 족하지요. 무엇 때문에 정신을 괴롭힐 것이요."

변씨가 허생을 여러 가지로 권유하였으나 끝끝내 어찌할 도리가 없었다. 변씨는 그 때부터 허생의 집에 양식이나 옷이 떨어질 때쯤 되면 몸소 찾아가 도와주었다. 허생은 그것을 흔연히 받아들였으나 혹 많이 가지고 가면 좋지 않은 기색으로,

"나에게 재앙을 갖다 맡기면 어찌하오?"

하였고, 혹 술병을 들고 찾아가면 아주 반가워하며 서로 술잔을 기울여 취하도록 마셨다.

이렇게 몇 해를 지나는 동안에 두 사람 사이의 정의가 날로 두터워갔다. 어느날 변씨가 5년 동안에 어떻게 백만 냥이나 되는 돈을 벌었던가를 조용히 물어보았다. 허생이 대답하기를,

"그야 가장 알기 쉬운 일이지요. 조선이란 나라는 배가 외국에 통하질 않고, 수레가 나라 안에 다니질 못해서 온갖 물화가 제자리에 나서 제자리에서 사라지지요. 무릇 천 냥은 적은 돈이라 한 가지 물종을 독점할 수 없지만 그것을 열로 쪼개면 백 냥이 열이라 또한 열 가지 물건을 살 수 있겠지요. 단위가 적으면 굴리기가 쉬운 고로 한 물건에서 실패를 보더라도 다른 아홉 가지의 물건에서 재미를 볼 수 있으니 이것은 보통 이(利)를 취하는 방법으로 조그만 장사치들이 하는 방식 아니오. 대개 만 냥을 가지면 족히 한 가지 물종을 독점할 수 있는 고로 수레면 수레 전부, 배면 배를 전부, 한 고을이면 한 고을을 전부 마치 촘촘한 그물로 훑어내듯 할 수 있지요. 뭍에서 나는 만 가지 중에 한 가지를 슬그머니 독점하고, 물에서 나는 만 가지 중에 슬그머니 하나를 독점하고, 의원의 만 가지 약재 중에 슬그머니 하나를 독점하면, 한 가지 물종이 한곳에 묶여 있는 동안 모든 장사치들이 고갈될 것이매, 이는 백성을 해치는 길이 될 것입니다. 후세에 당국자들이 만약 나의 이 방법을 쓴다면 반드시 나라를 병들게 만들 것이오."

"처음에 내가 선뜻 만 냥을 꾸어 줄 줄 알고 나를 찾아 와 청하였습니까?"

허생은 다음과 같이 대답했다.

"당신만이 내게 꼭 빌려 줄 수 있었던 것은 아니고, 능히 만 냥을 지닌 사람치고는 누구나 다 주었을 것이오. 내 스스로 나의 재주가 족히 백만 냥을 모을 수 있다고 생각했으나 운수는 하늘에 달린 것이니 낸들 그것을 어찌 알겠소. 그러므로 능히 나의 말을 들어 주는 사람은 복 있는 사람이라, 더 큰 부자가 되게 하는 것은 필시 하늘이 시키는 일일텐데 어찌 주지 않았겠소. 이미 만 냥을 빌린 다음에는 그의 복력에 의지해서 일을 한 까닭으로, 하는 일마다 곧 성공했던 것이고, 만약 내가 사사로 했었다면 성패는 알 수 없었겠지요."

변씨가 이번에는 딴 이야기를 꺼냈다.

"방금 사대부들이 남한산성에서 오랑캐에게 당했던 치욕을 씻어보고자 하니 지금이야말로 뜻 있는 선비가 팔뚝을 뽐내고 일어설 때가 아니겠소? 선생의 그 재주로 어찌 괴롭게 파묻혀 지내려 하십니까?"

"어허, 자고로 묻혀 지낸 사람이 한둘이었겠소? 우선 졸수재(拙修齋) 조성기(趙聖期)[17] 같은 분은 적국에 사신으로 보낼 만한 인물이건만 포의로 늙어 죽었고, 반계거사(磻溪居士) 유형원(柳馨遠)[18] 같은 분은 군량을 조달할 만한 재능이 있었건만 저 바닷가에서 소요하다가 생을 마치지 않았습니까? 지금의 집정자들은 가히 알만한 것들이지요. 나는 장사를 잘 하는 사람이라, 내가 번 돈이 족히 구왕(九王)[19]의 머리를 살만 하였으되 바다 속에 던져 버리고 돌아온 것은 도대체 쓸 곳이 없기 때문이었지요."

변씨는 한숨만 내쉬고 돌아갔다.

변씨는 본래 이완(李浣) 이정승과 잘 아는 사이였다. 이완이 당시 어영대장이 되어서 변씨에게 위항(委巷)이나 여염(閭閻)에 혹시 쓸 만한 인재가 없는가를 물었다. 변씨가 허생의 이야기를 하였더니 이대장은 깜짝 놀라면서,

"기이하다. 그런 사람이 정말 있어? 그의 이름이 무엇이라 하던가?"

하고 묻는 것이었다.

"소인이 그분과 상종해서 삼년이 지나도록 여태껏 이름도 모르옵니다."

"그인 이인(異人)이야. 자네와 같이 가 보세."

밤에 이대장은 구종들도 다 물리치고 변씨만 데리고 걸어서 허생을 찾아갔다. 변씨는 이대장을 문밖에 서서 기다리게 하고 혼자 먼저 들어가서, 허생을 보고 이대장이 몸소 찾아온 연유를 이야기했다. 허생은 못 들은 체하고,

"당신 차고 온 술병이나 어서 이리 내놓으시오."

했다. 그리하여 즐겁게 술을 들이켜는 것이었다. 변씨는 이 대장을 밖에 오래 서 있게 하는 것이 민망해서 자주 말하였으나 허생은 대꾸도 않다가 야심해서야

"손을 부르지."

라 했다. 이대장이 방에 들어와도 허생은 자리에서 일어나지 않았다. 이 대

---

17) 조성기(趙聖期): 1638∼1689. 숙종 때의 학자. 자는 성경(成卿), 졸수재는 그의 아호. 저서에 『졸수재집(拙修齋集)』이 있음.

18) 유형원(柳馨遠): 1622∼1673. 『반계수록(磻溪隧錄)』의 저자. 실학파의 선구자. 부안의 반계동이라는 곳에 은거했음.

19) 구왕(九王): 청(淸) 세조(世祖)의 숙부로 실제 정권을 쥐었던 인물. 이름은 다이곤(多爾袞). 예친왕(睿親王)에 봉해졌음.

장은 몸 둘 곳을 몰라 하며, 나라에서 어진 인재를 구하는 뜻을 설명하자 허생은 손을 저으며 막았다.

"밤은 짧은데 말이 길어서 듣기 지루하다. 너는 지금 무슨 벼슬에 있느냐?"

"대장이요."

"그렇다면 나라의 신임 받는 신하로군. 내가 와룡선생(臥龍先生) 같은 이를 천거하겠으니 네가 임금께 아뢰어서 삼고초려(三顧草廬)를 하게 할 수 있겠느냐?"[20]

이 대장은 고개를 숙이고 한참 생각하다가

"어렵습니다. 제이의 계책을 듣고자 하옵니다."

고 말했다. 허생은

"나는 원래 '제이'라는 것은 모른다."

하고 고개를 돌렸다. 그러다가 이 대장의 간청에 못 이겨

"명나라 장졸들이 조선은 옛 은혜가 있다고 하여, 그 자손들이 많이 우리나라로 망명해 와서 정처 없이 떠돌고 있지 않느냐. 너는 조정에 청하여 종실의 딸들을 내어 모두 그들에게 시집보내고, 훈척(勳戚) 권귀(權貴)[21]의 집을 빼앗아서 그들에게 주도록 할 수 있겠느냐?"

고 하니, 이 대장은 또 머리를 숙이고 한참을 생각한 끝에,

"어렵습니다."

고 대답했다.

"이것도 어렵다 저것도 어렵다 하면 도대체 무슨 일을 하겠느냐? 가장 쉬운 일이 있는데 네가 능히 할 수 있겠느냐?"

"말씀을 듣고자 하옵니다."

"무릇 천하에 대의(大義)를 외치려면 먼저 천하의 호걸들과 접촉하여 결탁하지 않고는 안 되고, 남의 나라를 치려면 먼저 첩자를 보내지 않고는 성공

---

20) 와룡선생(臥龍先生)은 제갈량(諸葛亮)의 별호인데, 유비(劉備)가 그의 보좌를 얻기 위해서 그의 초옥에 몸소 세 번이나 찾아간 일이 있어 이를 삼고초려(三顧草廬)라 한다. 여기서는 초야의 훌륭한 인재를 천거한다면 임금이 직접 성의를 다해서 그를 맞아 오도록 할 수 있겠느냐는 의미.

21) 이 대목이 본에 따라 이귀(李貴)·김류(金瑬)로(臺灣影印本), 김류(金瑬)·장유(張維)(一齋本·玉溜山館本·綠天山官本)로 구체적인 이름을 들어 놓기도 했다.

할 수 없는 법이다. 지금 만주족이 갑자기 천하의 주인이 되어서 중국 민족과는 친근해지지 못하는 판에, 조선이 다른 나라보다 먼저 섬기게 되어 저들이 우리를 가장 믿는 터이다. 진실로 당나라 원나라 때처럼 우리 자제들이 유학을 가서 벼슬까지 하도록 허용해 줄 것과, 상인의 출입을 금하지 말도록 할 것을 간청하면 저들도 반드시 자기네에게 친근하려 함을 보고 기뻐 승낙할 것이다. 국중의 자제들을 가려 뽑아 머리를 깎고 되놈의 옷을 입혀서, 그 중의 선비는 가서 빈공과(賓貢科)22)에 응시하고 서민은 멀리 강남에 건너가서 장사를 하면서, 저 나라의 실정을 정탐하는 한편 저 땅의 호걸들과 결탁한다면 한 번 천하를 뒤집고 국치를 씻을 수 있을 것이다. 그리고 만약 명나라 황족에서 구해도 사람을 얻지 못할 경우 천하의 제후를 거느리고 적당한 사람을 하늘에 천거한다면, 잘 되면 대국의 스승이 될 것이요, 못 되어도 백구지국(伯舅之國)23)의 지위를 잃지 않을 것이다."

이 대장은 힘없이 말했다.

"사대부들이 모두 조심스럽게 예법을 지키는데 누가 변발을 하고 호복(胡服)을 입으려 하겠습니까?"

허생은 크게 꾸짖어

"소위 사대부란 것들이 무엇이란 말이냐? 오랑캐 땅에서 태어나 자칭 사대부라고 뽐내다니 이런 어리석을 데가 있느냐? 의복은 흰옷을 입으니 그것이야말로 상복이며, 머리털을 한데 묶어 송곳 같이 만드는 것은 남쪽 오랑캐의 습속에 지나지 못한데 대체 무엇을 가지고 예법이라 한단 말인가. 번오기(樊於期)24)는 원수를 갚기 위해서 자신의 머리를 아끼지 않았고 무령왕(武寧王)25)은 나라를 강성하게 만들기 위해서 되놈의 옷을 부끄럽게 여기지 않

---

22) 빈공과(賓貢科): 중국에서 외국의 유학생을 위해 설치한 과거.

23) 백구지국(伯舅之國): 천자의 외삼촌의 나라. 제후국 가운데 가장 높은 대우를 받는 나라.

24) 번오기(樊於期): 중국 전국시대 말기 진(秦)나라의 장수로 연(燕)나라에 망명한 인물. 형가(荊軻)가 진시황을 암살하려고 진나라에 들어갈 때 오기가 선선히 자기 머리를 스스로 베어, 진시황에게 접근할 수 있는 자료를 제공해 주었음.

25) 무령왕(武寧王): 중국 전국시대 조(趙)나라의 임금. 북방 호족에 대항하기 위해 전쟁에 편리한 호복을 입었음.

256

았다. 이제 대명을 위해 원수를 갚겠다 하면서 그까짓 머리털 하나를 아끼고 또 장차 말을 달리고 칼을 쓰고 창을 던지며 활을 당기고 돌을 던져야 할 판국에 넓은 소매의 옷을 고쳐 입지 않고 딴에 예법이라고 한단 말이냐? 내가 세 가지를 들어 말하였는데 너는 한 가지도 행하지 못한다면서 그래도 나라의 신임받는 신하라 할 수 있으랴! 신임받는 신하라는 게 참으로 이렇단 말인가. 너 같은 자는 칼로 목을 잘라야 할 것이다."

라 하고 좌우를 돌아보며 칼을 찾아서 찌르려 했다. 이대장은 놀라서 급히 뒷문으로 뛰쳐나가 도망쳐서 돌아갔다.

　다음날 다시 찾아가 보았더니 집이 텅 비어 있고, 허생은 간 곳이 없었다.

　어떤 이는 말하기를 허생은 명나라의 유민(遺民)일 것이라고 한다.

　숭정(崇禎) 갑신(甲申)년(1644) 후로 명나라에서 망명해 온 사람이 많았으니 그도 혹 그 중의 하나였다면 성씨 또한 꼭 허씨인지도 알 수 없는 일이다.

　세상에 이런 이야기가 전해 온다.

　조계원(趙啓遠)26) 조판서가 경상감사로 있을 때 순행(巡行)하던 중 청송(靑松) 지경에 당도했다. 길 왼편에 웬 중 둘이 서로 베고 누워 있었다. 전배(前輩)들이 쫓아가서 고함을 질러도 피하지 않고 채찍으로 갈겨도 일어나지 않았으며 여럿이 덤벼들어 마구 잡아 일으켜도 꿈쩍하지 않았다. 조감사가 당도해서 교자를 멈추고,

　"어느 절의 중인가?"

하고 물었다. 두 중은 일어나 앉더니 더욱 오만한 태도로 한동안 눈을 흘기다가 소리쳤다.

　"네가 헛 명성과 권세에 아부해 가지고 도(道)의 감사 자리를 얻고 이제 다시 이러느냐?"

　조감사가 두 중을 바라보니 하나는 붉은 얼굴이 동그랗고 하나는 검은 얼굴이 길쭉한데 언사가 아주 범상치 않게 느껴졌다. 그래서 조감사는 교자에

---

26) 조계원(趙啓遠): 1592~1670. 자 자장(子張), 호는 약천(藥泉). 신흠(申欽)의 사위로 인조 때 문과에 급제해서 형조판서에 이름.

서 내려 말을 붙여보려 했다.

"종자(從者)를 다 물리치고 우리를 따라 오너라."

두 중이 조감사에게 하는 말이었다.

조감사는 두어 마장을 못따라가서 숨이 가쁘고 땀이 줄줄 나와서 잠깐 쉬어가기를 청했다.

중이 역정을 내며,

"네가 평소에 많은 사람의 좌석에서 언제나 큰소리로 몸에 갑옷을 입고 창을 꼬나잡고 선봉에 서서 대명(大明)을 위해 복수하고 치욕을 씻겠노라 떠벌이더니 이제 겨우 두어 마장을 걷는 동안 한 발짝 옮길 때 숨을 열 번이나 몰아쉬고 다섯 발짝 옮길 때 쉬기를 세 번이나 하면서 그러고도 요동(遼東)과 계주(薊州)27)의 벌판에서 달릴 수 있겠느냐?"

라고 여지없이 꾸짖었다. 한 바위 밑에 이르러 보니 서 있는 나무에 붙여 집이라고 얽어 놓았는데 밑에 섶을 깔고 그 위에 앉도록 되어 있었다.

조감사가 목이 말라서 물을 청하자 중이,

"이 양반은 귀인(貴人)이니 배도 고프겠지."

하고 황정(黃精)28)으로 만든 떡을 먹으라고 주면서 솔잎 가루를 개울물에 타서 주는 것이었다. 조감사는 오만상을 찌푸리고 먹지를 못했다. 중이 다시 크게 호통을 쳤다.

"요동 벌은 물이 귀하므로 목이 마를 때는 말 오줌도 마셔야 한다."

그리고 두 중이 서로 붙들고 '손노야(孫老爺)'를 부르면서 통곡하다가 다시 조감사에게 묻는다.

"오삼계(吳三桂)29)가 운남(雲南)에서 기병(起兵)을 해서 강소(江蘇) · 절강(浙江) 지방이 들끓고 있는 것을 너는 들어서 아느냐?"

"아직 듣지를 못했소이다."

---

27) 계주(薊州): 중국 하북성河北省의 지명.

28) 황정(黃精): 약재의 일종으로 도사들이 장생하기 위해 복용함.

29) 오삼계(吳三桂): 명청(明淸) 교체기에 활약했던 장수. 북경성에 청나라 군대가 진입할 때 청나라 편에 서서 들어왔으며, 후일에 운남(雲南) · 귀주(貴州) · 복건(福建) 지역을 중심으로 청나라에 반기를 들었다가 실패했음.

두 중은 한숨을 쉬고 말했다.

"명색 한 도(道)를 맡은 감사의 몸으로 천하에 이런 큰 일이 일어난 것도 모르다니 한갓 큰소리만 쳐서 벼슬자리를 얻었을 뿐이로구나."

조감사는 그들에게 신원을 물어 보았다.

"물을 것도 없다. 세상에 우리를 아는 사람도 있을 것이다."

그러고 나서,

"너는 잠깐 앉아서 기다리고 있거라. 우리 스승님을 모시고 오겠다. 너에게 말씀이 있을 것이다."

하고 두 중은 같이 일어나서 더 깊은 산골로 들어갔다.

조금 지나 해는 지고 두 중은 오래도록 돌아오지 않았다. 조감사 중들이 돌아오기를 기다리느라 밤이 야심해졌다. 바람이 윙윙 부는 소리에 초목이 흔들리는데 범의 어흥하는 소리가 들려왔다. 조감사는 무서운 마음이 왈칵 들어서 거의 기절할 지경이었다.

이윽고 여러 사람들이 횃불을 밝히고 감사를 찾아왔다. 조감사는 낭패를 보고 산속에서 내려왔다. 오랫동안 늘 침통한 마음에 자탄을 금치 못했다.

뒷날 송우암(宋尤庵) 선생에게 물어 보았더니,

"그분들은 명말(明末)의 총병관(總兵官)[30] 같이 보이는군요."

라고 했다.

"계속 저를 얕잡아 '너'라고 부른 것은 왜 그랬을까요."

"스스로 자기들이 우리나라 중이 아님을 밝힌 것 같군요. 섶을 쌓아 놓고 앉은 것은 와신(臥薪)[31]을 뜻하는 것이고……."

"통곡할 적에 하필 '손노야'를 불렀을까요?"

"태학사(太學士) 손승종(孫承宗)[32]을 말하는 것 같군요. 손승종이란 양반이 일찍이 산해관(山海關)에서 군대를 거느리고 있었는데 두 중은 그때 휘하

---

30) 총병관(總兵官): 중국 명청 시대의 군대 직명. 각 성의 제독 아래 진(鎭)을 관할하는 지휘관.

31) 와신(臥薪): 일부러 고생을 감내하며 원수 갚기를 잊지 않는다는 의미. 오왕(吳王) 부차(夫差)가 월왕(越王) 구천(句踐)에 패하고 복수를 하기 위해서 섶에 누워 잤다는 고사가 있음(臥薪嘗膽).

32) 손승종(孫承宗): 중국 명나라가 청에 망하는 과정에서 활약했던 인물로, 병부상서를 지낸 바 있음.

의 인물이었을 것이요."

나는 스무살 때에 봉원사(奉元寺)33)에서 글을 읽고 있었다. 그 때 한 객이 능히 음식을 조금밖에 안 들며 밤새도록 눈을 붙이지 않은 채 도인법(導引法)34)을 하고 한낮이 되면 문득 벽에 기대 앉아 잠깐 눈을 감고 용호교(龍虎交)35)를 하는 것이었다. 나이가 상당히 연로해 보여서 나는 그를 표면적으로 공손히 대했다. 그 노인이 가끔 나를 위해서 허생의 일이라든지 염시도(廉時道)36)·배시황(裵時晃)37)·완흥군부인(完興君夫人)38)의 이야기를 나에게 들려주었다. 재미있게 흘러나오는 수만 마디의 말이 여러 날 밤을 끊이지 않아 이야기들이 기궤하고 재미있어 모두 족히 들을 만하였다. 그 때 그가 자기 성명을 윤영(尹映)이라 했다. 이것이 병자(丙子)년(1756) 겨울의 일이었다.

그 후 계사(癸巳)년(1773) 봄에 나는 평안도로 놀러갔다. 비류강(沸流江)39)에서 배를 타고 십이봉(十二峯) 밑에 닿자 조그만 암자 하나가 있었다. 윤노인이 혼자 한 스님과 그 암자에 거처하고 있었다. 나를 보더니 뛸 듯이 반가워하고 서로 위로를 했다. 그 사이 18년 동안에 용모가 조금도 더 늙은 것 같지 않았고 나이가 80여 세는 되었을 터인데 걸음걸이도 나는 듯했다. 나는 허생의 이야기에서 한두 가지 모순되는 점을 물었더니 노인이 설명하

---

33) 봉원사(奉元寺): 서울 안산(鞍山 자락의 봉원동에 있는 절.

34) 도인법(導引法): 도교의 양생술(養生術)의 일종. 호흡을 조절하고 수족을 오그렸다 폈다 해서 기혈(氣血)을 충족시키고 신체를 가볍게 하는 방법이다.

35) 용호교(龍虎交): 도교에서 물과 불을 용호(龍虎)라 하며, 그 양생술에 용호교구(龍虎交媾)라는 것이 있다. 또한 오수(午睡)를 용호교(龍虎交)라 하기도 함.

36) 염시도(廉時道): 허적(許積)의 겸인(傔人)이었는데, 야담의 주인공으로 유명하다.

37) 배시황(裵時晃): 러시아 세력이 중국의 흑룡강성 쪽으로 진입함에 청나라의 요청으로 원군을 파견하였는데, 그때 배시황은 장수로 나가서 공을 세운 바 있다. 「배시황전」이라는 국문소설이 전하고 있으며, 『성호사설』에는 이때의 기록으로 차한일기(車漢日記)가 들어 있다. 역사상에서 나선정벌(羅禪征伐)로 일컬어지고 있다.

38) 완흥군부인(完興君夫人): 어떤 이야기였는지 미상.

39) 비류강(沸流江): 평안도 성천(成川)에 있는 강 이름.

는데 어제 일같이 역력하게 들려 주는 것이었다.

노인은,

"그대가 전에 한창려집(韓昌黎集)을 읽더니……."[40]

그리고 이어,

"자네가 전에 허생을 위해서 전(傳)을 짓겠다더니 진작 글이 완성되었겠지."

한다. 나는 아직 손대지 못하고 있는 것을 사과했다. 서로 말하는 중에 내가

'윤노인'하고 그를 불렀더니 노인은 짐짓,

"나는 성이 신(辛)가이지 윤가가 아니오. 그대가 잘못 안 모양이로구먼."

한다. 나는 어리둥절해서 노인의 이름을 물었더니 이름은 색(嗇)이라고 대답

했다. 내가 따져 물었다.

"노인이 전에 성명을 윤 영이라 하시지 않았던가요? 지금 어째서 갑자기

신색이라고 바꾸어 말합니까?"

노인은 버럭 성을 냈다.

"그대가 잘못 알고서 남을 보고 성명을 바꾸었다고 말을 해."

내가 다시 따지려 하자 노인은 더욱 노하여 푸른 눈동자를 번득였다. 나는

비로소 노인이 기이한 지취(志趣)를 지닌 사람인 것을 알았다. 혹 폐족(廢族)

이거나 아니면 좌도(左道)[41] 이단(異端)으로 세상을 피하고 자취를 감춘 무

리일지, 알 수 없는 노릇이었다. 내가 문을 닫고 나오자 노인은 혀를 차면서,

"애처롭군. 허생의 처는 필경 또다시 굶주렸을 것이야."

한다.

또 광주(廣州) 신일사(神一寺)에 한 노인이 있었다. 별호를 약립(蒻笠) 이

생원(李生員)이라 칭하는데 나이는 아흔 살이 넘었으나 힘은 범을 움켜잡을

만하고 바둑과 장기를 잘 두고 종종 우리나라의 고사를 이야기할 때면 언론

이 풍발(風發)하듯 한다는 것이었다. 그의 이름을 아는 이가 없다고 하는데

나이와 용모를 들어보니 아주 윤영과 닮은 것 같았다. 나는 그분을 가서 한

번 보고 싶었으나 뜻을 이루지 못했다.

---

40) 원문에 '子前讀昌黎文, 當口'라고 한 자가 탈락되어 있다.

41) 좌도(左道): 유교의 입장에서 본 이단적 종교 사상.

세상에는 참으로 이름을 감추고 은거해서 완세불공(玩世不恭)하는 사람도 없지 않다. 하필 허생에 대해서만 의심을 둘 것인가.

평계(平谿)42)의 국화 아래서 술을 조금 마시고 붓을 들어 쓰다. 연암(燕巖)은 적는다.

차수(次修)43)는 논한다.

"이 글은 대체로 규염객전(虯髯客傳)44)에 화식전(貨殖傳)45)을 배합한 것인데 그 가운데 중봉(重峯)의 만언봉사(萬言封事)46)와, 유씨(柳氏)의 반계수록(磻溪隧錄)과, 이씨(李氏)의 성호사설(星湖僿說)에서 말하지 못한 내용이 담겨 있다. 문장이 더욱 소탕(疏宕) 비분(悲憤)해서 압록강 이동의 유수한 문자이다."

박제가(朴齊家)는 쓰다.

(이우성 · 임형택 번역)

---

42) 평계(平谿): 서울의 지명으로 연암이 43세 이후 연암협(峽)에서 올라와 거처했던 곳.

43) 차수(次修): 연암의 제자인 박제가(朴齊家)의 자(字).

44) 규염객전(虯髯客傳): 당(唐)나라 장열(張說)이 지은 전기(傳奇). 이정(李靖)이 규염객이라는 기이한 호걸을 만나 장차 대사를 도모할 계시와 함께 경제적인 지원을 받는 내용.

45) 화식전(貨殖傳): 사기(史記)의 화식열전(貨殖列傳)을 가리킴. 치부(致富)한 사람들의 전기(傳記)와 경제 문제를 다룬 것.

46) 만언봉사(萬言封事): 선조 때 조헌(趙憲)이 중국에 사신으로 다녀와서 올린 상소.

제8장
—

🌸

아름답고 매운 '봄의 향기', 〈춘향전(春香傳)〉

1. 〈춘향전〉의 스토리텔링, 그 흥미롭고 풍성한 이야기의 숲

어느 나라나 고금(古今)을 막론하고 가장 애독되는 작품이 있기 마련이다. 진정한 의미의 고전(古典)이라 할 수 있겠는데, 그 속에는 오랜 기간 민족의 정서를 대변해왔던 그 무엇이 있다. 흔히 "인구(人口)에 회자(膾炙)된다"는 그 고전의 목록에 맨 위를 차지하는 건 무엇일까? 중국에 『삼국지연의(三國志演義)』가 있고, 일본에 『겐지모노가타리(原氏物語)』가 있다면, 우리에겐 당연히 〈춘향전(春香傳)〉이 있다.

18·9세기엔 판소리 〈춘향가〉가 12마당 중 가장 인기를 끌었을 뿐 아니라, 고전소설로도 200종이 넘는 이본을 파생시켰다. 게다가 서양의 오페라와 유사한 창극으로도 공연됐으며 1923년 처음 영화화된 후 무려 스무 번 이상이나 영화로 제작되었다. 2000년에는 임권택 감독이 10대 춘향과 이몽룡을 주인공으로 하여 판소리 뮤직비디오 같은 〈춘향뎐〉을 제작하여 칸영화제 본선에 진출하기도 했다. 그런가 하면 2005년 17부작으로 방영된 통통 튀는 신세대 드라마 〈쾌걸 춘향〉(KBS2)도 인기를 끌었다.

〈춘향전〉이 어찌해서 이렇게 인기 있는 작품이 됐을까? 〈춘향전〉은 신분이 다른 청춘남녀의 사랑과 이별, 그리고 수난의 과정을 거쳐 다시 행복한 재회에 이르기까지 통속적이고 전형적인 멜로드라마(melodrama)의 틀을 그대로 지니고 있을뿐더러 그 이야기가 대중들에게 익숙한 내러티브를 갖추고 있기 때문일 것이다. 더욱이 양반과 기생이라는 엄청난 신분적 격차는 진정한 사랑을 이루기 힘들다는 점에서 대중들에게 흥미를 자극하며, 기생이기에 변학도의 수청을 거절하기 불가능하다는 상황인데도 불구하고 사랑을 지키기 위해서 모진 수난을 겪었으며, 마지막에는 사또에게 희생될 수밖에 없는 처지에 사랑하는 사람이 암행어사가 되어 나타나 춘향을 구출해 준다는 극적 반전에 이르기까지, 〈춘향전〉은 어느 작품보다도 드라마틱한 요소를 충실히 갖추고 있기에 감동을 줄 수 있었던 것이다. 즉 〈춘향전〉은 남녀의 사랑과 이별 그리고 수난과 재회라는 이른바 '대중서사'의 방식을 활용하여 이야기를 만들었기에 인기가 있었던 것이다. 대중들이 좋아하는 이야기 방식인 대중서사는 수난과 극적 반전을 갖춘 해피엔딩 스토리로 사람들이 많이 보는 인기 TV드라마에서 그 진면목을 확인할 수 있다.

그런데 〈춘향전〉은 오히려 근대에 들어와서 근대소설보다 더 많이 읽히는 고전소설이 되었다. 〈춘향전〉은 연간 7만권 정도가 팔리고, 200종이 넘는 이본을 파생시켜 일제식민지 시기를 대표하는 소설작품으로 역설적이게도 신문학 또는 근대문학 시대의 '베스트셀러'가 되었다고 한다. 그 계기를 제공한 작품이 바로 1912년 등장한 이해조(李海朝, 1869~1927)의 〈옥중화(獄中花)〉다. 이해조는 이미 〈자유종(自由鐘)〉(1910)에서 "〈춘향전〉은 음탕교과서"라고 부정했지만 강제합병 후 그 고전의 세계로 돌아와 판소리를 개작하여 〈옥중화〉를 창작하게 된다. 당시 유일한 신문이었던 『매일신보(每日申報)』의 1면에 1912년 1월 1일~3월 16일까지 연재되었고 이어서 8월 박문서관(博文書館)에서 단행본으로 출판되어 불티나게 팔려 많은 사람들에게 읽혔다.

이 무렵 〈춘향전〉의 이본은 모두 84책이 등장했는데 〈옥중화〉나 그 작품을 저본으로 한 것이 무려 73책으로 87%를 차지할 정도라고 하면 〈춘향전〉이 곧 〈옥중화〉였던 셈이다. 어찌 보면 〈춘향전〉은 계몽기에 새로 만들어진 '창조된 고전'이며 근대문학기 최고의 베스트셀러였던 셈이다. 심지어는 하야가와 고슈[早川孤舟]가 1923년 최초로 〈춘향전〉 영화를 만들 때도 대본이 없어 당시 유명한 변사였던 김조성(金肇盛, 1901~1950)이 〈옥중화〉를 읽어주고 거기에 맞춰 배우들이 연기를 했다고 한다.

그 인기의 비결은 판소리를 통해 접한 이미 익숙한 서사의 방식에도 영향이 있지만 복잡다단한 가정사나 개화의 이념보다 신분이 다른 남녀의 애정에 초점을 맞춘 대중서사, 곧 멜로드라마의 방식에 있어 보인다. 남녀의 애정사는 누구나 즐겨 찾는 이야기지만 개화와 계몽의 격랑 속에 남녀의 애정을 본격적으로 다룬 작품이 드문 현실에서 〈옥중화〉는 그 길을 일찍부터 열었던 셈이다. 신문에 연재되고 이어서 단행본으로 출판되었다는 점도 대중화에 크게 기여했을 것으로 보인다. 매체를 통한 소설의 유통은 근대적 문학 수용 방식이었기에 〈옥중화〉 역시 그 경로를 활용하여 대중들에게 다가갔던 것이다. 당시의 기록을 보자.

> 지금 조선서 가장 많이 팔리는 책이 무엇이냐 하면 〈춘향전(春香傳)〉이나 〈심청전(沈淸傳)〉이라고 한다. 이 〈춘향전〉과 〈심청전〉의 애독자는 만히 중류이상 가정부인이다. (H.K生, 「가정과 구소설」, 『동아일보』 1929. 4. 2)

> 잘 팔리고 말구요. 지금도 잘 팔리지요. 예나 이제나 같습니다. 〈춘향전〉, 〈심청전〉, 〈유충렬전〉 이 셋은 농촌의 교과서이지요.
> (박문서관 주인인 노익형의 말, 『조광』 4권, 1938. 12)

이런 〈춘향전〉의 높은 인기 때문에 1920년대 말에는 신경향파 문학을 추구했던 KAPF의 논객 김기진(金基鎭, 1903~1095)에 의해 당시의 소설을 〈춘향전〉식으로 쓰자는 '대중소설론'도 제기될 정도였다. 무엇이 〈춘향전〉을 이토록 널리 읽힐 수 있게 만들었을까? 소설뿐이 아니다. 대중문화의 꽃인 영화로도 〈춘향전〉만 만들면 흥행에 대박을 터트린다는 것이다. 그러기에 한국영화사에서 〈춘향전〉의 위치는 단연 독보적이다. 20편이나 계속 제작된 점도 그렇거니와 주요한 시기마다 한국영화사의 새로운 지평을 열어갔다. 1923년 하야가와 고슈 감독의 〈춘향전〉은 최초의 민간제작영화(실상 최초의 극영화)이며, 1935년 이명우 감독의 〈춘향전〉은 최초의 발성영화였고, 1955년 이규환 감독의 〈춘향전〉은 전쟁으로 폐허가 된 한국영화 부흥의 계기가 되었으며, 1961년 홍성기 감독의 〈춘향전〉은 최초의 컬러 시네마스코프 영화였고, 1971년 이성구 감독의 〈춘향전〉은 최초의 70밀리 영화로 제작되었으며, 2000년 임권택 감독의 〈춘향뎐〉은 한국영화 최초로 칸영화제 본선에 진출했다.

〈춘향전〉이 독서물은 물론이고 왜 영화와 같은 신생 장르로까지 확산될 수 있었을까? 이른바 스토리텔링(story-telling)이 가장 흥미롭고 매력적이기 때문에 〈춘향전〉은 어쩌면 문학사를 뛰어 넘어 문화사, 예술사에 이르기까지 하나의 거대한 이야기의 숲을 이루고 있는 셈이다. 그 말이 믿기지 않는다면 남원 광한루(廣寒樓)에 가보라. 주변의 모든 것이 〈춘향전〉의 스토리텔링으로 장식돼 있다. 춘향호텔, 도령여관, 월매집, 춘향식당, 몽룡 찻집, 방자슈퍼 … 심지어는 남원 춘향제 중 춘향아가씨 선발대회는 미스코리아 못지않게 KBS에서 전국으로 생중계를 한다. 실존했던 역사적 인물도 아니고 단지 소설 속의 주인공일 뿐인데 이렇게 폭 넓은 지지를 획득하고 있는 것은 그 스토리텔링이 살아서 감동을 주고 있기 때문일 것이다. 자, 그러면 이제 그 매력적인 이야기의 숲으로 들어가 보자.

2. 영혼과 육신이 만나는 아름다운 진경(眞景)

흔히 쓰는 말에 '춘향 같은 여자'란 말이 있다. 그저 남자만 바라보고 모든 걸 바치는 지고지순한 열녀(烈女)를 뜻한다. 그래서 장가 못간 총각들은 어디 춘향과 같은 여자 없냐고 하지만 어림도 없는 소리다. 요즘 같은 세상에 어디 가서 그런 소리하면 뺨 맞기 십상이다. 실제 춘향도 그런 여자가 아니었다. 대중적으로 널리 알려져 있는 〈춘향전〉의 오해도 여기서 시작된다. 한 명의 남자만을 열렬히 사랑하여 변학도에게 죽도록 매를 맞고 긴 칼을 쓰고 앉아 옥중에서 하염없이 눈물만 흘리는 춘향, 이것이 일반인들이 알고 있는 춘향의 모습이다. 이당(以黨) 김은호(金殷鎬) 화백이 그렸다는 광한루 춘향사당의 춘향영정이 딱 그런 분위기를 띠고 있다. 건드리기만 해도 눈물을 주르르 흘릴 것 같은 청순가련한 여인의 전형으로 보인다.

하지만 한 번 생각해 보라. 일개 기생인(물론 〈춘향전〉은 비기생계 이본도 있지만 대다수는 기생계이다.) 천민 신분의 여자가 명문대가 양반 도령을 맞아 사랑을 이루었다는 것이 어디 그리 쉬운 일인가. 요즘도 빈부나 처지가 다르기에 결혼하지 못하는 일이 흔한데 신분을 지고의 척도로 삼았던 봉건시대에는 오죽했겠는가. 바로 그런 험난한 사랑의 여정을 극복하고 부부가 되기 위해서는 얼마나 많은 고통을 겪어야 했던가. 그 험난한 여정을 눈물만 흘리는 청순가련형 여자가 어찌 극복해낼 수 있겠는가. 어쩌면 춘향에게 부과된 그 모진 고통 때문에 이 작품이 많은 사람들에게 감동을 준 것이 아니겠는가.

처음 남원부사 아들인 이몽룡이 그네 뛰는 춘향이를 보았을 때, 이몽룡은 춘향을 기생의 딸이라 잠깐 즐기는 대상으로밖에 여기지 않았다. 그네 뛰는 춘향이를 물어보니 방자가 "다른 무엇이 아니오라 이 골 기생 월매 딸 춘향이란 계집아이로소이다." 하자 "장이 좋다. 훌륭하다"고 하고 "들은 즉 기생의 딸이라니 급히 가 불러 오라"고 한다. 동등한 처지의 사랑이 아니라 미색을 탐하는 양반 난봉꾼의 행태다. 기생이 이른바 '노류장화(路柳牆花)'인 것처럼 누구나 꺾을 수 있는 것이 바로 기생의 존재였고 이몽룡도 그렇게 생각란 것이다.

하지만 이 초대를 춘향은 매몰차게 거절한다. "네가 지금 시사(時仕: 현직 관기)가 아닌데 왜 오라 가라 하느냐?"고 반문한다. 실상 춘향의 매력은 바로 여기에 있다. 한 여성의 존엄성을 지키고자 하는, 그것이 춘향의 본 모습이다. 결국 사또 자제 이몽룡은 "네가 너를 기생으로 앎이 아니라 들으니 네가 글을 잘 한다기로 청하노라."고 궤도를 수정해 '글벗'으로 초청하기에 이른다.

당연히 아름다운 두 청춘 남녀가 첫 눈에 반하고 사랑하기에 이른다. 그 사랑은 상대방의 신분을 고려하지 않은 것이다. 그저 상대방이 마음에 드는 지인지감(知人知鑑)의 상대, 말하자면 필(feel)이 통하는 상대였기 때문이다. 하지만 두 사람 사이에는 양반과 천민이라는 신분적 장애가 가로 놓여 있고, 그 간극은 당시의 통념상 도저히 넘을 수 없는 것이었다. 만약 이들의 사랑이 진실한 것이 아니라 잠깐 즐기는 유희에 불과했다면 신분은 그리 문제되지 않을 것이다. 하지만 진정으로 사랑하기에 문제가 되는 것이다.

그 날 밤 이몽룡은 춘향의 집을 방문해 서로가 부부가 될 것을 약속하고 '불망기(不忘記)'까지 적어준다. 말하자면 '혼인서약서'가 되는 셈인데 당시의 관습으로 그것이 사회적 구속력을 지녔다고 보기는 어렵다. 다만 양반과 기생이라는 신분을 뛰어넘어 서로에 대한 사랑을 확인하는 절차인 셈이다. 적어도 둘 사이에는 신분이 문제가 될 것이 없어진 것이다.

그 첫날 밤 춘향과 이몽룡의 질탕한 '사랑놀음'은 〈춘향전〉을 외설시비에 휘말리게 했다. 개화기 신소설 작가였던 이해조는 '음탕교과서'라 했으며 초기 국문학 연구에 지대한 업적을 남겼던 조윤제는 〈춘향전〉의 주석에서 그 대목을 아예 삭제하기도 했다. 심지어는 마광수의 〈즐거운 사라〉 공판 과정에서 지지 의견을 내놓았던 민용태는 〈즐거운 사라〉를 〈춘향전〉에 비견하기도 했다. 그 장면을 자세히 따져 보면 포르노와 별 다를 게 없다.(16살 밖에 안 되는 애들이 밤새 온갖 짓을 다하니 이거야말로 '미성년자보호법'에 저촉되는 것이 아닌가!) 하지만 진정한 사랑, 영혼의 만남이 있는 그들의 사랑의 행위는 그 자체로 너무 아름답다. 사랑이 대상이 되는 것이 아니라 온 존재로 이루어지기 때문일 것이다.

실상 우리의 고전에서 남녀의 만남은 흔히 성(性)을 수반하게 되는데, "옛날 사람들은 왜 이렇게 사랑에 적극적이었는가?"라고 의문을 품게 된다. 그것은 남녀의 만남이 원천적으로 금지돼 있었기 때문이다. 규방에 갇힌 규수가 가족 외에 젊은 남성을 만난다는 것은 상상할 수 없는 일이다. 그러니 젊은 남녀의 만남은 운명적인 만남이 되어 주저하고 머뭇거릴 시간이 없이 한 번에 모든 과정이 이루어진다. 조선 초기에 지어진 김시습(金時習, 1435~1493)의 『금오신화(金鰲新話)』를 보면 〈이생규장전(李生窺牆傳)〉에서 태학에 다니는 이생을 본 최랑은 한 눈에 반해 그날 자기 방으로 이생을 끌어들여 지극한 사랑의 행위를 나누지 않았던가. 그러기에 남녀가 사귀는 '연애'라는 말은 근대 이후에 생긴 개념이라고 한다. 즉 근대적 제도와 시공간이 확보된 뒤에 비로소 밀고 당기는 연애의 과정이 생겨난 것이다.

〈춘향전〉의 이 부분을 강독할 때마다 학생들에게 하는 말이 있다. 정말 미치도록 서로 사랑한다면 어떻게 하겠는가? 〈춘향전〉의 '사랑가' 중에 한 예를 보자. "나는 죽어 인경마치 되야 … 인경 첫마디 치는 소리 그저 뎅뎅 칠 때마다 다른 사람 듣기에는 인경소리로만 알아도, 우리 속으로는 춘향뎅 도련님뎅이라 만나 보자꾸나." 이 세상의 모든 것들이 사랑의 자장(磁場)안으로 들어오는 그런, 마치 첫사랑의 연인들이 상대방의 마음을 확인하고 너무 좋아 하늘로 날아오르는 그런 경지다.

봉건시대 고루한 예교의 허울을 벗어 던지고 인간의 개성을 마음껏 발산하는 그런 발랄하고도 도발적인 춘향의 모습이 바로 여기서 확인된다. 보티첼리

(Sandro Botticelli, 1445~1510)의 〈비너스의 탄생〉이나 미켈란젤로 (Michelangelo Buonarotti,1475~1564)의 〈다비드〉와 같이 르네상스의 많은 그림과 조각들이 왜 중세의 음울한 휘장을 벗어버리고 모두 인간의 아름다운 육신을 드러내는가를 생각해 보라. 단 물신화된 요즘 사회의 성(性)과는 질적으로 다르다는 것을 염두에 두어야 한다. 무조건 성이면 다 좋은 것이 아니다. 진정한 사랑이 동반될 때 그것은 아름다운 것이다. 〈춘향전〉의 성은 진정한 사랑, 영혼과 육신이 만나서 펼쳐지는 한없이 아름다운 진경(眞景)인 것이다. 춘향이의 성을 이 물신화되고 파편화 된 현대의 퇴폐적 성과 동일시해서 안 되는 이유가 여기에 있다.

3. 양반의 노리개가 아닌 주체적 여성으로

자, 이제 다음 장면으로 넘어가 보자. 상호신뢰와 애정에 의해 감추어져 있던 신분적 갈등이 현실의 고난으로 드러난 것은 이몽룡과 이별하고 변학도가 남원부사로 내려오면서부터다. 아름다운 기생을 사이에 두고 한량들이 서로 차지하려고 다투는 '미기담(美妓談)' 혹은 '탐화담(探花談)'은 조선 후기 수를 헤아릴 수 없을 정도로 많이 등장한다. 어느 고을에 원님으로 내려 왔던 양반이 그 곳의 아름다운 기생과 사랑을 나누었고, 임기가 다하여 서울로 올라갔지만 기특하게도 그 기생은 절개를 지켜 나중에 돈을 주고 기생신분에서 빼내어 첩으로 삼았다는 얘기가 대표적인 경우다. 어찌 보면 아름다운 사랑얘기가 아니냐고 할지도 모른다. 하지만 과연 이것이 동등한 인격체로서의 사랑인가는 여러모로 생각해 봐야 한다. 아름다운 꽃을 꺾듯이 여성은 단지 장식물에 불과하며 철저하게 남성 위주의 이야기인 것이다. 그저 얼굴 하나 잘 나서 뽑히게 된 것이다. 이들 이야기의 제목으로 많이 등장하는 '탐화(探花)' 혹은 '절화(折花)'라는 표현이 그 단적인 예다.

예전에는 기생을 '말하는 꽃' 혹은 '말을 알아듣는 꽃'이란 의미의 '해어화(解語花)'로 불렀다. 바로 이것이 남성 사대부들이 기생을 대하는 태도를 단적으로 보여주는 말이다. 아무나 꺾을 수 있는 수동적인 존재가 바로 기생인 것이다. 사랑하고 그리워하는 여성의 살아 있는 모습은 어디에도 없다. 게다가 정식 부인이 아닌 첩으로 삼았다는 대목도 눈여겨볼 필요가 있다. 물론 당시의 신분제도 속에서 부부가 된다는 것은 불가능하지만 여성의 주체적인 모습이 드러나지 않는다는 것이다. 〈춘향전〉이 여느 '기생이야기'와 다른 이유가 여기에 있다. 〈춘향전〉은 제목처럼 여성 주인공인 춘향이의 얘기인 것이다.

남원에 내려 온 변학도는 만사를 제쳐놓고 '기생점고'부터 하고 춘향이를 찾는다. 어떤 이본에 보면 기생명부에 없으니 명부에 집어넣고 데려 오라고까지 한다. 춘향이를 대하는 이몽룡과 변학도는 이렇게 태도부터 다르다. 동등한 인격체로 대하는 이몽룡과 우격다짐으로 수청을 강요하는 변학도, 바로 이 변별점이 춘향이가 그토록 강하게 수청을 거부한 근거가 된다. 변학도는 춘향을 인격체가 아닌 양반의 노리개로 보고 수청을 강요한 것이다. 그러기에 춘향이의 수청거부는 이몽룡을 위해 절개를 지킨다는 의미보다도 바로 이런 무자비한 폭압에 대한 인간의 존엄성을 지키기 위한 몸부림인 것이다. 변학도가 기생이 무슨 정절이 있냐고 조롱하자 춘향은 다음과 같이 대꾸한다.

> 충불사이군(忠不事二君)이요 열불경이부절(烈不更二夫節)을 본받고자 하옵는데 연차 분부 이러하니 생불여사(生不如死)이옵고 열불경이부(烈不更二夫)오니 처분대로 하옵소서. …… 충효열녀 상하있소. 자상히 들으시오. 기생으로 말합시다. (84장본 〈열녀춘향수절가〉)

춘향이가 강변하는 것은 봉건적 덕목인 '열(烈)'인 것 같지만 사실은 다르다. 자유의지에 의해 선택한 남성과의 사랑을 위해서 수청을 거부하겠다는 말이다. 곧 이몽룡에 대한 수절이 아닌 자신의 인간적 권리를 주장한 셈이다. 이런 춘향의 항변에 대해 "지나가던 새도 웃겠다."거나 "기생이 정절이면 우리 마누라는 기절"이라 비아냥거릴 정도로 당시 기생은 인간대접을 못 받았다. 이 때문에 당시의 실정법에 해당되는 '열'이라는 명분을 통해서 자신의 행위를 정당화시켜야 했다. 당시의 봉건적 덕목을 이용한 것이지만 춘향이 강조하는 '열'은 한 인격체의 권리나 인간의 존엄성을 지키기 위한 외피의 역할을 한다. 그러기에 춘향이가 주장하는 '열'은 그 핵심에 있어서는 봉건적 덕목과 상반되는 당당한 인격체의 자유의지를 내포하고 있다.

왜 춘향이가 죽을 각오를 하면서까지 변학도의 수청을 거부했을까? 사건의 진행 과정을 보면 춘향이 매를 맞아 거의 죽을 지경에 이르렀고, 거지꼴로 내려온 이몽룡을 보고 살아날 희망을 포기하고 사후 처리까지 부탁한다. 아주 독하게 마음먹고 여러 유혹도 뿌리친다. 변학도는 이방을 보내 "네가 수청을 들면 관가의 창고 돈이 다 네 돈이 될"것이라고 회유하기도 하고, 어머니인 월매는 사또도 자존심이 있으니 "이번만은 눈 질끈 감고 수청 한 번 들라"고 한다. 실상 당시 관가에 속한 기생들에겐 관장과 잠자리 한 번 하는 게 뭐 그리 대단할 것도 없었다. 오히려 기생들이 그걸 바라기도 했다. 하지만 춘향은 양반의 노리개가 되어 구차하게 사느니 당당하게 죽겠다고 한다. 이런 당돌하고도 강인한 모습이 춘향이의 진면목이다.

춘향이 바라는 것은 사랑하는 남자를 만나 평범한 지어미로 한 가정을 꾸미고 행복하게 살고 싶다는 것이다. 그런데 양반의 노리개가 돼야 하는 신분적 질곡 때문에 그것이 불가능하게 된 것이다. 이 신분적 질곡에 당당히 맞섰던 여자가 바로 춘향이다. 춘향이와 비교해 볼 때 이몽룡은 그리 대단한 존재가 아니다. 그저 사랑하는 상대일 뿐이고 명문대가의 양반이기에 사랑의 성취가 그만큼 어려웠던 것이다. 이 때문에 춘향이는 양반으로의 '신분상승'을 이룬 것이 아니라 천민인 기생도 한 인격체로서 당당하게 살아가야 한다는 '신분해방'을 실현시킨 것이다. 그러기에 〈춘향전〉은 한국판 신데렐라 이야기가 아니라 처절한 한 천민의 투쟁사인 것이다.

4. 〈춘향전〉의 다양한 변주

이런 〈춘향전〉이기에 수많은 작품으로 끊임없이 재창작되는 것은 어찌 보면 당연하다. 물론 거기에는 18 · 9세기의 〈춘향전〉과는 다른, 그 무엇이 녹아있다. 소설로는 이광수를 비롯하여 이주홍, 최인훈, 김주영, 김용옥, 이청준, 임철우 등이 현대화 작업에 가세했고, 시(詩)로는 김영랑을 비롯하여 서정주, 박재삼, 전봉건 등이 〈춘향전〉을 작품화했다.

최인훈의 〈춘향뎐〉(1967)을 보자. 과거 공부하던 이몽룡은 역적의 자손으로 멸문지화를 입게 되어 암행어사는커녕 춘향의 근처에도 갈 수 없는 지경에 이르고, 춘향은 암행어사가 서방님이겠거니 하였지만 얼굴을 올려다보는 순간 환상이 무너진다. 게다가 암행어사는 춘향의 미색에 반하여 첩이 될 것을 강요하는 지경에 이른다. 결국 사랑하는 두 사람은 밤도망을 하여 소백산맥 기슭에 숨어 버린다. 희망은 어디에도 없다. 작가의 말처럼 "가장 어두운 중세의 밤을 보낸 여자"로 춘향이 남아있는 것이다. 최인훈의 〈춘향뎐〉을 통해 4.19 혁명의 실패 후 군사독재정권으로 이어지는, 출구가 없이 답답하기만 하던 60년대 현실을 얘기하고 있다.

임철우의 〈옥중가〉(1990)는 춘향이 갇힌 옥으로부터 이야기가 전개된다. 이몽룡은 뒷전으로 힘을 써서 변 판서의 사팔뜨기 외동딸과 혼인하기로 약조한 덕택으로 과거에 급제했다. 그러니 암행어사가 되어도 남원에 나타날 수가 없어 "곧장 담양 땅으로 내려간다." 이런 소식을 접한 춘향도 이몽룡의 사랑에 연연하지 않고 변학도의 애첩으로 들어간다. 여기서 우리는 민중들의 꿈을

배반하고 권력과 야합한 1990년 3당 통합이라는 한국정치의 진면목을 확인할
수 있다. 작가는 〈춘향전〉을 1990년대 한국정치의 축소판으로 만든 것이다.
　이처럼 춘향의 모습은 다양하다. 정말 춘향은 조셉 캠벨(Joseph Camp-
bell)의 말처럼 '천의 얼굴을 지닌 여인'인 것이다. 〈춘향전〉 자체의 텍스트에
서도 기품 있는 여인으로, 생기발랄한 요부로, 독하게 저항하는 투사로, 사랑
을 갈구하는 연인으로 끊임없이 변신을 시도했다. 그렇게 변모하면서 자신의
사랑을 지켜나가기에 만인의 사랑을 받는 것은 아닐까? 물론 그 중심에는 이
몽룡에 대한 진정한 사랑이 자리하고 있는 것이다. 서정주의 시 〈다시 밝은
날에-춘향의 말 2〉, 〈춘향유문-춘향의 말 3〉은 그런 절절한 사랑을 펼쳐 보
이고 있다.

> 저승이 어딘지는 똑똑히 모르지만
> 춘향의 사랑보단 오히려 더 먼
> 딴 나라는 아마 아닐 겁니다
>
> 천 길 땅 밑을 검은 물로 흐르거나
> 도솔천의 하늘을 구름으로 날드래도
> 그건 결국 도련님 곁 아니예요?
>
> 더구나 그 구름이 쏘내기되야 퍼부을 때
> 춘향은 틀림없이 거기 있을 거예요!
>
> 　　　　　　　　　　　　　　　　-서정주의 〈춘향유문〉에서

[참고 문헌]

김홍규, 「신재효 개작 〈춘향전〉의 판소리사적 위치」, 『한국고전소설연구』, 새문사, 1983.

박희병, 「〈춘향전〉의 역사적 성격 분석」, 『전환기의 동아시아 문학』, 창작과 비평사, 1985.

설성경, 『춘향전의 통시적 연구』, 박이정, 1994.

정출헌, 「춘향전의 인물형상과 작중역할의 현실주의적 성격」, 『판소리 연구』 4집, 판소리학회, 1993.

정하영, 『춘향전의 탐구』, 집문당, 2003.

〈춘향전(春香傳)〉

춘향, 변학도를 거부하고 싸우다

이때 춘향이는 사령이 오는지 군노가 오는지 모르고 주야로 도련님을 생각해 우는데, 생각지 못할 우환을 당하려 하니 소리가 화평할 수 있겠는가. 한때나마 빈방살이 할 계집아이라 목소리에 청승이 끼어 자연히 슬픈 애원성이 되니 보고 듣는 사람의 심장인들 아니 상할 것인가. 임 그리워 서러운 마음 밥맛 없어 밥 못 먹고 불안한 잠자리에 잠 못 자고 도련님 생각으로 상처가 쌓여 피골이 상접하고 양기가 쇠진하여 진양조 울음이 되어 노래를 부른다.

"갈까 보다 갈까 보다, 임을 따라 갈까 보다. 천 리라도 갈까 보다. 만 리라도 갈까 보다. 바람도 쉬어 넘고 수진이 날진이 해동청 보라매도 쉬어 넘는 높은 고개 동선령 고개라도 임이 와 날 찾으면 신발 벗어 손에 들고 아니 쉬고 달려가리. 한양 계신 우리 낭군 나와 같이 그리워하는가, 무정하여 아주 잊고 나의 사랑 옮겨다가 다른 임을 사랑하는가?"

이렇게 한참을 서럽게 울 때 사령 등이 춘향의 슬픈 목소리를 들으니 목석이라도 어찌 감동을 받지 않겠는가? 봄눈 녹듯 온몸에 맥이 탁 풀렸다.

"참으로 불쌍하다. 오입하는 자식들이 저런 계집을 추앙하지 않는다면 사람도 아니로다."

허나 사또 명령이 지엄하니 어찌할 도리가 없다. 재촉 사령이 나서며,

"이리 오너라!"

밖에서 외치는 소리에 춘향이 깜짝 놀라 문틈으로 내다보니 사령, 군노들이 나와 있었다.

"아차차, 잊었구나. 오늘이 그 삼일점고라더니 무슨 일이 났나 보다."

문을 열어 젖히며,

"허허 번수님네들, 어서 오세요. 이리 오시니 뜻밖이네요. 이번 신연 길에 병이나 나지 않았어요? 사또는 어떤 분이며 구관 댁에는 가 보셨는가요? 혹시 우리 도련님은 편지라도 한 장 아니하던가요? 내가 전에 양반을 모시기

로 남의 이목이 번거롭고 도련님의 정체가 남달라서 모른 체했지만 마음조차 없었겠어요? 들어가셔요, 들어가셔요."

김 번수, 이 번수, 여러 번수 손을 잡고 제 방에 앉힌 후에 향단이를 부른다.

"주안상 올려라."

취하도록 먹인 후에 궤짝을 열고 돈 닷 냥을 내어놓으며,

"번수님네들, 가시다 술이나 잡숫고 가옵소서. 뒷말 없게 해 주시고."

사령 등이 약주에 취해 하는 말이,

"돈이라니 당치 않다. 돈 바라고 여기 온 게 아니다."

돈을 놓고 실랑이가 벌어졌다.

"들여놓아라."

"김 번수야, 네가 차라."

"안 된다. 그런데 잎 숫자는 다 맞느냐?"

돈을 받아 차고는 흐늘흐늘 들어갈 때 행수 기생이 들이닥쳤다. 행수 기생이 나오며 손뼉을 땅땅 마주치며,

"여봐라, 춘향아. 내 말 들어 봐라. 너만 한 정절은 나도 있고 너만 한 수절은 나도 있다. 왜 너만 수절이 있고 왜 너만 정절이 있느냐? 정절 부인 애기씨, 수절 부인 애기씨야, 조그마한 너 하나 때문에 육방이 소동하고 각 청 두목이 다 죽어난다. 어서 가자, 바삐 가자."

춘향이 할 수 없이 수절하던 그 태도로 대문을 썩 나선다.

"형님, 형님, 행수 형님. 사람을 그렇게 무시하지 마세요. 거기는 대대로 행수고 나는 대대로 춘향인가. 사람이 한번 죽으면 다 끝이오. 한 번 죽지 두 번 죽나요. 도련님 그리워 죽으나 새 사또에게 맞아 죽으나 죽기는 마찬가지니 어서 갑시다."

행수에게 이끌려 춘향이 비틀비틀 동헌에 들어왔다.

"춘향이 대령했소."

변 사또는 가뭄에 비 만난 듯 입이 찢어져라 웃는 낯이다.

"춘향이가 분명하다. 어서 대 위로 오르거라."

춘향이 올라가 무릎 꿇고 단정히 앉으니 사또가 흠씬 반해,

"책방에 가서 회계 나리 오시라고 해라."

회계 생원이 들어오니 사또 크게 웃으며 서둘러 한마디 던진다.

"어이, 자네 보게. 저게 춘향일세."

"하! 그년 매우 예쁜데요. 자알 생겼소. 사또께서 서울 계실 때부터 춘향 춘향 하시더니 구경 한번 할 만합니다요."

"자네가 중매하겠나?"

사또가 농담처럼 던지는 말에 잠시 어리둥절하던 회계 생원은 사또의 뜻을 알아차리고 느릿느릿 대답했다.

"사또께서 애초에 매파를 보내 보시는 것이 옳은 일이었겠지요. 일이 좀 절차에 어긋나기는 했으나, 이미 이렇게 불렀으니 이제는 혼례를 치를 수밖에 없겠습니다."

변 사또는 싱글벙글하며 춘향에게 분부를 내렸다.

"오늘부터 몸을 깨끗이 하고 수청을 거행하라."

"사또 분부 고마우나 일부종사라, 이미 인연을 맺은 분이 있으니 못하겠사옵니다."

사또 웃으며 말하기를,

"아름답고 아름답도다. 계집이로다. 네가 진정 열녀로다. 네 정절 굳은 마음이 어찌 그리 고우냐. 당연한 말이로다. 그러나 이몽룡은 서울 양반의 아들로 이미 명문 귀족의 사위가 되었으니, 일시 사랑으로 잠깐 데리고 논 너 같은 계집을 잠시라도 생각하겠느냐? 네 어여쁜 정절이 너를 백발 할미로 혼자 늙게 하면 어찌 불쌍하지 않으랴. 네가 아무리 수절을 한들 누가 열녀 포상이라도 할 줄 아느냐? 그것은 버려두고라도 네가 고을 관장에게 매이는 것이 옳으냐, 그 어린아이에게 매이는 것이 옳으냐? 네가 말을 좀 해 보거라."

춘향이 여쭈되,

"충신은 두 임금을 섬기지 않고, 열녀는 두 남편을 모시지 않는다고 했는데, 여러 차례의 분부가 이와 같으니 사는 것이 죽은 것만 못합니다. 뜻대로 하십시오."

옆에서 듣고 있던 회계 생원이 사또를 거든다.

"여봐라. 어, 그년 참 요망한 년이로구나. 하루살이 같은 인생, 좁은 세상에 한번 왔다 가는 미모인데 네가 여러 번이나 사양할 게 뭐 있느냐? 사또께서 너를 추앙하여 하시는 말씀인데 너 같은 창기가 수절이 무엇이며 정절이 무엇이냐? 구관을 보내고 신관 사또를 맞이하면서 기생이 모시는 것은 법전에도 나와 있으니 쓸데없는 소리 말아라. 너희같이 천한 기생들에게 '충렬(忠烈)' 두 글자가 왜 있겠느냐?"

이때 춘향이 기가 막혀 천연스레 앉아 따지고 든다.

"충효열에 위아래가 어디 있소? 자세히 들어 보시오. 기생 말 나왔으니 기생으로 말합시다. 충효열녀 없다고 하니 낱낱이 아뢰리다. 황해도 기생 농선이는 임을 기다리다 동선령에서 얼어 죽었고, 선천 기생은 아이였지만 갈 곳 몰라 헤매던 어린 도령 돌보느라 칠거지악에 들어 있고, 진주 기생 논개는 우리나라의 충렬이라 충렬문에 모셔 놓고 봄가을로 제사를 올리고 있고, 청주 기생 화월이는 삼층 누각에 올라 있고, 평양 기생 월선이도 충렬문에 들어 있고, 안동 기생 일지홍은 살아서 열녀문을 받은 후에 정경부인에 올랐으니 기생을 해치지 마옵소서."

회계 생원에게 쏘아붙인 후 말이 난 김에 사또에게도 한마디 한다.

"당초에 이 도령 만날 때 지닌 태산같이 굳은 마음, 소첩의 한마음 정절, 맹분 같은 용맹으로도 못 빼앗을 것이요, 소진과 장의 같은 말재주로도 첩의 마음 바꾸지 못할 것이요, 제갈공명 높은 재주는 동남풍을 빌었지만 일편단심 소녀의 마음은 굴복시키지 못하리라. 기산의 허유는 요임금의 천거도 거절했고, 서산의 백이숙제는 주나라의 좁쌀도 먹지 않았으니, 만일 허유가 없었으면 은거는 누가 하며, 만일 백이숙제 없었으면 나라를 어지럽히고 임금을 죽이는 신하가 많으리라. 첩이 비록 천한 계집이지만 허유, 백이를 모르리까? 사람의 첩이 되어 지아비를 배반하고 가정을 버리는 것은 벼슬하는 사또께서 나라를 버리고 임금을 배신하는 것과 같사오니 마음대로 하옵소서."

사또는 화가 치밀었다.

"네 이년. 들어라. 반역을 꾀하는 죄는 능지처참하게 되어 있고, 나라의 관리를 조롱하고 거역하는 죄는 중형에 처하고 유배를 보내라고 법률에 정해져 있으니 죽어도 서러워 말아라."

춘향이 악을 쓰며,

"유부녀 겁탈하는 건 죄가 아니고 무엇이오?"

사또가 기가 막혀 얼마나 분하던지 책상을 탕탕 두드리니 탕건이 벗겨지고, 상투 고가 탁 풀리고, 첫마디에 목이 쉬었다.

"이년을 잡아 내려라."

호령이 떨어지니 골방에 있던 통인이 달려들어 머리채를 잡고 끌어내렸다. 춘향이 잡은 것을 떨치며,

"놓아라."

중간 계단으로 내려가니 급창이 달려들어,

"요년, 요년, 어떤 자리라고 대답이 그러하냐? 그러고도 살기를 바라느냐?"

동헌 뜨락으로 내려치니 호랑이 같은 군노 사령들이 벌 떼처럼 달려들어 깁같이 검은 춘향의 머리채를 시정잡배 연실 감듯 뱃사공이 닻줄 감듯 사월 초파일 등대 감듯 휘휘칭칭 감아쥐고 내동댕이쳐 엎어지니, 불쌍하다 춘향의 신세, 백옥같이 고운 몸이 여섯 육(六) 자 꼴로 엎어져 있구나.

좌우로 나졸들이 들어서서 온갖 곤장을 집고 소리친다.

"아뢰라, 형리 대령하라."

"예, 형리 대령이오."

사또가 얼마나 화가 났던지 벌벌 떨며 기가 막혀,

"허푸 허푸"

를 연발하며,

"여봐라, 더 물을 것도 없이 당장 형틀에 매고 정갱이를 부수고 물고장을 올려라."

춘향을 형틀에 붙잡아 매고는 집장 사령이 곤장을 한 아름 안아다 좌르륵 형틀 옆에 쏟았다. 그 소리에 춘향은 벌써 반쯤 정신이 나갔다. 집장 사령은 이놈 잡고 능청능청, 저놈 잡고 능청능청, 그중 등심 좋고 뻣뻣하고 잘 부러지는 놈을 골라잡고, 오른쪽 어깨를 벗어 매고 명령을 기다리고 섰다. 형리가 사또의 말을 받아 명령을 내렸다.

"사또 분부 들었느냐? 그년 사정을 봐준다고 거짓으로 때렸다가는 당장 네 목을 거둘 것이니 각별히 매우 쳐라."

집장 사령 여쭈되,

"사또 분부가 엄한데 무슨 사정을 두겠습니까? 이년, 다리를 꼼짝 마라.

만일 움직이다가는 뼈가 부러지리라."

이렇게 호통을 치면서 들어서서 하나요 둘이요 외치는 소리에 맞추어 집장 사령은 작은 소리로 말을 흘렸다.

"한두 개만 견디소. 어쩔 수가 없네. 요 다리는 요리 틀고 저 다리는 저리 트소."

"매우 치라는데 뭘 하느냐?"

"예잇, 때리오."

곤장을 딱 소리를 내며 붙이니 반은 부러져 푸르르 날아 공중에서 제비를 돌며 떨어졌다. 춘향은 아픈 데를 참느라고 이를 뽀드득뽀드득 갈고 고개를 빙빙 돌리면서,

"애고, 이게 웬일이요."

곤장, 태장 치는 데는 사령이 서서 하나둘 세지마는 형장부터는 법이 정한 매질이라 형리와 통인이 닭쌈하는 모양으로 마주 엎드려서 하나 치면 하나 긋고 둘 치면 둘 긋고, 무식하고 돈 없는 놈 술집 담벼락에 술값 긋듯이 그어 놓으니 '한 일(一)' 자가 되었구나. 춘향이 저절로 설움에 겨워 맞으면서 우는데,

"일편단심 굳은 마음 일부종사 뜻이오니, 일개 형벌 일 년을 치신들 일각이나 변하리까."

이때 남원의 남녀노소들이 소문을 듣고 모여들어 그 광경을 구경하고 있었다. 좌우의 한량들이 한결같이 입을 모았다.

"모질구나, 참으로 모질어. 우리 고을 원님이 모질구나. 저런 형벌이 왜 있으며 저런 매질이 왜 있는가. 저 집장 사령놈 낮짝이나 잘 봐 두자. 관아 문밖으로 나오면 당장에 죽이리라."

보고 듣는 사람이야 누가 눈물을 흘리지 않으랴.

'딱' 소리를 내며 둘째 낱이 다리에 붙었다.

"불경이부 이내 마음 이 매 맞고 영 죽어도 이 도령은 못 잊겠소."

셋째 낱이 딱 붙으니,

"삼종지례 지중한 법 삼강오륜 알았으니 삼치형문 끝에 귀양을 갈지라도 삼청동 우리 낭군 이 도령은 못 잊겠소."

넷째 낱이 딱 붙으니,

"사대부 사또님은 사민공사 살피지 않고 위력공사 힘을 쓰니 사방팔방 남원 백성 원망함을 모르시오. 사지를 가른대도 사생동거 우리 낭군 사생 간에 못 잊겠소."

다섯째 낱이 딱 붙으니,

"오륜의 도리 그치지 않고 부부유별 오행으로 맺은 연분 올올이 찢어낸들 오매불망 우리 낭군 온전히 생각나네. 오동 추야 밝은 달은 임 계신 데 보련마는 오늘이나 편지 올까 내일이나 기별 올까. 죄 없는 이내 몸이 모질게 죽을 일 없으니 잘못 판결 마옵소서. 애고애고 내 신세야."

여섯째 낱이 딱 붙으니,

"육 육은 삼십육으로 낱낱이 고찰하여 육만 번 죽인대도 육천 마디 어린 사랑 맺힌 마음 변할 수 전혀 없소."

일곱째 낱이 딱 붙으니,

"칠거지악 범했소? 칠거지악 아니거든 칠개 형벌이 웬일이오. 칠척검 드는 칼로 토막토막 잘라 내어 어서 바삐 죽여 주오. '치라.' 하는 저 양반아, 칠 때마다 살피지 마소. 칠보같이 고운 얼굴, 아이고 나 죽겠네."

여덟째 낱이 딱 붙으니,

"팔자 좋은 춘향 몸이 팔도 방백 수령 중에 제일 명관 만났구나. 팔도 방백 수령님네 백성 다스리러 내려왔지 모진 형벌 주러 왔소?"

아홉째 낱이 딱 붙으니,

"구곡간장 굽이 썩어 이내 눈물 구년지수 되겠구나. 깊은 산 큰 소나무 베어 전함을 만들어 타고 한양성 급히 가서 구중궁궐 임금님 앞 구구한 사연을 아뢰고 구정뜰에 물러 나와 삼청동을 찾아가서 굽이굽이 반가이 만나 우리 사랑 맺힌 마음 잠깐 사이 풀련마는."

열째 낱을 딱 붙이니,

"십생구사할지라도 팔십 년 정한 뜻 십만 번 죽인대도 가망 없고 할 수 없지. 십육 세 어린 춘향 매 맞고 죽어 원통하게 귀신 되니 가련하오."

열 대를 치고는 그만둘 줄 알았더니 열다섯째 낱을 딱 붙이니,

"십오야 밝은 달 뜬구름에 묻혀 있고, 서울 계신 우리 낭군 삼청동에 묻혔

으니, 달아 달아 보느냐? 임 계신 곳 나는 어찌 못 보느냐?"

스무 대를 치고는 그만둘 줄 알았더니 스물다섯째 낱을 딱 붙이니,

"'이십오현 거문고를 달밤에 타니 원망을 이기지 못하고 날아왔구나.' 저 기러기야 너 가는 곳 어디메냐? 가는 길에 한양성 찾아 들러 삼청동 우리 임께 내 말 부디 전해 다오. 나의 형상 자세히 보고 부디부디 잊지 말아라."

하늘마다 어린 마음을 옥황상제께 아뢰고 싶다. 옥 같은 춘향의 몸에 솟는 것이 붉은 피요, 흐르는 것이 눈물이라. 피눈물이 한데 흘러 무릉도원에 복사꽃잎 떨어져 흐르는 물과 같구나. 춘향은 매를 더할수록 점점 독이 올라 포악해져 하는 말이,

"소녀를 이리 때리지 말고 차라리 능지처참해서 아주 박살 죽여 주면 죽은 후에 원조라는 새가 되어 적막강산 달 밝은 밤 우리 도련님 잠든 후에 꿈이나 깨우리."

더 이상 말을 잇지 못하고 춘향이 기절하니 엎어졌던 형방, 통인이 고개를 들어 눈물을 씻고, 매질하던 사령도 눈물을 씻고 돌아서서,

"사람의 자식으로는 못할 짓이로다."

좌우에서 구경하던 사람들과 일을 하던 관속들이 눈물을 씻고 돌아서며,

"춘향의 매 맞는 거동, 사람의 자식으로는 못 보겠다. 모질도다 모질도다. 춘향의 정절이 참으로 모질도다. 하늘이 내린 열녀로다."

남녀노소 없이 눈물을 흘리며 돌아설 때 동헌 마루의 사또인들 좋을 리가 있으랴. 허나 사또의 위엄을 생각해서 한마디 더 했다.

"네 이년, 관아 마당에서 발악하며 맞으니 좋을 게 뭐냐? 앞으로 또 고을 수령을 거역하겠느냐?"

그때 반쯤 정신이 돌아온 춘향이 점점 더 포악해져 말대답을 한다.

"여보시오, 사또. 들으시오. 계집이 원한을 품으면 오뉴월에도 서리가 친다 했소. 내가 죽어 귀신 되어 떠다니다가 임금님 앞에 내 원한을 아뢰면 사또인들 무사할까. 소원이니 죽여 주시오."

춘향이 지지 않고 대드니 사또는 기가 막힌다.

"허허 그년, 뭔 말을 못할 년이로구나. 어서 큰칼 씌워 하옥하라."

춘향, 감옥에 갇히다

춘향이 붉은 도장 찍힌 종이로 봉인된 큰칼을 쓰고 옥사쟁이의 등에 업혀 삼문 밖으로 나오는데 기생들이 따라 나왔다.

"애고 서울집아, 정신 차려라. 애고 불쌍해라."

연신 혀를 차고 눈물을 흘리며 사지를 주무르고 맞은 자리에 약을 갈아 붙여 주었다. 그때 키 크고 속없는 낙춘이가 들어오며,

"얼씨구절씨구 좋을씨고, 우리 남원에도 열녀문감이 생겼구나!"

와락 달려들어,

"애고 서울집아, 불쌍해라."

이렇게 야단을 할 때 춘향모가 이 말 듣고 정신없이 들어오더니 춘향의 목을 안고,

"아이고, 이게 웬일이냐? 죄는 무슨 죄고 매는 무슨 매란 말이냐? 이방아, 사령들아, 대체 내 딸이 무슨 죄냐? 집장 사령들아, 무슨 원수가 맺혔길래 이 지경을 만들어 놓았더냐? 애고애고 내 일이야. 나이 칠십 늙은 것이 의지 없이 되었구나! 무남독녀 내 딸 춘향 규중에서 은근히 길러 내어 밤낮으로 책을 내놓고 내칙 편 공부를 일삼으며 날보고 하는 말이 '마오 마오 서러워 마오. 아들 없다 서러워 마오. 외손 제사 못 받으리까.' 어미에게 지극정성을 다하니 어느 효녀가 내 딸보다 더할 것인가. 자식 사랑하는 법이 상중하가 다를손가. 이내 마음 둘 데 없네. 가슴에 불이 붙어 한숨이 연기로구나! 김 번수야, 이 번수야, 사또 명령이 아무리 지엄키로서니 이다지 세게 쳤더란 말이냐? 애고, 내 딸 다리 좀 보소. 눈 같고 얼음 같던 두 다리에 연지 같은 피 꽃이 피었네. 명문 집안의 부녀자는 눈 먼 딸도 원하던데, 그런 집안에 못 태어나고 어쩌다 기생 월매 딸이 되어 이 꼴이 웬일이냐? 춘향아, 정신 차려라. 애고애고, 내 신세야."

춘향을 연신 쓰다듬다가 급히 향단을 불렀다.

"향단아, 어디 가서 걸음 빠른 심부름꾼 둘만 사 오너라. 서울에 급히 보내야겠다."

춘향이 그 말을 듣고,

"어머니, 그러지 마오. 심부름꾼의 소식을 도련님이 들으시고 엄한 부모 밑에서 어쩔 줄 몰라 하다가 마음에 병이라도 생기면 어쩌겠어요. 그런 말씀 마시고 그냥 옥으로 가십시다."

옥사쟁이의 등에 업혀 감옥으로 들어갈 때 향단이는 칼머리를 들고 춘향 모는 뒤를 따라 옥문에 이르렀다.

"옥형방, 문 여시오. 옥형방도 잠들었나?"

옥에 들어가서 옥방의 형상을 보니 옥이란 것이 부서진 대나무 창문 틈새로는 바람이 살살 들어오고, 허물어진 벽 틈새로는 빈대 벼룩이 슬슬 기어들어 온몸을 침범하는 그런 곳이었다. 이때 춘향은 옥방에서 〈장탄가〉로 우는 것이었다.

이내 죄가 무슨 죄가. 나라 곡식을 도둑질한 것도 아닌데 엄한 형벌 무거운 매질이 무슨 일인가. 살인 죄인도 아닌데 목에는 찰, 발에는 족쇄가 웬일이며, 역적모의 인륜 배반도 아닌데 사지 결박 웬일이며, 간통죄도 아닌데 이 형벌이 웬일인가. 세 강의 물을 벼룻물 삼고 푸른 하늘을 종이 삼아 내 서러운 사연 글로 지어 옥황전에 올리고 싶소. 낭군 그리워 가슴 답답 불이 붙네. 한숨이 바람 되어 붙는 불을 더 붙이니 속절없이 나 죽겠네. 홀로 섰는 저 국화는 높은 절개 거룩하다. 눈 속 푸른 솔은 천고의 절개로구나. 푸른 솔은 나와 같고 누런 국화 낭군 같아, 뿌리나니 눈물이요 적시느니 한숨이라. 한숨은 바람 삼고 눈물은 가랑비 삼아, 바람이 가랑비를 몰아다가 불거니 뿌리거니 임의 잠을 깨웠으면. 견우직녀 두 별은 칠월 칠석 상봉할 때 은하수 막혔지만 때를 놓친 적은 없었는데, 우리 낭군 계신 곳엔 무슨 물이 막혔는지 소식조차 못 듣는고. 살아 이리 그리느니 차라리 죽어 빈산의 두견새 되어 달 밝은 밤 배꽃 아래 슬피 울어 낭군 귀에나 들렸으면. 맑은 강의 원앙이 되어 짝을 부르고 다니면서 다정하고 유정함을 낭군께 보였으면. 봄날 나비가 되어 향기로운 두 날개로 봄빛을 자랑하며 낭군 옷에 붙었으면. 맑은 하늘에 밝은 달이 되어 밤이 되면 솟아올라 환하고 밝은 빛을 임의 얼굴에 비췄으면. 이내 간장 썩는 피로 임의 모습 그려 내어 방문 앞에 족자 삼아 걸어 두고 들며 나며 보았으면. 수절 정절에 절대 미인 참혹하게 되었구나! 무늬 좋은 형산 백옥이 진흙 속에 묻힌 듯, 신선들의 향기로운 상산초가 잡풀 속에 섞인 듯, 오동 속에서 놀던 봉황이 가시덤불 속에 깃들인 듯.

자고로 성현들은 죄 없어도 궂었으니 요·순·우·탕 임금네도 걸, 주의 포악으로 옥에 갇혔다가 도로 나와 성군이 되시고, 덕으로 백성을 다스리던 주나라 문왕도 상나라 주왕의 해를 입어 옥에 갇혔다가 도로 나와 성군이 되었고, 영원한 성현 공자님도 양호의 얼굴을 닮아 광읍 들에 갇혔다가 도로 나와 큰 성인이 되셨으니, 이런 일로 보면 죄 없는 이내 몸도 살아나서 세상 구경 다시 할까? 답답하고 원통하다. 날 살릴 이 누가 있을까? 서울 계신 우리 낭군 벼슬길로 내려와 이렇게 죽어 가는 내 목숨을 못 살릴까? 여름 구름은 기이한 봉우리도 많다더니 산이 높아 못 오시는가, 금강산 상상봉이 평지가 되면 오시려는가, 병풍에 그려진 누런 닭 두 날개를 툭툭 치며 첫새벽 날 새라고 울면 오시려는가? 애고애고 내 일이야.

대나무 창살 문을 여니 맑고 밝은 달빛은 방 안으로 드는데, 어린것이 홀로 앉아 달에게 묻는다.

"저 달아 너는 보느냐, 임 계신 곳. 네 밝은 기운 빌리자, 나도 임을 보게. 우리 임이 누웠더냐, 앉았더냐? 보는 대로만 내게 일러 나의 수심 풀어다오."

'애고애고' 슬피 울다가 홀연히 잠이 들었다. 춘향은 비몽사몽간에 나비가 장자 되고 장자가 나비 되어 가랑비같이 남은 혼백 바람인 듯 구름인 듯 한곳에 이르니, 하늘과 땅이 광활하고 산수가 신령스레 아름다운데 은은한 대숲 사이로 단청을 입힌 누각이 나타났다. 대개 귀신이 다닐 때는 큰 바람이 일어나며 하늘로 솟구치거나 땅속으로 꺼지는 법인데 지금은 '베갯머리에서 잠깐 봄꿈을 꾸는 중에 강남 수천 리를 다 갔구나.'

문득 앞을 살펴보는데 금빛 나는 큰 글자로 '만고정렬황릉지묘'라는 현판이 있으니 심신이 황홀하여 그 앞을 배회하는 가운데 여자 셋이 다가왔다. 진나라 부자 석숭의 애첩 녹주가 등불을 들고, 진주 기생 논개와 평양 기생 월선이 함께 있었다. 그들은 춘향을 인도하여 누각 안으로 들어갔다. 집 안에는 흰옷을 입은 두 부인이 기다리고 있었다. 부인들이 춘향에게 의자에 앉으라고 청하자 춘향이 사양하며,

"인간 세상의 천한 것이 어떻게 황릉묘에 오르겠습니까?"

부인들은 사양하는 춘향을 더욱 기특히 여겨 여러 차례 청하니 더 이상 사양하지 못하고 자리에 앉았다.

"네가 바로 춘향이로구나. 참으로 기특하다. 지난번 옥황상제를 뵈러 올라갔다가 무성한 네 소문을 들었기로 간절히 보고 싶어 너를 청한 것이다."

춘향이 두 번 절하고 아뢰기를,

"첩이 비록 무식하나 옛 책에서 읽고, 죽은 후에나 존귀하신 두 분의 모습을 뵈올까 했는데, 이렇게 황릉묘에 올라 뵙게 되었으니 기쁘기 한이 없습니다."

상군 부인이 말씀하시되,

"우리 순임금 대순씨가 남쪽을 순행하다가 창오산에서 돌아가신 후 속절없는 이 두 사람이 소상강가 대숲에 피눈물을 뿌려 놓으니 가지마다 아롱다롱 잎마다 원한이라. '창오산이 무너지고 상수가 끊어져야 대나무 위의 눈물이 마르리라.' 가슴에 맺힌 깊은 한을 하소연할 곳이 없었는데 네 절개가 기특하여 너에게 말하노라. 송죽 같은 절개 이어온 지 몇천 년이며 오현금으로 연주하던 순임금의 남풍시는 이제까지 전하더냐?"

이렇듯 말씀을 하실 때 어떤 부인이 나섰다.

"춘향아, 나는 진나라 달 밝은 음도성에서 옥퉁소 소리에 신선이 된 농옥이다. 소사의 아내로 태화산에서 이별한 후 용을 타고 날아가 버린 것이 한이 되어 옥퉁소로 원한을 풀 때 '곡이 끝나자 날아가 자취를 모르니, 산 아래 봄 맞은 벽도화만 절로 피어나는구나.'"

이런 말을 하는 사이 또 한 부인이 나섰다.

"나는 한나라 궁녀 왕소군이다. 오랑캐 땅으로 잘못 시집가 남은 것은 푸른 무덤뿐. 말 위에서 탄 비파 한 곡조에 '그림으로 알겠구나, 보드랍고 아리따운 모습. 장신구 소리만 혼이 되어 헛되이 달밤에 돌아왔구나.' 어찌 아니 원통하랴."

한참을 이럴 때 서늘한 바람이 일어나며 촛불이 벌렁벌렁하며 무엇인가 촛불 앞으로 달려들거늘 춘향이 놀라 살펴보니 사람도 아니요 귀신도 아닌데 희미한 가운데 울음소리 낭자했다.

"여봐라, 춘향아. 너는 나를 모르리라. 내가 누군고 하니 한고조의 아내 척부인이로다. 우리 황제 돌아간 후 여후의 독한 솜씨 나의 손발을 끊고, 나의 두 귀에 불 지르고, 두 눈도 빼어 내고, 벙어리 되는 약을 먹여 칙간 속에 넣었으니 천추에 깊은 한을 어느 때나 풀어 보랴?"

이렇게 울 때 상군 부인이 말씀하시되,

"이곳이라 하는 데가 삶과 죽음이 갈리고, 가는 길도 또한 다르니 오래 머물지 못할지라."

하시고는 하직하니 동쪽의 귀뚜라미 소리는 시르렁, 한 쌍 나비는 펄펄, 춘향이 깜짝 놀라 깨니 꿈이었다. 놀라 깨는 중에 일순간 갑자기 창가의 앵두꽃이 떨어지고, 거울 한복판이 깨지고, 문 위에 허수아비가 달려가는 것이 보였다. 이상한 일이었다. 춘향은 혼자 중얼거렸다.

"나 죽을 꿈이로다."

수심 걱정 때문에 밤을 지새는데 기러기 울고 가니, 서강을 비추는 한 조각 달빛을 받으며 남쪽으로 날아가는 기러기 너 아니냐? 밤은 깊어 삼경이요 궂은비는 퍼붓는데 도깨비는 뻑뻑, 밤새 소리는 붓붓, 문풍지는 펄렁펄렁, 귀신이 우는데 난장 맞아 죽은 귀신, 형장 맞아 죽은 귀신, 대롱대롱 목매달아 죽은 귀신, 사방에서 울어 대니 귀신이 곡하는 소리가 낭자했다. 방 안이며 추녀 끝이며 마루 아래서도 '애고 애고' 귀신 소리가 나니 잠들 길이 전혀 없었다. 춘향이 처음에는 귀신 소리에 무섭고 정신이 없었으나 한참 지내고 나니 겁이 없어져 청승맞은 굿거리 소리로 알고 들었다.

"이 몹쓸 귀신들아. 나를 잡아가려거든 조르지나 말아라. 암급급여율령사파쐐!"

주문을 외고 앉아 있을 때 옥 밖으로 봉사 한 사람이 지나가는데 서울 봉사 같으면,

"문수하오."

외치련마는 시골 봉사라

"문복하오."

하며 외치고 가니 춘향이 듣고는,

"어머니, 저 봉사 좀 불러 주세요."

춘향 어미가 봉사를 부르는데,

"여보, 저기 가는 봉사님."

불러 놓으니 봉사 대답하되,

"게 뉘기요, 게 뉘기요?"

"춘향 어미요."

"어찌 찾나?"

"우리 춘향이가 옥중에서 봉사님을 잠깐 오시라고 하오."

봉사가 그 소리를 듣고 웃으면서,

"날 찾다니 의외로세. 가세."

봉사가 옥으로 갈 때 춘향 어미는 봉사의 지팡이를 잡고 길을 인도한다.

"봉사님, 이리 오시오. 이것은 돌다리요, 이것은 개천이요, 조심해 건너시오."

앞에 개천이 있어 뛰어 볼까 무한히 벼르다가 뛰는데, 봉사 뛴다는 것이 멀리 뛰지는 못하고 올라갈 만한 길이나 올라가는 것이었다. 멀리 뛴다는 것이 한가운데 가서 풍덩 빠졌는데 기어 나오려고 짚은 것이 개똥을 짚었다.

"아뿔싸, 이게 정녕 똥이제."

손을 들어 맡아 보니 묵은 쌀밥 먹고 썩은 놈이로구나. 봉사가 손을 뿌리친다는 것이 모난 돌에 부딪치니 어찌나 아프던지 입에다가 홀 쓸어 넣고 우는데 먼눈에서 눈물이 뚝뚝 떨어진다.

"애고애고 내 팔자야. 조그만 개천 하나 못 건너고 이 봉변을 당했으니 누구를 원망하고 누구를 탓하랴. 내 신세 생각하니 천지 만물을 보지 못하고 밤낮을 알지 못하는구나. 어찌 사계절을 짐작하며, 봄날이 도래한들 복사꽃 오얏꽃 피는 것을 내가 알겠으며, 가을날 찾아온들 누런 국화 단풍을 어찌 알며, 부모를 내 아느냐, 처자를 내 아느냐, 친구 벗님을 내 아느냐. 세상천지 일월성신과 두텁고 얇고 길고 짧음을 모르고 밤중같이 지내다가 이 지경이 되었구나. 참말로 이른바 '소경이 그르냐 개천이 그르냐?' 소경이 그르지 처음부터 있던 개천이 그르랴?"

애고애고 슬피 우니 춘향 어미가 위로한다.

"그만 우시오."

봉사를 목욕시켜 옥으로 들어가니 춘향이 반긴다.

"애고 봉사님, 어서 오오."

그런 중에도 봉사는 춘향이 뛰어난 미인이란 말을 들은 적이 있는지라 반가워하며,

"음성을 들으니 춘향 각신가 보다."

"예, 그렇사옵니다."

"내가 벌써 와서 자네를 한번 봤어야 하는데 '가난한 사람이 일이 많다.'고 알아서 못 오고 청하여 왔으니 인사가 아닐세."

"그럴 리가 있소. 앞이 안 보이고 늙으셨는데 근력은 어떠시오?"

"내 염려는 말게. 헌데 대체 나를 어찌 청했나?"

"예, 다름이 아니라 간밤에 흉한 꿈을 꾸었기에 해몽도 하고, 우리 서방님이 언제나 나를 찾을까 길흉 여부 점을 치려고 청했소."

"그렇게 하제."

봉사 점을 치는데,

"저 큰 점쟁이의 믿음직스러운 말을 빌어 존경의 뜻을 나타내며 비나이다. 하늘이 무슨 말을 하시며 땅이 무슨 말을 하시랴마는 두드리면 감응하시는 신께서는 영험하시므로 느끼어 통하게 하소서. 길흉을 알지 못하고 의심을 풀지 못하는 우리들에게 바라건대 신령께서는 바람을 들어주시어 그렇다 아니다 밝혀 주소서. 감응하시는 분, 복희·문왕·무왕·무공·주공·공자·오대(五大)성현·칠십이현(七十二賢)·안자·증자·자사·맹자·성문십철·공명선생·이순풍·소강절·정명도·정이천·주염계·주회암·엄군평·사마군·귀곡·손빈·소진·장의·왕보사·주원장, 여러 덕 있는 선생들은 밝게 살피시고 밝게 기억하옵소서. 마의도자·구천현녀·육정육갑 신장들이여, 연월일시 모든 별들이여, 괘를 펼치는 동자 신이여, 괘를 던지는 동자 신이여, 허공 중에도 감응이 있으리라. 제단 화로에 향을 피워 정성을 드리오니 원컨대 신령께서는 이 향내를 맡으시고 내려와 주소서. 전라 좌도 남원부 냇가에 사는 임자생 열녀 성춘향이 몇 월 몇 일에 감옥에서 풀려나며 서울 삼청동에 사는 이몽룡은 몇 월 몇 일에 남원에 도착하오리이까? 엎드려 바라옵건대 여러 신령께서는 신령스러움을 밝게 보여 주옵소서."

봉사가 산통을 철렁철렁 흔들었다.

"어디 보자. 일이삼사오륙칠, 허허 좋다. 좋은 점괘로구나. 칠간산괘로구나. '물고기가 물에서 놀면서 그물을 피하니 작은 것이 쌓여 크게 이루어지리라.' 옛날 주나라 무왕이 벼슬할 때 이 괘를 얻어 금의환향했으니 어찌 아니 좋을 것이냐. '천 리 멀어도 서로의 마음을 아나니 친한 사람을 만나리라.' 자네 서방님이 머지않아 내려와서 평생의 한을 풀겠네. 걱정 마소. 점괘가 참 좋거든."

춘향이 대답하기를,

"말대로 그렇게 되면 오죽 좋겠소. 간밤 꿈 해몽이나 좀 해 주오."

"어디 자세히 말을 해 보소."

"몸단장하던 거울이 깨져 보이고, 창 앞의 앵두꽃이 떨어져 보이고, 문 위에 허수아비가 매달려 보이고, 태산이 무너지고, 바닷물이 말라 보이니 내가 죽을 꿈이 아니오?"

봉사가 잠자코 생각하다가 한참 후에 말하기를,

"그 꿈 참 좋다. 꽃이 떨어지니 열매를 맺을 것이요, 거울이 깨어지니 소리가 없을 것이냐? 문 위에 허수아비가 매달렸으니 만인이 우러러볼 것이요, 바다가 마르니 용의 얼굴을 볼 것이요, 산이 무너지니 땅이 평지가 될 것이라. 좋다, 쌍가마 탈 꿈이로다. 걱정 마소. 멀지 않았네."

한참을 이렇게 말을 주고받고 있을 때 뜻밖에 까마귀가 옥의 담장 위에 앉더니 까옥까옥 울거늘 춘향이 손을 들어 '후여' 하고 날리며,

"방정맞은 까마귀야, 나를 잡아가려거든 조르지나 말아라."

봉사가 이 말을 듣더니,

"가만, 가만있어 보오. 그 까마귀가 가옥가옥 울었제?"

"예, 그런데요?"

"좋다, 좋다. 가 자는 '아름다울 가(佳)' 자요, 옥 자는 '집 옥(屋)' 자라. 아름답고 즐겁고 좋은 일이 곧 돌아와서 평생에 맺힌 한을 풀 것이니 조금도 염려하지 마소. 내 복채는 아무리 많이 줘도 안 받을 것이니 두고 보고 귀하게 되었을 때 부디 날 괄시나 하지 마소. 난 돌아가네."

"예, 평안히 가시고 나중에 뵈옵지요."

봉사의 풀이를 듣고 춘향은 조금 마음이 놓였으나 그래도 긴 탄식과 수심 속에서 나날을 보냈다.

암행어사 출두하다

어사또 춘향 집에서 나와 그날 밤을 지새려고 문 안 문밖 여기저기 동정을 살필 때, 마침 질청에 가서 들어 보니 이방이 아랫사람을 불러 분부하는 말이,

"이보게, 들으니 요번에 새로 난 어사또가 서대문 밖 이씨라는데 아까 등불 들고 춘향모 앞세우고 해진 옷에 부서진 갓을 쓰고 가던 손님이 아무래도 수상하니 내일 본관 사또 잔치 끝에 아무 탈 없게 일체를 분별하고 십분 조심조심하게."

어사 그 말 듣고는,

'그놈들 알기는 아는구만.'

속으로 중얼거리며, 또 장청에 가서 들으니 행수 군관 하는 말이,

"여러 군관님네들, 아까 옥방을 다녀간 걸인이 실로 괴이하네. 아마도 어사인 게 분명하니 용모 적은 기록을 내놓고 자세히들 보시오."

어사또 듣고는,

'그놈들 하나하나가 귀신이로구나.'

속으로 중얼거리며, 현사에 가서 들으니 호장 역시 그러했다. 육방의 염탐을 마친 후에 춘향 집에 돌아와서 그 밤을 지새웠다. 이튿날 날이 밝자 조회를 끝내고 이웃 읍의 수령들이 남원으로 몰려들었다. 운봉·구례·곡성·순창·진안·장수의 원님들이 아랫사람들을 거느리고 차례로 잔치 마당으로 들어왔다. 왼편에 행수 군관, 오른편에 명을 전하는 사령, 한가운데 본관 사또는 주인이 되어 하인 불러 분부하되,

"관청색 불러 다과상 올려라. 육고자 불러 큰 소 잡고, 예방 불러 악공 대령하라. 승발 불러 차일 대령하라. 사령 불러 잡인을 금하라."

이렇듯 요란한 가운데 깃발들이 휘날리고, 삼현 육각 음악 소리 공중에 떠 있고, 초록 저고리에 붉은 치마를 입은 기생들이 하얀 손을 높이 들어 춤을

춘다.

"지화자, 두덩실. 좋다."

하는 소리에 어사또 마음이 심란하다. 화를 누르고 한번 놀려 줄 심산으로 어슬렁어슬렁 잔치판으로 걸어 들어갔다.

"여봐라, 사령들아. 너희 사또께 여쭈어라. 먼 데 있는 걸인이 마침 잔치를 만났으니 고기하고 술이나 좀 얻어먹자고 여쭈어라."

사령 하나가 뛰어나와 등을 밀쳐 낸다.

"어느 양반인데 이리 시끄럽소. 사또께서 거지는 들이지도 말라고 했으니 말도 내지 말고 나가시오."

운봉 수령이 그 거동을 지켜보다가 무슨 짐작이 있었는지 변 사또에게 청했다.

"저 걸인이 의관은 남루하나 양반의 후예인 듯하니 저 끝자리에 앉히고 술이나 한잔 먹여 보내는 것이 어떻겠소?"

"운봉 생각대로 하지요마는……."

마지못해 입맛을 다시며 허락을 한다. 어사또 속으로,

'오냐, 도적질은 내가 하마. 오랏줄은 네가 져라.'

되뇌이며 주먹을 꽉 쥐고 있는데 운봉 수령이 사령을 부른다.

"저 양반 드시라고 해라."

어사또 들어가 단정히 앉아 좌우를 살펴보니 마루 위의 모든 수령이 다 과상을 앞에 놓고 진양조 느린 가락을 즐기는데, 어사또 상을 보니 어찌 아니 통분하랴. 귀퉁이가 떨어진 개다리소반에 닥나무 젓가락, 콩나물에 깍두기, 막걸리 한 사발이 놓였구나. 상을 발로 탁 차 던지며 운봉의 갈비를 슬쩍 집어 들고,

"갈비 한 대 먹읍시다."

"다리도 잡수시오."

하고 운봉이 하는 말이,

"이런 잔치에 풍류로만 놀아서는 맛이 적으니 운자를 따라 시 한 수씩 지어 보면 어떻겠소?"

"그 말이 옳다."

다들 찬성을 했다. 운봉이 먼저 운을 낼 때 '높을 고(高)' 자, '기름 고(膏)' 자 두 자를 내놓고 차례로 운을 달아 시를 지었다. 앞사람이 끝나면 뒷사람이 받아 시를 지을 때 어사또 끼어들어 하는 말이,

"이 걸인도 어려서 글을 좀 읽었는데, 좋은 잔치를 맞아 술과 안주를 포식하고 그냥 가기가 염치가 아니니 한 수 하겠소이다."

운봉이 반갑게 듣고 붓과 벼루를 내주니, 백성들의 사정과 본관 사또의 정체를 생각하여 시 한 편을 써 내려갔다.

금준미주는 천인혈이요
옥반가효는 만성고라
촉루낙시에 민루락이요
가성고처에 원성고라

이 글의 뜻은,

금 술잔의 좋은 술은 수많은 사람의 피요
옥쟁반의 좋은 안주는 만백성의 기름이라
촛농이 떨어질 때 백성들 눈물도 떨어지고
노랫소리 높은 곳에 원망의 소리도 높구나

이렇게 시를 지어 보이니 술에 취한 변 사또는 무슨 뜻인지도 모르지만, 글을 받아 본 운봉은 속으로,

'아뿔싸! 일 났다.'

가슴이 철렁 내려앉았다.

이때 어사또 하직하고 간 연후에 운봉이 공형 불러 분부한다.

"야야, 일 났다!"

공방 불러 자리 단속, 병방 불러 역마 단속, 관청색 불러 다과상 단속, 옥사정 불러 죄인 단속, 집사 불러 형벌 기구 단속, 형방 불러 서류 단속, 사령 불러 숙직 단속, 한참 이렇게 요란할 때 눈치 없는 본관 사또, 운봉을 향해

말을 던진다.

"여보 운봉, 어딜 그리 바삐 다니시오."

"소피 보고 들어오오."

그때 술이 거나하게 취한 변 사또가 술주정을 하느라고 느닷없이 명을 내렸다.

"춘향이 빨리 불러 올려라."

이때 어사또가 서리에게 눈길을 주어 신호를 하니, 서리·중방이 역졸 불러 단속할 때, 이리 가며 수군, 저리 가며 수군수군 신호를 전한다. 서리·역졸의 거동을 보자. 한 가닥 올로 지은 망건에 두터운 비단 갓싸개, 새 패랭이 눌러쓰고, 석 자 길이 발감개에 새 짚신 신고, 속적삼·속바지 산뜻이 입고, 여섯 모 방망이에 사슴 가죽끈을 매달아 손목에 걸어 쥐고, 여기서 번뜻 저기서 번뜻, 남원읍이 웅성웅성거렸다.

이때 청파역 역졸들이 달 같은 마패를 햇빛같이 번쩍 들고 우렁차게 소리를 질렀다.

"암행어사 출두야!"

역졸들이 일시에 외치는 소리에 강산이 무너지고 천지가 뒤집히는 듯하니 산천초목인들 금수인들 아니 떨겠는가. 한 번 소리가 나자 남문에서도,

"출두야!"

북문에서도,

"출두야!"

동문에서도 서문에서도,

"출두야!"

소리가 맑은 하늘에 천둥 치듯 진동했다.

"공형 들라."

외치는 소리에 육방이 넋을 잃는다.

"공형이오."

서둘러 나오는데 등나무 채찍으로 따악 치니,

"애고, 죽네."

"공방, 공방!"

공방이 자리를 들고 들어오며,

"안 하려는 공방을 하라더니 저 불속에 어찌 들어가랴?"

등나무 채찍으로 따악 치니,

"애고, 박 터졌네."

좌수·별감은 넋을 잃고, 이방·호장은 혼을 잃고, 삼색 옷 입은 나졸들은 분주하네. 모든 수령이 도망하는데 그 꼴이 가관이다. 도장 궤 잃고 유밀과 들고, 병부 잃고 송편 들고, 탕건 잃고 용수 쓰고, 갓 잃고 밥상 쓰고, 칼집 쥐고 오줌 누기, 부서지니 거문고요, 깨지나니 북·장고라.

본관 사또 똥을 싸고, 멍석 구멍에 새앙쥐 눈 뜨듯 하면서 관아 깊숙한 안채로 들어가며 급히 내뱉는 말이,

"어, 추워라. 문 들어온다 바람 닫아라. 물 마르다 목 들여라."

관청색은 상을 잃고 문짝을 이고 내달으니 서리, 역졸 달려들어 후다닥 따악 친다.

"애고, 나 죽네."

이때 암행어사 분부하되,

"이 고을은 대감께서 계시던 곳이다. 소란을 금하고 객사로 옮기라."

관아를 한차례 정리하고 동헌에 올라앉은 후에,

"본관은 봉고파직하라."

"본관은 봉고파직이요."

동서남북 문밖에 봉고파직이라는 암행어사의 명이 나붙었다. 절차에 따라 옥의 형리를 불러 분부하되,

"옥에 갇힌 죄인들을 다 올리라."

호령하니 죄인을 올리거늘 다 각각 죄를 물은 후에 죄 없는 자들을 풀어 줄 때,

"저 계집은 무엇인고?"

형리가 아뢴다.

"기생 월매의 딸인데 관가에서 포악을 떤 죄로 옥중에 있사옵니다."

"무슨 죄인고?"

"본관 사또를 모시라고 불렀더니 절개를 지킨다면서 사또 명을 거역하고

사또 앞에서 악을 쓴 춘향이로소이다."

어사또 분부하되,

"너만 한 년이 수절한다고 나라의 관리를 욕보였으니 살기를 바랄 것이냐. 죽어 마땅할 것이나 기회를 한번 더 주마. 내 수청도 거역할 테냐?"

이 어사는 춘향의 마음을 떠보려고 짐짓 한번 다그쳐 보는 것인데,

춘향은 어이가 없고 기가 콱 막힌다.

"내려오는 사또마다 빠짐없이 명관이로구나! 어사또 들으시오. 층층이 높은 절벽 높은 바위가 바람이 분들 무너지며, 푸른 솔 푸른 대가 눈이 온들 변하리까. 그런 분부 마옵시고 어서 빨리 죽여 주오."

하면서 무슨 생각이 났는지 황급히 이리저리 두리번거리며 향단이를 찾는다.

"향단아, 서방님 혹시 어디 계신가 살펴보아라. 어젯밤 오셨을 때 천만당부했는데 어디를 가셨는지, 나 죽는 줄도 모르시는가? 어서 찾아보아라"

어사또 다시 분부하되,

"얼굴을 들어 나를 보아라."

하시기에 춘향이 천천히 고개를 들어 대 위를 살펴보니, 거지로 왔던 낭군이 어사또로 뚜렷이 앉아 있었다. 순간, 춘향은 깜짝 놀라 눈을 질끈 감았다가 떴다.

"나를 알아보겠느냐? 네가 찾는 서방이 바로 여기 있느니라."

어사또는 즉시 춘향의 몸을 묶은 오라를 풀고 동헌 위로 모시라고 명을 내렸다. 몸이 풀린 춘향은 웃음 반 울음 반으로,

"얼씨구나 좋을씨고, 어사 낭군 좋을씨고. 남원읍에 가을 들어 낙엽처럼 질 줄 알았더니 객사에 봄이 들어 봄바람에 핀 오얏꽃이 날 살리네. 꿈이냐 생시냐? 꿈이 깰까 염려로다."

한참 이렇게 즐길 적에 뒤늦게 달려온 춘향모도 입이 찢어져라 벙글벙글 웃으며 어깨춤을 추고, 구경 왔던 남원 고을 백성들도 얼씨구 덩실 춤을 추었다. 어사또는 춘향의 손을 잡고 놓을 줄을 모르고 쌓였던 사연의 실타래는 끝날 줄을 몰랐으니, 그 한없이 즐거운 일을 어찌 일일이 말로 하겠는가.

《열녀춘향수절가》/조현설 현대역)

제9장

세계의 횡포와 눈먼 육친에 대한 사랑,
〈심청전(沈淸傳)〉

1. 효(孝)인가, 불효(不孝)인가

눈부신 5월이 되면 어린이 날, 어버이 날, 스승의 날들이 줄줄이 들어서 있어 사랑과 감사의 의미를 생각하게 한다. 인간 사이의 사랑과 존경은 당연한 감정이지만 세상은 그렇지 못해 사랑의 의미를 되새기라고 따로 날을 정했나 보다. 하지만 어디 이 날 뿐이겠는가? 부모 자식 간의 끈끈한 정은 늘 있어오지 않았는가?

사랑은 흔히 '내리사랑'이라고 한다. 하여 부모가 자식에 대하여 애틋한 마음을 가지는 것은 당연한 일이다. 하지만 자식이 부모를 사랑하는 '치사랑'은 부모의 그것보다 훨씬 못 미친다. 그래서 자식에게 하는 사랑의 1할만 부모에게 하면 효자소리를 듣는다고 한다. 자신을 한번 돌아보라. 부모가 나에게 해준 것의 과연 얼마만큼 부모를 생각하는 가를!

옛날 설화 중에서 자식에 대한 사랑의 얘기는 거의 없지만 '효행설화(孝行說話)'가 유난히 많은 것도 이 때문이다. 자식에 대한 사랑은 저절로 이루어지는 것이지만, 부모에 대한 사랑은 자연적으로 잘 되지 않기 때문에 '효(孝)'에 대한 교육과 강조가 필요했던 것이다. 그런데 단순히 효만 강조한 것이 아니라 임금에 대한 무조건적인 복종을 의미하는 '충(忠)'과 더불어 강조함으로써 봉건체제를 지탱하는 중요한 이데올로기를 구축하기도 했다. 효는 자신의 부모에게 하는 것이니 충분히 느낄 수 있는 것이지만 충은 그러지 못해 효와 짝을 지었던 것이다. 『효경(孝經)』에서도 이를 "효로써 충을 만든다.[移孝作忠]"고 했다.

자, 그럼 〈심청전〉으로 돌아가 보자. 눈 먼 아비를 위해 인당수에 몸을 던지는 심청의 행위가 과연 효인가, 불효인가? 아버지를 위해 몸을 바쳤으니 지극한 '효'임에는 틀림없지만, 죽음으로써 부모의 마음을 아프게 했으니 막대한 '불효'이기도 하다. 효가 무엇인가를 설명한 『효경(孝經)』에 의하면 효의 기본은 "몸과 머리카락과 피부는 부모가 물려준 것[身體髮膚受之父母]"이어서 부모가 물려준 몸을 그대로 보존하는 것이라 한다. 즉 아무 탈 없이 건강하게 지내는 것이야말로 효의 근본인 셈이다. 그런데 심청이는 부모가 물려준 그 몸을 죽음으로 내몰았으니 이야말로 불효막심한 것이다. 그런데 효의 공식대로 심청의 행위를 불효로 규정짓다보면 뭔가 잘못됐다는 느낌을 떨칠 수 없다. 아니, 심청의 행위가 불효막심하다니! 이 사태를 어떻게 이해해야 할까?

2. 육친(肉親)에 대한 지극한 사랑과 자기희생

그러기에 심청의 행위는 봉건적 이데올로기(ideologie)인 효로는 설명되지 않는다. 유교적 윤리규범의 잣대로 따지기 때문이리라. 부모가 물려준 몸을 잘 보존해야 한다는 효의 입장과 부모를 위해 몸을 훼손하는 자기희생은 개념상 서로 충돌하기 때문이다. 유교적 윤리규범이 아닌 인간의 본성으로 다시 들여다보자.

공양미 삼백석을 몽은사로 보내기로 약속한 아버지를 위해 심청이 할 수 있는 일이 무엇이겠는가? 눈을 뜰 수 있다는 말에 앞뒤 헤아려 보지도 않고 부처님 앞에 덜컥 약속한 아버지를 원망할 수도 없는 노릇이다. 이미 엎질러진 물이고, 쏘아 버린 화살이다. 실낱 같은 희망으로 공양미를 바치고 부처님의 기적을 바랄 수밖에 없는 처지가 되어버렸다. 한 때 끼니도 제대로 이어갈 수 없는 극도의 가난 속에서 공양미를 마련하기 위해 심청이 할 수 있는 일이라고는 유일한 재산인 자신의 몸을 파는 것이다.

요즘에도 불구가 된 부모를 위해 자신의 몸을 팔 수 밖에 없는 소년, 소녀 가장이 있을 수 있다. 심청을 다룬 단편영화를 보면 공사판에서 몸을 다쳐 불구가 된 아버지를 모시고 있는 소녀가장이 있었다. 어머니는 돈을 벌어 온다는 말만 남기고 가출했고, 소녀가장은 생계는 물론 몸져누운 아버지의 치료비와 약값을 대야 하는 절박한 처지에 몰리게 되었다. 장밋빛 미래를 꿈꾸며 공부를 계속 하기에는 이 어린 소녀에게 세상은 너무 가혹했다. 결국 학교를 자퇴하고 술집에 나가 몸을 팔아 아버지를 돌보아야만 했다.

이 소녀가장의 행위를 어떻게 이해할 것인가? 〈심청전〉에서 심청이 인당수의 제물로 팔리는 대목을 현대적으로 해석하면 그렇게 된다. 그래서 〈심청전〉의 현대적 개작인 최인훈의 『달아 달아 밝은 달아』와 황석영의 『심청』은 인당수 깊은 바다 속에 빠지는 것이 아닌 중국의 술집으로 팔려가는 심청을 그리고 있다.

결국 심청의 행위는 봉건적 윤리규범인 '효'가 아니라, 기꺼이 자기희생을 감수하는 육친에 대한 깊은 사랑인 것이다. 즉 온 동네를 돌아다니며 젖동냥을 하여 죽을 수밖에 없었던 자신을 키워 준 눈 먼 아비에 대한 인간적 보답, 아니 그러기 때문에 더할 수 없는 사랑인 것이다. 그 부분을 〈심청가〉는 이렇게 증거한다.

심청이 거동봐라. 바람 맞은 사람같이 이리비틀 저리비틀, 뱃전으로 나
가더니 다시 한번 생각한다.

'내가 이리 진퇴함은 부친의 정(情) 부족함이라!'

치마폭 무릅쓰고 두 눈을 딱 감고 뱃전으로 우루루루루루루, 손 한 번
헤치더니 강상으로 몸을 던져, 배 이마에 거꾸러져 물에 가 풍 (한애순
창본)

심청이가 죽기를 주저하다가 '부친의 정'을 생각하고 과감하게 바다에 몸을
던지는 장면이다. 심청이가 인당수에 빠지는 이 대목은 〈심청가〉의 '눈'이라
일컬어진다. 그 만큼 슬프고도 처절하다. 그러기에 모든 사람들을 감동시킨
다. 그 감동은 죽음 앞에 두려워 떠는 지극히 나약하고 인간적인 심청의 모습
과 그럼에도 불구하고 아버지를 위해 자신의 몸을 던지는 고귀한 자기희생에
서 비롯된다. 아버지를 부르며 물에 뛰어드는 〈완판본〉을 보자.

안색을 변치 않고 뱃전에 나서보니 티 없이 푸른 물은 월러렁 콸넝 뒤둥
구리 구비쳐서 물거품 북적찌데한데, 심청이 기가 막혀 뒤로 벌떡 주저앉
아 뱃전을 다시 잡고 기절하여 엎딘 양은 차마 보지 못할 지경이라.

심청이 다시 정신차려 할 수 없이 일어나서 온 몸을 잔뜩 끼고 치마폭을
뒤집어 쓰고, 종종걸음으로 물러섰다. 바다 속에 몸을 던지며,

"애고 애고, 아부지 나는 죽소."

뱃전에 한 발이 지칫하며 거꾸로 풍덩 (완판본)

이런 정황을 어찌 봉건적 윤리규범인 효, 불효로 따질 수 있겠는가? 죽을
고생을 하며 자신을 키워준 눈 먼 아비를 위한 고귀한 자기희생인 것이다. 그
래서 무수한 작품에서 '하늘이 낸 효녀'란 뜻의 '출천효녀(出天孝女)'란 표현을
쓰고 있다. 단순히 자기 몸을 보존해서 부모가 물려준 것을 지킨다는 봉건적

윤리규범인 효를 초월한 극찬(極讚)인 것이다. 그런데 어떻게 해서 심청이 자신의 몸을 바쳐야 되는 지경에까지 이르게 됐을까?

3. 세계의 횡포에 맞선 처절한 운명

〈심청전〉이 여느 판소리계 소설과 구별되는 특징을 찾는다면 주인공인 심청에 맞서는 적대자(Anti-Hero)가 구체적인 인물로 등장하지 않는다는 점이다. 다른 작품에서는 춘향/변학도, 흥부/놀부, 토끼/용왕 등 인물들이 대립구조를 보이는 데 비해 〈심청전〉은 심청에 맞설만한 적대자가 없다. 대신 그자리에 '세계의 횡포'가 존재한다. 곧 눈 먼 아비의 자식으로 태어나 이레 만에 모친을 사별하고 저 냉혹한 세계에 내동댕이쳐진 어린 심청이 감내할 수밖에 없었던 처절하고 가혹한 운명이 바로 적대자의 자리를 차지하는 것이다.

양반의 후예인 심학규는 운수가 불행하여 이십에 눈이 멀고 가세가 점점 기울어 결국 곽씨부인은 평생을 고생하다 딸 낳은 지 이레 만에 '산후별증'으로 세상을 떠나게 된다. "이때에 곽씨부인 산후 손데 없어 찬물로 빨래허기 왼갖 일로 과로를 허여 놓으니 산후별증이 일어나 아무리 생각허여도 살 길이 없는 지라(정권진 창본)"고 한다. 삼칠일(21일)을 쉬어야 하는데 7일 만에 일어나 먹고 살기위해 일을 하느라 과로와 영양실조가 겹쳐 사망한 것이다. 극도의 가난과 살아가기 위한 노동이 곽씨 부인을 죽음으로 몰고 간 것이다. 그 기막힌 장면을 보자.

한숨 짓고 돌아누워 어린아이를 잡아 당겨 낯을 한 데 문지르며 혀를 끌끌 차며
"천지도 무심하고 귀신도 야속하다. 네가 진작 생기거나 내가 좀 더 살거나, 너 낳자 나 죽으니 가 없는 이 설움을 너로 하여 품게 하니, 죽는

어미 사는 자식 생사간에 무슨 죄냐? 뉘 젖 먹고 살아나며 뉘 품에서 잠을
자리. 애고, 아가, 내 젖 마지막 먹고 어서 어서 자라거라."
　두 줄기 눈물에 낯이 젖는다. 한숨지어 부는 바람 소슬바람이 되어 있
고, 눈물 맺어 오는 비는 보슬비가 되어있다. 하늘은 나직하고 검은 구름
자욱한데 수풀에 우는 새는 둥지에 잠이 들어 고요히 머무르고, 시내에 도
는 물은 돌돌돌 소리내며 흐느끼듯 흘러가니 하물며 사람이야 어찌 아니
설워하리. 딸꾹질 두세 번에 숨이 덜컥 지니 (완판본)

　하지만 이것으로 세상의 모든 고난이 끝난 게 아니다. 눈 먼 아비와 어린
딸이 헤쳐나가야 하는 운명은 더 가혹했다. 어린 딸을 안고 동네 아낙네들을
찾아 이집 저집 젖동냥을 다녀야 했던 심봉사의 딱한 처지를 생각해보라. 어
린 애기를 안고 지팡이로 더듬거려 김매는 데도 가고, 빨래터에도 가고, 우물
가에도 찾아가 젖동냥을 하는 것은 그야말로 모진 운명과의 사투(死鬪) 그 자
체다.
　심청은 또 어떤가? 나이 예닐곱 살(요즘 같으면 유치원 정도 다닐 나이에)
부터 눈 먼 아비를 먹여 살리기 위해 "어머니는 세상 버리시고 우리 아버지
눈 어두워 앞 못 보시는 줄 뉘 모르겠어요? 십시일반(十匙一飯)이오니 밥 한
술 덜 잡수시고 주시면 눈 어두운 저의 아버지 시장을 면하겠습니다."하며 이
집 저집 구걸을 하였으니 그 신세가 얼마나 처량한가! 오죽했으면 심봉사 조
차도 "모진 목숨 구차히 살아서 자식 고생만 시킨다."고 한탄할 정도다.
　눈 먼 아비와 어린 딸이 벌이는 광포한 세계와의 대결은 정말 처절할 수밖
에 없고 비극미가 두드러진다. 〈심청가〉 판소리 공연장이나 창극공연을 가보
면 이 부분에서 눈물바다를 이룬다. 판소리 명창 송만갑(宋萬甲, 1865~1939)
은 아내가 죽고 나서 〈심청가〉를 일체 부르지 않았다고 한다. 눈 먼 아비가
어린 딸을 안고 젖동냥을 다니는 이 대목에 이르면 자신의 처량한 신세가 생
각나서 소리를 내지 못했던 것이다. 얼마나 처절했으면 신소설의 작가 이해조

(李海朝: 1869~1927)가 〈심청전〉을 일러 '처량 교과서'라고 불렀겠는가?

오래 전에 일본 애니메이션의 산실인 스튜디오 지브리(Studio Ghibli)에서 미야자키 하야오(宮崎 駿)의 절친한 동료였던 다까하다 이사오(高畑 勳)가 만든 〈반딧불의 묘〉라는 작품을 보며 어린 아들과 같이 펑펑 운 적이 있다. 태평양 전쟁의 포연 속에서 부모는 죽고, 가혹한 운명과 마주한 어린 남매의 삶이 너무 처절했기 때문이었다. 결국 두 남매는 죽을 수밖에 없었는데 이 두 남매가 벌이는 사투는 〈심청전〉의 그것과 너무도 닮아있었다. 하지만 리얼리스트 다까하다 이사오가 그린 비참한 패배와는 달리 〈심청전〉은 세계의 횡포에 맞서 마침내 승리한 이야기로 매듭지어진다.

4. 환상적 요소의 개입

그러기 위해서 〈심청전〉은 여느 판소리계 소설과는 달리 많은 환상적 요소를 지니고 있다. 우선 영웅소설에서나 보이는 천상계 개입과 '적강 모티프(Lost Paradise Motif)'를 지니고 있다. 심청은 원래 서왕모(西王母)의 딸로 하늘의 선녀인데 죄를 지어 인간세계에 유배 왔다는 것이다. 그러기에 그 벌로 인간세상에서 모진 고난을 당하는 것이다. 실상 그 죄라는 것도 천년에 한 번 열리는 복숭아를 진상하러 가다가 친구를 만나 노닥거리느라 늦은 것에 불과하니 죄랄 것도 아니다.

이 때문에 심청이 겪는 고난은 충분히 극복될 수 있으리라는 안도감을 준다. 우리는 흔히 액션영화에서 영웅적 주인공이 절대 죽지 않으리라는 믿음을 갖는다. 그럼에도 사건이 전개될 때마다 손에 땀을 쥐기는 하지만 말이다.

두 번째는 용궁환생이다. 인당수에 빠진 심청이가 다시 살아나 황후가 되는 얘기다. 〈심청전〉은 인당수에 빠지는 대목을 중심으로 모진 고난이 계속되는 전반부와 다시 환생하여 영화롭게 되는 후반부로 나눌 수 있는 바, 그 영광의 후반부는 다음과 같은 용궁환생으로 그 서막을 연다.

> 이때 심낭자는 너른 바다에 몸이 들어 죽은 줄로 알았는데, 무지개 영롱하고 향내가 코를 찌르더니, 맑은 피리 소리 은근히 들리기에……수정궁 들어가니 인간세계와는 다른 별천지라. 남해 광리왕이 통천관을 쓰고 백옥홀을 손에 들고 호기 찬란하게 들어가니, 삼천팔백 수궁부 내외의 대신들은 왕을 위하여 영덕전 큰 문 밖에 차례로 늘어서서 환호성을 울리더라. 심낭자 뒤로 백로 탄 여동빈, 고래 탄 이적선과 청학 탄 장녀가 공중을 날아다니는구나. (완판본)

완연한 용궁축제의 한 마당이다. 디즈니 애니메이션 〈인어공주〉를 생각나게 한다. 그리하여 심청은 저 깊은 물 속 죽음의 세계에서 화려한 삶의 세계로 환생하는 것이다. 이제 모진 고난은 끝나고 광명의 세계만이 그 앞에 펼쳐진다. 깊은 물에 들어감으로써 구질구질했던 과거를 씻어 버리고 깨끗하게 다시 태어난 것이리라. '심청(沈淸)'이란 이름 역시 '물에 잠겨 깨끗하게 되었다.'는 뜻을 담고 있다. 많은 종교 의식에서 기독교의 세례처럼 물에 잠겨 죄를 씻어내고 깨끗한 사람으로 다시 태어나는 것을 볼 수 있다. 갠지스 강에서 더러운 육신을 씻어내는 힌두 신자들도 마찬가지리라. 생명의 근원인 물은 곧 환생이나 부활과 같은 새로운 삶을 의미하기 때문이다.

실상 심청의 자기희생과 환생은 기독교에서 말하는 예수의 삶과 닮았다. 지극히 고귀한 천상의 세계에서 인간 세상으로 내려와 모진 고난을 겪으며 자기희생을 받아들이는 순간 용궁에서 환생하게 된다. 그 다음부터는 영광의 꽃길만이 펼쳐진다. 아직도 눈을 뜨지 못한 아버지를 만나고 드디어 눈을 떠서 밝은 세상을 보게 되는데 아버지만 눈을 뜨게 되는 것이 아니다.

세 번째로 맹인들의 개안(開眼) 과정을 보자. 용궁환생이 앞으로 펼쳐질 영

306

광된 삶의 서막이라면 심봉사를 비롯한 맹인들의 개안은 그 절정에 해당된다. 그 장면을 보자.

> 황후께서 버선발로 뛰어내려와서 아버지를 안고, "아버지, 제가 정녕 인당수에 빠져 죽었던 심청이어요."
> 심봉사가 깜짝 놀라,
> "이게, 웬 말이냐?"
> 하더니, 어찌 반갑던지 뜻밖에 두 눈에서 딱지 떨어지는 소리가 나면서 두 눈이 활딱 밝았다. 그 자리에 가득 모여 있던 맹인들이 심봉사 눈뜨는 소리에 일시에 눈들이 뜨이는데, '희번덕, 짝짝' 까치새끼 밥 먹이는 소리 같더니, 뭇소경이 밝은 세상을 보게 되고, 집 안에 있는 소경, 계집 소경도 눈이 다 밝고, 배 안의 소경 배 밖의 맹인, 반소경, 청맹과니까지 모조리 다 눈이 밝았으니, 맹인에게는 천지개벽 하였더라. (완판본)

말 그대로 광명을 맞이하는, 새로운 세상의 도래다. 더욱이 심봉사 한 개인 만 눈을 뜬 게 아니라 같은 순간 모든 맹인들이 눈을 떴다는 것은 새로운 광명 의 세계를 꿈꾸는 수많은 민중들의 염원이 아니고 무엇이겠는가? 신명나는 축제의 절정인 것이다. 모든 민중들의 고통이 한 순간 해소되는 새로운 광명 의 세상, 곧 '천지개벽'의 세상이 열린 것이다. 여기서 무엇을 더 바랄 것인가. 자기희생을 통한 구원이 이루어진 것이다.

5. 영화와 오페라로 확산된 뮌헨올림픽의 〈심청전〉

1972년 뮌헨올림픽 초청작으로 만든 신상옥 감독의 〈효녀 심청〉에서도 〈심청전〉을 육친애와 희생을 통한 구원의 문제로 확대시켰다. 앞 장면에서 심청과 심봉사의 끈끈한 유대를 통한 육친애를 부각시켰으며 이 연장선상에서 아버지를 위한 희생이 가능해졌던 것이다. 심청이 도사공과 저지하는 동네 사람들에게 "남다른 아버지의 은덕" 때문에 아버지를 위해서 희생될 수밖에 없다고 말한 것을 주목할 필요가 있다. 바로 육친애, 아버지에 대한 사랑 때문에 자신을 희생시켰기에 이는 구원으로 확대된다. 그래서 아버지뿐만 아니라 모든 봉사 심지어는 불구자들까지 모두 정상으로 돌아온다. 말하자면 심청의 희생으로 구원을 받은 것이리라.

그런데 신상옥 감독은 여기에 지독한 가뭄으로 온 나라가 고통 받는 상황을 추가하였다. 무려 5장면에 걸쳐 이글거리는 태양과 갈라진 논밭, 백성들의 흉흉한 민심을 보여준다. 가뭄은 흔히 정치적 부패나 실정(失政)으로 비유되곤 한다. 영화에서도 가뭄의 이유를 "천륜을 배반하고 원혐(怨嫌)을 품은 자 그 수가 많으면 천재지변이 일어난다"고 말한다. 그래서 왕이 이를 만회하기 위해 웃옷을 벗고 뜨거운 태양 아래서 기우제를 지내는 장면이 등장한다.

엄혹한 유신시대, 대중문화의 코드에서 '가뭄'은 당시의 억압적 상황을 보여주는 확실한 징표였다. 1971년 발표된 김민기의 〈아침이슬〉에서 "태양은 묘지 위에 붉게 타오르고 / 한낮에 찌는 더위는 나의 시련일지라."라고 했으며, 1974년 나온 한 대수의 〈물 좀 주소〉에서는 "물 좀 주소 물 좀 주소 목마르요 물 좀 주소 / 그 비만 온다면 나는 다시 일어나리. 아! 그러나 비는 안 오네."라고 당대의 절망적인 상황을 노래했다. 비가 온다면 모든 게 해결되지만 당시 유신시대의 상황은 전혀 그렇지 못했다. 영화에서도 천륜을 배반하고 원혐을 품은 자가 많아 그렇게 된다고 발언했다.

영화에서는 심청이 고귀한 희생을 통해 속죄를 했기에 천륜이 이어지고 원혐이 풀려 모두가 구원받는 세상이 된 것이다. 모든 봉사가 눈을 뜨고, 불구자가 정상으로 돌아왔으며 기다리던 단비가 내려 고통에서 해방되는 축제의 한마당이 된 것이다. 완판본 〈심청전〉에서도 이 해방과 환희의 한바탕을 '천지개벽'이라고 하지 않았던가. 심청은 아버지뿐만 아니라 온 세상을 구원했던 것이다. 아마도 신상옥 감독은 그런 세상이 오길 원했던 것이고, 뮌헨 올림픽을 맞아 세계에 그런 화해와 해방된 모습을 보여주고자 했던 것이다.

이는 같이 공연됐던 윤이상(尹伊桑, 1917~1995)의 오페라 〈심청〉에서도 유사하게 나타난다. 윤이상은 공연을 마치고 왜 특별히 〈심청〉을 택했느냐는 기자들의 질문에 "〈심청전〉 속에 숨어있는 자기희생을 통해 타인을 구제하는 정신이 오늘날 퇴폐해 가는 서양세계에 경종을 울릴 수 있으리라고 생각했기 때문"이라고 답했다. '동백림사건'의 조작으로 간첩으로 몰려 고통을 당한 윤이상으로서는 〈심청전〉에 들어있는 희생과 구원의 메시지가 절실했을 것이고 이를 통해 남북화해와 통일의 열망을 세계에 알리고자 했을 것으로 보인다. 모든 봉사들이 개안하여 광명의 세상을 맞이해 화해와 축제의 한바탕을 벌이는 것을, 엄혹한 군사독재시절 모든 세계인들에게 보여주고 싶었으리라. 하지만 '상처받은 용' 윤이상은 결국 〈심청전〉처럼 광명과 화해의 세상을 보지 못하고 먼 이국 독일에서 눈을 감고 말았으니, 모든 민중들이 바라는 광명의 세계는 아직도 도래하지 않은 것인가!

[참고 문헌]

박일용, 「심청전의 가사적 향유방식과 그 판소리사적 의미」, 『판소리연구』 5집, 판소리학회, 1994.

유영대, 『심청전 연구』, 문학아카데미, 1989.

정출헌, 「심청전의 민중정서와 그 형상화 방식」, 『민족문학사연구』 9호, 1996.

정하영, 「심청전의 주제고」, 『한국고전소설연구』, 새문사, 1983.

최운식, 『심청전 연구』, 집문당, 1982.

〈심청전(沈淸傳)〉

공양미 삼백 석

심 봉사가 한참을 섧게 울며 자책하고 있을 때 심청이 허겁지겁 돌아와 보니, 아버지가 물에 빠진 생쥐 꼴이 되어서 목 놓아 울고 있다.

"아버지, 이게 웬일이어요? 나를 찾아 나오시다가 이런 욕을 보셨나, 이웃 집에 가셨다가 이런 봉변 당하셨나? 춥기는 오죽 추우며, 시장하기는 오죽 시장할까? 승상 댁 노부인이 굳이 잡으셔서 이렇게 늦었어요. 아버지, 우선 젖은 옷을 벗으시고 새 옷으로 갈아입으세요."

심청은 서둘러 장롱 안의 옷을 내주고는, 부엌으로 바삐 나가 승상 댁에서 얻어 온 양식으로 밥을 지어 왔다.

"아버지, 진지 잡수세요. 더운 진지 차려 왔으니 국도 많이 잡수세요."
하며 심 봉사의 손을 끌어당겨 숟가락을 쥐어 준다. 그러나 심 봉사는 자신의 잘못을 생각하고는 차마 밥상을 마주할 수가 없다.

"아니, 나 밥 생각 없다."

"아버지, 왜 그러시오? 어디가 아파서 그러시나요? 제가 늦게 와서 화가 나서 그러시나요?"

"아니다, 너는 알 것 없다."

심 봉사가 처음에는 딸에게 근심을 시키느니 자기 혼자 알고 있다가 부처님께 벌을 받아도 자기 혼자 받아야지 생각하고 말을 안 하려 했는데, 효성 지극한 심청이 거듭거듭 묻는지라 마지못해 털어놓았다.

마중 나갔다가 개천에 빠진 일이며, 지나가던 화주승이 구해 준 일이며, 공양미 삼백 석이면 눈을 뜬단 말에 시주를 약속한 일을 다 말하고, 뒤늦게 후회하며 우는 이야기까지 다한다.

"청아, 이 아비가 노망이 나서 그랬다. 공양미를 구할 길이 없으니 내일 아침에 몽운사에 가서 없던 일로 하자고 사정을 해 보던가, 안 된다 하면 벌을 받아도 내가 받으면 된다. 너는 아무 걱정 말거라. 내 팔자에 눈 뜰 욕심이 분에 넘치지."

310

심청이 그 말을 듣고 아버지를 위로한다.

"아버지 걱정 마시고, 진지 잡수세요. 정성을 드리고 후회하면 효험이 없답니다. 아버지가 눈을 떠서 천지 만물 다시 볼 수 있다는데, 어떻게든 삼백석을 마련해서 몽운사로 보내야지요."

"네가 아무리 애를 쓴들, 찢어지게 가난한 우리 형편에 가당키나 한 말이냐? 아니다. 내가 지금 당장 몽은사로 가야겠다."

비틀비틀 일어서는 심 봉사를 붙잡으며 심청이 말한다.

"왕상이라 하는 효자는 한겨울에 얼음을 깨니 잉어가 뛰어올라 부모 봉양했고, 맹종이라 하는 효자는 눈 속에서 죽순을 얻어 부모를 봉양했답니다. 지극한 효성에는 하늘도 감동해 이렇게 복을 준다고 합니다. 제 효성이 비록 옛사람만 못하지만 지성이면 감천이라고 하니, 공양미 삼백 석 얻을 길이 어찌 없겠어요? 너무 근심 마세요."

"아무리 그래도 안 될 일이다. 나는 정녕 다음 세상에 눈먼 구렁이나 되겠구나."

심청은 갖가지로 위로하고 물러 나왔다. 말을 그렇게 했으나 막상 마루에 나와 앉아 생각하니 공양미를 마련할 길이 막막했다. 심청이 한숨을 쉬다가 문득 휘영청 밝은 달을 올려다보니 차츰 마음이 가라앉는다.

'저 달 속에서 어머니가 지금 나를 내려다보고 계시려나? 내가 죽어도 그리던 어머니 곁에 갈 것이니 두려울 것도 없구나. 내가 아비의 눈이 되겠다고 했는데, 그 말이 딴말이랴……'

심청은 주저 없이 자리를 털고 일어나 목욕해 몸을 단정히 하고 집 안을 깨끗이 청소한 뒤, 집 뒤꼍에 단 하나를 쌓았다. 그러고 나서 그날부터 밤이 깊어 사방이 고요해지면, 등불 밝혀 정화수 한 그릇 떠 놓고 간절하게 빌었다.

"불초여식 심청이 삼가 비나이다. 하늘님 달님 별님, 산에 계신 성황님, 물에 계신 하백님, 부처님, 보살님 모두 모두 굽어살피소서. 저의 아비 젊어서 눈이 멀어 사물을 못 보고 온갖 고생을 다 했으니 이 한 몸 바쳐서라도 아비 눈을 뜨게 되면 소원이 없습니다. 소녀 팔자가 기구해 강보에서 어미를 잃고 다만 맹인 아비뿐이온데, 집안이 가난해 모은 재물 하나 없고 몸밖에 없사오니, 부디 이 몸이라도 사 갈 사람을 보내 주시어 부모 은혜를 갚게 해

주옵소서."

이렇게 빌기를 계속하던 어느 날이었다. 해가 구름 밖으로 나오고 닭 울고 개 짖는 소리가 시끄럽더니, 사람들 한 무리가 골목골목 다니면서 외치는 소리가 들려왔다.

"여보시오, 동네 사람들아! 나이 십오 세요 얼굴이 곱고 몸에 흉이 없으며 행실 바르고 심성 고운 처녀를 큰돈에 사려 하니 몸 팔 사람 누가 있소? 있으면 있다고 대답을 하시오."

심청은 세상에 사람을 돈 주고 사고파는 일이 정말로 있나 놀라고 궁금해, 귀덕 어미를 통해 젊은 처녀 사려는 이유를 물었다.

"우리는 남경으로 다니면서 장사하는 뱃사람들인데, 인당수를 지나갈 때면 위험하기가 바람 앞에 등불 같소. 이미 숱한 장삿배가 인당수에 빠져서 사람도 많이 죽고 물건도 많이 잃었다오. 젊은 처녀를 제물로 바치면 험난한 바닷길이 편안하게 열려서 무사히 건너고, 일단 바다만 건너가서 장사를 하면 큰 이익을 낼 수 있으니 몸을 팔려는 처녀만 있으면 값을 묻지 않고 사려 한다오."

심청이 그 말을 반겨 듣고, 밤마다 빌어 하늘이 답을 한 것으로 여겼다.

"나는 이 동네 사람이오. 아버지가 앞을 못 보시는데, 공양미 삼백 석을 몽운사에 바치고 지성으로 빌면 눈을 뜬다 합니다. 가난한 형편에 공양미 장만할 길이 없어, 내 몸을 팔려 하는데 나를 사시려오?"

험한 뱃사람들도 이 말을 듣고 감동해,

"얼굴은 꽃처럼 어여쁜데, 그 마음은 더 곱구려. 효성이 지극하나 참으로 가련하오. 하지만 우리들에겐 더할 나위 없는 행운이니 즉시 원하는 값을 치르겠소."

하고는 그날로 공양미 삼백 석을 몽운사로 보내 주었다. 그러고는 배 떠나는 날을 일러 주고 다짐을 받아 둔다.

"심 낭자, 이달 보름에 배가 떠날 것이니 그날 새벽에 다시 오겠소. 마음 단단히 먹고 기다리시오."

뱃사람들이 몽운사의 화주승이 공양미를 받았다는 표를 전해 주자 심청은 이제 됐구나 싶어 부친에게로 달려간다. 심청은 부친과 이별할 일을 생각하니 슬펐지만, 아비가 눈 뜰 생각을 하니 기쁘기 그지없었다.

"아버지, 공양미 삼백 석을 몽운사에 보냈으니 이제는 시름을 놓으세요."

이 말을 들은 심 봉사가 깜짝 놀랐다.

"너, 그 말이 웬 말이냐? 어린 네가 삼백 석을 어떻게 마련했다는 말이냐?"

심청은 차마 사실대로 말할 수 없어 거짓말로 속여 대답했다.

"전날 무릉촌에 건너갔을 때, 장 승상 댁 노부인이 수양딸로 삼으려 하셨으나, 아버지를 혼자 둘 수 없다고 사양했습니다. 그러나 우리 형편으로는 공양미 삼백 석을 장만할 길 없어 결국 이 사연을 부인께 말씀드렸답니다. 그랬더니 쌀 삼백 석을 선뜻 내주시고, 저는 그 댁 수양딸로 들어가기로 했습니다."

심 봉사는 이 말을 들으니 한편으로는 반갑고 한편으로는 서글펐다.

"그러면 이제 그 댁에 가서 사는 것이냐? 내 눈 뜨자고 결국 딸을 잃는구나."

이렇게 말하며 슬픈 기색을 보이다가 이내 마음을 고쳐먹고 표정을 바꾸어 말한다.

"아니다, 아니야. 오히려 잘됐다. 어여쁜 우리 딸이 내 곁에서 못 먹고 못 입으며 고생하고, 총명한 우리 딸이 글 한 자 마음껏 못 읽었는데, 못난 아비 곁에 있는 것보다야 부잣집에 들어가서 사랑받고 호강하는 게 낫지. 너만 잘 산다면야 나는 혼자 살아도 상관없다. 암, 상관없고말고."

이제 심 봉사는 기쁘다고 눈물을 짓고, 이것을 보는 심청은 늙은 아비 이별할 날이 더욱 두려워 눈물짓는다. 심청은 그날부터 심 봉사에게는 장 승상 댁으로 옮겨 가는 준비라 하며 실제로는 인당수에 죽으러 가는 준비를 차근차근 한다.

아버지의 옷가지를 죄다 꺼내어 놓고, 춘추 의복 하절 의복은 빨아서 다려 놓고, 동절 의복은 솜을 넣어 누벼 두고, 떨어진 버선은 꿰매어 놓고, 헌 갓도 먼지 털어 손질을 해 놓는다. 바지에는 대님을 미리 접어서 따로 놓지 않게 꿰매고 동냥할 때 쓸 바가지도 새로 장만한 다음에 죄다 줄을 매어 시렁 위에 얹어 놓았다. 앞뒤 뜰에 풀을 뽑고 집 안 구석구석을 치우며 부지런히 일하다 보니 어느새 시간은 흘러 기약한 날이 내일로 다가왔다.

심청은 밥과 술을 준비해서 어머니 산소에 하직 인사를 드리러 갔다. 어머니 무덤도 마지막이라 정성껏 풀을 뽑고 술을 한잔 올린 다음 절을 하고 앉으니 눈물이 절로 난다.

"어머니, 어머니, 나를 낳아서 무엇하시려고 온갖 정성 드려 열 달을 배속에서 기르고 노산으로 고생하다 그리 일찍 가셨나요? 고생해서 낳은 자식 재롱도 못 보고 효도도 못 받고 어찌 그리 일찍 가셨나요? 제가 이제 다 커서 어머니 무덤에 벌초도 자주 하고 해마다 돌아오는 기일이면 제사나 착실히 지내서 못다 한 효도를 하려고 했는데, 이제 물귀신이 되고 나면 우리 어머니 무덤은 누가 돌보고 우리 어머니 제사는 누가 챙기나요?"

그동안 참았던 눈물을 쏟아 내니 산에 사는 길짐승 날짐승도 모두 따라 우는 듯하다.

"어머니, 나 죽으면 만날 수 있겠지요. 그것만 믿고 저는 갑니다. 행여 어머니가 제 얼굴을 못 알아보면 어쩌나? 청이가 내일 가니 미리 알고 저를 맞아 주세요."

심청이 울다 울다 지쳐서 터덕터덕 산을 내려오니 밤은 이미 깊어 은하수가 기울어 가고 있다. 집에 들어와서 가만히 방문을 여니 심 봉사는 딸을 기다리다 이불도 못 펴고 잠이 들어 있다. 등잔불을 밝혀 놓고 아버지의 얼굴을 들여다보며 그 신세를 생각하니 마를 줄 모르는 눈물이 또다시 솟아난다.

'내가 죽어 눈을 뜨면 다행인데, 눈 뜨는 그날까지라도 앞 못 보는 우리 아버지, 당장 내일부터 어찌 살꼬? 처음부터 내가 없어서 계속 동냥이라도 다녔으면 이제 이력이 나서 길도 훤하고 밥도 안 굶을 텐데, 요 몇 년은 내가 동냥 다닌다고 바깥출입을 안 했으니, 다리에 힘도 없고 길도 몰라서 문밖에 나서기가 오죽이나 어려울까? 아버지가 늙어서 돌아가신다고 해도 서러울 텐데, 하물며 살아 있는 아버지를 버리고 가려 하니 손이 떨리고 다리가 떨리는구나. 아버지, 부디 나 죽은 다음에 눈을 뜨시고 편히 사세요.'

정신이 아득하고 하염없이 눈물이 흐르는데, 부친이 깰까 봐 크게 울지도 못하고 울음을 삼켜 흐느낀다. 벌써부터 그리운 마음이 사무쳐서 잠든 아버지의 얼굴에다 자기 뺨도 대어 보고 손발도 만져 본다.

'세상에 이별이 많건마는 살아서 이별이야 소식 올 기약 있고 만날 날도 있지, 우리 부녀 이별이야 어느 날에 소식 알며 어느 때에 또 만날까? 내가 죽어 돌아가신 어머니를 찾아가면 아버지 소식을 물으실 텐데, 무슨 말로 답을 할꼬? 오늘 밤에 지는 달을 함지에 잡아 두고, 내일 아침 돋는 해를 부상에 매어 두면 가련한 우리 아버지를 좀 더 오래 볼 텐데, 물 흐르듯 흐르는 시간에 밤이 가고 날이 새니 그 누가 막겠는가? 애고애고, 슬픈지고.'

심청이 이렇게 울면서 밤을 새니, 천지는 원래 어김이 없는지라 날이 차츰 밝아 오고 야속한 닭이 새벽을 부른다.

> 닭아 닭아, 울지 마라. 부디 제발, 울지를 마라.
> 네가 울면 날이 새고, 날이 새면 나 죽는다.
> 나 죽기는 섧지 않으나
> 앞 못 보는 우리 부친 누구에게 의지하며,
> 의지할 곳 없는 부친을 어찌 두고 가자는 말이냐.
> 닭아 닭아, 울지 마라. 부디 제발, 울지를 마라

인당수로 가는 심청

동쪽 하늘이 서서히 밝아 오는 것을 보고 심청은 아버지 아침진지나 마지막으로 지어 드리려고 방문을 열고 나섰다. 그런데 사립문 밖에는 벌써 뱃사람들이 찾아와 웅성거리고 있었다. 뱃사람들이 죽으러 가는 사람 마지막 새벽잠을 깨우지는 못하고 문밖에서 그저 기다리고만 있

다가 심청이 나오는 것을 보고는 미안스레 재촉한다.

"심 낭자, 날이 밝았소."

"오늘이 배 떠나는 날이니 이제 그만 가십시다."

심청이 뱃사람들을 보고 이 말을 듣더니만, 어느새 얼굴빛이 파래지고 손발에는 힘이 빠졌다. 겨우 정신을 차려 우두커니 서 있다가 목이 메는 소리로,

"여보시오, 사공님들! 오늘이 약속한 날인 줄은 알고 있지만, 우리 부친께서 내 몸 팔린 것을 아직 모르고 계신다오. 만일 아시면, 야단이 날 테니 잠

깐 기다리오. 진지나 마지막으로 지어 드린 후에 따라가겠나이다."

뱃사람들이 심청의 그 말을 가련하게 여겨 허락하자, 심청이 부엌으로 들어가 눈물로 밥을 지어 부친께 올린다. 밥상머리에 앉아 아무쪼록 많이 잡수시게 하느라고 고등어자반도 떼어 입에 넣어 드리고 김도 싸서 수저에 놓으며,

"아버지, 진지 많이 잡수세요."

하니, 심 봉사는 영문도 모르고 환한 낯빛으로 말한다.

"아가, 오늘은 반찬이 유난히 좋구나. 뉘 집 제사였느냐? 그런데 아가, 이상한 일도 참 많더구나. 간밤에 꿈을 꾸었는데 네가 큰 수레를 타고 한없이 먼 곳으로 가더구나. 수레라 하는 것이 본래 귀한 사람 타는 것인데, 장 승상 댁에서 너를 가마에 태워 가려는가 보다."

심청이는 듣고 자기가 죽을 꿈인 줄 짐작했건만, 아버지가 편하게 진지 드시라고 또 거짓말을 한다.

"아버지, 그 꿈 참으로 좋습니다."

상을 물리고 담배 태워 올린 뒤에, 남은 밥을 앞에 놓고 한술을 뜨려 하니 눈물로 목이 멘다. 아버지 신세 생각하고, 저 죽을 일 생각하니 정신이 아득하고 몸이 벌벌 떨려 숟가락을 내려놓고 일어선다. 이렇게 심청이 방 안에 아버지와 있는데, 바깥에서 기다리던 뱃사람들의 목소리가 들려온다.

"심 낭자! 물때가 늦어 가니 어서 배 타러 떠납시다."

심 봉사가 깜짝 놀라,

"아가, 이게 무슨 소리냐? 밖에 저 사람들은 다 누구냐? 승상 댁에 가면 가마를 타고 가면 되는데, 배를 타고 어디를 간단 말이냐?"

심청이 더 이상 울음을 참지 못하고 심 봉사의 목을 끌어안고 통곡하며 말한다.

"아이고, 아버지! 못난 딸자식이 아버지를 속였어요. 우리에게 공양미 삼백 석을 누가 주겠어요. 남경으로 장사하러 가는 뱃사람들에게 인당수 제물로 몸을 팔았으니, 오늘이 죽으러 가는 날입니다. 아버지!"

심 봉사가 눈을 뜨기는커녕 눈 빠질 말을 듣더니만, 심청이를 붙들고 실성발광을 한다.

"뭣이라? 다시 말해 보아라. 이것이 웬 말이냐? 청아! 무엇이 어쩌고 어째? 못 간다, 못 가. 네가 나한테는 묻지도 않고 네 마음대로 정했느냐? 누가 그리 가르쳤느냐? 네가 살아 눈을 떠야지 자식 죽여 눈을 뜬들 그게 차마 할 짓이냐? 자식이 죽으면 멀쩡히 보던 눈도 먼다는데, 자식을 죽이고 먼 눈이 뜨이는 법이 어디 있냐? 너는 못 간다, 절대 못 가!"

"돈을 이미 받았으니 어쩔 수 없어요."

"몽운사에 기별해 쌀을 도로 찾아 주면 되지. 어서 몽운사로 가자."

"한번 시주한 것을 어찌 도로 찾나요. 벌써 쓰고 없을 거예요."

"인당수 용왕님이 사람 제물을 받는다면, 그러면 내가 대신 가마. 이보게, 나를 대신 데려가게!"

"나이 십오 세 여자라야 된대요. 아버지는 못 가요."

심 봉사는 딸이 말을 듣지 않자, 엎더지고 자빠지며 달려 나가 문밖에 선 사람들을 향해 억지를 부린다.

"네 이놈, 천하에 몹쓸 놈아! 장사도 좋지마는 사람 사다 제사 지내는 법을 어디서 보았느냐? 눈먼 놈의 철모르는 어린애를, 나 모르게 유인해서 값을 주고 산단 말이냐? 돈도 싫고 쌀도 싫다. 눈 뜨기도 다 싫다. 무지한 뱃놈들아, 옛글을 모르느냐? 칠 년 큰 가뭄에 사람 잡아 하늘에 빌려 하니, 어지신 탕임금이 사람을 죽여 빌 것이면 백성을 잡지 말고 차라리 내 몸을 바치리라 하셨느니라. 내가 딸 대신 가면 어떠하냐? 여보시오, 동네 사람! 저런 무지한 놈들을 그저 두고 보시려오?"

뱃사람들과 동네 사람들은 무안하고 할 말이 없어 그저 서 있고, 심청은 아버지를 말리며 위로하는데, 장 승상 댁 부인이 그제야 이런 소식을 듣고 급히 심청을 찾았다. 심청이 뱃사람들에게 잠시 허락을 받아 무릉촌으로 건너가니, 부인이 문밖으로 뛰어나와 손을 부여잡고 눈물로 꾸짖는다.

"이 무정한 아이야! 나는 너를 자식으로 알았는데, 너는 나를 어미로 여기지 않았구나. 쌀 삼백 석에 몸을 팔았다 하니, 나와 진작 의논했더라면 내가 선뜻 주었을 것을 날 이리도 속였느냐? 이제라도 쌀 삼백 석을 내어 줄 테니, 뱃사람들에게 돌려주고 가당치 않은 길 가지 마라."

"먼저 말씀드리지 못한 것을 이제 와서 후회한들 어쩌겠습니까? 그러나 부인께서 저를 아껴 주시고 은혜를 베풀어 주셨는데, 제가 그것을 믿고 부인께 염치없이 돈을 내놓으라 했다면 그것은 사람의 도리가 아닌 것 같습니다. 또한 부모를 위해 정성을 다할 때, 어찌 남의 재물에 의지하겠습니까? 게다가 뱃사람들과 이미 약속했으니 이제 와서 말을 바꾸기는 차마 못할 일입니다. 저는 이미 마음을 정했고, 제 운명도 이미 정해진 것 같사오니, 말씀은 고맙기 그지없으나 따르지는 못하겠나이다. 부인의 하늘 같은 은혜와 어진 말씀은 저승에 가서도 결코 잊지 않겠습니다."

심청은 눈물로 옷깃을 흠뻑 적시며, 진심으로 아뢰었다. 장 승상 부인은 심청의 엄숙한 태도에 더 말리지 못하고 다만 손만 부여잡고 어루만진다.

"내가 너를 만난 뒤로 친딸 같은 정을 느꼈더란다. 잠시만 떨어져도 보고 싶고 잊히지 않았는데, 네가 죽으러 가는 것을 그저 두고만 볼 수 없구나. 잠깐 기다리면, 네 얼굴과 네 모습을 그림으로 그려 두고 평생 그 그림이라도 보고 싶구나. 잠시만 기다려라."

장 승상 부인은 급히 화공을 불러 분부하기를,

"여보시게, 정성을 다해서 지금 심청의 얼굴과 태도, 입은 옷과 수심 겨워 우는 모습을 조금도 빠짐없이 그대로 그려 주게. 상을 많이 줄 것이니, 부디 잠깐의 노고를 아끼지 말게나."

화공이 부인의 간절한 말을 듣고는 공손한 자세로 족자를 펼쳐 놓고 심청을 똑똑히 바라본 후 이리저리 그려 낸다. 푸른 머리는 광채가 찬란하고, 근심 머금은 얼굴엔 눈물 흔적이 뚜렷하며, 고운 손발 아름다운 자태가 분명한 심청이라. 심청의 화상을 끌어안고 통곡하는 장 승상 부인에게 심청은 마지막 절을 하고는 집으로 돌아와 심 봉사를 마주한다.

심청이 이제는 가야 한다며 아버지를 마지막으로 부르고 절을 하려고 일어설 때, 심 봉사가 기가 막혀 죽을 듯이 버둥거리니, 이리 구르고 저리 구르며 마른 땅에 새우 뛰듯 펄떡대고, 석쇠에 고등어를 굽는 모양으로 아주 자반뒤집기를 하는구나.

"안 된다. 안 돼! 날 버리고는 못 가지야! 아이고, 이놈의 신세 보소. 마누라도 죽고, 자식까지 마저 잃네. 네가 나를 죽이고 가지, 그냥은 못 가리라. 차라리 날 데리고 가거라. 네 혼자는 못 가리라. 아아아."

심 봉사가 미쳐 갈수록 심청은 오히려 마음을 다잡고 더욱 의연해진다.

"아버지, 부녀간의 인연을 끊고 싶어 끊사오며, 죽고 싶어 죽겠습니까? 다 하늘이 정한 일이라 생각하시고 부디 마음을 편케 가지세요. 저는 비록 죽더라도 아버지는 눈을 떠서 밝은 세상 보시고, 착한 사람 구하셔서 아들 낳고 딸을 낳아 만수무강하세요."

이 모습을 지켜보고 있는 동네 사람들이며 뱃사람들이 모두 다 눈물을 짓는다. 이때 뱃사람들이 의논하기를,

"심 낭자의 효성과 심 봉사의 처지를 생각하니, 속에서 눈물 나고 도리어 부끄럽네그려. 이왕 이렇게 됐으니 물릴 수는 없고, 봉사님이 굶고 헐벗지 않게 한 살림 꾸려 주면 그것이 어떻겠나?"

"그 말이 옳소. 그리하면 우리 마음도 좀 편하겠네."

뱃사람들은 쌀과 돈, 그리고 옷감을 가진 대로 각자 내어 놓아 동네 사람들에게 맡기고는 심 봉사를 돌보아 줄 것을 당부했다.

"쌀 이십 석은 올해 양식으로 남겨 두고, 나머지는 빚을 주어 달마다 해마다 이자를 받으면 평생 먹고 쓸 밑천으론 넉넉할 듯하오."

마침내 심청은 부여잡은 부친의 손길을 뿌리치고 마지막 절을 올린 후에, 동네 사람들에게 아버지를 부탁하고 떠나간다. 심 봉사는 심청의 가는 길을 말리다 못해 기절하니 동네 사람들이 달려들어 부축하고, 심청이는 비틀비틀 뱃사람들을 따라간다. 낡은 치맛자락은 바닥에 끌리고, 흐트러진 머리채는 눈물에 젖은 채로 헝클어져 늘어졌다.

심청이 설운 눈물로 노래를 부르니, 심청이 어릴 때 젖 주던 아낙들과 같이 놀던 동무들이 비 같은 눈물을 흘리며 그 뒤를 따른다.

아무개네, 큰 아가!
작년 오월 단옷날에 그네 뛰고 놀던 일이 너도 생각나느냐?
아무개네, 작은 아가!
금년 칠월 칠석 밤에 함께 소원 빌자 했는데 이제는 허사로다.
이제 가면, 언제나 다시 보랴?
너희들은 팔자 좋아 부모 모시고 잘 있어라.

나는 오늘 우리 부친 이별하고 죽으러 가는 길이로다.

심청이 떠나가는 아침에 하늘도 그 슬픈 모습을 굽어보셨는지, 밝은 해는 빛을 잃고 어두침침한 구름만 자욱하다. 푸른 산 맑은 물도 슬픔에 잠기니 흐드러진 들꽃들도 시들어 제빛을 잃고, 바람에 하늘거리던 버들가지도 흐느끼는 듯 늘어지고, 다정한 복사꽃만이 점점이 떨어져 심청의 옷깃을 붙드는 듯이 휘날려 온다. 한 걸음에 돌아보고 두 걸음에 눈물지으며 포구에 다다르니, 무쇠 같은 뱃사람들은 심청이를 인도해 배에 태운 뒤에, 닻을 올리고 돛을 달고, 키를 돌리고, 노를 들어 바다로 나아간다.

"어기야, 어기여차!"

"어기야, 어기여차!"

"두리둥 둥둥"

"두리둥 둥둥"

북을 둥둥 울리면서 뱃노래에 장단을 맞추니, 이를 좇아 물결이 굽이굽이 흐르고, 북장단에 맞춰 노를 힘껏 저으니, 순풍에 돛 단 배는 쏜살같이 나아간다. 곧이어 너르고 너른 바다가 눈앞에 펼쳐지고, 짓물결은 깊어져 고래가 뒤척이는 듯하다. 육지가 점점 멀어지니 배를 따르던 갈매기는 뭍으로 돌아가고 저 멀리 산봉우리는 물결 위에 오락가락한다. 심청이 탄 배는 망망대해로 나가고, 배 위에서 날이 저문다.

심청은 난생 처음 보는 바다가 살아서 마지막으로 보는 경치인지라 마음이 서글플수록 바다는 더욱 아름다워 보인다. 지는 노을에 붉게 물든 바다는 주홍 비단을 펼친 듯이 황홀하고, 달 뜨고 별이 총총 하늘에 박히니 바다에도 달 뜨고 별이 떠서 물결마다 눈물을 머금은 듯 눈부시다. 이태백이 시를 지은 장강이 이러한가, 소동파가 술에 취한 적벽강의 밤이 이러한가, 백거이가 이별을 노래한 심양강이 이러한가, 소상강의 여덟 가지 빼어난 경치가 이러한가. 심청이 바다를 하릴없이 바라보다가 자신의 처지를 돌아보니 한숨이 절로 난다.

'물 위에서 잠을 잔 지 몇 밤이며, 배 위에서 밥을 먹은 지 몇 날 며칠이냐? 가다가 죽자 해도 뱃사람이 지키고 섰고, 살아서 돌아가자 하니 고향 땅이

멀고도 멀다.'

이처럼 탄식하고 있는데, 잠시 꿈을 꾼 것일까 아니면 슬픔이 깊어 잠시 정신을 잃은 것일까. 바다 위 저만치에 신기루가 어린다. 향기로운 바람이 일어나며 노리개 소리 쟁강쟁강 들리더니 어떤 두 부인이 대숲 사이로 나온다.

"저기 가는 심 낭자야, 우리 이야기를 들어 보렴. 순임금이 돌아가신 후로 수천 년이 지났지만, 소상강의 대나무에는 우리가 흘린 눈물 자국이 지워질 줄 모른단다. 지아비를 잃은 한과 그리움을 하소연할 곳이 없다가 지극한 너의 효성을 듣고 반겨 찾아왔노라. 물길 먼먼 길을 조심해 다녀가라."
하고는 문득 간데없기에 심청이 기이하게 생각하니,

'그 두 사람은 순임금의 왕비인 아황, 여영 두 부인이로구나. 그런데 두 분이 어찌 나를 알고 오셨는고?'

이어서 햇빛이 밝게 비치고 물결은 잔잔한데, 또 한 사람이 나온다. 이 사람은 파리한 얼굴에 몸이 바싹 말랐다.

"심 낭자는 나를 보아라. 나는 간신배의 모함으로 나라에서 쫓겨나고 나라를 걱정하다 물에 몸을 던져 물고기의 밥이 되었으니, 나라를 걱정하는 나의 충절은 멱라수의 고기 배 속에 들어 있을 것이다. 그대는 부모 위해 효성으로 죽고, 나는 나라 위해 충성으로 죽었으니, 충과 효는 같은지라. 내 너를 위로코자 여기에 나왔으니, 너르고 너른 바닷길에 평안히 다녀가라."

심청이 곰곰이 생각한다.

'이 사람은 분명 초나라 굴원이로구나. 죽은 지 수천 년 넘은 혼백들이 눈에 보이니, 내가 벌써 귀신이 되었나? 어찌 되었든 나 죽을 징조가 분명하구나.'

그러다 문득 정신을 차려 보니 갑자기 천지가 요동치고 잔잔하던 바다는 온데간데없다. 광풍이 크게 일고 파도가 세차게 일어나니, 천둥과 파도 소리가 자던 용이 놀라 울고 성난 고래가 물을 뿜는 듯하다.

이곳이 바로 인당수라, 심청이 탄 배는 너른 바다 한가운데 노도 잃고 닻도 부러지고 용총줄도 끊어지며 키도 빠졌는데 바람 불어 돛대가 우지끈 딱 하며 태산 같은 물결에 뱃머리가 빙빙 돌아간다. 갈 길은 천리만리 남아 있고, 사면은 어둑해 지척을 분별할 수 없는데 배가 순식간에 위태하니 사람들은 겁이 나서 혼백이 다 달아날 지경이다.

뱃사람들이 황급히 고사 상을 차려 낸다. 한 섬 쌀로 밥을 짓고, 한 동이 술을 내고, 큰 소 잡아 삶아 내고, 큰 돼지 삶아 통째로 놓고, 삼색 과일 오색 탕국을 방위 맞춰 벌여 놓고, 심청이를 데려다가 맑은 소복 입혀서 상 앞에 앉혀 놓고, 우두머리 뱃사공이 앞에 나서 고사를 지낸다. 두리둥 두리둥 북을 울리면서 비는 말이,

"하늘에 계신 옥황상제, 동서남북과 중앙에 오방신장, 네 바다의 사해용왕, 저승의 염라대왕 모두 굽어살피소서. 하늘 아래 만물이 제각각 역할을 타고나니 우리는 배를 타고 장사하기가 직업이옵니다. 헌원씨는 배를 만들어 막힌 곳 건너다니게 하고, 하우씨는 구 년 홍수를 다스려 물길을 내시고, 신농씨는 상업을 가르쳐 후생들이 이어받아 편히 살게 하셨으니, 우리의 직업은 세 임금이 주신 일이옵나이다.

바다에 배를 띄워 남경 장사 가옵는데, 인당수 용왕님은 사람 제물을 받으시니 황주땅 도화동에 흠 없고 행실 바르고 효심 지극한 십오 세 처녀 심청이를 제물로 바치오니, 부디 굽어살피소서. 순풍에 돛 달고 접시 물에 배 띄운 듯이 배는 무쇠 배가 되어 닻도 무쇠 닻이 되어 너르고 깊은 바다 무사히 건너게 해 주시고, 재물을 많이 얻어 춤추며 돌아오게 돌보아 주옵소서!"

우두머리 뱃사람은 제문 읽기를 마치고는 북을 둥둥 울리고 심청을 쳐다보며 성화같이 재촉한다.

"여보게, 심 낭자! 시간이 늦어 가니, 어서 급히 물에 드시게."

심청이 이 말 듣고, 정신이 혼미해졌다. 겨우 뱃전을 붙들고서 손발을 벌벌 떤다. 그래도 부친 생각에,

"여보시오, 선인님네. 우리 부친 계신 도화동이 어느 쪽이오?"

뱃사람이 손을 들어 멀리 도화동을 가리킨다.

"저기 허공이 적막하고 흰 구름이 담담한 곳, 그 아래가 도화동일세!"

심청이 그곳을 바라보며 두 손을 합장한 채 뱃전에 꿇어 엎드린다.

"아이고, 아버지! 심청은 죽거니와 아버지는 눈을 떠 천지 만물을 보옵소서. 나 같은 불효 여식을 생각지 마옵소서. 나 죽기는 섧지 않으나, 혈혈단

신 우리 아버지 누구를 의지하실꼬?"

가슴을 두드리며 애걸복걸하다 자세를 고쳐 앉아 하느님께 비는구나.

"비나이다, 비나이다. 하느님 전 비나이다. 부친의 깊은 한을 생전에 풀려 하고 이 죽음을 받사오니, 부디 아비 눈을 뜨게 해 주옵소서."

그러고는 뱃사람들을 돌아보며,

"여러 선인님네, 남은 길을 평안히 가옵소서. 억만금 이익을 남겨 이곳을 오고 갈 때, 나의 혼백 불러내어 부친 소식이라도 전해 주오."

"그것일랑 걱정 말고, 어서 급히 물에 드소."

심청이 뱃머리에 서서 물결을 굽어본다. 태산 같은 파도가 뱃전을 두드리고, 풍랑은 우르르 들이쳐 물거품이 북적인다. 심청이 물로 뛰어들려다가 겁이 나서 뒷걸음질 치다가 뒤로 벌떡 자빠진다. 망연자실 앉았다가, 바람 맞은 사람처럼 이리 비틀 저리 비틀 뱃전으로 다가가서 다시 한 번 생각한다.

'내가 이리 겁을 내며 주저주저하는 것은 부친에 대한 정이 부족하기 때문이라. 이래서야 자식 도리 되겠느냐?'

마음을 다잡고서 치마폭을 뒤집어쓰고, 두 눈을 딱 감았다. 그러고는 뱃전으로 우루루루루 달려 나가 손 한 번 헤치고 넘실거리는 바닷속으로 몸을 던지면서,

"아이고, 아버지! 나는 죽으오."

뱃머리에서 거꾸러져 깊은 물로 풍덩.

꽃 같은 몸은 풍랑에 휩쓸리고, 밝은 달은 물속에 잠긴 듯 고요하다. 하늘을 날던 외기러기는 북쪽 하늘로 울고 가고, 만경창파 너른 바다 위에 무심한 백구는 쓸쓸히 날아든다. 지켜보던 뱃사람들 마음도 처량해 모두들 얼굴을 돌리면서 울며 말한다.

"아차차, 불쌍하다. 장사도 좋거니와 산 사람 사서 물에 넣고 우리 뒷일이 잘 되겠느냐? 내년부터는 이 장사를 그만두자. 닻 감아라, 이제 가자."

심청의 연약한 몸이 캄캄한 물속으로 빠지고 난 뒤, 어느새 바람이 잦아들고 물결은 고요해졌다. 자욱하던 안개도 걷히고, 하늘은 맑은 아침처럼 밝았다. 고사를 지낸 우두머리 사공이 먼 바다를 한 번 바라보고는 말한다.

"고사를 지낸 후에 날씨가 개고 바람이 잦아드니, 이 모두 심 낭자의 덕이

아닌가?"

뱃사람 모두 같은 생각이라, 심청을 위해 다시 고사를 지낸 뒤에 술과 고기를 나눠 먹고는, '어그야 에헤, 어허 어그야' 뱃노래 한 곡조에 순풍에 돛을 달고 술렁술렁 남경을 향해 떠나갔다.

부녀 상봉

이때 심 황후는 여러 날 동안 맹인 잔치를 하면서 아무리 기다려도 부친이 오지 않으니 혼자 앉아 탄식한다.

"아버지는 어이하여 이때까지 못 오시는가? 부처님의 은혜로 감은 눈을 번쩍 떠서 맹인을 면하셔서 안 오시나. 그렇다면야 다행일 텐데, 혹시라도 늙고 병들어 서울까지 못 오시는가? 살아 계시다면 그나마도 다행인데, 불효 여식 보내고 애통히 지내다가 아예 세상을 떠나셨나? 어떡하나, 아버지, 불쌍한 우리 아버지!"

잔치는 며칠 동안 이어지는데 심 봉사가 보이지 않자, 심 황후는 하루하루 걱정이 늘어만 가다가 오늘이 잔치 마지막 날이라 몸소 나가 아버지를 찾아보리라 마음을 먹었다. 심 황후는 누각의 높은 곳에 자리를 잡고 맹인 잔치를 구경하니, 풍악 소리도 낭자하고 맛난 음식도 풍성하다.

잔치를 마칠 즈음, 맹인을 하나하나 불러올려 의복 한 벌씩 내주니, 모든 맹인이 사례하고 돌아가는데 맨 뒷자리에 맹인 하나가 즐거운 기색도 없이 우두커니 앉아 있다. 상궁이 심 황후의 명을 받고 그 맹인에게 다가가 이름을 물어본다.

"자네는 어디에 온 어떤 맹인인가?"

"저는 처자식도 없고, 거처하는 곳도 없는 불쌍한 맹인이오. 천지를 집으로 삼아 사방으로 떠돌아다니며 지내다가 맹인 잔치 한다기에 이제야 왔나이다."

아직까지 아무런 사정을 모르는 심 봉사는 어젯밤 꿈 때문에 괜히 가슴이 섬뜩해 조심조심 대답했다. 상궁은 아무 대꾸 하지 않고 곧장 황후에게 가서 들은 대로 전하니, 심 황후는 처자식이 없다는 말에 혹시나 하여 그 맹인을 데려오라 명했다.

상궁이 심 봉사를 인도하여 심 황후가 있는 누각 안으로 들어갔다. 심 봉사는 아무래도 꿈대로 되려나 보다 싶어 겁을 더럭 먹고 벌벌 떨면서 계단 아래에 무릎을 꿇고 앉았다. 그동안 험난한 세상 풍파에 찌들어 얼굴은 몰라볼 만큼 변해 있고, 머리는 흰머리로 뒤덮여 눈코조차 분간키 어려웠다. 심 황후는 늙은 맹인의 모습이 부친인 듯도 하여 가슴이 방망이질 치기 시작했다. 심 봉사가 고생을 많이 하고 너무 늙어 옛 모습을 찾아보기 힘든지라 황후는 한 번에 알아보지 못하고 확인차 물었다.

"어디 사는 봉사이며, 어찌하여 처자식도 없는가?"

심 봉사는 언제든지 처자식 말만 나오면 눈물이 비 오듯 쏟아지니 울먹이며 말을 한다.

"예, 예. 소인이 말씀 올리겠나이다. 소인은 황주 도화동 사옵고, 성은 심가요 이름은 학규라 하옵니다. 곽씨 집안에서 처를 얻었다가, 나이 스물이 되기도 전에 눈이 멀고 마흔에 상처했습니다. 곽씨 부인이 남기고 간 핏덩이 딸자식을 젖동냥으로 근근이 길렀는데, 아비의 눈 어둔 것이 평생의 한이 되어 남경 뱃사람에게 삼백 석에 몸을 팔아 인당수에서 죽었습니다. 그런데도 아직 눈도 뜨지 못하고 자식만 잃었사오니, 자식 팔아먹은 놈이 세상 살아 무엇하겠습니까? 저의 죄를 제가 이미 아오니, 몹쓸 죄를 지은 인간 바로 죽여 주옵소서."

심 황후는 아버지의 이름을 듣고도 꿈인가 생시인가 오히려 정신을 못 차리고 듣고만 있다가, 딸이 공양미 삼백 석에 몸을 팔아 인당수에 빠졌다는 이야기를 듣고는 그제야 정신이 번쩍 들어 버선발로 우루루루 달려들어 아버지의 목을 끌어안고 통곡했다.

"아이고, 아버지! 몽운사 화주승이 공들이면 눈 뜬다 하더니 왜 여태 눈을 못 뜨셨어요? 뱃사람들이 살림을 모아 주고 동네 사람들에게 신신당부를 했건만 무슨 고생을 하시어 이토록 늙으셨어요? 아이고, 아버지! 인당수 풍랑 중에 빠져 죽었던 심청이가 살아서 여기에 왔어요! 아버지, 눈을 뜨고 청이를 좀 보세요."

심 봉사가 이 말을 듣더니 깜짝 놀라,

"아니, 누가 날더러 아버지라고 하는고? 나는 자식도 없고, 아무도 없는 사람이오. 내 딸 심청이는 인당수에서 죽었는데, 여기가 어디라고 살아온단 말인가? 나를 두고 장난을 치는 것인가, 아니면 귀신이 찾아온 것인가?"

심 황후는 이 말을 듣고 더 큰 울음을 터뜨린다.

"아버지, 제가 바로 심청이에요. 아버지! 제 효성이 부족해 제 몸만 살아나고 아버지는 눈을 못 떴나 보옵니다. 제가 다시 죽어 가서 옥황상제께 빌어서라도 아버지 눈을 뜨게 하겠습니다. 아이고, 아버지. 저를 좀 보세요!"

"아니 또 죽다니? 네가 사람이건 귀신이건 그놈의 죽는다는 소리를 내 듣는 데서 하지 마라. 네가 정령 우리 딸 심청이면, 나는 눈 못 떠도 상관없다. 죽지 마라, 죽지만 마. 내 딸 청아. 내 딸 청이 맞느냐? 어이구, 어이구 답답하다."

삼 년이나 세월이 흐르고 심 황후가 귀한 몸이 되었으니 심 봉사는 아무리 더듬더듬 얼굴을 만져 보아도 딸인 줄을 알 수가 없다. 심 봉사가 답답해 미칠 지경으로 어찌할 줄을 모르고 바득바득 소리를 지른다.

"청아! 살아 돌아온 우리 딸 청아! 얼굴이나 한번 보자꾸나!"

어찌나 반갑고 보고 싶던지 심 봉사는 감은 눈을 벅벅 비비며 꿈쩍꿈쩍한다. 그러더니 갑자기 투둑, 딱지 떨어지는 소리가 나더니 두 눈이 활짝 떠졌구나.

심 봉사가 눈을 뜨고 다시 보니 눈앞에 심 황후는 도리어 처음 보는 얼굴이라. 자기가 심청이라 하니 심청인 줄 알지마는 한 번도 보지 못한 얼굴이라 알 수가 있나? 그래도 심 봉사 좋아라고 심청을 부여안고 덩실덩실 춤추며 노래한다.

얼씨구나 좋을씨구, 지화자 좋을씨구.
어두운 눈을 다시 뜨니 온 세상 천지에 해와 달이 장관이요,
갑자년 사월 초파일 날 꿈에서 본 선녀 얼굴,
이제와 다시 보니 그때 그 얼굴이로다.
얼씨구나 좋을씨구, 지화자 좋을씨구.
어화 사람들아, 아들 낳기 힘쓰지 말고 딸 낳기를 힘쓰시오.

죽은 딸 심청이를 이제와 다시 보니 하늘에서 선녀가 내려오셨구나.
얼씨구나 좋을씨구, 지화자 좋을씨구.
딸의 덕으로 어두운 눈을 뜨니 해와 달은 다시 밝아 더욱 좋고,
아들이 좋다 말고 딸을 잘 키우라니 나를 두고 하는 말이구나.
얼씨구나 좋을씨구, 지화자 좋을씨구.

심 봉사가 눈을 떠서 춤추고 노래하는 소리가 쩌렁쩌렁 울려 퍼지니 천하의 봉사들도 그 소리를 듣고 일시에 눈을 뜬다. 사흘 동안 잔치에 먼저 왔다가 돌아간 봉사들은 집에서 눈을 뜨고, 길 위에서도 눈을 뜬다. 일어서다 눈 뜬 사람, 주저앉다 눈 뜬 사람, 울다 웃다 눈 뜬 사람, 일하다가 눈 뜬 사람, 놀다가 눈 뜬 사람, 자다 깨서 눈 뜬 사람, 하품하다 눈 뜬 사람, 기침하다 눈 뜬 사람, 코 풀다가 눈 뜬 사람, 방귀 뀌다 눈 뜬 사람. 온 나라의 봉사들이 제각각 눈을 뜨니 온 나라에 놀라는 소리가 또 한 번 떠들썩하다.
　잔치에 온 소경, 잔치에 못 온 소경, 두 눈 감은 소경, 한 눈만 감은 소경, 젊은 소경, 늙은 소경, 어린 소경, 어미 배 속에 든 소경까지, 마치 오뉴월 장마에 둑 터지는 소리처럼 쩍쩍 소리를 내며 모두 다 눈을 뜨는데, 뺑덕 어미 꾀어내어 도망친 황 봉사만 눈 못 뜨고 이게 무슨 소린가 하고 앉았구나.
　심 황후의 어진 덕으로 세상 천지에 눈 먼 사람들이 모두 세상의 빛을 보니 여러 소경들도 노래하며 춤을 춘다.

얼씨구나, 절씨구. 지화자 좋고 좋네.
감았던 눈을 뜨고 보니 온 세상 천지에 산과 강이 장관이요,
황제 황후 계신 궁궐에 맹인 잔치도 장관일세.
얼씨구나, 절씨구. 지화자 좋고 좋네.
어진 심 황후 만만세, 어진 폐하도 만만세.
죽었던 딸 만난 심 봉사님도 만만세로다.
얼씨구나, 절씨구. 지화자 좋고 좋아.
요순임금 태평 시절에도 맹인 눈 떴다는 말을 못 들었네.
온 세상 봉사 눈 뜬 일은 오늘이 처음이네.

심 황후는 아버지를 예복으로 갈아입게 하고 예를 다해 내전으로 모셨다. 그런 후에, 심 봉사와 마주 앉아 여러 해 동안 쌓인 회포를 몇 날 며칠 풀어 놓는데, 한 번 웃으면 한 번 울고 하며 그리던 정을 나누었다.

이야기가 안씨 맹인에 이르자, 심 황후는 즉시 가마를 보내 안씨 부인을 모셔 와 어머니로 모시기로 했다. 황제는 심학규를 부원군에 봉하고 안씨 부인은 정렬부인에 봉했다. 또한 무릉촌 장 승상 부인에게는 후한 상을 내리고 궁궐로 불러들여 심 황후와 상봉하게 하고, 귀덕 어미를 비롯한 도화동 사람들에게는 세금을 면해 주었다. 그리고 무릉 태수를 불러 높은 관직을 내리고, 남경 장삿배의 우두머리 뱃사공에게도 관직을 내려 나랏일을 맡겼다.

이날부터 온 나라에 노랫소리 끊이지 않고 태평성대가 계속되었다. 세월이 흐르고 흘러 황제와 황후가 같은 날 세상을 하직했는데, 이는 분명 북두칠성 첫째 별이신 문창성과 서왕모의 따님이 인간 세상을 돌보려 내려왔다가 할 일을 다 하고 하늘로 돌아가신 것이리라.

(정출헌 현대역)

제10장

—

"이 놈의 심술은 이러하되, 집은 부자라 호의호식 하는구나", 〈흥부전(興夫傳)〉

1. 흥부냐, 놀부냐 혹은 '놀부주식회사'

요즘 잘 나가는 정치인이나 사장 등 소위 '금수저'들의 '갑질'이 유난히 언론에 많이 오르내린다. 국민들을 개돼지로 보는 교육부 고위관료부터 이 나라를 통째로 좌지우지 했던 최순실과 국정농단의 주역들까지, 재벌의 행태는 또 어떤가? 막말에 폭행에 성추행까지 이루 헤아릴 수 없을 정도로 차고 넘친다. 도대체 왜 이런 일들이 벌어졌을까? 분노를 넘어 인간의 본성에 대한 회의감마저 들 정도다. 어디서부터 이런 일들이 시작됐을까? 무엇보다도 자기 위주의 이기심과 자만심으로 타인에 대한 배려가 부족한 탓이리라. 그 시원을 찾아가다 보면 우리는 〈흥부전〉의 놀부를 만나게 된다.

우리에게 '흥부'와 '놀부'는 어린 시절부터 접해온 아주 익숙한 캐릭터이다. 그 시절 전래동화책을 통하여 접했을 법한 〈흥부와 놀부〉는 아마도 착한 동생 흥부는 부러진 제비다리를 치료해줘 '보은박'에서 보물이 나와 부자가 되고, 심술쟁이 형 놀부는 제비다리를 일부러 부러뜨려 '복수박'에서 도깨비들이 나와 혼내주는 그런 이야기였으리라. 실제로 초등학교 3학년 1학기『말하기·듣기』 교재에는 이런 형태의 4칸 삽화가 실려 있다.

말하자면 〈흥부놀부 이야기〉는 착한 사람은 복을 받고, 악한 사람은 벌을 받는다는 인과응보의 '보은담' 혹은 '복수담'인 것이다. 신소설 작가였던 이해조(李海朝, 1869~1927)도 〈흥부전〉을 '제비 다리'라는 의미의 〈연(燕)의 각(脚)〉이라고 제목을 달아 펴내기도 했으니 제비다리를 치료해줘 복을 받는다는 것을 강조한 셈이다. 이처럼 〈흥부전〉은 선과 악의 대립, 동일한 행위의 반복, 보은과 복수 등 민담적 특징을 온전히 지니고 있어 사람들 사이에서 자주 얘기되고 전래됐던 것이다.

하지만 고전소설 〈흥부전〉은 이런 단순한 민담의 구조에 머물지 않고 구체적이고도 자세한 디테일을 통해 조선후기의 경제적 실상을 반영한다. 즉 조선후기를 살았던 인물들을 등장시켜 당시의 세태를 정확히 반영했을 뿐만 아니라 '가난'이라고 하는 당시의 경제적 고민을 작품 속에 담고 있는 것이다. 그래서 〈흥부전〉은 이 자본주의 사회를 살아가고 있는 우리들의 삶과 무관하지 않게 다가온다.

이야기를 좀 바꿔보자. 여러분은 흥부와 놀부 중에서 누구를 지지할 것인가? 이 단순한 질문에 전래동화를 읽었을 어린이들은 착한 흥부를 지지할 것이다. 그런데 세상물정을 어느 정도 체득한 청소년 혹은 청년들은 놀부 쪽을 지지하는 사람이 더 많다. 〈흥부전〉 수업을 하면서 학생들에게 물어 보면 대부분 놀부를 지지한다고 대답한다. 이유인즉, 놀부는 적극적이고 부자인데 비해, 흥부는 대책 없이 착하기만 한 가난뱅이라는 것이다. 이 물신이 지배하는 자본주의 세상은 분명 놀부 편이다. 착한 가난뱅이와 심술궂은 부자 중에 여러분은 과연 누구를 택하겠는가?

그래서인지 놀랍게도 '놀부주식회사'가 있다. 1987년 신림동에서 '놀부 보쌈'으로 시작해서 지금은 놀부 부대찌개·놀부 항아리갈비·놀부 솥뚜껑삼겹

살·놀부 유황오리진흙구이 등 총 7개의 사업체를 거느린 거대한 프랜차이즈 외식업체다. 1년의 매출은 본사가 685억 원, 가맹점이 총 5,000여억 원에 이른다고 한다.(『중앙일보』, 2006. 9. 19.) 그 회사의 대표이사인 김순진은 현재 한국 프랜차이즈협회 부회장과 21세기 여성 CEO 회장을 겸임하고 있다.

그런데 왜 하필 이름이 '놀부'인가? 신문기사에 의하면 "옛 이야기 속에 놀부는 인색함과 심술의 상징이지만, 사실 놀부는 적극적이고 자립심이 강한 인물이어서 '놀부'라고 지었다."한다. 혐오스런 인물을 적극적인 이미지로 바꾼 역발상에 그저 놀라울 따름이다. 더욱이 '놀부 장학금'도 지급하고, 장애인과 불우이웃을 위한 사회봉사활동도 현재까지 하고 있다고 하니 (주)놀부의 실상을 보면 인색하고 탐욕스러운 놀부의 이미지와는 너무 이질적이다.

일본 와세다[早稻田]대학교에서 '비교문화론' 시간에 〈흥부전〉을 가지고 강의한 적이 있다. 그때 한국에 1년간 유학했던 사사끼[佐佐木]라는 학생이 "놀부가 나쁜 인물인데 왜 한국엔 '놀부 부대찌개'가 있냐?"고 질문을 해서 신선한 충격을 받은 적이 있다. 우리는 세상의 논리에 젖어 아무렇지도 않게 생각했는데, 오히려 이방인이 이를 지적해서 흥미로웠다.(그 학생의 질문에 답하기 위해서 우리나라 자본주의 발전과정과 일제 식민지 침탈을 길게 얘기했고, 논란은 뒤풀이 자리까지 이어져 제법 장황했는데 여기서는 생략한다.)

고전에 등장하는 부정적인 캐릭터로 상호를 삼은 것은 아마 (주)놀부가 유일한 것 같다. '변학도 학원'이나 '옹고집 마트'나 '팥쥐 식당', 혹은 '뺑덕어미 결혼정보회사'를 들어본 적이 있는가? 그런데 왜 놀부는 가능할까? 아마도 적극적이고(사실은 탐욕스럽고) 부자이기 때문에 가능할 것이다. 어쩌면 돈만 많으면 무엇이든지 다 용서되는 이 타락한 세상의 논리가 한몫을 한 것이리라.

2. 흥부와 놀부, 그 부적절한 관계

자, 이제 〈흥부전〉의 주요 인물인 놀부란 놈을 살펴보자. 농사를 지었다지만 대단한 부농으로 묘사되어있다. 복수박에서 나온 수많은 사람들에게 3만 냥(지금 시세로 환산하면 5~6억 내외)이 넘는 거액의 현찰을 빼앗기는 것을 보면 그가 농촌사회에서 제법 풍족하게 살았던 인물임을 알 수 있다. 어떻게 해서 그렇게 부자가 됐을까? 우선 부모의 유산을 송두리째 차지한데다가 '심술대목'에 등장하는 '빚값에 계집 뺏기'로 보아 고리대금업을 통해 부를 축적했으리라 보여 진다. 우리가 흔히 사채업자로 여기는 고리대금을 통해 재산을 모았던 것이다. 돈이 급한 가난한 농민들에게 높은 이자로 돈을 꾸어 주고 가을 추수 때에 돈이나 현물로 받는 방식을 통해 많은 재산을 일굴 수 있었다. 분명한 사실은 놀부가 극단적으로 탐욕스러운 인물이라는 점이다. 놀부의 캐릭터를 한마디로 설명할 수 있는 것이 바로 이 '탐욕'이다.

부모의 제사에도 돈을 쓰기 싫어서 돈을 대신 놓는 대전(代錢)으로 상을 차리고, 배고파 우는 자식들을 먹이기 위해 구걸하러 온 동생 흥부를 몽둥이로 두들겨 내쫓을 정도다. 게다가 "네 복을 누굴 주고 나를 이리 보채느냐? 쌀이 많이 있다 한들 너 주자고 노적을 헐며, 벼가 많이 있다고 한들 너 주자고 섬을 헐랴…"고 으름장을 놓는다. 정말 놀부는 피도 눈물도 없는 인간이며, 그토록 착한 흥부의 형일까 의심스럽다. 사실 오늘날에도 돈 앞에 부모형제도 없는 비정한 상황들을 목도하지 않는가?

그러기에 놀부의 욕심은 이기적이고 반윤리적이다. 놀부에게는 부모도 형제도 이웃도 중요하지 않다. 오직 부에 대한 이기적인 탐욕만이 존재한다. 심지어는 흥부가 부자가 되자 재산을 뺏을 요량으로 "네 것이 내 것이고, 내 것이 네 것이라"고 억지를 부리기도 했다. 부가 위력을 갖게 된 시대에 이익을 추구하는 것은 당연한 일이지만 놀부의 이익추구는 이기적이고 반윤리적이어서 지탄을 받는 것이다. 〈흥부전〉에서 왜 유난히 놀부를 미워하는가의 이유 가 여기에 있다.

생산력의 발전으로 인한 부의 증대는 낡은 봉건체제를 무너뜨리는 역할을 했지만 그와 동시에 모든 인간관계에서 적나라한 이기심과 냉혹한 배금풍조 (拜金風潮)를 찌꺼기로 남겨 놓았다. 역사발전의 측면에서 이윤추구의 긍정적 인 모습을 연암(燕巖) 박지원(朴趾源, 1737~1805)의 〈예덕선생전(穢德先生 傳)〉의 엄행수를 통해 알 수 있거니와, 그 부정적 형태를 놀부를 통해 확인할 수 있다. 연암은 서울의 똥을 수거하여 채원업자에게 공급하는 엄행수를 가르 켜 열심히 똥을 긁어모아도 누구하나 염치없다고 하지 않으며, 이익을 독점해 도 의롭지 못하다거나, 아무리 많은 것을 탐해도 양보할 줄 모른다거나 하지 않는다고 했다. 건실한 생활 자세와 합리적인 경제활동에 입각한 이윤추구를 긍정하기 때문이다. 막스 베버(Max Webber, 1864~1920)의 『프로테스탄티 즘의 윤리와 자본주의 정신』에 의하면 바로 이런 놀부의 형태는 '천민자본주 의'이며, 엄행수의 형태가 근대적 자본주의, 곧 합리적인 '시민 자본주의'의 성격을 보여준다.

그러면 흥부는 어떤가? 놀부에게 내몰려 빈손으로 집에서 쫓겨날 때도 동 네사람들에게 시끄러울까봐 순순히 물러날 정도로 착한 심성을 지니고 있다. 하지만 그러한 착한 심성은 놀부의 탐욕과 이기심에 의해 여지없이 짓밟힌다. 식량을 구걸하러 놀부에게 갔다 매만 맞고 나오면서 오죽 원통하면 "애고 형 님 이것이 우엔 일이요. 방약무인 도척(盜跖)이도 이에서 성인이요, 무지불측 관숙(管淑)이도 이에서 군자로다. 우리 형제 어찌하여 이다지 극악한고."라고 울부짖었겠는가. 이런 모진 수난을 당하고서도 집에 와서는 "형님이 서울 가 서 안 계시기로 그냥 왔네."라고 둘러 댄다. 놀부의 악행을 자신이 감수하고 두둔한 것이다.

흥부의 착한 심성이 이렇게 수난을 당하는 까닭은 냉혹한 현실 속에서 벗어나기 어려운 가난 때문이다. 흥부의 가난이 타고난 것이라거나 게으르고 소극적이기 때문에 당연한 결과라는 주장은 다시 생각해 봐야한다. 바로 사회의 구조적 모순 때문이다. 놀부는 온갖 못된 짓을 하더라도 잘 사는 반면, 흥부는 아무리 노력해도 가난을 벗어날 수 없는 현실의 경제적 구조가 문제인 것이다. 막말 욕설이나 '땅콩회항' 등 심심찮게 언론에 오르내리는 재벌 2세의 '갑질' 행태를 보면 이런 사정을 어렵지 않게 확인할 수 있다.

흥부를 부정적으로 보는 데는 분명 게으르고 소극적이기에 가난하다는 논리가 숨어있다. 1960년대 급속도로 경제개발이 진행되면서 흥부를 부정하고 놀부를 옹호하는 논리가 등장하기도 했다. 놀부옹호론의 핵심은 현실에 대처하지 못하는 흥부보다 놀부야말로 억척스럽게 돈을 버는 자본주의 사회에 적합한 인물이라는 것이다. 1960년대는 그런 억척스러움이 미덕이기도 했다. 아무튼 흥부는 형인 놀부에게 맨손으로 쫓겨나 냉혹한 현실에 내동댕이쳐진 채 지독한 '가난'이라는 참상을 견뎌내야 했다. 수숫대 반 짐으로 집을 짓고 기가 막혀 대성통곡하는 흥부아내의 거동을 보자.

애고 답답 서러운지고. 어떤 사람은 팔자 좋아 대광보국숭록대부(大匡輔國崇祿大夫) 삼정승·육판서로 태어나서 고대광실 좋은 집에 부귀공명 누리면서 호의호식 지내는가. 내 팔자는 무슨 일로 말[斗]만한 오두막잡에 별빛이 빈 뜰에 가득하니 지붕 아래 별이 뵈고, 맑은 하늘, 찬구름에 가랑비 올 때 비가 많이 오는 데가 방안이다. 문 밖에 가랑비 오면 방 안에 큰 비오고, 헤어진 자리와 허름한 베옷, 찬 방안 헌 자리에 벼룩 빈대 등이 피를 빨고, 앞문에는 살만 남고 뒷벽에는 외(椳)만 남아 동지섣달 찬바람이 살 쏘듯이 들어오고, 어린 자식 젖 달라고 자란 자식 밥 달라니 차마 설워 못 살겠네.(경판본 〈흥부전〉)

흥부네는 집도 없고, 먹을 것도 없는 총체적 상황에서 먹고 사는 생존의 문제에 직면해 있는 것이다. 그러기에 이를 극복하기 위해 발버둥을 친다. 처음엔 짚신을 삼아 생계를 이어가려 하지만 여의치 않게 되자 다음엔 부부가 같이 품팔이로 나선다. 농사일은 물론이고 '더운 날에 보리치기', '삯길 가기', '똥재 치기', '술 만 먹고 말짐 싣기', '매주가의 술 거르기', '신사(神祀) 집에 떡 만들기', '언 손 불며 오줌치기' 등 더럽고 궂은 일에 품을 판다. 하지만 가난을 벗어날 길이 없다.

결국 마지막에는 죽을 각오까지 해서라도 호구지책을 마련하고자 죄진 사람을 대신해 매를 맞아주는 매품을 팔았지만, 이 마지막 수단마저도 나라에서 사면령이 내려 어이없이 끝나고 만다. 흥부가 매품을 팔아 미리 30냥을 받고 좋아라며 〈돈타령〉을 부르는 장면은 그 절박한 처지를 잘 보여준다. "얼씨구나 좋을씨고, 얼씨구나 좋을씨고, 얼씨구 절씨구 지화자 좋구나, 얼씨구 좋을씨고, 돈 봐라, 돈 봐라, 얼씨구나 돈 봐라. 잘난 사람은 더 잘난 돈, 못난 사람도 잘난 돈, 생살지권을 가진 돈, 부귀 공명이 붙은 돈, 이놈의 돈아, 아나 돈아, 어디를 갔다가 이제 오느냐?"며 사람을 살고 죽이는 힘을 가진 돈이라 한다.

매품을 못 팔아 그 귀한 돈을 돌려주게 되어 낙심하고 집에 들어온 흥부에게 아내는 대뜸 매를 맞았냐고 묻는다. 안 맞았다고 하니 부모님이 물려주신 몸을 보존하게 됐으니 좋아라고 하지만 흥부는 돈을 못 받게 됐다고 한숨을 쉰다. 이처럼 흥부는 살아가려고 발버둥질을 쳤지만 가난의 굴레는 벗어날 길이 없었다. 이럴진대 과연 흥부가 게으르고 소극적이라고 할 수 있을까?

3. 조선 후기의 빈부 갈등

　흥부에게 보이는 가난의 문제는 곧 농촌의 계층분화 과정에서 발생한 빈농의 처지를 대변한다. 18~9세기 상품화폐경제가 발달한 조선후기의 경제적 현실은 자본의 축적에 따른 도시와 농촌의 변모는 물론이거니와 각 구성원들 간의 계급·계층적 분화의 모습을 보여주었다. 상공업의 생산증대에 따른 도시의 변모에 이어 농촌사회 역시 이와 무관할 수 없었다. 농업자체의 생산력 증대를 통한 자본의 축적이 있었고, 상업의 발달에 기인한 농촌 상공업 또한 소득증대에 기여했다. 게다가 고리대금을 통한 자본의 수탈 또한 만만치 않았다. 이 과정에서 농촌의 계층분화가 이루어진다. 이윤추구를 극대화한 농업경영과 고리대금업으로 부를 축적한 놀부와 같은 서민부농이 있는가 하면 자신의 토지를 상실하고 품팔이꾼으로 전락한 빈농이 다수 발생하게 되었다. 자본의 힘에 의해 농촌이 해체되고, 돈이 막강한 위력을 발휘하는 시대가 온 것이다.

　놀부가 부농이라면, 흥부는 대다수를 차지하는 빈농을 대변한다. 〈흥부전〉은 바로 이 부농과 빈농을 등장시켜 조선후기의 '빈부갈등'을 보여주고 있다. 흥부 같이 착한 사람은 피나는 노력에도 불구하고 굶주려야 하는 반면 놀부 같이 탐욕스럽고 이기적인 '놈'은 부자로 잘 살고 있는 경제구조의 모순을 비판하고 있는 것이다. 작품에서도 "초상집에 춤추기, 불난 집에 부채질하기, 해산한 데 개잡기, 장에 가선 억매흥정, 늙은 영감 덜미잡기, 아이 밴 여자 배차기, 우는 아이 똥 먹이기, 오려논에 물 터놓기, 우물에 똥 누기, 익은 곡식 이삭 자르기" 등 끔찍한 놀부의 심술을 열거한 다음 "이놈의 심술은 이러하되, 집은 부자라 호의호식하는구나."라고 비아냥거리고 있다. 갑질 중에서도 상갑질인데 집이 부자가 잘 먹고 잘 산다고 한다. 약간의 과장은 있지만 하는 짓을 보면 오늘날 '금수저'들의 갑질과 다른 게 무엇인가? 이는 단순히 광대 개인의 의견이라기보다 당시의 여론을 대변한 것이다.

실상 경판본 〈흥부전〉을 보면 착한 흥부에 대한 동정이나 지지보다 탐욕스런 놀부에 대한 분노와 공격이 더 심함을 알 수 있다. 흥부는 단지 4통의 박을 타서 부자가 되는데(마지막 한 통은 양귀비가 나와 흥부를 기쁘게 해주나, 경제적 보상과는 무관하니 사실 3통으로 부자가 된 셈이다.), 놀부는 무려 13통의 박을 타면서 망해간다. 작품의 반 이상을 놀부 박타는 대목에 할애하고 있다. 그만큼 놀부나 놀부 같은 인간들에 대한 공분(公憤)이 대단함을 알 수 있다. 놀부는 말하자면 당시 사람들에게 '공공의 적'인 셈이다. 그러기 때문에 〈흥부전〉은 흥부가 부자가 되는 것보다, 놀부가 어떻게 망하는가를 보여주는 이야기로 읽힌다.

놀부의 복수박에서 나온 것들을 경판본 〈흥부전〉을 참고하여 열거하자면 ①악사들, ②시주승, ③상제들, ④팔도 무당들, ⑤짐꾼들, ⑥초란이패, ⑦양반들, ⑧사당거사들, ⑨왈자(曰者)들, ⑩소경들, ⑪장비(張飛), ⑫아무 것도 없음, ⑬똥 무더기 등이다. 대부분 조선후기의 천민군상들로 돈을 필요로 하는 사람들이다. 양반들의 경우가 예외인데 이는 놀부가 삼대에 걸쳐 종이었다고 속량(贖良)을 받으러 온 것이다. 이로 보아 놀부는 천민 신분의 부자임을 알 수 있다. 흥미로운 인물들이 바로 왈자 패거리들이다. 요즘 같으면 깡패나 조폭들로 이름들도 모두 난장몽둥이, 쥐어부딪치기, 아귀쇠, 악착이 등으로 박타는 대목 중에 가장 많은 분량을 차지하며 놀부를 두들겨 패고 혼내준다. 그리고 12번 째 박에서는 아무 것도 나오지 않다가 마지막 박에서 똥 무더기가 쏟아져 놀부네 집을 완전히 덮어 버린다. 놀부가 "이럴 줄 알았으면 동냥할 바가지라도 하나 가지고 나올 걸 그랬다"고 할 정도로 그야말로 완벽한 마무리고, 확인사살이다. 못된 놀부에게는 아무 것도 건질 것이 없는 완전한 패망이다. 못된 놈이 망하는 것이 이 정도는 돼야 하지 않을까?

게다가 놀부가 망해가는 과정이 자신이 그토록 갈망했던 탐욕스런 이익추구 때문이라는 설정도 흥미롭다. 몇 통을 타보다 금이 나오지 않으면 아닌가 보다 하고 그만두어야 하는데, 놀부는 탐욕에 눈이 멀어 끝까지 가본다. 작품에서도 "성즉성(成則成) 패즉패(敗則敗)"라 하는데 요즘 식으로 말하면 "갈 데까지 가보자"는 것이다. 더욱이 박에서 나온 여러 부류의 천민군상들이 단지 놀부를 혼내주는 것에 그치지 않고, 현금이나 땅문서, 집문서 등 실질적인 재산을 강제로 빼앗아가는 것도 기막힌 발상이다. 아주 못된 놈을 단죄하는데, 박에서 도깨비가 나와 혼내주고 재산은 그대로 지켜진다면(갑질하는 재벌들이나 정치인들처럼), 그게 어디 망한 것인가? 모든 것을 다 빼겨 쫄딱 망해야 정말로 단죄가 된다. 어쩌면 자본의 성장과정에 따르는 윤리의식 혹은 '돈의 철학'의 문제가 놀부를 통해 제기된 셈이다. 더욱이 빈부갈등을 통해 다음시기에 도래할 자본주의의 계급적 모순을 날카롭게 예견하고 있어 흥미롭다.

4. 돈과 윤리의 문제

자본이 막강한 위력을 발휘하는 시대 〈흥부전〉을 통해 돈과 윤리의 문제를 얘기한다는 것은 참으로 어렵고도 힘든 일이다. 이렇게 단순화시켜보자. "가난하지만 바르게 살 것인가?" 아니면 "사회적 지탄을 받더라고 부유하게 살 것인가?" 중에서 과연 어느 쪽을 택할 것인가? 현실은 분명 놀부 편이다. 착하지만 대책 없이 가난한 흥부보다 이기적이고 탐욕스럽지만 돈이 많은 놀부가 이 타락한 황금만능의 세상을 살아가기에 훨씬 유리하다고 모두가 동의하기 때문이다. 오죽했으면 외식업체 주식회사의 이름이 '놀부'였겠는가. "개 같이 벌어서 정승처럼 쓰라."는 말이 있다. 수단, 방법을 가리지 않고 돈만 벌면 정승처럼 대접받을 수 있다는 말이다. 자본주의가 발전하면서 탐욕과 악행의 시궁창 위에 '황금탑'을 쌓으면 모든 것이 정당화 되는 것이 오늘의 문제다.

더욱이 이런 타락의 시대를 살면서 그 황금탑의 면죄부가 세상의 이치를 배우기 시작하는 학생들에게 무섭게 효력을 발휘한다는 사실이 놀랍다. 그래서 이기적이고 탐욕스러우며 반사회적인 놀부에게서 매력을 느끼는 것이다. 어떤 학생은 "심정적으로는 흥부에게 끌리면서도 현실적으로는 놀부 쪽으로 기우는 것이 나의 솔질한 고백"이라고 토로하기도 한다.

이런 타락한 현실 속에서 〈흥부전〉의 문제를 온전히 제기하고 해결해나가는 것은 쉽지 않다. 결국 '돈'과 '윤리'의 문제로 단순화 시켜볼 수 있는데.. 이 사회에서 "돈이면 무엇이든지 다 할 수 있다."가 아니라 거기에는 마땅히 '돈의 철학'이라고 하는 윤리의 문제가 개입돼야 한다는 것이다. "어떻게 돈을 벌었나?"나 또 "어떻게 돈을 써야만 하는가?"의 문제가 있는 것이다. 〈흥부전〉에서 그토록 철저하게 놀부를 증오하고 패망케 한 것도 그가 반사회적이고 반윤리적이기 때문이다. 어쩌면 〈흥부전〉은 긍정적 형상을 통한 대안 마련보다 부정적 형상에 대한 비판을 통하여 우리가 어떻게 돈을 벌고 쓰며 살아야 할 것인가를 알려준 셈이다.

막스 베버가 얘기한 '합리적인 자본주의 정신'이 우리에겐 필요한 것이다. 흔히 얘기하듯이 서구 자본주의는 300~400년이 걸려 이루어졌다고 한다. 그러기에 돈의 철학, 곧 자본의 윤리가 형성될 수 있는 시간이 충분했다. 이른바 '노블리스 오블리제(Noblesse Oblige: 사회지도층의 도덕적 의무)'가 가능해지는 것도 이 때문이다. 그런데 우리는 고작 30~40년 만에 그 모든 것이 이루어졌다. 게다가 일제에 의해 이식된 자본주의이기에 정상적인 방법으로 발전할 수가 없었다. 채만식의 풍자소설 〈태평천하〉에 등장하는 현대판 놀부인, 윤직원이 일제의 헌병과 경찰이 재산을 지켜주니 태평천하라며 "우리만 빼놓고 모두 다 망해라"했듯이 그것이 우리 자본주의의 일그러진 모습이었다.

분명 오늘날 자본주의 사회는 흥부의 방식으로는 도저히 살아갈 수 없는 냉혹함과 속도감이 있다. 게다가 흥부의 착한 심성을 감싼 외피 중에는 분명

주저하고 머뭇거리는 답답한 구석이 있기도 하다. 하지만 그것이 인간의 본질적 가치는 아니라는 것이다. 외형이 아닌 따스한 인간성을 인간의 본질로 여길 때 흥부의 가치는 더욱 빛날 수 있다. 제비 새끼를 잡아먹는 뱀을 퇴치해주고 떨어져 다리를 다친 제비 새끼까지 치료해주는 흥부의 따뜻한 마음이야말로 정말 본받아야 할 인간성이 아니겠는가.

세상은 확실히 많이 변했다. 자본의 위력은 갈수록 맹위를 떨치고 있다. 상위 10%의 소득은 전체의 반가량(48.5%) 되는데, 하위 10%의 소득은 그것의 1/10에도 미치지 못한다. 그래서 이른바 '경제민주화'가 화두로 떠오르기도 했다. '금수저'들만 잘 사는 세상이 아니라 모두가 잘 사는 세상을 만들어야 한다는 것이 사람들의 공통된 생각이 된 것이다. 이제는 성장이 아니라 나눔을 중시해야 한다고들 말한다. 돈 없이 산다는 것이 너무 힘든 시대가 된 것일까? 아니면 돈이 주는 그 달콤한 안락을(아파트나 자동차 광고처럼) 쉽게 거부할 수 없기 때문일까? 황금만능주의가 판을 치는 이 타락한 시대에 진정 흥부의 '박씨'는 불가능한 것일까?

[참고 문헌]

권순긍, 「〈흥부전〉의 현대적 수용」, 『판소리연구』 29집, 판소리학회, 2010.
김종철, 「흥부전의 지향성 연구」, 『선청어문』13, 서울사대 국어교육과, 1981.
인권환 편, 『흥부전 연구』, 집문당, 1991.
임형택, 「흥부전의 역사적 현실성」, 『한국문학사의 시각』, 창작과 비평사, 1984.
정충권, 「〈흥부전〉의 아이러니와 웃음」, 『판소리연구』 29집, 판소리학회, 2010.

〈흥부전(興夫傳)〉

아이고, 형님, 이것이 웬 일이오

경상 · 전라 양도 지경에서 사는 사람이 있었으니, 놀부는 형이요, 흥부는 아우였다. 놀부는 심사가 터무니없고 흉악하여 부모생전에 재산과 전답을 홀로 차지하고, 흥부 같이 어진 동생을 구박하여 건넛산 언덕 밑으로 내쫓고, 나가며 조롱하고 들어가며 거드럭거리니 어찌 무지하다 하지 않으리.

놀부의 심사를 볼작시면 초상난 데 춤추기와, 불붙은 데 부채질하기, 해산한 데 개 닭잡기, 장에 가면 억매(抑賣) 흥정하기, 집에서는 몹쓸 노릇하기, 우는 아이 볼기 치기, 갓난아이에게 똥 먹이기, 무죄한 놈 뺨 때리기, 빚값에 계집 뺏기, 늙은 영감의 덜미 잡기, 아이 밴 계집의 배 차기, 우물 밑에 똥 누기, 오려논에 물 터놓기, 잦힌 밥에 돌 퍼붓기, 패는 곡식 이삭 자르기, 논두렁에 구멍 뚫기, 호박에 말뚝 박기, 곱사등이 엎어놓고 발꿈치로 탕탕 치기, 심사가 모과나무의 아들[1]이라, 이놈의 심술은 이러했지만, 집은 부자라 호의호식하는구나.

흥부는 집도 없어, 집을 지으려고 집 재목을 마련하는데, 만첩청산(萬疊靑山)에 들어가서 소부등(小不等) · 대부등(大不等)[2]을 와당탕 퉁탕 베어다가 안방 · 대청 · 행랑 · 몸채 · 내외 분합 · 물림퇴에 살미살창 · 가로닫이 입 구(口)자로 지은 것이 아니라, 이놈은 집 재목을 내려하고 수수밭 틈으로 들어가서 수수깡 한 뭇을 베어다가 안방 · 대청 · 행랑 · 몸채 두루 지어 아주 작은 말집[斗屋]을 꽉 짓고 돌아보니, 수숫대 반 뭇이 그저 남았다. 방 안이 넓든지 말든지 양주(兩主)[3] 드러누워 기지개를 켜면, 발은 마당으로 가고 대가리는 뒤꼍으로 맹자 아래 대문하고 엉덩이는 울타리 밖으로 나가니, 동리 사람이 출입하다가,

---

1) 모과나무의 아들: 심술이 궂고 성깔이 순수하지 못한 사람. 모과나무가 단단하고 뒤틀린 데서 유래 되었다.

2) 소부등, 대부등: 작은 나무와 큰 아름드리 재목.

3) 양주(兩主): 부부.

"이 엉덩이 불러들이소!"

하는 소리를 흥부 듣고 깜짝 놀라 대성통곡 우는 것이었다.

"애고 답답 서럽구나. 어떤 사람은 팔자 좋아 대광보국숭록대부(大匡輔國崇祿大夫) 삼정승이나 육판서로 태어나서 고대광실 좋은 집에 부귀공명 누리면서 호의호식 지내는가. 내 팔자는 무슨 일로 말만한 오두막집에 별빛이 빈 뜰에 가득하니 지붕 아래 별이 뵈고, 맑은 하늘 찬 구름 가랑비 올 때 비가 많이 오는 데가 방 안이라. 문밖에 가랑비 오면 방 안에 큰 비 오고, 헤어진 자리와 허름한 베잠방이, 찬 방안에 헌 자리 벼룩 빈대 등이 피를 빨아먹고, 앞문에는 살4)만 남고 뒷벽에는 외(椳)5)만 남아 동지섣달 찬바람이 살쏘듯 들어오고, 어린 자식 젖 달라 하고, 자란 자식 밥 달라니 차마 서러워 못 살겠네."

가난한 중에 웬 자식은 해마다 낳아서 한 서르나문 되니, 입힐 길이 전혀 없어, 한 방에 몰아넣고 멍석으로 씌우고 대강이만 내어놓으니, 한 녀석이 똥이 마려우면 다른 녀석들이 시배(侍陪)로 따라간다. 그 중에 값진 것을 다 찾는구나. 한 녀석이 나오면서,

"애고 어머니, 우리 열구자탕(悅口子湯)6)에 국수 말아 먹었으면."

또 한 녀석이 나앉으며,

"애고 어머니, 우리 벙거지 전골 먹었으면."

또 한 녀석이 내달으며,

"애고 어머니, 우리 개장국에 흰밥 조금 먹었으면."

또 한 녀석이 나오며,

"애고 어머니, 대추찰떡 먹었으면."

"애고 이 녀석들아, 호박국도 못 얻어먹는데, 보채지나 말려무나."

또 한 녀석이 나오며,

"애고 어머니, 왜 올부터 불두덩이 가려우니 날 장가 들여 주오."

---

4) 살: 창문이나 부채 또는 바퀴의 뼈대가 되는 대오리.

5) 외(椳): 흙으로 바르기 위하여 벽 속에 나뭇가지 등으로 얽은 것.

6) 열구자탕(悅口子湯): 신선로에 여러 가지 고기와 채소를 넣고 맛있게 끓인 탕.

이렇듯 보챈들 무엇 먹여 살려낼까. 집안에 먹을 것이 있든지 없든지, 소반이 네 발로 하늘에 기도하고, 솥이 목을 매어 달렸고, 조리가 턱걸이를 하고, 밥을 지어 먹으려면 책력을 보아 갑자(甲子)일이면 한 때씩 먹으니, 생쥐가 쌀알을 얻으려고 밤낮 보름을 다니다 다리에 가래톳이 서서 종기를 침으로 따고 앓는 소리에 동리 사람이 잠을 못 자니, 어찌 아니 서러울 건가.

"아가, 아가 우지 마라. 아무리 젖 달란들 무엇 먹고 젖이 나며, 아무리 밥 달란들 어디서 밥이 나랴."

이렇게 달랠 때, 흥부는 마음이 어질고 후덕하여 청산유수와 곤륜산의 옥결(玉玦)과 같았다. 성덕을 본받고 악인을 싫어하며, 물욕에 탐이 없고, 주색에 무심하니, 마음이 이러하니 부귀를 바랄 것인가.

흥부 아내가 하는 말이,

"애고, 여봅소, 부질없는 청렴 마소. 안자(顔子) 단표(簞瓢)는[7] 주린 염치로 삼십조사(三十早死)하였고, 백이숙제(伯夷叔齊)는 주린 염치로 청루(靑樓) 소년이 웃었으니, 부질없는 청렴 말고 저 자식들 굶겨 죽이겠으니, 아주버님 네 집에 가서 쌀이 되나 벼가 되나 얻어나 옵소."

흥부가 하는 말이,

"낯을 쇠우에 슬훈고 형님이 음식 끝을 보면 사촌을 몰라보고 똥 싸도록 때리는데, 그 매를 뉘 아들놈이 맞는단 말이요?"

"애고 동냥은 못 준들 쪽박조차 깨칠쏜가. 맞으나 아니 맞으나 쏘아나 본다고, 건너가봅소."

흥부 이 말을 듣고 형의 집에 건너갈 때, 치장을 볼 것 같으면 편자 없는 헌 망건에 박 쪼가리 관자 달고, 물렛줄로 당끈 달아 대가리 터지게 동이고, 깃만 남은 중치막, 동강 이은 헌 술띠를 흉복통에 눌러 띠고, 떨어진 헌 고의(袴衣)에 청올치로 대님 매고, 헌 짚신 감발하고, 세 살 부채 손에 쥐고, 서홉들이 오망자루 꽁무니에 비슥 차고, 바람 맞은 병인같이 잘 쓰는 빗자루같이 어슥비슥 건너 달아 형의 집에 들어가서, 전후좌우 바라보니, 앞노적 · 뒷

---

7) 안자(顔子) 단표(簞瓢): 공자의 제자였던 안회가 한 주먹의 밥과 한 표주박의 물만 마시며 가난하게 살았다는 이야기.

노적·멍에노적 담불담불 쌓였으니, 흥부 마음은 즐거우나 놀부 심사는 무거하여 형제끼리 내외하여 구박이 매우 심하니, 흥부는 할 일 없이 뜰아래서 문안하니, 놀부가 묻는 말이,

"네가 뉜고?"

"내가 흥부요."

"흥부가 뉘 아들인가?"

"애고 형님 이것이 웬 말이요? 비옵니다. 형님 전에 비옵니다. 세 끼 굶어 누운 자식 살려낼 길 전혀 없으니, 쌀이 되나 벼가 되나 양단간에 주시면, 품을 판들 못 갚으며 일을 한들 공할쏜가. 부디 옛일을 생각하여 사람을 살려주시오."

애걸하니, 놀부놈의 거동 보소. 성낸 눈을 부릅뜨고 볼을 치며 호령하기를,

"너도 염치없다. 내 말을 들어보아라. '하늘은 먹을 게 없는 사람을 내지 않고, 땅은 이름 없는 풀을 내지 않는다.' 네 복을 누굴 주고 나를 이리 보채느냐? 쌀이 많이 있다 한들 너 주자고 노적을 헐며, 벼가 많이 있다고 한들 너 주자고 섬을 헐며, 돈이 많이 있다고 한들 괴목궤(槐木櫃)에 가득 든 것을 문을 열며, 가룻 되나 주자한들 북고왕 염소독에 가득 넣은 것을 독을 열며, 의복이나 주자한들 집안이 고루 벗었거든 너를 어찌 주며, 찬밥이나 주자한들 새끼 낳은 꺼먹 암캐 부엌에 누웠거늘 너 주자고 개를 굶기며, 지게미나 주자한들 구중방(九重房) 우리 안에 새끼 낳은 돼지가 누웠으니 너 주자고 돼지 굶기며, 겻섬이나 주자한들 큰 농우가 네 필이니 너 주자고 소를 굶기랴. 염치없다, 흥부놈아."

하고, 주먹을 불끈 쥐어 뒤꼭지를 꽉 잡으며, 몽둥이를 지끈 꺾어 손 잰 스님의 매질하듯 원화상의 법고 치듯 아주 쾅쾅 두드리니, 흥부 울며 하는 말이,

"아이고 형님 이것이 웬일이오. 방약무인(傍若無人) 도척(盜跖)[8]이도 이보다는 성현이요, 무거불측(無據不測) 관숙(管叔)[9]이도 이보다는 군자로다.

---

8) 도척(盜跖): 춘추전국시대 흉악한 도둑놈.

9) 관숙(管叔): 무왕의 아우로 성왕을 물리치고 정권을 잡으려다가 주공(周公)으로 인하여 잡혀 죽었다.

우리 형제 어찌 이다지도 극악한가."

탄식하고 돌아오니, 흥부의 아내 거동 보소. 흥부 오기를 기다리며 우는 아기 달랠 때, 물레질하며,

"아가, 아가 우지 마라. 어제 저녁 김동지 집에 용정방아 찧어주고 쌀 한 되 얻어다가, 너희만 끓여주고 우리 양주 어제 저녁부터 이때까지 그저 있다. 잉잉잉. 너의 아버지가 저 건너 아주버니 집에 가서 돈이 되나 쌀이 되나 양단간에 얻어오면, 밥을 짓고 국을 끓여 너도 먹고 나도 먹자. 울지 마라. 잉잉잉."

아무리 달래어도 악을 쓰며 보채는구나. 흥부 아내 할 수 없어 흥부 오기만 기다릴 때, 의복 치장 볼작시면, 깃만 남은 저고리에 다 떨어진 누비바지 몽당치마 떨쳐입고, 목만 남은 헌 버선에 뒤축 없는 짚신 신고, 문밖에 썩 나서며 머리 위에 손을 얹고 기다릴 때, 칠년대한 가문 날에 비 오기 기다리듯, 구년지수 장마진 데 볕 나기 기다리듯, 제갈량(諸葛亮) 칠성단에 동남풍(東南風) 기다리듯, 강태공(姜太公) 위수(渭水)상에 시절을 기다리듯, 만리 전장에 승전하기 기다리듯, 어린아이 경풍에 의원을 기다리듯, 독수공방에 낭군 기다리듯, 춘향(春香)이 죽게 되어 이 도령 기다리듯, 과년한 노처녀가 시집가기 기다리듯, 삼십 넘은 노도령이 장가가기 기다리듯, 장중(場中)에 들어가 과거(科擧) 보기 기다리듯, 세 끼 굶어 누운 자식은 흥부 오기 기다린다.

"아이고 아이고 설운지고."

흥부가 울며 건너오니, 흥부 아내는 내달아 두 손목을 덥석 잡고,

"울지 마오, 어찌하여 우시오. 형님 전에 말하다가 매를 맞고 건너왔나. 출문망(出門望) 출문망 허위허위 오는 사람이 몇몇이나 날 속였는지. 어찌하여 이제 오나?"

흥부는 어진 사람이라 하는 말이,

"형님이 서울 가고 아니 계시기에 그저 왔습네."

가난한 흥부네, 어떻게 살아갈고

"그러하면 저것들을 어찌하자는 말인가. 짚신이나 삼아 팔아 자식들을 살려내시오."

"짚이 있어야지?"

"저 건너 장자(長者) 집에 가서 얻어보시오."

흥부의 거동 보소. 장자 집에 가서,

"게 누군고?"

"흥부요."

"흥부가 어찌 왔노?"

"장자님 편히 계시옵니까?"

"자네는 어떻게 지내는가?"

"지내노라니 오죽하겠어요. 짚 한 뭇만 주시면, 짚신을 팔아 자식들을 살리겠소."

"그리하소. 불쌍하이."

하고 종을 불러 좋은 짚으로 서너 뭇 갖다가 주니, 흥부가 짚을 가지고 건너와서 짚신을 삼아, 한 죽에 서 돈 받고 팔아 양식을 사서 밥을 지어 처자식과 먹을 후에, 그리하여도 살 길이 없다. 흥부 아내가 하는 말이,

"우리 품이나 팔아봅시다."

흥부의 아내가 품을 팔 때, 용정방아 키질하기, 술집에 술 거르기, 초상집에 제복(祭服) 짓기, 제사 집에 그릇 닦기, 신사(神祠) 집에서 떡 만들기, 언 손 불며 오줌 치우기, 얼음 풀리면 나물 뜯기, 봄보리 갈아 보리 놓기, 온갖 품을 팔고,

흥부는 정이월에 가래질하기, 이삼월에 붙임하기, 일등전답 못논 갈기, 입하(立夏) 전에 목화 갈기, 이 집 저 집 이영 엮기, 더운 날에 보리 치기, 비 오는 날 멍석 걷기, 원산 근산 시초(柴草) 베기, 무곡주인(貿穀主人) 집 져주기, 각 읍(邑) 주인 삯길 가기, 술만 먹고 말짐 싣기, 오 푼 받고 마철 박기, 두 푼 받고 똥재 치기, 한 푼 받고 비 매기, 식전에 마당 쓸기, 저녁에 아이 만들기, 온갖 일을 다 하여도 끼니가 간데없다.

346

이때 본읍 김 좌수(金座首)가 흥부를 불러 하는 말이.

"돈 30냥을 줄 것이니, 내 대신으로 감영(監營)에 가 매를 맞고 오라."

하니, 흥부 생각하기를,

'30냥을 받아 열 냥어치 양식 팔고, 닷 냥어치 반찬 사고, 닷 냥어치 나무 사고, 열 냥이 남거든 매를 맞고 와서 몸조섭을 하리라.'

하고 감영으로 가려 할 제, 흥부 아내 하는 말이,

"가지 마오. 부모 혈육을 가지고 매삯이란 말이 웬 말이오."

하고, 아무리 만류하려도 종시 듣지 아니하고 감영으로 내려가더니, 아니 되는 놈은 자빠져도 코가 깨진다고, 마침 나라에서 사면령을 내려 죄인을 방송하시니, 흥부는 매품도 못 팔고 그저 왔다.

흥부 아내 내달아 하는 말이,

"매를 맞고 왔습나?"

"못 맞고 왔습네."

"아이고 좋소. 부모가 주신 몸에 매품이 무슨 일인고."

흥부가 울며 하는 말이,

"아이고 아이고 서럽구나. 매품 팔아 여차여차 하자 하였더니 이를 어찌한단 말인가."

흥부의 아내가 하는 말이.

"우지 마오. 제발 덕분에 우지 마오. 제사를 받는 자손 되어나서 금화금벌(禁火禁伐)은 누가 하며, 가모(家母)가 되어나서 낭군을 못 살리니 여자 행실 참혹하고, 있는 자녀를 못 챙겨 어미 도리도 못 하니, 이를 어찌할까? 아이고 아이고 설운지고. 피눈물이 반죽 되던 아황여영(娥皇女英)의 설움이요, 조작가 지어내던 우마시의 설움이요, 반야산(蟠耶山) 바위틈에 숙낭자(淑娘子)의 설움을 적자 한들 어느 책에 다 적으며, 만경창파 구곡수(九曲水)를 말말이 될 양이면 어느 말로 다 되며, 구만리 장천을 자자이 재자고 한들 어느 자로 다 잴까. 이런 설움 저런 설움 다 후리쳐 버려두고, 이제 나만 죽고 지고."

하며, 두 주먹을 불끈 쥐어 가슴을 쾅쾅 두드리니, 흥부 역시 비감하여 하는 말이.

"우지 마소. 안연(顏淵) 같은 성인도 안빈낙도(安貧樂道)하였고, 부암에 담 쌓던 부열(傅說)[10]이도 무정(武丁)을 만나 재상이 되었고, 신야에 밭 갈던 이윤(伊尹)[11]이도 은탕(殷湯)을 만나 귀히 되었고, 한신(韓信) 같은 영웅도 초년 고생하다가 한나라 원수가 되었으니, 어찌 거룩하지 않은가. 우리도 마음만 옳게 먹고 되는 때를 기다려 봅시다."

밥 한 그릇만 나오거라

그달 저달 다 지내고 춘절이 돌아오니,

흥부가 그래도 식자(識者)는 있었기에, 수숫대로 지은 집에 입춘(立春) 서를 써 붙이는데, 글자를 새겨 붙였다. 겨울 동(冬) 자, 갈 거(去) 자, 천지간에 놓을 시고, 봄 춘(春) 자, 올 래(來) 자, 녹음방초 날 비(飛) 자, 우는 것은 짐승 수(獸) 자, 나는 것은 새 조(鳥) 자, 연비여천(鳶飛如天) 소리개 연(鳶) 자, 오색의관 꿩 치(稚) 자, 월삼경파화지상(月三更波花枝上)에 슬피 우는 두견 견(鵑) 자, 쌍거쌍래 제비 연(嚥) 자, 인간만물 찾을 심(尋) 자, 이 집으로 들 입(入) 자, 일월도 박식(迫蝕)하고 음양도 소생커든, 하물며 인물이야 성식(聲息)인들 없을 소냐. 삼월 삼일 다다르니, 소상강(瀟湘江) 떼기러기 가노라 하직하고 강남서 나온 제비는 왔노라 현신(現身)할 때, 오대양에 앉았다가 이리저리 날며 넘놀면서, 흥부를 보고 반겨라고 좋을 호(好) 자 지저귀니, 흥부가 제비를 보고 경계하는 말이,

"고대광실 많건마는 수숫대 집에 와서 네 집을 지었다가 오뉴월 장마에 털썩 무너지면 그 아니 낭패가 아니겠냐?"

제비가 듣지 않고 흙을 물어 집을 짓고, 알을 안아 깨인 후에 날기 공부를 힘쓸 때에, 뜻밖에 큰 뱀이 들어와서 제비 새끼를 몰수이 먹으니, 흥부 깜짝 놀라 하는 말이,

---

10) 부열(傅說): 중국 은나라 고종 때의 재상. 부암의 담을 쌓다가 재상으로 등용되었다.
11) 이윤(伊尹): 본래 밭가는 농부였다가 은나라 탕왕에 의해 정승으로 발탁되었다.

"흉악한 저 짐승아! 고량(膏梁)도 많건마는 무죄한 저 새끼를 몰식(沒食)하니 악착스럽다. 제비 새끼가 은나라 대성황제를 나계시고, 불식고량(不食膏糧) 살아나니 인간에 해가 없고, 옛 주인을 찾아오니 제 뜻이 다정하지만, 제 새끼를 이제 다 죽임을 당했으니 어찌 불쌍치 않으리. 저 짐승아, 패공의 용천검(龍泉劍)이 붉은 피가 솟아오를 때, 백제(白帝)의 영혼인가 신장도 장할시고[12]. 영주광야(永州廣野) 너른 뜰에 숙 낭자에 해를 입히던 풍사망의 대망(大蟒)인가. 머리도 흉악하다."

이렇게 경계할 때, 이에 제비 하나가 공중에서 뚝 떨어져, 대발 틈에 발이 빠져 두 발목이 지끈 부러져 피를 흘리고 발발 떨거늘, 흥부가 보고 펄쩍 뛰어 달려들어 제비 새끼를 손에 들고 불쌍히 여기며 하는 말이,

"불쌍하다 이 제비야. 은왕성탕(殷王成湯) 은혜가 미쳐 금수를 사랑하여다 길러내었더니, 이 지경이 되었으니 어찌 가련하지 않으리. 여봅소, 아기 어미 무슨 당사(唐絲)실 있습나?"

"아이고, 굶기를 부자의 밥 먹듯 하며 무슨 당사실이 있단 말이오?"

하고, 천만 뜻밖의 실 한 닢 얻어주거늘, 흥부가 칠산(七山) 조기껍질을 벗겨 제비 다리를 싸고, 실로 찬찬 동여 찬 이슬에 얹어두니, 십여 일이 지난 뒤에 다리가 완구하여 제 곳으로 가려하고 하직할 깨, 흥부가 비감(悲感)하여 하는 말이,

"먼 길에 잘들 가고, 명년 삼월에 다시 보자."

하니, 저 제비의 거동을 보소. 양우광풍(楊羽狂風)에 몸을 날려 백운을 비웃으며 주야로 날아 강남에 이르니, 제비황제가 보고 묻기를,

"너는 어이 저느냐?"

제비 여쭙기를,

"소신의 부모가 조선에 나가 흥부의 집에다가 집을 짓고 소신 등 형제를 낳았더니, 뜻밖에 대망의 변을 만나 소신의 형제는 다 죽고, 소신이 홀로 죽지 않으려고 하여 바르작거리다가 뚝 떨어져 두 발목이 자끈 부러져, 피를

---

12) 패공의~장할시고: 한고조가 큰 뱀을 만나 죽였는데 노파가 나타나 이는 백제(白帝)의 현신이라고 안타까워했다. 백제는 곧 항우를 가리킨다.

흘리고 발발 떠온 즉, 홍부가 여차여차하여 다리 부러진 것이 의구하여 이제 돌아왔사오니, 그 은혜를 십분의 일이라도 갚기를 바라나이다."

제비황제가 하교(下敎)하기를,

"그런 은공을 몰라서는 행세치 못할 금수라. 네 박씨를 갖다 주어 은혜를 갚으라."

하니, 제비가 사은(謝恩)하고 박씨를 물고, 삼월 삼일 다다르니,

제비는 공중에 떠서 여러 날 만에 홍부 집에 이르러 넘놀 적에, 북해 흑룡이 여의주를 물고 채운(彩雲) 간에 넘노는 듯, 단산채봉(丹山彩鳳)이 죽실(竹實)을 물고 오동(梧桐)나무에 넘노는 듯, 춘풍에 꾀꼬리가 나비를 물고 실개천변에 넘노는 듯 이리 갸웃 저리 갸웃 넘노는 것 홍부 아내가 잠깐 보고 눈물 흘리며 하는 말이,

"여봅소, 지난해 갔던 제비가 무엇을 입에 물고 와서 넘노네요."

이렇게 말할 때, 제비가 박씨를 홍부 앞에 떨어뜨리니, 홍부가 집어보니 한가운데 '보은표(報恩瓢)'라 금자로 새겼기에, 홍부가 하는 말이,

"수안(隨岸)의 뱀13)이 구슬을 물어다가 살린 은혜를 갚았으니, 저도 또한 나를 생각하고 갖다 주니 이것 또한 보배로다."

홍부의 아내가 묻는 말이,

"그 가운데 누르스름한 것이 아마 금인가 보오."

홍부가 대답하기를,

"금은 이제 없나니, 초한(楚漢) 때의 진평(陳平)이가 범아부(范亞父)를 쫓으려고 황금 4만 근을 흩었으니 금은 이제 종자가 없어졌습네."

"그러면 옥인가 보오."

"옥도 이제는 없나니, 곤륜산(崑崙山)에 불이 나서 옥석이 다 타버렸으니 옥도 이제 없습네."

"그러하면 야광주(夜光珠)인가 보오."

"야광주도 이제는 없나니, 제위왕(齊魏王)이 위혜왕(衛惠王)의 십이승(十二升) 야광주를 보고 깨어버렸으니, 야광주도 이제 없습네."

---

13) 수안(隨岸)의 뱀: 수안의 뱀이 구슬을 물어다 은혜를 갚았다는 고사.

"그러하면 유리 호박인가 보오."

"유리 호박도 이제는 없나니, 주세종(周世宗)이 탐장(貪贓)할 때 당나라 장갈(張褐)이가 술잔을 만드노라고 다 들였으니, 유리 호박도 이제 없습네."

"그러하면 쇠인가 보오."

"쇠도 이제는 없나니, 진시황(秦始皇)이 위엄으로 구주(九州)의 쇠를 모아 금인(金人) 열둘을 만들었으니 쇠도 없습네."

"그러하면 대모(玳瑁)산호(珊瑚)인가 보오."

"대모산호도 없나니, 대모갑(玳瑁甲)은 병풍이요 산호수는 난간이라. 광리왕(廣利王)이 상문(桑門)의 수궁 보물을 다 들였으니 이제는 없습네."

"그러하면 무엇인고?"

제비가 내달아 하는 말이,

"건지연지뇌지조지부지오14)."

흥부가 내달아 하는 말이,

"옳다, 이것이 박씨로다."

하고, 날을 보아 동편 처마 담장 아래 심어두었더니, 3,4일에 순이 나서 마디마디 잎이 나고, 줄기줄기 꽃이 피어 박 네 통이 열렸는데, 고마 수영의 전선15) 같이 대동강 상의 당두리16) 배 같이 덩그렇게 달렸구나. 흥부가 반갑게 여겨 문자로써 말하기를,

"유월에 화락(花落)하니 칠월에 성실(成實)이라. 대자(大者)는 항아리 같고 소자(小者)는 분(盆)만 하다. 어찌 아니 좋을쏘냐. 여봅소 비단이 한 끼라17) 하니, 한 통을 따서 속일랑 지져먹고 바가지는 팔아 쌀을 사다가 밥을 지어 먹어 봅세."

흥부 아내 하는 말이,

"그 박이 유명하니 한로(寒露)를 아주 마쳐 실해지거든 따 봅세."

---

14) 건지연지뇌지조지부지오: 제비가 우짖는 소리를 흉내낸 것.

15) 고마 수영(古馬水營)의 전선: 고마도 수영의 전함.

16) 당두리: 바다로 다니는 나무로 만든 큰 배.

17) 비단이 한 끼라: 부유하게 살다가 가난하게 되면 호사로운 물건도 한 끼 식량거리 밖에 안 된다는 속담.

그달 저달 다 지나고 8, 9월이 다다라서 아주 견실하였으니, 박 한 통을 따 놓고 양주(兩主)가 박을 켠다.

"슬근슬근 톱질이야. 당기어 주소 톱질이야. 북창한월성미파(北窓寒月聲 未罷)에 동자박(童子朴)도 좋다. 당하자손만세평(堂下子孫萬世平)에 세간박 도 좋도다. 슬근슬근 톱질이야."

툭 타놓으니, 오운(五雲)이 일어나며 청의동자(靑衣童子) 한 쌍이 나오는 데, 저 동자 거동 보소. 만일 봉래에서 학을 부르던 동자가 아니면 틀림없이 약을 캐던 동자라. 왼손에 유리반 오른손에 대모반을 눈 위에 높이 들어 재 배하고 하는 말이,

"천은병(天銀瓶)에 넣은 것은 죽은 사람을 살려내는 환혼주(還魂酒)요, 백 옥병에 넣은 것은 소경 눈을 뜨이는 개안주(開眼酒)요, 금잔지(金盞紙)로 봉 한 것은 벙어리 말하게 하는 개언초(概言草)요, 대모 접시에는 불로초(不老 草)요, 유리 접시에는 불사약이니, 값으로 의논하면 억만 냥이 넘사오니 매 매하여 쓰옵소서."

하고 간데없는지라. 흥부 거동 소보.

"얼씨구 절씨구 즐겁도다. 세상에 부자 많다 한들 사람 살리는 약이 있을 쏘냐."

흥부의 아내가 하는 말이,

"우리 집이 약국 연 줄 알고 약 사러 올 사람이 없고, 아직 효험 빠르기는 밥만 못하외다."

흥부 말이,

"그러하면 저 통에 밥이 들었나 타봅세."

하고 또 한 통을 탄다.

"슬근슬근 톱질이야. 우리 가난하기 일읍에 유명하여 주야 설워하더니, 부지(不知)허명(虛名) 고대하던 천 냥을 일조에 얻었으니 어찌 좋지 않을 건 가. 슬근슬근 톱질이야. 어서 타세 톱질이야."

툭 타놓으니, 온갖 세간이 들었는데, 자개함롱 · 반닫이 · 용장 · 봉장 · 제 두주 · 쇄금(鎖金)들미 · 삼층장 · 게자다리 옷걸이 · 쌍룡 그린 빗접고비 · 용 두머리 · 장목비 · 놋촛대 · 광명두리 · 요강 · 타구 벌여놓고, 선단이불 비단

요며 원앙금침 잣베개를 쌓아 놓고, 사랑 기물로 보자면 용목쾌상·벼룻 집·화류책장·각게수리·용연벼루·앵무연적 벌여놓고, ≪천자(千字)≫· ≪유합(類合)≫·≪동몽선습(童蒙先習)≫·≪사략(史略)≫·≪통감(統監)≫· ≪논어(論語)≫·≪맹자(孟子)≫·≪시전(詩傳)≫·≪서전(書傳)≫·≪소학 (小學)≫·≪대학(大學)≫ 등 책을 쌓았고, 그 곁에 안경·석경(石鏡)·화경 (畵鏡)·육칠경 각색 필묵 퇴침에 들어 있고, 부엌기물을 의논하자면 노구새 옹·곱돌솥·왜솥·전솥·통노구·무쇠두멍 다리쇠 받쳐 있고, 왜화기·당 화기·동래반상·안성유기 등물이 찬장에 들어 있고, 함박·쪽박·이남박· 항아리·옹박이·동체·집체·어레미·김칫독·장독·가마·승교(乘轎) 등 물이 꾸역꾸역 나오니, 어찌 좋지 않을 손가.

또 한 통을 탄다.

"슬근슬근 톱질이야. 우리 일을 생각하니 엊그제가 꿈이로다. 부지허명 고 대 천 냥을 하루아침에 얻었으니 어찌 아니 즐거우랴. 슬근슬근 톱질이야."

툭 타놓으니 집지위[18]와 오곡이 다 나온다. 명당(明堂)에 집터를 닦아 안 방·대청·행랑·몸채·내외분합·물림퇴·살미살창·가로닫이 입 구자로 지어놓고, 앞뒤 정원, 마구 곳간 등속을 좌우에 벌여 짓고, 양지에 방아 걸 고 음지에 우물 파고, 울안에 벌통 놓고 울밖에 원두 놓고, 온갖 곡식 다 들 었다. 동편 곳간에 벼 5천석, 참깨, 들깨 각 3천석 딴 노적 쌓아두고, 온갖 비단 다 들었다. 모단(毛緞)·대단(大緞)·이광단(二光緞)·궁초(宮綃)·숙 초(熟綃)·쌍문초(雙紋綃)·제갈선생 와룡단(臥龍緞)·조자룡(趙子龍)의 상 사단(想思緞)·뭉게뭉게 운문대단(雲紋大緞)·또드락 꿈벅 말굽장단·대천 바다 자대문장단·해 돋았다 일광단(日光緞)·달 돋았다 월광단(月光緞)· 요지왕모(瑤池王母) 천도문(天桃門)·구십춘광(九十春光) 명주문·엄동설한 육화문·대접문·완자문·한단(漢緞)·영초단 각색 비단 한 필이 들어 있고, 길주명천(吉州冥川) 좋은 베, 회령 종성(會嶺鐘成) 고운 베 등 온갖 베와, 한 산 모시·장성 모시·계추리 황저포(黃苧布) 등 모든 모시와, 고양화전(高揚 花田) 이생원의 맏딸이 보름 만에 마펴내는 관대(冠帶) 하세목, 송도(松都)

---

18) 집지위: 집을 짓는 목수.

야다리목, 강진(康津) 내이 황주목, 의성목 한 편에 들어 있고, 말매 같은 사나이 종과 열쇠 같은 아이 종과 앵무 같은 계집종이 나며 들며 사환하고, 우격부리 · 잣박부리 · 사족발이 · 고리눈이[19] 우격지격 실어 들여 앞뜰에도 노적이요, 뒤뜰에도 노적이요, 안방에도 노적이요, 마루에도 노적이요, 부엌에도 노적이요 담불담불 노적이라. 어찌 좋지 않을쏘냐. 흥부 아내 좋아하며,

"여봅소, 이녁이나 내나 옷이 없으니 비단으로 온 몸을 감아봅세."

그리고는 덤불 밑에 조그만 박 한 통을 따서 켜려 하니, 흥부 아내 하는 말이,

"그 박일랑 켜지 맙소."

흥부가 대답하기를,

"내 복에 태인 것이니 켜겠습네."

하고 손으로 켜내니, 어여쁜 계집이 나오며 흥부에게 절을 하니, 흥부 놀라 묻는 말이,

"뉘라 하시오?"

"내가 비요."

"비라 하니 무슨 비요?"

"양귀비(楊貴妃)요."

"그러하면 어찌하여 왔소?"

"강남 황제가 날더러 그대의 첩이 되라 하시기에 왔으니 귀히 보소서."

하니, 흥부는 좋아하지만, 흥부 아내는 내색하여 하는 말이,

"에고, 저 꼴을 누가 볼까. 내 언제부터 켜지 말자 하였지."

놀부, 제비 몰러 나간다

이렇듯 호의호식 태평히 지낼 때에, 놀부 놈이 흥부의 잘 산단 말을 듣고 생각하기를,

'건너가 이놈을 욱대겼으면 재산의 반은 나를 주리라.'

---

19) 우격부리 · 잣박부리 · 사족발이 · 고리눈이: 말의 종류.

하고, 흥부 집에 들어가지 않고 문밖에 서서,

"이놈 흥부야."

흥부 대답하고 나와 놀부의 손을 잡고 하는 말이,

"형님 이것이 웬일이오. 형제끼리 내외한단 말은 이웃나라에서도 들어보지 못했으니 어서 들어가십시다."

하니, 놀부 놈이 떨떠름하게 하는 말이,

"네가 요사이 밤이슬을 맞는다 하더구나."

흥부가 어이없어 하는 말이,

"밤이슬이 무엇이요?"

놀부 놈이 대답하되,

"네가 도적질한다는구나."

흥부가 하는 말이,

"형님, 그것이 웬 말이요?"

하고 전후사연을 일일이 설파하니, 놀부가 다 듣고,

"그러하면 들어가보자."

하고 안으로 들이달아 보니, 양귀비가 나와 뵌다. 놀부가 보고 하는 말이,

"웬 부인이냐?"

흥부가 곁에 있다가 대답하기를,

"내 첩이오."

"어따 이놈, 네게 웬 첩이 있으리. 날 다고."

화초장(花草匠)을 보고,

"저것이 무엇이냐?"

"그게 화초장이오."

"날 다고."

"미처 손도 대보지 아니 하였소."

"이놈아, 네 것이 내 것이요, 내 것이 네 것이요, 내 계집이 네 계집이요, 네 계집이 내 계집이라."

"그러하면 종을 시켜 보내리다."

"이놈 네게 종이 있단 말이냐? 어서 질빵 걸어다고. 내 지고 가마."

"그리하면 그러시지요."

하고 질빵 걸어주니, 놀부가 짊어지고 화초장을 생각하여, '화초장 화초장' 하며 가더니, 개천 건너뛰다가 잊어버리고 생각하되,

"간장인가! 초장인가!"

하며 집으로 오니, 놀부 아내 묻는 말이,

"그것이 무엇이래요?"

"이것 모르옵나?"

"아이고 모르니, 무엇인지?"

"분명 모르옵나?"

"저 건너 양반의 집에서 화초장이라 하옵데."

"내 언제부터 화초장이라 하였지."

놀부 놈의 거동 보소. 동지섣달부터 제비를 기다린다. 그물 막대 둘러메고 제비를 몰러갈 제, 한 곳을 바라보니 한 짐승이 떠서 들어오니 놀부 놈이 보고,

"제비 인제 온다."

하고 보니, 태백산 갈까마귀 차돌도 돌도 바이 못 얻어먹고 주려 청천에 높이 떠 갈곡갈곡 울고 가니, 놀부 눈을 멀겋게 뜨고 보다가 할 수 없이 동네 집으로 다니면서 제비를 제 집으로 몰아들이는데도 제비가 오지 않는다.

그달 저달 다 지내고 삼월 삼일 다다르니, 강남서 나온 제비가 옛집을 찾으려 하고 오락가락 넘놀 때에, 놀부가 사면에 제비집을 지어놓고 제비를 들이모니, 그 중 팔자 사나운 제비 하나가 놀부 집에 흙을 물어 집을 짓고 알을 낳아 안으려 할 때, 놀부 놈이 주야로 제비집 앞에 대령하여 가끔가끔 만져보니, 알이 다 곯고 다만 하나가 깨었다. 날기 공부를 힘쓸 때, 구렁 배암이 오지 않으니, 놀부는 민망 답답하여 제 손으로 제비 새끼를 잡아내려 두 발목을 자끈 부러뜨리고, 제가 깜짝 놀라 이르는 말이,

"가련하다, 이 제비야."

하고 조기 껍질을 얻어 찬찬 동여 뱃놈의 닻줄 감듯 삼층 얼레 연줄 감듯 하여 제 집에 얹어두었더니, 10여 일 뒤에 그 제비가 구월 구일을 당하여 두

날개를 펼쳐 강남으로 들어가니, 강남 황제 각처 제비를 점고(點考)할 때, 이 제비가 다리를 절고 들어와 엎드렸더니, 황제가 여러 신하로 하여금,

"그 연고를 사실대로 아뢰라."

하시니, 제비가 아뢰되,

"작년에 웬 박씨를 내어보내어 흥부가 부자 되었다 하여 그 형 놀부 놈이 나를 여차여차하여 절뚝발이가 되게 하였사오니, 이 원수를 어찌하여 갚을까 하나이다."

황제가 이 말을 들으시고 크게 놀라 말하기를,

"이놈 이제 전답 재물이 충분하되 동기를 모르고 오륜에 벗어난 놈을 그저 두지 못 할 것이요, 또한 네 원수를 갚아 주리라."

하고, 박씨 하나를 '보수표(報讐瓢)'라 금자로 새겨주니, 제비가 받아가지고 명년 3월을 기다려 청천을 무릅쓰고 백운을 박차 날개를 부쳐 높이 떠 높은 봉 낮은 뫼를 넘으며, 깊은 바다 너른 시내며, 개골창 잔돌바위를 훨훨 넘어 놀부 집을 바라보고 너울너울 넘놀거늘, 놀부 놈이 제비를 보고 반겨할 때, 제비가 물었던 박씨를 툭 떨어뜨리니 놀부 놈이 집어보고 기뻐하며 뒷 담장 처마 밑에 거름 놓고 심었더니, 4, 5일 후에 순이 나서 넝쿨이 뻗어 마디마디 잎이요, 줄기줄기 꽃이 피어 박 십여 통이 열렸다. 놀부 놈이 하는 말이,

"흥부는 세 통을 가지고 부자 되었으니, 나는 장자 되리로다. 석숭(石崇)[20]을 행랑에 살리고, 예황제[21]를 부러워할 개아들 없다."

하고, 손가락을 꼽아가며 8,9월을 기다린다.

슬근슬근 톱질이야, 놀부의 박타기

때를 당하여 박을 켜라 하고 김지위 이지위 동리 머슴 이웃총각 건넛집 쌍언청이를 다 청하여 삯을 주고 박을 켤 때, 째보 놈이 한 통의 삯을 정하고 켜자 하니, 놀부 마음에 흐뭇하여 매 통에 열 냥씩 정하고 박을 컨다.

---

20) 석숭(石崇): 중국 진나라 때의 부자.

21) 예황제: 별로 하는 일 없이 잘 입고 잘 먹고 편안하게 지내는 임금.

"슬근슬근 톱질이야."

힘써 켜고 보니 한 떼 거문고쟁이가 나오며 하는 말이,

"우리 놀부 인심이 좋고 풍류를 좋아한다 하기에 놀고 가옵네."

'둥덩둥덩 둥덩둥덩' 하기에, 놀부가 이것을 보고 째보를 원망하는 말이,

"톱도 잘 못 당기고, 네 콧소리에 보화가 변하였는가 싶으니 소리를 일체 하지 마라."

하니, 째보 삯 받아야겠기에 한 말도 못 하고 그리하라 하니, 놀부 일변 돈 백 냥을 주어 보내고, 또 한 통을 타고 보니 무수한 노승(老僧)이 목탁을 두드리며 나와 하는 말이,

"우리는 강남황제 원당(願堂) 시주승(施主僧)이라."

하니, 놀부 놈이 어이없이 돈 오백 냥을 주어 보내니, 째보 하는 말이,

"지금도 내 탓이냐?"

하고 이죽거리니, 놀부 이 형상을 보고 분이 나서 성깔에 또 한 통을 따오니, 놀부 아내가 말리며 하는 말이,

"제발 덕분에 켜지 마오. 그 박을 켜다가는 패가망신할 것이니 덕분에 켜지 마오."

놀부 놈이 하는 말이,

"좀스러운 계집년이 무슨 일을 아는 체하여 방정맞게 날뛰는가."

하며 또 켜고 보니, 요령소리가 나고 상제 하나가 나오며,

"어이어이, 이보시오 벗님네야, 통자 운을 달아 박을 헤리라. 헌원씨(軒轅氏)가 배를 무어 타고 가니 이제 불통고, 대성현(大聖賢) 칠십 제자가 육례(六禮)를 능통하니 높고 높은 도통(道統)이라. 제갈량의 능통지략 천문을 상통(相通), 지리(地理)를 달통하기는 한나라 방통(龐統)이요, 당나라 굴돌통(屈突通) 글강의 순통(純通)이요, 호반(虎班)의 전통통(箭筒通)이요, 강릉 삼척 꿀벌통, 속이 답답 흉복통(胸腹通), 호란(虎亂)의 입식통(立食通), 도감 포수 화약통, 아기어미 젖통, 다 터진다, 놀부의 애통(哀通)이야, 어서 타라. 이놈 놀부야, 네 상전이 죽었으니, 네 안방을 치우고 제물을 차려라."

하며 아이고 아이고 하므로, 놀부는 할 수 없어 돈 오백 냥을 주어 보내고,

또 한 통을 타고 보니 팔도 무당이 나오며 각색 소리하고 뭉게뭉게 나오는데,

"청유레라 황유레라 화장 청량세계온 대부진 각시가 놀으소서. 밤은 다섯 낮은 일곱 유리 여섯 사십 용왕 팔만 황제 놀으소서. 내 집 성주(城主)는 와가성주요, 네 집 성주는 초가성주, 가내마다 걸망성주 노두막 성주 집동성주가 철철이 놀으소서. 초년 성주 열일곱, 중년 성주 스물일곱, 마지막 성주 쉰일곱, 성주 삼위가 놀으소서."

하며, 또 한 무당이 소리하기를,

"성황당(城隍堂) 뻐꾸기야, 너는 어이 우짖나니. 속빈 고양 나무에 새잎 나라 우짖노라. 새잎이 이울어지니 속 잎 날까 하노라. 넋이야 넋이로다. 녹양산(綠楊山) 전세만(前歲晚)일세. 영이별 세상 하니 정수(定數) 없는 길이로다. 어화 제석 대함 제석 소함 제석 제불 제천대신 몸주 벼락대신."

이렇듯 소리하고, 또 한 무당이 소리하기를,

"바람아 월궁의 달월이로세. 일광의 월광 강신(降神) 마누라, 전물(奠物)로서 내리소서. 하루도 열두 시 한 달 서른 날, 일 년 열두 달 윤년은 열석 달 백사를 도와주시옵는 안광당 국사당 마누라, 개성부 덕물산(德勿山) 최영장군(崔瑩將軍) 마누라, 왕십리 아기씨당 마누라, 고개 고개 주좌(主座)하옵신 성황당 마누라 전물로 내리사이다."

이렇듯 소리하는데, 놀부는 이 형상을 보고 식혜 먹은 고양이[22]와 같았다. 무당들이 장구통으로 놀부의 흉복을 치며 생난장을 치니, 놀부가 울며 하는 말이,

"이 어인 곡절인지 죄나 알고 죽읍시다."

그랬더니, 무당들이 하는 말이,

"다름이 아니라 우리 굿한 값을 내는데, 일 푼 남고 모자람이 없이 오천 냥만 내라."

하니, 놀부는 할 수 없이 오천 냥을 준 후 연후에 '성즉성(成則成) 패즉패(敗則敗)'라 하고, 또 한 통을 따놓고 째보 놈더러 당부하기를,

"전 것은 다 헛것이 되었으니, 다시 시비할 개아들이 없으니 어서 톱질 시

---

22) 식혜 먹은 고양이: 죄를 짓고 그것이 탄로날까봐 근심하는 마음을 표현

작하자."

하니, 째보 하는 말이,

"또 중병 나면 누구에게 떼를 써보려느냐. 우습게 아들소리 말고 유복한 놈 데리고 타라."

하니, 놀부 하는 말이,

"이 용렬한 사람아, 내가 맹서를 하여도 이리하나. 만일 다시 군말하거든 내 뺨을 개 뺨치듯 하소."

하며, 우선 선셈 열 냥을 채우거늘, 째보가 그제야 비위가 동하여 조랑이를 받아 수쇄(收刷)하고 박을 탈 때, 놀부 반만 타고 귀를 기울여 눈이 나오도록 들여다보니, 박 속에 금빛이 비치었다. 놀부는 아주 낌새를 아는 체하고,

"이애 째보야, 저것 뵈느냐. 이번은 완전한 금독이 나온다. 어서 타고 보자."

하며, 슬근슬근 톱질이야 툭 타놓고 보니 만여 명의 등짐꾼이 빛 좋은 누런 농을 지고 꾸역꾸역 나오는 것이었다.

놀부가 놀라 묻는 말이,

"그것이 무엇이오."

"경이오."

"경이라 하니 면경(面鏡)과 석경(石鏡)이냐 천리경(千里鏡) 만리경(萬里鏡)이냐? 그 무슨 경인고?"

"요지경이요. 얼씨구 절씨구 요지연(瑤池宴)을 둘러보소. 이선(李仙)의 숙향(淑香), 당명황(唐明皇)의 양귀비요, 항우(項羽)의 우미인(虞美人), 여포(呂布)의 초선(貂蟬)이, 팔선녀(八仙女)를 둘러보소. 영양공주(榮陽公主), 난양공주(蘭陽公主), 진채봉(秦彩鳳), 가춘운(賈春雲), 심요연(沈裊煙), 백능파(白菱波), 계섬월(桂纖月), 적경홍(狄驚鴻) 다 둘러보소."

하며 집을 떠들썩하게 하니 놀부가 할 수 없이 돈 오백 냥을 주어 보내고, 또 한 통을 타고 보니 천여 명 초라니[23]가 일시에 내달아 오두방정을 떠는데,

"바람아 바람아, 소소리 바람에 불렸느냐 동남풍에 불렸느냐. 대자 운을

---

23) 초라니: 기괴한 계집 형상의 탈을 쓰고, 붉은 저고리 붉은 치마에 행동이 경망스럽다.

달아보자. 하걸(夏桀)의 경궁요대(瓊宮瑤臺), 달기(妲己)로 희롱하던 상주(商周) 적 녹대(鹿臺) 올라가니, 멀고 먼 봉황대, 보기 좋은 고소대(姑蘇臺), 만세무궁 춘당대(春塘臺), 금군마병(禁軍馬兵) 오마대, 한무제(漢武帝) 백양대(柏梁臺), 조조(曹操)의 동작대(銅雀臺), 천대 만대 저대 이대 온갖 대라. 본대 익은 면대로세. 대대야."

일시에 내달으며 달려들어 놀부를 덜미잡이하여 가로 떨어치니, 놀부가 거꾸로 떨어지며,

"아이고 아이고 초라니 형님, 이것이 웬일이요. 생사람을 병신 만들지 말고 분부하면 하라는 대로 하겠습니다."

하고 손이 발이 되도록 비니, 초라니가 하는 말이,

"이놈, 목숨이 귀하냐 돈이 귀하냐. 네 명을 보전하려 한다면 돈 오천 냥만 내어라."

놀부가 생각하기를 '일이 도무지 틀렸으니, 앙탈하여도 쓸데없다.'

하고 돈 오천 냥을 내어주며,

"앞 통 속을 자세히 알거든 일러 달라."

하니, 초라니가 대답하기를,

"우리는 각통이라 자세히 모르지만, 어느 통인지 분명히 생금독이 들었으니 도모지 타고 보라."

하고 흔적 없이 가더라.

놀부가 이 말을 듣고 허욕이 북받쳐 동산으로 치달아 박 한 통을 따다가 켜라 하니, 째보가 가장 위로하는 체하고 하는 말이,

"이 사람아, 그만 켜소. 다 그러할까마는, 돈을 들이고 자네 매 맞는 양을 보니, 내가 탈 수가 없네. 그만 쉬어 4,5일 후에 또 타보세."

하니, 놀부 하는 말이,

"아무렴 오죽할까, 아직도 돈냥이 있으니 또 그럴 양으로 마저 타고 보자."

하고, 타자고 우길 때, 째보가 하는 말이,

"자네 마음이 그러하니 굳이 말리지 못하겠지만, 이번 박 타는 삯도 먼저 내어오소."

하니, 놀부 또 열 냥을 선급하고 한참을 타다가 귀를 기울여 들으니, 사람의 숙덕거리는 소리가 났다. 놀부가 이 소리를 듣고 가슴이 끔찍하여 미어지는 듯 숨이 차 헐떡헐떡 거리다가 한 마디 소리를 지르고 자빠져버렸다. 째보가 하는 말이,

"그 무엇을 보고 이렇게 놀라는가."

놀부 하는 말이,

"자네는 귀가 먹었는가? 이 소리를 못 듣는가? 또 자배기만한 일이 벌어 졌네. 이 박은 그만둘 수밖에 하릴없네."

하니, 박 속에서 호령하는 말이,

"이놈 놀부야, 그만둔단 말이 무슨 말인고. 바삐 타라."

하여, 놀부가 할 수 없어 마저 타니, 양반 천여 명이 말콩 망태를 쓰고 우그 럭 벙거지 쓴 놈을 데리고 나오면서 각각 풍월을 하는데, 서남협구(西南峽 口) 무산벽(巫山壁)하니 대강이 번난 신예연을, 추강(秋江)이 적막어룡냉(寂 寞魚龍冷)하니 인재서풍중선루(人在西風仲宣樓)라. 혹 ≪대학(大學)≫도 읽 으며, 혹 ≪맹자(孟子)≫도 읽으며 이렇듯 집을 뒤지는지라. 놀부가 이 형상 을 보고 빼려 하니, 양반이 호령하기를,

"하인 없느냐, 저놈이 끝을 내려 하니 바삐 잡아라."

하니, 여러 하인이 달려들어 열 손가락을 벌려 팔매 뺨을 눈에 불이 번쩍 나 도록 치며, 덜미를 잡고 오줌이 질펀하게 깔리거늘, 양반이 분부하기를,

"네 그놈의 대가리를 빼어 밑구멍에 박으라. 네 달아나면 면할까 보냐. 바 람개비라 하늘로 오르며, 두더지라 땅으로 들어갈까. 상전을 모르고 거만하 니, 저런 놈을 사매로 쳐 죽이리라."

놀부가 비는 말이,

"과연 몰랐사오니 생원님 덕분에 살려지이다."

양반이 하인을 불러 농을 열고 문서를 주섬주섬 내어놓고 하는 말이,

"네 이 문서를 봐라. 삼대(三代)가 우리 종이로다. 오늘이야 너를 찾았으 니, 네 속량(贖良)24)을 하든지 연년이 공을 바치던지 작정하고 그렇지 아니

---

24) 속량(贖良): 노비가 돈을 주고 양민의 신분이 되는 것.

362

하거든 너를 잡아다가 부리리라."

놀부 여쭙기를,

"소인이 과련 잔속[25]을 몰랐사오니, 속량을 할진대 얼마나 하오리까?"

양반이 하는 말이,

"어찌 과히 하랴. 오천 냥만 바치고 문서를 찾아가라."

하니, 놀부 즉시 고문을 열고 오천 냥을 내어주었다.

이때 놀부 계집이 이 말을 듣고 땅을 두드리며 울고 하는 말이,

"아이고 아이고 원수의 박이네. 난데없는 상전이라고 곡절 없는 속량은 무슨 일인고, 이만 냥 돈을 이름 없이 줄 수 없으니, 나의 못할 노릇 그만하오."

놀부 하는 말이,

"에라 이년 물렀거라. 또 일이 틀리겠다. 이번 돈 들인 것은 아깝지 않다. 상전을 두고야 살 수 있느냐. 조용한 판에 아는 듯 모르는 듯 잘 떼어버렸다."

하며, 또 동산에 올라가서 살펴보니, 수통박이 아직도 무수한지라, 한 통을 따다 놓고 타려 할 때, 째보가 하는 말이,

"이번은 선셈을 아니 하려나. 일은 일대로 할 것이니 삯을 내어오소."

하니, 놀부는 이놈의 속이는 꾀에 들어 돈 열 냥을 주며 하는 말이,

"자네도 보겠지만 공연히 매만 맞고 생돈을 들이니, 그 아니 원통한가. 이번부터는 두 통에 열 냥씩 정하세."

하니, 째보가 허락하고 박을 반만 타다가 귀를 기울여 들으니, 소고 치는 소리가 들렸다. 놀부가 하는 말이,

"째보야, 이를 또 어찌하잔 말인고."

째보가 하는 말이,

"이왕 시작한 것이니 어서 타고 구경하세. 슬근슬근 톱질이야."

툭 타놓고 보니, 만여 명 사당거사(社堂居士)[26]가 뭉게뭉게 나오며 소고를 치며 다 각각 소리를 한다.

"오동추야(梧桐秋夜) 달 밝은 밤에 임 생각이 새로워라. 임도 나를 생각하

---

25) 잔속: 자세한 내용.

26) 사당거사(社堂居士): 유랑극단의 광대. 사당은 천하게 노는 계집, 거사는 남자 광대.

는가?"

혹 방아타령, 혹 정주(定州)타령, 혹 유산가(遺山歌), 달거리, 등타령, 혹 춘면곡(春眠曲), 권주가 등 온갖 가사를 부르며 거사놈은 노방태 평량자(平凉子), 길짐거사 길을 인도하고, 번개소고 번득이고, 긴 염불(念佛) 짧은 염불 하며 나오면서, 일변 놀부의 사족을 뜨며 허영가래를 치니, 놀부 오장이 나올 듯하여 살려 달라 애걸하니, 사당거사들이 하는 말이,

"네 명을 지탱하려 하거든 논문서와 밭문서를 죄다 내어오라."

하거늘, 놀부 견딜 수 없어 전답 문서를 주어 보내니라.

째보 하는 말이,

"나도 집에 볼 일이 많으니 늦잡죄지 말고 어서 따오소. 종말에 설마 좋은 일이 없을까."

이제는 죽을 일만 남았구나

놀부는 또 비위가 동하여 박을 따다가 타고 보니 만여 명 왈짜[27]들이 나오는데, 누구 누구 나오던고. 이죽이, 떠죽이, 난죽이, 홧죽이, 모죽이, 바금이, 딱정이, 거절이, 군평이, 털평이, 태평이, 여숙이, 무숙이, 팥껍질, 나돌몽이, 쥐어부딪치기, 난장몽둥이, 아귀쇠, 악착이, 모로기, 변통이, 구변이, 광면이, 잣박쇠, 믿음이, 섭섭이, 든든이, 우리 몽술이 아들놈이 휘몰아 나와 차례로 앉고, 놀부를 잡아내어 굵은 줄로 찬찬 동여 나무에 거꾸로 달고, 집장질하는 놈으로 팔 갈아가며 심심치 않게 족치며 왈짜들이 공론하기를,

"우리 통문(通文) 없이 이같이 모임이 쉽지 아니한 일이니, 놀부 놈은 나중에 발겨 죽이기로 하고 실컷 놀다가 헤어짐이 어떠한가."

여러 왈짜들이 좋다 하고 좌정한 후에, 털평이 대강장에 앉아 말을 내기를,

"우리 잘하나 못하나 단가(短歌) 하나씩 부딪쳐보세. 만일 개구(開口) 못하는 친구 있거든 떡메질하옵세."

공론을 돌리고 털평이 비두(鼻頭)로 소리를 내어 부르는데,

---

27) 왈짜: 왈패, 일종의 폭력배, 무뢰배.

"새벽 비 날 갠 후에 일 나서라. 아이들아 뒷 뫼에 고사리가 하마 아니 자 랐으랴. 오늘은 일찍 꺾어 오너라. 새 술 안주하여보자."

또 무숙이가 하나를 하는데,

"공변된 천하 입을 힘으로 어이 얻을쏜가. 진궁실(秦宮室) 불지름도 오히 려 무도하거늘, 하물며 의제(義帝)를 죽인단 말인가."

또 군평이가 뜨더귀 시조를 하여,

"사랑인들 님마다 하며, 이별인들 다 설우랴. 임진강(臨津江) 대동수(大同 水)를 황릉묘(黃陵廟)에 두견이 운다. 동자야 네 선생이 오거든 조리박 장사 못 얻으리오."

또 팥껍질이 풍 자(風字) 운을 단다.

"만국병전초목풍(萬國兵前草木風), 취적가성낙원풍(吹笛歌聲落遠風), 일 지홍도낙만풍(一枝紅桃落晚風), 제갈량(諸葛亮)의 동남풍(東南風), 어린아 이 만경풍(慢驚風), 늙은 영감 변두풍(邊頭風), 왜풍(倭風), 광풍(狂風), 청풍 (淸風), 양풍(洋風), 허다한 풍자 어찌 다 달리."

또 바금이 사 자(字) 운을 단다.

"한식동풍어류사(寒食凍風御柳斜), 원상한산석경사(遠上寒山石徑斜), 도 연명(陶淵明)의 〈귀거래사(歸去來辭)〉, 이태백(李太白)의 〈죽지사(竹枝詞)〉, 굴삼려(屈三閭)의 〈어부사(漁父辭)〉, 양소유(楊少游)의 〈양류사(楊柳詞)〉, 그리운 상사, 불사이자사(不思而自思), 이사 저사 무수한 사 자(字)로다."

또 쥐어 부딪치기는 년 자(字) 운을 단다.

"적막강산금백년(寂寞江山今百年), 강남풍월한다년(江南風月恨多年), 우 락중분비백년(憂樂中分非百年), 인생부득항소년(人生不得恒少年), 일장여소 년(日長如少年), 한진부지년(寒盡不知年), 금년(今年)·거년(去年)·천년(千 年)·만년(萬年)·억만년(億萬年)이로다."

또 나돌몽이 인 자(字) 운을 다니,

"양류청청도수인(楊柳靑靑渡水人), 양화수쇄도강인(楊花愁殺渡江人), 편 삽수유소일인(遍揷茱萸少一人), 서출양관무고인(西出陽關無故人), 역력사상 인(歷歷沙上人), 강청월근인(江淸月近人), 귀인·철인, 만물지중에 유인(惟 人)이 최귀로다."

아귀가 절 자(字) 운을 다니,

"꽃 치었다 춘절, 잎 피었다 하절, 황국 단풍 춘절, 수락석출하니 동절, 정절 · 충절 · 마디절하니 절의(節義)로다."

또 악착이 덕 자(字) 운을 다니,

"세상에 사람이 되어 나서 덕이 없어 무엇 하리. 영화롭다 자손의 덕, 충효전가 조상의 덕, 교인화식(敎人火食) 수인씨(燧人氏) 덕, 용병간과(用兵干戈) 헌원씨 덕, 상백제중 신농씨(神農氏) 덕, 시획팔괘(始劃八卦) 복희씨(伏羲氏) 덕, 삼국성주 유현덕(劉玄德), 촉국명장(蜀國名將) 장익덕(張益德), 난세간웅(亂世奸雄) 조맹덕(曹孟德), 위의명장(威儀名將) 방덕(龐德), 당태종의 울지경덕(蔚遲敬德), 이 덕 저 덕이 많건마는 큰 덕 자(字)가 덕이로다."

또 더죽이는 연 자(字) 운을 단다.

"황운새북(黃雲塞北)의 무인연(無人煙), 궁류저수(宮柳低垂) 삼월연(三月煙), 장안성중의 월여련(月如練), 내 연 자(字)가 이뿐인가."

또 변통이는 질 자(字) 운을 모은다.

"삼국풍진에 싸움질, 오월염천에 선자질, 세우강변 낚시질, 만첩청산 도끼질, 낙목공산 갈퀴질, 술 먹는 놈의 주정질, 마누라님 물레질, 며늘아기 바느질, 좀 영감은 잔말질, 사군영감 몽둥이질이라."

또 구변은 기 자(字) 운을 단다.

"곱장이 복장 차기, 아이 밴 계집의 뱃대지 차기, 옹기장수의 작대기 차기, 불붙는 데 키질하기, 해산한 데 개 잡기, 역신(疫神)하는데 울타리 밑 말뚝 박기, 서로 싸우는데 그놈의 허리띠 끊고 달아나기, 달음질하는 데 발 내밀기라."

이렇듯 돌린 후에 차례로 거주를 묻는데,

"저기 저 분은 어디 계시오."

하니, 한 놈이 대답하되,

"내 집은 왕골이요."

하거든, 그 중 군평이의 새김질은 소 아래턱이 아니면 옴니 자식이라.[28] 하

---

28) 군평이의 새김질은~옴니 자식이라: 군평이가 뜻을 풀어서 설명하는 일을 잘한다는 의미로 돌음

는 말이,

"댁이 왕골 산다 하니, 임금 왕자 골이니 동관 대궐 앞 사시오."

"또 저 분은 어디 계시오."

한 놈이 대답하되,

"나는 하늘골 사오."

군평이 하는 말이,

"사직이란 마을이 하늘을 위한 마을이니, 사직골 사시오."

"또 저 분은 어디 계시오."

한 놈이 하는 말이,

"나는 문안 문밖 사오."

군평이 하는 말이,

"문안 문밖 산다 하니 대문 안 중문 밖이니 행랑어멈 자식이로다."

"또 저 분은 어디 계시오."

한 놈이 대답하되,

"나는 문안 사오."

군평이 하는 말이,

"그는 알지 못하겠소. 문안은 다 그대의 집인가."

그놈이 하는 말이,

"우리 집 방문 안에 산다는 말이오."

"또 저 분은 어디 계시오."

한 놈이 대답하되,

"나는 횟두루목골 사오."

군평이 하는 말이,

"내가 새김질을 잘하되 그 골 이름은 처음 듣는 말이오."

그놈이 하는 말이,

"나는 집 없이 되는 대로 횟두루 다니기에 할 말 없어 내 의사로 한 말이오."

군평이가 하는 말이,

이의어인 새김질을 잘하는 소 아래턱과 윗니를 들어 말함.

"바닥 셋째 앉은 분은 성씨를 뉘라 하시오."

한 놈이 대답하되,

"나무 둘이 씨름하는 성이오."

군평이 하는 말이,

"목(木) 자 둘이 겹으로 붙었으니, 수풀 림(林) 자(字) 임 서방이오."

"또 저 분은 뉘라 하시오."

한 놈이 대답하되,

"내 성은 목독이에 갓 쓰인 자요."

군평이가 하는 말이,

"갓머리 안에 나무 목 하였으니, 나라 송(宋) 자(字) 송 서방이오."

"또 저 분은 뉘라 하시오."

한 놈이 대답하되,

"내 성은 계수나무란 목(木) 자 아래 만승천자란 자를 받친 오얏 리(李) 자이 서방이오."

"또 저 분은 뉘라 하시오."

한 놈이 워낙 무식한 놈이라 함부로 하는 말이,

"내 성은 난장 몽둥이란 나무 목 자 아래, 발 긴 역적의 아들 누렁쇠 아들 검정개 아들이란 아들 자 받친 복숭아 이(李) 자(字) 이 서방이오."

"또 저 분은 뉘라 하오."

한 놈이 대답하되,

"내 성자는 뫼 산(山) 자(字) 넷이 사면으로 두른 성이오."

군편이 가만히 새겨 하는 말이,

"뫼 산 자 넷이 둘렀으니 밭 전(田) 자(字) 전 서방인가 보오."

"또 저 분은 뉘라 하오."

한 놈의 성은 배가라. 정신이 헐하기로 주머니에 배를 사 넣고 다니더니, 성을 묻는 양을 보고 우선 주머니를 열고 배를 찾되 배가 없는지라, 기가 막혀 꼭지를 치며 하는 말이,

"나는 원수의 성으로 망하겠다. 이번도 뉘 아들놈이 남의 성을 내어먹었구나. 생후에 성을 잃어버린 것이 돈만 팔 푼 열여덟 푼어치나 되니, 가뜩한

형세에 성을 장만하기에 망하겠다."

하고, 부리나케 주머니를 뒤진다. 군평이 하는 말이,

"게 성을 물은즉, 팔결29)에 주머니를 왜 만지시오."

그놈이 하는 말이,

"남의 잔속을랑 모르고 답답한 말 마시오. 내 성은 먹는 성이올시다."

하며 구석구석 찾으매 배꼭지만 남았는지라, 가장 무안하고 위급하여 배꼭지를 내어들고 하는 말이,

"하면 그렇지 제 어디로 가리오."

"성 나머지 보시오."

하니, 군평이가 하는 말이,

"친구의 성이 꼭지 서방인가 보오."

그놈의 말이,

"옳소, 옳소! 과연 아는 말이올시다."

"또 저 분은 뉘라 하시오."

한 놈이 대답하되,

"내 성은 안갑자손하라는 안 자에 부어터져 죽었다는 부자의 난장 몽동이란 동 자를 합한 안부동이라 하오."

"또 저 분은 뉘시오."

한 놈이 대답하되,

"내 성은 쇠 금(金) 자(字)를 열 대여섯 쓰오."

군평이가 새겨보고 하는 말이,

"쇠가 열이니 김 자 하나를 떼어 성을 만들고, 나머지 쇠가 아홉이니, 부딪치면 덜렁덜렁할 듯하니 합하면 김덜렁쇠오."

"또 저 분은 뉘시오?"

한 놈이 손을 불끈 쥐고 하는 말이,

"내 성명은 이러하오."

군평이가 새겨보고 하는 말이,

---

29) 팔결: 팔팔결. 엄청 어긋나는 모양.

"성은 주가요, 이름은 먹인가 보오."

"또 저 분은 뉘라 하오?"

한 놈이 손을 길길이 펴 보이므로, 군평이가 새기는 말이,

"손을 펴 뵈니 성은 손이요, 이름은 가락인가 보오."

"저 분은 뉘라 하시오?"

한 놈이 대답하되,

"내 성명은 한 가지요."

떠중이가 하는 말이,

"저기 저 분 성명과 같단 말이오."

그놈이 하는 말이,

"어찌 알고 하는 말이오."

"내 성은 한이요, 이름은 가지란 말이올시다."

"또 친구의 성은 뉘라 하오?"

한 놈이 대답하되,

"나는 난장몽동이의 아들놈이오."

"또 저 분은 뉘시오?"

한 놈이 대답하되,

"나도 기오."

부딪치기가 내달아 히히 웃고 하는 말이,

"거기도 난장몽동이와 같단 말인 게오."

그놈이 하는 말이,

"이 양반아 이것이 우스운 체요, 짓궂은 체요, 말 잘하는 체요, 누구를 욕하는 말이오? 성명을 바로 일러도 모르옵나. 각각 뜯어 일러야 알겠습나. 성은 나가요, 이름은 도기라 하옵네."

"또 저 분은 뉘라 하오?"

한 놈이 대답하되,

"내 성명은 이털, 저털, 개털, 소털, 말털, 시금털털하는 털 자에, 보보 봇자 합하면 털보란 사람이올시다."

"또 저 분은 뉘시오?"

370

한 놈이 대답하되,

"좋지 아니하오."

거절이가 내달아 하는 말이,

"성명을 물은즉 좋지 아니하단 말이 어쩐 말이오?"

그놈이 하는 말이,

"내 성은 조요, 이름은 치안이올시다."

군집이가 내달아 하는 말이,

"저기 저 분은 무슨 생(生)이시오?"

한 놈이 대답하되,

"나는 헌 누더기 입고 덤불로 나오던 생이오."

떠중이가 새겨 하는 말이,

"헌 옷 입고 가시덤불로 나올 적에 오죽이 미어졌겠소. 무인생(戊寅生)인가."

"또 저 친구는 무슨 생이오?"

한 놈이 답하되,

"나는 대가리에 종기 나던 해에 났소."

군평이가 하는 말이,

"머리에 종기 났으면 병을 덧쓰니 병인생(丙寅生)인가."

또 한 놈이 내달아 하는 말이,

"나는 등창 나던 해요."

군집이가 새기되,

"병을 등에 짊어졌으니 병진생(丙辰生)인가 보오."

또 한 놈이 내달아 하는 말이,

"나는 발새에 종기 나던 생이오."

쥐어 부딪치기가 하는 말이,

"병을 신었으니 병신생(丙申生)인가."

또 한 놈이 대답하되,

"나는 햅쌀머리에 난 놈이오."

나돌몽이가 하는 말이,

"햅쌀머리에 났으니 신미생(辛未生)인가."

또 한 놈이 말하되,

"나는 장에 가서 송아지 팔고 오던 날이오."

굿쇠가 내달아 단단히 웃고 하는 말이,

"장에 가 소를 팔았으면 값을 받아 지고 왔을 것이니 갑진생(甲辰生)인가
보오."

이렇듯 지껄이다가 그 중에 한 왈짜가 내달아 하는 말이,

"그렇지 아니하다. 놀부 놈을 어서 내어 발기자."

하니, 여러 왈짜 대답하기를,

"우리가 수작하느라고 이때까지 두었지 벌써 찢을 놈이니라."

하니, 악착이가 내달아 하는 말이

"그 말이 옳다."

하고, 놀부를 잡아들여 찢고 차고 굴리며, 주무르고 잡아 뜯고 사주리(私周
牢)를 하며 회초리로 후리며 다리사북을 도지게 틀며, 복숭아 뼈를 두드리
며, 용심지를 하여 발샅을 단근질하여 여러 가지 형벌로 쉴 새 없이 갈아 치
워가며 죽이니, 놀부 입으로 피를 토하며 여러 해 묵은똥을 싸고 세치 네치
를 부르며 애걸하니, 여러 왈짜 한 번씩 두드리고 분부하기를,

"이놈 들으라. 우리가 금강산 구경 가다가 노자가 모자라, 돈 오천 냥만
내어 와야 하지, 만일 그렇지 아니하면 절명(絶命)을 시키리라."

하니, 놀부가 오천 냥을 주었다.

똥 속에 파묻힌 놀부

놀부 사족을 쓰지 못하여 혼백이 떨어졌으나, 끝내 박을 탈 마음이 있었
다. 기엄기엄 동산에 올라가서 박 한 통을 따다가 힘을 다하여 타고 보니,
팔도 소경이 뭉치어 여러 만동이 막대를 흩어 짚고 인물을 구기며 내달아
하는 말이,

"놀부야 이놈 날까 길까. 네 어디로 가겠느냐. 너를 잡으려고 앞 남산, 밖
남산, 무계동, 쌍계동으로 면면촌촌 방방곡곡을 두루 편답(遍踏)하더니, 오

늘날 여기서 만났구나."

하고 되는 대로 휘두들기니, 놀부 살려달라고 애걸하였다. 소경들이 북을 두드리며 소리하여 경을 읽기를,

"천수천안 관자재보살(千手千眼觀自在菩薩) 광대원만 무애대비심(廣大圓滿無碍大悲心) 신묘장구 대다라니(辛卯章句大陀羅尼) 왈 나무라 다다다라야(南謨羅多羅多羅耶). 남막알약 바로기제(南莫謁約 嚩魯祈啼) 사바라야(寒波羅耶)아 사토바 야지리지리지지리(野支哩支哩支支哩) 도도로모 자모 자야(兔兔魯沒馱沒馱耶) 이시성조 원시천존(元始天尊) 재옥청성경 태상노군(太上老君) 태청성경 나후성군 주도성군 삼라만상 이십팔수성군(二十八宿聖君) 동방목주성군(東方木主聖君) 남방화제성군(南方火帝聖君) 서방금제성군(西方金帝聖君) 북방수제성군(北方水帝聖君) 삼십육등신선(三十六等神仙), 연즉, 월즉, 일즉, 시즉, 사자 태을성군(太乙聖君) 놀부 놈을 급살방양탕으로 갖추어 점지하옵소서. 급급여율령(急急如律令) 사바하."

이렇게 경을 읽은 후에, 놀부더러 경 읽은 값을 내라 하고 집안을 뒤집으니, 놀부 할 수 없어 오천 냥을 주고 생각하니, '집안에 돈 일 푼이 없이 탕진하였다. 이를 어찌하자는 말인가.' 하면서도 동산으로 올라가서 또 커다란 박 한 통을 따가지고 내려와서 째보를 달래기를,

"이번 박은 겉으로 봐도 하 유명하니 바삐 타고 구경하세."

하며, 타다가 귀를 기울여 들으니, 우레 같은 소리 진동하며,

"비로다 비로다."

하니, 놀부 어찌할 줄 모르고 박 타기를 머무르니, 박 속에서 또 불러 말하기를,

"무슨 거래(去來)를 이다지 하는가."

놀부 더욱 겁을 내어 하는 말이,

"비라 하니 무슨 비온지 당명황(唐明皇)의 양귀비(楊貴妃)오니까, 창오산(蒼梧山) 이비(二妃)오니까, 우선 존호를 알려주십시오?"

박 속에서 하는 말이,

"나는 유현덕의 아우 거기장군(車騎將軍) 장비(張飛)로다."

하니, 놀부가 이 소리를 들으며 정신이 아득하여 하는 말이,

"쨰보야, 이 일을 어찌하잔 말인가. 이번은 바칠 돈도 없으니, 할 수 없이 너하고 나하고 죽는 수밖엔 없다."

하니, 쨰보 놈이 하는 말이,

"이 사람아 그 어인 말인고, 나는 무슨 탓으로 죽는단 말인가? 다시 그런 말 하다가는 내 손에 급살탕을 먹을 것이니, 그런 미친놈의 소리를 말고 타던 박이나 타세. 장군 나오시거든 빌기나 해 보소."

놀부도 할 수 없어 마지못하여 마저 타고 보니, 한 장수가 나오는데, 얼굴은 검고 구레나룻을 거스르고, 고리눈을 부릅뜨고, 봉 그린 투구에 용린갑(龍鱗甲)을 입고 장팔사모를 들고 내달으며,

"이놈 놀부야, 네 세상에 나서 부모에게 불효하고 형제 불화할뿐더러 여러 가지 죄악이 많기로 천도가 무심치 아니 하사 날로 하여금 너를 죽여 없이하라 하시기로 왔거니와, 너 같은 잔명을 죽여 쓸데없으니 대저 견디어보아라."

하고, 엄파 같은 손으로 놀부를 훔쳐 잡아 끌고 헛간으로 들어가 호령하여,

"멍석을 내어 펴라."

하니, 놀부가 벌벌 떨며 멍석을 펴니, 장비가 벌거벗고 멍석에 엎드려 분부하기를,

"이놈 주먹을 쥐어 내 다리를 치라."

하니, 놀부 진력하여 다리를 치다가 팔이 지쳐 애걸하니, 장비가 호령하여,

"이놈 잡말 말고 기어올라 발길로 내 등을 찧어라."

하였다. 놀부가 그 등을 쳐다보니 천만 장이나 되어, 비는 말이,

"등에 올라가다가 만일 미끄러져 낙상하면, 이후에 빌어먹을 길도 없으니 덕분에 살려주십시오."

하니 장비가 호령하여,

"정 올라가기 어렵거든 사닥다리를 놓고는 못 올라갈까."

놀부가 마지못하여 죽을 뻔 살 뻔 올라가서 발로 한참을 차더니, 또 다리 지쳐 꿈쩍 할 길 없었다.

"그러하면 잠간 내려앉아 담배 한 대만 피고 오르라."

하니, 놀부가 기어내리다가 미끄러져 모퉁이로 떨어져 뺨이 사태 나고, 다리

가 접질리고 혀가 빠져 엎드려 애걸하니, 장비 이를 보고 어이없어 일어나 앉아 하는 말이,

"너를 십분 용서하고 가노라."

하더라.

놀부가 생급살을 맞고도 동산으로 올라가서 박 한 통을 따가지고 내려와서 하는 말이,

"째보야 이 박을 타보자."

하니, 째보가 생각하기를 낌새를 본즉 탈박도 없고 소득이 없는지라, 소피하러 간다 핑계하고 밖으로 내뺐다. 놀부가 할 수 없어 종을 데리고 박을 켜고 보니, 아무것도 없고 박 속이 먹음직하였다. 국을 끓여 맛을 보고 하는 말이,

"이런 국맛은 본 바 처음이로다."

하며, 당동당동 하다가 미쳐서 또 집 위에 올라가보니, 박 한 통이 있는데 빛이 누르고 불빛 같았다. 놀부가 비위 동하여 따가지고 내려와 한참 타다가 귀를 기울여 들으니, 아무 소리 없고 온 동네가 물씬물씬 맡아지거늘, 놀부가 하는 말이,

"이 박은 농익어 썩은 박이로다."

하고 십 분의 칠팔 분을 타니, 홀연 박 속으로부터 광풍이 크게 일며 똥 줄기 나오는 소리에 산천이 진동하였다. 온 집이 혼이 떠서 대문 밖으로 나와 문틈으로 엿보니, 된똥, 물지똥, 진똥, 마른똥, 여러 가지 똥이 합하여 나와 집 위까지 쌓이는지라. 놀부가 어이없어 가슴을 치며 하는 말이,

"이런 일도 또 있는가. 이러할 줄 알았으면 동냥할 바가지나 가지고 나왔으면 좋을 뻔했다."

하고, 뻔뻔한 놈이 처자를 이끌고 흥부를 찾아가니라.

(경판 25장본/권순긍 현대역)

제11장
—

봉건체제에 대한 풍자 혹은 미화,
〈토끼전〉

1. '동물우화'를 활용한 풍자

〈토끼전〉은 〈토생전〉, 〈별주부전〉, 〈퇴별가〉, 〈별토가〉, 〈수궁가〉 등 자라의 꼬임에 빠져 용궁에 갔던 토끼가 기지를 발휘하여 간을 필요로 하는 용왕을 속이고 용궁을 빠져나온 판소리나 고전소설을 두루 일컫는 제목이다. 판소리나 판소리계 소설이면서 동물을 주인공으로 했다는 점에서 '동물우화(fable)'로도 볼 수 있다.

동물우화라 하면 『이솝우화』를 떠올리지만 우리 고전에도 우화소설은 제법 많다. 나이 자랑을 통해 향촌사회의 권력 변동을 다룬 〈두껍전〉, 과부의 재가 문제를 과감하게 거론한 〈장끼전〉, 남의 재산을 강탈하고도 무사히 풀려나는 (법을 무시하고 권력을 휘두르는 요즘 특권층의 모습을 보는 것 같은), 〈서대주전〉 같은 작품이 있다.

왜 동물우화가 필요했을까? 무언가 당시 사회의 잘못된 점을 꼬집기 위해서일 것이다. 우화는 이미 고정된 동물의 형상을 활용하기에 인간의 여러 유형을 정형화할 수 있는 장점이 있을 뿐더러, 동물에 빗대어 이야기가 진행되기에 비판, 풍자 하는 데서 오는 부담감을 줄일 수 있다. 왜 나를 욕 하냐고 하면 사람이 아니라 동물들의 얘기라고 둘러대면 되지 않겠는가! 그래서 풍자가 힘들었던 중세시대에는 권력자를 풍자하기 위해서 동물우화가 많이 사용되곤 했다. 그래서 우화를 일러 '약자의 서사' 혹은 '전복의 서사'라고 불렀다.

아마도 이런 동물우화를 적절히 활용한 기막힌 작품은 『사상계(思想界)』 1970년 5월호에 실린 김지하 시인의 〈오적(五賊)〉일 것이다. (이 시 때문에 그 잡지가 폐간되는 운명을 맞기도 했다.) 당시 나라를 망치는 5명의 도적, 즉 국회의원, 장·차관, 장성, 재벌 등을 동물로 빗대어 통렬한 풍자를 가함으로써 당시 민중들에게 권력자들을 공격하는 통쾌함을 안겨주었다.

〈토끼전〉에서도 용왕은 무너져 내리는 봉건체제의 정점에 위치한 이기적인 왕을, 자라는 죽을 각오를 하고 충성을 바치나 그 체제에 이용만 당하는 우직한 신하를, 토끼는 죽을 고비를 슬기롭게 벗어나는 지혜로운 민중을 각각 상징한다. 그밖에 용궁의 어전회의(御前會議)나 산중의 모족회의(毛族會議)에 등장하는 수많은 동물들은 조선후기를 살았던 다양한 인물들의 형상을 지니고 있다. 비록 동물의 모습을 하고 있지만 당시를 살았던 인물들의 행태를 보여준다. 그 결과 어느 작품에서도 이룰 수 없었던, 봉건체제의 모순들을 날카롭게 풍자할 수 있었다.

실상 당시를 살았던 사람들에게 자신이 몸담고 살고 있는 봉건체제나 이념을 풍자하는 것은 쉬운 일이 아니었다. 이런 점에서 본다면 〈토끼전〉이야말로 고전소설 중에서 정치적 비판의 수위가 가장 높은 작품이라고 할 수 있다. 어떤 작품에서도 다루기 껄끄러운 봉건체제나 이념을 문제 삼고 있기 때문이다. 그 풍자가 이뤄지는 작품의 장면 속으로 들어가 보자.

2. 봉건체제와 이념에 대한 신랄한 풍자

우선 봉건체제의 절대적 권위를 상징하는 용왕이 병들어 있다는 것 자체가 많은 것을 의미한다. 나라 일을 보살피느라 병이 든 것이 아니라 주색(酒色)에 빠져 "이삼일이 지나도록 실컷 놀아 주었더니" 병이 난 것이다. 게다가 누워서 신음하는 용왕의 모습은 추악하기 그지없다. 병든 용왕의 모습과 행실은 바로 무너져 내리는 봉건체제의 운명과 비슷하다. 봉건통치자가 이런 모습이니 그 체제가 제대로 유지될 리 없다. 우선 봉건이념으로서 절대적 권위를 갖는 '충(忠)'이 여지없이 우스갯거리가 된다.

충(忠)은 무조건적인 복종을 의미하는데, 병든 용왕을 구하기 위해 토끼를 잡아올 신하를 뽑자 아무도 선뜻 나서지 않는다. 공부상서 민어는 대장고래가 마땅하다고 추천하나 고래는 수군이 어찌 육전(陸戰)을 하겠냐고 반박하고, 간의대부 물치가 표기장군 벌덕게를 추천하나 그는 덕망이 없어 못한다고 하면서, 이부상서 농어, 예부상서 방어에게 그 임무를 맡긴다. 난처해진 용왕은 백의재상(白衣宰相) 쏘가리의 권고를 받아들여 스스로 합장군 조개, 적혼공 메기, 도미, 올챙이를 지명하나 모두 그럴듯한 이유를 대며 응하지 않는다. 스스로 나서지도 않을뿐더러 왕이 직접 지명하는 데도 발뺌을 하고 부당한 이유를 열거한다.

이를테면 용왕이 올챙이는 배불러 경륜을 품었으니 보낼 만하다고 천거하자, 다른 신하들이 올챙이가 개구리 되면 "올챙이 개구리적 일은 알 수 없어" 부적당하다는 것이다. 마땅히 지켜져야 할 충신의 덕목들이 현실의 이해관계에 의해 여지없이 무너지는 풍자의 양상을 볼 수 있다. 그래서 "평시에 (땅이나 지위를) 봉(封)할 제는 모두 충신이나 환란을 당하면 충신 귀하외다."(신재효본)는 말처럼 봉건시대 지고의 가치였던 충이 그 권위를 잃었음을 알 수 있다. 오죽했으면 용왕조차도 이렇게 한탄했겠는가?

남의 나라에는 충신이 있어 허벅지 살을 베어 임금을 살린 개자추(介子推), 초나라에 잡혀 왕을 대신해 죽은 기신(紀信)이도 죽을 인군(人君) 살렸으니 군신유의(君臣有義) 중할시고. 슬프다 우리 수국 수많은 고기 중에 충신이 없었으니 이 아니 원통한가. (가람본)

더욱 흥미로운 건 국가대사를 논하고 충성을 들먹이는 조정중신들이 모두가 다 비린내 나는 생선들 이라는 점이다. "세상에 나가면 밥반찬거리와 술안주거리"에 불과하기 때문에 이들의 행위 자체가 우스꽝스러워진다. 하잘 것 없는 생선들이 둘러 앉아 무슨 국가대사를 논하고, 충성을 들먹이는가? 중신들을 비린내 나는 생선들로 형상화 한 것은 조정중신들 모두를 싸잡아 풍자하고자 하는 것이다. 한 대목을 보자.

동편에 문관 서고 서편에 무관 서서 양반을 구별하여 일시에 들어올 때, 좌승상 거북이, 우승상 잉어, 이부상서 농어, 호부상서 방어, 예부상서 문어, 병부상서 숭어, 형부상서 준치, 공부상서 민어, 한림학사 깔따구, 간의대부 물치, 백의재상 쏘가리……배부른 올챙이 떼가 품계대로 차례대로 들어와서 주르르 엎드리니, 조관들이 들어오면 '의관을 정제한 몸이 어로 향에 끌려'서 향내가 날 터인데, 속 뒤집는 비린내가 파시평[갯벌에서 열리는 임시 생선시장] 보다 더하도다. (신재효본)

조정 중신이랍시고 우르르 모여있는 생선떼들을 상상해보라. 이 자체가 얼마나 기막힌 풍자인가. 조정 중신들이 실상은 생선인 셈이고, 그러기에 생선 비린내는 바로 썩어빠진 조정에 대한 총체적인 풍자인 셈이다.

그런데 더 흥미로운 것은 이 과정에서 당시 지배층 내부의 모순이 자세히 드러난다는 점이다. 지배층 내부의 모순은 우선 문무(文武)의 대립으로 나타난다. 그 정황은 공부상서 민어와 대장고래의 대립에서 발단되어 간의대부 물치와 표기장군 벌덕게의 대립으로 다시 반복된다. 용왕도 이 정황을 보고 "불쌍한 호반들이 문반에게 평생 눌려 절치부심(切齒腐心)하였다가 이런 때를 당하여 큰 싸움이 나겠다."고 할 정도다.

다음은 세도가인 벌열(閥閱)들이 등장한다. 작품에서 한림학사 깔따구와 간의대부 물치가 바로 이들이다. 그래서 "한림학사 깔따구는 이부상서 농어의 자식이요, 간의대부 물치는 병부상서 숭어의 자식이라 저의 집 세력으로 구상유취(口尙乳臭)한 것들이 중요한 벼슬을 하여 일이 되가는 모양도 모르고 방안 장담 저리 한다."고 공격을 받는다.

잘 알다시피 선조 때부터 시작된 당쟁은 18세기에 이르러 몇 개의 가문이 정권을 독점하는 이른바 벌열층의 성립을 보게 되는데, 이들에 의한 정치의 부패타락은 민중운동의 격화를 초래했고, 이에 대한 지배층의 대응은 벌열 자체의 권력집약에 의한 세도정치의 성립을 보게 되었다. 이들이 중요한 지위를 독점함으로써 정권으로부터 많은 선비들을 소외시켜 지배층 내부의 모순을 격화시키기도 했다.

3. 지방통치의 수탈 양상

봉건 이념이나 체제의 모순은 중앙에만 한정된 것이 아니다. 지방통치 역시 이와 맞물려 있다. 유독 신재효본에만 나타나 있는 산중 모족회의 장면이 그 단적인 예다. 애초에 산중의 모족회의는 짐승들을 괴롭히는 사냥개를 처치할 방도를 의논하고자 소집된다. 자라는 토끼를 만나고자 그 자리에 참석했다. 사냥개는 중앙정부와 끈이 닿아 있는 지방의 실력자인데, 회의에선 별 뾰족한 대책은 마련되지 않고 오히려 쥐와 다람쥐가 겨울 날 양식을 강탈당하고 멧돼지는 자식을 산채로 산군[호랑이]에게 바치는 지경에 이른다. 그래서 작품에서는 곰의 입을 빌어 지방에서 이루어지는 수탈의 참상을 이렇게 고발한다.

> 오늘 우리 모이기는 산 속의 폐단을 없애자 하자더니, 사냥개는 없애려 하되 포수 무서워 할 수 없고, 애잔한 쥐와 다람쥐가 겨울나기로 마련한 양식을 다 빼앗겨 부모처자 굶길 터요, 집안 세력이 부족한 멧돼지는 아들의 죽음으로 고통을 보았으니, 지금에 비하면 산군은 수령같고 여우는 간사한 출패사령, 사냥개는 세도아전, 너구리·멧돼지며 쥐와 다람쥐는 굶지 않는 백성이라. 오늘 저녁 또 지내면 여우 눈에 못 보인 놈 무슨 환란을 또 당할 지 그놈의 웃음소리 뼈저려 못 듣겠네.(신재효본 〈퇴별가〉)

당시 일반 백성들에게 가해지는 수령이나 아전들의 수탈이 얼마나 극심했나를 〈토끼전〉은 분명히 증거한다. 조선 후기 이른바 '중층적 수탈구조'라 하여 백성들이 수령과 아전들에게 이중으로 수탈당하는 일이 비일비재했다. 그런데 놀랍게도 이 대목을 강조했던 신재효(申在孝, 1812~1884)는 전북 고창 지방의 대표적인 아전이었다. 그 스스로도 일종의 가해자였을 텐데 자신이 속한 계급조차 냉혹하게 비판의 대상으로 삼았으니 현실을 바라보는 그의 인식이 얼마나 철저했는가를 알 수 있다.

4. 〈토끼전〉의 다양한 결말, 봉건체제에 대한 입장

〈토끼전〉은 이처럼 봉건체제와 이념을 전면적으로 문제 삼았다고 하겠는데, 그것을 바라보는 시각은 누구나 동일한 것이 아니었다. 자신이 속한 사회와 국가에 대한 정치적인 입장이기 때문에 다양한 편차를 보여준 것이다. 그것이 〈토끼전〉의 결말로 나타난 것이다. 그러기에 여느 작품과 달리 〈토끼전〉은 이본에 따라 다양한 결말이 존재한다.

우선 봉건체제를 지지하거나 미화하는 입장이다. 경판본 〈토생전〉은 토끼를 놓친 자라가 "간특한 토끼에게 속고 무슨 면목으로 돌아가 왕을 보겠는가? 차라리 죽는 것만 같지 못하다."라고 유서를 써 바위에 붙이고 장렬하게 자결하며, 용왕도 "인명은 재천이라"하여 "망령되게 도사의 말을 듣고 저렇듯 하였다가 토끼에게 업신여김을 당"하자 "하늘의 뜻을 모르고 조그만 토끼를 원함이 어찌 어리석음이 아니리오."라며 의연하게 태자에게 왕위를 물려주고 죽는다. 충성스러운 자라의 희생으로 인하여 봉건체제의 명분과 이념이 그대로 유지되는 입장이다. 더욱이 공적 출판의 성격을 갖는, 목판으로 인쇄된 '방각본(坊刻本)'이기 때문에 당시의 공식적인 입장을 그대로 수용한 것이다.

그런데 식민지시대에 출간된 이해조의 〈토의간〉(『매일신보』1912. 6. 9.~7. 11. 연재/박문서관, 1916년)이나 〈별주부전〉(신구서림, 1913년)에 오면 오히려 봉건체제나 이념을 미화하고 자라의 충성을 더욱 강조하고 있어 주목된다.

이해조의 〈토의간〉은 일단 토끼는 도망가지만 자라는 할 일 없어 빈손으로 수궁으로 돌아간다. 수궁에 돌아가 토끼에게 속은 일을 낱낱이 아뢰니 마침 선관이 내려와 "별주부가 충성이 특별하기로 그 충성을 널리 알리고자 토끼간을 말"했다 하며 선약을 주어 용왕을 살린다. 그렇다면 진작 선약을 주어 용왕을 살릴 것이지 왜 그렇게 고생시켰는가? 자라의 충성을 드러내기 위한 장치다.

〈별주부전〉은 그 제목이 뜻하는 것처럼 완전히 자라의 독무대다. 토끼는 포획의 대상일 뿐이고 자라의 충성심과 활약상이 지나치게 강조되어 있다. 작품의 60% 이상이 토끼를 찾으러 가는 내용이며, 결말 부분에서도 경판본처럼 토끼를 놓친 자라가 자결하려는 순간 화타(華佗)가 나타나 선약을 주어 사태를 해결한다. 중학교 『국어』에도 실린 그 장면은 이렇다.

"~내 토기의 간을 얻지 못하고 무슨 면목으로 돌아가 우리 임금과 조정 동료들을 대하리오. 차라리 이 땅에서 죽음만 같지 못하도다."

하고 머리를 들어 바윗돌을 향하여 부딪치려 하는데, 홀연 누가 크게 불러 말하기를,

"별주부는 늙은이의 말을 들어라!"

한다. 자라가 놀라서 머리를 돌려 보니, 한 도인(道人)이 머리에 절각건(折角巾)을 쓰고, 몸에 자하의(紫霞衣)를 입고 표연히 자라 앞에 와서 미소 지으며 말하는 것이 아닌가.

"네 정성이 지극하기로 내가 천명을 받아 선단(仙丹) 한 알을 주니, 너는 빨리 돌아가 용왕의 병을 고치게 하라."

말을 마치고 소매 안에서 약을 내어 주거늘, 자라 매우 기뻐 두 번 절하고 받아보니, 크기가 산사(山査)열매만하고 광채가 휘황하며 향취가 진동한다. 다시 절하고 사례하며,

"선생의 큰 은혜는 우리나라의 임금과 모든 신하들이 감격할 것입니다. 감히 선생의 높으신 이름을 알고자 합니다."

"나는 패(沛) 나라 사람 화타(華陀)로다."

하고 표연히 사라졌다. (신구서림, 〈별주부전〉)

경판 〈토생전〉처럼 바위에 머리를 부딪쳐 죽으려는 순간 화타가 나타나 용왕을 살릴 선약을 줌으로서 문제를 단숨에 해결한다. 왜 근대 이후에 출판된 작품에서는 하나같이 외부의 도움과 선약으로 문제를 해결할까? 근대가 도래하였으니 이제 봉건체제나 봉건국가의 운명과 같은 첨예한 문제는 관심이 없고 재미있게 이야기가 재편되는 과정에서 토끼와 자라의 재주다툼으로 이야기가 만들어진 것이다. 그래서 토끼도 살리고 자라도 살릴 수 있는 방법을 모색한 결과 외부의 도움인 선약으로 문제를 해결한 것이다.

더욱이 자라를 중심으로 이야기가 만들어지다 보니 봉건체제에 대한 비판

은 사라지고 자라의 충성이 부각되는 사태가 벌어진 것이다. 그 결과 봉건체제를 미화하거나 찬양하는 이야기로 매듭지어지게 되었다. 그 뒤 근대에 이어진 대부분의 〈토끼전〉은 모두 이런 방식을 따르고 있어 본의 아니게 봉건체제를 미화하는 입장을 취한다.

예전에 아들이 유치원에서 〈토끼전〉을 가지고 동극을 한다고 해서 역할이 무엇이냐고 물어본 적이 있었다. 못 마땅한 듯이 토끼라고 대답해서,

"네가 주인공이네?" 했더니, "아니요, 자라가 주인공예요." 하는 것이 아닌가.

왜 그런지 물어 보았더니, 바로 자라의 충성이 강조된 후대본을 말하는 것이었다. 용왕, 자라, 토끼 등 모두를 살리는 이야기로 만들기 위해서는 토끼간이 아닌 다른 선약이 등장해야하고 그 때문에 그걸 구해와 용왕을 살리는 자라가 이야기의 중심으로 부각된 것이다.

다음은 봉건체제를 비판, 풍자하는 입장이다. 대표적인 것이 필사본인 가람본 〈별토가〉다. 토끼를 놓친 자라가 수궁으로 돌아가지 않고 아예 소상강으로 망명(일종의 정치적 망명!)하고, 용왕은 토끼간을 기다리다 병이 깊어져 죽게 된다는 결말이다. 그 과정에서 토끼를 기다리던 자라부인이 상사병으로 죽게 되자 남편인 자라를 기다리다 그리 되었다고 하고 열녀문을 내린다는 코미디 같은 일이 벌어진다.

> 그 길로 소상강 돌아가서 대수풀에 의지하여 망명하여 사는 고로 그 자손 세상에 두루 퍼지고, 자라부인 암자라는 토선생 이별 후에 그리워하는 병이 되어 몇 개월 신음하다 속절없이 죽었으니 수궁에서는 그 자세한 내용을 모르고서 별주부를 생각하여 그러하다하고 용왕에게 글을 올려 열녀문을 내렸고, 용왕도 토끼 기다리다 병이 점점 더하여 세자에게 왕위를 물려주고 별궁으로 피하였다가……별세하고 세자 즉위하여 (가람본 〈별토가〉)

어떻게 이것이 가능했을까? 가람본 〈별토가〉는 공식화 될 필요가 없는 필사본이기 때문에 다양한 사설의 부연이 가능하며, 수많은 목소리들이 뒤섞여 있고, 봉건권력에 대한 희화와 비속화가 두드러진다. 누구에게 보이는 것이 아닌 자신만 읽는 일기는 어떤 내용을 써도 무방하지 않겠는가? 고전소설에서 유일 텍스트라는 필사본이 그런 경우다.

마지막은 봉건체제에 대한 미화와 비판을 적당한 선에서 타협하는 입장이다. 대표적인 작품이 신재효본 〈퇴별가〉이다. 물론 토끼도 살리고 용왕도 살리는 방식이다. 그렇다고 선관이 내려와 품위를 갖추어 선약을 주는 것이 아니라 '토끼똥(똥이라니!)을 주어 용왕을 살린다.

> 작은 총알 같은 똥을 많이 누워 칡잎에 단단히 싸 자라 등에 올려놓고 칡으로 감아 주니, 주부가 짊어지고 수궁에 간 연후에 구덩이 안에서 달리는 짐승이라니, 토끼 오직 좋겠느냐. 깡장깡장 뛰어가며 방자하게 뽐내 자랑하는 기색이 무섭구나 〈신재효본 〈퇴별가〉〉

사실 신재효는 용궁어전회의 대목과 산중모족회의 대목을 통해 봉건체제에 대해 신랄하게 풍자를 가했던 바, 그런 연장선상에서 보면 결말 부분에서 똥을 누워 주는 장면도 풍자로 읽힌다.(하찮은 미물인 토끼의 똥을 먹는 용왕을 상상해보라.)

하지만 봉건체제의 정점에 위치한 왕은 그 권위를 훼손당하지 않는다. 형편 없는 조정중신들의 역할을 자라 혼자 떠맡고 있기 때문이다. 그러기에 봉건체제와 조정중신들은 풍자되지만 자라의 충성 또한 강조된다.

여기서 우리는 자라의 위치를 다시 한 번 생각해 볼 필요가 있다. 과연 자라가 용왕의 하수인으로 형편없는 인물인가? 〈토끼전〉을 꼼꼼히 보다 보면 자라가 비록 맹목적인 충성을 바치나 변학도나 놀부처럼 공격당하지 않고 동정이나 연민을 느끼게 한다. 왜 그럴까? 자라는 용왕에게 맹목적인 충성을 바치지만 그의 처를 탕감으로 제공하려는 등 권력에 의해 철저하게 이용만 당하기 때문이다. 이런 부패한 봉건체제에 의해 이용과 희생을 당하는 처지가 독자들의 동정을 얻을 수 있었던 것이다. 결국 토끼와 자라는 모두 부패한 봉건체제로부터 소외와 희생을 당하는 인물인 것이다. 그래서 〈토끼전〉의 제목도 〈별주부전〉, 〈별토가〉 혹은 〈퇴별가〉라 하여 토끼와 자라를 동일선상에 올려놓고 있지 않은가?

토끼와 자라, 이 두 인물이 맞서고 어울리는 양상은 바로 현실의 모순과 질곡 속에서 부대끼면서 살아가야 하는 당대 민중들의 고민을 함축적으로 보여주고 있다. 토끼도 사지에서 벗어났다고 모든 게 해결됐던 것은 아니다. 사냥꾼의 그물에 잡히는 '그물 위기'를 당하거나, 독수리에게 잡혀 먹잇감이 되는 '독수리 위기' 맞는 것처럼 그 앞에는 숱한 위험과 고난이 가로놓여 있다. 자라도 자신의 의도와 관계없이 부패한 봉건체제를 따를 수밖에 없는 어려움이 있다. 토끼와 자라가 부대끼면서 살아나가는 모습 속에 전망을 불투명 하지만 대부분 토끼의 무사 귀환으로 작품이 마무리되는 것은 근대를 향한 역사가 어떻게 나아가야 할 것인가를 미약하게나마 보여준 셈이다.

[참고 문헌]

권순긍, 「토끼전의 매체전환과 존재방식」, 『고전문학연구』 30집, 한국고전문학회, 2006.

인권환, 「토끼전의 서민의식과 풍자성」, 『판소리의 이해』, 창작과 비평사, 1978.

인권환, 『토끼전 · 수궁가 연구』, 고려대 민족문화연구원, 2001.

정출헌, 「토끼전의 작품구조와 인물형상」, 『한국학보』 66호, 일지사, 1992.

정출헌, 『조선 후기 우화소설 연구』, 고려대 민족문화연구원, 1999.

〈토끼전〉

병든 용왕 살리는 토끼의 간

원(元) 순제(順帝) 갑신년에 남해 광리왕(廣利王)이 영덕전을 새로 짓고 좋은 날을 택해 집을 지을 때, 동·서·북 삼해의 왕에게 사신을 보내오기를 청하여 큰 잔치를 배설하니, 영타고 옥용적과 능파산 채련곡에 풍류도 장할 씨고, 삼위로 구전단 등 선약을 싫토록 서로 먹고 이삼 일이 지나도록 실컷 놀아주었더니, 좋지 않은 잔치는 없는지라. 잔치를 파한 후에 용왕이 병이 나서 임금 자리에 높이 누워 여러 날 신음하여 용(龍)의 소리로 우는구나.

수중의 온 벼슬아치들이 정성으로 구병할 제 수중에서 나는 것들을 연이어 쓴다. 술병 때문에 그런가 물메기 드려보고, 양기가 부족한가 해구신도 드려보고, 폐결핵을 초잡는지[1] 풍천장어 대령하고, 비위를 붙잡기에 붕어를 써보아도 백약이 무효하여 병세가 점점 심해진다.

온 나라가 허둥지둥하여 하늘에 빌더니, 하루는 오색구름이 수궁을 뒤덮으며 기이한 말소리와 좋은 향내가 사면으로 일어나며, 한 선관이 들어오는데 청하의와 명월패에 흰 새깃으로 만든 부채를 손에 쥐고, 표연히 당에 올라 손을 들어 길게 인사하고 무릎을 거두고 옷자락을 바로 하여 단정히 앉거늘, 용왕이 대경하여 공손히 묻기를,

"누추한 집에 천선이 강림하니 감사한 말씀 측량없사오나, 과인이 병이 있어 거동을 못하므로 문에 나아가 영접하지 못하였으니 무례하다 하지 마옵소서."

선관이 대답하되,

"은하수에 배를 타고 장건(張騫)과 배 띄워 놀다가 여동빈(呂洞賓)의 편지가 와서 창오산(蒼梧山)에서 놀자기에 그리로 가옵더니, 오다가 듣사오니 대왕께서 몸조리를 잘못하여 오래 고생한다기에 뵈옵자 왔사오니, 재주는 없사오나 증세나 듣사이다."

---

1) 초잡는지: 시초를 잡는지.

하옵고 풍신과 물망으로 별도로 선택하여 하옵기로, 농어는 '큰 입과 작은 비늘' 잘생겼을 뿐 아니오라 장한(張翰)이 생각하고 소동파(蘇東坡)가 귀히 여겨 친구가 점잖키로 벼슬아치 이부상서, 방어는 '황하의 방어와 낙수의 잉어'가 유명할 뿐 아니오라 이름이 '천원지방(天圓地方)'이란 방(方) 자 한 편 붙었기에 땅 차지 호부상서, 문어는 다리가 여덟이니 팔조목(八條目)을 응하였고 이름이 글 문(文) 자니 예문 차지 예부상서, 숭어는 용맹 있어 뛰기를 잘하옵고 이름이 '재기준수'라는 빼어날 수(秀) 자인 고로 군사 차지 병부상서, 준어는 가시가 많아 사람마다 어려워하고 이름이 '용법엄중(用法嚴峻)'이란 높은 준 자인 고로 형법차지 형부상서, 민어는 뱃속에 갖풀 들어 장인에게 요긴하옵고 이름이 '이용만민(利用萬民)'이라는 백성 민 자인 고로 장인 차지 공부상서, 도미는 맛이 있고 풍신이 점잖되 이름의 윗 자에 쓸 한자가 없고 아래에 고기 어 자 안 들었다고 상서등용 못 하는데, 한림학사 깔따구[10]는 이부상서 농어의 자식이요, 간의대부 물치[11]는 병부상서 숭어의 자식이라. 저의 집 세력으로 입에서 아직 젖내 나는 것들이 중요한 벼슬을 하여 아무 이치도 모르고서 방안 장담 저리 하나, 수륙이 다르니 용왕이 한 조서를 산군이 들을 테요 저이들이 조서 하고 저이들이 가라시오."

용왕이 들어보니, 불쌍한 호반들이 문관에게 평생 눌려 절치부심(切齒腐心) 하였다가, 이런 때를 당하여 큰 싸움이 나겠거든, 용안을 비쓱 들어 백의재상(白衣宰相)[12] 돌아보며,

"토간을 구하기에 시각이 급한데 문무가 불화하여 골라 쓸 수 없으니, 문무 간에 보낼 신하 선생이 천거하오."

쏘가리가 어찌하여 백의재상 되었는고? 수궁 벼슬하기 매우 어렵고 무섭다고 한가히 물러가서, 무릉도원에서 흰 갈매기와 백로로 벗을 삼아, '정승의 자리라도 자연과 바꾸지는 않겠다'는 장지화(張志和)와 노는 고로, 수궁 군신들이 '강호(江湖) 선생'이라 존칭하여 수궁에 일 있으면 예관 보내 청해

---

10) 깔따구: 원래는 껄떡이로 농어의 새끼.
11) 물치: 원래는 몬치 혹은 모젯로 숭어의 새끼.
12) 백의재상: 벼슬은 없으나 자연에 은거하여 재상의 대우를 받는 산림(山林).

다가 의논을 하는 고로, 벼슬 없이 국사 하니 당나라 이필(李泌)[13] 같이 백의재상 되었구나.

용왕이 병이 중하야 국사가 위태롭기에 의논 차로 모셔 와서 입시동참 되었더니, 쏘가리가 여짜오되,

"'임금만큼 신하를 잘 아는 이가 없다' 했으니 대왕이 정하옵소서. 자기의 임무를 감당하지 못할 신하면 불가하다 하오리다."

남의 재기 짐작하기 좀 어려운 노릇이랴. 요임금이 곤[14] 시켜 홍수를 다스리고, 공명이 마속(馬謖) 보내 가정(街亭)을 지켰으니, 하물며 병든 용왕이 신하 재주 알 수 있나 묻는 족족 당찮구나.

"합장군 조개는 온몸에 갑주가 단단하니 보내면 어떠한고?"

"합장군은 진짜 장부라 보내면 좋을 테나, 도요새와 원수 있어 둘이 서로 다투다가 '어부지리(漁父之利)' 되기 쉽사오니 보내지 마옵소서."

"원참군 메기가 주옥으로 꾸며 만든 좋은 관과 긴 수염이 점잖으니 보내면 어떠한고?"

"요사이 물고기 죽이는 가루를 돌 밑마다 풀어놓으니 민물 근방에는 못 가지요."

"'녹봉을 후하게 주는 나라에는 반드시 충신이 있다' 하니, 도미가 벌써부터 상서가 소원이라니 다녀오면 시키기로 하고 도미를 보내볼까?"

"사월 팔일 가까우니 서울은 쑥갓이요, 시골은 풋 고사리, 송기탕 찜감 보냈다가는 곧 죽지요."

"올챙이 배불러 경륜을 많이 품었으니 보내면 어떠할꼬?"

"한두 달에 못 올 테니 개구리 되면 올챙이 적 일 알 수 있소?"

문답이 장황하여 오정 때가 되어도 결정을 내리지 못하는구나. 서반(西班) 중의 한 조관이 출반하여 여짜오되,

"효도는 백행의 근원이요, 충성은 삼강의 으뜸이라. 천성으로 할 것이지 가르쳐 하오리까? 신의 선대 할아비가 멱라수(汨羅水)[15]에 사옵더니, 절강

---

13) 이필(李泌): 당나라 현종 때의 문장가이며 고사(高士).

14) 곤(鯀): 우임금의 아버지.

394

으로 장가가서 굴삼려(屈三閭)16)의 고기는 할아비가 얻어먹고, 오자서(伍子胥)17)의 고기는 할미가 얻어먹어, 부부지간 두 뱃속에 충혼이 잔뜩 들어 자손이 나는 대로 아주 뱃속 충신이요, 대대 충신이라. 수중은 고사하고 세상의 사람들도 충신의리 아는 이는 잡아먹는 법이 없고, 어부들이 잡았으면 사다 물에 넣는 고로 종족이 번성하되, 여러 벼슬 아니 하고 좋은 벼슬 구하지 않고, 가문 중에서 뛰어난 사람을 뽑아 주부 벼슬 세전하니, 황하수가 오래도록 나라를 모시옵고 기쁨과 슬픔을 같이 할 테니 신의 간을 잡수어서 대왕 환후 나을 터이면 곧 빼어 올리겠으나, 토간이 좋다 하니 신의 정성대로 기어이 구하리다."

만조가 다 놀래어 둘러서서 살펴보니, 평생 모두 멸시하던 주부 자라거든, 용왕이 의혹하여 자세히 묻는구나.

"토끼를 잡자 하면 수국에서 인간세계 가기에 몇 만 리 될 터이요, 허다한 봉우리와 골짜기 어느 산을 찾아가며, 삼백 모족 많은 중에 토끼를 어찌 알며, 설령 토끼를 만난다 해도 어찌하여 데려올지, 신포서18)의 충성과 공명의 지략이며, 걸음은 과보19) 같고 눈 밝기는 이루20) 같고, 소진의 구변이며, 맹분21) 같은 장사라야 그 노릇을 할 터인데, 너의 생긴 모양 보니 어디 그러하겠느냐? 백소주 안주하기 탕감이 십상이다."

주부가 여짜오되,

"충성지략 말 잘하기 흉중에 들었으니 외모 보아 알 수 없고, 외모로 본다 해도 과보가 잘 걸어서 해를 쫓아 갔사오되 그 발이 둘뿐인데 신의 발은 넷이옵고, 맹분이 힘이 세어 구정(九鼎)을 들었으되 목을 감추지 못하는데 신

---

15) 멱라수(汨羅水): 굴원이 빠져 죽은 호남성에 있는 강.
16) 굴삼려(屈三閭): 초나라 충신이자 시인인 굴원.
17) 오자서(伍子胥): 춘추시대 초나라 사람으로 오나라를 도와 부형을 죽인 초평왕의 원수를 갚았다.
18) 신포서(申包胥): 춘추시대 초나라 대부로, 오나라가 침범했을 때 진(秦)의 도움으로 오나라를 격파했다.
19) 과보(誇父): 상고시대 사람으로 걸음이 빨라 자기 능력을 믿고 해와 경주하다 타서 죽었다.
20) 이루(離婁): 백보 앞의 터럭을 볼 수 있을 정도로 눈이 밝았던 사람.
21) 맹분(孟賁): 힘이 장사인 전국시대의 용사.

은 목을 출입하고, 대가리가 뾰족하니 백기[22]의 지혜옵고, 허리가 넓었으니 오자서의 열 아름 둘레의 크기옵고, 콧구멍이 좁사오니 의사는 넉넉하고, 볼이 아니 퍼졌으되 구변은 있사오니, 참혹하게 죽더라도 토끼를 잡아올 터이오니, 토끼의 생긴 형용을 자세히 그려주옵소서."

용왕이 추켜,

"충성스럽구나! 주부의 충성이여. 신하로구나! 주부의 신하됨이여."

화공 인어를 불러들여 백옥벼루에 먹을 갈고 각색 채색 고이 개어, 비단을 펴놓고 좋은 붓을 빼어들고 토끼를 그리려고 할 때 인어가 수궁의 화공이어서 토끼의 화본(畵本)이 없었구나. 만조가 걱정하더니 전복이 썩 나오며,

"내 전신(前身)이 꿩이라. 산중에 있을 때에 사냥꾼의 날이든 독수리 급한 변이 무더기로 일어날 제, 산중에 만만한 것이 나와 토끼뿐이로다. 양자택일로 저 아니면 나 죽기로 어려움에 처해 서로 도와 구해주며 지냈으니, 금수가 달랐으되 불쌍한 처지가 각별하였기에 토끼의 생긴 형용, 속에 그저 눈앞에 아른거리니 내 말대로 그려내라."

전복은 가르치고 화사는 그리는데, '촛불 같은 흰 달' 바라보는 눈 그리고, '여기저기 새 우짖는 소리' 듣는 귀 그리고, '봄바람에 만발한 꽃' 향기 맡는 코 그리고, '여기저기 뒹구는 밤과 도토리' 주워 먹는 입 그리고, '발 빠른 개가 발 저는 토끼를 쫓으니' 달아나는 발 그리고, 진나라 중서령이 붓 매었던 털 그리고, 두 귀는 쫑긋, 두 눈은 도리도리, 허리는 짤록, 꼬리는 짤막, 설설 그려내니 자라가 화상 받아 목에 넣고 움츠리니 아무 염려 없었구나.

용왕 전에 하직하니 용왕이 부탁하되,

"옛날에 진시황이 불사약을 구하여고 서시[23]를 보냈더니, 큰 못이 가로막아 오지 않아 한 줌의 흙이 되었으니 어찌 아니 불쌍한가? 경 같은 장한 충성은 만고에 쌍이 없으니, 인간 세계에 있는 토끼를 빨리 잡아 돌아와서, 짐의 병을 낫게 하면 땅을 자손에게 나누어주어 그 공로를 갚을 테니 부디 가 조심하라."

---

22) 백기(白起): 전국시대 진(秦)나라 사람으로 용병(用兵)을 잘했다.
23) 서시(徐市): 진시황의 명을 받아 불사약을 구하러 갔다가 돌아오지 못한 사람.

주부가 하직하고 집으로 돌아오니, 주부가 인간 세계에 간다는 말을 집안에서 벌써 듣고 온갖 내외 친척들이 전송 차 다 모였다. 주부의 대부인이 주부를 경계한다.

"너의 부친 식욕 많아 낚싯밥을 물었다가 청년 나이에 죽었기에, 독수공방 내 설움이 너 하나를 길러내어, 불면 날까 쥐면 꺼질까, 아침에 나가 늦게 오면 문에 기대어 기다리고, 저문 때 나가 아니 돌아오면 이 문에 기대어 바라보았더니, 네가 지금 벼슬하여 임금을 섬기다가 임금이 병환 계셔 약 구하러 간다 하니, 임금과 신하가 간난과 사생을 함께 하는 것은 당당한 직분이니, 지성으로 구하다가 만일 약을 못 얻거든 모래밭에 뼈를 드러내 거기서 죽을 것이지 돌아오지 말지어다. 대대로 충신 집안 선조들의 덕을 더럽히게 될 것이니 두어서 무엇 하리."

주부가 여짜오되,

"정성을 다해서 위로 임금의 병환 아래로 모친의 마음 둘 다 편케 하오리다."

주부의 마누라가 하직을 하는데, 그도 또 법도에 맞게 한다.

"부부의 화목한 정은 잠시 이별 어렵지만, 오륜을 마련할 때 '군신유의(君臣有義)' 먼저 쓰고, '부부유별(夫婦有別)' 후에 쓰니 군신의 중한 의가 부부보다 더한지라. 임금을 위하다가 죽는데도 한이 없네. 당상의 늙은 어머니는 내가 봉양할 것이오, 슬하의 어린 자식 내가 길러 낼 것이니, 집안 생각 아예 말고 토끼만 얻어다가 임금 환후 낫게 하오. '채찍을 휘둘러 만 리 밖으로 사라지니 어찌 규방을 근심하는가'라는 말, 낭군이 모르시오."

주부가 대답하되,

"부인 말씀 듣사오니 충신의 아내 되기 부끄럽지 아니하니, 말씀대로 할 것이니, 어머님을 지성을 모시고 어린 것들을 자주 찾아 멀리 가게 하지 마소. 세상에 흉한 놈들 말굽자라 맛 좋다고 건져다가 삶아 먹지."

차례로 하직할 제,

"아저씨 평안히 다녀오시오."

"형님 평안히 다녀오시오."

"조카 잘 다녀오너라."

"소상강(瀟湘江) 손 빨리 다녀오너라."

주부의 처가는 소상강이던가 보더라. 이종사촌 고동, 내종사촌 소라, 진외척숙 우렁이, 육지사돈 달팽이 연이어 하직하는데, 천만 뜻밖 물개라는 놈 옆에 와 앉았거든, 주부가 물어,

"너는 어찌 예 왔느냐?"

"조카가 먼 데 가니 하직 차로 찾아왔지."

주부가 화를 내어,

"우리 집 내외척이 다 내력 있느니라. 고동, 소라, 우렁이들이 내 목과 같아서 들락날락하는 고로 촌수가 있거니와 너는 어찌 친척관계가 있노?"

물개가 웃어,

"내 좆도 네 목 같아 서면 들고 앉으면 나오기에 주부에게 아저씨 되지."

좌중이 미친놈이라고 물개를 쫓은 후에, 주부가 길을 떠나니 수국 풍경은 조석에 보던 데라. 산중을 어서 찾아 만경창파 얼른 지나 천봉만학 두루 밟을 때, 역산의 밭두둑은 순임군 따비 흔적, 도산의 넓은 터는 하우씨 공 받던 데, 대악에 묻은 옥백 헌원씨 제사요, 이구산 노구 자리 숙양홀(叔梁紇)이 빌던 데라, 수양산 새 고사리 백이·숙제의 청절 가련하고, 면산에 돋은 풀은 개가추의 충혼 적막하다.

채산의 공부자는 천하를 적다하고 무의 증점이는 봄옷을 떨쳤구나. 기산 아침볕에 봉황이 어디 가며, 농산 봄바람에 앵무가 말을 한다. 추역산 올라가니 태아검 묻히었고, 계명산 지나가니 옥소성 끊이었네. 낙안봉 어느 날에 범아부가 천상을 보았는고. 태행산 가는 구름 적인걸의 고향 생각, 상산에 흩어진 것 사호의 두던 바둑, 기산에 빈 것은 소부의 버린 쪽박. 부춘산 맑은 소리 엄자릉의 바람이요, 천목산 남은 향기 도연명의 국화로다. 여산의 큰 구릉은 진시황의 굴총터요, 현산의 이끼돌은 양숙사의 타루비, 낭거산 세운 비석 한공을 새겼으며, 팔공산 많은 초목 진나라 병사인가 의심하네. 향산의 깨진 것은 백낙천의 약솥이요, 화산에 남은 집은 진도남의 운대로다. 형산사 구름 걷기 한유의 정성이요, 용문산 눈이 오니 양공의 구경이라. 금성산 두른 송백 한 승상의 사동이요, 무이산 좋은 천석 주회암의 금서로다. 향산의 긴 뱀은 수미진을 치고 있고, 숭산에 우는 학은 선관이 모았구나. 낙가산 관음보살 감주병을 들고, 오대산 문수보살 감중련에 앉았구나. 구룡산 운화부

인 금간옥첩 볼 수 없고, 천태산 마고선녀 상전벽해 수놓는다.

곤륜산 안기생은 선단 비쳐 옥경 가고, 봉래산 적송자는 구름 깊어 못 찾겠다. 관산 밝은 달에 피리가 처량하고, 무산 저문 비에 선녀가 소식 없다. 이곳저곳 두루 찾아 한 곳을 당도하니, 무산에 낙조하고 창오산에 구름 일고 회계산에 안개 덮어 천지 적막커늘, 여산 동남 오로봉을 밤새도록 찾아가니, 향로봉에 해 비치어 붉은 내 일어나고, 폭포 소리 요란커늘 잠깐 앉아 구경하니, 어떠한 식구 하나 온몸에 이슬 적셔 이슬을 흘리고서 앞으로 지나간다. 주부를 얼른 보고 인사를 부치는데 유식한 체하느라고 문자로 하여,

"객은 어디서 오는 길이오[客從何處來]?"

주부가 자세히 본즉 제 형용과 비슷하거든 문자로 대답하여,

"나라고 하는 이는 동으로 가나 서로 가나 나그네로 정처 없거니와 거기서는 뉘시오?"

저것이 대답하되,

"내 성명을 이르자면 본사가 장황하여 입담간에 못 할 테나, 당신의 생긴 모습 나하고 비슷하니 내력을 말하오리다. 우리 선조께서 남해 수궁 벼슬하셔 대대 충신 지내더니, 조부님이 곧고 강직하여 임금에게 바로 고하다가 소인에게 참소 당해 인간 세계로 유배 가니, 다시 고향 못 가시고 산중에 노닐며 바위 위에서 노래 불러 안색이 초췌하고 형용이 야위어서 파리하니, 인간 세계의 사람들이 '얌전하고 불쌍하여 굴삼려와 같다' 하여 당호를 지었으되 남해에서 왔다하여 남녘 남(南) 자 떼고 '온 세상이 다 취했지만 나만 홀로 깨어 있다'의 깰 성(醒) 자 떼어, 남성선생이라 부르더니, 그 아내가 수중에 있어 기다리다 못하여서 여필종부 찾아 나와 육지사람 아주 되어, 자식들을 나은 것이 산중에서 사는 고로 도토리를 주워 먹어, 참나무 살이 올라 돌 위에 지나가면 나막신을 신었는 듯, 가난한 우리 형세 이름 매양 질 수 없어 조부님 당호 두고 대대로 불러가니, 아들도 남성이 손자도 남성이, 이후 증손 고손 나도 남성이라 한 것이오."

주부가 들어 본즉 동종(同種)이로구나. 한숨짓고 하는 말이,

"세상일 알 수 없고. 우리 선조 형제분의 계파가 갈렸으니 우리는 별(鱉) 자 파요, 오(鰲) 자 하신 그 방계 조상이 육형제분이신데, 기운이 천하장사로

삼신산을 싣고 있어, 이적선과 좋아하여 그 방조 죽은 후 적선이 와 조상하고 죽음을 두루 알렸으니, '여섯 마리 새우가 삼신산을 메고 다니다가 두 마리는 없어지고 네 마리가 메고 있는데 삼신산이 흘러 지금은 어디로 갔나'라는 말이 지금까지 전하는데 우리 수궁에는 그 자손이 없기에 자손이 모두 끊어졌나 하였더니 종씨 말씀 듣사오니 종씨가 그 자손 우리 집 종손이오."

남생이가 이 말 듣고 눈물을 펄펄 흘리면서 정성으로 하는 말이,

"본시 같은 뿌리에서 나왔는데 산수 간에 갈리어서 이제야 상면하니 내 마음 반갑기는 측량이 없사오나, 종씨는 어찌하여 저러한 귀한 몸이 산을 넘고 물을 건너 길을 가십니까?"

"예, 우리 수궁에서 재변(災變) 나서 해마다 물이 오염되어, 수족들이 모두 없어짐이 가련키에 부득이 수정궁을 자리 옮겨 짓자 하되, 수궁에 지관 없어 청산 월중토끼가 눈이 그리 밝다기에, 수궁으로 모셔다가 대궐 터를 정하고자 하되 토끼의 생긴 형용 잘 모르기에 동분서주 여러 달에 지금도 만나지 못 하였소."

남생이가 대답하되,

"산중에 일 있으면 모족(毛族)들이 모두 모여 공사를 하는데, 나와 두꺼비는 몸에 털은 없사오나, 네 발이 돋쳤다고 함께 매양 참여하더니, 요새 무슨 일 있는지 금월 십오일에 낭야산 취옹정(琅琊山 醉翁亭)에 일제히 모이라고 통문을 써가지고 다람쥐가 돌렸으니, 내 집에 가 계시다가 그날 함께 가서 모족 모임 구경하면, 삼백 모족 다 보시고 토끼 만나 보오리다."

산중 짐승들의 모족회의(毛族會議)

주부가 좋다 하고 남생이의 집 함께 가서 뭍의 동종들을 면면이 만나니, 집집이 돌려가며 착실히 대접하고 모임 날이 돌아와 남생이와 함께 낭야산을 찾아가니 털 좋은 친구들이 모두 들어 모이는데, 똑 이렇게 들어와 공부자가 『춘추』를 짓고 절필하던 기린, 천제의 엄격한 법 무섭다 코끼리, 투기 많은 여자 암팡스레 떠드는 큰소리 사자, 홍문연(鴻門宴)에서 '칼을 빼어 춤을 추고[彈劍作歌]', '배고파 산을 내려오[飢熊下山]'는 곰, 강물은 동쪽으로

흐르고 밤에 우는 원숭이, 바람 따라 구렁에서 일어나는 부르짖는 소리, 산군의 위엄 호랑이, 복희씨는 희생을 길러 포주(庖廚)를 충당했고, 문왕의 덕화는 장하시다. 신성한 곳에서 유유하게 지내는 사슴, 공명이 말을 사냥하려다가 잘못하여 잡아 탄식한 노루, 한 문공이 족보 짓던 붓의 후손 토끼, 신속의 쥐잡기는 하루 천리 가는 명마도 못 당한다. 호랑이 없는 산중엔 삵, 진시황을 네 아느냐 옛 무덤과 사당의 여우, '쥐에게 이빨이 없으면 무엇으로 담을 뚫을까' 살살 기는 쥐, 이랬다저랬다 우롱하니 어찌 알까 박랑(博浪)에서 엎드린 다람쥐, 뿔 좋은 고라니, 털 좋은 너구리, 기름 많은 멧돼지, 벌통 뚜껑 감 오소리, 좋고 누런 털 족제비, 부리 흰 조이, 강남길을 어찌 갈까 엉금엉금 두꺼비, 다 주워 모이더니 서로 높은 자리를 사양하며 기린으로 상좌를 정하니, 기린이 사양하여,

"나는 세상에 아니 있고 성인만 따라다녀 얼른 왔다 돌아가니 동방 군자국에 갑자 원년 성인 임금 등극을 해 계시니, 잠깐 가서 다녀오자고 한양으로 가는 길에 모족 모임 한다기에 얼굴을 알자하고 잠깐 찾아온 길이니, 여럿이 모인 높은 자리 손이 어찌 앉으리오?"

여러 번 사양하니 좌편에 별도로 만든 한자리에 기린이 먼저 앉고, 코끼리 사자며 곰과 원숭이가 그 밑에 앉은 후에, 산군이 주인으로 한가운데 주석하고, 우편에 사슴, 노루, 토끼, 여우, 삵 등의 무리가 차례로 앉은 후에 산군이 고개 들어 취옹정(醉翁亭) 글 써 있는 현판을 바라보며 하는 말이,

"구양수(歐陽修)[24] 그 어른이 우리하고 원한이 있던가?"

토끼가 물어,

"어찌하신 말씀이오?"

"'즐기던 사람들은 가고 새들만 즐겁다[遊人去而禽鳥樂]'는 새라는 글자는 둘을 쓰고 짐승 수 자 안 썼으니 그것이 절통하다."

토끼가 대답하되,

"그 글의 힘을 본진대 '새가 여기저기서 운다[鳴聲上下]'고 하였으니, 울

---

24) 구양수(歐陽修): 송나라의 정치가. 당송 8대가의 한 사람. 호는 취옹(醉翁). 그가 지은 〈취옹정기(醉翁亭記)〉에 동물이 많이 등장한다.

명 자 아뢴 고로 짐승 수 자 못 썼나보오."

사슴이 하는 말이,

"'사슴의 울음[呦呦鹿鳴]'이라니 내 소리는 울 명자가 아닌가?"

산군이 말을 꺼내어,

"오늘 모인 것은 근래 인심이 매우 무서워 짐승을 잡아먹기 온갖 꾀가 다 생기고, 산중에 수목 없어 은신할 데 없으니, 불쌍한 우리 모족 전멸할 것이 가련하기에, 한 자리에 모여 깊이 생각하여 각자 자기의 뜻을 말하고 들어보면 도모할 계책이 있을 런지, 난을 피하는 방안이 혹 있을까 이 모임을 하였으니 노소를 가리지 말고 각자 그 계책을 자세히 말을 하라."

너구리 여짜오되,

"소락의 소견에는 평생 미워하는 바가 있사오나 세력이 미치지 못하여 입을 열지 못하더니 하문을 하시기에 감히 아룁니다. 천지개벽한 연후에 사람이 제일 신령하니, 짐승이라 하는 것은 사람 위해 생겼으니, 성인의 하신 말씀 '오십에 고기가 아니면 먹지를 않는다' 하니, 사람이라 하는 것은 짐승 잡아먹는 터이니, 사람 손에 죽는 것은 조금도 서럽지 아니하나 사냥개라 하는 것은 같은 우리 모족으로 사람에게 얻어먹으니, 다른 개와 같은 행세로 똥이나 먹어주고 도적이나 지켰으면 주인 은혜 갚을 터인데, 무슨 놈의 아첨하는 무리로 냄새 잘 맡는 자랑하여 심산궁곡 충암절벽 찾고 찾아내니 제 아무리 애썼으나 피 한 모금 고기 한 점 맛이나 볼 수 있소. 제 몸에 이익도 없고 동료만 살해하니 그놈 소위 사냥개라. 산군님 이후에는 다른 짐승 살해 말고, 저 소위 사냥개를 세상에 있는 대로 다 잡수시면, 오소리뿐 아니오라 덕이 모든 짐승에게 미치오리다."

산군이 대답하되,

"사냥개라 하는 것이 소위 분통해할 만한 것이니, 다 잡아다 먹었으면 네게 설분되고 나도 배 채우련마는, 일등 포수 따라다녀 낮이면 앞을 서고, 밤이면 함께 자니 어설피 물었다가 조총 귀에 불이 번듯 총알이 쑥 나오면 내 신세 어찌되리?"

너구리 여짜오되,

"그리하면 사냥개는 제명대로 사오리까?"

402

"교활한 토끼가 죽으면 필요 없게 된 개는 삶아 먹힌다[狡兎死走拘烹]' 하니, 저도 죽는 날이 있제."

노루가 말을 하여,

"오늘 이 모임에 산중 짐승이 다 모이고 기린 선생님이 뜻밖에 왕림하셨으니, 무슨 음식 장만하여 대접을 해야 하제?"

산군이 노루를 추켜세워,

"아마도 늙은이가 인사를 더 아는구료. 노선생 이름 자에 늙은 노(老) 자 있는 고로 저런 말을 먼저 하제."

여우가 썩 나서며,

"다람쥐가 겨울나려 도토리를 많이 모아두었으니 가져오라 하옵소서."

산군이 좋다 하고 가져오라 분부하니 다람쥐가 생각한즉 좌중에 모인 식구 저보다는 주먹 세어 어찌할 수 없었으니, 저와 같이 만만한 놈을 제가 가려 또 내세워,

"쥐도 양식 많을 터이니 가려오라 하옵소서."

산군이 좋다 하니 쥐와 다람쥐가 애써 주워 모은 것을 다 갖다 바쳤구나.

좌중이 나누어 먹은 후 산군이 하는 말이,

"나는 실과를 못 먹으니 무슨 요기해야 하지?"

여우가 또 나서며,

"산군님 그 식량에 사소한 짐승들은 입담 없어 못 할 터이니, 멧돼지 큰자식이 지금 잡아 팔자 하되 열 냥 값이 푼푼하니 가져오라 하옵소서."

산군이 좋아라고 여우를 훨썩 부추켜,

"호(狐) 선생 여우가 얌전하여 내 식성을 똑 아는고, 내 옆에 와 앉으시오."

여우가 하하 웃고 팔짝팔짝 뛰어가서 산군 옆에 썩 앉으니, 멧돼지가 분이 나서 여우를 깨물잔들 임금 곁에 붙어 간신 짓을 오래하는 것들이요, 산군 옆에 앉았으니 호랑이의 위엄을 빌렸구나. 어찌할 수가 없었으니 제 분을 못 이기여 백자 사금파리 입에 물고 으득으득 깨물면서 큰자식을 바치니, 산군이 그 입으로 양볼 가득하게 먹을 적에 여우가 옆에 앉아 자랑이 무섭구나.

"저희들이 못생겨서 남에게 볶이어서 걱정하제, 나같이 행세하면 아무 걱정 하나 없지. 남의 무덤 바짝 옆에 굴을 파고 엎뎄으면, 사냥꾼이 암만해도

불을 지를 수도 없고, 쫓겨 가다가도 오줌만 누면 사냥개도 할 수 없고, 아무 데를 가더라도 주관하는 사람에게 비위만 맞추면 일생 평안한 신세, 내 힘 들이지 않고 놀아 주제."

장담을 한참 하니, 물고기를 버리고 곰을 얻음이라, 곰이 매우 의기 있어 나앉으며 하는 말이,

"오늘 우리 모이기는 산속의 폐단을 없애자 하자더니, 사냥개는 없애려 하되 포수 무서워 할 수 없고, 애잔한 쥐와 다람쥐가 겨울나기로 마련한 양식을 다 빼앗겨 부모처자 굶길 터요, 가세 부족한 멧돼지는 아들이 죽는 고통을 보았으니, 오늘 저녁 또 지내면 여우 눈에 못 보인 놈 무슨 환란을 또 당할지 그놈의 웃음소리 뼈저려 못 듣겠네. 요즘에 비하면 산군은 수령 같고, 여우는 간사한 출패사령, 사냥개는 세도아전, 너구리 멧돼지며 쥐와 다람쥐는 굶지 않는 백성이라. 그만하고 파합시다."

산군이 할 말 없어 자리를 마치고 일어서니, 여우가 그 곰을 별렀다가 이 간질을 부쳐 불 한 번은 받게 했다. 각각 하직하고 돌아갈 제 주부가 남생이 옆에 가만히 엎드려서 각 짐승들이 하는 말을 다 보고 들었구나.

별주부의 말에 속아 넘어간 토끼

모임을 파한 후에 토끼 뒤에 따라가며 푸른 산 돌길 그윽한 곳에 토끼를 한 번 불러,

"여보 토생원."

토끼의 근본 성정이 무겁지 못한 것이 겸하여 몸이 작으니 온 산중이 멸시하여 누가 대접하겠느냐? 쥐와 여우 다람쥐도,

"토끼야, 토끼야."

아이들을 부르는 듯 이름 불러 버르장머리 없이 함부로 하는 것을 평생을 겪고 지내다가, 천만 뜻밖에 누가 와서 생원이라 존칭하니 좋아 아주 못 견디어 깡충깡충 뛰어오며,

"게 누구요, 게 누구요, 날 찾는 게 누구요. 상산(商山)의 사호(四皓)들이 바둑 두자 나를 찾나, 죽림의 칠현들이 술을 먹자 나를 찾나. 청풍명월 채석

강25) 가자고 이백이 나를 찾나, 노와 삿대 잡고 적벽 가자 소동파가 나를 찾나. 인생부귀 물으려나 인생무상 가르치지, 역대흥망 물으려나 상전벽해 가르치지."

요리 팔짝 저리 팔짝 깡충깡충 뛰어오니, 주부가 엉큼하여 토끼의 동정 보자고 긴 목을 오므리고 가만히 엎졌으니, 토끼가 주부 보고 의심을 매우 하여,

"이것이 무엇인고?"

제가 의심 내고 제가 도로 그 의심을 버려,

"쇠똥이 말랐는가? 이 산중에 무슨 솥 깨어진 것 같은 큰 재목감이 어찌 저리 묘하게 깨어져 있는가? 애고 이것 큰일 났다. 사냥 왔던 총쟁이가 화약 심지 끌러놓고 똥 누러 갔나보다. 바삐바삐 도망하자."

깡충깡충 뛰어가니, 주부가 생각한즉 그대로 두어서는 저리 방정맞은 것이, 이리저리 못 가는 곳 없이 다니는 짓을 한없이 하겠거든 또 한 번 크게 불러,

"여보, 토생원."

토끼가 듣고 의심하여,

"누가 나를 또 부르노? 고이하다 고이하다."

아장아장 도로 오며 주부를 바라보니, 아까 없던 목줄기가 흙담 틈에 뱀 같이 슬그머니 나오거든, 의심나고 겁이 나서 가까이 못 오고서, 멀찍이 서서 보며 문자로 수작하여,

"내가 이 산중에서 생어사(生於斯) 장어사(長於斯) 유어사(遊於斯) 노어사(老於斯)26) 몇 해가 되었으되 이제 처음 보는 터에 나를 어찌 알고 무엇 하러 불렀느뇨?"

주부가 대답하되,

"'유붕(有朋)이 자원방래(自遠方來)하니 불역낙호(不亦樂乎)아'27)가 공부자의 말씀인데, 어이 그리 무식하여 가까이 아니 오고 처음 본다 괄시하니

---

25) 채석강(采石江): 당나라 시인 이백이 배 띄우고 놀던 곳. 배 띄우고 술을 마시던 중 물 가운데 달을 잡으려다 빠져 죽었다 한다.

26) 여기서 태어나서 여기서 자라고 여기서 놀고 여기서 늙음.

27) 『논어』〈학이(學而)〉편에 나오는 구절로 "벗이 먼 곳에서 찾아오니 또한 즐겁지 아니한가?"

인사가 틀렸구먼."

토끼가 들어본즉 생긴 것과 말하는 게 옆에서 볼 수가 없거든, 옆에 와 썩 앉으며,

"뉘라 하시오?"

"예, 나는 수궁에서 주부 벼슬하여먹는 자라요."

"산수가 서로 달라 서로 멀리 떨어져 있어 아무 관계가 없는데 수궁의 조관으로 산중은 어찌 왔소?"

"'아침에는 북해에서 놀고 저녁에는 창오산에서 잔다'고 어디는 못 가겠소? 우리 용왕 장한 덕화 임금의 자리에 있으시고, 팔천 리를 다스리니 하루도 쉼 없이 일들이 일어나는데, 신하가 재주 없어 찬양하기 어렵기에 용왕의 분부 되셔 임금을 보좌하는 인물을 구하기 위해 천하명산을 두루 다니다가 오늘날 모족 모임 천행으로 만났기에 만좌를 다 보아도 왕을 보좌할 만한 신하는 '곰도 아니고 표범도 아니라' 했으니, 선생 하나 뿐이기로, 선생을 모셔가자고 뒤를 따라왔사오니 바라건대 토선생은 범수가 왕계 따르듯28), 한신이가 소하 따르듯29) 나를 따라 가사이다."

토끼가 제 인물에 너무나 감사한 말이거든 제 소견도 의심하여,

"어떻기에 내 형용이 곰보다도 나을 테요, 표범보다도 나을 테요?"

주부가 대답하되,

"곰의 몸이 비록 크나 눈이 적고 털이 덮여 태양 정기 부족하니 미련하여 못쓸 테요, 범이 비록 용맹하나 코 짧고 줄기 없어 콧대가 낮고 우묵하니 단명하여 못쓸 테요, 선생의 기상 보니 잘 다스려진 세상엔 수완이 좋은 신하요, 어지러운 세상엔 간사한 영웅이라. 눈이 밝고 속이 밝아 천문지리 다 알 테요, 몸이 작고 발이 빨라 산도 넘고 물도 뛰어 따라갈 이 없을 테니, 능란한 저 말솜씨가 소진(蘇秦)의 합종(合從)30)인지, 가끔가끔 조는 것 공명의 졸음인지, 생긴 것이 모두 나라에 이로운 신하, 볼수록 모든 성중 모족 중의

---

28) 범수(范雎)가 왕계(王稽) 따르듯: 전국시대 진나라 사람 왕계가 소왕을 위하여 위나라 범수를 재상으로 천거했다.

29) 한신(韓信)이가 소하(蕭何) 따르듯: 한나라 재상 소하가 한신을 대장군으로 천거했다.

30) 소진의 합종: 낙양 사람 소진의 구변으로 6국이 연합하여 진(秦)에 대항하기로 함.

제일이니, 우리 수궁 가시오면 들면 정승이요, 나가면 대장군이니 저 공명을 따를 이 뉘 있을까?"

토끼가 들어본즉 주부의 하는 말이 저 생긴 형용하고 낱낱이 똑같거든, 가만히 생각한즉 형용은 무던하나 속에 글이 없었으니, 수궁의 글 유무를 알아야 할 테거든 또 물어,

"수궁 조관 중에 문장이 몇이나 되오?"

"문장조관 있으면 영덕전(靈德殿) 지을 때에 상량문을 못 지어서 인간 세계까지 멀리 나와 글 잘하는 여선문(余善文)을 청하겠소?[31]"

또 물어,

"수궁에 훨씬 키 큰 조관 있소?"

"영덕전 상량할 제 키 큰 조관 가리는데 내가 상량하였지요. 그리 큰 수궁에서 나만한 키도 없소. 선생이 들어가면 키 큰 거인 방풍씨[32] 들어왔다 모두 깜짝 놀라지요."

토끼가 생각한즉 너른 의장 좋은 구변 내 속에 흠뻑 들었고, 글 잘하고 키 큰 조관 수궁에 없다 하니, 내 지닌 여러 조건 눌릴 데가 없건마는 '고향 떠나기를 좋아하지 않는다' 하니 이 사세가 썩 떠나기 어렵구나. 한번 사양하여 보아,

"주부를 따라가면 좋기는 좋을 테나, 산속의 즐거움과 풍월의 흥겨움을 잊을 수가 없사오니, 어찌 따라갈 수 있소?"

주부가 물어,

"산속의 즐거움과 풍월의 흥겨움이 만일 그리 좋으면 나도 여기 함께 있어 수궁으로 안 갈 테니, 이야기 조금하오."

실없는 토끼 소견 제가 주부 속이기로 산림풍월 자랑할 때, 턱없는 거짓말을 냉수 먹듯 하는구나.

"청산에 봄이 오면 온갖 꽃이 만발하여 병풍을 두른 듯, 꾀꼬리는 노래하

---

31) 문장조관~청하겠소?: 명나라 구우의 『전등신화(剪燈新話)』의 〈수궁경회록(水宮慶會錄)〉에 여선문(余善文)이 용궁에 초청되어 상량문을 짓는 내용이 있다.

32) 방풍씨(防風氏): 바람을 막을 정도로 덩치가 큰 사람.

고 나비는 춤을 추어 풍류 놀기도 좋거니와 공자 제자 오칠 관동이 기수(沂水)에 목욕하고 무우(舞雩)에 바람 쐴 때 따라가서 구경하고, 녹음과 방초가 꽃보다 나은 첫여름에 공자(公子) 왕손 답청[33] 구경, 늘어진 버드나무 사이에서 다투어 나타나는 푸른 저고리 붉은 치마 그네 구경, 기이한 봉우리 돌비탈 사이에서 여름 구름 피어오르고, 수풀 사이 샘에 피서하여 즐기는 목욕 구경, 여름 철 석 달 다 보내고 가을바람이 일어나고, 옥 같은 이슬이 서리되어 서리 맞은 나뭇잎이 봄꽃보다 더 붉으니 세상사 아랑곳 않고 한가로이 지내는 누각과, 국화 피는 구월 구일 용산(龍山)에서 술 마시고 흥겹게 춤추는 좋은 구경, 모든 산에 새의 자취가 없어진 겨울을 나 혼자 맛에 겨워 용문에서 설경을 구경할 적에 구양수(歐陽修)도 따라가고, 나귀를 타고 매화 구경 하올 적에 맹호연(孟浩然)도 따라가서, 산간의 사계절 좋은 경치를 오는 대로 구경하여 임자 없는 청산녹수 모두 우리 집을 삼고, 값없는 청풍명월 나 혼자 주인 되어 암혈간에 살아가니 반고(盤古)씨 적 시절인가? 나무 열매를 먹었으니 유소씨(有巢氏)[34] 적 백성인가? 이러한 편한 신세 시비할 이 뉘 있으며, 이러한 좋은 흥미 앗아갈 이 뉘 있으리? 수궁이 좋다 해도 '고향을 떠나면 곧 천해 진다' 하니 갈 수 없제, 갈 수 없제. 회수(淮水)를 건너면 유자도 탱자 되니 안 갈라네, 안 갈라네."

주부가 들으면서 가만히 생각한즉 저를 훨썩 부추겼더니 좁은 소견 교만함이 나서 저렇게 덤벙대니, 되게 한번 탁 질러서 저 놈 기를 꺾어보자 천연스럽게 물어보아,

"여보, 토생원, 말씀 다 하시었소?"

"예, 다 하였소."

"몹시 불어 젖히시오. 산에서 부는 바람 바닷바람 다 훨씬 세니 귀가 시려 못 듣겠소. 수중에 있는 이는 산중 일을 몰라라 저렇게 과장하되 당신의 가련한 신세 낱낱이 다 이를 테니 당신이 들으시려오?"

---

33) 답청(踏靑): 당송 이후 청명절에 교외에 나가 파릇파릇한 풀을 밟으며 거니는 풍속.

34) 유소씨(有巢氏): 새가 보금자리를 만들고 사는 것을 보고 사람에게 집을 만드는 것을 가르쳐 주었다는 전설 속의 성인.

"말씀하시오."

"천봉에 바람 차고 만학에 눈 쌓여 땅에는 풀이 없고 나무에 과실 없어 여러 날 굶은 신세 어두침침 바위틈에 고픈 배를 틀어쥐고 적막히 앉은 거동, 진나라 함곡관(函谷關)에 초회왕(楚懷王)의 신세런가? 북해상 큰 움 속 소중랑³⁵⁾의 고생인가? 무슨 정에 눈을 감상하며 매화를 찾나? 이삼월 눈이 녹아, 풀도 있고 꽃도 피면 주린 배를 채우려고 이 골 저 골 다니다가, 토끼 잡는 그물 빈틈없이 둘러치고, 용맹스런 무사가 날랜 걸음으로 소리치고 쫓아오니, 짧은 꽁지 샅에 끼고 코에 단내 풀풀 내면서 하늘땅도 분간 못 하고 도망할 제, 천만 뜻밖에 독수리가 중천에 높이 떴다가 날아 내려 앞 막으니, 당신의 불쌍한 정세 적벽 화전 중에 목숨이 아니 죽고 간신히 도망타가 화용도 좁은 길목에 관운장(關雲長) 만난 조조(曹操)로다. 어느 틈 무슨 경황에 기수 목욕 무우 바람, 사오뉴월 여름 되면 당신 신세 더 어떻고? 수풀 깊고 날이 더워 진드기와 왕개미가 온몸을 침질하니, 잡자 해도 손이 없고 두루 재도 꽁지 없어 볶이다 못 견디어 산 밑으로 내려오니, 풋나무 초군이며 김매는 농부들이 호미 들고 작대 들고 이 목 저 목 쫓아오니, 호랑이 피하려다 이리 만난 저 정경 어떻다 하겠는가? 그네, 목욕 구경 생각 어느 틈에 날 터이며, 칠팔구월 가을 되면 공산에 잎 떨어져 산과목실 낭자하니, 물 것 없고 밥 많아 모족에게 좋은 때는 일 년 중 제일이나, 봉봉에 앉은 것은 매 받든 수리부엉이, 골골이 뛰는 것은 내 잘 맡는 사냥개라. 몽둥이 든 몰이꾼은 양 옆에서 몰이하고 조총 든 명포수는 총구멍에 화약 박아 목목이 앉았으니, 당신의 급한 사세 하늘로 날아오를 터인가 땅으로 들어갈 터인가? 단풍 구경, 국화 구경 내 소견엔 할 수 없네. 우리 수궁 같았으면 태평스럽게 즐거움을 누릴 터이기에 모셔가자 하였더니 화망살(火亡煞)이 사주에 있어 못 가겠다 하시오니, 괴철(蒯徹)의 말 아니 듣고 종실의 한신(韓信) 죽음, 범려(范蠡)의 편지 불신하고 월나라 문종(文種)의 죽음³⁶⁾, 선생 신세 불쌍하오. 내 행

---

35) 소중랑(蘇中郎): 한무제 때 중랑장으로 흉노에게 사신으로 갔다가 움집에 유폐되어 19년 만에 돌아온 사람.

36) 범려의~죽음을: 월나라 범려가 월왕 구천은 섬길 위인이 못 된다고 문종에게 피하라는 글을 보냈으나 듣지 않다가 해를 당했다.

색이 바쁘니 부득이 가나이다."

하직하고 썩썩 가니 토끼가 따라오며,

"여보시오 별주부, 성정 그리 급하시오."

주부가 대답하되,

"내 할 말은 다 하였으니 불러도 쓸데없소. 평안히 계시옵고 산속의 즐거움을 누리시오."

앙금앙금 바삐 가니 토끼가 계속 따라오며,

"수궁에 들어가면 화망살을 면하리까?"

"알기 쉬운 오행 이치 '물이 불을 이긴다'는 것을 모르시오."

"그것은 그러할 터이나, 타국에서 왔다 하고 천대를 하면 그 아니 절통하오?"

"어찌 그리 무식하오. 동해 사람 여상(呂尙)이가 주나라 왕의 스승이 되고, 우나라 백리해(百里奚)가 진나라 정승 되니 무슨 천대 받겠소?"

토끼가 하는 말이,

"우리 산중 친구들에게 하직이나 하고 가제."

"큰일을 할 때에는 많은 사람과 함께 꾀할 것이 아니라 하였으니, 각기 소견 다 다르니 '위험한 곳이니 가지 마라'고 말릴 이도 있을 테요, '그 일이 장히 좋으니 함께 가자'고 할 터이니, 길가에 집짓기라 삼 년이 지나도 짓지 못할 테지요."

"우리 처에게 나 간다고 하고 가세."

"꾀하고자 하는 바가 여자에게 미치면 망하는 법인 것을, 수궁에 가서 공명한 후 쌍가마 보내 모셔 가면 오죽 좋겠는가?"

이리저리 살살 돌려 수작하며 가노라니, 방정맞은 여우 새끼 산모퉁이 썩 나서며,

"이야, 토끼야 너 어디 가느냐?"

"벼슬하러 수궁 간다."

"이야, 가지 마라."

"왜 가지 말래냐?"

"물은 배를 띄우기도 하나 배를 뒤집을 수도 있으니, 물이라는 것은 위태

하고, 아침에 임금의 은혜를 받다가도 저녁에 죽임을 당하니 벼슬이 위태하다. 두 가지 위태한 일 타국으로 벼슬 얻으러 갔다 못 되면 굶어죽고 잘되면 비명횡사한다."

"어찌하여 비명횡사냐?"

"이사(李斯)[37]라 하는 사람 초나라 명필로서 진나라에 들어가서 승상까지 하였더니, 진나라 수도인 함양에서 허리를 잘려 죽임을 당했으며, 오기(吳起)[38]라 하는 사람 위나라 명장으로 초나라에 들어가서 정승이 되었더니, 귀척대신들이 공격하여 죽이니, 너도 지금 수궁가서 만일 좋은 벼슬하면 반드시 죽을 테니, '토끼가 죽으니 여우가 슬퍼한다'고 우리 정다운 처지에 내 설움이 어떻겠냐. 가지 마라, 가지 마라."

토끼가 옳게 듣고 주부에게 하직하여,

"당신 혼자 잘 가시오, 나는 가지 못하겠소. 천봉백운 내 버리고 만경창파 가자기는 벼슬하잔 뜻일러니, 벼슬하면 죽는다니 객사하러 갈 수 있소? 어진 벗 우리 여우 충고하여 좋은 데로 이끌어 하는 말을 내 어이 안 듣겠소."

주부가 생각한즉, 다 되어가는 일을 몹쓸 여우 놈이 방정을 부렸구나. 여우하고 토끼 사이에 이간을 부쳐,

"좋은 친구 두었으니 둘이 가서 잘사시오. 제 복이 아닌 짓을 권하여 쓸데 없소."

돌아도 아니 보고 앙금앙금 내려가니, 토끼가 도로 오며 자세히 묻는 말이,

"복 없다니 웬 말이오?"

주부가 대답하되,

"남의 둘이 좋고 정다운 처지 나쁜 말이 부당하나, 당신이 물으시니 할 밖에 수가 없소. 내가 육지 나온 지가 여러 달이 되옵기로 여우가 찾아와서 자기를 데려가라 하되, 방정스런 그 모양과 간교한 그 심술이 떨어질 수도 가까이 할 수도 없을 터기에 못 하겠다 떼었더니, 당신 데려간다는 말을 이놈

---

37) 이사(李斯): 초나라 사람으로 명필가. 진시황을 도와 승상이 되어 엄하게 법을 집행했으나 뒤에 조고(趙高)의 참소로 함양에서 허리가 잘려 죽었다.

38) 오기(吳起): 위나라 사람으로 용병에 능했다.

이 어찌 알고 쫓아와서 방해하니 당신은 떼어 보내고 제가 이제 따라 오제."

토끼가 곧이들어,

"참 그러하단 말씀이오?"

"얼마 안 가서 알 일인데 거짓말할 수 있소?"

경망한 저 토끼가 단참에 곧이듣고 여우에게 욕을 하며,

"그놈의 평생 행세 사사건건 저러 하제. 열 놈이 백 말 하더라도 나는 따라 갈 테요."

그렁그렁 내려가니 해변 당도하였구나. 만경창파 끝이 없어 바다 멀리 수면과 하늘이 하나로 이어져 한가지로 푸르게 되었으니 토끼가 깜짝 놀라,

"저게 모두 물이오?"

"그렇지요."

"저 속에서 살았소?"

"그러하오."

"콧구멍에 물 들어가 숨을 쉴 수 있소?"

"그러기에 내 콧구멍은 조그만 하게 뚫렸지요."

"내 코는 구멍이 크니 어찌하자는 말씀이오?"

"쑥잎 뜯어 막으시오."

"깊기는 얼마나 하오?"

"우리 발목물이지요."

"저런 거짓말이 있소. 만일 거기 빠졌으면 한 달을 내려가도 땅에 발이 안 닿겠소."

"나 먼저 들어갈게 당신은 서서 보오."

주부가 팔짝 뛰어 바다 위에 둥실 떠서 허위허위 헤엄하며,

"어디 깊어?"

토끼가 하하 웃어,

"당신 헤엄하오?"

"들어와 보면 알제."

토끼가 시험 차로 언덕에 앞 발 딛고 물속에 두발 넣어 시험하여 보려하니, 주부가 달려들어 토끼의 뒷다리를 뎅겅 물어 잡아채니 토끼가 풍 빠져

서해 바닷물을 많이 마셨다. 주부가 등에 업고 해상에 둥둥 떠서 정처 없이 가는구나.

토끼가 팔짱 끼고 주부 등에 앉아 놓으니 중도에서 어쩔 수 없는 처지가 되어 다시 내릴 수도 없고, 살 없는 제 불알 털 없는 자라 등에 아파 앉을 수가 없다.

주부를 불러,

"여보시오 나으리, 여기 어디 주막 있소?"

"무엇하게?"

"송곳이나 끌이거나 연장 하나 얻어다가 나으리 등에 말뚝 박아 손잡이 하옵시다."

"오래 타면 이력나제."

처음 배 탄 사람 같이 토끼가 멀미하여 똥물을 다 토하니 주부가 조롱하여,

"이번은 저 배속에 삼위로(三危露) 구전단(九轉丹)이 밤낮으로 들어갈 터이니, 산과목실 먹은 것은 훨씬 게워 속을 씻제."

토끼가 대답하되,

"삼위로 맛 못 보고 중로에서 죽기 쉽소."

주부가 계속 조롱하여,

"만일 저리 위태롭거든 산중으로 도로 가제."

그렁저렁 가노라니 토끼가 이력나서 무서운 게 하나 없고, 지나가는 경치를 알고자 묻는 말이,

"저기 저것이 무엇이오?"

주부의 장한 충성 육지 온 지 여러 달에 밤낮으로 고생하다, 토끼를 겨우 속여 고국으로 돌아가기 시각이 바빴으니, 토끼 구경 시키자고 해상에 머물러서 가르쳐 줄 리가 있나. 좋게 대답하여,

"수궁에서 벼슬하면 남해바다 팔천 리를 조석으로 구경할 것이니, 지체 말고 어서 가자."

가마꾼의 씩씩한 걸음으로 급히 내려와서 수정문밖 당도하니, 고기 머리에 귀신 형용을 한 여러 군사들이 주부 보고 절을 하며,

"평안히 행차하고 토끼 잡아 오시니까?"

"오냐, 저것이 토끼이니 착실히 맡아두라."

하며 문안으로 들어가니 토끼가 들어본즉 분명이 탈이 났거든 군사들과 수작하여,

"당신들은 수궁에서 무슨 벼슬해 잡수시오?"

"문 지키는 군사지요."

"수궁에서 무엇 하자고 토끼를 잡아왔소?"

"우리 대왕님 병세가 위중하셔 토끼 간을 잡수셔야 회춘을 하시리라고 선관이 지시하기에, 별주부 내보내어 잡아오라 하였는데, 당신 속 모르겠소. 죽기가 무엇 좋아 고향을 내버리고 예까지 따라왔소."

하늘이 무너져도 솟아날 구멍이 있다

토끼가 들어본즉 별 수 없이 죽었구나.

두 눈만 까막까막 생각하고 앉았더니, 잠시 후 대궐 안에 명령 소리 크게 나서 만조가 입시하여, 대좌기 대군물을 불시에 차리는데, 몸집 긴 고래와 큰 곤이(鯤鮞)는 좌우로 나누어 서고, 도롱뇽과 이무기는 앞뒤에서 좋아라고 날뛰어 정절(旌節)과 모절(旄節)을 잡고 창과 방패를 든 것이 부지기수 늘어서서 토끼를 잡아들이니 조막만한 이 신세가 수정궁 넓은 뜰에 엎디어서 생각하니 넓고 큰 바다에 한 알의 좁쌀이라.

용왕이 병 중하여 거동을 못 하더니 토끼를 보옵시고 새 정신이 왈칵 나서, 창문을 열어 큰소리로 분부한다.

"옥황의 명을 받아 남해를 지켰기에, 인간에게 비를 주고 수족을 진무하여 덕이 정중하고 시혜를 널리 베풀었더니, 우연히 병 중하여 토간이 아니면 다른 약이 없는 고로 별주부의 충성으로 너를 잡아 바쳤으니, 네 간을 내어먹고 짐의 병이 나은 후에 토끼 너의 공을 짐이 어찌 잊을쏘냐. 한나라 기신 같이 풀을 묶어 앉힐는지, 기린각(麒麟閣) 능운대(凌雲臺)에 네 이름을 새길는지 목숨 바쳐 명분 이룸이 그 아니냐? 조금도 서러워 말고 배 내밀어 칼 받아라."

토끼가 분부 듣고 아무 대답 아니 하고, 고개를 번듯 들어 임금 자리를 바

라보며 눈물만 뚝 떨어뜨리니, 용왕이 생각하되 저것이 나 때문에 죄 없이 죽을 곳에 나아가니 오죽 불쌍하랴. 좋은 말로 타일러 웃음을 머금고 죽게 하자, 다시 분부하시거늘,

"서러워서 눈물을 흘리느냐?"

토끼가 여쭈오되,

"죽기 서러워 아니옵고 못 죽어서 우나이다."

용왕이 의심하여,

"그것이 웬 말인가?"

"아뢸 터이니 들으시오. 소토(小兎)같은 작은 목숨 인간 세상에 지천이라, 독수리 밥이 될지 사냥개 반찬 될지, 그물에 싸일는지 총부리에 타질는지 죽고만 말 터이니, 그런데 죽사오면 세상에 났던 자취를 누가 다시 아오리까? 뱃속의 간을 내어 대왕 환후 구하오면, 아무 공로가 없사와도 아름다운 이름을 오랫동안 전함이 절로 될 것인데, 하물며 대왕 덕택에 금으로 장식된 저 형용과 기린각, 능운대에 새긴 저 생명이 그 영화 무궁하여 만세에 유전될 텐데, 이 방정맞은 것이 간 없이 왔사오니 절통하기 측량없소."

용왕이 크게 웃으며,

"미련한 것이로다. 거짓말을 할지라도 그럴 듯하게 할 것이지 천만 부당한 말 뉘 곧이 들을 테냐? 네 뱃속에 있는 간이 네 몸이 여기 왔는데, 어찌 못 왔는고?"

토끼가 하늘을 보고 한참 크게 웃으니 용왕이 물으시되,

"간사한 모양이 드러나니 할 말 없어 웃는구나?"

토끼가 여짜오되,

"할 말씀은 많사오나 대왕 같은 저 지위에 무식함을 웃나이다. 대왕의 무궁한 변화 하늘에 오르고 땅에 들어가옵시고, 구름을 일으키고 비를 내리시기에 천지간 무궁한 이치가 다 지나치게 심하였더니, 소토의 간 출입은 나무하는 아이와 목동들이 다 아는데 대왕 혼자 모르시니 어찌 그리 무식하십니까? 천상의 차고 이지러지는 이치를 달이 맡아 있삽기에 보름 이전이면 차옵다가 보름 이후면 줄어지니 달의 별호가 옥토(玉兎)이옵고, 지상의 나아가고 물러서는 이치를 조수가 맡았기에 사리엔 물이 많고 조금에는 적사오니

조수의 별호 삼토(三兎)이오니, 소토의 뱃속 간이 달빛 같고 조수 같이 보름 전에는 배에 두고 보름 후에는 밖에 두어 나아가고 물러나며 차고 이지러지는 고로 약이 되어 좋다 하지, 만일 다른 짐승 같이 뱃속에만 줄곧 있으면 허다한 짐승 중에 소토의 간이 왜 좋다 하리까? 금월 십오일 낭야산 취옹정에 모족 모임 하옵기에 소토의 간을 내어 파초잎에 고이 싸서 방장산(方丈山) 최고봉 우뚝 선 노송 가지에 높이 높이 매다옵고 모임에 갔삽다가 별주부를 상봉하여 함께 따라왔사오니, 다음 달 초하룻날 복중에 넣을 간을 어찌 가져올 수 있었겠소?"

용왕이 들어본즉 이치가 그렇거늘, 저런 줄을 알았다면 약 가르친 선관에게 물어나 보았을 텐데 후회막급 되었구나. 또 물어,

"네가 손도 없는 것이 뱃속에 있는 간을 어디로 집어내고 임의로 출입한다 말인가?"

"소토의 밑구멍에 간 나오는 구멍 있어 배에다 힘만 주면 그 구멍으로 나오옵고, 입으로 삼키오면 도로 들어가옵지요."

"간 나오는 그 구멍이 분명히 있다는 말인가?"

"소토의 볼기짝에 구멍이 셋이오니, 똥 누고 오줌 누고 간 누고 하옵지요."

용왕이 나졸 시켜 밑구멍을 살피니 세 구멍이 완연하구나. 용왕이 물어,

"네 간이 아니면 짐의 병을 못 고칠 텐데, 네 배에 간 없으니 어찌하면 좋겠느냐?"

"소토가 나가오면 소토의 간뿐 아니오라, 함께 걸린 다른 간을 많이 가져오련마는, 소토의 먹은 마음 대왕 짐작 못 하시니 소토는 가두시고 별주부내보내어 소토의 지어미에게 소토 편지 보내오면 간 찾아 보낼 테니 그리하게 하옵소서."

별주부가 옆에 엎드려 말을 들어보니, 저놈 데려올 적에도 허다한 고생하였는데, 하물며 제 계집은 얼굴도 모르는 터에 어디 가 만나보며, 설령 만나본다 해도 그 사이 개가(改嫁)하여 다른 서방 맞았으면 전 서방 죽고 살기 생각할 리 있나? 뱃속에 간이 없다는 말 암만해도 헛말이니 배 가르고 보는 수다.

용왕 전에 여짜오되,

416

"토끼 간이 출입한다는 말이 『사기』에도 없사옵고 이치에도 부당하니, 배를 갈라 간 없으면 제가 인간 세계 또 나가서 보름 전 토끼 잡아올 테니, 배 가르고 보옵소서."

토끼가 들어본즉 할 수 없이 죽겠구나. 주부가 말 못 하게 막아야 쓰겠거든 주부를 돌아보며,

"내가 아까 네 말씀을 용왕 전에 하자 하되 만 리에 함께 고생하며 맺은 정이 있어 말하지 말자 했더니, 네놈이 하는 거동 갈수록 방정이다. 처음 나를 만났을 제 저 사정을 털어놓았으면 그날이 보름날 우리 식구 수백 명이 함께 간을 빼어내니, 그 중에 나이 늙어 약 많이 든 좋은 간을 여러 보를 주었을 것을, 속이 그리 음험하여 벼슬하러 수궁 가자 속일 꾀만 하니 그것이 첫 번 허물, 대왕의 환후 시급하니 너나 나나 또 나가서 간을 어서 가져와야 치료를 하실 텐데, 나만 어서 죽이라니 네놈의 생긴 형용 눈은 가늘고 다리는 짧고 긴 목과 뾰족한 입, 환란은 함께 누릴 수는 있어도 안락을 함께 누릴 수는 없음이라, 나를 죽여 간 없으면 어떤 토끼 다시 보리? 내가 수궁 벼슬 하자고 너를 따라간다는 말이 산중에 낭자하였으니 나는 다시 안 나가고 너 혼자 또 나가면 산중 우리 동물들이 날 데려다 어디 두고, 뉘 속이러 또 왔는가, 토끼 잡기 고사하고 네 목숨 어찌되며, 너 죽기는 네 죄로되 대왕 환후 어찌되리? 의사는 전혀 없고 억지 말을 저리 하니, 아나, 옛다. 충신 좋제, 나라 망할 망신 이제. 내 목숨 죽는 것은 조금도 한이 없다. 독수리 사냥개에게 구차히 죽지 말고, 수정궁 용왕 앞에 백관 벌여 서고 칠척장검 잘 드는 칼로 이 배를 갈랐으면 그런 영화 있겠느냐? 아나 옛다, 배 갈라라. 배 갈라라."

왈칵왈칵 배 내미니 주부는 할 말 없어 두 눈만 까막까막. 용왕이 본즉 그리 될 일이거든 만조를 돌아보며,

"저 일을 어찌할꼬?"

형부상서 준어 여짜오되,

"이왕 아니 죽이시면 '향기로운 미끼에는 반드시 죽은 고기가 있다' 하니 토끼의 제 마음을 감동하게 하옵소서."

용왕이 좋다 하고 성을 내었다가 짐짓 웃음을 지어, 별주부를 꾸짖는데,

토끼를 항상 존칭하여,

"토선생의 하는 말씀 뚝 그리 될 일이다. 첫 번 사정 이야기 안 한 것이 네가 매우 미련하다. 이 내력 하였다면 모두가 다 좋을 것을, 지난 일은 논하지 말고 토선생님 부축하여 전상(殿上)으로 모셔오라."

용왕 좌우 모신 시녀 일시에 내려와서 부축하여 올리는데, 토끼가 품격을 높이려고 원숭이 모양으로 앞발을 추켜들고 뒷발은 잣 디디고 시녀에게 붙들리어, 눈 길게 발을 떼어 전상에 올라가니, 별도로 자리 하나를 만들었거늘 네 발을 모으고 썩 쪼그려 앉아놓으니, 용왕이 수인사를 새로 붙여,

"수궁과 세상의 길이 서로 다르되 오랜 동안 세상에 두루 알려진 명성을 우러러보았더니, 스스로 찾아뵈지 않고 와서 찾게 하였으니 오히려 미안하오."

토끼 대답하되,

"명성이랄 게 뭐 있겠소. 천만 뜻밖에 어떤 선관이 내 이름을 일렀지요."

"아까 우리 한 노릇은 모르고 한 일이니 괘념치 마시오."

"순간에 죽을 목숨 대왕 덕택으로 살았으니 무슨 괘념하오리까?"

"선생 간이 그리 좋아 죽는 사람 살리오면, 인간 세계에 사람들도 선생네 간을 먹고 효험 본 이 더러 있소?"

"끔찍이 많지요. 제일에 신선 공부 토끼 간의 물을 못 먹으면 성공을 못 하기에 안기생(安期生), 적송자(赤松子)가 다 우리 문인으로 우리 선조 간 씻은 물을 얻어먹고 신선되어 장생불사 하는 고로, 지금까지 새해가 되면 선과 좋은 과실 설음식을 봉하지요."

"만일 그렇다면 선생은 어찌하여 신선 노릇 아니하고 산중에 묻히어서 독수리와 사냥꾼의 밥 노릇을 하나이까?"

"그 내력이 또 있지요. 간경(肝經)은 나무 차지, 나무열매를 안 먹으면 간에 약이 아니 드니 인간 세계에 있는 나무열매를 백 년 먹은 후에 천상으로 올라가오."

"선생은 인간 세계 나무열매를 몇 해나 잡수었소?"

"백년 넘어 먹었으되, 신선자리가 비지 못해 아직 하늘에 못 올라갔소."

"그러하면 선생 간은 약이 흠뻑 들었겠소?"

"두 말씀하시겠소? 간 빼어내는 날은 온 산중이 향내지요."

"선생이 나가서서 간 가지고 오자면 몇 날이나 되오리까?"

"수로 팔천 리는 주부가 나를 업고 밤낮으로 하였으면 나흘이나 될 것이요, 육로로 이만 리는 내가 주부 없고 밤낮으로 달아나면 사흘쯤 될 것이니, 갈 제 이레 올 제 이레, 많이 잡아 보름이면 내왕하기 넉넉하지요."

용왕이 좋아라고 대연을 배설할 때, 운무병풍 둘러치고 수정렴 높이 걸고, 예부 상서 문어 시켜 풍악을 들이라니 경각에 들어오는데 미녀 이십 인은 쇠북을 흔들면서 능파대(凌波臺) 춤을 추고, 가동 사십 무리는 향내 나는 소매를 나풀거려 채련곡(采蓮曲) 노래하고, 영타고 북을 치고, 소라는 저를 불고, 상수의 신은 비파 타고, 물의 신은 기를 잡고, 해신은 옥쟁반 들어 옥으로 만든 잔과 호박으로 만든 술잔에 삼위로 구전단을 담아 풍류가 낭자하고 연희가 매우 성대하여 불시에 하는 잔치 영덕전 낙성연과 별로 다를 것이 없었구나. 경망한 토끼 놈이 신선주를 많이 먹고 취흥이 도도하여 선녀들과 크게 춤추며 엉큼한 말을 하여,

"수궁 식구들이 모르니까 그렇지 내 간은 고사하고 나와 입만 맞추어도 삼사백 년 예사로 살제."

선녀들이 곧이듣고 다투어 달려들어 토끼하고 입 맞춘다. 온갖 장난 다 한 후에, 토끼가 고개 들어 영덕전 바람벽의 상량문 현판 보고 경개를 의논한다.

"동쪽을 바라보니 방장산 봉래산이 가깝고, 서쪽을 바라보니 모래 흐르는 사막에 길 잃지 않으며, 남쪽을 바라보니 큰물이 끝없이 흘러 온갖 고기들을 받아들이고, 북쪽을 바라보니 많은 별이 현란하게 천자의 자리를 에워싸며, 보는 경치와 지은 글이 신통히 같소마는, 아마도 여선문은 나이 어린 서생이라 망발이 있는 것이, 새로 지은 영덕전이 용왕의 대궐인데, '용의 뼈를 걸어 대들보를 삼는다'는 '용골(龍骨)' 두 자 망발이오."

용왕이 크게 놀라,

"그 말씀이 과연 옳소. 그 두 자 고치시오."

"용 자를 파내고, 고래 경자 좋을 터이나 내 길이 바쁘오니 다녀와서 하옵시다."

용왕 전에 하직하매, 용왕이 엉큼하여 토끼를 달래려고 좌우를 돌아보며,

"토선생 저 공로를 측량할 수 없었으니, 간 가지고 오신 후에 무슨 벼슬 무슨 상급 만분의 일이나 갚아볼까?"

이부상서 농어 여짜오되,

"주나라 다섯 작위 중에 공(公)의 벼슬이 머리 되고, 진나라 중서령이 토(兎) 씨의 선대 직함, 토선생 지닌 재주 천문지리 다 보오니, 낙랑공(樂浪公) 중서령(中書令)에 태사관(太史官)을 겸하소서."

호부상서 방어 여쭈오되,

"토선생 장한 공로 작위로만 못 할지라, 땅을 나눌 터이나 동정호 칠백 리를 모두 베어 봉한 후에, 푸른 띠 누런 유자 차지하여 공을 받고, 비단 천 필 진주 백곡 매년 보내옵소서."

토끼가 여짜오되,

"소토의 간을 잡숫고 대왕 환후 회복되면 작은 상급 없사와도 오랫동안 꽃다운 이름을 남길 테니 과히 근심 마옵소서."

신통한 말솜씨로 이 물 도로 건넜구나

별주부와 함께 수정문밖 썩 나서니 이번은 살았구나. 이왕에 왔던 터에 착실히 구경하며 산중 여러 동무에게 이야기나 하자고, 주부를 달래어,

"올 때에는 바빠서 만경창파 꿈속이라 아무데인줄 몰랐으니, 오늘은 그리 말고 내가 묻는 대로 자세히 가르치면, 너도 먹고 오래 살게 좋은 간을 한 보 주제."

주부가 생각한즉 이번에 가는 길은 토끼에게 매인 목숨 토끼의 하는 말을 들어야 할 터이거든, 그리하자 허락하니 경망한 저 토끼가 나올 적에 아황·여영과 굴원 본다는 말은 아마도 망발인 것이, 짐승은 짐승끼리 사람 말을 물어다가 서로 말을 하려니와, 사람이야 짐승보고 무슨 말을 하겠느냐?

자라의 장한 충성 토끼의 좋은 구변 자랑하자 한 말이니, 짐승으로 꾸밀 텐데 고기 타령 짐승 타령 두 가지 하여주고, 새 타령을 안 해주면 한 잔 술에 눈물이라. 새 타령이 끝막이되 해상으로 지내오니, 새 옆에 물 없으면 무

슨 재미있겠느냐?

자라 등에 토끼 앉아 가르치며 계속 물어,

"지내온 데 저기 저것 무엇이냐?"

"'이 봉황대 위에 봉황새가 놀았다고 하지만 봉황은 날아가고 대만 남아 그 아래 강물만 흐른다'는 그것이 금릉의 봉황대(鳳凰臺)다."

"저기 저것 무엇이냐?"

"'옛날에 신선은 이미 황학을 타고 날아가 버리고 강 위에 저녁 안개 서리고 시름만 더해간다'는 황학루(黃鶴樓)다."

"저기 저기는?"

"'아마 이비(二妃)가 달밤에 타는 이십오 현 비파 소리 듣고 그 맑고 한스러운 듯한 소리에 감동하여 물러나 가버리는가 보다'는 기러기 돌아오는 소상강(瀟湘江)이다."

"저기 저기는?"

"'떨어지는 노을에 외로운 집오리 가지런히 날고 가을 물, 긴 하늘은 일색이로다'는 따오기 나는 등왕각(滕王閣)이다."

"저기 저기는?"

"'꾀꼬리 깃든 지 이미 오래 모두 서로 낯을 익혔는데 우는 소리도 네댓 마디쯤 알아차렸으면 좋겠다'는 꾀꼬리 우는 호상정(湖上亭)이다."

"저기 저기는?"

"'달 지고 까마귀 울며 서리만 자욱한데, 단풍진 강 언덕에 고깃배의 불이 잠 못 이루는 나그네를 비춰주네'는 까마귀 우는 고소성(姑蘇城)이다."

"저기 저기는?"

"'달 밝아 별 드문데 까막까치는 남쪽으로 날아간다'는 까치 날아가는 적벽강(赤壁江)이다."

"저기 날아오는 것 무엇이오?"

"'국경이 얼마나 넓은지 궁금한데, 대붕은 날아가 물빛만 쪽빛'이라는 북쪽바다에서 남쪽바다 날아오는 대붕(大鵬)이다."

"저기 앉은 저것 무엇?"

"'청고 잎엔 서늘한 바람이 일고 홍료화 옆엔 백로가 한가롭다'는 거 해오라기다."

"저기 조는 것 무엇?"

"'아름다운 풍류는 표현하기 어렵고 부평초 같은 신세는 흰 갈매기의 마음 같다'는 거 갈매기다."

"저기 나는 것 무엇?"

"'대들보 위를 날아오고 날아가는 제비'라는 강남에서 오는 제비다."

"저기 가는 것 무엇?"

"'강과 하늘은 아주 넓어 끝이 없는데 새는 쌍쌍이 날아간다'는 거 참새다."

그럭저럭 문답하며 창해를 다 지나고, 유교변(柳橋邊)에 육지로 올라 토끼는 앞에 서고 주부는 뒤따를 때, 토끼의 분한 마음 주부의 지은 죄를 호령할 터이나, 저 단단한 주둥이로 팔다리 꽉 물고서 물로 도로 들어가면 어쩔 수가 없겠구나. 바다 빛이 안 보이도록 한참을 훨썩 가서 바위 위에 높이 앉아 주부를 호령한다.

"이놈 자라야? 네 죄목을 의논하면 죽여도 아깝지 않도록 괘씸하다. 용왕이 의사 있어 나같이 총명하고, 나의 구변 너 용왕같이 미련터면, 아까운 이내 목숨 수중원혼 되겠구나. 『동래박의』라는 책을 보니 '짐승이 미련하기가 물고기나 짐승이나 같다'더니 어족 미련하기 모족보다 더하도다. 오장에 붙은 간을 어찌 출입하겠느냐? 네 소위 생각하면 산중으로 잡아다가 우리 동무 다 모아서 잔치를 배설하고 너를 푹 삶아서 백소주 안주감 초장 찍어 먹을 테나, 본사를 생각하면 요임금을 보고 짖는 도척(盜跖)의 개나 계포(季布)가 무슨 죄리오? 저마다 자기의 임금을 위하므로 십분 짐작하였으며 만경창파 네 등으로 왕래하여, 죽고 사는 고생을 함께 하였기에 목숨 살려 보내주니, 그리 알고 돌아가되 좋은 약 보내기로 네 왕에게 허락하니, 점잖은 내 도리에 어찌 거짓말 하겠느냐? 내 똥이 매우 좋아 열을 내리게 한다 하고 사람들이 주워 앓은 아이를 먹인다. 네 왕 두 눈망처에 열기가 과하더라. 갖다가 먹이면 병이 곧 나으리라."

작은 총알 같은 똥을 많이 누어, 칡잎에 단단히 싸 자라 등에 올려놓고 칡으로 감아 주니, 주부가 짊어지고 수궁으로 간 연후에 구덩이 안에서 달리는 짐승이라니, 토끼 오직 좋겠느냐, 깡충깡충 뛰어가며 빙자하게 뽐내 자랑하

422

는 기색이 무섭구나.

"항우(項羽)는 천하장사 팔천 병 거느리고 한태조와 다투더니 오강(烏江)을 도로 못 건너고, 형가(荊軻)는 만고 협객 삼척 검 빼어 들고 진시황 찌르려다 역수(易水)를 도로 못 건넜다. 신통한 이내 재주 잠깐 동안의 말솜씨로 용왕을 속여 놓고, 이 물 도로 건넜구나. 반갑도다, 반갑도다. 우리 고향 반갑도다. 의구한 청산녹수 모두 전에 보던 대로다. 푸른 봉 흰 구름은 나 앉아 졸던 데요, 덩굴 과실, 나무 열매는 나 주워 먹던 대로다. 너구리 아재 평안하오? 오소리 형님 잘 있던가? 벼슬 생각 부디 말고 이사 생각 부디 마소. 벼슬하면 몸 위태롭고 타관 가면 천대받네. 몸 익은 청산풍월 낯익은 우리 동무 주야상봉 즐겨 노세."

이때에 주부는 수궁에 들어가서 용왕이 토끼똥 먹고 병이 나아 충신 되고, 토끼는 신선 따라 월궁으로 올라가서 이때까지 약을 찧으니, 자라와 토끼란 것이 동시 미물로서 장한 충성 많은 의사 사람하고 같은 고로 타령을 만들어서 세상에 유전하니, 사람이라 이름 달고 토끼 자라만 못 하오면 그 아니 무색한가? 부디부디 조심하오.

(신재효본 〈퇴별가〉/권순긍 현대역)

제12장

—

양반의 위선에 대한 신랄한 풍자, 〈배비장전(裵裨將傳)〉

1. 경직성을 교정하기 위한 웃음

『배비장전』은 판소리 열 두 마당 속에 포함 돼 있는 판소리계 소설이며, 여색을 멀리 한다고 장담하다가 기생에게 망신당하는 내용의 세태소설이다. 현재 창(唱)은 전하지 않고 소설만 전한다. 1843년 송만재(宋晩載, 1788~1851)가 광대들의 판소리 공연 장면을 한시로 쓴 〈관우희(觀優戲)〉를 보면 〈배비장전〉을 다음과 같이 묘사하고 있어 흥미롭다.

애랑에 빠져 자신의 몸 돌아보지 않고   (慾浪沈淪不顧身)
상투 자르고 다시 이빨 뽑기 마다하지 않네   (肯辭剃髻復挑齦)
잔치 자리 한 가운데서 기생을 업은 배비장   (中筵負妓裵裨將)
이로부터 멍청이라 비웃음을 받는구나   (自是侳侗可笑人)

애초 〈배비장전〉은 사랑하는 기생에게 이별의 정표로 이를 뽑아 주었다는 어느 소년의 이야기인 〈발치설화(拔齒說話)〉와 기생을 거부했다가 오히려 기생의 계교에 빠져 알몸으로 뒤주에 갇힌 채, 여러 사람 앞에서 망신을 당한 경차관의 이야기인 〈미궤설화(米櫃說話)〉가 근원이 되어 형성되었다. 구대정남(九代貞男, 집안 대대로 9대에 걸쳐 외간 여자를 가까이 하지 않는 남자)이라고 자처하던 배비장이 제주 기생 애랑의 계교에 빠져 온갖 조롱을 다 당하고 궤 속에 갇혀있다 벌거벗은 몸으로 동헌마당에 나와 여러 사람 앞에서 망신을 당했다는 이야기로, 구활자본은 뒤에 제주목사의 배려로 정의현감이 되는 이야기가 붙어있기도 하다.

여색(女色)을 멀리한다고 했다가 오히려 기생의 계교에 빠져 망신을 당한 작품들은 〈배비장전〉 외에도 〈정향전〉, 〈지봉전〉, 〈종옥전〉, 〈오유란전〉 등이 더 있다. 대부분 감사(혹은 목사)와 기생이 공모하여 여색을 멀리하는 남주인공을 아주 여자에 푹 빠지게 하여 호색적 성격을 폭로한다는 공통점을 지니고 있다. 여자를 가까이 하고 안 하고가 게 뭐 그리 대단한 일이라고 이를 멀리하고자 하는 사람을 조롱의 대상으로 삼았을까? 이는 우선 인간 본성에 대한 긍정이면서 동시에 어떤 사회나 집단이 요구하는 관례에 비추어 보아 '경직성'을 교정한다는 의미를 지니고 있다. 이른바 뻣뻣한 인물에 대해 '손을 본다'는 것이다.

요즘으로 보면 '신고식'인 셈인데, 예전 지방관이 새로 부임하면 의례 관아에 속한 기생들과 질탕하게 놀고 수청을 들이는 것이 당시의 관례였다고 한다. 신고식 치고는 희한한 경우다. 다산(茶山) 정약용(丁若鏞, 1762~1836)도 『목민심서(牧民心書)』에서 "창기들과 방탕하게 노는 것은…후세에 이르러 오랑캐의 풍속이 점차 중국으로 물들어가서 드디어 우리나라에 미친 것이다."고 할 정도로 기생놀음은 당시의 일반적인 세태였다.

그런데 이 자리에 행사를 주도해야 할 '예방비장'인 배비장이 불참하겠다는 것은 말이 안 되는 소리였다. 더구나 그 자리는 관아의 기생들을 관장하는 자리여서 가장 앞장서서 질탕한 분위기로 이끌어야 할 주모자가 빠진 것이니 문제가 심각하다. 그 행위가 긍정적이든 부정적이든 집단을 위해서 이런 경직성은 교정돼야만 했다. 자신들의 행위가 공식적으로 그리 바람직한 것이 아니기 때문에 더욱 그렇다. 이 경직성은 어떻게 교정시켜야 될까가 제주목사와 관인들의 과제인 셈이다. 목사가 기생들을 불러 들여 배비장을 혹하게 하라고 지시하는 것도 바로 이 때문이다.

> 배비장이 (행수기생인) 차질예 불러 분부하되,
> "네 만일 지금 이후로 기생 년들을 내 눈 앞에 비추었다가는 엄한 매로 다스리리라." 분부할 제,
> 이런 곡절을 사또가 잠깐 들으시고 일등명기들을 다 부르신다...
> 사또 분부하시되,
> "너희 중에 배비장을 혹하게 하여 웃게 하는 자 있으면 상을 크게 줄 것이니, 그리할 기생이 있느냐?"
> (현대역 필자)

여색을 멀리하겠다는 배비장의 태도는 관아를 위협할 정도로 위험한 것은 물론 아니다. 그리하여 여기에 동원될 수 있는 것이 경직성을 교정하는 '웃음'이다. 뻣뻣한 성격을 말랑말랑하게 만드는 작업이 필요한 것이다. 웃음은 내키지 않는 행위일수록 더욱 더 그것을 수용하겠다는 긍정의 의사의 표시이며, 동참하겠다는 서약인 셈이다. 그래서 사또는 기생들에게 배비장을 한 번 크게 웃게 하라고 지시하게 된다.

그 뒤 일어나는 일련의 사건은 제주목사와 기생 애랑의 공모에 의해 진행된다. 화창한 봄날 한라산 꽃놀이를 가서 목욕하는 애랑의 모습을 배비장의 눈에 띄게 하여 혹하게 한 다음 제어할 수 없이 여색에 빠지게 만드는 것이다.

그런데 배비장을 웃게 하여 집단으로부터의 이탈이나 경직성을 제거하고자 하는 제주목사의 의도는 애랑과 방자의 적극적인 개입으로 어긋나기 시작한다. 사건이 진행될수록 배비장은 웃는 것이 아니라 만신창이로 웃음거리가 되어 간다. 말하자면 웃음의 주체가 아니라 웃음의 대상이 되어간 것이다.

배비장의 경직성을 교정시키고 관인사회에 잘 맞게 길들이기 위해서는 신랄한 풍자가 개입될 필요가 없다. 배비장의 행위가 심각한 위선이 아니며 굳이 우스갯거리로 만들지 않아도 되기에 그렇다. 그저 한번 해프닝으로 웃게 하면 되는 것이다.

그런데 방자와 애랑의 적극적인 주도로 사건은 엉뚱한 방향으로 나아간다. 제주관아의 모든 사람들이 지켜보는 가운데 벌거벗은 몸으로 궤에서 나와 헤엄치는 시늉을 하는 배비장에게 사또가 놀라 "자네 저 것이 웬일인고?"하는 것은 의도대로 경직성은 제거됐지만 그 정도가 지나침에 대한 당혹감을 나타낸 것이다. 뒤에 배비장이 제주목사의 주선으로 정의현감으로 제수되는 부분은 교정된 것에 대한 보상인 셈이다. 작품에서도 사람들이 "이 번에 배비장이 정의현감으로 부임하기는 모두 제주목사가 주선한 것이지. 한 번 몹시 속은 후에 저와 같이 높고 귀하게 되면 속지 않을 사람이 뉘 있으리?"라고 입을 모을 정도였다.

2. 양반의 위선에 대한 풍자

그런데 애랑과 방자는 목사의 지시를 그대로 따르는 것이 아니라 한 걸음 더 나아가 사건을 주도하기에 목사의 의도와는 어긋나 버린다. 사실 제주목사의 지시가 있기 전에 방자는 배비장과 내기를 했던 것이다. 가지고 싶은 것은 다 빼앗고 정비장의 이빨까지 뽑아가는 애랑을 보고 배비장은 절대 여색과 가까이 하지 않겠다고 맹세를 하면서 방자와의 내기가 시작된다.

> "우리야 만고절색 아니라 양귀비, 서시라도 눈이나 떠 보게 되면 덜 떨
> 어진 사람의 아들이다."
> 방자놈 코웃음치며 여쭈오되
> "나으리도 남의 말씀 쉽게 듣지 마옵소서. 애랑의 은은한 태도와 아리
> 따운 얼굴을 보시면 치마폭에 움막을 짓고 게다가 살림을 차리리다."
> 배비장 안색을 바로하고 방자를 꾸짖는 말이,
> "이 놈, 네가 양반의 격조와 멋을 어찌 알고 경솔히 말을 하느냐."
> "그러하오면 황송하오나 소인과 내기를 하옵시다." (현대역 필자)

방자는 아름다운 여자를 대하면 혹할 수밖에 없는 인간의 본성을 말하는데,
배비장은 양반의 격조와 멋을 들먹거리며 꾸짖었다. 여기서 풍자가 발생할 수
있는 요건이 성립된다. 바로 '위선'이다. 속으로는 원하지만 겉으로는 양반의
처지를 내세워 무시하는 위선적 태도가 문제되는 것이다. 속으로는 여색을 원
하지만 겉으로는 그렇지 않다고 하는 위선적 인간은 마땅히 그 정체가 폭로돼
야 한다고 느끼기에 풍자가 발생한다. 숨길 것 없는 악인은 풍자의 대상이 될
수 없지만 위선자는 모든 걸 숨겨야 하기에 풍자의 대상으로 적합한 것이다.
그런데 여기서 주목할 것은 단순히 인간 본성에 대한 문제뿐만 아니라 소위
'양반'의 신분을 들먹거리며 위세를 떠는 데 대하여 신분적 대립이 보인다는
점이다. 특히 애랑의 목욕하는 장면을 훔쳐보는 대목에서 방자와의 신분적 대
립이 날카롭게 드러난다.

> "예, 나는 나리께서 무엇을 보시고 그리하시나 하셨지요. 옳소이다. 저
> 건너 목욕하는 여인 말씀이오니까?"
> "옳다! 보았단 말이냐? 쌍놈의 눈이라 양반의 눈보다 대단히 무디구나."

"예, 눈은 양반 쌍놈이 다르니까 소인의 눈이 나리의 눈보다 무디어 저런 예의가 아닌 것은 아니 뵈옵니다마는 마음도 양반과 쌍놈이 달라 나리 마음은 소인보담 컴컴하고 음탕하여 남녀유별 체면도 모르고 규중처녀 은근히 목욕하는 것을 욕심내어 눈을 쏘아 구경한단 말씀이오니까? 근래 서울 양반들 양반세력 빙자하여 계집이라면 체면 없이, 욕심 낼 데 아니 낼데 분간 없이 함부로 덤비다 봉변도 많이 당합니다."(현대역 필자)

이 대화는 〈춘향전〉(완판 84장본)에서 춘향이 그네 뛰는 장면을 보고 이몽룡과 방자가 주고받는 부분과 비슷하지만 대신 통렬한 풍자가 들어 있다. 양반의 눈보다 쌍놈의 눈이 대단히 무디다고 하는 말을 되받아 눈이 다르니 마음까지 달라 당신은 컴컴하고 음탕하냐는 반문은 단번에 양반의 위세를 거꾸러뜨리는 묘미가 있다. 풍자가 무엇인가? 적어도 풍자의 상대보다 도덕적 우위를 차지했을 때 가능하다. 양반의 지위를 들먹거리다 여색에 혹하여 정신을 못 차리는 상전에 비해 하인인 방자의 태도는 훨씬 당당하다.

그 뒤 방자는 배비장을 애랑에게 혹하게 하여 모든 것이 발가벗겨지고 조롱당하도록 일련의 사건을 주도한다. 그런 점에서 〈춘향전〉의 방자보다 훨씬 적극적인 모습을 보인다. 거의 연출자인 셈이다. 처음 배비장과 내기를 제안한 것도 방자이거니와 풍자·조롱하는 주체가 된다는 점에서 제주목사가 주도하는 방식과는 달리 방자와 같은 수많은 민중들이 참여하는 길이 열린다고도 할 수 있다.

애랑 역시 방자와 마찬가지로 배비장을 풍자하는데 주도적으로 참여한다. 방자가 연출자라면 애랑은 주연인 셈이다. 이미 앞부분에서 서울로 떠나는 정비장을 "물오른 어린 소나무 속껍질 벗기듯 하려는데, 가지고 싶은 대로 달래라 하니 불한당 같은 마음에 피나무 껍질 벗기듯 아주 홀딱 벗"기고 심지어는 '상투'나 '양다리 사이의 주장군(朱將軍: 남성의 성기)'까지 요구하여 '알 비장'을 만들 정도로 풍자의 주체로서 철저함을 보인 바 있다.

430

그리하여 대대로 절개를 지켰다는 '구대정남' 배비장을 '배걸덕쇠'로 전락시키고, 거문고를 만들어 조롱하며, 결국에는 궤 속에 가두어 발가벗은 몸으로 동헌 마당을 뒹굴게 한다. 흥미로운 것은 궤를 동헌 마당에 놓고 살려 달라고 애걸하는 그 진상을 관아의 모든 사람들로 하여금 지켜보게 했다는 점이다. 다른 작품처럼 규중에는 은밀히 이루어지는 풍자와 조롱이 아니라 이를 만인이 지켜보는 앞에서 행했다는 것이다. 더욱이 궤 속에 갇힌 배비장으로 하여금 스스로 "여자를 밝히다 망신당하고 죽게"되었다고 고백하거나 "유부녀와 간통하다가 저 지경이 되었"다고 인정하게 했으며, "한양 서강사람 배걸덕쇠"라고 자신을 비하하게 만들었다. '구대정남'을 자처하다 이 지경이 됐으니 자기 스스로를 풍자 조롱한 셈이다. 그 만큼 풍자가 통렬하며, 그 풍자는 당연히 양반의 위선에 대한 것이다.

그런데 구활자본인 신구서림본(1916)에 등장하는 화해의 결말을 어떻게 보느냐가 문제가 된다. 제주목사가 주도하는 입장에서 본다면 경직함을 교정하기 위한 것이기에 화해로 매듭짓는 것이 자연스럽다. 하지만 양반의 위선을 통렬하게 공격하고 나서 애랑이 배비장의 첩으로 들어가는 것은 아무래도 풍자의 날카로움을 무디게 한다.(그래서 애초 〈배비장전〉을 펴냈던 김삼불은 이 뒷부분을 교주본에서 삭제하기도 했다.) 이를 어떻게 이해해야 할까?

방자가 사라진 점에 유의하여 애랑의 이중성을 생각해 볼 수도 있다. 배비장을 발가벗겨 만인의 웃음거리가 되게 하고 방자는 무대에서 사라진다. 내기에 이겼으니 애초 약속대로 말을 달라거나 하지도 않고, 아예 등장하지 않는다.

하지만 애랑은 제주목사의 배려로 해남으로 가는 부인으로 위장하여 "기생오입 잘못하다가 예방소임 자퇴하고 한양으로 돌아가는 배비장"을 만류하여 정의현감에 까지 이르게 하고 그 첩으로 들어간다. 원래 기생은 그 신분의 예속성으로 인하여 지속적인 풍자가 어려운 바, 사람을 어찌 그다지 속였느냐는 배비장의 말에 "소첩이 그 때에는 제주목사에게 매인 몸이 되었사오니, 사또께서 시키시는 일을 어찌 거행하지 않사오리까?"라는 대답에서도 그 진상을 알 수 있다. 이 단계에서는 오히려 방자가 풍자를 주도하고 애랑은 목사와 방자 사이에 걸쳐 있다고 보아야 한다.

〈배비장전〉에는 두 층위의 웃음이 있다. 제주목사가 주도하는 경직성을 제거하기 위한 웃음이 있는가 하면, 방자와 애랑이 주도하는 양반의 위선을 풍자하는 웃음이 있다. 판소리가 그만큼 열려있는 문학이기 때문에 이런 다양한 층위의 웃음이 가능한 것이다. 그런데 신재효(申在孝, 1812~1884)가 판소리 12마당을 정리해 6마당으로 정리했을 때 이 〈배비장전〉은 제외시켰다. 아무래도 양반신분에 대한 지나친 풍자 때문이 아니었나 싶다. 그러기에 〈배비장전〉은 위세를 떨며 거들먹거리는 위선자에 대해 가슴이 시원해지도록 통렬한 풍자를 가해댄다. 요즘 세상에도 그런 인간들이 더 많은데 왜 이런 통쾌한 풍자가 없는지 모르겠다.

3. 두 가지 풍자의 역사적 의미

이제 이 두 가지 풍자가 어떤 역사적 의미를 획득하는가를 생각해 보자. 제주 목사와 애랑을 축으로 한 풍자에서는 동질 집단 내에서의 경직성이, 방자와 애랑을 축으로 한 데서는 양반의 위선이 각각 표적이 됐음을 보았다. 또한 풍자의 방식도 웃는 풍자에서 신랄한 풍자로 각각 다르게 적용됨을 보았다. 이러한 차이는 결국 작품 내에서 풍자 주체의 신분적 혹은 계급적 처지에 기인하는 것일진대, 풍자의 각 층위들이 함의하고 있는 역사적 의미는 무엇인가?

첫째, 관아를 중심으로 한 길들이기의 웃음, 즉 웃는 풍자를 보자. 물론 관례이긴 하지만 비장들의 객고를 풀어준다는 이유로 수령이 앞장서서 기생을 끌어들여 질탕하게 노는 것은 공식적으로 그리 떳떳한 처지는 못 된다. 게다가 이를 거부했다고 수청기생에게 부탁해 내기를 걸고 조롱거리로 삼은 행위는 분명 지나침이 있다. 이를 어떻게 봐야 할까?

이를 19세기라는 전환기에 처한 지배계층의 자기조절 형식으로 보기도 한다. 곧 높게 떠받들어야 당연한 도덕적 규범을 지방 수령이라는 기존 세력이 앞장서서 비속하게 만들어버리는 행위는 바로 전환기에 처하여 허물어지는 가치규범과 이데올로기의 역설적 표현인 셈이며, 변화하는 현실에 대한 자기 조절 행위인 셈이라 한다.

하지만 전환기에 처한 지배계층이 허물어지는 가치규범에 대해 과연 심각하게 고민했느냐는 의문이다. 그 고민이 있을 때 자기조절 곧 발랄한 민중문화를 수용할 수 있는 것이다. 오히려 19세기에 들어 대대적으로 성행했던 유흥세태에 적극 편입했을 가능성이 크다. 18세기에 이루어졌던 개혁의 열기가 후퇴하고 세도정치로 지배층의 매관매직과 부패타락이 극심했던 19세기는 오히려 중간계층의 주도로 시정에 소비적이고 유흥적인 분위기가 꽃을 피웠는데, 여기에 양반층이 기악을 위시한 유흥의 적극적인 소비자로 존재했음은 주지의 사실이다. 이런 분위기가 배비장을 골려 한바탕 웃음을 유발하는 것으로 연결됐음은 당연하다 하겠다. 풍자로서 긍정적 전망들이 확보되지 못했기에 더욱 그렇다.

둘째, 방자와 애랑에 의해 수행되는 풍자는 어떤 의미를 갖는가? 이 단계에 와서 비로소 신랄한 풍자가 행해지는데 그건 신분적 기반이 다르기 때문이다. 애랑과 방자를 민중층과 동일시하기는 곤란하지만 풍자가 민중층을 향해서 열려있는 셈이다. 신랄한 풍자가 가능한 것은 신분적 자각에 의해서다. 이미 앞에서 살폈듯이 〈춘향전〉의 방자보다 훨씬 발전된 모습을 보여주는 것이 그 증거다.

한 작품에서 이렇게 다양한 층위가 드러나는 것은 판소리 문학이 여러 계층에 열려 있기 때문일 것이다. 즉 오랜 기간 적층성(積層性)으로 인해 양반층과 민중층을 두루 수용할 수 있는 구조적·미학적 틀을 갖추었기에 풍자의 다양한 스펙트럼을 보인다 하겠다. 작품에 보이는 다양한 풍자의 스펙트럼은 또한 19세기라는 전환기 사회의 실상과 맞물려 있다. 흔히 풍자는 어둡고 암담한 사회일수록 절실히 요구되는 바, 세도정권의 부패, 타락이 극심했던 19세기는 풍자가 성행할 수 있는 필요충분조건을 갖추고 있는 셈이다. 하지만 풍자는 또한 당대 현실을 꿰뚫어 보는 통찰력이나 전망을 확보하고 있을 때 가능한 것이다. 현실에 매몰돼서는 풍자가 성립되지 않는다. 이 때문에 〈배비장전〉에 보이는 풍자의 다양한 스펙트럼은 당대 현실을 극복하려는 민중층의 적극적인 참여로 읽힌다. 특히 방자나 해녀, 뱃사공에게 보이는 강한 풍자성은 19세기 전환기에 직면하여 근대적 지향을 보인다는 점에서 주목된다.

[참고 문헌]

권순긍, 「〈배비장전〉의 풍자층위와 역사적 성격」, 『반교어문연구』 7집, 반교어문학회, 1996.

김종철, 『판소리의 정서와 미학』, 역사비평사, 1996.

서유석 외, 『옹고집전·배비장전의 작품 세계』, 보고사, 2013.

이상일, 「〈배비장전〉 작품세계의 재조명」, 『판소리연구』 39집, 판소리학회, 2015.

〈배비장전(裵裨將傳)〉

누가 제주 배 타기 어렵다 하더냐

인생 천지간에 남녀와 사람의 종류는 한가지건만, 그 중에 우열(優劣)이 달라서 남자에도 현명한 군자와 어리석은 사내가 있고, 여자에도 정숙한 열녀와 음탕하고 간사한 계집이 있어, 대대로 이어져 내려와 형형색색으로 측량하지 못할 것은 예나 지금이나 사람의 성질이다.

사람의 성질이란 것은 사는 지방의 산천 기운을 많이 닮아, 산 좋고 물 맑은 지방에는 사람의 성질이 순하고 공손하여 악한 기운이 별로 없고, 산천이 험준한 지방에는 그대로 사람의 성질이 미련하고도 간사하게 나는 법이라. 호남좌도[1] 제주군 한라산은 옛적 탐라국(耽羅國) 주산(主山)이요, 남쪽 섬 중 제일 명산이라. 험준하고 수려한 정기가 어리어서 기생 애랑(愛娘)이가 생겨났나 보더라.

애랑이가 비록 천한 기생으로 났을망정 모양과 태도는 월나라 서시(西施)[2], 당나라 양귀비를 압도하고, 지혜는 진평(陳平)과 장자방(張子房)[3]에 뒤지지 아니 하고, 간교하기는 구미호가 환생하였던지, 여자 밝히는 남자가 얽혀들면 상투 끝까지 빠져 허덕허덕하는 터일러라.

한양에 김경(金卿)이라 하는 양반이 있되 글재주가 비범하여 십 오세에 생원, 진사, 이십 전에 장원급제하고, 처음 벼슬이 한림학사로, 주서(注書), 이조 홍문관의 승지(承旨), 당상관을 거쳐, 방백(方伯:관찰사)을 바라더니, 복명서[4] 끝에 제주목사로 제수(除授)되니, 김경이 즉시 도임길을 떠나려고 이·호·예·공·병·형 육방 소임 골라 뽑을 새, 서강 사는 배선달[5]을 장막

---

1) 호남좌도(湖南左道): 전라도의 내륙지방. 서울에서 내려다보는 기준으로 좌·우도를 나눈다. 예전 제주는 전라도에 속해 있었다.
2) 월나라 서시(西施): 미인의 대명사. 오왕 부차(夫差)에게 바쳐져 결국 오나라를 망하게 했음.
3) 진평(陳平)·장자방(張子房): 한고조를 도와 천하통일을 이룩했던 한(漢)나라의 지략가.
4) 복명서(復命書): 사명을 띤 사람이 일을 마치고 돌아와 그 결과를 보고하기 위하여 작성한 문서
5) 선달(先達): 무과에 급제하고 아직 벼슬을 하지 않은 사람.

으로 급히 불러 예방 소임을 맡기시니, 배선달이 집으로 돌아와서 대부인께 여쭈오되,

"소자가 팔도강산 좋은 경치를 자세히 보았으되 제주가 섬이라 어머님 모시고 있어 가질 못했더니, 친한 양반이 제주목사를 맡게 되어 비장(裨將)6)으로 가자 하니 다녀오겠나이다."

대부인 그 말 듣고 이른 말이,

"제주라 하는 곳이 수로 천 리, 육로 천 리, 이천 리 먼 길에 날 버리고 네가 갔다가 나 죽는 거 보지 못할 것이니, 제발 덕분 가지 마라."

배비장 여쭈오되,

"단망(單望)7)으로 언약하였으니 아니 가진 못하겠소."

이때 배비장 아내가 곁에 있다가 하는 말이,

"제주라 하는 곳이 비록 바다 한 가운데 섬이나 색향(色鄕)이라 하옵니다. 만일 그 곳에 가 계시다가 술과 여자에 몸이 빠져 돌아오지 못 하오면, 부모께도 불효요 첩의 신세 그 아니 원통하오."

"그것일랑 염려 마오. 이팔청춘 여자 몸이 비록 아름다우나 그 것에 빠져 죽는 사람은 내 보지 못했소. 계집은 커녕 쓸데없는 수작이라도 하게 되면 사람이 아닐세."

즉시 대부인께 하직하고 비단장식 말 타고 내려간다. 전령패(傳令牌)8) 비껴 차고 제주로 향할 제, 때는 아름다운 꽃 피는 봄철이라. 배꽃, 복사꽃, 살구꽃, 향기로운 풀 가득하고, 버들잎 늘어지고 푸른 물은 잔잔하며, 산에 가득 꽃 경치 보기 좋은데, 사면을 둘러보며 금채칙 휘둘러 말 몰아 구름같이 달려 각 읍에서 밥 먹고, 잠자고 강진·해남 거쳐 땅끝에 다다르니, 신관 사또 하인들 대령하고 기다린다. 사또, 자신을 맞이하는 하인 인사 받은 후, 사공 불러 분부하되,

"예서 배를 타면 제주를 며칠이나 가는고?"

---

6) 비장(裨將): 조선시대에 감사·유수·병사·수사·사신을 따라 다니며 일을 돕던 무관 벼슬.

7) 단망(單望): 관리를 추천할 때 여러 후보 없이 한 사람만 추천함.

8) 전령패(傳令牌): 포도대장이 가지고 다니던 일종의 신분증. 여기서는 비장의 신분을 증명하는 패.

사공이 분부 모셔 여짜오되,

"일기가 청명하고 서풍이 살살 부오면 꽁무니바람에 양 돛을 갈라 붙이옵고, 돛 줄에서 핑핑 소리 나며, 배 앞 이물에서 물결 갈라지는 소리가 팔구월 바가지 삶는 소리처럼 절벅절벅 하오면 하루에 천리도 가옵고, 반쯤가다 이리저리 부는 바람 만나 밀려가면 외국으로 가기도 쉽삽고, 만일 하는 짓이 틀리오면 쪽박 없이 물도 먹고 숭어와 입도 맞추나이다."

사또 또 분부하되,

"제주에 당일 도달하면 큰 상을 줄 것이니 착실히 거행하라."

사공 분부 모셔 순풍을 기다릴 제,

"마침 일기 청명하고 서풍이 솔솔 부오니, 사또 배에 오르시옵소서."

사또 크게 기뻐 하인 불러 분부하되, 하인 등이 사공을 재촉하여 배를 띄우는데, 새로 만든 큰 배 위에 천막치고, 산수와 모란을 그린 병풍을 둘러치고, 자리와 포장 설치하고, 긴 비단 모란 무늬 자리에 쌍학 수놓은 베개, 푸른 등, 붉은 등, 침 뱉는 타구, 주석 재떨이 늘어놓았다. 사또 배에 오른 후 통인 좌우로 갈라서고, 여러 비장들이 다 각기 읍(揖)하며 이편 저편 갈라서서, 어떤 비장은 허세를 부리며 떠드는 것을 엄히 하고, 어떤 비장은 착실한 체하고 요만치 꿇어앉고, 하인들도 장막 밖에 이리저리 갈라 앉은 후, 배 탄 뒤 고사지내고 대포를 쏜 후에 배를 띄운다. 제주 가려고 바람 기다리니 대해 망망 천리에 파도라. 배 띄워라 배 띄워라. 이른 썰물 물러가고 늦은 밀물 밀려온다. '지국총 지국총 어사와' 배 위의 어부는 신이 나서 노 젓는다.

도사공은 키를 틀고 사공은 아디9) 틀어 바람 맞추어 방향 잡을 제, 망망대해 떠가는 저 배로다. 넓고 넓은 푸른 물결과 갈대꽃 핀 달밤에 범여의 배10) 떠가듯 두둥실 떠나갈 제, 사또 흥이 나서

"술 들어라. 먹고 놀자."

사또, 취흥이 도도하여 시 한수를 지어 읊으되

---

9) 아디: 아딧줄. 바람의 방향을 맞추기 위하여 돛을 매어 쓰는 줄.

10) 범여의 배(范蠡般): 월나라 재상 범여가 오나라를 멸망시킨 후 빼앗겼던 미인 서시를 데려왔던 배.

"'푸른 하늘이 물속에 거꾸로 비추었으니[靑天倒水中] 물고기가 흰 구름 사이에 노는구나[魚遊白雲間]' 이 글 어떠한고?"

비장들이 대답하되,

"예. 좋소. 기막힌 문장이요."

사또 취중에 우스갯소리 한다.

"누가 제주 배 타기 어렵다 하더니, 누워 떡 먹기, 앉아서 똥 누기라. 누워서 떡 먹기는 눈에 고물이나 떨어지고, 앉아서 똥 누기는 발허리나 시리지. 내 서울서 들으니 바다에 꼬리 큰 고기가 있다 하니 그 말이 옳으냐?"

사공이 여쭈오되,

"수령, 개울, 방축이나 연못이라도 그곳을 지키는 신령이 있다 하는데, 더구나 넓은 바다 한 가운데를 건너 가시 오면서 농담을 마옵소서."

그 말이 채 끝나지 않아, 몇 개의 섬을 바삐 지나 추자도를 바라보며, 상하 바다 첩첩하여 건너갈 제, '동정호에서 서쪽을 바라보니 초(楚)와 강(江)이 나뉘었고, 물 끝 다한 남쪽 하늘엔 구름조차 보이지 않는구나'라고 바다가 하늘에 맞닿아 있는 듯 끝없이 넓은 바다에 난데없는 큰 바람이 졸지에 일어나며, 사면이 침침, 물결이 왈랑 왈랑, 태산 같은 물마루가 뒤치어 우러렁 콸콸 뒤 둥글러 물결이 펄펄 뱃전을 때리고, 바람에 선실도 흩어지며, 키도 꺾어지고 돛대와 돛 줄도 동강동강, 고물[배 뒷부분]이 번듯 이물[배 머리]로 숙어지고, 이물이 번듯 고물로 숙어져 덤벙 뒤뚱 조리질 하니, 사또 정신 놓고, 비장·하인 분주하게 덤벙일 제, 사또 사공을 부르되,

"사공아!"

부르니, 사공도 엉겁결에 떨며 그대로 "예, 예"하니, 사또 그 중에 노하여 이른 말이,

"이놈, 양반은 수로(水路)에 익지 못하여 떨거니와 수로에 익은 놈이 저다지 떠느냐?"

사공이 더욱 두려워하며 여쭙는다.

"소인이 십오 세부터 밥 짓는 일을 하며 배에 올라 흑산도·대마도·칠산·연평 바다를 무른 메주 밟듯 다녔으되 이런 험한 꼴은 처음이오. 염라대왕이 삼촌, 저승사자가 친삼촌, 사해용왕이 외삼촌이라도 살아 보기는 극

히 어렵소. 살려 하오면 이 바닷물을 다 먹어야 살 듯 하오니, 뉘 배로 다 먹겠소.”

이렇듯 겁을 먹어 벌벌 떨 제, 비장들도 서로 운다. 비장 하나가 신세 한탄하되,

“위로 늙으신 부모님 천리나 먼 섬으로 날 보내고 부모와 자식 되어 이제 올까 저제 올까, 젊은 아내는 임 생각에 잠 못 이뤄 임 가던 곳 바라보고 한숨짓고 눈물지며 날마다 기다릴 제, 꿈속인들 오죽하랴. 속절없이 죽게 되니 이런 팔자 또 있는가?”

비장 하나가 또 운다.

“나는 나이 사십이로되 자식 하나 없고 양자 들일 곳도 전혀 없는지라. 조상 제사 끊치게 되니 이 아니 원통한가?”

비장 하나가 또 운다.

“나는 형세 가난하여, 제주가 좋은 갓 산지라 하여 갓이나 좀 얻어다가 집안 살림에 쓸 것이요, 울 마누라 속곳이 없어 한 벌 얻어 입힐까 하고 나왔더니, 속절없이 물귀신이 되겠으니 이 아니 원통한가?”

비장 하나가 또 운다.

“나는 형세가 가난하지 않아 집에 그저 있었더라면 좋을 것을, 이름자나 갈고, 벼슬길에 추천을 얻어서 출세를 바랬더니, 속절없이 죽게 되니 이 아니 원통한가?”

이렇듯 탄식할 제, 사또 정신없이 앉아 그 거동을 보다가 무슨 생각이 났던지 사공을 불러 분부한다.

“용왕이 이제야 제물을 달라나 싶으니, 고사나 극진히 드려 보아라.”

사공이 분부 모셔 거행한다. 여러 선원들 목욕재계하고 고물간에 자리 펴고 청기·홍기를 좌우편 갈라 꽂고, 큰 고리짝에 흰쌀 담아 사또 윗저고리 벗어 놓고, 소머리에 돼지 잡아 큰 칼 꽂아 기는 듯이 들어 놓고, 젯밥 공양 올린 후에, 쌀 한 섬 풀어 물에 넣고 도사공의 정성으로 큰 북 용총줄[돛 줄]에 높이 달고 북채를 양손에 갈라 잡고 두리둥둥 북을 치며 축원한다.

“하늘과 땅, 해와 달과 별, 하늘 신 땅 신 신령스런 녹성군(祿星君)이 감동하와 한양 성내 북부 송현에 사는 김씨 남자 제주 신관 사또를 살리소서. 두

리둥둥. 동해용왕, 서해용왕, 남해용왕, 북해용왕, 물 위의 용녀부인, 물 아래 하수용왕11), 참군영감12) 내림하와 제주 바다 건너 갈 제 순풍을 빌리소서, 두리둥둥."

고사를 드린 후에 사또 탄식하는 말이,

"사는 것이 이 세상에 잠깐 들름이요, 죽는 것은 저 세상으로 돌아가는 것이라 하니, 하우씨(夏禹氏)13)가 하늘보고 탄식하는 노래를 내게도 부쳤도다."

이윽고 달 밝으며 물결 잦아지니, 달이 중천에 높이 떠 달밤에 홀로 배 저어 가는데 물결은 일지 않고 거울같이 잔잔하구나. '물에서 사는 것이 산에서 사는 것보다 낫다'고 옛 말로 들었더니, '삼정승의 벼슬자리도 경치 좋은 이 강산과 바꾸지 않겠다'는 것을 오늘이야 알리로다. 어언간 제주 섬에 다다르니, 지세도 좋거니와 풍경이야 더욱 좋다.

나리, 가실 때는 정표를 남기고 떠나시오

환풍정(喚風亭)에 배를 내려 화북진(禾北鎭)에 자리 정해 공무를 보고, 사면을 둘러보니 제주가 십팔경이라. 제일경은 망월루(望月樓)라. 망월루 살펴보니 어떤 청춘 남자, 여자가 서로 손을 잡고 헤어지기 섭섭하여 눈물을 흘린다. 이는 누군고 하니, 구관 사또가 신임하던 정비장과 수청기생 애랑이의 양인 이별이라. 정비장 거동보소. 애랑의 손을 잡고 이른 말이,

"잘 있거라. 네 들어라. 한양 태생 소년으로 제주 경치 좋단 말을 곧이듣고 이곳 와서 꽃다운 연분 맺어 널로 하여 세월을 보낼 적에, 고운 네 태도와 청아한 네 노래에 고향 생각 없었더니, 애달프사 이별이야. 맑고 푸른 강물 속에 원앙새가 짝을 잃은 격이로다. 산 높고 골 깊어 인적 없는 곳에 둘이 만나 회롱타가 이별하고 헤어지는 격이로다. 이별이야, 이별이야. 애닯고

---

11) 하수용왕: 물 속에 있는 용왕
12) 참군영감: 원래는 한성부나 훈련원의 정7품 벼슬의 칭호이지만 여기서는 귀신이나 신령을 가리킴.
13) 하우씨(夏禹氏): 중국 최초 왕조인 하(夏)나라의 우(禹)임금.

애닯도다. 이별 이(離)자 내던 사람 우리 둘의 원수로다. 해하성(垓下城) 달 밝은 가을밤에 우미인(虞美人)14) 이별할 제 항우의 억울한 탄식과 마외역 (馬嵬驛) 저문 날 양귀비(楊貴妃) 이별할 제 당 현종의 울던 간장 이에서 더 할 소냐. 오로지 생각하는 건 너 뿐이니, 부디부디 잘 있거라."

애랑의 거동 보소. 없는 설움 일부러 지어 꽃같이 고운 얼굴 웃는 듯 찡그리는 듯 길게 한숨짓고 짧게 탄식하며 이른 말이

"여보 나으리 들으시오. 소녀는 지방의 천한 기생이요. 나리는 한양의 귀한 손님이라. 소녀를 처음 만날 때에 무엇이라 언약했소? 뽕나무밭이 변하여 푸른 바다가 되고 푸른 바다가 변하여 뽕나무밭이 되도록 서로 이별하지 말자 하더니, 오늘날 이 마당에 나를 두고 어디로 가오? 이럴 줄 알았더라면 당초에 굳은 맹세를 안 하지요 나으리는 호남자라, 잠시 동안은 이별을 안타까워하겠지만, 한양에 가시면 살구꽃과 같은 미인이 곳곳에 있겠지요. 그러나 소녀 같이 기박한 여인은 나리 한 번 이별하면, 꽃 떨어지고 푸른 잎 무성하여 열매가 가지에 가득해도 의지할 곳 없지요. 저를 살리려거든 데려가고, 죽이려거든 두고 가오. 애고 답답, 이 내 팔자, 하루아침에 이별이 웬 일이요? 나으리 이곳 계실 때는 먹고 입고 살기 걱정 없이 세월을 보내더니, 인제는 뉘게다 의탁하오?"

정비장 이 말 듣고 활달하고 큰마음에 애랑의 속이 풀리도록 한 번 대답을 한다.

"글랑은 염려마라. 내 올라갈지라도 한동안 먹고 쓰기 넉넉하게 뱃짐 풀어 주고 가마."
하더니 창고지기에게 분부하여 뱃짐 풀어 애랑 준다.

굵은 갓 한 통, 곱게 만든 갓 한 통, 탕건 한 죽, 우황 열근, 인삼 열근, 머리에 얹는 다리15) 서른 단, 말총 백 근, 노루가죽 사십 장, 사슴가죽 이십 장, 홍합·전복·해삼 백개, 문어 열개, 삼치 서 뭇, 조기 한 동, 유자·잣·

---

14) 우미인(虞美人): 초패왕 항우(項羽)의 애첩. 항우를 위해 해하성에서 '역발산 기개세(力拔山 氣盖 世)'라는 노래를 부르고 자결함.

15) 다리: 예전에 여자들이 머리숱이 많아 보이게 하려고 덧 넣었던 딴머리.

석류·비자·귤껍질·녹용, 얼레빗·화류 살쩍밀이·삼층난간 용봉장·이층 문갑·가께수리·산유자 궤·뒤주 각 여섯 개, 걸음 좋은 제주 말 두 필, 푸른 말 세 필, 안장 두 켤레, 무명 한 동, 곱게 짠 삼베 세 필, 모시 다섯 필, 명주 세 필, 편지지 열 축, 부채 열 자루, 담뱃대 열 개, 수복무늬 백통대 한 켤레, 서랍 하나, 담배 열 근, 생꿀 한 되, 맑은 꿀 한 되, 날밤 한 되, 마늘 한 접, 생강 한 되, 찹쌀 열 섬, 쇠고기 열 근, 후추 한 되, 아그배 한 접

애랑 주며 방자 불러 이른 말이

"애랑의 집에 갖다 주고 애랑 어멈 회답 받아 오너라."

애랑이 눈물을 이리저리 씻으면서 흐느끼는 소리로 여쭈오되,

"주신 물품은 천금이라도 귀한 바가 없나이다. 백년을 맺은 기약 일장춘몽 (一場春夢)이 허사로다. 나으리는 소녀를 버리시고 가옵시면, 늙으신 백발 부모 위로하고 아리따운 홍안 처자 반겨 만나 그리던 정회 풀어낼 제, 소녀 같은 기박한 소첩을 천리 섬 중 머나 먼 데, 다시 생각하실 건가? 설운 것이 이별 별(別)자, '이별의 원한은 헛되이 긴 강물을 따르니' 떠날 리(離)자 슬플 시고, '님 소매를 다시 잡고 다음에 만날 날을 물어보니' 이별 별(別)자 또 슬프고, '천리나 되는 한양으로 낭군을 보내니' 보낼 송(送)자 가련하다. 님 그리고 보내는 정 생각 사(思)자 답답하고, 첩첩한 산 빽빽한 나무 아득하니 바랄 망(望)자 처량하다. '빈 방에서 쓸쓸하게 기나긴 가을밤을 홀로 보내니' 수심 수(愁)자 첩첩하고, '첩첩이 쌓인 시름에 잠을 이루지 못하니' 탄식 탄 (歎)자 한심하고, 긴 한숨 서러운 간장 눈물 루(淚)자 가련하다. '님 그리는 괴로움을 그대는 보지 못 했나' 병들 병(病)자 설운지고. 병이 들면 못 살려 니 혼백 혼(魂)자 따라 갈까? 마음 고이 간직한 그리운 님 잊을 망(忘)자 염 려로다. 낭군 한 번 떠나면 내밀 출(出)자 다시 보자 언제 볼꼬. 애고, 애고 설운지고."

정비장 혹한 마음에,

"네 말을 들으니 뜻 정(情)자 간절하다. 내 몸에 지닌 노리개를 네 마음대 로 다 달래라."

애랑이 년, 달라는 말 아니 하여도 정비장을 물오른 어린 소나무 속껍질 벗기듯 하려는데, 가지고 싶은 대로 달래라하니 불한당 같은 마음에 피나무

껍질 벗기듯 아주 홀딱 벗기려고,

"여보 나으리 들으시오. 가죽 두루마기 소녀를 벗어 주고 가시면, 나으리 가신 후에 날이 가고 달이 갈 제, 세월이 물같이 흘러 꽃 지니 봄이 가고, 녹음방초 여름 지나, 가을 들어 뜰 앞 단풍 떨어질 제, 낙엽은 소슬하고 옥창 밖에 서리치니 가을밤은 길고 적막한데 독수공방 잠 못 들어 이리저리 뒤척일 때 원앙금침 찬 베개며 비취색 얇은 이불 두 발로 미적미적 툭툭 차서 물리치고, 주고 가신 가죽 두루마기 한 자락을 펼쳐 깔고 또 한 자락 흠썩 덮고, 두 소매는 착착 접어 베개 삼아 베고 자면, 나으리 품에 누운 듯 근들 아니 다정하오?"

정비장 그 말 듣고 양 가죽 두루마기 활활 벗어 애랑 주며 이른 말이,

"맹상군(孟嘗君)의 흰 여우털 외투도 진나라 왕의 애첩 행희(幸姬)를 주어 있고16), 수가(須賈)의 새모시 두루마기도 범숙(范叔)을 주었으니17), 잊을 수 없는 옛 정이 그 아니냐? 나도 이 옷 벗어 너를 주니, 깔고 덮고 베고 잘 때 부디 나를 잊지 마라."

애랑이 또 앉아 여쭈오되,

"나으리님 들으시오. 나으리 가신 후 달 밝고 서리 차며 가을바람 소슬히 불 때, 동정호 가을 달 지고 강촌 저녁에 눈이 내려 온 나무가 배꽃이 된 듯 아주 펄펄 흩날릴 제, 초(楚)나라와 오(吳)나라 사이가 험하고 머니 임 만날 기약 아득하고, 눈을 개게하고 구름을 흩날리는 차가운 북풍이 작은 길로 들이칠 때 차마 귀 시려 어찌 살리. 나으리 쓰신 돈피 휘양[방한모] 소녀를 벗어 주고 가옵시면, 두 귀에 깊이 눌러 쓰고 한라산 높이 올라 낭군 계신 한양성을 하루 열 두 번 씩 멀리 바라보리니 근들 아니 다정하오?"

정비장 혹한 마음에 휘양 벗어 옜다 주며 이른 말이,

"손으로 겉 만지며 입으로 털을 불어 쓰거드면, 엄동설한 추위라도 네 귀 아니 시리리라. 이 휘양 쓸 때마다 부디 나를 잊지 마라."

---

16) 맹상군(孟嘗君)의~있고: 중국 전국시대 맹상군이 진나라 소왕(昭王)에게 볼모로 잡혔을 때, 도둑질 잘하는 부하가 창고에 있던 흰 여우털 외투를 훔쳐 뇌물로 주고 풀려난 고사.

17) 수가(須賈)의~주었으니: 제(齊)나라의 수가가 진(秦)나라 사신으로 온 범숙이 원수인 것을 몰라보고 자기의 새모시 두루마기를 벗어 주었다는 고사.

애랑이 또 앉아 여쭈오되,

"여보 나으리 들으시오. 소녀 비록 여자이오나 옛글을 들었으니 '한때 호사하던 다섯 임금이 죽었으니, 지니고 있던 보검이 천금이 나간다.'했습니다. 그 칼이 값이 비싸오며 이별할 때 칼을 뽑아 서로 주고받는다 했으니 평생 변치 않는 마음 그 아니 중하오릿가? 나으리 차신 쇠로 손잡이한 철병도(鐵柄刀)를 소녀 끌러 주고 가오."

정비장이 칼을 만지며,

"이는 나의 몸을 지키는 보검이라. 너를 주지 못하겠다."

애랑이 여쭈오되,

"옛 글을 모르시오. 오나라 계찰(季札)이 서(徐)나라 임금의 뜻을 알아, 살아서 못 준 보검 죽은 후에 찾아가서 무덤위에 걸었으니 사후의 마음 씀씀이가 믿을 만 하오. 임도 날을 생각해 칼을 주고 가오시면 생전 이별 정표(情表)로세."

정비장 이른 말이,

"내 말 네 들어라. 장부의 보검이 값도 중하다 하려니와, 만일 주고 갔다 나의 정을 베어 잊을까 염려로다. 네 집에 있는 식칼을 잘 들게 갈아두고 쓰는 것이 옳으니라. 칼 벼리는 값 두 푼을랑 내 물어 주마."

애랑이 반 울음 반 웃음에 여쭈오되,

"소녀 집에 있는 칼이 식칼뿐 아니오라 호두껍질과 호박으로 장식한 장도, 오동철로 자루를 하고 무소뿔로 칼집을 할 장도 다 있어도 나으리 차신 철병도를 주옵시면 한 번 쓸 데가 있나이다."

"네 어따 쓰려느냐?"

"충신은 외로운 신하 중에 나고, 열녀는 천한 계집 중에서 나니, 열녀의 본을 받아 낭군을 위해 절개를 지킬 적에, 젊은 나이에 과부가 된 몸이 휑덩그렇게 빈 방안에 앉아 옥등에 불 켜놓고 그림자와 벗을 삼아 임 그려 시름할 제, 사립문에서 개 짖는 소리 들려 개소리 점점 가까워 오고, 바람불고 눈 오는 밤에 사람이 드니라. 술과 여자를 좋아하는 호협한 남자가 내게다 뜻을 두고 달도 없는 한 밤중에 가만가만 사뿐 들어와서 잠근 문을 바삐 열고 내 침방에 들어오면, 소녀 혼자 할 수 없어 나으리 주신 철병도를 섬섬옥수로 선뜻 끌러, 키 큰 놈은 배를 찌르고 키 작은 놈은 멱을 찔러 멀리 훨쩍 물리치면, 낭군을 위해 원수를 갚아 나으리께도 설욕되고 소녀 절개 빛나나니, 근들 아니 다정하오. 제발 덕분 끌러 주오."

정비장이 껄걸 웃으며,

"이별 고통, 더위 먹은 병에 원기 돋우는 약 한 첩과 청심환(淸心丸) 한 개를 갈아 마신 듯하여 좋다."

철병도 끌러 애랑 주며 하는 말이

"옛 사람 큰 수단으로 칼 쓰는 법을 네 들어라. 오나라 촉루검(鐲鏤劍)[18]은 충신 오자서(吳子胥)[19]를 베었으니 쓸데없는 용검(用劍)이요, 진시황의 태아검(太阿劍)은 여섯 나라를 통일했으니 지혜로운 용검 그 아니며, 한나라 한신(韓信)의 원용검은 싸우면 반드시 이기고, 공격하면 반드시 함락하였으니 비 길데 없는 용검이 그 아니며, 홍문연(鴻門宴)[20] 자리 어지러울 제, 항백(項伯)·항장(項莊) 서로 맞서 칼춤 추며, 초패왕을 그저 놓고 범증이 칼로 쳐 깨트린 옥 술잔이 가루가 되어 흩날렸으니 어지러운 용검 그 아니며, 형가(荊軻)[21]의 잘 드는 비수 허청금(許聽琴) 한 곡조에 잡은 진시황 못 찌르고 칼을 던지고 죽었으니[22] 헛된 용검 그 아니며, 관운장(關雲長)의 청룡검은 화용도(華容道)에 복병 숨겨 조조(曹操)를 잡았으나 범하지 않고 놓아 주었으니 인의 용검 그 아니며, 유방의 적제검은 밤에 연못가를 지나는 큰 백사를 베었다 하니, 나도 이 칼 너를 주니 너도 이 칼 쓰려할 제, 정주산 돌에 잘 들게 갈아 수절공방 범하는 놈 네 수단에 잘 찌르면 만 명의 적은 못 당해도 한 사람은 네 상대하리라."

---

18) 촉루검(鐲鏤劍): 오나라 임금 부차가 가졌던 보검.

19) 오자서(吳子胥): 오자서의 아버지와 형이 월나라에 잡혀 죽자 원수를 갚으려고 오나라의 재상이 되어 월나라를 쳐서 이겼음. 그러나 억울한 누명을 쓰고 오나라의 왕 부차에게 죽임을 당했음.

20) 홍문연(鴻門宴): 항우가 유방과 더불어 벌인 잔치. 이 자리에서 항장이 칼춤을 추다가 유방을 죽이려 하자 이를 눈치 챈 번쾌가 저지하여 실패했음.

21) 형가(荊軻): 전국시대 유명한 자객. 제나라 사람으로 연(燕)나라로 가서 태자의 부탁으로 진시황을 죽이려 했으나 실패하여 죽음.

22) 허청금 ~ 죽었으니: 형가가 진시황을 찔러 죽이려 할 때 진나라 궁녀가 허청금을 타서 형가로 하여금 실패케 하여 잡혀 죽게 만들었음.

애랑이 철병도 받아 놓고 또 앉아 우는 말이,

"여보 나으리 들으시오. 나으리 입으신 숙주 저고리, 명주바지 상하 의복 벗어 소녀를 주고 가오."

정비장 이른 말이,

"여자 옷은 행여 달라기가 괴이치 않거니와 남자 옷이야 네게 쓸데없다."

"에그 남의 설운 사정 그다지 모르신단 말이요? 나으리 상하의복 활활 털어 입어보고, 착착 접어 홰23)에 걸고 앉아 보고, 서서 보고, 누워서 보고, 일어나 보고, 문 열고 밖에 나가 이리저리 거닐다 보고, 끝없이 쌓이고 쌓인 서러운 정회 임 생각 절로 날 제, 나며 들며 빈 방안에 홀로 앉아 잠 못 이뤄 수심겨워 앉았을 제, '기러기 다 가고 없으니 편지 보낼 수 없고, 수심이 많으니 꿈을 이루지 못하네', 앉으락 서락 임 계신 데 한숨쉬고 첩첩 슬픔 다 버리고 방안에 들어가니, 이별 낭군은 멀리 가셨지만 옷이 홰에 걸렸으면, 옷 벗어 홰에 걸고 누웠는 듯 소변보러 간 듯, 일 천 설움 일 만 근심 옷을 보면 풀어지니, 근들 아니 다정하오."

정비장이 크게 반하여 옷을 활활 벗어 모두 주니, 애랑이 옷 받아 놓고 또 앉아 운다.

"여보 나으리 들으시오. 나으리 이별 후 때때로 생각나니 답답 설움 어이 할까? 설움 풀 것 전혀 없소. 무얼 가지고 설움 풀까? 나으리 입으신 고의적삼 소녀를 벗어 주면, 내 손으로 착착 접어 임 생각 잠 못 이뤄 누웠다가, 나으리 고의적삼 임과 둘이 자는 듯이 담쑥 안고 누웠다가 옷가슴을 열어 보면 향기로운 님의 냄새 폴싹폴싹 코에 닿아 냄새 맡고 설움 푸니 근들 아니 다정하오."

정비장 혹한 마음에 고의적삼이 무엇이리. 몸뚱이 가죽이라도 벗어 줄 밖에 하릴없다. 고의적삼마저 벗어 애랑 주니, 정비장이 알몸뚱이 비장이 되었구나. 밑천을 감출 길이 전혀 없어 방자를 부른다.

"방자야! 가는 새끼 두 발만 꼬아라."

하더니 여자 월경대처럼 만들어 말 입에 쇠재갈 먹인 듯이 잔뜩 되게 차고

---

23) 홰: 옷을 벗어 걸어 두는 막대.

446

두런거리며 하는 말이,

"어허, 날이 매우 추운고, 바다 한 가운데 섬이라 매우 차구나."

이리 할 제, 애랑이 또 여쭈오되,

"나으리 들어 보시오. 옷은 그만 벗어주고 나으리 상투를 좀 베어 주시오. 소녀의 머리와 한데 땋아 놓았으면 구름같이 되겠으니, 근들 아니 다정하오."

정비장 이른 말이,

"네 아무리 마음은 그러하나, 나를 바로 서울 정토사(淨土寺) 중놈 아들이 되랴느냐?"

애랑이 통곡하며,

"여보 나으리 내 말씀 듣소. 나으리가 아무리 다정타 해도 소녀 뜻만 못하오니, 애닯고 그 아니 원통한가. 그는 그러하려니와 나와 마주 앉아 서로 보고 방싯방싯 웃으시던 앞니 하나 빼어 주오."

정비장이 어이없어 하는 말이,

"이제는 부모가 남겨주신 몸까지 헐라 하니 그는 어따 쓰려느냐?"

애랑이 여쭈오되,

"하얀 이 하나 빼어주면 손수건에 싸고 싸서 백옥함에 넣어두고, 눈에 암암 귀에 쟁쟁 임의 얼굴 보고 싶은 생각나면 종종 내어 설움 풀고, 소녀 죽은 후에라도 관 구석에 지녀가면 함께 묻어 한 몸 아니 될까? 근들 아니 다정하오."

정비장 크게 반하여,

"공방 창고지기야, 장도리 집게 대령하여라."

"예, 대령하였소."

"네 이를 얼마나 빼어 보았느냐?"

"예, 많이는 못 빼어 보았으되 서너 말 정도는 빼어 보았소."

"이놈, 제주도 이는 다 휩쓴 놈이로구나. 다른 이는 상하지 않게 앞니 하나만 쏙 빼어라."

"소인이 이 빼기에는 솜씨가 났사오니 어렵하오리까."

하더니, 작은 집게로 잡고 빼었으면 쏙 빠질 것을 큰 집게로 이를 덤불째 휩쓸어 잡고 좌충우돌하여 차포(車包) 뗀 장기 상(象)을 궁(宮) 앞에 나란히 두

듯 무수히 어르다가 뜻 밖에 코를 탁치니 정비장이 코를 잔뜩 부둥키고,

"어허, 낭패로고. 이 놈, 너더러 이 빼랬지 코 빼라더냐?"

공방 창고지기가 여쭈오되,

"울리어 쑥 빠지게 하느라고 코를 좀 쳤소."

정비장 탄식하며,

"이를 빼라 한 내가 잘못이다."

애랑이 또 여쭈오되,

"나으리, 양다리 사이의 주장군(朱將軍)24) 한 줌 반만 베어주오."

정비장 어이없어 하는 말이,

"이제는 씨도 앉히지 말라는구나. 그는 어따 쓰려느냐?"

애랑이 여쭈오되,

"나으리 가신 후에 독수공방 울적할 제, 비어두기 허전하오니, 문지기 삼아 두었으면 '한 남자가 관문을 지키면 만 명도 열지 못하오니' 어느 놈이 범하리까? 근들 아니 다정하오."

정비장이 그 말에는 입맛이 붙으나 베어 줄 수 없는지라. 한참 이리 수작할 제, 방자 여쭈오되,

"나팔을 한 번, 두 번, 세 번 분 다음에 사또 배에 오르시었으니, 어서 바삐 배에 오르시옵소서."

정비장 하릴 없이 일어서며 탄식하되,

"노 젓는 소리 한 마디에 한양 떠나는 배라. 배 떠나자 재촉하니 슬픈 마음이 만 갈래로 일어나는구나. 배는 떠나려하고 임은 잡고 아니 놓네."

애랑은 정비장 손을 잡고 발을 구르며 탄식하되,

"우연히 만났든들 나를 두고 어디 가오. 진나라 서불(徐市)은 동해 삼신산에 불사약 캐러갈 제, 동남·동녀 실어가고, 월나라 범상국도 오호(五湖) 맑은 바람 호화선에 서시를 실었으니, 하루 천리 가는 저 배에 임도 나를 실어가소. 살아서 못 볼 임 죽어 환생하여 다시 볼까? 낭군은 죽어 학이 되고, 첩은 죽어 구름 되어, 구름은 학을 따르고, 학은 구름을 따라 흰구름 첩첩

---

24) 주장군(朱將軍): 붉은 빛깔의 남자 성기를 비유하는 말.

쌓인 곳마다 서로 즐기며 놀아 볼까?"

정비장 화답한다.

"너는 죽어 높이 걸린 달, 밝고 밝은 거울이 되고, 나는 죽어 동방에 번 듯 솟는 해가 되어 비칠 조(照)자 정다운 얼굴을 맞대고 서로 보자."

이렇듯 작별할 제, 신관 사또 앞길을 인도하는 예방비장이 이 거동 잠깐 보고 방자 불러 묻는 말이,

"저 건너 노상에서 청춘남녀 서로 잡고 못 떠나는 저 거동이 웬말이냐?"

방자 여쭈오되,

"기생 애랑이와 구관 사또의 정비장이 떠나느라고 작별인 줄 아뢰오."

배비장 그 말 듣고 빈정거려 이른 말이,

"허랑한 장부로다. 친척과 부모를 멀리 떠나 천리 밖에 와서 아녀자에 크 게 혹하여 저다지 애걸하니 체면이 틀러었다. 우리야 만고절색 아니라 양귀 비·서시라도 눈이나 떠 보게 되면 덜 떨어진 사람의 아들이다."

방자 놈 코웃음치며 여쭈오되,

"나으리도 남의 말씀 쉽게 듣지 마옵소서. 애랑의 은은한 태도와 아리따운 얼굴을 보시면 치마폭에 움막을 짓고 게다가 살림을 차리리다."

배비장 안색을 바로하고 방자를 꾸짖는 말이,

"이 놈, 네가 양반의 격조와 멋을 어찌 알고 경솔히 말을 하느냐."

"그러하오면 황송하오나 소인과 내기를 하옵시다."

"무슨 내기를 하려느냐?"

"나으리께서 올라가시기 전에 저 기생에게 눈을 아니 뜨시오면 소인이 식 구들을 끌고 댁에 가서 종이 되겠고, 만일 저 기생에게 반하시오면 타신 말 을 소인 주기로 하십시다."

배비장이 대답하되,

"그는 그리 하여라. 말 값이 천금이로되 내기하고 너 속이랴?"

너희 중에 누가 배비장을 웃게 하겠느냐

한참 이리 할 제, 신관 사또와 구관 사또 인수(印綬)25)를 주고받고, 새 사

또 도임차로 들어간다. 구름 같은 앞 뒤 좌석, 좌우의 포장 번 듯 들고 호기 있게 들어갈 제, 삼현[三絃: 거문고·가야금·당비파] 악사 취타수며 앞뒤에 선 사령 군노 맵시 있게 차려 입고, 남색전대 눌러 띠고, 붉은 털벙거지에 날랠 용(勇)자 작게 붙여 쓰고, 곤장·주장 번 듯 들고 쌍쌍이 늘어서서, '예 이찌룩 예이찌룩' 좌우로 떠들썩할 제, 물색 좋은 푸른 일산에 세악·취타 군악 소리는 원근 산천 떠들썩하게 '나나노 나노 뚜따 처르르.'

앵무 같은 고운 기생 나이 맞춰 골라 뽑아 물색으로 단장하여 동문 안 대로 상에 쌍쌍이 늘어서고, 오색 빛깔 깃발 찬란하며, 호위 비장은 좋은 비단 군복·관대띠·순은 장식 광택내여 활과 화살 빗겨 차고, 털벙거지·호박 갓끈·흰털 장식 보기 좋게 꽂아 쓰고, 질 좋은 명주바지 가뜬하게 떨쳐입고, 은안장 백마에 호피 깔개 덩그렇게 높이 앉아, 구름은 용을 따르고 바람은 호랑이를 따르듯이 위풍이 당당하다. 흰 구름 타고 다니는 신선들이 이에서 더할소냐.

영무정(永舞亭) 바라보고 산지(山芝) 내 얼핏 건너 북수각(北水閣) 지나 칠성(七星)골 너른 길로 관덕정(觀德亭) 돌아들 제, 말 모는 소리 요란하고, 취타소리 땅을 진동한다. 백성들은 와자지껄 얘기하고, 초목조차 굽히는 듯 임금 향해 네 번 절하고 만경루(萬景樓) 도림할 제, 남녀노소 없이 신관사또 구경이다. 육방관속·군관·서리 사령들이 사또께 인사하고 맡은 부서로 각기 돌아오니, 서편에 해가 지고 동편에 달이 돋아 청풍명월 한 밤중에, 태평한 기상, 좋은 경치 오늘 밤이 제일이라.

모든 비장들이 여러 기생 차차 골라 다 정하고 방방이 맑은 노래와 단소·거문고 소리 서로 화답하여 달밤에 들리는 소리 듣기 좋고 처량하다. 이 때 배비장은 울적하고 답답한 마음에 한 데 어울려 놀고 싶되, 이미 정한 내기 장부일언이 중천금(重千金)이라. 내 어찌 변할소냐. 남 노는 것 비아냥거리고 앉았을 제, 여러 비장 동료들이 배비장에게 권하여 전갈하되,

"방자야, 네 예방(禮房)나리께 가서 그 동안 문안 하고자 하옵니다 하고,

---

25) 인수(印綬): 인끈. 병권을 가진 무관이 발병부(發兵符) 주머니를 매어 차던 길고 넓적한 사슴가
죽 끈.

물색 좋은 이 곳에 와서 수심이 많으시니 웬일이오니까 하고, 고향 생각 너무 마옵시고 이 중에 아리따운 미색을 골라 수청들이옵고, 끌어안고 정겨운 얘기 나누는 것이 장부의 마땅한 일이니, 이제 돌아오시면 같이 놀겠삽나이다 하고 여쭈어라."

방자놈 분부 듣고 예방 나리께 전갈 드린다. 배비장 전갈 듣고 회답하되,

"먼저 물어 계시니 감사하옵니다 하고, 나리께서는 나와 같이 서울에서 자란 친구지만 나의 근본을 모르시니 애닯소이다 하고, 우리는 본시 구대정남(九代貞男)26)이라 절대로 잡마음은 없사오니, 내 말씀은 마시옵고 거기서나 듣기 좋고 보기 좋은 것과 마음에 즐거운 것을 모두 다 하옵소서 하고 여쭈어라." 하더니 무슨 급한 일이나 있는 듯이 방자를 펄쩍 부른다.

"이 애, 방자야, 방자야!"

"예 예"

"지금 전체 기생을 맡아보고 있는 자가 누구냐?"

"행수(行首) 기생에 차질예로소이다."

배비장이 차질예 불러 분부하되,

"네가 만일 지금 이후로 기생년들을 내 눈앞에 비추었다가는 엄한 매로 다스리리라." 분부할 제, 이런 곡절을 사또가 잠깐 들으시고 일등 명기들을 다 부르신다. 기생을 부르되 기생 명부를 들여 놓고 좋은 글귀를 뽑아 제대로 부르던 것이었다.

"위성(渭城) 아침 비에 먼지가 촉촉이 젖으니, 객사 앞의 버들잎이 푸르구나 유색(柳色)이, 가냘픈 초승달 그림자가 비단 창에 비추었다 초월(初月)이, 술집이 어디냐고 물으니 목동이 살구꽃 핀 마을을 가리키는구나 행화(杏花), 님을 생각하나 볼 수 없구나 반월(半月)이, 그윽한 대밭에 홀로 앉아 거문고를 탄다 금선(琴線)이, 배를 타고 물을 따라가니 무릉도원이 예 있구나 홍도(紅桃), 일 년 내내 봄빛이니 죽엽(竹葉)이, 얼굴이 곱다 화색(花色)이, 달에서 내려온 신선처럼 태도 곱다 월하선(月下仙), 줄풍류27)에 봉하운(逢夏雲),

---

26) 구대정남(九代貞男): 9대를 이어 오면서 다른 여자를 가까이 하지 않고 절개를 지킨 남자.

27) 줄풍류: 현악기를 연주하며 노는 것. 곧 실내악.

노래 으뜸에 추월(秋月)이, 집안 가득 봄빛이 드니 붉은 연꽃 핀다 홍련(紅蓮)이, 인간세상에 귀양 왔으니 강선(降仙)이, 신선 사는 봉래방장(蓬萊方丈)에 영주선(瀛洲仙), 색 즐기는 음덕(陰德)이, 여기저기 서방 널려 있는 탕진(蕩盡)이, 행수 다음가는 기생 억란이, 행수 기생에 차질에, 가무 접대 능란하다 제일 미색에 애랑이."

"예, 등대하였소."

사또 분부하시되,

"너희 중에 배비장을 혹하게 하여 웃게 하는 자 있으면 상을 크게 줄 것이니, 그리할 기생이 있느냐?"

그 중에 애랑이 여쭈오되,

"소녀가 민첩하지 못하나 사또 분부대로 거행할까 하나이다."

사또 이른 말이,

"네 능히 배비장의 절개를 꺾을 재주가 있으면 제주 기생 중에 인재라 하리로다."

애랑이 여쭈오되,

"지금 바야흐로 봄이 한창인 좋은 때이오니, 사또 내일 한라산 꽃놀이를 하옵시면 소녀 그 사이에 좋은 계책을 내어 배비장의 절개를 꺾겠나이다."

사또 비장들과 의논하고 날이 밝아올 무렵에 명령을 내려 한라산 꽃놀이를 갈 제, 사또 행장 차림새 볼작시면, 용머리 새긴 주홍색 남여(藍輿)에 호피 깔개 돋우어 높이 타고, 위엄 있는 창검과 깃발 좌우 벌여 세우고 '물렀거라'하며 행차할 제, 녹의홍상 곱게 차린 기생들은 흰 비단으로 만든 한삼 소매 높이 들어 풍악소리에 노닐며 '지화자 지화자'하는 소리, 온갖 나무 꽃들 속에 풍악소리와 섞여 산과 물에 널리 울려 퍼지는데, 새 우는 소리 봄을 알리는구나. 온갖 새가 울음 운다. '후루룩, 벅궁, 꼬고약, 꺽, 푸드득, 숙궁, 소쩍다, 떵그렁, 삐비죽, 부러귀, 가부락갑죽, 으흥, 접동.'우는 것은 꽃이 만발한 산에 온갖 새요, 시냇물 잔잔하고 따뜻한 봄바람에 얼크러지고 뒤틀어진 가지 잎잎이 뒤적이어 우쭐 활활 구불구불 늘어진 것은 푸른 숲 개울가에 가지 드리운 수양버들이요, 복사꽃 흩어져 황하에 흐르는 격으로 굽이굽이 휘휘 돌쳐 우르렁 출렁 풍풍 뒤질러 좌르르 퀼퀼 흐르는 것은 폭포수와 아홉 구비 도는 구곡수(九曲水)라. 청산녹수 돌아드니 높고 높은 봉래산이 바로 여기로다.

사또 소나무 아래 남여를 놓고 경개를 살펴보니 제주 사면의 푸른 물결 하늘과 한 가지 빛깔로 둘렀는데, 쌍쌍이 나는 백구 물결 따라 흘리어 떠 있고, 점점이 흩어져 있는 어선은 너른 포구에 돛을 달고 골골이 드나들 제, 맑은 바람을 쏘이면서 적벽강에서 뱃놀이 하던 소동파(蘇東坡)가 이 곳을 보았더면 적벽강에 어이 놀며, 등왕각에서 노래와 춤을 즐기던 왕발(王勃)이 이곳을 보았더면 '해질 무렵에 외로운 오리가 난다'는 구절을 여기 와서 읊으리라. 산 경치 물 경치 제주의 봄 경치 무한한 풍경 좋을씨고.

사또와 모든 비장이 여러 기생들에게 술을 부어 감홍로·계당주 취케 먹고 춘흥 겨워 노닐 적에 배비장은 가장 청렴하고 고결한 척하고 소나무 아래 바위 위에 홀로 앉아 남 노는 것 비웃으며 글 지어 읊으되,

"하늘 저쪽으로 한양 길은 천리요, 바다 넓으니 제주는 만길 파도에 둘려 있네. 꽃 같은 미인은 나와 아무 상관없고, 술에 취하여 무한히 좋은 풍경만 회롱한다."

이 때 배비장이 글을 읊고 무료히 앉았다가 우연히 수풀 사이 폭포를 바라보니, 복사꽃 어린 곳에 옥으로 깎은 듯한 한 미인이 어리락 비치락 온갖 교태를 다 부리며 봄 경치를 회롱할 제, 숲 사이에 쳐 놓은 흰 포장 사이로 나왔다 들어갔다 하기도 하고, 앉았다 일어섰다 하기도 하며, 연기가 찬물위에 어리고 달빛이 모래 위에 어리는 것 같이 이리저리 노는 거동 월계꽃 핀 명월궁(明月宮)에 달나라 선녀 거니는 듯, 구름 낀 양대(陽臺)에서 무산선녀(巫山仙女)[28] 노니는 듯 하다. 상하의복 활활 벗어 너른 바위 위에 올려놓고 기러기 낙수 모래밭에 내려앉는 격으로 물에 풍덩 뛰어 들어 노는 거동 아미산(娥嵋山) 가을 반달이 평강강(平羌江)에 잠겼는 듯, 둥글둥글 둥근 돌을 굴려 여산폭포(廬山瀑布)에 들이친 듯, 별유천지 무릉도원에 복사꽃 물에 흘러 멀리 사라지는 격으로 물결 따라 내려가며, 갈매기 둥둥 떠서 반만 물에 잠긴

---

28) 무산선녀(巫山仙女): 초(楚)나라 양왕이 꿈에 무산의 양대에서 선녀를 만나 사랑을 나누었다는 고사에서 유래. 여기서 남녀가 사랑을 나누는 '운우지정(雲雨之情)'도 유래됨.

격으로 이리 텀벙 저리 텀벙 울렁 출렁 굽이치는 거동은 푸른 물결 맑고 맑은 저 연못에 가랑비 뿌려 젖은 연꽃이 봄빛을 만나 넘노는 듯, 온 가지로 교태한다.

맑은 물 한 줌 섬섬옥수로 담쑥 쥐어 분같이 고운 양팔을 칠팔월 가지 씻듯 뽀드득 씻어도 보고, 맑은 시냇가에 연꽃이 만발한데 푸른 연잎을 뚝 떼어서 맑은 물 담쑥 떠서 흰 이와 붉은 입술로 물어다가 양치질도 솰솰하며 와 토하여 뿜어도 보고, 물 한 줌을 덤벅 쥐어 연적 같은 젖통이도 씻어 보고, 버들잎도 주르룩 훑어내어 저녁 바람에 펄펄 날려 여러 갈래 잔잔 흐르는 물에 훨훨 띄워도 보고, 울긋불긋 활짝 핀 꽃도 따서 입에 담뿍 물어도 보고, 꽃가지도 질끈 꺾어 머리에도 꽂아 보고, 물그림자 살살 흩어 넓은 물에 노는 고기 회롱하며, 녹음방초 우거진 맑은 시냇가에 조약돌 얼른 집어 버들가지 왕래하는 꾀꼬리를 아주 툭 쳐 날려도 보고, 검은 구름같이 반지르르한 머리 솰솰 떨쳐 갈라내어 늙은 용이 물결 뒤치듯 두 손으로 후리쳐 틀어 땋은 머리 만드는 데는 금봉황 비녀 좋을 씨고. 꼬리 넓은 금붕어가 용으로 변하려고 맑고 맑은 푸른 물에 물결 따라 굽이굽이 노니는 듯, 봄 물결 회롱하고 울렁출렁 목욕하는 저 거동, 손도 씻고, 발도 씻고, 등·배·가슴·젖도 씻고, 여기도 씻고, 사타구니도 씻고, 거기도 씻고 한참 이리 목욕할 제, 배비장 그 거동 보고 어깨가 실룩 정신을 잃어 구대정남 간 데 없고 도리어 음탕한 남자가 되어, 눈을 모로 뜨고 도둑나무하다 쫓긴 듯이 헐떡이며 어깨춤에 호흡을 통하지 못하고 혼자 이른 말이,

"뉘 여인인지 모르거니와 여러 사람 망쳐 놓았겠다."
하며 그 여자의 근본을 듣고 싶으되, 묻지는 못하고 군침만 모아 삼키며, 안간 힘만 쓰고 무수히 한탄하되,

"내가 본디 서울에서 자라 팔도강산 가운데 이름난 경치 아니 본 곳 없건만은 제주 같이 좋은 강산은 보던 바 처음이다. 술집과 기생집 곳곳마다 미인도 많이 보았건만, 저기 보이는 저 여자 같은 자태는 전생·금생·후생에 처음 보던 바라. 저 여자를 이미 보았으니 어찌 차마 헛되이 돌아가리."

이 산에 좋은 경치 오늘 모두 보았으니 어찌하리오? 이러할 즈음에 날아다니던 새는 잠 잘 곳을 찾아 숲속에 날아들고, 어촌에 해가 지니 석양이 비

친다. 사또 남여 타고 관아로 돌아가려하고 앞장서는 사람 재촉한다. 여러 비장과 기생·하인들도 일제히 돌아가려할 제, 배비장은 뒤쳐질 마음을 두고 꾀병으로 배 앓는다. 여러 비장 동료들이 눈치 채고 하는 말이,

"벌써 혹하였구나."

수군거리며 곁치레로 인사하며 위로한다.

"예방께서는 급히 체한 듯싶으니 침이나 한 대 맞으시오."

"아니오. 침 맞을 병이 아니오. 진정하면 낫겠소."

여러 비장들이 웃음을 참고 방자를 불러 이른 말이,

"너의 나리 병환이 고질병이라 하시니 진정되거든 잘 모시고 오너라."

귓속말로 이르고, 또 배비장더러 하는 말이,

"이대로 사또께 잘 여쭐 것이니 마음 놓고 진정하여 오시오."

"여러 동관(同官)께서 이처럼 염려하시니 감사하거니와, 사또께 미안치 아니하도록 잘 여쭈어 주시기를 바라오. 애고, 배야!"

그 중에 동료 하나가 짓궂기 짝이 없는지라. 배비장의 애를 태우려고 수작한다.

"그것을랑 염려 마시오. 사또께서도 동관께서 이런 때 없는 병이 있는 줄 짐작하시는 갑디다. 들으니 이런 배 앓는 데는 계집의 손으로 문지르는 것이 즉효약이라니, 기생 한 년을 두고 갈 것이니 잘 문질러 보시오."

"아니오. 내 배는 다른 배와 달라서 기생을 보기만 하여도 더 아프니 그런 말씀은 내 귀에 다시 마시오. 애고, 배야!"

"그 배 이상한 배요. 계집 말만 하여도 더 앓소 그려. 우리가 다 같은 한양 사람으로 천리 밖에 와서 정이 형제 같은 터에 저처럼 고통하는 것을 혼자 두고 갈 수가 있소? 진정되거든 같이 갈 수 밖에 없소."

"아니오. 동관께서는 내 성미를 모르시는가 뵈다. 나는 병이 나면 혼자 진정을 해야 속히 낫지, 만일 형제간이라도 같이 있으면 낫기는커녕 새롭게 더 아프니, 사람을 살리려거든 제발 덕분 어서 가시오. 애고 배야, 애고 배야! 나 죽겠소."

"그러시면 갈 수 밖에 없으니 혼자 갔다고 무정하더라 하지 마시오."

하고 사또 모시고 관아로 돌아갈 제, 배비장은 그 여인 보려 급한 마음에 배

앓으며 방자를 부른다.

"방자야, 애고 배야!"

"예, 예"

"이 애야, 나는 여기를 오니 술에 취해 눈이 몽롱해 지척을 못 보겠다. 애고, 배야!"

"소인도 나리께서 애쓰시는 것을 뵈오니 정신이 아주 없습니다."

"우리 사또 가시는 데 자세히 보아라."

"중턱에 내려가시오."

"애고, 배야! 또 보아라."

"나무에 가려서 보이지 않소."

"'산을 돌고 길을 돌아 님이 보이지 않으니', 내 배 그만 아프다."

목욕하는 저 여자를 보려 하고 꽃과 풀이 우거진 시냇가 좁은 길로 몸을 숨겨 가만가만 걸어가 사뿐 서며, 가는 소리로 방자를 부르니, 방자도 그대로 대답하나 말공대는 점점 없어진다.

"예, 우에 부르우?"

"너, 저 거동 좀 보아라."

"그 무엇이 있소?"

"이 애야, 요란히 굴지 마라. 조용히 구경하자. 물에 놀고 산에 놀고 온갖 교태를 다 부리어 노는 거동 금도 같고 옥도 같다. 저것이 금이냐 옥이냐?"

"저 물이 여수(麗水)29)가 아니어든 금이 어이 놀으리까?"

"그럼 옥이냐?"

"이 곳이 형산(荊山)30)이 아니거든 옥이 어이 있으리까?"

"금옥이 아니면 꽃이냐? 향기로운 봄이 왔다고 속이는 매화냐?"

"눈 덮인 동쪽 집이 아니어든 설중매(雪中梅) 어찌 되오리까?"

"매화 아니면 도화냐?"

---

29) 여수(麗水): 중국 형남(荊南)에 있는 강. 이곳에서 금이 난다 함. 『천자문』에 금생여수(金生麗水)에서 유래됨.

30) 형산(荊山): 중국 오악(五嶽)의 하나로 남악(南嶽). 초나라 사람 변화(卞和)가 이곳에서 옥을 얻어 '화씨의 옥'이라 이름 붙임.

"무릉도원의 봄이 아니어든 도화 어찌 되오리까?"

"도화 아니면 해당화냐?"

"명사십리(明沙十里) 아니어든 해당화가 어이 되오리까?"

"그러면 빛이 노랗게 물든 국화냐?"

"구월 구일 중양절에 용산(龍山)[31] 아니어든 노란 국화가 어이 되오리까?"

"꽃 아니면, 월나라 서시나 양귀비냐?"

"오호(五湖)의 맑은 바람 아니어든 월 서시 어이오며, 온천수[32] 아니어든 양귀비가 목욕을 어이 하오리까?"

"서시나 양귀비 제 아니면, 보기만 해도 사람을 홀리는 불여우냐? 여우 아니라 도깨비라도 죽고 사는 것 생각지 않고 혹하겠다. 애고 애고, 날 죽인다."

"나으리, 무엇을 보시고 저다지 미치십니까? 소인의 눈에는 아무것도 아니 보입니다."

"이놈아, 저기 저기 저 건너 흰 휘장 속에 목욕하는 저 것을 못 본단 말이냐?"

"예, 나는 나리께서 무엇을 보시고 그리하시나 하였지요. 옳소이다. 저 건너 목욕하는 여인 말씀이오니까?"

"옳다! 보았단 말이냐? 쌍놈의 눈이라 양반의 눈보다 대단히 무디구나."

"예, 눈은 양반 쌍놈이 다르니까 소인의 눈이 나리의 눈보다 무디어 저런 예의가 아닌 것은 아니 뵈옵니다마는, 마음도 양반과 쌍놈이 달라 나리 마음은 소인보담 컴컴하고 음탐하여 남녀유별 체면도 모르고 규중처녀 은근히 목욕하는 것을 욕심내어 눈을 쏘아 구경한단 말씀이오니까? 근래 서울 양반들 양반세력 빙자하여 계집이라면 체면 없이, 욕심 낼 데 아니 낼 데 분간 없이 함부로 덤벙이다 봉변도 많이 당합디다. 유부녀가 약수에 목욕하면 허물없는 일가친척 은근히 붙어 있다가 무례한 타인 남자 버릇없는 눈치를 알

---

31) 용산(龍山): 9월 9일 중양절에 국화를 감상하는 풍속이 있었는데, 진(晉)나라 맹가(孟嘉)가 용산에서 잔치를 베풀어 유명해 졌음.

32) 온천수: 당나라 양귀비가 목욕했다는 여산(驪山)의 화청지.

면 당장에 뛰어 나와 일시에 냅다 치면 꼼짝없이 매를 흠씬 맞을 것이니, 저 여자 볼 생각 행여라도 마음에 품지 마소."

배비장 방자한테 무안당하고 하는 말이,

"다시는 아니 본다."

그러나, 여자를 보면 정신이 헷갈리어 아무리 아니 보려 하여도 자석이 날 바늘 잡아당기듯 눈이 자꾸 그리로만 간다. 방자 보다가

"저 눈!"

"나, 아니 본다."

하면서도 그 여인에게만 눈이 가는지라. 잠시 꾀를 내어 방자 불러,

"방자야, 저 경치 좋다. 서쪽을 살펴보아라. 약수 삼천리에 불같은 저녁노을이 그 아니냐. 동쪽을 또 보아라. 해 뜨는 곳 삼백 척에 봄빛이 묘연한데 한 쌍의 파랑새가 날아든다. 남으로 또 보아라. 너른 바다 망망하고 천리에 물결 이는데 대붕(大鵬)33)이 날기 다하여 쪽빛 같은 푸른 물결 사방에 둘려 있다. 북으로 또 보아라. 푸른 하늘에 우뚝 솟은 금빛 연꽃 봉오리처럼 나라를 지키는 명산이 저기로다. 중앙을 쳐다보아라. 백로를 탄 여동빈(呂洞賓)34)과 고래를 탄 이태백이 하늘로 날아오르는구나."

방자 거짓 속는 체하고 가리키는 데로 살펴보니, 배비장 그 동안 여인 보는지라. 방자 그 거동을 보고,

"저 눈, 일 낼 눈이로고."

배비장이 깜짝 놀라 두 손으로 눈을 가리며,

"나 안 본다. 염려마라."

한참 이리 할 제, 방자 뜻밖에 기침 한 번 캭 하니, 저 여인이 놀라는 체하고 몸을 옴쭉 소스라쳐 물 밖으로 뛰어나와 속곳 치마 뭉쳐 안고 숲속 휘장으로 얼른 뛰어드는 양은 십오야 밝은 달이 구름 속에 들어 간 듯, 배비장 거기만 보다가 눈이 컴컴 어안이 벙벙, 정신 잃고 앉았다가 하는 말이,

---

33) 대붕(大鵬): 『장자(莊子)』에 나오는 상상의 새. 곤(鯤)이라는 큰 물고기가 변해서 된 새로 만리를 단숨에 날아 남쪽 바다로 감. '붕비남명(鵬飛南溟)', '붕정만리(鵬程萬里)'가 여기서 유래함.

34) 여동빈(呂洞賓): 당(唐)나라 사람으로 종남산(終南山)에서 수도한 후 학을 타고 다녔음.

"이 놈! 네 기침 한 번 낭패로다."

이처럼 자탄하다가,

"이애, 방자야."

"예 예"

"너 저 건너 휘장 밖에 가서 문안 한 번 드리고 그 여인에게 전갈하되, '이 산에 지나가는 길손이 꽃놀이 하러 올라 왔다가 걷기에 지쳐 노곤하고 기갈이 매우 심하니, 혹 남은 음식 있거든 주시어, 배고픔과 추위를 면케하고 급한 형세 구해주시기를 천만 바라옵나이다'하고 여쭈어라."

방자놈 대답하되,

"나는 죽으면 죽었지. 그 전갈 못 전하겠소. 알지도 못하는 초면에 전갈하고 남의 여자에게 음식 달라다가는, 몽둥이에 맞아 죽어 탕국에 어열밥 말아 먹기 쉽겠소."

배비장 부끄럽고 열쩍어 하는 말이,

"이 애, 방자야, 만일 맞을 지경이면 매는 내 맞을 것이니, 너는 바로 내빼려무나."

방자놈 하는 말이,

"나으리 정경을 보오니 몽둥이 바람에 죽는 대도 그리 할 수밖에 없소."

하고 설렁설렁 가만가만 건너가서 절하는 시늉만 한 번 하고,

"쉬, 애랑아, 배비장이 벌써 네게 혹하였으니 무슨 음식 있거든 좀 차려다우."

애랑이 웃고 음식 차릴 제, 산중에 없는 귀한 음식으로 정갈하게 차리겠다. 대모쟁반·금빛 꽃무늬 그릇 벌여 놓고, 진달래 화전 한 접시 소담하게 담아 놓고, 붉은 홍시를 설탕 뿌려 벌여 놓고, 동정호 가을 물처럼 맑은 술 자라병에 가득 넣어 섬섬옥수로 내어주며 이른 말이,

"너의 나리 무례하나 기갈이 매우 심하기로 이 음식 보내오니, 그도 먹고 너도 먹고, 두 사람이 서로 술을 권하면 산에 꽃이 피니라. 한 잔 한 잔 또 한잔에 둘이 포식한 후, 그 곳에 잠시라도 있지 말고 군자는 기회를 보아 일을 이룬다 하였으니, 어서 가거라 어서 가. 오래지 않아 큰 탈날라."

그렇게 사연 전하고 음식 올리니, 배비장이 '절시구나'하고 음식 받아 앞

에 놓고 칭찬하여 가로되,

"겉을 보면 속까지 짐작할 수 있다 하였으니 내 이럴 줄은 알았거니와, 저 감에 이빨 자국이 웬 것이냐?"

방자놈 여쭈오되,

"그 여인이 감꼭지를 이로 물어 빼옵디다."

배비장 기가 막혀 껄껄 웃으며,

"이 음식 너 다 먹어라. 나는 감 하나만 먹겠다."

방자놈 짓궂게 그 감을 집으며 하는 말이,

"이빨 자국이 난 것이라. 그 여인의 침이 묻어 더러우니 소인이나 먹겠소."

"이 놈! 기막힌 소리 말아라. 이리 다우."

얼른 빼앗아 껍질째 달게 먹은 후에 그 여인께 답 전갈하되,

"이 같이 좋은 음식을 보내주셔서 잘 먹었습니다 하고, 또 무례하온 말씀이오나, 하늘은 사내를 내고 땅은 여자를 내었으니, 남녀의 교합은 사람마다 다 있는 법이라. 술과 계집을 즐기는 방탕한 한량이 갑자기 이 산에 올라와서 꽃을 탐하는 벌과 나비의 마음을 품게 되었으니 이 마음을 알고 또 알아 주옵소서 하고 여쭈어라."

방자가 다녀와서 하는 말이,

"그 여인이 노여워서 답례도 듣지 않고, 큰 탈 날 것이니 속히 가라 하옵디다."

배비장이 부끄럽고 열쩍어 탄식하며,

"하릴없다. 내려가자."

되든 안 되든 말이나 건네 보자

배비장이 침소로 돌아와서 밤낮으로 그 여인을 못 잊어 앓는 소리를 내며 그리워하는 말이,

"한라산 맑은 정기를 제가 모두 타고 나서 그리 고이 생겼는고, 못 잊어서 한이로다. 침방이 적막한데 임 생각 그지없다. 봄바람에 우는 새는 회포를 머금은 듯, 뜰가의 푸른 풀은 이별 눈물 뿌리는 듯, 상사병이 골수에 깊이

들어 청춘 원혼 되겠으니, 북당의 늙으신 부모, 규방의 젊은 아내 다시 보기 어려워라. 애고 애고, 이 일을 어쩌할꼬."

이처럼 애절해 하다가,

'에라, 죽더라도 말이나 한 번 해보고 죽으리라.' 결심하고 방자 불러 간청 한다.

"이 애, 방자야."

"예, 부르셨습니까?"

"이 애, 이리 좀 오너라. 나는 또 죽을병이 들었구나."

"무슨 병환이 드셨기에 그처럼 신음하십니까? 늦봄의 감기인 듯하오니, 패독산(敗毒散)35)이나 두어 첩 잡수어 보시오 그려."

"아니다. 패독산 먹을 병 아니다."

"그러면 망령병이 드셨나보외다 그려. 망령병에는 즉효약이 있습지요."

"무슨 약이란 말이냐?"

"젊은 양반 망령병에는 '홍두깨를 삶아 먹는 것'이36) 즉효약이라 하옵디다."

"아니다. 내 병에는 약이 있다마는 얻기가 좀 어렵구나."

"그 무슨 약이기에 그처럼 어렵단 말씀이오니까? 하늘의 별도 따는데요."

"이 애, 그 말만 들어도 속이 시원하다. 그러면 내가 살고 죽기는 네 손에 달렸으니 날 좀 살려다우."

"아따, 죽기는 누가 죽이오? 어서 말씀이나 하시오 그려."

"이 애, 너도 알다시피 어제 한라산 수포동(水布洞) 숲속에서 목욕하던 여인을 보고 자연 병이 되어 죽을 지경이로구나. 그 여자 좀 보게 하여 주려 무나."

"얼토당토 않은 일이요. 그 여자 규중에서 외간 남자 피하는 것이 각별하 니 만나 볼 길 전혀 없소."

배비장이 부끄럽고 열쩍어 하는 말이,

"하릴없다. 이야기책이나 얻어 오너라."

---

35) 패독산(敗毒散): 강호리, 따두릅, 시호 따위를 넣어서 달여 만드는 탕약으로 감기와 몸살에 씀.
36) 홍두깨를 삶아 먹는 것: 때려서 고치는 것의 의미.

하더니, 하릴없이 남원부사 자제 이도령이 춘향 생각하며 글 읽듯 하던가 보더라. 『삼국지(三國志)』, 『구운몽(九雲夢)』, 『임경업전(林慶業傳)』 다 후리쳐 버리고 『숙향전(淑香傳)』 내어 놓고 보아갈 제,

"숙향아, 숙향아, 불쌍하다. 그 모친이 이별할 제, 아가, 아가 잘 있거라. 배고플 때 이 밥 먹고 목마르거든 이 물 먹고, 죽지 말고 잘 있거라. 애고, 어머니, 나도 가세. 아서라, 다 던지고 숲속 수포동에서 목욕하던 그 여자가는 허리를 담쑥 안고 놀아 볼까?"

방자놈이 옆에 있다 하는 말이,

"나는 그게 『숙향전』으로 알았는데 이상하다 하였더니 과연 '수포동전(水布洞傳)'이오 그려."

배비장 하는 말이, 가끔 말이 그리로만 간다 하며,

"이 애, 방자야, 너도 나와 요긴한 이야기 해 보자. 그 여자가 음식 차려 보낸 것을 보니, 그 여자도 내게 관심이 없지는 않다. 혹시 일이 안되어도 좋으니 말이나 건네보자."

"어디다가 말을 건네 보아요?"

"그 여인에게."

"어림없소. 그 여인 성정이 매섭고 절개가 굳으니, 그런 생각 부디 마오."

배비장이 방자를 잡고,

"되나 못되나 편지 써 줄 것이니, 일만 성사되면 구전(口錢)[37] 삼백 냥을 상급으로 너에게 주마."

방자놈 구전 주마는 말을 듣고, 관청 안에서 굴러먹은 놈이라, 돈 냥이나 얻을 생각으로 지그시 버티는 수작으로 나온다.

"소인은 그 편지 못 가지고 가겠습니다."

"이애, 그게 무슨 말이냐? 내가 천리 밖에 와서 마음을 털어 놓고 지내는 하인이 너 밖에 또 누가 있느냐?"

"예, 소인이 나리께 인정과 도리로 말하면 물과 불이라도 피하려는 마음이 없겠으나, 소인이 그렇게 못할 사정이 있습니다."

---

37) 구전(口錢): 소개해 주고 수고료로 받는 돈. 구문(口文).

"응, 무슨 사정이란 말이냐?"

"소인이 세 살에 아비는 죽삽고 늙은 어미에게 길러나, 열 살부터 방자 구실을 하니 그 구실로 무엇이 넉넉히 나오겠습니까? 한 달에 관가에서 주시는 것이라고는 돈 두 냥뿐이오니, 갖은 심부름에 신발값이나 되옵니까? 먹기는 각방 나리님네 진지 자시고 남긴 밥이나 얻어서 어미와 연명하는 터이올시다. 소인 사정 이러하온데 지금 나으리 분부가 어려워서 그러한 위험한 편지를 가지고 갔다가, 일이 마음먹은 대로 되지 않아 함부로 휘두르는 몽둥이에 모진 매나 맞으면, 소인 죽고 사는 것은 원통치 아니하오나, 병신이 되면 나리도 모실 수 없삽고 늙은 어미의 밥줄이 아주 끊어지게 될 것이니, 그렇게 되면 억울하지 않겠습니까? 생각을 하온 즉 그런 위태한 거동 못하겠나이다."

"글랑은 염려마라. 만일 매를 맞을 지경이면 너 낫도록 하여 줄 것이요, 네 늙은 어미는 내가 먹여 살릴 것이니 염려마라."

하며, 궤문을 덜컥 열더니 돈 백 냥을 내어주며 하는 말이,

"이것이 약소하나 우선 네 어미 갖다 주어, 양식이나 팔아먹도록 하여라."

하고 지성으로 간청을 한다. 방자 못이기는 체하고 돈을 받아 옆에 놓고,

"그러면 편지나 잘 써 내시오."

배비장이 크게 기뻐하며 편지 써서 방자 주며, 백 번이나 당부하여 이른 말이,

"일이 되고 안되기는 네 수단에 달렸으니, 부디 눈치 있게 잘 드려라."

방자 편지 갖다 애랑 주니 그 편지 첫머리에 하였으되,

제주 목사의 비장 결덕쇠는 머리가 땅에 닿도록 두 번 절 하옵고 외람되이 보시라고 쓴 한 통의 편지를 낭자 앞에 부치오니, 예의가 아니라고 책망하지 마시고, 넓은 마음으로 살펴 주십시오. 슬프다. 이내 몸이 팔자 기박하여 공명을 이루지 못하고 제주도 수 천리에 보잘것없는 비장으로 와서 온갖 물색에 뜻이 없고 기막힌 경치를 눈 아래 굽어보며 회롱터니, 어제 우연히 한라산에 올라 꽃놀이하고 돌아오던 중에 낭자의 옥 같은 얼굴을 잠깐 보고 정신이 혼미해져서, 돌아 와서는 잊으려 해도 잊기 어렵고 생각하지 않으려 해도 생각이 저

절로 나서, 음식을 먹어도 맛을 모르고 누워도 잠이 오지 않아, 골수에 병이 깊이 드니 길게 탄식하고 애끓는 소리는 탁문군[38]의 품은 생각과 같습니다. 꽃같이 활짝 핀 낭자의 몸도 매일 봄날처럼 젊었을 수 없고 절로 늙어 아리따운 얼굴이 흰머리 되면, 세월이여, 세월이여, 다시 오지 않고, 다시 젊기 어려워라.

그리움에 사무친 병 신농씨가 지은 온갖 약도 효험이 없고 낭자 몸에 지닌 몸보신 약을 빌려 주셔서 섬에 있는 외로운 나2네를 살리소서. 절개를 지키려는 행실은 부질없고, 사람 목숨 살리고 덕을 쌓는 것이 으뜸이오니, 장부의 살고 죽는 것은 낭자에게 달려있고, 낭자의 몸을 허락하는 것은 말 한 마디에 달려 있으니, 말씀 한 마디로 장부의 생사를 결정하소서. 만 갈래로 얽힌 비통한 마음을 붓으로 다 적기 어렵습니다. 바쁜 중 잠깐 적사오니 자세히 참고하고 생각한 후 답장하옵기를 엎드려 빌고, 또 엎드려 빕니다.

애랑이 이 편지를 받아 보고 깔깔 웃으니, 방자놈이 능청스럽게 한마디 이른 말이,

"이 애, 답장을 하되 너무 대충하지 말고 진득하게 잘 하여라."

애랑이 웃으며 대답하고 답서를 써서 방자에게 주니, 방자가 답장을 받아 들고 진둥한둥 뛰어와서 배비장에게 전달하니, 배비장은 여자에게 깊이 빠져 있는 터라 매우 황송하여 두 손으로 편지를 받아들고 『대학(大學)』을 읽는 듯이 잔뜩 꿇어 앉아 무수히 망설인 후에 한 자 한 자 살펴보니, 그 사연에 하였으되,

슬픔 가운데 있는 첩은 한 통의 답장을 비장 나리께 부치나니, 얼굴을 모르는 터에 편지를 보내는 것이 망측하기 짝이 없도다. '잊으려 해도 잊기 어렵다'는 말은 괴이하고, '생각하려 하지 않아도 저절로 생각난다'는 말은 가소롭도다. 병환을 모르거든 병에 필요한 약을 내 어찌 알며 '몸보신 약'을 내 어찌 알던가? 탁문군을 회롱하니 이런 미친 호걸이 또 있던가? 그대는 남의

---

38) 탁문군(卓文君): 한(漢)나라 탁왕(卓王)의 손녀. 사마상여(司馬相如)의 거문고 소리에 반해 집을 빠져나와 성도(成都)로 도망가 상여의 아내가 되었음.

신하로 있으면서 성현의 말씀도 모르시오. 임금에게 충성하는 것과 지아비를 절개로 섬기는 것은 천하의 마땅한 도리요, 예나 지금이나 변함없는 의리이거늘 남의 정절을 앗으려하니 충성심과 절개가 있고 없음을 이로써 알겠도다. 또한 유부녀가 마음먹은 일은 절통하고도 괴로운 일이거늘, 사연이 망측하기 짝이 없도다. 미친 사람은 마음을 바로 잡고 물러나시오.

배비장이 보아 가다가 물러가라는 말에 깜짝 놀라,
"허, 큰 일이 다 글렀구나. 다 보아 무엇하리. 애고, 이 일을 어찌할고. 이제는 속절없이 섬 안의 원통한 귀신 되겠구나."
방자 곁에 섰다가,
"여보 나리, 실망하지 마시고 그 아래를 보시오. '그러나'라는 연(然)자가 있소 그려."
배비장이 깜짝 놀라 다시 보아 가다가,
"옳다, '연(然)'자의 뜻을 알겠다."

그러나, 장부의 귀하신 몸이 하찮은 여자로 인하여 병이 났다 하니, 그 사정이 매우 가련하게 됐구려. 첩은 규중 깊은 곳에 있어 출입을 마음대로 할 수 없으니, 서로 만나기가 지극히 어렵소. 달이 진 깊은 밤에 벽헌당(碧軒堂)을 찾아와서 은근히 들어오면 그대와 동침을 하려니와, 만약 실수하는 날이면 그대의 목숨이 위태롭도다. 만일 오실터면 집안에 식구가 많고 닭과 개도 많으니 북쪽 창문 헌 구멍으로 살금살금 들어오되, 조심하고 또 조심하시오.

하였더라.
"얼씨구나 좋을씨고 병이 다 나았다. 강호에 병이 들어 덧없이 죽겠더니, 낭자 회답이 반갑도다."

꿈에 그리던 여인이 기다리니

삼경(三更)에 기약하고 해지기만 바라더니, 석양이 다 져간다. 방자 밥 먹으러 보내고 빈 방에 문을 닫고, 그 여자에게 잘 보일려고 다시 의관을 차릴 적에 외올 망건, 정주에서 나는 질 좋은 탕건, 쾌자, 벙거지, 관대띠며 활과 화살 주머니를 제법 갖추고 빈 방안에 혼자 우뚝 서서 도깨비 들린 듯이 혼잣말로 두런거리며 몸짓을 하며 하는 말이,

"이 모양으로 가만가만 걸어가서 여자 방문에 들어서며 기침 한 번을 가만히 하면, 그 여인이 눈치를 채고 문을 활짝 열겠다. 걸음을 한 번 대학의도 (大學之道)로 점잖게 이리 걸어 들어가 사람이 할 수 있는 일을 다하고 천명을 기다리라 했으니, 여자에게 한 번 이리 군례(軍禮)를 보여주리라."

한참 이리 연습할 때, 방자놈이 뜻밖에 문을 펄쩍 열며,

"나리, 무엇하시오?"

배비장 깜짝 놀라,

"너 벌써 왔느냐?"

"예, 군례 전에 대령하였소."

"이놈, 내 깜짝 놀라 바로 땀이 난다."

하며 활과 화살 주머니 찬 채로 썩 나서며

"달이 진 산에 까마귀 울고, 고기 잡는 불빛이 물에 비춘다. 앞시내에 있던 사람은 돌아가고, 봄바람에 흥겨워 학이 운다. 편지로 약속 맺은 낭자, 오늘 밤에 어서 가서 회포를 풀리로다. 이 밤중에 어서 가자."

거들먹거리며 갈 제, 방자놈 이른 말이,

"나리 소견 왜 이리 없소. 밤중에 유부녀 간통하러 가오면서 비단옷 입고 밤길 가는 격으로 저렇게 잘 차려 입고 가다가는 될 일도 못될 것이니, 그 의관 다 벗으시오."

"벗기는 초라하구나."

"초라하거든 가지 마옵시다."

"이 애야, 요란히 굴지 마라. 내 벗으마."

활딱 벗고 알몸으로 서서,

"어떠하냐?"

"그것이 아주 좋소마는, 누가 보면 한라산 매 사냥꾼으로 알겠소. 제주 인물 복색으로 차리시오."

466

"제주 인물 복색은 어떤 것이냐?"

"개가죽 두루마기에 노끈 벙거지를 쓰시오."

"그것은 과히 초라하구나."

"초라하거든 고만두시오."

"그러하단 말이다. 개가죽이 아니라 도야지 가죽이라도 내 입으마."

하더니 부드러운 개가죽 두루마기에 노끈 벙거지를 쓰고 나서서 앞뒤를 살펴보며,

"이 애야, 범이 보면 개로 알겠다. 군기고에서 총 하나만 내어 들고 가자."

"무섭거든 가지 마옵시다."

"이 애야, 그러하단 말이다. 네 성미가 그러한 줄 몰랐구나. 정 못 갈 터이면 내 업고라도 가마."

"그 말씀 황송하오이다. 그러면 다른 말씀 마시고 소인만 따라 오시오."

배비장 방자 뒤를 따라가며 하는 말이,

"기약해 둔 내 사랑, 어서 가 반겨보자."

서쪽으로 들어가 죽창(竹窓) 돌아들어 동편의 소나무 댓돌에 이르니, 북창에 밝게 등불 하나만 켜 있고, 밤은 이미 깊어 삼경이라. 높은 담 구멍을 찾아 방자 먼저 기어들며,

"쉬이, 나리 잘못하다가는 일 날 것이니, 두 발을 한데 모아 요령 있게 들이미시오."

배비장이 방자 말을 옳게 듣고 두발을 모아 들이미니 방자놈이 안에서 배비장의 두 발목을 모아 쥐고 힘껏 잡아당긴다. 몸매나 호리호리하고 허리통이나 가는 사람 같으면, 발목 아니라 엉덩이를 잡아 뽑더라도 나오겠지만, 원래 배비장은 살이 매우 찐데다가 배가 또한 다른 사람보다 특히 불러, 부른 배가 딱 걸려서 들어가지도 나오지도 아니 하는지라. 배비장 두 눈을 희게 뜨고 이를 갈며 '좀 놓아다고'하면서 죽어도 문자(文字)를 쓰던 것이었다.

"포복불입(飽腹不入)하니 출분이기사(出糞而幾死)로다."[39]

---

39) "배가 불러 들어 갈 수 없으니, 똥을 싸고 거의 죽을 지경이다."는 말을 유식함을 드러내느라 한문 문장으로 대답한 것임.

방자 안에서 웃으며 탁 놓으니, 배비장이 곤두박질하여 일어앉으며 하는 말이,

"매사가 순리대로 되지 않으니 큰 낭패로다. 산모의 해산법으로 말하더라도 아이를 머리부터 낳아야 순산이라 하느니라. 내 상투를 들이밀 것이니 잘 잡아 당겨라."

방자놈이 배비장 상투를 노끈 벙거지 쓴 채 왈칵 잡아당기니, 아무리 애를 써도 나올 줄을 모르겠다. 죽을 고비에서 살아난다 했으니, 원래 사람의 목숨은 하늘에 달린 것이다. 어떨 결에 뻥하고 들어가니 배비장이 아프단 말도 못하고,

"어허, 아마도 내 등에는 고누판40)이 그려졌겠다."

그리할 제, 방자 여쭈오되,

"불 켜져 있는 저 방으로 들어가서 욕심대로 얼른 잠깐 하고 날 새기 전에 나오시오."

하고 몸을 숨기고 엿본다.

배비장이 한편으로는 좋기도 하고 한편으로는 조심도 되어, 가만가만 자취 없이 들어가서 이리 기웃 저리 기웃, 문 앞에 가서 사뿐사뿐 손가락에 침을 발라 문구멍을 배비작 배비작 뚫고 한눈으로 들여다보니, 한 밤중에 등불 아래 앉은 저 여인, 나이 겨우 열여섯으로 고운 태도는 등불이 밝다한들 너를 보니 어두운 듯, 피는 복사꽃 곱다하되 너를 보니 무색한 듯. 저 여인 거동보소. 김해 간죽 담뱃대에 질 좋은 담배 사뿐 담아 청동화로 백탄 불에 사뿐 질러 빨아내니, 향기로운 담뱃내가 한줄기 보랏빛 연기로 붉은 안개 피어 나듯 한점 두점 풍기어서 창공으로 돌아오니, 배비장이 담뱃내를 손으로 움키어 먹다가 생담뱃내가 콧구멍으로 들어가서 재채기 한 번을 칵 하니 저 여인이 놀라는 체하고 문을 펄쩍 열어 부치고,

"도적이야!"

소리 지르니, 배비장이 엉겁결에,

---

40) 고누판: 땅이나 종이 위에 말밭을 그려 놓고 두 편으로 나누어 말을 많이 따거나 말 길을 막는 것을 다투는 놀이를 하기 위해 그린 판.

"문안드리오."

저 여인이 보다가 하는 말이,

"허 참, 서투른 솜씨로 남의 흉내를 내려 하는구나. 아마도 뉘집 미친 개가 길을 잘못 들어왔나보다."

인두판으로 한 번 지끈치니, 배비장 하는 말이,

"나, 개 아니오."

"그러면 무엇이냐?"

"배걸덕쇠요."

저 계집 깜짝 놀라는 체하고 맨발로 웃고 내려와,

"이 밤중에 기약하신 님이 오셨네."

손목 잡고 들어가며,

"여보 나으리, 그 옷차림이 무슨 옷차림이요? 나는 개로 알았구료."

"남의 집 담을 넘는 사람이 이렇게 차리지 않고야 어디 되나. 이렇게 해야 사람 기척이라도 혹 나면 개 노릇이라도 하지."

"아이구 나으리, 별 말씀을 다 하시네."

이제는 궤 속에서 귀신이 되려나 보다

이와 같이 여러 가지 말을 주고받다가 이부자리를 펴고 불을 끄니, 양인이 의복을 활활 벗고 원앙금침에 두 몸이 한 몸 되어 사랑으로 부둥켜안으니 좋을씨고. 음악도 없는데 삼경 달밤에 네 발이 춤을 춘다. 비단 이불 속으로 한줄기 바람이 일어나며, 양 다리 사이 연못에 외눈박이 붉은 용이 굽이치며, 곱디고운 흰 꽃이 물결친다.

"항문보가 터지겠다."

한창 이리 노닐 적에, 방자놈이 목소리를 바꾸어 고함치고 들어가며,

"불 켜 놓고 문 열어라! 항문보는 내 막으마!"

소리치니, 저 여인이 놀라는 체 온 몸을 떨며 허둥지둥 할 제, 방자놈이 목소리를 높여,

"이 요망하고 간사한 년! 내 몸 하나 옴죽거리면 문 앞에 신발 네 짝이 떠

날 날이 없으니, 어느 놈과 둘이 미쳐서 두런두런 하느냐? 이 연놈을 한 주먹에 뼈를 바스러뜨려 죽이리라."

큰소리 치고 들어오니, 배비장이 혼이 나가도록 겁을 내어 허둥지둥대나 문이 하나 밖에 없는 집이라. 도망갈 수 전혀 없어 알몸으로 이불 쓰고 여자더러 이른 말이, 죽어도 문자는 쓰던 것이었다.

"야장과반(夜將過半)에 내호개문(來乎開門)하니, 호령자(號令者)는 수야(誰也)오?"[41]

저 여인이 대답하되,

"우리 집 남편이오."

"그게 본 남편이오? 성품이 어떠한고?"

"성질로 말하면 가장 악질적인 사내로, 미련하기는 도척(盜跖)이요, 기운은 항우(項羽)같고, 술 즐기고 샘을 잘 내어, 자기 마음에 화만 나면 대낮에도 칼을 뽑아, 칼쓰기를 홍문연 잔치 자리에 번쾌(樊噲)가 방패 쓰듯, 상산 조자룡(趙子龍) 긴 창 쓰듯, 공중에서 칼을 휙 찌르면 맹호라도 가루가 되고 철벽이라도 뚫어지니, 그대 말고 옛날 장비의 몸 한 가운데를 찔러 죽인 범강·장달(范江·張達)이라도 살아보기는 틀렸으니, 불쌍한 그대 목숨 나로 인해 죽게 되니, 내가 죽고 그대 살릴터면 그 아니 살려줄까?"

배비장이 애걸하여 이른 말이,

"옛날 진나라 궁녀는 형가(荊軻)의 큰 주먹에 소매를 잡혀 죽게 된 진시황을 거문고를 타서 살렸으니, 낭자도 의견을 내어 날 살리게. 제발 덕분 날 살리게."

저 계집이 흉계를 꾸며 큰 자루 하나를 언제 준비해 두었던지, 자루 아구리를 벌리며,

"여기나 드시오."

"거기는 왜 들어가라오?"

"그리 들어가면 자연 살 도리가 있으니, 어서 바삐 드시오."

배비장이 절에 간 새악시 모양이라. 싫다는 내색도 못하고 들어가니, 그

---

41) 한밤중에 와서 문을 여니, 호령하는 자는 누구요?

계집이 배비장을 자루에 담은 후 자루 끝을 모아 상투에 감아 매어 등잔 뒤 방구석에 세워 놓고 불 켜 놓으니, 방자놈이 왈칵 문을 열고 사뿐히 들어서며 사면을 둘러 보더니 목소리를 바꾸어,

"저 방 구석에 세워 둔 것이 무엇이냐?"

"그것은 알아 무얼 할라오?"

"이 년아, 내가 물으면 대답을 할 것이지, 싫은 내색이 무엇이냐? 주리방망이 맛을 보고 싶으냐?"

"내가 무슨 죄가 있기에?"

하며 골을 내어,

"거문고에 새 줄 달아 세웠습네."

방자놈이 화가 누그러진 체하고,

"응, 거문고여? 그러면 좀 쳐 보세."

하며 거문고 치는 술대의 꼭지로 배부른 통을 탁치니, 배비장이 몹시 놀라고 아프기가 헤아릴 수 없으되, 진짜 거문고인 체하고 자루 속에서 목소리로

"둥덩, 둥덩"하니

"그 거문고 소리 제법 웅장하고 좋다. 대현을 쳤으니 소현을 또 쳐보리라."

하고 냅다 코를 탁치니,

"둥덩, 지덩"

"그 거문고 소리 이상하다. 아래를 쳐도 위에서 소리가 나고, 위를 쳐도 위에서 소리가 나니 괴상하다."

저 계집 대답하되,

"여보, 무식한 말은 하지도 마오. 옛적 여와씨(女媧氏)가[42] 생황 오음육률을 내실 적에 궁상각치우(宮商角微羽)를 맑은 소리, 탁한소리로 나누었으니, 높고 맑은 소리 화답이랍네."

이 놈이 옳게 듣는 듯이,

"네 말이 당연하다. 세상일은 석자 거문고요, 인생은 술 한 잔이라. 서편 정자에 달이 떠오르고, 동편 누각에는 눈 속에 매화가 피어 있다. 술 한 잔

---

42) 여와씨(女媧氏): 음악을 만들었다는 전설상의 여인. 복희씨의 누이.

날 권하고 거문고 줄 골라라. 오늘 밤에 놀아보자 내 소피하고 들어오마."
하고 문 밖에 나와 서서 기척 없이 귀를 기울이고 엿듣는다. 배비장이 자루
속에서 나직한 목소리로 하는 말이,

"여보오, 저 사람이 거문고를 좋아하는 수가 분명 꺼내어 볼 듯하니, 다른
데로 나를 이사 좀 시켜주오."

저 여인 거동보소. 윗목 놓인 피나무 궤를 열고,

"여기나 바삐 드시오."

배비장이 궤를 보고 문자는 놓지 아니하고 쓰던 것이었다.

"체대궤소(體大櫃小)하니, 하이은신(何以隱身)고?"43)

저 계집 하는 말이,

"그 궤가 밖으로 보기는 적사오나 속이 넓어 몸을 감출만하니, 잔말 말고
어서 바삐 드시오."

배비장 하릴없이 궤 문 열고 두 눈 감고 들어가니, 몸을 구부리지도 접지
도 못하여서, 몸을 오그리고 생각하니, 한심하고 설운지고. 이 년의 흉계를
어찌 알리. '날 같은 호색한 남자 궤 중에 귀신이 되기로 누구를 원망하리'하
는데, 저 여인이 궤문 닫고 자물쇠를 철컥 채우니, 함정에 든 범이요 우물에
든 고기라. 답답한 궤 중에서 어찌 살리. 이렇듯 스스로 탄식할 제, 저 놈이
다시 들어오며 하는 말이,

"아무것도 흥을 돋울 경황이 없다. 내 아까 눈이 절로 스르르 감기면서 꿈
을 꾸니, 백발노인이 나를 불러 이르되, '네 집에 거문고와 피나무 궤가 있느
냐?'하시기로, 내 말이 '있노라.'하니, 그 노인이 가로되, '재앙을 내리는 귀
신이 궤 속에 들어가 있어 무수히 일을 저지르니, 그 궤가 있으면 네 집이
망하고, 그 궤가 없어지면 네 집이 흥하리라.'한 즉 확실한 현몽이라. 저 궤
를 불에 태우리라. 짚 한 동 갖다가 불 놓아라."

이 때 궤 속에 든 배비장이 그 말 듣고 탄식하되,

"인제는 바로 화장(火葬)한다니 이 일을 어찌할고?"

저 계집도 악을 쓰며 하는 말이,

---

43) 몸뚱이는 크고 궤짝은 작으니 어떻게 몸을 숨길고?

"조상 때부터 전해 내려온 기물이라. 소중한 저 궤 속에 업귀신(業鬼神)[44] 들어 있어 우리집 여러 식구 먹고 입고 쓰고 남게 하는 업궤올세, 불사르진 못하리라."

이 놈이 화를 내어 하는 말이,

"네 행실 저러하니, 너 데리고 못 살겠다. 집안 세간 귀하지 않고, 아리따운 첩도 싫다. 업궤 하나 가졌으면 내 어디가서 못 살소냐?"

하더니 그 궤를 걸머지고 나서면서 이른 말이,

"이 년, 오랫동안 정든 본 남편을 버리고 새로 정든 샛서방을 취하니, 재산 너 혼자 다 차지하고 잘 살아라."

저 여인이 궤를 붙들며 하는 말이,

"업궤를 임자가 가져가면 나는 집안 망치려오? 이 궤는 못 놓겠네. 재산 차지 임자가 하고 업궤란 나를 주소."

"그럴터면 양편이 가난하지 않게 이 업궤 한가운데 먹줄을 쳐서 갈라내어, 한 도막씩 가지면 그 아니 공평할까? 톱 대어라 갈라보자."

하더니 큰 톱을 들여 마주잡고,

"당기어라 톱질이야. 슬근슬근 당기어라. 행실이 부정한 몹쓸 년을 내 모르고 두었더니, 오늘이야 알았구나. 월하노인(月下老人)[45] 맺은 인연 이 톱으로 잘 켜 보자. 이 궤를 갈라내어 웃도막은 너를 주고 아래 도막 내 가지면, 나는 작은 부자 되고 너는 큰 부자 되어 타고난 복대로 각기 살자. 이 톱 바삐 당기어라."

좌르르 솰솰 톱날이 점점 내려가니 배비장이 궤 속에서

"아뿔사, 벌써 톱밥이 드는데, 인제는 바로 허리가 잘려서 죽겠구나."

하며, 엉겁결에

"여보소 미련하오. 하룻밤을 자도 만리장성을 쌓는다는데, 내가 네 집에서 수백 년을 동거하여 오늘까지 입혀주고 먹여주어 가난하지 않게 해 주었더니, 그 댓가로 허리를 자르려오? 살던 계집에게 그 궤 모두 주오. 두 도막

---

44) 업귀신(業鬼神): 집안을 먹여 살리는 소중한 귀신.
45) 월하노인(月下老人): 남녀의 인연을 맺어주는 사람. 주머니의 붉은 끈으로 남녀의 인연을 맺어 줌.

으로 자르면 반쪽을 잃는 것이 아니오?"

이 놈이 톱 내던지고 하는 말이,

"아뿔사 업궤신이 살아나서 사람이 되었으니, 불침으로 찔러보자."

하고 끝이 뾰족한 쇠꼬챙이를 불에 달구어 쑥 찌르니, 송진 끓는 냄새가 코를 찌르며, 쇠꼬챙이 끝이 바로 배비장의 왼편 눈으로 내려온다. 배비장이 기가 막혀 '아뿔사 인제는 생으로 죽으려나 보다. 죽기는 일반이니 악이나 한 번 써 보리라.' 하고

"이놈아, 아무리 무식하기로 무슨 형벌 못하여서 은인의 눈망울을 빼려하느냐?"

이 놈이 불침을 내던지고 하는 말이,

"에그, 업궤신이 저 상할 줄 미리 알고 애걸하니 그 처지가 불쌍하다. 제 몸 상하지 않게 궤째 져다 물에 넣으리라."

하고 질방 걸어 궤를 지고 문을 열며 썩 나서서 노래하되, 상두꾼의 소리로 하던 것이었다.

"위 너머차 너호 어화, 먼 산에 안개 돌고 가까운 마을에 닭이 운다. 위 너머차 너호, 골짜기에 젖은 안개 봉우리로 돌아온다. 위 너머차 너호, 어촌에 개가 짖고 회안봉에 구름 떴다. 동방을 바라보니 샛별 한 점 반짝여 새벽 되고, 푸른 바다 십리에 그늘진다. 하늘에 높이 솟은 붉은 해는 동쪽 바다에 둥실 떴다. 위 너머차 너호 어와, 이 궤를 져다 저 물에 드리칠까?"

이처럼 지고 가며 소리하니, 어디서 한 사람이 썩 나서며 하는 말이,

"게 네가 진 것이 무엇이냐?"

"업궤로세."

"그 궤를 내게 파소."

"사다 무엇 하시려오?"

"업궤신 밑천이 오랜 고질병에 약이라 하니, 사다가 밑천만 빼고 놓겠습네."

배비장이 궤속에서 이 말 듣고 그 중에 좋아라고 혼자 새겨 생각하되, '밑천은 없어도 목숨만 살았으면 되지' 하고 소리 질러 하는 말이

"여보, 그 뉘신지는 모르거니와 그 흥정 놓치지 마시오. 성애46)는 내 하오

리다."

이 놈이 궤를 져다 사또 계신 동헌 마당에다 벗어 놓으며, 마치 물에다 갖다 넣은 듯이 경계하여 이르는 말이,

"궤 속에 든 귀신은 들어라. 네가 실로 업궤신이면 내 집이 부요하고 오복이 다 갖추어 부러울 것이 없어야 할 터인데, 근 십 년 가난하고 구차한 생활에 즐거움이라고는 조금도 없고, 이에 더해서 애첩의 부정한 행실이 날마다 더해, 엎친 데 덮친 격으로 부부가 갈라서기까지 하게 되고 보니, 네 죄는 만 번 죽어도 애석할 일이 없다. 이 푸른 바다에 띄우리니 속히 천리 밖으로 멀리 가거라."

하고, 진짜 물에나 띄우는 듯이 물을 갖다 옆에 놓고 궤 틈으로 부으면서, 흔들흔들 정신 잃게 요동하니, 배비장이 생각하되, '궤가 벌써 물에 떴구나. 물이 들면 가라앉으리니, 인제는 시체도 못 찾겠구나.'하면서 궤속에서 탄식한다.

"못 보겠다. 못 보겠다. 천리 밖의 고향에 있는 백발부모, 어여쁜 처자식 못 보겠다. 이 물 속에 죽다 한들 멱라수(汨羅水)47) 아니어든 굴원(屈原)의 절개가 어찌 되며, 오강수(吳江水)48) 아니어든 오자서(吳子胥)의 충절이 어찌 될까? 이름 없고 남모르게 여자를 밝히다 망신당하고 죽게 되니, 내 아니 잡놈인가? 이런 때 배나 지나가면 목숨이나 살아보지."

이처럼 탄식할 제, 사또 하인 불러 분부하되,

"너희들이 일시에 배 지나가는 듯이 소리하라."

하인들이 명령을 듣고 일시에 삼문(三門)을 삐득삐득, 곤장을 뚝딱거리면서 어기여차 소리하니, 배비장이 궤 속에서 반겨 듣고 궁리하여 생각하되,

'삐득삐득 하는 소리 닻 감는 소리요, 출렁출렁 하는 소리는 노 젓는 소리로다. 강동(江東)으로 가는 배 장한(張翰)49)인가? 날 살리소. 오백 명 동남

---

46) 성애: 물건 흥정이 이루어졌을 때 그 증거로 여러 사람들에게 술이나 담배를 대접하는 일.
47) 멱라수(汨羅水): 중국 호남성에 있는 강으로 초(楚)나라 굴원이 모함을 받아 귀양 왔다 빠져 죽은 곳.
48) 오강수(吳江水): 오(吳)나라 충신 오자서가 오왕 부차(夫差)의 노여움을 사서 죽음을 당한 강.
49) 장한(張翰): 진(晉)나라 사람으로 높은 벼슬에 이르렀지만 가을이 되자 고향인 강동의 순나물국과 농어회가 생각나 벼슬을 그만 두고 돌아갔다 함.

동녀 싣고 바다 가운데 섬을 찾아가는 서불(徐市)인가? 날 살리소. 고래탄
이태백 소식 듣고 풍월 실어가는 저 배 초강(楚江)의 어부냐? 날 살리소. 임
술년 가을 적벽강에 돛배 타고 너 왔느냐? 소동파야 날 살리소. 청산만리
함께 가자. 한 척의 작은 배야 날 살리소. 포구를 멀리 벗어나 외롭게 떠가는
배, 이 궤 실어 날 살리소'

　궤 속에서 고함치며 긴 소리로,

　"저기 가는 저 배 말 좀 묻세."

　곁에 있던 저 사령놈 사공인 체하고 썩 나서며,

　"무슨 말이요?"

　"거기 가는 배가 어디 배랍나?"

　"제주 배랍네."

　"무엇 실었습나?"

　"미역, 전복, 해삼을 실었습네."

　"가지 말고 내 말 듣게."

　"어, 무슨 말인가?"

　"어렵지만, 이 궤를 실어다가 죽을 사람 살려주오."

　한참 이리 수작할 제, 한 사람이 썩 나서며 하는 말이,

　"한 없이 넓은 바다 가운데 궤 속에서 말소리 나니 괴이하다 우리 배에 부
정탈라. 장대로 떠밀쳐라."

　배비장 애걸하며,

　"나는 잡것 아니오. 진정 사람이니 살려주오."

　"사람이거든 거주성명을 일러라."

　"예, 나는 제주에 잠시 살던 한양 서강 사람 배걸덕쇠요."

　한사람이 나서며 이른 말이,

　"제주라 하는 곳이 물색이 뛰어난 곳이라. 분명 유부녀와 간통하다가 저
지경이 되었지?"

　"예, 예, 옳소. 뉘신지 모르거니와 참 잘 아십니다."

하고, 그 중에도 좋아라고 하는 말이,

　"하늘이 도우신가? 헌원씨 배를 만들어 서로 통하도록 건네주신 뜻은 날

476

살리란 배 아닌가? 물에 빠져 죽을 목숨 살려 덕을 베푸시오. 덕을 쌓는다 생각하고 날 살리오."

그 자가 하는 말이,

"우리 배에는 부정 탈까 못 올리겠고, 궤 문이나 열어 줄 것이니 헤엄쳐서 건너가오."

"글랑은 염려마오. 내가 용산에서 마포를 왕래할 때 개헤엄 꽤나 배웠소."

"이 물은 짠 물이라 눈에 들어가면 눈이 멀 것이니 감고 헤엄치소."

"눈은 생전 멀지라도 목숨이나 살려주오."

그 자가 하는 말이,

"그럴 지경이면, 눈이 멀지라도 내 원망은 마시오."

하고 함정 같이 잠긴 금거북 자물쇠를 툭 쳐서 열어 놓으니, 배비장이 알몸으로 썩 나서며 그래도 소경 될까 염려하여 두 눈을 잔뜩 감고, 이를 악물고 왈칵 냅다 짚으면서 두 손으로 허우적 허우적 헤엄쳐 갈 제, 한 놈이 나서며,

"이리 헤엄쳐라."

한참 이 모양으로 헤엄쳐 가다 동헌 댓돌에다 대가리를 딱 부딪치니, 배비장이 눈에 불이 번쩍 나서 두 눈을 뜨며 살펴보니, 동헌에 사또 앉고 대청에 삼공형(三公兄: 호장, 이방, 수형리)이며 전후좌우에 기생들과 육방관속, 군로배가 일시에 두 손으로 입을 막고 참는 것이 웃음이라. 사또 웃으면서 하는 말이,

"자네 저것이 웬 일인고?"

배비장이 어이없어 고개를 숙이고 여쭈오되,

"소인 조상의 무덤이 동소문(東小門) 밖이옵더니, 근래 서남풍이 불어 이 지경이 되었나이다."[50]

(〈김삼불 교주본〉/권순긍 현대역)

---

50) 조상의 무덤에 대하여 반대 방향에서 바람이 불기 때문에 망신살이 뻗쳤다는 말.